CABALLO DE TROYA

J. J. BENÍTEZ

CABALLO DE TROYA

Círculo de Lectores

Sobrecubierta: Yzquierdo

Círculo de Lectores, S.A.
Valencia, 344 Barcelona
19 21 23 25 6 8 0 1 24 22 20

Edición no abreviada
Licencia editorial para Círculo de Lectores
por cortesía de Editorial Planeta, S.A.
Queda prohibida su venta a toda persona
que no pertenezca a Círculo

Depósito legal B. 358-1987
Impreso y encuadernado por
Printer, industria gráfica sa
N. II, Cuatro caminos, s/n
08620 Sant Vicenç dels Horts
Barcelona 1987
Printed in Spain
ISBN 84-226-2026-X

A Gabriel Del Barrio García,
un noble y veterano socialista
que me precederá en el Reino de los Cielos.

(En representación de los muchos amigos
que me ayudaron durante los cien días
que permanecí sumergido en la realización
de *Caballo de Troya*.)

Hay otras muchas cosas que hizo Jesús. Si se escribiesen una por una, creo que el mismo mundo no podría contener los libros escritos.

Evangelio de Juan, 21-25

WASHINGTON

Mi reloj señalaba las tres de la tarde. Faltaban dos horas para que el Cementerio Nacional de Arlington cerrara sus puertas. Yo había consumido la casi totalidad de aquel lunes, 12 de octubre, frente a las tres tumbas de los soldados desconocidos y a la minúscula y perpetua llama anaranjada que da vida al rústico enlosado gris bajo el que reposan los restos del presidente John Fitzgerald Kennedy.

Aunque a fuerza de leerla había terminado por aprendérmela, consulté una vez más la clave que me había entregado el mayor.

Por enésima vez escruté el macizo sarcófago de mármol blanco que se levanta en la cara este del Anfiteatro Conmemorativo y que constituye el monumento inicial y más destacado de la Tumba al Soldado Desconocido. En la cara oeste han sido esculpidas tres figuras que simbolizan la Victoria, alcanzando la Paz a través del Valor. Pero aquel panel no parecía guardar relación con mi clave...

Lentamente, como un turista más, bordeé el cordón que cierra la reducida explanada rectangular y fui a sentarme frente a la cara posterior de la tumba central, en las escalinatas de un pequeño anfiteatro. Exhausto, repasé cuanto había anotado. Frente a mí, a cinco metros de las tumbas, un soldado de infantería del Primer Batallón de la Vieja Guardia, con sede en Fort Myer, paseaba arriba y abajo, fusil al hombro, luciendo el oscuro uniforme de gala.

Aunque la cadena de seguridad me separaba unos diez metros de esta parte de la tumba, la leyenda grabada en el mármol podía leerse con comodidad: «Aquí reposa gloriosamente un soldado de los Estados Unidos que sólo Dios conoce.»

«¿Estará ahí la clave?», me pregunté con nerviosismo.

El solitario centinela, enjuto y frío como la bayoneta que remataba su brillante mosquetón, se había detenido. Tras una breve pausa, giró, cambiando el arma de hombro. Segundos después volvía sobre sus pasos, deteniéndose frente a la tumba. Allí repitió el cambio de posición de su fusil y, girando de nuevo, reinició su solemne desfile.

Mi amigo el mayor norteamericano sí hacía referencia al soldado que monta guardia día y noche en el cementerio de los héroes, en Washington.

«El centinela que vela ante la tumba te revelará el ritual de Arlington», rezaba la primera frase de su postrera carta...

MÉXICO D.F.

Pero justo será que, antes de proseguir con esta nueva aventura, cuente cuándo y en qué circunstancias conocí al mayor y cómo me vi envuelto en una de las investigaciones más extrañas y fascinantes de cuantas he emprendido.

En el mes de abril de 1980, y por otros asuntos que no vienen al caso, me encontraba en México (Distrito Federal). Hacía escasos meses que había escrito mi primer libro sobre los descubrimientos de los científicos de la NASA sobre la Sábana Santa de Turín y recuerdo que en una de mis intervenciones en la televisión azteca —concretamente en el prestigioso y popular programa informativo de Jacobo Zabludowsky—, yo había comentado algunos pormenores sobre las aterradoras torturas a que había sido sometido Jesús de Nazaret. Ante mi sorpresa y la del equipo de Televisa, esa noche se registró un torrente de llamadas desde los puntos más dispares de la República e, incluso, desde Miami y California.

Al regresar a mi hotel, la operadora del Presidente Chapultepec me dio paso a una llamada que no olvidaré jamás.

—¿El señor J. J. Benítez?

—Sí, dígame...

—¿Es usted J. J. Benítez?

—Sí, soy yo... ¿Quién habla?

—Le he visto en el programa del señor Zabludowsky y me sentiría muy honrado si pudiera conversar con usted.

—Bueno, usted dirá —respondí casi mecánicamente, al tiempo que me dejaba caer sobre la cama. En aquellos primeros instantes confundí a mi comunicante con el típico curioso. Y me dispuse a liquidar la conversación a la primera oportunidad.

—Como habrá adivinado por mi acento, soy extranjero... Sinceramente, al escucharle me ha impresionado su interés por Cristo.

—Disculpe —le interrumpí, tratando de saber a qué atenerme—, ¿cómo me ha dicho que se llama?

—No, no le he dicho mi nombre. Y si usted me lo permite, dada mi condición de antiguo piloto de las fuerzas aéreas norteamericanas, preferiría no dárselo por teléfono.

Aquello me puso en guardia. Me incorporé e intenté ordenar mis ideas.

—... No sé cuál es su plan de trabajo en México —continuó en un tono sumamente afable— pero quizá pueda ser de gran interés para usted que nos veamos. ¿Qué le parece?

—No sé —dudé—; ¿dónde se encuentra usted?

—Le llamo desde el estado de Tabasco. ¿Tiene previsto algún viaje a esta zona?

—Francamente, no; pero...

Una vez más me dejé llevar por la intuición. ¿Un antiguo piloto de la USAF? Podía ser interesante...

La experiencia como investigador me ha ido enseñando a aceptar el riesgo. ¿Qué podía perder con aquella entrevista?

—¿Puede usted adelantarme algo? —insinué sin reprimir la curiosidad.

—No... Créame. No puedo por teléfono... Es más: no deseo engañarle y le adelanto ya que en esa primera conversación, si es que llega a celebrarse, probablemente no saque usted demasiadas conclusiones. Sin embargo, insisto en que nos veamos...

—Está bien —corté con cierta brusquedad—. Acepto. ¿Dónde y cuándo nos vemos?

—¿Puede usted desplazarse hasta Villahermosa? Yo estaré aquí hasta el sábado. ¿Conoce usted la ciudad?

—Sí, por supuesto —respondí un tanto contrariado.

Si la memoria no me fallaba, en julio de 1977 Raquel y yo habíamos visitado la zona arqueológica de Palenque, en el estado de Chiapas, y las colosales cabezas olmecas de Villahermosa. Pero yo me encontraba ahora en el Distrito Federal, a mil kilómetros de la tórrida región tabasqueña.

—¿Le parece bien el viernes, día 18?

—Un momento. Permítame que vea mi agenda...

La verdad es que yo sabía de antemano que no existía compromiso alguno para dicho viernes. Pero el hecho de tener que viajar hasta Tabasco, sin garantías ni referencias sobre la persona con la que pretendía entrevistarme, me había irritado. Y busqué afanosamente alguna excusa que me apeara de tan descabellado viaje. Fueron segundos tensos. Por un lado, el instinto periodístico tiraba de mí hacia Villahermosa. Por otro, el sentido común había empezado a zancadillear mi frágil entusiasmo. Por fortuna para mí, el primero se impuso y acepté:

—Muy bien. Creo que hay un vuelo que sale de México a primera hora de la mañana. ¿Dónde puedo verle?

—¿Conoce usted el Parque de la Venta?

El hombre debió de percibir mis dudas y añadió:

—El de las cabezas olmecas...

—Sí, lo conozco.

—Le estaré esperando junto al Gran Altar...

—Pero, ¿cómo voy a reconocerle?

—No se preocupe.

Aquella seguridad me dejó fascinado.

—... Lo más probable —concluyó— es que yo le reconozca primero.

—Está bien. De todas formas llevaré un libro en las manos...

—Como guste.

—Entonces... hasta el viernes.

—Correcto. Muchas gracias por atender mi llamada.

—Ha sido un placer —mentí—. Buenas noches.

Al colgar el auricular me vi asaltado por un enjambre de dudas. ¿Por qué había aceptado tan rápidamente? ¿Qué seguridad tenía de que aquel supuesto extranjero fuera un piloto retirado de la USAF? ¿Y si todo hubiera sido una broma?

Al mismo tiempo, algo me decía que debía acudir a Villahermosa. El tono de voz de aquel hombre me hacía intuir que estaba ante una persona sincera. Pero, ¿qué quería comunicarme?

Pensé, naturalmente, en esa enigmática información. «Lo más lógico —me decía a mí mismo mientras trataba inútilmente de conciliar el sueño— es que se trate de algún caso ovni protagonizado por los militares norteamericanos. ¿O no?»

«¿Por qué citó mi interés por Cristo? ¿Qué tenía que ver un veterano militar con este asunto?»

A decir verdad, cuanto más removía el suceso, más espeso e irritante se me antojaba. Así que opté por la única solución práctica: olvidarme hasta el viernes, 18 de abril.

TABASCO

A las 10.45, una hora escasa después de despegar del aeropuerto Benito Juárez de la ciudad de México, tomaba tierra en Villahermosa. Al pisar la pista, un familiar hormigueo en el estómago me anunció el comienzo de una nueva aventura. Allí estaba yo, bajo un sol tropical, con la inseparable bolsa negra de las cámaras al hombro y un ejemplar de mi libro *El Enviado* entre las manos.

«Veremos qué me depara el destino», pensé mientras cruzaba la achicharrante pista en dirección al edificio terminal. Aquella situación —para qué voy a negarlo— me fascinaba. Siempre me ha gustado jugar a detectives...

Por ello, y desde el momento en que abandoné el reactor de la compañía Mexicana de Aviación que me había trasladado al estado de Tabasco, fui fijando mi atención en las personas que aguardaban en el aeropuerto. ¿Estaría allí el misterioso comunicante?

Si hacía caso al timbre de su voz, mi anónimo amigo debía rondar los cincuenta años. Quizá más, si consideraba que era un piloto retirado del servicio activo.

Sujeté el libro con la mano izquierda, procurando que la portada quedara bien visible, y despaciosamente me encaminé al servicio de cambio de moneda. Si el norteamericano estaba allí tenía que detectarme.

Cambié algunos dólares, y con la misma calma me dirigí a la puerta de salida en busca de un taxi.

Nadie hizo el menor movimiento ni se dirigió a mí en ningún momento. Estaba claro que el extranjero no se hallaba en el aeropuerto, o al menos no había querido dar señales de vida.

Pocos minutos después, a las 11.15 de aquel viernes, 18 de abril de 1980, un empleado del Parque Museo de la Venta me extendía el correspondiente boleto de entrada, así como un sencillo pero documentado plano para la localización de las gigantescas esculturas olmecas.

El parque parecía tranquilo.

Consulté el mapa y comprobé que el Gran Altar —nuestro punto de reunión— estaba enclavado justamente en el centro de aquel bello museo al aire libre. El itinerario marcaba un total de 27 monumentos. Yo debía llegar al enclave número cinco. Si todo marchaba bien, allí debería conocer, al fin, a mi informador.

Sin pérdida de tiempo me adentré por el estrecho camino, siguiendo las huellas de unos pies en rojo que habían sido pintadas por los responsables del parque y que constituían una simpática ayuda para el visitante.

A los pocos metros, a mi izquierda, descubrí el monumento número 1. Se trataba de una formidable cabeza de jaguar semidestruida, con un peso de treinta toneladas.

Proseguí la marcha, adentrándome en un espeso bosquecillo. El corazón empezaba a latir con mayor brío.

A unos ochenta pasos, a la derecha del camino, aparecieron las esculturas de un mono y de otro jaguar. Eran los monumentos números 2 y 3. Frente al jaguar, el plano marcaba la figura de un manatí, tallado en serpentina. Era el número 4.

Avancé otra treintena de metros y al dejar atrás uno de los recodos del sendero reconocí entre la espesura el enclave número 4 bis: otro pequeño jaguar, igualmente tallado en basalto.

El siguiente era el Gran Altar Triunfal.

Aquellos últimos metros hasta la pequeña explanada donde se levanta el monumento número cinco fueron singularmente intensos. Hasta ese momento no había coincidido con un solo turista. Mi única compañía la formaban mis pensamientos y aquella loca algarabía del sinfín de pájaros multicolores que relampagueaba entre las copas de los corpulentos huayacanes, parotas y cedros rojos.

Al entrar en el calvero me detuve. El corazón me dio un vuelco. El Gran Altar estaba desierto. Bajo el ara, en un nicho central, un personaje desnudo y musculoso empuñaba una daga en su mano izquierda. Con la derecha, la estatua sujetaba una cuerda a la que permanecía amarrado un prisionero.

El furioso sol del mediodía me devolvió a la realidad.

«¿Dónde está el maldito yanqui?», balbucí indignado.

La sola idea de que me hubiera tomado el pelo me desarmó. Avancé desconcertado hacia el Gran Altar, sintiendo el crujir del guijo blanco bajo mis botas.

«Quizá me he adelantado», pensé en un débil intento por tranquilizarme.

De pronto, alertado —supongo— por el ruido de mis pasos sobre la grava, un hombre apareció por detrás de la gran mole de piedra. Ambos permanecimos inmóviles durante unos segundos, observándonos. Jamás olvidaré aquellos instantes. Ante mí tenía a un individuo de considerable altura —quizá alcanzase 1,80 metros—, con el cabello cano y vistiendo una guayabera y unos pantalones igualmente blancos.

Respiré aliviado. Sin duda, aquél era mi anónimo comunicante.

—Buenos días —exclamó, al tiempo que se quitaba las gafas de sol y dibujaba una amplia sonrisa—. ¿Es usted J. J. Benítez?

Asentí y estreché su mano. Suelo dar gran importancia a este gesto. Me gusta la gente que lo hace con fuerza. Aquel apretón de manos fue sólido, como el de dos amigos que se encuentran después de largo tiempo.

—Le agradezco que haya venido —comentó—. Creo que no se arrepentirá de haberme conocido.

Ni en esta primera entrevista ni en las que siguieron en meses posteriores pude averiguar la edad exacta de aquel norteamericano. A juzgar por su aspecto —huesudo y con un rostro acribillado por las arrugas— quizá rondase los sesenta años. Sus ojos claros, afilados como un sable, me inspiraron confianza. No sé la razón, pero, desde aquel primer encuentro al pie del Gran Altar en el Museo de la Venta, se estableció entre nosotros una mutua corriente de confianza.

—Conozco un restaurante donde podemos conversar. ¿Tiene hambre?

No sentía el menor apetito, pero acepté. Lo que me consumía era la curiosidad.

Al cabo de unos minutos nos sentábamos en un sombreado establecimiento, casi al final de la calle del Paralelo 18. En el trayecto, ninguno de los dos cruzamos una sola palabra. Supongo que mi nuevo amigo hizo lo mismo que yo: tratar de descubrir en el otro hasta los más nimios detalles... Después de aquel saludo en el museo de las gigantescas cabezas negroides, la certeza de que me encontraba ante una posible buena noticia había ido ganando terreno.

—Usted dirá —rompí el silencio, invitando a mi acompañante a que empezara a hablar.

—En primer lugar quiero recordarle lo que ya le dije por teléfono. Es posible que se sienta decepcionado después de esta primera conversación.

—¿Por qué?

—Quiero ser muy sincero con usted. Yo apenas le conozco. No sé hasta dónde puede llegar su honestidad...

Le dejé hablar. Su tono pausado y cordial hacía las cosas mucho más fáciles.

—... Para depositar en sus manos la información que poseo es preciso primero que usted me demuestre que confía en mí. Por eso —y le ruego que no se alarme— necesito probar y estar seguro de su firmeza de espíritu y, sobre todo, de su interés por Cristo.

El americano se llevó a los labios un jugo de naranja y siguió perforándome con aquella mirada de halcón. Debió captar mi confusión. ¿Qué demonios tenía que ver mi firmeza de espíritu con Cristo, o, mejor dicho, con mi interés por Jesús?

—Permítame un par de preguntas, señor...

—Si no le molesta —repuso con una fugaz sonrisa— llámeme mayor. Por el momento, y por razones de seguridad, no puedo decirle mi verdadero nombre.

Aquello me contrarió. Pero acepté. ¿Qué otra cosa podía hacer si de verdad quería llegar al fondo de aquel enigmático asunto?

—Está bien, mayor. Vayamos por partes. En primer lugar, usted dice ser un oficial retirado de las fuerzas aéreas norteamericanas. ¿Estoy equivocado?

—No, no lo está.

—Bien. Segunda pregunta: ¿qué tiene que ver mi interés por Cristo con esa información que usted dice poseer?

El camarero situó sobre el mantel rojo sendas bandejas con postas de robalo y mole verde, quesadillas y un inmenso filete de carne a la tampiqueña.

El mayor guardó silencio. Ahora estoy seguro de que aquélla fue una situación difícil para él. Mi amigo debió luchar consigo mismo para contenerse.

—Cuando usted conozca la naturaleza de esa información

—puntualizó— comprenderá mis precauciones. Es preciso que antes que eso suceda, yo esté convencido de que usted, o la persona elegida, será capaz de valorarla y, sobre todo, de que hará un buen uso de ella.

—No termino de entender por qué se ha fijado en mí...

El mayor sostuvo aquella mirada penetrante y preguntó a su vez:

—¿Cree usted en la casualidad?

—Sinceramente, no.

—Cuando le vi y le escuché en televisión hubo una frase suya que me impulsó a llamarle. Usted tuvo el valor de reconocer públicamente que ahora, a partir de sus investigaciones sobre los descubrimientos de los científicos de la NASA, había «descubierto» a Jesús de Nazaret. Usted no parece avergonzarse de Cristo...

Sonreí.

—¿Y por qué iba a hacerlo si de verdad creo en Él?

—Eso fue lo que usted transmitió a través del programa. Y eso, ni más ni menos, es lo que yo busco.

No pude contenerme y le solté a quemarropa:

—Disculpe. ¿Es usted miembro de alguna secta religiosa?

El mayor pareció desconcertado. Pero terminó por sonreír, aportándome un nuevo dato sobre su persona.

—Vivo solo y retirado. Soy creyente y no puede sospechar usted hasta qué punto... Sin embargo, he huido de cualquier tipo de iglesia o grupo religioso. Tenga la seguridad de que no se encuentra ante un fanático...

Creí percibir unas gotas de tristeza o melancolía en algunas de sus palabras. Hoy, al recordarlo, y conforme fui desentrañando el enigma del mayor norteamericano, no puedo evitar un escalofrío de emoción y profundo respeto por aquel hombre.

—¿Dónde vive usted?

—En el Yucatán.

—¿Puedo preguntarle por qué vive solo y retirado?

Antes de que respondiera traté de acorralarlo con una segunda cuestión:

—¿Tiene algo que ver con esa información que usted conoce?

—A eso puedo responderle con un rotundo sí.

El silencio cayó de nuevo entre nosotros.

—¿Y qué desea que haga?

El mayor extrajo de uno de los bolsillos de su guayabera una pequeña y descolorida libreta azul. Escribió unas palabras y me extendió la hoja de papel. Se trataba de un apartado de correos en la ciudad de Chichén Itzá, en el mencionado estado del Yucatán.

—Quiero que sigamos en contacto —respondió señalándome la dirección—. ¿Puede escribirme a ese apartado?

—Naturalmente, pero...

El hombre pareció adivinar mis pensamientos y repuso con una firmeza que no dejaba lugar a dudas:

—Es preciso que ponga a prueba su sinceridad. Le suplico que no se moleste. Sólo quiero estar seguro. Aunque ahora no lo comprenda, yo sé que mis días están contados. Y tengo prisa por encontrar a la persona que deberá difundir esa información...

Aquella confesión me dejó perplejo.

—¿Está usted diciéndome que sabe que va a morir?

El mayor bajó los ojos. Y yo maldije mi falta de tacto.

—Perdone...

—No se disculpe —prosiguió el oficial, volviendo a su tono jovial—. Morir no es bueno ni malo. Si se lo he insinuado ha sido para que usted sepa que ese momento está próximo y que, en consecuencia, no está usted ante un bromista o un loco.

—¿Cómo sabré si usted ha decidido o no que yo soy la persona adecuada?

—Aunque espero que volvamos a vernos en breve, no se preocupe. Sencillamente, lo sabrá.

—No puedo disimularlo más. Usted sabe que yo investigo el fenómeno ovni...

—Lo sé.

—¿Puede aclararme al menos si esa información tiene algo que ver con estas astronaves?

—Lo único que puedo decirle es que no.

Aquello terminó por desconcertarme.

Dos horas más tarde, con el espíritu encogido por las dudas, despegaba de Villahermosa rumbo a la ciudad de México. Yo no podía imaginar entonces lo que me deparaba el destino.

YUCATÁN

A mi regreso a España, y por espacio de varios meses, el mayor y yo cruzamos una serie de cartas. Por aquellas fechas, mis actividades en la investigación ovni habían alcanzado ya un volumen y una penetración lo suficientemente destacados como para tentar a los diversos servicios de Inteligencia que actúan en mi país. Era entonces consciente —y lo soy también ahora— de que mi teléfono se hallaba intervenido y de que en muy contadas ocasiones, dada la naturaleza de algunas de esas indagaciones, los sutiles agentes de estos departamentos (civiles y militares) de Información, habían seguido muy de cerca mis correrías y entrevistas. Lo que nunca supieron estos sabuesos —eso espero al menos— es que, en previsión de que mi correspondencia pudiera ser interceptada, yo había alquilado un determinado apartado de correos, aprovechando para ello la complicidad de un buen amigo, que figuró siempre como legítimo usuario de dicho apartado postal. Esta argucia me ha permitido desviar del canal «oficial» aquellas cartas, documentos e informaciones en general que deseaba aislar de la malsana curiosidad de los mencionados agentes secretos. Naturalmente, por lo que pudiera pasar y dada la antigua profesión y la nacionalidad del mayor, sus misivas siguieron siempre este conducto confidencial. Ni siquiera Raquel, mi mujer, supo de la existencia de este nuevo amigo ni de mis sucesivos contactos con él.

Por otra parte, y aunque las cartas del mayor hubieran caído en manos de los servicios de Inteligencia, dudo mucho que el contenido de las mismas pudiera llamarles la atención. Por más que presioné, jamás logré que deslizara una sola pista sobre la información que decía poseer. Sus amables escritos iban enfocados siempre hacia un más intenso y extenso conocimiento de mi forma de pensar, de mis inquietudes y, especialmente, de mis pasos e investigaciones en torno a la pasión y muerte de Cristo. Recuerdo que una de sus cartas estuvo dedicada por entero a interrogarme sobre la última parte de mi libro *El Enviado*. Al parecer, mi supuesta entrevista con Jesús de Nazaret, que cierra dicha obra, le causó un especial impacto.

Y llegó el otoño de 1980. En honor a la verdad, mis esperanzas de obtener algún indicio sobre el impenetrable secreto del mayor se habían ido debilitando. Hubo momentos difíciles, en los que las dudas me asaltaron con gran virulencia. Creo que mi escaso entusiasmo hubiera terminado por apagarse de no haber recibido aquella lacónica carta —casi telegráfica— en la que mi amigo me rogaba que «lo dejara todo y volara hasta la ciudad de Mérida, en el estado del Yucatán». Durante varios días —no voy a negarlo— me debatí en una angustiosa zozobra. ¿Qué debía hacer? ¿Es que el mayor se había decidido a hablarme con claridad? Tentado estuve de escribirle una vez más y pedirle explicaciones. Pero algo me contuvo. Yo intuía que aquélla podía ser otra prueba; quizá la definitiva.

Al fin tomé la decisión de volar a América e inicié un sinfín de gestiones para tratar de subvencionar en todo o en parte el costoso viaje. En contra de lo que muchos puedan pensar, mis recursos económicos son siempre escasos y aquel súbito salto al otro lado del Atlántico terminó por desnivelarlos. Providencialmente, mi amigo y editor José Manuel Lara aceptó la idea de presentar mis últimos libros en América, y con esta excusa aterricé en Bogotá.

Aquel rodeo, aunque retrasó algunos días mi entrevista con el mayor, se me antojó sumamente prudencial. No estaba dispuesto a conceder el menor respiro a los servicios de Inteligencia y así se lo anuncié a mi amigo en una carta que me precedió y en la que, por supuesto, le señalaba el día y el vuelo en el que esperaba tomar tierra en Mérida.

Al concluir mis obligaciones en Colombia me las ingenié para cancelar mis compromisos en Caracas, volando en el más riguroso incógnito —vía Belmopán— hasta Yucatán.

Al cruzar la aduana y antes de que tuviera tiempo de buscar al mayor, me di de manos a boca con un cartel en el que había sido escrito mi primer apellido. El escandaloso cartón era sostenido por un hombre recio, de espeso bigote negro y tez bronceada. Al presentarme se identificó como Laurencio Rodarte, al servicio del mayor.

—Él no ha podido venir a recibirle —se excusó mientras pugnaba por hacerse con mi maleta—. Si no le importa, yo le conduciré hasta él.

Mi instinto me hizo desconfiar. Y antes de abandonar el aeropuerto traté de averiguar qué papel jugaba aquel individuo y por qué razón no había acudido el mayor.

Laurencio debió captar mi recelo y, soltando la maleta, resumió:

—El mayor está enfermo.

—¿Dónde se encuentra?

—Lo siento pero no estoy autorizado para decírselo. Él me ha enviado a recogerle y...

—Mire, Laurencio —le interrumpí tratando de calmar mis nervios—, no tengo nada contra usted. Es más: le agradezco que haya venido a recibirme, pero, si usted me dice dónde está el mayor, yo iré por mis propios medios.

El hombre dudó.

—Es que mis órdenes...

—No se preocupe. Dígame dónde me espera el mayor y yo iré a su encuentro.

El tono de mi voz era tan firme que Laurencio terminó por encogerse de hombros y preguntó de mala gana:

—¿Conoce Chichén Itzá?

—Sí.

—El mayor me ordenó que le llevara hasta el cenote sagrado.

Laurencio señaló mi reloj y puntualizó:

—Usted deberá estar allí a las cuatro.

Y dando media vuelta se encaminó a la puerta de salida. Consulté la hora local y comprobé que tenía dos horas escasas para llegar hasta el pozo sagrado de los mayas. Yo había visitado en otras oportunidades el recinto arqueológico de la recóndita población de Chichén Itzá, al este de Mérida, y en plena selva de la península del Yucatán. Conocía también los dos famosos cenotes —el sagrado y el profano— situados a corta distancia de la ciudad y que, según los arqueólogos, pudieron ser utilizados por los antiguos mayas como depósitos naturales de agua y, en el caso del cenote sagrado, como centro religioso en el que se practicaban sacrificios humanos.

Al ver alejarse el Toyota negro que conducía Laurencio, me concedí un respiro, tratando de poner en orden mis ideas. Por supuesto, no tardé en reprocharme aquella seca y radical actitud mía para con el emisario del mayor. En especial, a la hora de regatear con los taxistas que montaban guardia al pie del aeropuerto...

Después de no pocos tira y afloja, uno de los chóferes aceptó llevarme por 850 pesos. Y a eso de las dos de la tarde —sin probar bocado y con la ropa empapada por el sudor— el taxi enfiló la ruta número 180, en dirección a Chichén.

Tal y como había prometido, el taxista cubrió los 120 kilómetros que separan Mérida de Chichén Itzá en poco más de hora y media. Tras una vertiginosa ducha en el hotel de la Villa Arqueológica, me dirigí al lugar elegido por el mayor. A las cuatro en punto, a paso ligero y con el corazón en la boca, dejé atrás la impresionante pirámide de Kukulcán y la plataforma de Venus, adentrándome en la llamada Vía Sagrada, que muere precisamente en un cenote u olla de casi sesenta metros de diámetro y cuarenta de profundidad.

Antes de alcanzar el filo del pozo sagrado distinguí a dos personas sentadas al pie de una frondosa acacia de florecillas rosadas. Al verme, una de ellas se incorporó. Era Laurencio. Reduje el paso y mientras me aproximaba sentí una incontenible oleada de vergüenza. Una vez más me había equivocado.

Pero aquel sentimiento se esfumó a la vista de la segunda persona. Quedé atónito. Era el mayor, pero con veinte años más de los que aparentaba cuando le conocí en Villahermosa. Permaneció sentado sobre la plataforma de piedra del viejo altar de los sacrificios, observándome con una mezcla de incredulidad y emoción. Lentamente, en silencio, dejé resbalar la bolsa de las cámaras, al tiempo que Laurencio le ayudaba a incorporarse. El mayor extendió entonces sus largos brazos y, sin saber por qué, dejándome arrastrar por mi corazón, nos abrazamos.

—¡Querido amigo! —susurró el anciano—. ¡Querido amigo!...

Sus penetrantes ojos, ahora hundidos en un rostro calavérico, se habían humedecido. Algo muy grave, en efecto, había minado su antigua y gallarda figura. Su cuerpo aparecía encorvado y reducido a un manojo de huesos, bajo una piel reseca y salpicada por corros marrones de melanina. Una barba blanca y descuidada marcaba aún más su decadencia.

Intenté esbozar una disculpa, estrechando la mano de Laurencio, pero éste, sin perder la sonrisa, me rogó que olvidara el incidente del aeropuerto.

El mayor, apoyándose en mi hombro, me sugirió que caminásemos un poco hasta el prado que rodea a la pirámide de Kukulcán.

Con paso vacilante y un sinfín de altos en el camino, fuimos aproximándonos al castillo o pirámide de la Serpiente Emplumada. Así, en aquella primera jornada en Chichén Itzá, supe de labios del propio mayor que su fin estaba próximo y que, en contra de lo que pudiera imaginar, su muerte fijaría precisamente el comienzo de mi labor.

Supe también que —tal y como me había insinuado en otras ocasiones— su «enfermedad» era consecuencia de un fallo no previsto en un proyecto secreto llevado a cabo años atrás, cuando él todavía pertenecía a las fuerzas aéreas norteamericanas. Cuando le interrogué sobre dicho proyecto, sospechando que podía guardar una estrecha relación con la información que había prometido darme, el mayor me rogó que siguiera siendo paciente y que esperase un poco más.

Durante dos días, mi vida transcurrió prácticamente en la pequeña casita de una planta, a las afueras de Chichén, y muy próxima a las grutas de Balankanchen, en la carretera que discurre en dirección a la Valladolid maya. Allí, Laurencio y su mujer venían cuidando a mi amigo desde hacía seis años.

Ni que decir tiene que aproveché aquella magnífica oportunidad para bucear en la medida de lo posible en el pasado y en la identidad del mayor. Sin embargo, mis pesquisas entre las diversas autoridades policiales y las gentes de Chichén no fueron todo lo fructíferas que yo hubiera deseado. Por un mínimo de delicadeza hacia mi amigo, y porque había empezado a estimarle, al margen incluso de la prometida información, opté por suspender los tímidos y disimulados sondeos. Cada vez que me lanzaba a la operación de rastreo, un sentimiento de repugnancia hacia mí mismo terminaba por embargarme. Era como si estuviera tracionándole...

Decidí cortar tales maniobras, prometiéndome a mí mismo que sería implacable, si llegaba el caso de que la supuesta información secreta acababa por fin en mi poder.

Sin embargo, y gracias a aquellas primeras averiguaciones, confirmé como positivos algunos de los datos que el mayor me había facilitado sobre su persona: era, efectivamente, de nacionalidad norteamericana, su pasaporte aparecía en regla y había pertenecido a la USAF.

Aunque él quizá no lo supo nunca, antes de regresar a España yo sabía ya su verdadera identidad, así como otros pequeños detalles sobre su limpia y apacible vida en el Yucatán. Todo esto, como es lógico, me tranquilizó e hizo crecer mi curiosidad e interés por esa información de la que tanto me había hablado el mayor.

Antes de partir, al anunciarle al ex oficial mi intención de volver a mi país, le expuse con toda claridad mi inquietud ante su deteriorado estado de salud y la no menos inquietante circunstancia, al menos para mí, de no haber obtenido ni la más mínima pista sobre el celoso secreto que decía tener.

El mayor rogó a Laurencio que le acercara un sobre blanco que descansaba en uno de los anaqueles de la alacena del pequeño salón donde conversábamos. Con gesto grave lo puso en mis manos y comentó:

—Aquí tienes la primera entrega. El resto llegará a tu poder cuando yo muera...

Examiné el sobre con un cierto nerviosismo.

—Está cerrado —apunté—. ¿Puedo abrirlo?

—Te suplicaría que lo hicieras lejos de aquí... Quizá en el avión.

Mientras lo guardaba entre las hojas de mi pasaporte, mi amigo adoptó un tono más relajado:

—Gracias. Es preciso que comprendas que tu búsqueda empieza ahora.

—¿Mi búsqueda?... pero, ¿de qué?

El mayor no respondió a mis preguntas.

—Sólo te pido que sigas creyendo en mí y que empeñes todo tu corazón en descifrar la clave que te conducirá a mi legado.

—Sigo sin comprender...

—No importa. Ahora, antes de que nos abandones, tienes que prometerme algo.

El mayor se puso en pie y yo hice lo mismo. En un extremo de la estancia, Laurencio asistía a la escena con su proverbial mutismo.

—Prométeme —me anunció el anciano, al tiempo que levantaba su mano derecha— que, ocurra lo que ocurra, jamás revelarás mi identidad...

A pesar de mi creciente confusión, levanté también mi mano derecha y se lo prometí con toda la solemnidad de que fui capaz.

—Gracias otra vez —murmuró el mayor mientras se dejaba caer lentamente sobre la silla—. Que Dios te bendiga...

ESPAÑA

Aquélla fue la segunda y última vez que vi con vida al mayor. Al regresar a España, y mientras mi avión sobrevolaba los cráteres del Popocatepetl, tomé en mis manos el misterioso sobre que me había dado el norteamericano. Lo palpé lentamente y, con sorpresa, adiviné algo duro en su interior. La curiosidad, difícilmente contenida durante aquellos días, se desbordó y procedí a abrirlo con todo el cuidado de que fui capaz.

Al asomarme a su interior, la decepción estuvo a punto de provocarme un paro cardíaco. ¡Estaba vacío! O, mejor dicho, casi vacío.

Minuciosamente pegada a las paredes del sobre, mediante una transparente tira de cinta adhesiva, había una llave.

La arranqué sin poder contener mi desencanto y la fui pasando de una a otra mano, sin saber qué pensar.

Procuré tranquilizarme, engañándome a mí mismo con los más dispares argumentos. Pero la verdad desnuda y fría seguía allí —frente a mí— en forma de llave. Para colmo, aquella pieza de cuatro centímetros escasos de longitud no presentaba un solo signo o inscripción que permitiera algún tipo de identificación. Había sido usada, eso estaba claro. Pero, ¿dónde?

Durante horas me debatí entre mil conjeturas, mezclando lo poco que me había adelantado el mayor con un laberinto de especulaciones y fantasías propias. El resultado final fue un serio dolor de cabeza.

«Aquí tienes la primera entrega...»

¿Qué misterio encerraba aquella frase? Y, sobre todo, ¿en qué podía consistir «el resto»?

«... El resto llegará a tu poder cuando yo muera.»

Lo único claro —o medianamente claro— en todo aquel embrollo era que la información en cuestión (o lo que fuera), debía de guardar alguna relación con aquella llave. Pero, ¿cuál?

Era absolutamente necesario esperar, a no ser que quisiera volverme loco. Y eso fue lo que hice: aguardar pacientemente.

Durante la primavera y el verano de 1981, las cartas del mayor fueron distanciándose cada vez más en el tiempo. Finalmente, hacia el mes de julio, y con la consiguiente alarma por mi parte, el fiel Laurencio fue el encargado de responder a mis escritos.

...*El mayor* —me decía en una de las últimas misivas— *ha entrado en un profundo estado de postración. Apenas si puede hablar...*

Aquellas letras auguraban un rápido y fatal desenlace. Mentalmente, incluso me preparé para un nuevo y postrer viaje al Yucatán. Por encima de mi innegable y sostenido interés —llamémosle periodístico— había prevalecido, gracias a Dios, un arraigado afecto hacia aquel anciano prematuro. Bien sabe Dios que hubiera deseado estar junto a él en el momento de su muerte. Pero el destino me reservaba otro papel en esta desconcertante historia.

¿Fue casualidad? Sinceramente, ya no sé qué pensar...

El caso es que aquel 7 de septiembre de 1981 —fecha de mi cumpleaños— llegó a mi poder una nueva carta procedente de Chichén Itzá. En unas lacónicas frases, Laurencio me anunciaba lo siguiente:

...Tengo el doloroso deber de comunicarle que nuestro común hermano, el mayor, falleció el pasado 28 de agosto. Siguiendo sus instrucciones, le adjunto un sobre que sólo usted deberá abrir...

Aunque la noticia no me cogió por sorpresa, debo confesar que la desaparición de mi amigo me sumió durante varios días en una singular melancolía, comparable quizá con la tristeza que me produjo un año después el fallecimiento de otro entrañable maestro y amigo: Manuel Osuna.

Aquella misma tarde del 7 de septiembre, con el ánimo encogido, conduje mi automóvil hasta los acantilados de Punta Galea. Y allí, frente al azul y manso Cantábrico, recé por el mayor.

Allí mismo, en medio de la soledad, quebré el lacre que protegía el sobre y extraje su contenido.

Curiosamente, en contra de lo que yo mismo hubiera imaginado semanas atrás, en aquellos instantes mi alocada curiosidad y el desenfrenado interés por desentrañar el misterio del mayor pasaron a un segundo plano. Durante más de dos horas, la ansiada segunda entrega permaneció casi olvidada sobre el asiento contiguo de mi coche.

Verdaderamente yo había estimado a aquel anciano.

Pero al fin, como digo, se impuso mi curiosidad. El sobre contenía dos grandes hojas, de papel recio y cuadriculado. Reconocí de inmediato la letra puntiaguda del mayor.

Uno de los folios era una carta, escrita por ambas carillas. ¡Estaba fechada en el mes de agosto de 1980! Eso significaba —por pura deducción— que el mayor había tomado la decisión de confiarme su secreto poco después de mi primer encuentro con él, ocurrido el 18 de abril de 1980.

La carta, que aparecía firmada con sus nombres y apellidos, era en realidad una postrera recomendación para que procurara mantenerme en el camino de la honradez y del amor hacia mis semejantes. En el último párrafo, y casi de pasada, el mayor hacía referencia a la famosa segunda entrega, explicándome que *para llegar a la información que tanto deseaba, debería primero descifrar la clave que me adjuntaba en hoja aparte.*

Por último, y con un tosco pero llamativo subrayado, me rogaba que hiciera un buen uso de dicha información.

... Mi deseo es que con ella puedas llevar un poco más de paz a cuantos, como tú y como yo, estamos empeñados en la búsqueda de la Verdad.

El segundo papel, igualmente manuscrito por el mayor, presentaba un total de cinco frases, en inglés, que a primera vista resultaban absurdas e incongruentes.

He aquí la traducción:

«El centinela que vela ante la tumba te revelará el ritual de Arlington.»

«Llave y ritual conducen a Benjamin.»

«Abre tus ojos ante John Fitzgerald Kennedy.»

«El hermano duerme en 44 - W. La sombra del níspero le cubre al atardecer.»

«Pasado y futuro son mi legado.»

El mayor, una vez más, parecía disfrutar con aquel juego. ¿O no se trataba de un juego? Me pregunté mil veces por qué tantos rodeos y precauciones. Si mi amigo había muerto, lo lógico es que me hubiera facilitado la traída y llevada información sin necesidad de nuevas complicaciones.

Pero las cosas estaban como estaban y mi única alternativa era tratar de despejar aquella cada vez más enredada madeja.

Como supondrá el lector, pasé horas con los cinco sentidos pegados a aquellas frases. Tentado estuve de acudir a algunos de mis amigos, en busca de ayuda. Pero me contuve. Me hubiera visto forzado a ponerles en antecedentes de tan larga e increíble historia y, sobre todo, conforme fue pasando el tiempo, lejos de desanimarme, encajé el asunto como un reto personal. Y los que me conocen un poco saben que ésa es una de mis debilidades.

De entrada, lo único que estaba claro es que la llave que me diera el mayor guardaba una indudable y estrecha relación con la segunda frase. Esa llave debería «conducirme» o llevarme hasta Benjamin. Pero, ¿qué o quién era «Benjamin»?

Una y otra vez, por espacio de casi tres semanas, desmenucé frase por frase y palabra por palabra. Llevé a cabo los más disparatados cambios y saltos en las frases, buscando un sentido más lógico. Fue inútil.

A fuerza de bucear en la clave terminé por aprendérmela de memoria. Aquel mes de septiembre, y parte del siguiente, viví por y para aquel mensaje cifrado. Pasaba los días deambulando sin norte alguno y con la mirada extraviada, ajeno prácticamente a cuanto me rodeaba. Fueron mis hijos y especialmente Raquel quienes padecieron con más crudeza mis aparentemente absurdos e inexplicables cambios de carácter, mis continuas depresiones y hasta una injusta irascibilidad. Espero que ahora, al leer estas líneas, puedan comprenderme y perdonarme.

Llegué incluso a consultar con expertos cerrajeros, que examinaron la misteriosa llave desde todos los ángulos posibles. El resultado era siempre idéntico: aleación corriente; dientes rutinarios... todo ordinario.

Pero aquella situación —que empezaba a rozar los poco deseables límites de la obsesión— no podía continuar. Y un buen día hice balance. ¿Qué tenía realmente entre las manos? ¿A qué conclusiones había llegado.?

Desgraciadamente podían limitarse a un par de pistas.

1.ª Arlington es un cementerio norteamericano. Yo sabía que se trataba del célebre camposanto de los héroes de guerra de aquella nación.

Me documenté cuanto pude y comprobé, en efecto, que en dicho lugar existe una tumba que guarda los restos de un soldado desconocido. Por pura lógica deduje que dicha tumba estaría custodiada o vigilada por alguna guardia de honor.

¿Podía referirse el mayor a dicho centinela?

2.ª También en el Cementerio Nacional de Arlington está enterrado el presidente Kennedy.

Pero, ¿por qué debía «abrir mis ojos ante John Fitzgerald Kennedy»?

Éstos eran los únicos puntos en común que yo había sido capaz de trenzar.

El centinela que vela ante la tumba te revelará el ritual de Arlington. Esta primera frase me tenía trastornado. No hacía falta ser muy despierto para comprender que una de las piezas claves tenía que residir en la palabra «ritual». Una prueba de ello es que el mayor se había encargado de repetirla en la segunda secuencia.

¿Cuál era ese ritual? ¿Por qué debía ser el centinela quien me lo revelara? ¿Es que tenía que preguntárselo? Pero, de ser así, ¿a quién debía acudir?

No había vuelta de hoja: el primer paso tenía que ser el desciframiento del maldito ritual. Sólo así podría saber —eso pensaba yo entonces— qué o quién era «Benjamin».

En cuanto a las dos últimas frases de la clave, sinceramente, prescindí temporalmente de ellas.

Poco me faltó para llamar a mi buen amigo Chencho Arias, en aquellas fechas director de la Oficina de Información Diplomática del Ministerio de Asuntos Exteriores español. Con toda seguridad, y merced a sus contactos en Washington, me hubiera despejado parte del camino. Pero lo pensé dos veces y aparqué la idea. Después de todo, hubieran quedado cuatro frases más por aclarar...

No había otra solución: tenía que volar a Estados Unidos y enfrentarme al problema a cuerpo descubierto.

WASHINGTON

A las 11.50 horas del domingo 11 de octubre, el vuelo 903 de la compañía norteamericana TWA despegaba del aeropuerto de Barajas, alcanzando su nivel de crucero —33 000 pies— en poco más de 16 minutos.

Nuestra próxima escala —Nueva York— quedaba a miles de millas. Había tiempo de sobra para planificar la estrategia a seguir una vez en Washington, así como para saborear una fría cerveza y cambiar impresiones con los colegas y amigos que ocupaban buena parte de aquel reactor.

Era curioso. Sencillamente increíble...

Por aquellas fechas, mientras yo me estrujaba el cerebro pujando por desentrañar la enigmática clave del mayor, otro suceso vino a enredar aún más las cosas. En un espléndido artículo en *ABC*, el escritor Torcuato Luca de Tena ofrecía a los españoles la primicia sobre unos fantásticos descubrimientos en los ojos de la Virgen de Guadalupe, en la ciudad de México. Fue como un escopetazo. Aquel nuevo «cebo» a 10 000 kilómetros precipitó mi decisión de saltar nuevamente al continente americano.

Aquello justificaba doblemente mi viaje. Sin embargo, por enésima vez tuve que hacer frente al siempre prosaico pero inevitable capítulo del dinero. Mi plan estaba claro: primero Washington. Después, México. Esta vez, no obstante, la fortuna me sonrió rápidamente. ¿O no fue la fortuna? El caso es que, antes de que pudiera complicarme la existencia, una providencial llamada telefónica desde Madrid me puso al corriente del inminente viaje de SS. MM. los Reyes de España a Estados Unidos. Yo había acompañado a don Juan Carlos y a doña Sofía en otras visitas de Estado y sabía que aquélla era una oportunidad que no podía dejar escapar. Entre otras importantes razones, porque ese tipo de viajes resulta siempre muy asequible a la modesta economía de los profesionales del periodismo.

Así fue como aquel 11 de octubre de 1981, y en compañía de una treintena de periodistas españoles, un segundo reactor de la TWA —el vuelo 407— me situaba en el aeropuerto nacional de la capital federal de los Estados Unidos. Eran las 17.58 (hora local de Washington).

A pesar de mi creciente inquietud y nerviosismo, mi ansiada visita al Cementerio Nacional de Arlington tuvo que ser demorada hasta el día siguiente, lunes. Aquel mes de octubre, el camposanto de los héroes norteamericanos cerraba sus puertas a las cinco de la tarde. Y amparándome en el cansancio del viaje, decliné la invitación de mis entrañables amigos Jaime Peñafiel, Giani Ferrari y Alberto Schommer para visitar la ciudad, encerrándome a cal y canto en la habitación 549 del hotel Marriot, sede y cuartel general de la prensa española. Ellos, por supuesto, eran ajenos a los verdaderos objetivos de mi viaje.

Hasta altas horas de la madrugada permanecí enfrascado en el posible «plan de ataque». Un plan, dicho sea de paso, que, como siempre, terminaría por experimentar sensibles variaciones. Pero trataré de ir por partes.

A las nueve de la mañana del día siguiente, 12 de octubre, con mis cámaras al hombro y un inocente aire de turista despistado, me acercaba hasta las oficinas del Temporary Visitors Center, a las puertas del Cementerio Nacional de Arlington. Allí, una amable funcionaria —plano en mano— me señaló el camino más corto para localizar la Tumba del Soldado Desconocido. Una leve y fresca brisa procedente del río Potomac había empezado a mecer las ramas de los álamos y abetos que se alinean a ambos lados del *drive* o paseo de McClellan. A los pocos minutos, y temblando de emoción, divisé las plazas de Wheaton y Otis e inmediatamente detrás la tumba a la que, sin duda, hacía referencia el mensaje de mi amigo el mayor.

Aunque el cementerio había abierto sus puertas hacía escasamente una hora, un nutrido grupo de turistas se repartía ya a lo largo de la cadena que aísla la pequeña explanada de grandes losas grises en la que se encuentra el gran mausoleo de mármol blanco en el que reposan los restos de un soldado norteamericano caído en los campos de batalla de Europa, y otras dos sepulturas —a derecha e izquierda del anterior— en las que fueron inhumados otros dos soldados desconocidos, muertos en la segunda guerra mundial y en la de Corea, respectivamente.

Allí estaba el centinela; el único, según me informaron en el Centro de Visitantes, que monta guardia permanente en Arlington.

«El centinela que vela ante la tumba te revelará el ritual...»

Mis primeros minutos frente a la tumba fueron una indescriptible mezcla de aturdimiento, confusión y absurda prisa por asimilar cuanto me rodeaba.

Y en mitad de aquel caos mental, la primera frase del mayor: «El centinela que vela...»

Después de dos horas de observación, con los ánimos algo más reposados, saqué mi cuaderno de «bitácora» y comencé una frenética anotación de cuanto había sido capaz de percibir.

El centinela —punto central de mis indagaciones— era relevado cada hora. Eso significaban 60 minutos... La verdad es que, conforme iba escribiendo, muchas de aquellas observaciones me parecieron ridículas. Pero no estaba en condiciones de despreciar ni el más nimio de los detalles.

También hice una exhaustiva descripción de su indumentaria: guerrera azul oscura, casi negra, pantalón igualmente azul (algo más claro), con una raya amarilla en los costados, ocho botones plateados, guantes blancos y gorra negra de plato. Al hombro, un mosquetón con la bayoneta calada...

Observo —seguí anotando— *que el centinela, al llegar al final de su corto y marcial desfile ante las tumbas, cambia siempre el arma de hombro. Curiosamente, el fusil nunca aparece enfrentado al mausoleo.*

Pero, ¿qué tenía que ver todo aquello con el dichoso ritual?

El corto paseo del soldado frente a los sepulcros discurría monótona y silenciosamente. Estaba claro que el centinela no podía hablar. Como es fácil de comprender, no me hice ilusiones respecto a la remota posibilidad de interrogarle sobre el «ritual de Arlington». En aquella primera frase de su oscura clave, el mayor tampoco afirmaba que dicho soldado pudiera transmitirme, de viva voz, el citado ritual. La expresión «te revelará» podía ser interpretada de muy diversas formas, aunque casi desde el principio descarté la de un hipotético diálogo con el miembro de la Vieja Guardia. El secreto tenía que estar en otra parte. Seguramente, y considerando que un ritual es una ceremonia, habría que concentrar las fuerzas en todo lo concerniente a dicho rito.

Un tanto aburrido, y por aquello de no levantar sospechas ante mi prolongada presencia en la plaza este del anfiteatro, procuré repartir la mañana y parte de la tarde entre el siempre concurrido recinto del Soldado Desconocido y la lápida del malogrado presidente Kennedy, ubicada a poco más de 300 metros, en la falda oriental de la colina que rematan precisamente las mencionadas tres tumbas de los norteamericanos desconocidos.

Abre tus ojos ante John Fitzgerald Kennedy, rezaba la tercera frase del mensaje.

Pero, por más que los abrí, mi mente siguió en blanco. Sumé, incluso, los números de sus fechas de nacimiento y muerte (1917-1963), sin resultado alguno. Por pura inercia, jugué con la edad del presidente, montando un sinfín de cábalas tan absurdas como estériles. Creo que lo único positivo de aquellas largas horas frente a la sepultura de Kennedy y de las de los dos hijos que fallecieron antes que él fue el padrenuestro que dejé caer en silencio, como un modesto reconocimiento a su trabajo.

A las tres de la tarde, hambriento y medio derrotado, me dejé caer sobre las pulcras y blancas escalinatas del minúsculo anfiteatro que se levanta frente a las tres sepulturas. En mi cuaderno, plagado de números, comentarios más o menos acertados y hasta dibujos de los diez centinelas que había visto desfilar hasta ese momento, sólo había espacio ya para la desilusión.

«Creo que voy a desfallecer —escribí—. No soy lo suficientemente inteligente...»

El centinela número seis, tras una de aquellas monótonas pausas, pasó su mosquetón al hombro contrario y reanudó el paso. De la forma más tonta, atraído probablemente por el brillo de sus botines, comencé a contar cada una de las zancadas, al tiempo que las hacía coincidir con un improperio, premio a mi probada ineptitud.

«... Tres (idiota)... cuatro (imbécil)... siete (necio)... veinte (mentecato)... veintiuno (iluso).»

El soldado se detuvo. Nueva pausa. Giró. Cambió el fusil. Nueva pausa. Y prosiguió su desfile.

«... Dos (merluzo)... cuatro (burro)... doce (calamidad)... veinte (paranoico).. veintiuno...»

¿Veintiuno? El último insulto fue sustituido por un escalofrío. ¿He contado bien?

El centinela había dado 21 pasos. Mi decaimiento se esfumó. Me puse en pie y volví a contar.

«... diecinueve, veinte y ¡veintiuno!»

No me había equivocado. Aquella nueva pista hizo resucitar mi entusiasmo. ¿Cómo no me había dado cuenta mucho antes?

Avancé hacia la cadena de seguridad y, reloj en mano, cronometré el tiempo que consumía el soldado en cada desplazamiento.

¡21 segundos! ¿Veintiún pasos y veintiún segundos?

Hice nuevas pruebas y todas —absolutamente todas— arrojaban idéntico resultado.

¿Qué significaba aquello? ¿Se trataba de una casualidad?

Picado en mi amor propio me propuse contabilizar hasta el más insignificante de los movimientos del centinela.

Fue entonces, al contar el tiempo invertido por el soldado en cada una de sus pausas, cuando mi corazón comenzó a acelerarse: ¡21 segundos!

«No puede ser —me dije a mí mismo, temblando por la emoción—, seguramente estoy en un error...»

Pero no. Como si se tratase de un robot, el centinela caminaba 21 pasos, empleando en ello 21 segundos. Se detenía exactamente durante 21 segundos, girando y cambiando el arma de posición. La nueva pausa, antes de proseguir con el desfile, duraba otros 21 segundos y así sucesivamente.

Anoté «mi» descubrimiento y releí la clave del mayor con una especial fruición.

El centinela que vela ante la tumba te revelará el ritual de Arlington.

«No puede ser una casualidad», me repetía obsesivamente. «Pero, ¿por qué 21? ¿Qué significa el número 21?»

Con el fin de asegurarme, esperé los dos últimos cambios de la guardia y repetí los cálculos. Los soldados números siete y ocho se comportaron exactamente igual.

Abstraído con aquella cifra a punto estuve de quedarme encerrado en el cementerio.

Con una extraña alegría volví a refugiarme en el hotel, sumiéndome en un sinfín de cavilaciones.

A la mañana siguiente, y después de una noche prácticamente en vela, me uní a la comitiva de periodistas. Aunque mis pensamientos seguían fijos en la Tumba del Soldado Desconocido y en aquel misterioso número 21, opté por aprovechar aquella irrepetible oportunidad de visitar el interior de la Casa Blanca y contemplar de cerca al presidente Reagan, al general y secretario de Estado, Haig, y por supuesto, a los reyes de mi país.

Después de soportar un sinfín de controles y registros, me situé con mis compañeros en el mimadísimo césped que se extiende frente a la famosa Casa Blanca.

A las diez en punto, y coincidiendo con la llegada de don Juan Carlos y doña Sofía, las baterías situadas a un centenar de metros atronaron el espacio con las salvas de ordenanza.

Alguien, a mi espalda, había ido llevando la cuenta de los cañonazos e hizo un comentario que nunca podré agradecer suficientemente:

—¡Veinte y veintiuno!

Me volví como movido por un resorte y pregunté:

—¿Es que son 21?

El periodista me miró de hito en hito y exclamó como si tuviera delante a un estúpido ignorante:

—Es el saludo ritual... 21 salvas.

Al regresar al Marriott tomé el teléfono, dispuesto a solventar mis dudas de un plumazo.

Marqué el 6931174 y pregunté por míster Wilton, encargado de Relaciones Públicas y Prensa en el Cementerio Nacional de Arlington.

El buen hombre debió quedar atónito al escuchar mi problema.

—Mire usted, soy periodista español y deseaba preguntarle si el número 21 guarda relación con algún ritual...

—¿Se refiere usted a la Tumba del Soldado Desconocido?

—Sí.

—Efectivamente —puntualizó míster Wilton—, el ritual de Arlington se basa precisamente en ese número. Como usted sabe, el saludo a los más altos dignatarios se basa en el número 21.

—Disculpe mi insistencia, pero ¿está usted seguro?

—Naturalmente.

Al colgar el auricular me dieron ganas de saltar y gritar. Abrí mi cuaderno de anotaciones y repasé la clave del mayor.

Si el ritual de Arlington es el número 21, la segunda frase *—llave y ritual conducen a Benjamin—* empezaba a tener cierto sentido. Estaba claro que mi llave y el número 21 guardaban una estrecha relación y que, si era capaz de descubrir quién o qué era «Benjamin», parte del misterio podrían quedar al descubierto.

Pero, ¿por dónde debía empezar?

En buena ley, aquella pequeña llave tenía que abrir algo. ¿Una vivienda quizá? Las reducidas dimensiones de la misma no parecían encajar, sin embargo, con las llaves que se utilizan habitualmente en las casas norteamericanas.

Descarté momentáneamente aquella posibilidad y me centré en otras ideas más lógicas.

¿Podía haber guardado el mayor su información en algún banco o en un apartado postal? ¿Se trataba por el contrario de una taquilla en algunos de los servicios de consigna en una estación de ferrocarril?

Sólo había un medio para descifrar a «Benjamin»: armarse de

paciencia y repasar —una por una— las guías de teléfonos, de correos y de ferrocarriles de Washington.

Si esta primera exploración fallaba, tiempo habría de profundizar en otras direcciones.

Pero aquella laboriosa búsqueda iba a quedar súbitamente suspendida por una llamada telefónica. A pesar de mi intensa dedicación al asunto del mayor norteamericano, yo no había olvidado el tema de los fascinantes descubrimientos de los científicos de la NASA en los ojos de la Virgen de Guadalupe. Nada más pisar los Estados Unidos, una de mis primeras preocupaciones fue llamar a México y averiguar si el doctor Aste Tonsmann, uno de los más destacados expertos, se hallaba en el Distrito Federal, o si, como me habían informado en España, podía encontrarse en Nueva York, donde trabaja como profesor de la universidad de Cornell. Era vital para mí localizarlo, con el fin de no hacer un viaje en balde hasta la república mexicana.

Aquella misma mañana del martes 13 de octubre rogué a la telefonista del hotel que insistiera —por tercera vez— y que marcara el teléfono de domicilio del doctor Tonsmann. Y a media tarde, como digo, el aviso de la amable telefonista iba a trastocar todos mis planes. Al otro lado del hilo telefónico, la esposa de José Aste me confirmaría que el científico tenía previsto su regreso a México, procedente de Nueva York, los próximos miércoles o jueves.

Después de algunas dudas, se impuso mi sentido práctico y estimé que lo más oportuno era congelar mis investigaciones en Washington. Tonsmann era una pieza básica en mi segundo proyecto y no podía desperdiciar su fugaz estancia en México. Después de todo, yo era el único que poseía la clave del secreto del mayor y eso me daba una cierta tranquilidad.

Y antes de que pudiera arrepentirme, hice las maletas y embarqué en el vuelo 905 de la Easter Lines, rumbo a las ciudades de Atlanta y México (D. F.). Aquel miércoles, 14 de octubre de 1981, iba a empezar para mí una segunda aventura, que meses más tarde quedaría reflejada en mi libro número catorce: *El misterio de Guadalupe.*

A mí me suelen ocurrir estas cosas...

Durante horas había permanecido ante la tumba del presidente Kennedy, incapaz de atisbar el secreto de aquella tercera frase en la clave del mayor.

Abre tus ojos ante John Fitzgerald Kennedy.

Pues bien, mis ojos se abrieron a 10 000 metros de altura y cuando me hallaba a miles de kilómetros de Washington.

Mientras el reactor se dirigía a la ciudad de Atlanta, nuestra primera escala, tuve la ocurrencia de intentar encajar el número 21 en las tres últimas frases del mensaje.

Debí cambiar de color porque la guapa azafata de la Easter, con aire de preocupación y señalando la taza de café que oscilaba al borde de mis labios, comentó al tiempo que se inclinaba sobre el respaldo de mi asiento:

—¿Es que no le gusta el café?

—Perdón...

—Le pregunto si se encuentra bien...

—¡Ah! —repuse volviendo a la realidad—, sí, estoy perfectamente... La culpa es del número 21...

La azafata levantó la vista y comprobó el número de mi asiento.

—No, disculpe —me adelanté, en un intento por evitar que aquel diálogo para besugos terminara en algo peor—, es que últimamente sueño con el número 21...

La muchacha esbozó una sonrisa de compromiso y colocando su mano sobre mi hombro, sentenció:

—¿Ha probado a jugar a la lotería?

Y desapareció pasillo adelante, convencida —supongo— de que el mundo está lleno de locos. Por un instante, las largas piernas de la auxiliar de vuelo lograron sacarme de mis reflexiones. Apuré el café y volví a contar las letras que formaban el nombre y apellidos del fallecido presidente norteamericano. No había duda. ¡Sumaban 21!

Aquel segundo hallazgo —y muy especialmente el hecho de que ambos apuntaran hacia el número 21— confirmó mis sospechas iniciales. El mayor tenía que haber guardado su secreto en algún depósito o recinto estrechamente vinculados con dicha cifra y, obviamente, con la llave que me había entregado en Chichén Itzá. Consideré también la posibilidad de que «Benjamin» fuera algún familiar o amigo del mayor, pero, en ese caso, ¿qué pintaban en todo aquello el número y la llave?

Durante mi prolongada estancia en México, tentado estuve de hacer un alto en las investigaciones sobre la Virgen de Guadalupe y volar al Yucatán para visitar a Laurencio. Pero mis recursos económicos habían disminuido tan alarmantemente que, muy a pesar mío y si de verdad quería rematar mis indagaciones en Washington, tuve que desistir y posponer aquella visita a Chichén para mejor ocasión.

Un año después, en diciembre de 1982, al retornar a México con motivo de la presentación de mi libro *El misterio de la Virgen de Guadalupe,* comprobé con cierto espanto que de haber viajado en aquellas fechas al Yucatán mi visita habría sido estéril: según me confirmaron las autoridades locales, Laurencio y su mujer habían abandonado la ciudad de Chichén Itzá poco después del fallecimiento del mayor. Y aunque no he desistido del propósito de localizarlos, hasta el momento sigo sin noticias del fiel compañero del ex oficial de las fuerzas aéreas norteamericanas. Ni que decir tiene que mis primeros pasos en aquel invierno de 1982 fueron encaminados a la localización de la tumba de mi amigo. Allí, frente a la modesta cruz de madera, sostuve con el mayor mi último diálogo, agradeciéndole que hubiera puesto en mis manos su mayor y más preciado tesoro...

Al pisar nuevamente Washington, mi primera preocupación no fue «Benjamin». Sentado sobre la cama de la habitación de mi nuevo hotel —en esta ocasión, mucho más modesto que el Marriot—, extendí sobre la colcha todo mi capital. Después de un concienzudo registro, mis reservas ascendían a un total de 75 dólares y 1500 pesetas.

Aunque la tragedia parecía inevitable, no me dejé abatir por la cruda realidad. Aún tenía las tarjetas de crédito...

Durante aquellos días limité mi dieta a un desayuno lo más sólido posible y a un vaso de leche con un modesto emparedado a la hora de acostarme. La verdad es que, enfrascado en las pesquisas, y puesto que tampoco soy hombre de grandes apetitos, la cosa tampoco fue excesivamente dolorosa. Mi gran obsesión, aunque parezca mentira, fueron los taxis. Aquello sí mermó —¡y de qué forma!— mi exiguo capítulo económico.

«Llave y ritual conducen a Benjamin.»

Esta segunda frase en el código cifrado del mayor fue una cruz que me atormentó durante cuatro días. En ese tiempo, tal y como tenía previsto antes de mi partida de Washington, me empleé en cuerpo y alma en la revisión de las enciclopédicas guías telefónicas de la capital federal, así como en las correspondientes visitas a las estaciones de ferrocarril, central de correos y los aeropuertos Dulles y National.

Los servicios de consigna de las estaciones fueron tachados de mi lista, a la vista de la sensible diferencia entre las llaves utilizadas en dichos depósitos y la que obraba en mi poder. Por su parte, los aeropuertos carecían de semejantes taquillas por lo que mi interés terminó por centrarse en las cajas de seguridad de los bancos y en los apartados postales. Estas dos últimas alternativas parecían más lógicas a la hora de guardar «algo» de cierto valor...

Y empecé por los bancos.

Repasé el centenar largo de centrales y sucursales financieras de la ciudad, no hallando ni una sola pista que hiciera mención o referencia al nombre de «Benjamin».

Por otra parte, y según pude comprobar personalmente, si el mayor hubiera encerrado su información en una de las cajas de seguridad de cualquiera de estos bancos, ni yo ni nadie hubiera podido tener acceso a la misma, de no disponer de la correspondiente documentación que le acreditase como legítimo propietario o usuario de la caja. En algunos casos, incluso, estas medidas de seguridad se veían reforzadas con la existencia de una segunda llave, en posesión del responsable o vigilante de la cámara acorazada del banco. No obstante, y por apurar hasta el último resquicio, inicié una última y doble investigación. Yo conocía la identidad del mayor y comencé a pulsar una serie de resortes y contactos —a nivel de Embajada Española y del propio Pentágono—, a fin de esclarecer si el fallecido militar norteamericano conservaba algún pariente en Washington. Aquélla, a todas luces, fue mi mayor imprudencia, a juzgar por lo que sucedería dos días después...

El segundo frente —al que gracias a Dios concedí mayor dedicación— consistió en chequear las direcciones de las dos centrales y cincuenta y ocho sucursales de correos en la ciudad. En la U. S. Postal Service (Head Quarters), que viene a ser el cerebro central del servicio de correos de todo el país, un amable funcionario extendió ante mí la larga lista de estaciones postales radicadas en Washington D. C.

Al echarme a la cara la citada relación, en busca de algún indicio sobre el refractario nombre de «Benjamin», mis ojos no pudieron pasar de la primera sucursal. Pegué un respingo. En la lista aparecía lo siguiente:

Box Nos. — 1-999. — Benjamin Franklin. STa. (Washington D.C.20044).

Anoté los datos, sin poder evitar que mi mano temblara en una mezcla de emoción y nerviosismo. Prendí un nuevo cigarrillo, buscando la manera de calmarme. Tenía que estar absolutamente seguro de que aquélla era la ansiada pista. Y recorrí las sesenta direcciones con una meticulosidad que ni yo mismo logro explicarme.

Con sorpresa descubrí que el nombre de Benjamin Franklin se repetía tres veces más: en los puestos 14, 19 y 33 de la mencionada relación. En el resto de las oficinas de correos de Washington el nombre de Benjamin no figuraba para nada.

Pero había algo que no terminaba de comprender. ¿Por qué cuatro servicios de correos en la misma calle de Benjamin Franklin? En el situado en el lugar número 14, el encabezamiento venía marcado por los números 6100-6199. El que ocupaba el puesto 19 en la lista registraba las cifras 7100-7999 y el último, en el número 33, era precedido por la numeración 14001-14999.

Me dirigí nuevamente al funcionario y le rogué que me explicara el significado de aquella numeración. La respuesta, rotunda y concisa, disipó mis dudas:

—Son cuatro secciones, correspondientes a otros tantos P. Box o apartados de correos. En la primera de la lista, como usted ve, figuran los comprendidos entre los números 1 y 999, ambos inclusive...

Supongo que aquel empleado de correos no había recibido hasta ese día un *thank you* tan efusivo y feliz como el mío...

Salté de tres en tres las escalinatas de la gigantesca U. S. Postal Service y me colé como un meteoro en el primer taxi que acertó a pasar. Eran las doce del mediodía del 4 de noviembre de 1981.

Mientras me aproximaba a la calle Benjamin Franklin, dispuesto a aprovechar aquella racha de buena suerte, volví sobre la clave del mayor. Ahora empezaba a ver claro. «Mi llave y el "ritual" —es decir, el número 21— conducen a Benjamin.»

«Casualmente», de las 60 oficinas de correos de todo Washington, sólo una se encuentra en una calle con el nombre de Benjamin. Y curiosamente también, en esa —y sólo en esa— sucursal se hallaba el apartado de correos número 21. Si tenemos en cuenta que las sesenta oficinas sumaban en 1981 más de 24 000 apartados, ¿a qué conclusión podía llegar?

Pero, a medio trayecto, mi gozo se vio en un pozo. ¡Había olvidado la llave en el hotel!

En este caso, mi franciscana prudencia me había jugado una mala pasada. Consulté la hora. No había tiempo de volver al hotel y salir después hacia la sucursal de correos. Malhumorado, entré en las oficinas, dispuesto al menos a echar un vistazo.

Pregunté por la venta de sellos y, con la excusa de escribir algunas tarjetas postales, merodeé durante poco más de quince minutos por las inmensas y luminosas salas. En la primera planta, adosados en una pared de mármol negro, se alineaban cientos de pequeñas puertecitas metálicas, de unos 12 centímetros de lado, con sus correspondientes números. Allí estaba mi objetivo.

Afortunadamente para mí, el trasiego de ciudadanos era tal que el policía negro que vigilaba aquella primera planta no se percató de mis movimientos. Antes de abandonar la sucursal hice una rápida inspección de los casilleros, deteniéndome unos segundos frente al número 21. Por un momento tuve la sensación de que era el blanco de decenas de miradas. El orificio de la cerradura parecía corresponder —por su reducido tamaño— al de una llave como la que yo guardaba...

Al reemprender el camino hacia el hotel, me di cuenta que las tarjetas postales seguían entre mis sudorosas manos. Ni Ana Benítez, ni mis padres, ni Alberto Schommer, ni Raquel, ni Castillo, ni Gloria de Larrañaga llegaron a recibir jamás tales recuerdos.

Aquella tarde, en un último esfuerzo por relajarme, acudí al Museo del Espacio, en el paseo de Jefferson. A pesar de lo inminente, y aparentemente sencillo, de la fase final de la búsqueda de la información del mayor, las dudas se habían recrudecido. ¿Y si estuviera equivocado? ¿Y si aquel apartado de correos no fuera lo que buscaba con tanto empeño?

La verdad es que estaba llegando al límite de mis posibilidades. Aquéllas —estaba seguro— eran mis últimas horas en los Estados Unidos. Si no conseguía resolver el dilema, debería olvidarme del asunto durante mucho tiempo. Sentado en el *hall* del museo, inevitablemente solo y con una angustia capaz de matar a un caballo, eché de menos a alguien con quien compartir aquellos momentos de tensión. En el centro de la sala, una larga fila de turistas y curiosos aguardaba pacientemente su turno para pasar ante la urna en la que se exhibe un fragmento de roca lunar, no más grande que un cigarrillo. Un segundo trozo, mucho más reducido, había sido incrustado al pie de la vitrina. Y como si se tratara de una reliquia sagrada, cada visitante, al cruzar frente a la urna, pasaba sus dedos sobre la negra y desgastada piedra.

Por pura inercia abrí mi cuaderno de notas y fui describiendo cuanto observaba. Y, naturalmente, terminé cayendo sobre la clave del mayor. Pero esta vez me detuve en el original, en la versión inglesa.

Mi pésima costumbre de subrayar, dibujar y trazar mil garabatos sobre los libros o apuntes que manejo, estaba a punto de sacudirme aquella profunda tristeza.

En realidad, todo empezó como un juego; como un simple e inconsciente alivio a la tensión que soportaba. Sé de muchas personas que, cuando hablan por teléfono, meditan o, sencillamente, conversan, acompañan sus palabras o pensamientos con los más absurdos dibujos, líneas, círculos, etc., trazados sobre cualquier hoja de papel. Pues bien, como digo, en aquellos instantes me dediqué a recuadrar —sin orden ni concierto— algunas de las palabras de cada una de las cinco frases que formaban el mensaje cifrado.

La fortuna —¿o no sería la suerte?— quiso que yo encerrara en sendos rectángulos, entre otras, las primeras palabras de cada una de las frases de la clave. A continuación, siguiendo con aquel pasatiempo, me entretuve en atravesarlos con otras tantas líneas verticales.

Al leer de arriba abajo aquel aparente galimatías, una de las absurdas construcciones me dejó de piedra. Las cinco primeras palabras de cada frase, leídas en este sentido vertical, encerraban un significado. ¡Y qué significado!: «La llave abre el pasado.»

El resto de las frases así confeccionadas, sin embargo, no tenía sentido.

Antes de dar por buena la nueva pista, repasé el mensaje, trazando y uniendo las palabras de arriba abajo, de izquierda a derecha y hasta en diagonal. Pero fue inútil. Las únicas que arrojaban algo coherente —«casualmente»— eran las cinco primeras...

The *guard* —rezaba el mensaje en inglés— *who keeps the vigil in front of the Tomb will reveal the ritual of Arlington Cementery to you.*

Key *and ritual lead you to Benjamin.*

Open *your eyes before John Fitzgerald Kennedy.*

The *brother lies to rest in 44-W. The shadow of the medlar tree covers him in the late afternoon.*

Past *and future are my legacy.*

¿Qué había querido decir el mayor con esta sexta pista? Intuitivamente ligué la nueva frase con la última del mensaje: *Pasado y futuro son mi legado.* ¿Qué relación podía existir entre la llave, el pasado y el futuro?

Animado por aquel súbito descubrimiento, aunque impotente —lo reconozco— para despejar tanto misterio, me dispuse a esperar las primeras luces de aquel jueves, que presentía particularmente intenso...

Al apearme aquel jueves, 5 de noviembre de 1981, frente a la sucursal de correos de la calle Benjamin Franklin, noté que las rodillas se me doblaban. En mi mano derecha, cerrada como un cepo, la pequeña llave que me entregara el mayor en el Yucatán aparecía ligeramente empañada por un sudor frío e incómodo. Inspiré profundamente y crucé el umbral, dirigiéndome con paso decidido hacia el muro donde relucía el enjambre de casilleros metálicos.

Había sido un acierto, sin duda, esperar a que el reloj marcara las diez de la mañana. Decenas de personas se afanaban en aquellos momentos en las diferentes dependencias de correos. Al situarme frente al apartado número 21, un nutrido grupo de ciudadanos —especialmente personas de edad—, procedía a abrir sus respectivos depósitos, indiferentes a cuanto les rodeaba.

Pasé la llave a la mano izquierda y, en un gesto mecánico, sequé el creciente sudor de la palma derecha contra la pana de mi pantalón gris. Volví a respirar lo más hondo posible y recobré la pequeña llave, llevándola temblorosamente hasta la cerradura. Pero los nervios me traicionaron. Antes de que pudiera comprobar siquiera si entraba o no en el orificio, la llave se me fue de entre los dedos, cayendo sobre el pulido embaldosado blanco. El tintineo de la pieza en sus múltiples rebotes sobre el pavimento me hizo palidecer. Me lancé como un autómata tras la maldita llave, furioso contra mí mismo por tanta torpeza. Pero, cuando me disponía a recogerla, una mano larga y segura se me adelantó. Al levantar la vista, un hilo de fuego me perforó el estómago. El servicial individuo era uno de los policías de servicio en la sucursal. En silencio, y con una abierta sonrisa por todo comentario, el agente extendió su mano y me entregó la llave. Dios quiso que supiera corresponder a aquel gesto con otra sonrisa de circunstancias y que, sin abrir siquiera los labios, diera media vuelta en dirección al casillero número 21.

Ahora tiemblo al pensar en lo que hubiera podido ocurrir si aquel representante de la ley me hubiera hecho alguna pregunta...

Con el susto todavía en el cuerpo, tanteé el orificio con la punta de la llave. El corazón brincaba sin piedad.

«¡Por favor, entra...! ¡Entra...!»

Dulcemente, como si me hubiera oído, la llave penetró hasta la cabeza.

Me dieron ganas de gritar. ¡Había entrado! En realidad no era mi mano derecha la que sujetaba la llave. Era mi corazón, mi cerebro y todo mi ser...

Antes de proseguir, miré cautelosamente a izquierda y derecha. Todo parecía normal.

Tragué saliva e intenté abrir. Por más que tiré hacia afuera, la portezuela metálica no respondió. Sentí cómo otra ola de sangre golpeaba mi estómago. ¿Qué estaba pasando? La llave había entrado en la ranura... ¿Por qué no conseguía abrir el apartado?

En mitad de tanto nerviosismo y ofuscación comprendí que estaba forzando la cerradura en un solo sentido: el izquierdo. Giré entonces hacia la derecha y la portezuela se abrió con un leve chirrido.

Me hubiera gustado poder detener el tiempo. Después de tantos sacrificios, angustias y quebraderos de cabeza, allí estaba yo, a las 10.15 del jueves, 5 de noviembre de 1981, a punto de esclarecer el «misterio del mayor»...

En aquellos instantes, aunque parezca increíble, antes de proceder a la exploración del apartado, sentí no disponer de una cámara fotográfica. Pero un elemental sentido de la prudencia me hizo dejar el equipo en el hotel.

Alargué la mano y tanteé la superficie metálica del casillero. En la semipenumbra medio adiviné la presencia de un par de bultos. Estaban al fondo del estrecho nicho rectangular. Al palparlos los identifiqué con algo parecido a tubos o cilindros. Extraje uno y vi que se trataba de una especie de cartucho de cartón, de unos treinta centímetros de longitud, perfecta y sólidamente protegido por una funda de plástico o de papel plastificado. Su peso era muy liviano. No presentaba inscripción o nombre alguno, excepción hecha de un pequeño número (un «1»), dibujado en negro y a mano sobre una pequeña etiqueta blanca, pegada o adherida a su vez sobre una de las caras circulares del cilindro. Todo ello, como digo, bajo un brillante material plástico, cuidadosamente fijado al cartucho.

Me apresuré a sacar el segundo bulto. Era otro cilindro, gemelo al primero, pero con un «2» en otra de sus caras.

De pronto comencé a experimentar una extraña prisa. Tuve la intensa sensación de que era observado. Pero, dominando el deseo de volverme, introduje la mano en el apartado, haciendo un tercer registro. Mis dedos tropezaron entonces con un sobre. Lo situé en la boca del nicho y, antes de retirarlo, me aseguré que el casillero quedaba vacío. Repasé, incluso, las paredes superior y laterales. Una vez convencido de que el *box* número 21 había quedado totalmente limpio, eché mano de aquel sobre blanco y, sin examinarlo siquiera, procedí a cerrar la puerta. Aparentando naturalidad, guardé la llave y me dirigí a la salida de la sucursal.

Por un momento me dieron ganas de correr. Pero, sacando fuerzas de flaqueza, me detuve a medio camino. Prendí uno de los últimos ducados y aproveché aquella fingida excusa para volverme. La verdad es que no aprecié nada sospechoso. El intenso movimiento de ciudadanos había disminuido ligeramente, aunque aún se apreciaban pequeños grupos frente a las mesas de mármol, en los distintos mostradores y junto a los bloques de los apartados. Algo más sosegado, y suponiendo que aquel presentimiento podía deberse a mi excitación, crucé el umbral, alejándome de la oficina de correos.

Tres cuartos de hora más tarde colgaba en el pomo de la puerta de mi habitación el cartel verde de: *No molesten*. Deposité ambos cartuchos sobre el cristal de la mesita que me servía de escritorio y retrocedí un par de pasos.

«¡Lo había conseguido!»

Durante algunos minutos, con el sobre entre las manos, disfruté de aquel espectáculo. No podía sospechar siquiera lo que contenían aquellos cilindros de cartón, pero eso —en aquellos instantes— era lo de menos.

«¡Lo había conseguido...!»

Lo daba todo por bien empleado: tiempo, dinero, soledad...

Me dejé caer sobre el entarimado y, como si se tratase de una película, fui recordando los pasos que había seguido en aquellos meses.

Pero, finalmente, la curiosidad se impuso y rasgué el sobre. En el exterior no había una sola palabra o indicación. Nada más sacar la hoja de papel que contenía identifiqué la letra picuda y agitada del mayor.

Estaba fechada el 7 de abril de 1979, en Washington D.C. En ella, simplemente, hacía constar que su hermano... en el «gran viaje» había fallecido dos años atrás —en 1977— y que, siguiendo los impulsos de su propia conciencia, ese mismo 7 de abril de 1979 daba por concluido el diario de dicho viaje...

El breve mensaje finalizaba con las siguientes palabras:

Sólo pido a Dios que nuestro sacrificio pueda ser conocido algún día y que lleve la paz a los hombres de buena voluntad, de la misma forma que mi hermano... y yo tuvimos la gracia de encontrarla.

Al pie de la nota, el mayor suplicaba que la persona que tuviera acceso al diario y a la presente misiva, respetara el anonimato de ambos.

Por esta razón he suprimido la identidad de la persona a la que hace mención el mayor, denominándole «hermano» suyo. Puedo aclarar —eso sí— que no se trata en realidad de un hermano de sangre, sino de una calificación puramente espiritual...

Mi primera reacción al leer la esquela fue consultar la clave. Aquella confesión del fallecido oficial de la USAF parecía encajar de lleno en la cuarta y no menos misteriosa frase:

El hermano duerme en 44-W. La sombra del níspero le cubre al atardecer.

De nuevo brotó en mí el nombre de Arlington...

«Sí, ahora sí puede tener sentido —me dije a mí mismo—. Ahora empiezo a comprender...»

Había que visitar de nuevo el cementerio. En realidad, tal y como pude verificar al leer el diario del mayor, las dos últimas frases de su mensaje cifrado no eran otra cosa que una confirmación —para la persona que llegara hasta su legado— de la realidad física de su compañero en el «gran viaje» y, obviamente, de la naturaleza del referido diario.

En honor a la verdad, después de conocer aquella increíble información que había sido encerrada en los cilindros, tampoco era vital la localización del fallecido compañero de mi amigo. Los que me conocen un poco saben, sin embargo, que me gusta apurar las investigaciones y con mayor motivo si —como en aquellos momentos— me hallaba tan cerca del final.

Pero las sorpresas no se habían terminado en aquel imborrable jueves... Antes de proceder a la solemne apertura de los cartuchos de cartón, coloqué el sobre junto a los cilindros y los fotografié a placer. Acto seguido, y tras comprobar que el plástico protector no ofrecía el menor resquicio por donde empezar la labor de extracción, tomé una de mis cuchillas de afeitar y, delicadamente, separé el círculo que cubría una de las caras del cilindro. Precisamente, la opuesta a la que presentaba aquella pequeña etiqueta con el número «1».

Nerviosamente palpé el cartón. Parecía muy sólido. Después de un minucioso —casi me atrevería a llamarlo microscópico— examen, me vi obligado a sajarlo por su circunferencia. Una hora después, la pertinaz tapadera (de cinco milímetros de espesor y diez centímetros de diámetro) saltaba al fin, dejando al descubierto el interior del tubo.

Segundos después aparecía ante mí un mazo de papeles, perfectamente enrollados. Había sido introducido en una funda de plástico transparente, herméticamente grapada por la parte superior. Tuve que valerme de un pequeño cortauñas para hacer saltar las diecisiete grapas. Con una excitación difícil de transcribir, eché una primera ojeada a los documentos y comprobé que habían sido mecanografiados a un solo espacio y en lo que nosotros conocemos como papel biblia. Cada folio (de 20 × 31 centímetros), hasta un total de 250, había sido firmado y rubricado en la esquina inferior izquierda por el mayor. Era la misma letra —y yo diría que la misma tinta— que figuraba al pie de la misiva que había retirado del apartado de correos número 21 y que acababa de abrir.

El texto, en inglés, me arrebató desde el momento en que fijé mis ojos en él. Y creo que no hubiera podido despegarme de su lectura, de no haber sido por aquella inesperada llamada telefónica...

Hacia las 13 horas, como digo, el teléfono de mi habitación me devolvió a la cruda realidad.

—¿Señor Benítez...?

—Soy yo... Dígame.

—Dos señores preguntan por usted... Están aquí...

—¿Dos señores? —pregunté a mi vez, desconcertado ante la súbita visita—. ¿Quiénes son?

—Un momento —dudó el empleado del hotel—, no lo sé...

¿Quién podía tener interés en verme? Es más —pensé con un extraño presentimiento—, ¿quién sabe que estoy en Washington?

—Uno de ellos —me anunció el recepcionista a los pocos segundos— afirma ser del FBI...

—¡Ah! —exclamé con un hilo de voz—. Bueno..., ahora mismo bajo...

Todo había sido tan rápido e imprevisto que, al poco de colgar el auricular, comencé a palidecer. No era lógico ni normal que el FBI se interesara por mí. ¿Qué podía haber ocurrido? ¿En qué nuevo lío me había metido?

De pronto recordé. Días atrás yo había cometido la torpeza de interesarme cerca de la Embajada Española y del Pentágono por los posibles familiares del mayor. Mientras recogía precipitadamente los cilindros y el sobre, ocultándolos en el fondo de la bolsa de mis cámaras, un torbellino de temores, hipótesis y contrahipótesis embarullaron aún más mi cerebro.

Con la llave de mi habitación entre las manos y muerto de miedo, me presenté en el *hall*.

Dos individuos de fuerte complexión y pulcramente trajeados se levantaron de los butacones situados frente a la puerta del ascensor. No tuve oportunidad siquiera de aproximarme al mostrador de recepción y preguntar por mis insólitos visitantes.

Con una sonrisa un tanto forzada, uno de ellos me salió al paso extendiendo su mano.

—¿El señor Benítez?

Al presentarme, el que había estrechado mi mano en primer lugar y que parecía llevar la voz cantante, me invitó a sentarme con ellos.

—No se preocupe —anunció con un evidente deseo de tranquilizarme—, se trata de una simple rutina...

Yo también me esforcé en sonreír, al tiempo que les rogaba que se identificaran.

—Por teléfono —añadí— me han dicho que uno de ustedes es agente del FBI. ¿Podría ver sus credenciales?

Instantáneamente, y como si aquella petición mía formara parte de un ceremonial igualmente rutinario y habitual, ambos sacaron del interior de sus chaquetas sendas carteras de plástico negro. En la primera —perteneciente al que me había identificado nada más verme en el *hall*— pude leer, con caracteres que destacaban sobre el resto, las palabras *Federal Bureau of Investigation*. Aquello, en efecto, correspondía a las famosas siglas FBI u Oficina Federal de Investigación.

En la segunda credencial —que no fue retirada de mi vista con tanta rapidez como la del agente del FBI— pude leer, en cambio, lo siguiente: *Departamento de Estado. Oficina de Prensa* y algo así como una dirección: *2201 «C» Street...* (Washington D.C.) y un número que empezaba por (202) 632.....

—Muchas gracias —repuse con más miedo, si cabe—. Ustedes dirán...

—Sabemos quién es usted y conocemos igualmente su condición de periodista español —replicó el miembro del FBI, al tiempo que abría una pequeña libreta y rechazaba amablemente uno de mis cigarrillos—, y se nos ha comunicado que el pasado martes, a las 11.15 de la mañana, usted se interesó por los posibles parientes del mayor...

«¡Joder qué tíos! —pensé—. ¡Vaya servicio de información!»

—... Pues bien —prosiguió el agente, indicándome las notas que aparecían en su block—, en primer lugar queríamos averiguar si estos datos son correctos.

—Efectivamente. Lo son...

—En ese caso, nos gustaría saber por qué tiene usted ese interés por la familia del mayor.

Mi cerebro, despierto a causa —digo yo— del miedo, fue buscando las respuestas con una frialdad que aún me asusta.

—Bueno, es una vieja historia. Conocí al mayor en uno de mis viajes a México y entablé con él una sincera amistad. Nos escribimos y hace unas semanas —mentí— al visitar nuevamente aquel país, supe que había fallecido.

Sin pestañear, sostuve la desconcertada mirada del yanqui. Quizá esperaba otra versión y, al comprobar que le decía la verdad (cuando menos, parte de la verdad), se mostró indeciso. Ese fue su primer error.

Antes de que acertara a formular una nueva pregunta, aproveché aquellos segundos y tomé la iniciativa:

—Ustedes sabrán también que yo soy investigador y escritor del fenómeno ovni...

El agente sonrió.

—En cierta ocasión —seguí improvisando— el mayor me dio a entender que sabía de cierta información... relacionada con este tema. Y me dio el nombre de un compañero que reside en los Estados Unidos... Él me daría los datos, siempre y cuando yo supiera esperar a que falleciera el mayor...

Mi interlocutor, tal y como yo deseaba, mordió el anzuelo.

—¿Puede decirnos el nombre de esa persona?

Fingí una cierta resistencia y añadí:

—La verdad es que no me gustaría perjudicar a nadie...

—No se preocupe...

—Está bien. No tengo inconveniente en darles el nombre de esa persona que busco, siempre y cuando ustedes me mantengan al margen y respondan a una pregunta...

Los dos personajes cruzaron una mirada de complicidad y el funcionario del Departamento de Estado, que no había abierto la boca hasta ese momento, preguntó a su vez:

—¿De qué se trata?

—¿Podrían ustedes proporcionarme una pista sobre algún familiar del mayor o sobre ese amigo al que trato de localizar?

Antes de que su compañero tuviera tiempo de responder el agente del FBI intervino de nuevo:

—Trato hecho. Díganos: ¿cómo se llama esa persona con la que usted debe contactar?

Al tomar nota del nombre y primer apellido del «hermano de viaje» del mayor, el agente titubeó y cruzó una nueva y fugaz mirada con su acompañante. Ése fue su segundo error.

Aquella casi imperceptible vacilación terminó por alertarme. En ese instante —por primera vez— comencé a tomar conciencia de que me había aventurado en un asunto sumamente peligroso. Aquellos individuos —eso saltaba a la vista— sabían mucho más de lo que decían. Pero lo peor no era eso. Lo dramático es que —por esas casualidades del destino— tenía en mi poder una información que empezaba a quemarme entre las manos y por la que los servicios de Inteligencia de los Estados Unidos hubieran sido capaces de todo.

—¿Y qué hay de esa pista? —presioné con fingido aire de satisfacción.

El agente del FBI guardó silencio y, tras escribir algo en una de las hojas de su libreta, la arrancó, poniéndola en mis manos.

—Es todo lo que podemos decirle —masculló con desgana—. Creemos que se trata de uno de los parientes del mayor...

En el papel pude leer el nombre de la ciudad de Nueva York y dos apellidos.

Simulé una cierta contrariedad.

—Pero, ¿no pueden decirme algo más?

Los individuos se pusieron en pie y, tras desearme suerte, se alejaron hacia la puerta de salida. Sin quererlo, aquellos «gorilas» me habían brindado la mejor de las excusas para salir de Washington a toda prisa.

Antes de regresar a mi habitación tuve el acierto de asomarme disimuladamente por la puerta giratoria del hotel y ver cómo los agentes se introducían en un coche azul metalizado, aparcado a veinte o treinta metros de donde me encontraba. Me interné de inmediato en el *hall*, dirigiéndome hacia el ascensor y notando sobre mí el peso de la curiosa mirada del recepcionista.

Antes de cerrar la puerta de mi habitación volví a colgar el anuncio de *No molesten* y eché la cadena de seguridad. Las rodillas empezaron entonces a temblarme y tuve que dejarme caer sobre la cama. Supongo que mi perturbación se debía en parte a aquella —digamos— «delicada» visita y, sobre todo, a lo que contenía aquel primer cilindro.

No sé el tiempo que permanecí tumbado en la cama, con la vista perdida en la penumbra de mi habitación. Una cosa sí estaba clara en todo aquel embrollo: ahora más que nunca tendría que actuar con pies de plomo. Si el FBI había tomado cartas en el negocio era porque, lógicamente, estaba al corriente del «gran viaje» que habían realizado el mayor y su «hermano». No hacía falta ser un águila para percibir que los servicios de Inteligencia norteamericanos no estaban dispuestos a que aquella información secreta se filtrara a la prensa.

De momento, la exquisita prudencia del mayor me había proporcionado una cierta ventaja. Y estaba dispuesto a utilizarla, naturalmente. Si el FBI y el Departamento de Estado —que sabían muy bien del fallecimiento de los dos veteranos de la USAF—, seguían creyendo que yo sólo trataba de localizar al «amigo» del mayor, quizá mi salida del país fuera más fácil de lo previsto. Ésta, en síntesis, fue la resolución más importante que terminé por adoptar en aquel mediodía del jueves 5 de noviembre de 1981: volver a España de inmediato... y con mi tesoro, por supuesto.

Salté de la cama y me dispuse a poner en práctica la última fase de mi plan: la visita al Cementerio Nacional de Arlington. Aunque, repito, la confirmación de la muerte del compañero y «hermano» de mi amigo no revestía ya una especial importancia, en mi fuero interno necesitaba cerrar aquel misterioso círculo que constituía la clave.

Preparé las cámaras y consulté mi reloj. Eran las dos de la tarde. Aún me restaban otras tres horas para que el camposanto cerrara sus puertas al público.

Pero, cuando me disponía a abandonar la habitación, un elemental sentido de la prudencia me obligó a asomarme a la ventana. Por un momento no reaccioné. Aparcado junto a la acera de la fachada del hotel, en el mismo lugar en que yo lo había visto a eso de las 13.30 horas, seguía el turismo de color azul metalizado de los agentes que me habían visitado. Instintivamente me eché atrás y cerré la ventana. No podía tratarse de una casualidad. Aquél era el vehículo del FBI. Estaba claro que había subestimado a los agentes...

«Si me arriesgo a salir ahora —reflexioné, buscando una solución—, ¿qué puede ocurrir?»

Cabía la nada fantástica posibilidad de que fuera discretamente seguido, o lo que podía ser mucho peor, que aprovecharan mi ausencia para registrar la habitación. Esta última idea me llenó de espanto. ¿Qué podía hacer?

Tampoco me resignaba a permanecer enclaustrado entre aquellas cuatro paredes...

De pronto me vino a la memoria la escalera de incendios.

«Sí —me dije a mí mismo, tratando de animarme— ahí puede estar la salida.»

Prendí la televisión y, procurando hacer el menor ruido posible, abrí lentamente la puerta. El pasillo aparecía desierto. Rápidamente me situé al fondo del corredor, frente a la salida de emergencia. A diferencia de lo que suele ocurrir con los hoteles españoles, los norteamericanos procuran que estas puertas permanezcan permanentemente abiertas. Al asomarme al exterior, desde la plataforma metálica o descansillo que une la escalera con la sexta planta en la que me encontraba, comprobé que aquella salida conducía directamente a una calle estrecha y poco transitada. En las inmediaciones no había un solo vehículo. Eso me tranquilizó.

A los pocos minutos cerraba de nuevo la puerta de mi habitación y me preparé para la fuga. Lo más importante era no levantar sospechas. Así que, siguiendo un metódico plan, telefoneé al *room service* y solicité un frugal almuerzo. A continuación me desnudé, enfundándome el pijama. Marqué el número de conserjería y adoptando un tono lento y cansino, le expliqué al empleado de turno que estaba muy fatigado y que deseaba dormir. Por último, y tras insistir en que no me pasara ninguna llamada, le rogué que me despertara a las seis y media de la tarde. Si, como yo sospechaba, los responsables del hotel tenían órdenes de vigilar y comunicar mis entradas y salidas, ésta podía ser una buena coartada.

A los quince minutos, un camarero llamaba a la puerta. Empujó el carrito con la comida y, tras depositar en su mano una sustanciosa propina, le anuncié que no se molestara en regresar para recoger la pequeña mesa rodante.

«Yo mismo la sacaré al pasillo cuando me despierte», remaché.

El hombre pareció conforme y desapareció corredor adelante, mientras yo volvía a colgar el cartel de *No molesten*.

Me vestí en segundos, pellizqué uno de los panecillos y cargué con la bolsa de las cámaras, en cuyo fondo había depositado los cartuchos de cartón y la carta del mayor. Mi reloj señalaba las 14.45.

Tras asegurarme que la puerta de mi habitación quedaba perfectamente cerrada, guardé la llave y, como un fantasma, salvé los treinta pasos escasos que me separaban de la salida de urgencia. Al cerrarla tras de mí dediqué unos segundos a una exhaustiva exploración de la calle y de los tramos que debía descender. Todo se hallaba tranquilo.

Sin perder un minuto más, me precipité escaleras abajo, procurando pisar con las puntas de las botas. Al alcanzar el penúltimo descansillo me detuve. El corazón no me cabía en el pecho... Lancé una ojeada y, tras comprobar que el camino seguía expedito, continué con un exceso de optimismo. Y hago esta observación porque, al encararme con los últimos peldaños, a punto estuve de romperme la crisma. Yo no había contado con un pequeño-gran obstáculo: la escalera de incendios moría a una considerable altura sobre el suelo.

Me asomé y comprendí con angustia que, si pretendía mantener mi fuga, primero debería saltar aquellos dos o tres metros. (La verdad es que nunca supe con certeza a qué distancia me hallaba del pavimento.) Tenía que actuar con rapidez: o regresaba a la sexta planta o me lanzaba. Mi posición al final de aquella escalera de incendios era francamente comprometida. Cualquier viandante que acertara a pasar en aquellos instantes podía descubrirme.

Tragué saliva y pegué la bolsa a mi vientre, rodeándola con ambos brazos. Después, en un acto de pura inconsciencia, salté.

A pesar de la flexión de piernas, el golpe fue respetable. En mi afán por proteger el equipo fotográfico, me incliné en exceso hacia un costado, rodando cuan largo soy por el duro cemento.

Pocas veces me he incorporado a tanta velocidad. Mi única preocupación —la verdad sea dicha— era que alguien hubiera podido verme saltar. Pero la fortuna parecía aún de mi lado. La callejuela seguía solitaria. Limpié la zamarra con un par de palmetazos y salí pitando hacia el cruce que se adivinaba al fondo. Si todo funcionaba como yo deseaba, al otro lado de la manzana y en dirección opuesta a la que yo había tomado, debería continuar el turismo del FBI.

Veinte minutos más tarde —cuando mi reloj estaba a punto de señalar las tres y media— un taxi me situaba en el Memorial Drive, a las puertas mismas del cementerio.

Aunque en mi rápido desplazamiento hasta Arlington yo no había apreciado —a pesar de mis constantes miradas hacia atrás— que nos siguiera el temido vehículo azul, en esta nueva visita al cementerio de los héroes norteamericanos evité el ingreso por la puerta principal. Caminé por el paseo de Schley y a los cinco minutos me presenté ante el mostrador del Temporary Visitors Center.

Sinceramente, mientras le explicaba a una de las funcionarias que mi propósito era localizar la tumba de un viejo amigo, mis esperanzas —a la vista de los escasos datos que poseía— no eran muy sólidas. La mujer tomó nota del nombre y apellidos, así como del año del supuesto fallecimiento (1977), y sin más, como si aquella consulta fuera una de tantas, dio media vuelta y se dirigió a un monitor de televisión, situado a la izquierda de la sala. Le vi teclear y a los pocos segundos en la pantalla del terminal del ordenador surgieron unos signos y palabras de color verde que no alcancé a descifrar. Acto seguido, la funcionaria tomó uno de los pequeños mapas que yo ya conocía y escribió en rojo el primer apellido y el nombre de «mi amigo» y en la línea inferior, en negro y en los espacios destinados a la *grave* (tumba) y a la *section* (sección), los números correspondientes a cada una de ellas.

—¿Conoce el cementerio? —me preguntó.

—No mucho...

—Bien, es fácil —añadió con su tono monótono—. Nosotros estamos aquí...

Con el rotulador rojo marcó el Temporary Visitors Center y a continuación trazó una línea sobre el paseo de L'Enfant y de Lincoln. Con una precisión que me dejó estupefacto señaló un punto en la sección 43, concluyendo:

—Aquí hallará la lápida. Si va a pie son diez minutos...

—Muchas gracias.

Es posible que la señorita interpretara aquel agradecimiento y mi larga sonrisa como un sentimiento lógico al poder ubicar tan rápidamente a la persona que buscaba. Pero los tiros iban en otra dirección...

Mientras caminaba hacia el punto indicado en el plano, mi excitación fue en aumento. El hecho de que la computadora de Arlington hubiera respondido afirmativamente —declarando que allí, en efecto, había sido sepultado el «hermano» del mayor—, me había hecho vibrar de emoción, olvidando momentáneamente mis pasados sinsabores.

En el cruce de L'Enfant Drive con el Lincoln Drive me detuve. Si las indicaciones de la funcionaria no estaban equivocadas, debía encontrarme a poco más de 300 metros de la sepultura. Al repasar el mapa advertí otro detalle que precipitó mi alegría: ¡las coordenadas 44 y W confluían matemáticamente en aquella área de la sección 43! Esto despejaba la primera parte de la cuarta frase de la clave del mayor: *El hermano duerme en 44-W*.

El pequeño sendero asfaltado me condujo hasta una pradera en la que se alineaban cientos de lápidas blancas, de apenas medio metro de altura. Consulté el número de la tumba y, tras varios paseos por el cuidado césped, el nombre y apellidos del también oficial de la USAF surgieron ante mí casi como un milagro.

Una pequeña cruz encerrada en un círculo, había sido grabada

—como en el resto de las sepulturas de Arlington—, en la parte superior de la piedra. Debajo, la identidad del fallecido, su graduación, el Ejército al que había pertenecido y las fechas de su nacimiento y muerte, respectivamente. Eso era todo.

Sentí una mezcla de rabia y tristeza. Aquel hombre, al igual que mi viejo amigo, el mayor, había sido inhumado sin una sola alusión a la fascinante misión que había llevado a cabo en vida. Y lo peor es que su propio país —al menos los servicios de Inteligencia— estaba empeñado en que dicho «viaje» siguiera clasificado como «secreto y confidencial»...

En el horizonte, difuminado entre el verde, el amarillo y el rojo de los árboles del Cementerio Nacional, el blanco monolito erigido a la memoria del primer presidente de los Estados Unidos señalaba paradójicamente a los cielos...

Me arrodillé y juré que lucharía hasta el final. Nada ni nadie me detendría ante aquel compromiso de difundir el legado de aquellos hombres.

A las cuatro y media, después de fotografiar la lápida, y cuando me disponía a retirarme, una sombra me sobresaltó. Parte de la inscripción había empezado a oscurecerse. Levanté la vista y reparé en un arbolillo. ¡Era un níspero!

... La sombra del níspero —recordé la última parte de la cuarta frase del mensaje del mayor— *le cubre al atardecer.*

Quedé absorto, contemplando cómo la cimbreante sombra de aquel humilde compañero de soledad iba robando la luz de la piedra, segundo a segundo. Al observar la pradera caí en la cuenta que aquél era el único árbol que crecía junto a esta sección del camposanto. Ya no había duda: la clave estaba resuelta.

Recogí algunas de las níspolas que habían caído sobre el césped y las guardé en mi bolsa. Por último, corté una pequeña rama y la deposité al pie de la lápida.

Poco a poco, con un sol moribundo a mis espaldas, fui alejándome de aquel lugar. No he vuelto a ver el frágil níspero de hojas verdes y diminutas que acompaña al héroe norteamericano, pero ambos sabemos que aquella tarde, parte de mi corazón quedó en Arlington.

En mi plan original de fuga yo no había previsto, ni mucho menos, que el regreso fuese precisamente por la puerta principal del hotel. Ahora que lo pienso con una cierta perspectiva, de haber sabido entonces que no existía posibilidad de acceso desde la callejuela posterior a la escalera de incendios, lo más seguro es que no me hubiera jugado el todo por el todo por aquella innecesaria comprobación en el Cementerio Nacional de Arlington. Pero ya no podía echarme atrás. Soy hombre que acepta los riesgos y, además, encantado.

El crepúsculo había empezado a adormilar los colores de la gran ciudad cuando el taxi se detuvo frente a la puerta giratoria de mi hotel. Mientras abonaba la carrera, respiré aliviado al reconocer frente a mí, a una veintena de pasos, el turismo de mis perseverantes guardianes. O mucho me equivocaba, o aquellos individuos me creían durmiendo a pierna suelta. Pronto iba a comprobarlo...

Salté del taxi y crucé la acera, mirando de reojo hacia mi izquierda. Aunque fue cuestión de segundos, pude percibir cómo uno de los agentes —el que permanecía al volante— se agitaba, tocando con precipitación el hombro de su compinche, que se hallaba leyendo un periódico. No sé qué pudo suceder después. Me colé en el *hall* como una exhalación, evitando el ascensor. Gracias al cielo, el recepcionista se encontraba de espaldas y presumo que no me vio desaparecer escaleras arriba.

Jadeando y maldiciendo el tabaco irrumpí en mi habitación, en el momento preciso en que sonaba el teléfono. Traté de recobrar el pulso y lo dejé sonar un par de veces. Al descolgarlo reconocí la voz del recepcionista:

—Disculpe, señor —anunció el empleado en un tono muy poco convincente—, ¿me dijo usted que le llamara a las cinco y media o a las seis y media...?

Me dieron ganas de ponerle como un trapo. Pero disimulé, dando por sentado que junto al recepcionista debía encontrarse alguno de los agentes, si no los dos...

—A las seis y media, por favor —respondí con voz seca y cortante.

—Disculpe, señor... Ha sido un error.

Acepté las disculpas y, por lo que pudiera ocurrir, me desnudé, dando buena cuenta del olvidado almuerzo. Eran las cinco y media de la tarde. Si el FBI tragaba el cebo y estimaba que todo había sido una confusión y que yo no me había movido para nada de mi habitación, quizá aquellas últimas horas en Washington no fueran demasiado difíciles. Pero, ¿y si no era así?

Había que salir de dudas.

Y empecé a maquinar un nuevo plan. Era necesario que averiguase hasta qué punto creían en mis palabras...

Mi preocupación, como es fácil adivinar, estaba centrada en los documentos. Tenía que ponerlos a salvo a cualquier precio. Pero, ¿cómo? Pasé más de media hora reconociendo y explorando hasta el último rincón de la habitación. Sin embargo, ninguno de los posibles escondites me pareció lo suficientemente seguro. Llegué, incluso, a desenroscar la alcachofa de la ducha, considerando la posibilidad de enrollar y ocultar parte del diario del mayor en el tubo que sobresalía algo más de 35 centímetros de la pared del baño. Gracias a Dios, el instinto o la intuición —o ambos a un mismo tiempo— me hicieron recelar y, finalmente, me decidí por la solución más simple... y arriesgada. Perforé cuidadosamente el segundo cilindro y extraje otro paquete de folios, igualmente protegido en una funda de plástico transparente y minuciosamente grapada.

Arrojé todas las grapas en el interior de la botella de vino, que había quedado medio vacía, y con la ayuda de varias tiras de cinta adhesiva, sujeté ambos mazos de folios a mi pecho y espalda, respectivamente.

Después me vestí cuidadosamente, procediendo a rellenar los cartuchos de cartón con rollos de fotografía, aún sin estrenar. Los deposité en el fondo de la bolsa de las cámaras y retiré las películas de ambas máquinas, sustituyéndolas por otras, aún vírgenes.

Mi propósito era salir del hotel, a cuerpo descubierto y dejar el campo libre a los tipos del FBI. Corría el gravísimo peligro de que, en lugar de registrar mi habitación, optaran por seguirme y cachearme. En este segundo supuesto, los documentos habrían volado en cuestión de minutos... En previsión de que esa delicada circunstancia llegara a hacerse realidad, guardé los rollos de TRI-X y de diapositivas que había obtenido en mi reciente investigación en México, así como las imágenes de Arlington, en los bolsillos de la zamarra y del pantalón. «En caso de registro —pensé— siempre es mejor que localicen primero las películas. Quiza se den por satisfechos y se olviden del resto...»

No es que aquella estratagema me convenciera excesivamente pero, ¿qué otra cosa podía hacer?

Corté las colas de las películas de una decena de rollos, todavía sin emplear, y los alineé sobre el reducido escritorio, simulando que se trataba del fruto de mi trabajo gráfico en aquellos últimos días.

A las seis y quince minutos tomé una hoja de papel, con el membrete del hotel, y escribí con trazos descuidados:

Viernes (6-XI-81)... llamar a D. Garzón a las 13 horas (teléfono 6525783).

Rasgué la hoja en trozos pequeños y los dejé caer en la papelera metálica, separando previamente uno de los cuadraditos de papel en el que podía leerse el siguiente fragmento: *éfono 6525.* Deposité esta parte del escrito en el suelo de la habitación, muy cerca de la papelera, como si en la maniobra —al lanzar los papeles—, uno de ellos hubiera caído fuera del recinto.

Después vacié uno de los ceniceros en la citada papelera y procedí a desordenar la cama, arrugando minuciosamente las sábanas.

A las seis y treinta, tal y como esperaba, sonó el teléfono. El empleado, en un tono mucho más amable, me recordó la hora.

—Muchas gracias —repuse, aprovechando la oportunidad para rematar mi plan—. Por cierto, quisiera ir al cine... ¿Sabe si hay alguno por aquí cerca?

—Sí señor... ¿Qué tipo de película desea ver el señor... ?

—Bueno, si es tan amable, vaya mirándolas usted mismo. Ahora bajo.

Al colgar me froté las manos. A pesar de los pesares, aquello resultaba electrizante...

Por último, y antes de abandonar la habitación, envolví cuidadosamente mi cuaderno de notas en un par de periódicos, escondiendo entre sus páginas la carta que había rescatado del *box* número 21. Comprobé que llevaba el pasaporte, los billetes —todavía «abiertos»— de mi viaje de regreso a España, vía Nueva York, y mis últimos treinta dólares y, abriendo la puerta, empujé el carrito del almuerzo hasta el pasillo. Retiré el cartel de *No molesten* y cerré. Al encaminarme hacia el ascensor pasé ante una bandeja —con algunos restos de comida— que había sido depositada en el piso, junto a otra de las habitaciones. De pronto recordé las grapas y, retrocediendo, tomé mi botella de vino, cambiándola sigilosamente por la de aquel huésped.

Una vez en el *hall* conversé sin prisas con el recepcionista, que, gentilmente —y a petición mía— me acompañó hasta la calle, señalándome el camino más corto para llegar al cine elegido. Simulé no haber comprendido bien y el hombre repitió sus indicaciones con todo lujo de detalles. Tanto él como yo observamos furtivamente el coche azul metalizado, que continuaba aparcado a corta distancia. Aquella comedia, en realidad, formaba parte de la segunda fase de mi plan. Deseaba que quedara perfectamente establecido que, en el transcurso de las dos horas siguientes, yo iba a tratar de disfrutar pacíficamente de una película. Y, naturalmente, era vital hacerse notar...

Con las manos en los bolsillos y el «dietario de campo» bien sujeto bajo el brazo, camuflado entre los periódicos, fui alejándome con aire distraído, como quien inicia un apacible paseo. El peso de los folios —en especial los del tórax— empezaba a lastimarme.

Con dos o tres paradas, aparentemente casuales, frente a otros tantos comercios, fue más que suficiente como para comprobar que los agentes no se habían movido del interior del turismo. Con aquel paso igualmente displicente desaparecí de la calle 17, en busca de la populosa avenida de Pennsylvania, entre cuyos restaurantes, galerías comerciales, *pub* y cinematógrafos siempre resulta más fácil pasar inadvertido.

Adquirí un boleto y a las siete y media penetraba en una de las salas de proyección. Pero mi intención no era ver una película. A los 15 minutos, y ante la indiferencia del portero, abandoné el cine, dirigiéndome a una cabina telefónica.

Aunque me hallaba muy cerca de la calle 14, estimé que era mucho más prudente llamar primero a la oficina de la agencia Efe en Washington. Uno de los periodistas —viejo amigo— iba a jugar un papel decisivo en esta última parte del plan. Como era de esperar, el primer número comunicaba sin cesar. Marqué el segundo —3323120— y, al fin, logré hablar con la redacción.

No me vi forzado a darle demasiadas explicaciones. El compañero y colega, cuya identidad no puedo revelar, por razones obvias, intuyó que me ocurría algo fuera de lo normal y aceptó verme de inmediato.

A eso de las ocho y media de la noche retrocedí hasta McPherson Square y, convencido de que nadie me seguía, me deslicé rápidamente hacia el vetusto ascensor del National Press Building, en la mencionada calle 14 del sector NW de la ciudad. Mi amigo me aguardaba en el departamento 969, sede de la agencia Efe.

Una hora después, con el mismo aire de despreocupación, empujaba la puerta giratoria del hotel. De buen grado, y sin hacer demasiadas preguntas, el periodista me había prometido su ayuda. A las diez de la mañana del día siguiente —tal y como habíamos acordado— se presentaría en mi hotel...

Mi intuición no falló esta vez. Al aproximarme a la puerta principal del hotel descubrí que el coche azul metalizado había desaparecido.

Al reclamar mi llave en conserjería observé que los empleados eran otros. Y aunque últimamente los dedos se me hacían huéspedes, comprendí que se trataba de un nuevo turno. Di orden para que me despertasen a las 8.30 del viernes y con un preocupante hormigueo en el estómago, tomé el camino de la sexta planta. No podía borrar de mi mente la sospechosa circunstancia de que el vehículo del FBI no se encontrara ya frente al hotel. ¿Qué podía haber sucedido en estas tres horas?

No necesité mucho tiempo para averiguarlo. Nada más cerrar la puerta de mi habitación, mis ojos se clavaron en el pequeño escritorio. ¡Los rollos vírgenes que yo había alineado de forma premeditada sobre la lámina de cristal que cubría la mesa habían desaparecido! Antes de proceder a una rigurosa inspección general, abrí la bolsa de las cámaras, comprobando con alivio que mis máquinas seguían allí. Sin embargo, tal y como había supuesto, también los rollos —a medio impresionar— que yo había sustituido en el último momento habían sido extraídos (posiblemente rebobinados) de las respectivas cajas. El resto del equipo seguía intacto. Los cilindros de cartón, repletos de película, no parecían haber llamado la atención de los intrusos. Seguían en el fondo de la bolsa, cubiertos por las minitoallas verdes que yo suelo «tomar prestadas» en los hoteles donde acierto a cobijarme y que, siguiendo la costumbre de mi maestro y compadre Fernando Múgica, suelo utilizar para evitar los choques y roces entre cámaras y objetivos.

Tampoco las cuatro o cinco níspolas que yo había recogido en Arlington habían sido sustraídas por los agentes. Porque, a estas alturas, y tal y como pude confirmar minutos más tarde, saltaba a la vista que mi habitación había sido registrada por el FBI. (Por una vez en mi vida había acertado de pleno.)

En un primer chequeo pude deducir que el resto de mis enseres —maleta, ropa, útiles de aseo, etc.— seguía donde yo los había dejado. El individuo o individuos que habían irrumpido en la estancia habían sido sumamente cuidadosos, procurando no alterar el rígido orden que siempre impongo a mi alrededor.

Aquellos tipos buscaban información —cualquier dato que pudiera estar relacionado con el mayor o con el «amigo» que yo decía estar buscando— y no iba a tardar en confirmarlo.

Algo más tranquilo después de aquel rápido inventario, me situé frente a la papelera en la que había arrojado los trocitos de papel, así como las colillas de uno de los ceniceros.

Los papelillos seguían en el fondo del recipiente, excepción hecha del que dejé caer intencionadamente sobre el entarimado de la habitación. Éste, en un lamentable error del agente, fue encontrado por mí en el fondo de la papelera, junto a sus hermanos... Conociendo como conozco, a los servicios de Información, yo sabía que uno de los lugares donde siempre miran es precisamente en las papeleras. La trampa había dado resultado. El agente, después de reconstruir la hoja de papel que yo había troceado, la devolvió a la papelera, procurando que las 28 partes cayeran íntegramente en el cubo de metal.

Aquel torpe representante del FBI había dejado, además, sobre el cristal del escritorio, otro rastro de su paso. Como habrá imaginado el lector, el hecho de vaciar uno de los ceniceros en la papelera —y más concretamente sobre los papelillos— no fue un gesto de higiene, aunque ésa pueda ser la primera impresión...

Aquella maniobra estuvo perfectamente calculada. Y ahora, al examinar el vidrio sobre el que, a todas luces, había sido minuciosamente reconstruida la hoja de papel, no tardé en detectar, como digo, la huella del intruso.

Al ir encajando los pedacitos de papel, el agente no se percató de que una mínima porción de ceniza —pero suficiente para mis propósitos— caía sobre el cristal de la mesa.

Una vez desvelado el rompecabezas, el individuo restituyó los restos a su correspondiente lugar, no teniendo la precaución de limpiar la superficie sobre la que había trabajado.

Con la ayuda de una minúscula lupa, Agfa Lupe 8×, que siempre me acompaña y que resulta de gran utilidad para el examen de diapositivas, localicé al instante numerosas partículas blancogrisáceas, que no eran otra cosa que parte de la ceniza con la que había cubierto los papelillos.

Si los agentes —como era fácil suponer— habían tomado buena nota de lo que estaba escrito en dicha hoja, había una alta posibilidad de que cayeran en una nueva trampa...

Antes de acostarme, y en previsión de que mi teléfono estuviera intervenido, marqué el número de la Cancillería Española, haciéndole saber a la persona que me atendió que era amigo del señor Garzón, consejero de Información, y que, por favor, le dejara escrito que le telefonearía hacia las 13 horas del día siguiente. De esta forma, y en el más que probable supuesto de que mi conversación hubiera sido grabada, el FBI recibía así la confirmación a lo que, sin duda, habían leído en mi habitación.

Dejé prácticamente hecha la maleta y me dispuse a descansar. Pero al ir a cepillarme los dientes, recibí otra sorpresa. Aquellos malditos agentes habían perforado —de parte a parte y por tres puntos— el tubo de la pasta dentífrica. Al revisar la crema de afeitar, tal y como me temía, encontré el tubo igualmente agujereado.

«¿De qué habrán sido y de qué serán capaces estos "gorilas"?», empecé a preguntarme con inquietud.

Aquella noche, y por lo que pudiera acontecer, eché la cadena de seguridad y apuntalé la puerta con la única silla existente en la habitación. Como última precaución, decidí no despegar los documentos de mi pecho y espalda. En contra de lo que yo mismo podía suponer, aquella incómoda carga no fue óbice para que el sueño terminara por rendirme. Tenía gracia. Era la primera vez que dormía con un «alto secreto»..., entre pecho y espalda.

De acuerdo con el plan trazado la tarde anterior en la sede de la agencia de noticias Efe, a las diez en punto de la mañana del viernes deposité la llave de mi habitación en la conserjería, dirigiéndome seguidamente a uno de los taxis que aguardaban a las puertas del hotel.

Tras desayunar en la habitación, había procedido a rellenar los cartuchos de cartón con parte de mi ropa sucia —pañuelos y calcetines, fundamentalmente—, cerrándolos nuevamente y escribiendo en cada uno de ellos mi nombre, apellidos y dirección en Vizcaya. Y aunque el tiempo en Washington D.C. era fresco y soleado, me enfundé una gabardina color hueso.

Con las cámaras al hombro y los cilindros del mayor entre las manos me introduje en el taxi, pidiéndole que me llevara hasta el Main Post Office o Central de Correos de la ciudad.

Si el FBI seguía mis movimientos, aquellos cartuchos y mi colega, el periodista, me ayudarían a darles un buen esquinazo.

A las 10.30 horas, el taxista detenía su vehículo frente al edificio de correos. Con la promesa de una excelente propina, le rogué que esperase unos minutos; el tiempo justo de franquear y certificar ambos paquetes. El hombre accedió amablemente y yo salté del coche, al tiempo que observaba cómo un turismo de color negro rebasaba el taxi, aparcando a unos ochenta o cien metros por delante.

Con el presentimiento de que los ocupantes de aquel vehículo tenían mucho que ver con los que habían irrumpido y registrado mi habitación la noche anterior, me adentré en la concurrida central. Gracias a Dios, mi amigo esperaba ya en el interior. A toda velocidad, y ante los atónitos ojos de una jovencita que rellenaba no se qué impresos en la misma mesa donde me había reunido con el reportero de Efe, me quité la gabardina y se la pasé a mi compañero. Escribí la matrícula del taxi en uno de los formularios que se alineaban en los casilleros y, al entregarle el papel, le advertí —en castellano— que tuviera cuidado con el turismo que había visto aparcar a escasa distancia del taxi.

Siguiendo el plan previsto, mi colega se embutió en la gabardina, mientras yo me confundía entre el gentío, en dirección a la ventanilla de facturación de paquetes. Si todo salía bien, a los cinco minutos, el periodista debería introducirse en el taxi que esperaba mi retorno. Con el fin de hacer aún más difícil su identificación, le pedí que acudiera hasta la oficina de correos con una bolsa del mismo color y lo más parecida posible a la que yo cargaba habitualmente.

Cuando el funcionario guardó los cilindros de cartón, me dirigí hacia la puerta y, desde el umbral, comprobé que el taxi y el turismo negro habían desaparecido.

Sin perder un minuto, me encaminé hacia la boca del metro de Gallery Place. Desde allí, siguiendo la línea McPherson-Farragut West, reaparecí en la estación de Foggy Bottom. Eran las 11.30.

Una hora después, otro taxi me dejaba en el aeropuerto nacional de Washington. O mucho me equivocaba, o los agentes del FBI estaban a punto de llevarse un solemne «planchazo»... A las 13.25 de aquella agitada mañana, el vuelo 104 de la compañía BN me sacaba —al fin— de la capital federal.

Difícilmente puedo describir aquellas últimas cuatro horas en el aeropuerto de Nueva York. Si mi amigo no había logrado engañar a los empecinados agentes norteamericanos, mi seguridad —y lo que era mucho peor: mi tesoro— corrían grave riesgo.

A las cuatro en punto de la tarde, tal y como habíamos convenido, marqué el teléfono de Efe en Washington. Mi cómplice —al que nunca podré agradecer suficientemente su audacia y cooperación— me saludó con la contraseña que sólo él y yo conocíamos:

—¿Desde Santurce a Bilbao... ?

—... Voy por toda la orilla —respondí con la voz entrecortada por la emoción. Aquello significaba, entre otras cosas, que nuestro plan había funcionado.

En cuatro palabras, mi enlace me puso al corriente de lo que había ocurrido desde el momento en que se introdujo en el taxi. Mis sospechas eran fundadas: aquel turismo de color negro, que se había estacionado a corta distancia de la fachada principal de la oficina de correos, reanudó su discreto seguimiento. Los agentes, tres en total, no podían imaginar que mi amigo había ocupado mi puesto y que todo aquel laberinto no tenía otro objetivo que permitir mi fulminante salida del país.

Siguiendo las indicaciones del nuevo pasajero, el taxista —que vio incrementado el importe de su carrera con una súbita propina de cincuenta dólares (propina que, según mi colega, le volvió temporalmente mudo y sordo)— y ante la presumible desesperación de los hombres del FBI, condujo su vehículo hasta el interior de la Cancillería Española, en el número 2 700 de la calle 15. Allí permanecieron ambos hasta las 13.30. A esa hora, uno de los vuelos regulares despegaba de Washington, situándome, como ya he referido, en la ciudad de Nueva York.

El desconcierto de los «gorilas» —que habían esperado pacientemente la salida del taxi— debió de ser memorable al ver aparecer el citado vehículo, pero con otros dos ocupantes en el asiento posterior. Mi amigo, que había abandonado la gabardina y la bolsa en el interior de la cancillería, se encasquetó una gorra roja y se hizo acompañar por uno de los funcionarios y amigo.

El FBI mordió nuevamente el cebo y, creyendo que yo seguía en el interior de la embajada, siguió a la espera.

«Es posible —comentó divertido el reportero de Efe— que aún sigan allí...»

A las 19.15 horas, con los documentos sólidamente adheridos a mi pecho y espalda y —por qué negarlo— al borde casi de la taquicardia, el vuelo 904 de la TWA me levantaba a diez mil metros, rumbo a España.

Al día siguiente, sábado, una vez confirmado mi aterrizaje en Madrid-Barajas, el colega se personó en el hotel, recogiendo mi maleta y saldando la cuenta. Por supuesto, y tal como sospechaba, los cilindros de cartón que había certificado en Washington, jamás llegaron a su legítimo destino...

¡Qué equivocado estaba! Mis angustias no terminaron con el rescate del diario del mayor. Fue a partir de la lectura de aquellos documentos cuando mi espíritu se vio envuelto en toda suerte de dudas...

Durante dos años, siempre en el más impenetrable de los silencios, he desplegado mil diligencias para intentar confirmar la veracidad de cuanto dejó escrito el fallecido piloto de la USAF. Sin embargo —a pesar de mis esfuerzos—, poco he conseguido. La naturaleza del proyecto resulta tan fantástica que, suponiendo que haya sido cierto, la losa del «alto secreto» lo ha sepultado, haciéndolo inaccesible. Algo a lo que soviéticos y norteamericanos —dicho sea de paso— nos tienen muy acostumbrados desde que se empeñaron en la loca carrera armamentista. No hace falta ser un lince para comprender que, tanto en la conquista del espacio como en el desarrollo del potencial bélico, unos y otros ocultan buena parte de la verdad y —lo que es peor— no sienten el menor pudor a la hora de mentir y desmentir. Tampoco es de extrañar, por tanto, que haya caído una cortina de hierro sobre el proyecto que relata el mayor en su legado.

En el presente trabajo he llevado a cabo la transcripción —lo más fiel posible— de los primeros 350 folios del total de 500 que contenían ambos cilindros. Aunque no voy a desvelar por el momento el contenido del resto del proyecto, puedo adelantar —eso sí— que responde a un denominador común: «un gran viaje», tal y como los define el propio mayor. Un «viaje» que haría palidecer a Julio Verne...

No soy tan necio, por supuesto, como para creer que con el hallazgo y posterior traslado de estos documentos fuera de los Estados Unidos han desaparecido los riesgos. Al contrario. Es precisamente ahora, con motivo de su salto a la luz pública, cuando los servicios de Inteligencia pueden «estrechar» su cerco en torno a este inconsciente periodista. Es un peligro que asumo, no sin cierta preocupación...

Pero, como hombre prevenido vale por dos, después de una fría valoración del asunto, yo también he tomado ciertas «precauciones». Una de ellas —la más importante, sin duda— ha sido depositar los originales del mencionado proyecto en una caja de seguridad de un banco, a nombre de mi editor, José Manuel Lara. En el supuesto de que yo fuera «eliminado», la citada documentación sería publicada *ipso facto*.

Naturalmente, nada más pisar España, una de mis primeras preocupaciones —amén de poner a buen recaudo ambas documentaciones originales— fue fotocopiar, por duplicado, los 500 folios que había sacado de Washington. Con el fin de evitar en lo posible el riesgo de «desaparición» de dicho diario, una de las reproducciones ha sido guardada —junto con los documentos oficiales que me fueron entregados en 1976 por el entonces general jefe del Estado Mayor del Aire, don Felipe Galarza (1)— en otra caja de seguridad, a nombre de un viejo y leal amigo, residente en una ciudad costera española.

A lo largo de estos dos años, como digo, y tras conocer el «testamento» del mayor, he llevado a cabo numerosas consultas —especialmente con científicos y médicos— intentando esclarecer, cuando menos, la parte de ficción que destilan ambos «viajes». Vaya por delante —y en honor a la verdad— que los primeros se han mostrado escépticos en cuanto a la posibilidad de materialización de semejante proyecto. A pesar de ello, y antes de pasar al diario propiamente dicho, quiero dejar sentado que mi obligación como periodista empieza y concluye precisamente con la obtención y difusión de la noticia. Será el lector —y quién sabe si los hombres del futuro, como ocurrió con Julio Verne— quien deberá sacar sus propias conclusiones y otorgar o retirar su confianza a cuanto encuentre en las próximas páginas.

En todo caso —y con esto concluyo— si el «gran viaje» del mayor fue sólo un sueño de aquel hombre extraño y atormentado, que Dios bendiga a los soñadores.

(1) Estos trescientos folios forman parte de doce investigaciones secretas de la Fuerza Aérea Española sobre otros tantos casos de ovnis en España. Han sido publicados en el libro *Ovnis: Documentos oficiales del Gobierno español.*

[illegible]

[illegible] esencia.

[illegible] en todo esclarecido [illegible]

[illegible] todo [illegible] justo y concreto [illegible] que [illegible] Santo [illegible] bendiga a los sodomitas.

[illegible]

El diario

Hoy, 7 de abril de 1977, al año de mi retiro voluntario a la selva del Yucatán, una vez conocida la muerte de mi hermano... y al cuarto año de nuestro regreso del «gran viaje», pido humildemente al Todopoderoso que me conceda las fuerzas y vida necesarias para dejar por escrito cuanto sé y contemplé —por la infinita misericordia de Dios— en Palestina.

Es mi deseo que este testimonio sea conocido entre los hombres de buena voluntad —creyentes o no— que, como nosotros, caminan a la búsqueda de la Verdad.

Sé desde hace más de un año —como también lo supo mi hermano en el «gran viaje»— que mi muerte está cercana. Por ello, siguiendo sus reiteradas peticiones y los cada vez más firmes impulsos de mi propia conciencia, he procedido a ordenar mis notas, recuerdos y sensaciones. Espero que la persona o personas que algún día puedan tener acceso a este humilde y sincero diario hagan suya mi voluntad de permanecer, como mi hermano, en el más riguroso anonimato. No somos nosotros los protagonistas, sino «ÉL».

No es fácil para mí resumir aquellos años previos a la definitiva puesta en marcha del «gran viaje». Y aunque nunca ha sido mi propósito desvelar los programas y proyectos confidenciales de mi país, a los que he tenido acceso por mi condición de militar y miembro activo —hasta 1974— de la OAR (Office of Aerospace Research) (1), entiendo que antes de ofrecer los frutos de nuestra experiencia en Israel, debo poner en antecedentes a cuantos lean este informe de algunos de los hechos previos a aquel histórico enero de 1973.

Debo advertir igualmente que, dada la naturaleza del descubrimiento efectuado por nuestros científicos y las dramáticas consecuencias que podrían derivarse de una utilización errónea o premeditadamente negativa del mismo, mis aclaraciones previas sólo tendrán un carácter puramente descriptivo. Como he mencionado antes, no es el medio lo que importa en este caso, sino los resultados que gozosamente tuvimos a bien alcanzar. Descargo así mis escrúpulos de conciencia y confío en que algún día —si la humanidad recupera el perdido sentido de la justicia y de los valores del espíritu— sean los responsables de este sublime hallazgo quienes lo den a conocer al mundo en su integridad.

(1) La OAR es la Oficina de Investigación Aeroespacial. *(Nota del traductor.)*

Fue en la primavera de 1964 cuando, confidencialmente y por pura casualidad, llegó hasta mis oídos la existencia de un ambicioso y revolucionario proyecto, auspiciado por la AFOSI y la AFORS (1) y en el que trabajaba desde hacía años un nutrido equipo de expertos del Instituto de Tecnología de Massachusetts.

Yo había sido seleccionado en octubre de 1963, con otros trece pilotos de la USAF, para uno de los proyectos de la NASA. En mi calidad de médico e ingeniero en física nuclear, y puesto que seguía perteneciendo a la OAR, me encomendaron un trabajo específico de supervisión del llamado VIAL o Vehículo para la Investigación del Aterrizaje Lunar. En la mencionada primavera de 1964, dos de estas curiosas máquinas voladoras —en las que se iniciaron los primeros ensayos para los futuros alunizajes del proyecto Apolo— llegaron al fin al lugar donde yo había sido destinado: el Centro de Investigación de Vuelos de la NASA, en la base de Edwards, de las fuerzas aéreas norteamericanas, a ochenta millas al norte de Los Angeles.

En aquel paisaje desolado —en pleno corazón del desierto Mojave— permanecí hasta últimos de 1964, en que concluyeron con éxito las pruebas preliminares de vuelo de los VIAL.

No tengo que repetir que aquellas pruebas y otros proyectos —en especial los de la USAF —habían sido calificados como «altamente secretos». El ingreso en el recinto de la base y en el de las experiencias en particular era limitado al personal especialmente acreditado.

Durante meses conviví con otros candidatos a astronautas, oficiales, científicos y técnicos —todos ellos en posesión de la *top secret security clearance* (2)— llegando a mis oídos un fantástico proyecto: la Operación Swivel ("Eslabón").

Una vez finalizado mi trabajo en Edwards, la NASA estimó que debía incorporarme al Centro Marshall, de vuelos espaciales. Mi verdadera vocación ha sido siempre la investigación. Concretamente, el joven «mundo» de la teoría unificada de las partículas elementales. Sin embargo, mis inquietudes en aquel mes de diciembre de 1964 discurrían por otros derroteros. Los costos de la NASA habían empezado a dispararse y el Centro Marshall trabajaba día y noche para encontrar nuevos sistemas o fuentes de energía, que abaratasen las costosas baterías «químicas» de los proyectos Explorer, Mercury y Geminis.

Una semana antes de Navidad, y por motivos de mi trabajo, tuve que volar nuevamente a la base de Edwards. Durante uno de los almuerzos con el personal especializado conocí al nuevo jefe del proyecto Swivel, el general..., un hombre sereno y de brillante inteligencia, que supo escuchar pacientemente mis disquisiciones y lamentos sobre la miopía mental de algunos altos cargos de la NASA, que habían rechazado una y otra vez mis sugerencias sobre la necesidad de sustituir las anticuadas baterías químicas por células de carburante o por baterías atómicas.

(1) AFOSI y AFORS son las siglas de la Air Force Office of Special Investigations (Oficina de Investigaciones Espaciales de la Fuerza Aérea) y de la Air Force Office of Scientific Research (Oficina de Investigación Científica de la Fuerza Aérea), respectivamente. *(N. del t.)*

(2) Autorización para tener acceso a determinados secretos que afectan a la defensa nacional en los Estados Unidos. *(N. del t.)*

El general pareció interesarse por algunos de los detalles de las pilas atómicas y yo —lo reconozco— me desbordé, saturándole con una lluvia de datos e información en torno a las excelencias del plutonio 238, del curio 244 y del prometio 147... Antes de retirarse de la mesa, el general me hizo una sola pregunta: «¿Quiere trabajar conmigo?»

Gracias al cielo, mi respuesta fue un fulminante: «Sí.»

De esta forma, en enero de 1965 abandonaba definitivamente la NASA, para incorporarme al módulo de experiencias de la USAF, en Mojave. Yo había conocido a buena parte de los científicos y militares que se afanaba en aquel fantástico proyecto durante mi anterior etapa en la base de Edwards. Esto facilitó las cosas y mi definitiva integración en la Operación Swivel fue rápida y total.

Durante los primeros meses, mi papel —de acuerdo con los deseos del general que me había contratado y al que de ahora en adelante llamaré con el nombre supuesto de «Curtiss»— se centró en una frenética investigación en torno a un sistema auxiliar de abastecimiento de energía mediante una batería atómica llamada SNAP-9A, que son las siglas de Systems for Nuclear Auxiliary Powers (1).

En esas fechas, el proyecto había superado ya las primeras y obligadas fases de experimentación. Éstas habían tenido lugar —siempre en el más férreo de los secretos— entre 1959 y 1963. Nunca supe —y tampoco me preocupó en exceso— quién o quiénes habían sido los promotores o descubridores del sistema básico que había permitido concebir semejante aventura. En algunas de mis múltiples conversaciones con el general Curtiss, éste insinuó que —aunque en el equipo inicial habían participado algunos de los veteranos científicos del proyecto Manhattan, que «dio a luz» la bomba atómica— «el cambio de criterios en relación con la naturaleza de las mal llamadas partículas elementales o subatómicas procedía de Europa». Al parecer, y a través de la CIA, las fuerzas aéreas norteamericanas habían recibido —procedentes de Europa occidental— una serie de documentos en los que se hablaba de un brusco cambio de 180 grados en la interpretación de la física cuántica.

En esencia, ya que no es mi intención aquí y ahora alargarme excesivamente en cuestiones puramente técnicas, ese «sistema básico» que había impulsado la operación consistía en el descubrimiento de una entidad elemental —generalizada en el cosmos— en la que la ciencia no había reparado hasta ese momento y que ha resultado, y resultará en el futuro, la «piedra angular» para una mejor comprensión de la formación de la materia y del propio universo.

Esa entidad elemental —que fue bautizada con el nombre de *swivel*— puso de manifiesto que todos los esfuerzos de la ciencia por detectar y clasificar nuevas partículas subatómicas no eran otra

(1) Sistema de Energía Nuclear Auxiliar. Fueron utilizados, en efecto, por la NASA y el AEC para usos espaciales. Estas baterías de isótopos radiactivos pueden producir varios centenares de vatios de electricidad durante períodos superiores a un año. *(N. del t.)*

cosa que un estéril espejismo. La razón —minuciosamente comprobada por los hombres de la operación en la que trabajé— era tan sencilla como espectacular: un *swivel* tiene la propiedad de cambiar la posición u orientación de sus hipotéticos «ejes» (1) transformándose así en un *swivel* diferente.

El descubrimiento dejó perplejos a los escasos iniciados, arrastrándolos irremediablemente a una visión muy diferente del espacio, de la configuración íntima de la materia y del tradicional concepto del tiempo.

El espacio, por ejemplo, no podía ser considerado ya como un «continuo escalar» en todas direcciones. El descubrimiento del *swivel* echaba por tierra las tradicionales abstracciones del «punto», «plano» y «recta». Éstos no son los verdaderos componentes del universo. Científicos como Gauss, Riemann, Bolyai y Lobatschewsky habían intuido genialmente la posibilidad de ampliar los restringidos criterios de Euclides, elaborando una nueva geometría para un «n-espacio». En este caso, el auxilio de las matemáticas salvaba el grave escollo de la percepción mental de un cuerpo de más de tres dimensiones. Nosotros habíamos supuesto un universo en el que los átomos, partículas, etc., forman las galaxias, sistemas solares, planetas, campos gravitatorios, magnéticos, etc. Pero el hallazgo y posterior comprobación del *swivel* nos dio una visión muy distinta del Cosmos: el Espacio no es otra cosa que un conjunto asociado de factores angulares, integrado por cadenas y cadenas de *swivels*. Según este criterio, el cosmos podríamos representarlo —no como una recta—. sino como un enjambre de estas entidades elementales. Gracias a estos cimientos, los astrofísicos y matemáticos que habían sido reclutados por el general Curtiss para el proyecto Swivel fueron verificando con asombro cómo en nuestro universo conocido se registran periódicamente una serie de curvaturas u ondulaciones, que ofrecen una imagen general muy distinta de la que siempre habíamos tenido.

Pero no quiero desviarme del objetivo principal que me ha empujado a escribir estas líneas. A principios de 1960, y como consecuencia de una más intensa profundización en los *swivels*, uno de los equipos del proyecto materializó otro descubrimiento que, en

(1) Aún hoy, y puesto que este sensacional hallazgo no ha sido dado a conocer a la comunidad científica del mundo, numerosos investigadores y expertos en física cuántica siguen descubriendo y detectando infinidad de subpartículas (neutrinos, mesones, antiprotones, etc.) que sólo contribuyen a oscurecer el intrincado campo de la física. El día que los científicos tengan acceso a esta información comprenderán que todas esas partículas elementales que conforman la materia no son otra cosa que diferentes cadenas de *swivel*, cada uno de ellos orientado en una forma peculiar respecto a los demás. Tanto los especialistas que trabajaron en esta operación, como yo mismo, tuvimos que doblegar nuestras viejas concepciones del espacio euclídeo, con su trama de puntos y rectas, para asimilar que un *swivel* está formado por un haz de ejes ortogonales que «no pueden cortarse entre sí». Esta aparente contradicción quedó explicada cuando nuestros científicos comprobaron que no se trataba de «ejes» propiamente dichos, sino de ángulos. (De ahí que haya entrecomillado la palabra «eje» y me haya referido a hipotéticos ejes.) La clave estaba, por tanto, en atribuir a los ángulos una nueva propiedad o carácter: el dimensional. *(Nota del mayor.)*

mi opinión, marcará un hito histórico en la humanidad: mediante una tecnología que no puedo siquiera insinuar, esos hipotéticos ejes de las entidades elementales fueron invertidos en su posición. El resultado llenó de espanto y alegría a un mismo tiempo a todos los científicos: el minúsculo prototipo sobre el que se había experimentado desapareció de la vista de los investigadores. Sin embargo, el instrumental seguía detectando su presencia...

A partir de entonces, todos los esfuerzos se concentraron en el perfeccionamiento del referido proceso de inversión de los *swivels*. Cuando yo me incorporé al proyecto, el general me explicó que, con un poco de suerte, en unos pocos años más estaríamos en condiciones de efectuar las más sensacionales exploraciones... en el tiempo y en el espacio.

Poco tiempo después comprendí el verdadero alcance de sus afirmaciones.

Al multiplicar nuestros conocimientos sobre los *swivels* y dominar la técnica de inversión de la materia, apareció ante el equipo una fascinante realidad: «más allá» o al «otro lado» de nuestras limitadas percepciones físicas hay otros universos (las palabras sólo sirven para amordazar la descripción de estos conceptos) tan físicos y tangibles como el que conocemos (?). En sucesivas experiencias, los hombres del general Curtiss llegaron a la conclusión de que nuestro cosmos goza de un sinfín de dimensiones desconocidas. (Matemáticamente fue posible la comprobación de diez.)

De estas diez dimensiones, tres son perceptibles por nuestros sentidos y una cuarta —el tiempo— llega hasta nuestros órganos sensoriales como una especie de «fluir», en un sentido único, y al que podríamos definir groseramente como «flecha o sentido orientado del tiempo».

En ese raudal de información apareció ante nuestros atónitos ojos otro descubrimiento que cambiará algún día la perspectiva cósmica y que bautizamos como nuestro cosmos «gemelo» (1).

(1) Me extenderé poco sobre nuestro «biocosmos» o cosmos gemelo, pero me resisto a ocultar algunas de las características básicas del mismo. Aquellos análisis humillaron aún más si cabe nuestra soberbia científica. En realidad, no existe un único cosmos —como siempre habíamos creído— sino infinito número de pares de Cosmos. La diferencia fundamental detectada entre los elementos de uno y otro (los nuestros, por ejemplo), estriba en que sus estructuras atómicas respectivas difieren en el signo de la carga eléctrica y que nuestros científicos han llamado y siguen llamando incorrectamente «materia y antimateria». Nuestro cosmos gemelo, por ejemplo, presenta las siguientes diferencias:

1) En sus átomos, la corteza está formada por electrones positivos orbitales y su núcleo por antiprotones (protones negativos).

2) Jamás podrán ponerse en contacto ambos cosmos. Tampoco tiene sentido pensar que puedan superponerse ya que no los separan relaciones «dimensionales». (No hay distancias ni simultaneidad en el tiempo.)

3) Ambos cosmos poseen la misma masa y el mismo radio, correspondiente a una hiperesfera de curvatura negativa.

4) Cada uno goza de singularidades distintas; es decir, en nuestro cosmos gemelo no hay el mismo número de galaxias ni aquéllas poseen la misma estructura que las «nuestras». No hay, por tanto, otro planeta Tierra gemelo.

A mí, personalmente, al igual que al general jefe del proyecto, lo que terminó por cautivarnos fue el nuevo concepto del «tiempo». Al manipular con los ejes de los *swivels* se comprobó que estas entidades elementales no «sufrían» el paso del tiempo. ¡Ellas eran el tiempo!

Largas y laboriosas investigaciones pusieron de relieve, por ejemplo, que lo que llamamos «intervalo infinitesimal de tiempo» no era otra cosa que una diferencia de orientación angular entre dos *swivels* íntimamente ligados. Aquello constituyó un auténtico cataclismo en nuestros conceptos del tiempo (1).

No fue muy difícil detectar que —por uno de esos milagros de la naturaleza— los ejes del tiempo de cada *swivel* apuntaban en una dirección común... para cada uno de los instantes que podríamos definir puerilmente como «mi ahora». Al instante siguiente, y al siguiente y al siguiente —y así sucesivamente— esos ejes imaginarios variaban su posición, dando paso a distintos «ahora». Y lo mismo ocurría, obviamente, con los «ahora» que nosotros llamamos pasado. Aquel potencial —sencillamente al alcance de nuestra tecnología— nos hizo vibrar de emoción, imaginando las más

---

5) Ambos cosmos fueron «creados» simultáneamente, pero sus flechas del tiempo no tienen por qué estar orientadas en el mismo sentido. (No podemos hablar, en consecuencia, de que dicho cosmos coexiste con el nuestro en el tiempo o de que existió antes o de que existirá después. Únicamente podemos afirmar que existe.)

Pero quizá lo que más impresionó a nuestro equipo de investigadores fue verificar que ese cosmos gemelo ejerce una determinada influencia sobre el nuestro..., y presumiblemente —porque esto no ha sido comprobado aún— el nuestro actúa también sobre aquél. *(N. del m.)*

(1) Las sucesivas verificaciones demostraron, por ejemplo, que el tiempo puede asimilarse a una serie de *swivels* cuyos ejes están orientados ortogonalmente con respecto a los radios vectores que implican distancias. Según esto, descubrimos que puede darse el caso —si la inversión de ejes es la adecuada— que un observador, en su nuevo marco de referencia, aprecie como distancia lo que en el antiguo sistema referencial era valorado como «intervalo de tiempo». Es fácil comprender entonces por qué un suceso ocurrido lejos de la Tierra (por ejemplo, en un planeta del cúmulo globular M-13, situado a 22 500 años luz) no puede ser jamás simultáneo a otro que se registre en nuestro mundo. Esto nos dio la explicación de por qué un objeto que pudiera viajar a la velocidad de la luz acortaría su distancia sobre el eje de traslación, hasta reducirse a una pareja de *swivels*. Distancia que, aunque tiende a cero, no es nula como apunta erróneamente una de las transformaciones del matemático Lorentz. (Quizá pueda referirme en otro apartado de este relato a lo que descubrimos en torno a la velocidad límite o de la luz, al invertir los ejes de los *swivels* y pasar, por tanto, a otros marcos dimensionales.)

Y ya que he mencionado el proceso de inversión de ejes de los *swivels*, debo señalar que, al principio, muchos de los intentos de inversión de la materia resultaron fallidos, precisamente por una falta de precisión en dicha operación. Al no lograr una inversión absoluta, el cuerpo en cuestión —por ejemplo, un átomo de molibdeno— sufría el conocido fenómeno de la conversión de la masa en energía. (Al desorientar en el seno del átomo de Mo_1 un solo nucleón —un protón, por ejemplo—, obteníamos un isótopo del Niobio-10.) Cuando esa inversión fue absoluta, el protón parecía aniquilado, pero sin quebrar el principio universal de la conservación de la masa y de la energía. *(N. del m.)*

espléndidas posibilidades de «viajes» al futuro y al pasado (1).

A partir de esos momentos (1966), el proyecto se subdividió en tres ambiciosos programas.

Aunque estrechamente vinculados, los tres equipos se afanaron en la puesta a punto de otros tantos módulos que nos permitieran la exploración —sobre el «terreno»— en tres direcciones bien distintas:

En primer lugar, con un «viaje» a otro marco dimensional dentro de nuestra propia galaxia (2).

En segundo término, y forzando los ejes del tiempo de los *swivels*

(1) Aunque ya he hecho una ligera alusión a este trascendental descubrimiento, trataré de señalar algunas de las líneas básicas en lo que a esta nueva definición de «intervalo de tiempo» se refiere. Como he dicho, nuestros científicos entienden un intervalo de tiempo «T» como una sucesión de *swivels* cuyos ángulos difieren entre sí cantidades constantes. Es decir, consideremos en un *swivel* los cuatro ejes (que no son otra cosa que una representación del marco tridimensional de referencia), y que no existen en realidad: en otras palabras, que son tan convencionales como un símbolo aunque sirven al matemático para fijar la posición del ángulo real. Si dentro de ese marco ideal oscila el ángulo real, imaginemos ahora un nuevo sistema referencial de los ángulos, cada uno de los cuales forma 90 grados con los cuatro anteriores. Este nuevo marco de acción de un ángulo real y el anteriormente definido, definen respectivamente espacio y tiempo. Observemos que los «ejes rectores» que definen espacio y tiempo poseen grados de libertad distintos. El primero puede recorrer ángulos-espacio en tres orientaciones distintas, que corresponden a las tres dimensiones típicas del espacio; el segundo está «condenado» a desplazarse en un solo plano. Esto nos lleva a creer que dos *swivels* cuyos ejes difieran en un ángulo tal que no exista en el universo otro *swivel* cuyo ángulo esté situado entre ambos, definirán el mínimo intervalo de tiempo. A este intervalo, repito, lo llamamos «instante». *(N. del m.)*

(2) Como he expresado anteriormente, no puedo sugerir siquiera la base técnica que conduce a la mencionada inversión de todos y cada uno de los ejes de los *swivels*, pero puedo adelantar que el proceso es instantáneo y que la aportación de energía necesaria para esta transformación física es muy considerable. Esa energía necesaria, puesta en juego hasta el instante en que todas las subpartículas sufren su inversión, es restituida «íntegramente» (sin pérdidas), retransformándose en el nuevo marco tridimensional en forma de masa. Los experimentos previos demostraron que, inmediatamente después de ese salto de marco tridimensional, el módulo se desplazaba a una velocidad superior, sin que el cambio brusco de la velocidad (aceleración infinita) en el instante de la inversión fuera acusado por el vehículo. Este procedimiento de viaje —como es fácil adivinar— hace inútiles los restantes esfuerzos de los ingenieros y especialistas en cohetería espacial, empeñados aún en lograr aparatos cada vez más sofisticados y poderosos..., pero siempre impulsados por la fuerza bruta de la combustión o de la fisión nuclear. (Quizá ahora se empiece a entender por qué no puedo ni debo extenderme en los pormenores técnicos de semejante descubrimiento...) Al llevar a cabo estos saltos o cambios de marco tridimensionales observamos con desconcierto que —en el nuevo marco— la velocidad límite o velocidad de la luz (299 792,4580 más-menos 0,0012 kilómetros por segundo) cambiaba notablemente. Hasta el punto que la única referencia que puede reflejar el cambio de ejes es precisamente la medida de esa velocidad o constante C. Tendremos así una familia de valores: C_o C_1 C_2 C_3... C_n, que se extiende desde $C_o = 0$ (velocidad de la luz nula) a $C_n =$ infinito, cada una representando a un sistema referencial definido. *(N. del m.)*

hacia adelante, trasladar todo un laboratorio —con astronautas incluidos— a nuestro propio futuro inmediato.

Por último, y siguiendo un proceso contrario, situar otro módulo o laboratorio en el pasado de la Tierra.

Yo fui asignado a este tercer proyecto —bautizado como Caballo de Troya— y a él, y a cuanto le rodeó hasta que fue consumado en enero de 1973, me referiré en esta primera parte del diario.

Desde 1966 a 1969, nuestro módulo —bautizado entre los miembros del equipo como la «cuna» a causa de su parecido con dicho mueble— experimentó sucesivas modificaciones, hasta alcanzar un volumen lo suficientemente grande como para albergar a dos tripulantes.

La atención del reducido grupo de científicos que fuimos seleccionados para la Operación Caballo de Troya estuvo fija durante muchos meses en la consecución de un sistema que permitiera una total y segura manipulación de los ejes del tiempo de los *swivels* de toda la «cuna», tanto manual como electrónicamente.

Finalmente, y con la colaboración de la Bell Aerosystems Co., de Niagara Falls —la misma empresa que diseñó y construyó el ML o módulo lunar para el proyecto Apolo— nos hicimos con un laboratorio de diez pies de alto, con cuatro puntos de apoyo extensibles, de trece pies cada uno y un peso total de 3 000 libras.

A diferencia del módulo del primero de los proyectos que he citado —cuya operación fue bautizada como Marco Polo— el nuestro no precisaba de un sistema de propulsión. La operación de inversión de todas las subpartículas atómicas de la «cuna», incluido el recinto geométrico del mismo, sus ocupantes y la totalidad de los gases, fluidos, etc., que lo integran, podía efectuarse «en seco»; es decir, sin que el habitáculo y sus pies de sustentación tuvieran que moverse del lugar elegido. Nuestro hábitat de trabajo en todos aquellos años (el corazón salitroso del desierto de Mojave) reunía, además, otro requisito de gran importancia para las primeras y decisivas experiencias de la Operación Caballo de Troya. Los informes geológicos nos tranquilizaron sobremanera al asegurarnos que aquella zona —a pesar de hallarse en el filo de la placa tectónica norteamericana, de gran actividad telúrica— no había sufrido grandes cambios desde finales del período jurásico, hace más de 135 millones de años, cuando se produjo la llamada «perturbación Nevadiana». A pesar de todo y como medida complementaria, la «cuna» fue provista de un equipo auxiliar de propulsión, consistente en un motor gemelo al del VIAL en el que yo había trabajado en el año 1964. General Electric nos proporcionó un motor principal (de turbina a chorro CF-200-2V), que fue montado verticalmente y que permitía un rápido y seguro movimiento ascensional (1).

(1) Éste no era otra cosa que un motor a propulsión a chorro J85 al que se le había acoplado un ventilador en la popa, aumentando así su empuje de velocidad cero desde 2 800 a 4 200 libras. Fue montado en un anillo cardan y mantenido giroscópicamente, apuntando recto hacia abajo, incluso en el caso de posible inclinación de la «cuna». En las experiencias previas de aterrizaje, su empuje era regulado exactamente a cinco sextos del peso del módulo.

La restante sexta parte del peso del habitáculo completo fue sostenido por otros dos cohetes auxiliares ascensionales, regulables, de peróxido de

Estas medidas de seguridad, que fueron muy poco utilizadas, revisten sin embargo una gran importancia. Una de nuestras obsesiones, mientras iba perfilándose el primer «gran viaje» del proyecto Caballo de Troya, era acertar con la orografía del terreno elegido para el salto hacia atrás en el tiempo. Si nuestros informes técnicos erraban en lo que a la configuración física y geológica del punto de contacto se refería, la inversión de los ejes del tiempo de los *swivels* podía resultar catastrófica. La «cuna», por ejemplo, posada en pleno siglo xx en una planicie, podía quedar desintegrada si «aparecía» —por error— en el interior de una montaña y que en el pasado podía haber ocupado ese espacio que hoy estábamos utilizando como punto de contacto.

Por tanto, después de infinidad de cálculos y estudios, los hombres del general Curtiss aceptamos de buen grado que —salvo contadas excepciones— la fase de inversión debía provocarse siempre en el aire, en estado estacionario. Una vez localizado electrónica y visualmente el punto de contacto, la «cuna» podría ser aterrizada con toda comodidad y sin riesgo alguno de choque o desintegración.

Las primeras pruebas de vuelo de la «cuna», cuyo equipo de inversión de masa fue suprimido en aquellas fechas por elementales razones de seguridad, fueron llevadas a cabo por el entonces piloto-jefe de investigaciones del Centro de la NASA en Edwards, Joseph A. Walker, ya fallecido, y que en los años 1964 y 1965 dirigió y tomó parte en más de 24 vuelos experimentales del VIAL. Él conocía bien los sistemas de propulsión de los simuladores del módulo de aterrizaje lunar y su veredicto fue positivo: la «cuna» —a pesar de su destartalado aspecto— respondía con docilidad.

En 1969, con un centenar de ensayos altamente satisfactorios, el equipo fijó definitivamente en ochocientos pies la altitud ideal para proceder a la inversión de masa. El tiempo medio consumido en la operación de despegue y estacionario, antes de la fase de inversión, fue fijado en cinco minutos.

Al fin, en el otoño de 1969, el general dio luz verde y cuatro de aquellos singulares astronautas que formábamos el primer equipo de «vuelo al pasado», tuvimos la fortuna de experimentar hasta un total de seis retrocesos en el tiempo. Todos ellos ejecutados siempre por parejas y en el estacionario fijado (ochocientos pies de altura), en pleno desierto Mojave.

Ocuparme ahora de estas fascinantes experiencias me llevaría muy lejos de mi verdadero propósito. Prescindiré, por tanto, de su

---

hidrógeno de quinientas libras de empuje máximo cada uno. Fueron montados en la estructura principal de la «cuna», pudiendo inclinarse con el vehículo. Ocho pequeños motores cohete, también propulsados por peróxido de hidrógeno, controlaban la posición de la «cuna». Cada cohete de posición podía ser accionado por una válvula selenoidal individual del tipo de intervalos. Como si se tratase de un pequeño avión, el piloto podía controlar el cabeceo por medio del movimiento proa-popa, y el bamboleo por el movimiento derecha-izquierda, de una palanca. La «cuna» iba provista, incluso, de pedales que proporcionaban el control de «guiñada». Tanto la palanca como los pedales fueron conectados eléctricamente con las válvulas selenoidales. *(N. del m.)*

descripción, porque, además, quedaron minuciosamente registradas en otros tantos informes, actualmente en poder de la Air Force Office of Special Investigations y, desgraciadamente, de la DIA (Defense Intelligence Agency).

Sí apuntaré, no obstante, que el delicado sistema de retroceso y ajuste de los ejes del tiempo de los *swivels* en las fechas programadas por el equipo resultaron asombrosamente precisos, gracias a la revolucionaria red de computadores (1) que había servido desde un comienzo para la localización de los *swivels* y que fueron incorporados al sistema de inversión de masa.

Como es natural, de poco hubiera servido aquel gigantesco esfuerzo si nuestra tecnología no hubiera sido capaz de modificar los haces de los *swivels* —y concretamente los ejes del tiempo— forzándolos a los nuevos ángulos. La red de ordenadores, por un complejo procedimiento, llegó a afinar ese «traslado» de los «ejes» y, en definitiva, del módulo, con un error de «más-menos dos horas» en las fechas deseadas.

Y al fin llegó el gran día. El general Curtiss nos convocó a una reunión de urgencia.

Los hombres de la Operación Caballo de Troya —siempre bajo el mando de Curtiss— perfilaron media docena de «viajes», a cual más fascinante. Sin embargo, la lógica y un estricto sentido del orden hacían poco recomendable la puesta en marcha de varios proyectos a un mismo tiempo. Había que decidirse por una primera exploración, sin relegar por ello al olvido el resto de las proposiciones. Tras muchas horas de debate, y por unanimidad, la cumbre de científicos y especialistas —en sesión de urgencia en la base de Edwards— eligió tres «momentos» de la historia de la humanidad como posibles e inmediatos candidatos para una elección final. Era el 10 de marzo de 1971.

Los tres objetivos en cuestión fueron los siguientes:

(1) Aunque tampoco considero oportuno desvelar la naturaleza íntima de este formidable conjunto de ordenadores, sí puedo aclarar que, a diferencia de los sistemas tradicionales de computadores, los utilizados en la Operación Caballo de Troya no están integrados por circuitos electrónicos. Es decir, por tubos de vacío, componentes basados en el estado sólido, tales como transistores o diodos sólidos, conductores y semiconductores, inductancias, etc., sino por unos órganos integrados topológicamente en cristales estables llamados «amplificadores nucleicos». Su característica principal es que en ellos no se amplifican las tensiones o intensidades eléctricas como en los amplificadores comunes, sino la potencia. Una función energética de entrada inyectada al amplificador nucleico es reflejada en la salida en otra función analíticamente más elevada. La liberación controlada de energía se realiza a expensas de la masa integrada en el amplificador, y el fenómeno se verifica dimensionalmente a escala molecular. En el proceso intervienen los suficientes átomos para que la función pueda ser considerada macroscópicamente como continua.

En cuanto a la estructura básica de estos superordenadores —y también con carácter puramente descriptivo— puedo decir lo siguiente:

Los computadores digitales usados corrientemente utilizan generalmente una memoria central de núcleos magnéticos de ferrita y diversas

1.º Marzo-abril del año 30 de nuestra era. Justamente, los últimos días de la pasión y muerte de Jesús de Nazaret.

2.º El año 1478. Lugar: Isla de Madera. Objetivo: tratar de averiguar si Cristóbal Colón pudo recibir alguna información confidencial, por parte de un predescubridor de América, sobre la existencia de nuevas tierras, así como sobre la ruta a seguir para llegar hasta ellas.

3.º Marzo de 1861. Lugar: los propios Estados Unidos de América del Norte. Objetivo: conocer con exactitud los antecedentes de la guerra de Secesión y el pensamiento del recién elegido presidente Abraham Lincoln.

Cada uno de los proyectos había sido preparado exhaustivamente, hasta en sus más mínimos detalles. Yo encabezaba y defendí enconadamente el segundo de los «viajes». A través de numerosas lecturas y contactos con expertos de la universidad de Yale, había llegado al convencimiento de que Colón no fue el primer descubridor de las tierras americanas y aquélla era una magnífica oportunidad de conocer la verdad. Pero, tanto el «viaje» a la guerra de Secesión como a la isla portuguesa de Madera terminaron por ser aparcados, en beneficio del primero: el traslado en el tiempo al año 30 de nuestra era. A pesar del natural disgusto de los defensores de los proyectos eliminados, todos reconocimos que el nivel de riesgos era sensiblemente inferior en el «gran viaje» a la Jerusalén de Cristo que a la guerra de Secesión estadounidense o al siglo XV. En el caso de la exploración en tiempos de Lincoln, los astronautas elegidos podían correr evidentes peligros físicos y ni el general Curtiss ni el resto de los componentes de la Operación Caballo de Troya estábamos dispuestos a poner en juego la seguridad de nuestros hombres. En cuanto al «viaje» que yo propugnaba, la falta de precisión en la fecha exacta en que el «prenauta» pudo arribar con su carabela a la

---

unidades de memoria periférica, de cinta magnética, discos, tambores, varillas con banda helicoidal, etc. Todas ellas son capaces de acumular, codificados magnéticamente, un número muy limitado de bits, aunque siempre se hable de cifras de millones de dígitos. Las bases técnicas, en cambio, de los ordenadores del proyecto Caballo de Troya —basados en el titanio— son distintas. Sabemos que la corteza electrónica de un átomo puede excitarse, alcanzando los electrones diversos niveles energéticos que llamamos «cuánticos». El paso de un estado a otro lo realiza liberando o absorbiendo energía cuantificada que lleva asociada una frecuencia característica. Así, un electrón de un átomo de titanio puede cambiar de estado en la corteza, liberando un fotón, pero en el átomo de titanio, como en otros elementos químicos, los electrones pueden pasar a varios estados emitiendo diversas frecuencias. A este fenómeno lo denominamos «espectro de emisión característico de este elemento químico», que permite identificarlo por valoración espectroscópica. Pues bien, si logramos alterar a voluntad el estado cuántico de esta corteza electrónica del titanio, podemos convertirlo en portador, almacenador o acumulador de un mensaje elemental: un número. Si el átomo es capaz de alcanzar, por ejemplo, doce o más estados, cada uno de esos niveles simbolizará o codificará un guarismo del cero al doce. Pero una simple pastilla de titanio consta de billones de átomos. Podemos imaginar, pues, la información codificada que será capaz de acumular. Ninguna otra base macrofísica de memoria puede comparársele.

De momento, no me es lícito explicar cómo conseguimos la excitación de esos átomos del titanio... *(N. del m.)*

isla de Madera fue determinante. Nuestra aportación histórica, aunque rigurosa, arrojaba un inevitable margen de error (1).

Como un solo hombre, a partir de aquella decisiva y final determinación, los 61 miembros del equipo Caballo de Troya —de «exploración al pasado»— nos volcamos en la puesta a punto de la que iba a ser nuestra primera aventura oficial en el tiempo.

No voy a negar que en aquellas semanas que siguieron a mi elección por el general Curtiss para tripular la «cuna» y «descender» en el tiempo de Jesús de Nazaret, mi estado de ánimo se vio profundamente alterado. A pesar de la innegable alegría que supuso el formar parte de la primera pareja de «exploradores» a otro tiempo, la responsabilidad de tan compleja operación me abrumó y fueron necesarios muchos días para lograr adaptarme y asimilar serenamente mi compromiso.

Nunca supe con exactitud por qué el jefe del proyecto Swivel me designó para aquel «gran viaje». Es muy posible que, a la hora de valorar conocimientos y condiciones personales, otros compañeros deberían haber ocupado mi puesto por un amplio margen de méritos. Curtiss, en una de las múltiples entrevistas que celebré con él a raíz de mi nombramiento, dejó entrever que la naturaleza de la exploración exigía, fundamentalmente, la presencia de un hombre escéptico en materia religiosa. Al contrario de otros muchos miembros del equipo, yo no militaba en iglesia o movimiento religioso alguno, siendo patente mi carácter agnóstico. Por mí rígida educación científica y militar, y aunque siempre procuré respetar las creencias e inclinaciones religiosas de los demás, yo no había sentido jamás la menor necesidad de refugiarme o de buscar aliento en ideas trascendentales.

¡Qué poco podía imaginar lo que me reservaba el destino! Y tuve que reconocer con el general que, en efecto, la objetividad era una de las condiciones básicas para desempeñar aquella «observación» de la historia con un mínimo de rigor.

Mi trabajo en aquel «traslado» al año 30 —al igual que el de mi compañero— exigía la aceptación y cumplimiento de una norma, que se había convertido en regla de oro para la totalidad del equipo del proyecto Caballo de Troya: los exploradores no podían —bajo ningún concepto, ni siquiera el de la propia supervivencia— alterar, cambiar o influir en los hombres, grupos sociales o circunstancias que fueran el objetivo de nuestras observaciones o que, sencillamente, pudieran surgir en el transcurso de las mismas. Cualquier vacilación a la hora de asumir esta premisa principal era motivo de una fulminante expulsión del grupo de exploradores. Este hecho inviolable presuponía ya una absoluta objetividad en los observa-

(1) Tomando como referencia —más que probable— la fecha de 1478 para el asentamiento de Cristóbal Colón en la isla de Madera, donde su suegra regentaba una taberna, y de acuerdo con los testimonios de Las Casas y de la leyenda taína, era muy posible que los misteriosos «predescubridores» de América hubieran visitado las islas del Caribe (especialmente La Española) en los meses inmediatamente anteriores a dicha fecha. Quizá en 1476 o 1477. Hubiera sido, por tanto, en ese año de 1478 cuando pudo producirse el retorno de los involuntarios «descubridores» hacia Europa, con una fortuita escala en la referida isla portuguesa. *(N. del m.)*

dores. No obstante, el general, en un rasgo de sutil prudencia, prefirió que —en nuestro caso— la objetividad fuera de la mano de una especial asepsia en materia religiosa.

Como es fácil comprender, un medio tan poderoso como la manipulación de los ejes del tiempo de los *swivels* podría ser sumamente peligroso, de caer en manos de individuos sin escrúpulos o con una visión fanática y partidista de la historia. En las seis primeras inversiones de masa que fueron practicadas con carácter puramente experimental en el desierto de Mojave pudo comprobarse que el trasvase del módulo y de los pilotos a otras fechas remotas no afectaba a la naturaleza física de los mismos ni tampoco al psiquismo o a la memoria de los tripulantes. Éstos, mientras duró el «salto hacia atrás», fueron conscientes en todo momento de su propia identidad, recordando con normalidad a qué época pertenecían. En el grupo se discutió a fondo y con toda honestidad las gravísimas repercusiones que hubiera entrañado para una persona, o para una colectividad, la trágica circunstancia de que «alguien» de una época pasada pudiese resultar muerto en un enfrentamiento, por ejemplo, con alguno de nuestros exploradores. Si el principio causa-efecto respondía a una realidad, los resultados históricos podían ser funestos.

De ahí que nuestra misión —por encima de todo— sólo podía aspirar a la observación y análisis de los hechos, personajes o épocas elegidos. Y no era poco...

Por fortuna para el proyecto Caballo de Troya, nuestras relaciones con el Estado de Israel eran inmejorables, en especial a partir de la guerra de los Seis Días. Era primordial para la ejecución del «gran viaje» que la «cuna» pudiera ser trasladada a Palestina y ubicada en el «punto de contacto» elegido. Todo ello —además— sin levantar sospechas. Pero poco puedo referir sobre estas gestiones, que pesaron íntegramente sobre las espaldas del general Curtiss. Sólo al final, cuando apenas faltaban dos meses para la cuenta atrás, los más allegados al jefe del proyecto supimos de los obstáculos surgidos, de las duras condiciones impuestas por el Gobierno de Golda Meir y de los fallidos pero irritantes intentos de la CIA por hacerse con el control de la operación.

Aquellos combates en la oscuridad de los despachos y de la burocracia estatal pasaron inadvertidos para mí y para el resto del equipo, enfrascados en la última fase de los preparativos de la aventura. (Ahora doy gracias al Cielo por esta supina ignorancia...)

El resto de 1971, así como la casi totalidad de 1972, mi centro de operaciones cambió notablemente. Durante esos dos años, mi tiempo se repartió entre el pueblecito de Ma'lula, la universidad de Jerusalén y la base de Edwards. La Operación Caballo de Troya contemplaba dos fases perfectamente claras y definidas.

Una primera, en la que el módulo sufriría el ya conocido proceso de inversión de masa, forzando los ejes del tiempo de los *swivels* hasta el día, mes y año previamente fijados. En este primer paso, como es lógico, mi compañero y yo permaneceríamos a bordo hasta el «ingreso» en la fecha designada y definitivo asentamiento en el punto de contacto.

La segunda —sin duda la más arriesgada y atractiva— obligaba al abandono de la «cuna» por parte de uno de los exploradores, que debía mezclarse con el pueblo judío de aquellos tiempos, convirtiéndose en testigo de excepción de los últimos días de la vida de Jesús el Galileo. Ése era mi «trabajo».

Este cometido —en el que no quise pensar hasta llegado el momento final —me obligó durante esos años a un febril aprendizaje de las costumbres, tradiciones más importantes y lenguas de uso común entre los israelitas del año 30.

Buena parte de esos 21 meses los dediqué a la dura enseñanza de la lengua que hablaba Cristo: el arameo occidental o galilaico. Siguiendo los textos de Spitaler y de su maestro en la universidad de Munich, Bergsträsser, no fue muy difícil localizar los tres únicos rincones del planeta donde aún se habla el arameo occidental: la aldea de Ma'lula, en el Antilíbano, y las pequeñas poblaciones, hoy totalmente musulmanas, de Yubb'adin y Bah'a, en Siria (1).

Y aunque el árabe ha terminado por saltar las montañas del Líbano, contaminando el lenguaje de los tres pueblos, la fonética y morfología siguen siendo fundamentalmente arameas.

Una oportuna documentación que me acreditaba como antropólogo e investigador de lenguas muertas por la universidad de Cornell, me abrió todas las puertas, pudiendo completar mis estudios en la universidad de Jerusalén. Allí contrasté mis conocimientos del arameo galilaico, aprendido entre las sencillas gentes del Antilíbano, con otras fuentes como el Targum palestino y el arameo literario de Qumrán, el nabateo y palmireno.

Por último —como complemento— mi preparación se vio enriquecida con unas nociones básicas pero suficientes del griego y el hebreo míshnico, que también se hablaban en la Palestina de Cristo.

Recorrí infinidad de veces los llamados por los católicos Santos Lugares, aunque era consciente de que aquel reconocimiento del terreno de poco iba a servirme a la hora de la verdad...

Tampoco quise profundizar excesivamente en los textos bíblicos en los que se narra la pasión, muerte y resurrección del Salvador. Por razones obvias, preferí enfrentarme a los hechos sin ideas preconcebidas y con el espíritu abierto. Si mi obligación era observar y transmitir la verdad de lo que ocurrió en aquellos días, lo más aconsejable era conservar aquella actitud limpia y desprovista de prejuicios.

Al retornar a la base de Edwards, a finales de 1972, todo eran caras largas. Pronto supe —y la confirmación final llegó de labios

(1) Como información complementaria puedo añadir que el acceso a la aldea de Ma'lula —al menos en los años 1971 y 1972— podía efectuarse por la carretera de Damasco a Homs. Al alcanzar el kilómetro cincuenta hay que tomar un desvío a la izquierda. Tras remontar nueve kilómetros de pendiente aparece ante la vista un monasterio católico de monjes basilios. Al pie de ese monasterio se encuentra Ma'lula, con sus escasos mil habitantes. Toda la población era católica. La iglesia está a cargo de un sacerdote libanés que habla árabe. En esta lengua, precisamente, se desarrolla la liturgia, aunque el lenguaje del pueblo es el arameo occidental, muy mezclado ya por el propio árabe y otras palabras y expresiones turcas, persas y europeas. *(N. del m.)*

del propio Curtiss— que, a pesar de las gestiones, al más alto nivel, el Gobierno israelí no daba su autorización para la entrada en su país de la «cuna» y del resto del sofisticado equipo. Lógicamente, tenían derecho a saber de qué se trataba y el jefe del proyecto Caballo de Troya tampoco había dado facilidades para solventar este extremo de la cuestión.

El más estricto sentido de la seguridad, sin embargo, hacía inviable que el general pudiera advertir a los israelitas sobre la auténtica naturaleza de la operación. ¿Qué podíamos hacer?

Después de un agitado diciembre —en el que, sinceramente, llegamos a temer por el éxito del «gran viaje»— el Pentágono, siguiendo las recomendaciones de Curtiss, planeó una estrategia que doblegó a los judíos. Desde 1959, tanto la Unión Soviética como nuestro país venían desarrollando un programa secreto de satélites espías destinados a una mutua observación de todo tipo de instalaciones militares, industriales, agrícolas, urbanas, etc. Estos «ojos volantes» fueron ganando en penetración, especialmente a partir de los llamados «satélites de la tercera generación» en 1966. En una cuarta generación, el Pentágono —con la colaboración de empresas especializadas en fotografía (la Eastman Kodak, la Itek Corporation y la Perkin-Elmer)— había conseguido situar en órbita un nuevo modelo de satélite (la serie Big Bird), cuyo instrumental era capaz de fotografiar, a 150 kilómetros de altura, los titulares del periódico de un hombre que estuviera sentado en la plaza Roja de Moscú. A pesar de la gran reserva del National Reconnaissance Office —un departamento especializado y responsable de este tipo de informaciones, con sede en el propio Pentágono— algunas de las características del Big Bird terminaron por filtrarse entre los servicios de Inteligencia de otros países. El Gobierno de Golda Meir había presionado en numerosas ocasiones para que la precisa red de nuestros satélites espías pudiera proporcionarles información gráfica de los movimientos de tropas, asentamiento de rampas, nuevas construcciones, etc., de los países árabes. Pues bien, aquélla fue nuestra oportunidad.

Desde hacía aproximadamente año y medio —desde comienzos de 1971— el Pentágono había empezado a trabajar en un nuevo diseño de satélites Big Bird: el KH II.

Curtiss, previa autorización del Alto Estado Mayor del Ejército de los Estados Unidos y tras entrevistarse personalmente con el presidente Nixon y el secretario de Estado Kissinger, voló nuevamente a Jerusalén. Esta vez sí ofreció a la primer ministro, Golda Meir, y a su ministro de la Guerra, el legendario Moshe Dayan, una explicación «satisfactoria»: dentro del más riguroso de los secretos, EE.UU. deseaba colaborar con el país amigo —Israel— montando un laboratorio de recepción de fotografías para sus Big Bird. De esta forma, los judíos podían disponer de un rápido y fiel sistema de control de sus enemigos y mi país, de una nueva y estratégica estación, que ahorraba tiempo y buena parte de la siempre engorrosa maniobra de recuperación de las ocho cápsulas desechables que portaba cada satélite y que eran rescatadas cada quince días en las cercanías de Hawai. Desde un punto de vista puramente militar, la operación resultaba, además, de gran interés para los Estados Unidos, que podían así fotografiar a placer franjas tan «inestables» (políticamente hablando) como las de las fronteras de la URSS con Irán y Afganistán y otras zonas de Pakistán y del Golfo Pérsico, pudiendo recibir cientos de negativos en la nueva estación «propia» (la israelita), a los tres minutos de haber sobrevolado dichas áreas (1).

Gracias a este sutil engaño, el general Curtiss y parte del equipo del proyecto Caballo de Troya, conseguían aterrizar a primeros de enero de 1973 en Tel Aviv. Para evitar sospechas, y de mutuo acuerdo con el Mossad (servicio de Inteligencia israelí), la USAF acondicionó un avión Jumbo, en el que habían sido eliminados los asientos, cargando en sus cabinas diez toneladas de instrumental «altamente secreto». Del falso reactor de pasajeros, camuflado, incluso, con los distintivos de la compañía judía El Al, descendió un nutrido grupo de aparentes y pacíficos turistas norteamericanos. Era el 5 de enero.

Lo que nunca supieron los sagaces agentes del servicio de Inteligencia israelí es que mezclada con el material para la estación de recepción de fotografías vía satélite, viajaba también nuestra «cuna»...

El plan de Curtiss era sencillo. En un minucioso estudio elaborado en Washington por el CIRVIS (Communication Instruction for Reporting Vital Intelligence Sightings) (2), con la colaboración del Departamento Cartográfico del Ministerio de la Guerra de Israel, la instalación de la red receptora de imágenes del Big Bird debía efectuarse en un plazo máximo de seis meses, a partir de la fecha de llegada del material. Los especialistas debían proceder —en una primera etapa— a la elección del asentamiento definitivo. Los militares habían designado tres posibles puntos: la cumbre del monte Olivete o de los Olivos —a escasa distancia de la ciudad santa de Jerusalén—; los Altos del Golán, en la frontera con Siria, o los macizos graníticos del Sinaí.

Astutamente, el general Curtiss había hecho coincidir la primera de las posibles ubicaciones de la estación receptora con nuestro punto de contacto para el «gran viaje». Mucho antes de que el Gobierno de Golda Meir obstaculizara la marcha de nuestra operación, los especialistas del proyecto Caballo de Troya habían estimado que el referido monte Olivete era la zona apropiada para la

(1) La serie de satélites artificiales Big Bird o Gran Pájaro —y en especial el prototipo KH II— pueden volar a una velocidad de 25 000 kilómetros por hora, necesitando un total de 90 minutos para dar una vuelta completa al planeta. Como ésta oscila ligeramente durante ese lapso de tiempo (22 grados, 30 minutos), el Big Bird sobrevuela durante la vuelta siguiente una banda diferente de la Tierra y vuelve a su trayectoria original al cabo de 24 horas. Si el Pentágono «descubre» algo de interés, el satélite puede modificar su órbita, alargando el tiempo de revolución durante algunos minutos y haciéndolo descender a órbitas de hasta 120 kilómetros de altitud. Una diferencia de un grado y treinta minutos, por ejemplo, cada día, permite cubrir cada diez días una zona conflictiva, sobrevolando todas sus ciudades y zonas de «interés militar». Posteriormente, el Big Bird es impulsado hasta una órbita superior. *(N. del m.)*

(2) Instrucciones de Comunicación para Informar Avistamientos Vitales de Inteligencia. *(N. del t.)*

toma de tierra de la «cuna». Su proximidad con la aldea de Betania y con Jerusalén la habían convertido en el lugar estratégico para el «descenso». Y aunque los israelitas mostraron una cierta extrañeza por la designación de aquella colina, como la primera de las tres bases de experimentación, parecieron bastante convencidos ante las explicaciones de los norteamericanos. Israel se veía envuelto aún en numerosas escaramuzas con sus vecinos, los egipcios y sirios. De haber iniciado la instalación de la estación receptora por el Sinaí o por el Golán, los riesgos de destrucción por parte de la aviación enemiga hubieran sido muy altos.

Era necesario ganar tiempo y —sobre todo— adiestrar a los judíos en el manejo de los equipos con un amplio margen de seguridad y sin sobresaltos.

Una vez localizado el asentamiento ideal, verificados los numerosos controles e instruidos los israelitas, el laboratorio entraría en la fase operativa, compartido siempre por ambos países.

Eso suponía, según todos los indicios, un plazo de tiempo más que suficiente para nuestro trabajo.

Los judíos, en suma, aceptaron con excelente sumisión los consejos de los norteamericanos y colaboraron estrechamente en el transporte y vigilancia de los equipos.

Los hombres de la Operación Caballo de Troya estaban de acuerdo desde mediados de 1972 en que el «punto de contacto» debía ser la pequeña plazoleta que encierra la mezquita octogonal llamada de la Ascensión del Señor. El alto muro que rodea la reliquia de la época de las cruzadas era el baluarte perfecto para esquivar las miradas de los curiosos. Curtiss, con el resto del grupo, habían previsto hasta los más insignificantes detalles. La experiencia fue fijada inexcusablemente para el día 30 de enero de 1973. Era el momento perfecto por varias razones: en primer lugar, porque el montaje de los equipos electrónicos de la estación receptora del Big Bird debería iniciarse entre el 20 y 25 de ese mismo mes de enero. En segundo término, porque, en esas fechas, la afluencia de peregrinos a los Santos Lugares experimentaría un notable descenso. Por último, porque el grupo deseaba honrar así la memoria de uno de los hombres más grandes de la humanidad: Mahatma Gandhi. Justamente en ese 30 de enero de 1973 se celebraría el 25 aniversario de su muerte.

Por supuesto, la razón primordial era la primera. Caballo de Troya necesitaba una semana para el ensamblaje y chequeo general de la «cuna». El general Curtiss, a la hora de redactar el proyecto de instalación del laboratorio receptor de fotografías vía satélite, había impuesto una condición que fue entendida y aceptada por Golda Meir y su gabinete: dado el carácter altamente secreto de los *scanners* ópticos utilizados y de algunos elementos electrónicos, el montaje del instrumental debería correr a cargo —única y exclusivamente— de los norteamericanos. La seguridad y vigilancia interior de la estación, mientras durase esta fase, sería misión ineludible de los Estados Unidos. El Gobierno de Israel tendría a su cargo la protección exterior, pudiendo participar en el proyecto una vez ultimado dicho ensamblaje. Esta argucia no tenía otra justificación que mantener alejados a los judíos, permitiéndonos así el desarrollo completo de nuestro verdadero programa.

El salto en el tiempo —programado, como digo, para el martes, 30 de enero— había sido limitado a un total de once días. Caballo de Troya disponía, por tanto, de un máximo de tres semanas para la puesta a punto de la «cuna», para la ejecución de la aventura propiamente dicha y para el no menos delicado retorno.

Varios días antes de que el falso grupo de turistas norteamericanos partiese de EE. UU. con destino a Tel Aviv, Moshe Dayan había dado las órdenes oportunas para que su servicio secreto activase una minioperación, de escasa envergadura, pero vital para la «toma de posesión» de la citada mezquita de la Ascensión. Era preciso que nuestros técnicos pudiesen trabajar en el interior de dicha plazoleta, sin levantar sospechas entre la población y mucho menos entre los musulmanes, responsables del culto en el tabernáculo octogonal que se levanta en el centro del recinto.

En aquellos días, tanto la OLP (Organización para la Liberación de Palestina), como los servicios secretos egipcios (el Mukhabarat el Kharbeiyah), en perfecta conexión con los agentes soviéticos que todavía operaban en El Cairo, habían desplegado una intensa oleada terrorista en Israel. Las bombas «postales» estaban de moda y raro era el día en que no se detectaba o estallaba uno de estos mortíferos artefactos en Jerusalén, Tel Aviv o en el resto del país. (Justamente la víspera de nuestra operación —29 de enero— se recibieron en distintas dependencias y organismos de la ciudad de Jerusalén un total de nueve de estas bombas «postales».)

El plan del eficacísimo servicio secreto israelí (El Mossad) se consumó en la tarde del 1 de enero. Una pareja de jóvenes agentes, con todo el aspecto de turistas, «olvidó» un sospechoso maletín junto a los recios muros del tabernáculo de la Ascensión. El propio Mossad se encargó de dar la alarma y en cuestión de minutos, la plazoleta y el octógono fueron desalojados, mientras un equipo de especialistas en desactivación de explosivos se encargaba de «inspeccionar» y hacer estallar allí mismo el paquete-bomba de los supuestos terroristas. El suceso, dada la naturaleza del lugar y previo acuerdo con los responsables de la custodia de los Santos Lugares, fue ocultado a los medios informativos.

Tal y como habían previsto los israelitas de Dayan, la explosión apenas si provocó daños en las paredes exteriores de la mezquita. Sin embargo, en una rutinaria pero obligada inspección del resto del octógono, agentes del Mossad —haciéndose pasar por arquitectos de la División de Zapadores del Ejército— «descubrieron» y enseñaron a los custodios del lugar unas placas o radiografías de los cimientos de la cara este de la mezquita, seriamente afectados por el atentado. Aquello dejó confundidos a los musulmanes. Pero El Mossad lo tenía todo previsto. En un gesto de «buena voluntad» —y ante el desconcierto de los árabes— el vicepresidente judío, Ygal Allon, convocó a los responsables de la mezquita, informándoles que el Gobierno había tomado la decisión de reparar los daños, «como muestra de buena fe». La inminente proximidad de la Pascua judía y de la Semana Santa católica justificó a las mil maravillas las inusitadas prisas del Gobierno de Golda Meir por acometer la reparación del monumento. Nadie podía sospechar que, bajo aquella oportuna y aparente maniobra política de los judíos, se amparaba una doble intención.

La comedia resultó sencillamente perfecta. Aunque los cimientos de la mezquita se hallaban intactos, nadie se atrevió a poner en duda los informes de los supuestos arquitectos.

A las cuarenta y ocho horas de la explosión, una «división especial», integrada por arqueólogos y expertos de la universidad de Jerusalén, de la Escuela Bíblica y Arqueológica francesa de la Ciudad Santa y del Museo de Antigüedades de Amman, inició los trabajos de excavación en torno al perímetro de la pequeña mezquita, ante el beneplácito de los árabes. Sinceramente, nunca supimos cómo el Servicio Secreto israelí se las ingenió para «embarcar» a dicho grupo en semejante labor de restauración. En algunos momentos, incluso, llegamos a sospechar que aquellos discretos y diligentes arqueólogos no eran otra cosa que hombres del Mossad.

El caso es que, cuando el general Curtiss y el resto del proyecto Caballo de Troya giramos una primera visita de inspección a la plazoleta de la Ascensión, los obreros habían abierto zanjas junto a la mezquita, levantando dos grandes barracones; uno a cada lado del octógono y de acuerdo con las medidas previamente facilitadas por Curtiss al ejército de Dayan. Los 71 pies de diámetro de la plazoleta, cercada por un muro de piedra de otros nueve pies de altura, eran más que suficientes para nuestros propósitos y, por supuesto, para la instalación del laboratorio receptor de fotografías.

Desde el 7 de enero, de una forma escalonada y aprovechando las constantes entradas y salidas de material, los israelitas y norteamericanos se las arreglaron para introducir en los barracones la totalidad del material secreto.

Una semana después, con el lógico regocijo de Curtiss y de la totalidad de los científicos y militares que habíamos tomado parte en el transporte del instrumental, todo estaba dispuesto para el supuesto ensamblaje de la estación receptora del Big Bird. Aquello significó un adelanto de casi siete días en el programa.

A partir del 15 de enero, el jefe del proyecto Caballo de Troya comunicó a las autoridades militares israelitas que los ingenieros norteamericanos se disponían a iniciar los trabajos de montaje del laboratorio y que, en consecuencia y de acuerdo con lo pactado, el acceso a los barracones quedaba rigurosamente prohibido a la totalidad del personal no americano. Los judíos se retiraron al exterior del recinto, manteniéndose, no obstante, un pasillo neutral por el que pudieran circular los «arqueólogos», cuyo cometido no debía ser suspendido bajo ningún concepto. Si los árabes llegaban a intuir que aquellas obras de reparación de su mezquita no eran otra cosa que una «tapadera» para ocultar otros objetivos puramente militares, Caballo de Troya y la propia ubicación de la estación receptora se habrían visto en una situación muy comprometida.

Los equipos de restauración, por tanto, prosiguieron con su misión, a los pies de los muros del octógono, mientras nosotros desembalábamos el material, entregándonos a una frenética tarea de montaje de la «cuna»

Pero la alegría del general y también la nuestra iban a sufrir un súbito revés.

Los venenosos tentáculos de la CIA —nunca supimos cómo— habían tocado y detectado la operación conjunta judionorteamericana y la Defense Intelligence Agency (DIA) (1) estaba presionando para que Kissinger les pusiera al corriente. Las sucesivas negativas del secretario de Estado crearon fuertes tensiones entre la CIA y los reducidos círculos militares del Pentágono que estaban al tanto de la misión. La situación fue tan insostenible que el general Curtiss fue reclamado a Washington, a fin de apaciguar los ánimos e intentar hallar una solución.

Mientras tanto, el resto del equipo Caballo de Troya siguió en su empeño, aunque con los ánimos encogidos por la cercanía de la siempre peligrosa sombra de la CIA.

En este caso, la manifiesta habilidad de Curtiss no sirvió de gran cosa. El director de la Agencia Central de Inteligencia (CIA), Richard Helms, no estaba dispuesto a ceder. Ante la gravedad de los acontecimientos, y por sugerencia expresa de Kissinger, el presidente Nixon «aconsejaría» pocos días después que Helms dimitiera como director de la CIA. Con el fin de reforzar la confianza del Pentágono, el 4 de enero era designado el general e íntimo colaborador de Curtiss, Alexander Haig, como vicejefe del Alto Estado Mayor del Ejército de los Estados Unidos. Los periódicos publicaron entonces que la dimisión del director de la CIA se debía a «profundos desacuerdos de Helms con Kissinger en asuntos relacionados con la seguridad del Estado». No iban descaminados, aunque nunca supieron las verdaderas razones de aquella drástica «operación quirúrgica» en la cúspide de la Agencia Central de Inteligencia y del Alto Estado Mayor del Ejército de Estados Unidos.

Una vez capeado el temporal, Curtiss regresó a Jerusalén, reincorporándose a los últimos preparativos de la que —sin duda— iba a ser una de las más grandes aventuras de la Historia de la Humanidad.

El 25 de enero de 1973, la «cuna» reposaba ya en el centro del barracón principal. Había sido montada en su totalidad, excepción hecha de los cuatro puntos de apoyo. Éstos, por elementales razones de prudencia, no serían ensamblados hasta pocas horas antes del despegue. Un hábil dispositivo hidráulico permitía una total apertura de la techumbre del improvisado hangar en el que se desarrollaban nuestras operaciones. De esta forma, y según lo previsto, el lanzamiento del módulo en la noche del 30 de enero no tendría por qué presentar especiales dificultades.

Supongo que la persona que lea este diario se preguntará cómo un artefacto de las características de nuestra «cuna» podía elevarse sobre el monte Olivete sin llamar la atención de la población y del ejército israelita. Mucho antes de poner en marcha esta operación, el proyecto Swivel había incorporado a sus módulos —como condición básica para todas o casi todas las misiones futuras— un sistema de emisión permanente de radiación infrarroja. La «cuna», en el caso que me ocupa, disponía de una especie de «membrana» exterior que recubría la totalidad del vehículo y cuyas funciones —entre otras que no puedo especificar— eran las siguientes (2):

(1) Agencia de Inteligencia de la Defensa. *(N. del t.)*

(2) Como información puramente descriptiva puedo decir que dicha membrana o cubierta de la «cuna» posee unas propiedades de resistencia

1.ª Apantallamiento del módulo, mediante un «escudo» o «colchón» de radiación infrarroja (por encima de los 700 nanómetros). Esta fuente de luz infrarroja hacía invisible la totalidad del aparato, pudiendo maniobrar por encima de cualquier núcleo humano sin ser vistos. Como apuntaba anteriormente, este requisito era del todo imprescindible para nuestras observaciones, no lastimando así el ritmo natural de los individuos que se pretendía estudiar o controlar.

2.ª Absorción —sin reflejo o retorno— de las ondas decimétricas, utilizadas fundamentalmente en los radares. (En el caso de las pantallas militares israelitas, estos dispositivos de seguridad fueron previamente ajustados a las ondas utilizadas por tales radares: 1 347 y 2 402 megaciclos.) Este sencillo procedimiento anulaba la posibilidad de localización electrónica del módulo, mientras era elevado a 800 pies, punto ideal para la inmediata fase de inversión de masa.

3.ª La «membrana» que cubre el blindaje exterior de la «cuna» (cuyo espesor total es de 0,0329 metros) debía provocar una incandescencia artificial que eliminase cualquier tipo de germen vivo y que siempre podían adherirse a su superficie. Esta precaución evitaba que tales gérmenes resultaran invertidos tridimensionalmente con la nave. Un involuntario «ingreso» de tales organismos en otro «tiempo» o en otro marco tridimensional hubiera podido acarrear imprevisibles consecuencias de carácter biológico.

En cuanto al inevitable rugido del motor a chorro J85, que debía situarnos en el «estacionario» ya mencionado, los científicos habían logrado reducirlo a un afilado silbido, mediante la incorporación de potentes silenciadores.

Otra cuestión —imposible de solventar hasta ese momento— era el «trueno» provocado en el instante de la inversión de masa de la «cuna». Afortunadamente para nosotros, ese estampido podía ser atribuido a cualquiera de los cazas israelitas que evolucionaban día y noche sobre el territorio y que al cruzar la barrera del sonido desequilibraban las moléculas del aire, dando lugar a lo que en términos aeronáuticos se conoce como un «bang sónico» (1).

---

estructural muy especiales. Una finísima red vascular, por cuyos conductos fluye una aleación licuable, mantiene activa la membrana. (Algunos de sus elementos —para que se hagan una idea— no ocupan volúmenes superiores a 0,07 milímetros cúbicos, estando compuestos, a su vez, por microdispositivos fabricados a escala celular.)

Este recubrimiento poroso de la «cuna» —de composición cerámica— goza de un elevado punto de fusión: 7 260,64 grados centígrados, siendo su poder de emisión externa igualmente muy alto. Su conductividad térmica, en cambio, resulta muy baja: $2{,}07113 \cdot 10^{-6}$ Col/Cm/s/oC/. (Para esta membrana es muy importante que la ablación se mantenga dentro de un margen de tolerancia muy amplio.) Para ello se utiliza un sistema de enfriamiento por transpiración, en base al litio licuado. Además, fue provista de una fina capa de platino coloidal, situada a 0,0108 metros de la superficie externa. *(N. del m.)*

(1) Para un hipotético observador que se encontrase a corta distancia de nuestro módulo —y suponiendo que hubieran sido desactivados los sistemas infrarrojos de camuflaje— en el instante de la denominada inversión de masa, aquél tendría la sensación de que la nave había sido «aniquilada».

Como había ocurrido en las seis pruebas precedentes, en el desierto de Mojave, el cada vez más cercano lanzamiento del módulo alteró nuestros ánimos. Curtiss procuró que mi compañero de viaje y yo nos apartáramos durante un par de días de la mezquita de la Ascensión. Pero nuestros pasos terminaban siempre por conducirnos hasta el hangar.

Tres días antes del inicio del «gran viaje», el jefe de Caballo de Troya nos convocó a una última reunión, en la que repasamos las líneas maestras de la operación. Curtiss parecía obsesionado por nuestra seguridad. Ambos conocíamos nuestras respectivas obligaciones, pero la insistencia del general nos inquietó. ¿Qué podía estar ocultando el director del proyecto Swivel? Meses después de aquella experiencia, mi «hermano» y yo tuvimos ocasión de conocer la verdadera razón de su inquietud...

La estrategia a seguir en el «descenso» al tiempo de Jesús de Nazaret había sido meditada a fondo. Una vez en tierra, y tras varias horas de revisión de controles, mi compañero de módulo —a quien de ahora en adelante llamaré «Eliseo»— debería permanecer durante los once días de exploración al mando de la «cuna». Sólo en caso de alta emergencia podría abandonar la nave. Mi papel, como creo que ya he insinuado, exigía el desembarco a tierra y la aproximación al Maestro de Galilea, a quien debería seguir y observar durante todo el tiempo que me fuera posible.

Con el fin de evitar una posible tentación por parte de los exploradores de rebasar el tiempo fijado para la operación, el ordenador central de la «cuna» había sido previamente programado —sin posibilidad alguna de prórroga o anulación de dicho programa— para el despegue automático y el retorno de los ejes del tiempo de los *swivels* a las 7 horas del 12 de febrero de 1973. En esos instantes, todo estaría preparado en el recinto de la mezquita de la Ascensión para el reingreso del módulo y su fulminante desmantelamiento.

Nada más lejos de la realidad. Como ya he reiterado en otras oportunidades, en el instante en que todos los *swivels* correspondientes al recinto limitado por la membrana cambian los ejes en el marco tridimensional en que está situado el observador, toda la masa integrada en dicho recinto deja de poseer existencia física. No es que dicha masa sea «aniquilada», puesto que el substrato de tal masa la constituyen los *swivels*. Dicho de otro modo: la masa deberá interpretarse como una especie de plegamiento de la urdimbre de los *swivels*. Nuestros científicos interpretan este fenómeno como si la orientación de esta «depresión» o «pliegue» de las entidades constitutivas del espacio cambiase de sentido, de modo que los órganos sensoriales o los instrumentos físicos del observador no son capaces de captar tal cambio.

En ese instante —que podemos llamar T_o— el vacío en el recinto es absoluto. No ya una sola molécula gaseosa, y por supuesto cualquier partícula sólida o líquida, sino ni siquiera una partícula subatómica (protón, neutrino, fotón, etc.) pueden localizarse probabilísticamente en dicho recinto o módulo. Dicho con otras palabras: la función de probabilidad es nula en T_o. Sin embargo, tal situación inestable dura una fracción infinitesimal de tiempo. El recinto se ve invadido consecutivamente por cuantums energéticos. (Es decir, se propagan en su seno campos electromagnéticos y gravitatorios de distintas frecuencias.) Inmediatamente es atravesado por radiaciones iónicas y, al final, se produce una implosión, al precipitarse el gas exterior en el vacío dejado por la estructura «desaparecida». *(N. del m.)*

Mientras durase la aventura, los hombres de Curtiss darían por concluido, en el segundo barracón, el montaje del laboratorio receptor de fotografías del Gran Pájaro. Esto permitiría una rápida evacuación del material de Caballo de Troya, así como la entrada del personal israelí en los hangares.

Antes de levantar aquella última sesión de trabajo, Curtiss nos comunicó que —de conformidad con el Pentágono y, por supuesto, con Kissinger— 24 o 36 horas antes del despegue la atención mundial sería centrada a miles de millas de Jerusalén, reforzando así las medidas de seguridad de nuestro salto hacia el siglo I.

Efectivamente, tal y como había anunciado el general, el 28 de enero de 1973, y después de «intensos esfuerzos por ambas partes», los Estados Unidos y Vietnam firmaban en París el definitivo acuerdo que prometía poner fin a la trágica guerra...

El 30 de enero, Eliseo y yo apenas si salimos del hangar. La casi totalidad de la jornada transcurrió en el interior de la «cuna», revisando los equipos. Mi compañero tuvo que someterse a una última y delicada operación: la inserción en el recto de una reducida sonda, dispuesta para recoger las heces fecales. Éstas, tratadas previamente con unas corrientes turbulentas de agua a 38 grados centígrados, serían succionadas durante los once días de su obligada permanencia en el módulo por un dispositivo miniaturizado que fue acoplado a sus nalgas. De esta forma, las heces son descompuestas en sus elementos químicos básicos. Parte de éstos son gelificados y transmutados en oxígeno e hidrógeno, sirviendo así para la obtención sintética de agua, que es recuperada y devuelta al ciclo orina-agua para la ingestión. El resto de los elementos es convertido en lodo y expulsado en forma gaseosa al exterior. En mi caso, este dispositivo para la defecación no era aconsejable, ya que una de las normas básicas de conducta para los exploradores que debían trabajar en el exterior era la de portar el equipo mínimo imprescindible y siempre oculto a la vista de los posibles observadores.

Sí debía llevar, sin embargo, lo que en el argot de Caballo de Troya llamábamos la «piel de serpiente». Mediante un proceso de pulverización, el explorador cubría su cuerpo desnudo con una serie de distintos aerosoles protectores, formando una epidermis artificial y milimétrica, capaz de proteger zonas vitales tanto de una posible agresión mecánica como bacteriológica. Aunque esta segunda piel podía adherirse a la totalidad del cuerpo, en razón a la indumentaria que debía vestir, el jefe del proyecto estimó que la coraza —transparente y de extrema elasticidad— debía ser limitada desde los órganos genitales a las respectivas áreas del cuello que protegen a ambas arterias carótidas.

Este eficacísimo traje protector —que algún día resultará de gran utilidad a nuestros astronautas, submarinistas, etc.—, puede resistir, a la manera de los anticuados chalecos antibala, impactos como el de un proyectil (calibre 22 americano), a veinte pies de distancia, sin interrumpir por ello el proceso normal de transpiración y evitando, como digo, la filtración a través de los poros de agentes químicos o biológicos.

El proyecto Swivel había desarrollado —en especial para los astronautas de la fascinante operación Marco Polo— otros dispositivos que harían palidecer de envidia a los técnicos de la NASA. He aquí algunos de los más sugestivos:

Los ojos y boca de los exploradores a otros marcos tridimensionales de nuestra galaxia pueden ir protegidos con un sistema absolutamente revolucionario. Los primeros, por ejemplo, van equipados con un sistema óptico —formado por lentes de gas— que, perfectamente controladas por un ordenador, permiten la adecuación de la visión tanto en un medio atmosférico adverso como en el vacío de los espacios siderales.

Los oídos de los astronautas, por otra parte, pueden llevar incorporadas sendas cápsulas acústicas miniaturizadas, excitadas por un equipo receptor por ondas gravitatorias. Estos dispositivos sirven para transmitir cortos mensajes entre los componentes de un grupo o, como en nuestro caso, para sostener una permanente comunicación durante los once días que iba a durar la aventura. Gracias a estas «cabezas de cerillas» —fácilmente ocultas en el interior del oído— tanto Eliseo como yo pudimos saber el uno del otro, sin necesidad de cargar con incómodos aparatos de radio, que hubieran quebrantado, por otra parte, la estricta pureza de la exploración.

En cuanto a la alimentación, en el caso de viajes de larga duración, los astronautas son dotados de un doble tubo que conduce, por un extremo, a un dispositivo especial ubicado en la región lumbar y, por el otro, a un mecanismo sumamente frágil y sujeto al labio inferior. El tubo está preparado en su interior con una red de cilios mecánicos que impulsan lentamente unas cápsulas que encierran diversos alimentos concentrados. Éstas son de sección elíptica y van protegidas por una delgadísima película gelatinosa muy soluble en la saliva. El párpado del astronauta, abierto y cerrado una serie secuencial de veces, envía una señal codificada al equipo de la zona lumbar y las cápsulas son impulsadas hasta la boca.

La otra conducción transporta un suero nutritivo, con diferentes concentraciones reguladas.

Por último, unas cápsulas alojadas en las fosas nasales generan oxígeno y nitrógeno, partiendo de transmutación del carbono puro. Además, el CO_2 es captado por el mismo dispositivo y descompuesto en sus elementos básicos: carbono y oxígeno y convertidos, el primero con liberación energética que se utiliza para el caldeo de la epidermis.

Aunque nuestro módulo iba preparado con estos equipos, en realidad apenas si fueron utilizados, a excepción de la «piel de serpiente» y del sistema de transmisión auditiva. La «cuna» había sido dotada con una reserva especial de agua y alimentos, suficiente para ambos expedicionarios durante un período de tiempo algo superior a los catorce días. Por mi parte, el problema de la dieta alimenticia no revestía excesivas complicaciones. En mi intenso entrenamiento durante los dos años precedentes, había aprendido los esquemas del régimen alimenticio de los judíos, así como el de los gentiles que convivían en aquellos tiempos con los pobladores de la Judea. Como extranjero —mi atuendo y costumbres habían sido fijados por Caballo de Troya como los de un comerciante griego en vinos y madera—, sabía perfectamente cuáles eran mis limitaciones en este sentido. No obstante, en el supuesto de una emergencia, siempre existía el recurso por mi parte de un retorno al módulo.

Mi única salida fuera del hangar fue al atardecer de aquel inolvidable martes. Sin saber por qué, sorteé el andamiaje de los arqueólogos que venían trabajando en la restauración de la mezquita y me introduje en el interior del octógono.

Era extraño. Allí, solitario frente a las tres pequeñas velas que alumbran la piedra en la que —según la piadosa imaginación de los peregrinos católicos— aún se ve la huella de un pie que se eleva, me pregunté por qué Caballo de Troya había elegido precisamente la mezquita de la Ascensión de Cristo a los cielos como nuestro punto de partida para aquella otra ascensión...

En silencio, Eliseo y yo abrazamos a Curtiss y al resto de los compañeros. No hubo muchas palabras en aquella despedida. Todos éramos conscientes del momento histórico que protagonizábamos y de los oscuros peligros que podían aguardarnos al «otro lado».

—Hasta el 12 de febrero... —murmuró el general con un punto de emoción en sus palabras.

—¡Suerte! —añadieron los hombres de Caballo de Troya.

Y a las 23 horas (G.M.T., hora Greenwich), la «cuna» comenzó a elevarse hacia un firmamento blanqueado por las estrellas.

En treinta segundos alcanzamos la cota de 800 pies, llevando a cabo el estacionario del módulo. Todos los sistemas funcionaban según el plan previsto.

Aunque nuestra nave no iba a viajar por el espacio —tal y como ocurriría meses después con los expedicionarios del proyecto Marco Polo— Eliseo y yo, siguiendo las especificaciones del jefe de la Operación Swivel, teníamos la misión de probar uno de los trajes espaciales, especialmente diseñados para los procesos de inversión de ejes de los *swivels* y para una mejor resistencia en las fortísimas aceleraciones (1).

(1) El «gran viaje» al año 30 de nuestra Era —como he citado oportunamente—, no suponía un traslado físico por el espacio o por otros marcos tridimensionales, tal y como los humanos concebimos habitualmente los viajes. Sin embargo, en expediciones inmediatamente posteriores a la nuestra —como fue el caso de Marco Polo— los astronautas sí se vieron sometidos a la dinámica de estas fortísimas aceleraciones, alcanzando en algunos momentos hasta 245 metros por segundo cada segundo. Y aunque estos picos de gradientes en la función velocidad duraron fracciones de segundo, tanto la nave como el grupo de pilotos tuvieron que ser debidamente protegidos. No voy a entrar ahora en los pormenores de dicha aventura, pero sí resumiré, a título puramente descriptivo, algunas de las extraordinarias características de los trajes espaciales, probados por mi compañero y yo y que habían sido diseñados y desarrollados —en parte— por la Hamilton Standard Division de la United Aircraft, en Windson Locks (Connecticut).

Este traje consta de una membrana sumamente compleja que rodea periféricamente el cuerpo del astronauta, sin establecer contacto mecánico alguno con la piel del piloto. Ese espacio que media entre la superficie interna del traje espacial y la epidermis humana está rigurosamente controlado en función del grado de vasodilatación capilar de dicha piel, así como de su transpiración. De este modo, la temperatura corporal mantiene su valor normal, permitiendo al viajero desarrollar su actividad física. Los componentes del medio interno son regulados en función de la información

A las 23 horas y 3 minutos, el computador central accionaba electrónicamente el sistema de inversión axial de las partículas subatómicas de la totalidad de la «cuna», así como de la capa límite de la membrana exterior, empujando los ejes del tiempo de los *swi-*

---

que brindan detectores de la actividad fisiológica de los aparatos respiratorio y circulatorio, así como de la epidermis. Los equipos de control fisiológico han sido dotados de sondas que verifican casi todas las funciones orgánicas, sin necesidad de introducir dispositivos accesorios en el interior de los tejidos orgánicos. Desde la actividad muscular y la valoración de los niveles de glucosa y ácido láctico hasta el control de la actividad neurocortical, que suministra datos precisos sobre el estado psíquico del sujeto, así como toda la gama de dinamismos biológicos, son registrados y canalizados a través de casi $2{,}16 \cdot 10^6$ «túneles» o «redes» informativos. Un computador central las compara con patrones estándar, dictando las respuestas motrices correspondientes. Este traje va provisto, en el rostro del astronauta, de una ampliación —en forma troncocónica— que permite una visión natural o artificial. La base de dicho tronco, abarcable desde el ojo con un ángulo de 130 grados sexagesimales, se encuentra a una distancia de 23 centímetros. Se trata en realidad de una pantalla que permite la visión artificial, en casos concretos del viaje. Va provista en toda su superficie de unos $16 \cdot 10^7$ centros excitables, capaces de radiar individualmente, y con distintos niveles de intensidad, todo el espectro magnético, entre $3{,}9 \cdot 10^{14}$ ciclos por segundo. La visión binocular se consigue gracias a la disposición prismática de cada núcleo emisor. La excitación de caras opuestas de modo que cualquiera de los ojos no tenga acceso a la imagen o mosaico del otro se consigue por un método muy complejo. Una sonda registra los campos eléctricos generados por los músculos oculares de ambos ojos (auténticos electromiogramas) y el ordenador central del módulo conoce así en cada instante la orientación del eje pupilar. Por otra parte, los prismas excitables que integran la pantalla —de dimensiones microscópicas— están situados en la superficie de una capa de emulsión viscosa que les permite el libre giro. Estos prismas están controlados mecánicamente por medio de un campo magnético doble, de modo que la mitad obedece a una componente horizontal del campo y los restantes, a la transversal. Así, uno y otro grupo orientan sus caras independientemente, al igual que dos persianas orientan sus láminas cuando se tira de las cuerdas que regulan el ángulo para la entrada de la luz. (En este caso, las «cuerdas» serían ambos campos magnéticos y el factor motor, la respuesta del computador central a los micromovimientos musculares del globo ocular.)

La percepción binocular ofrece imágenes de relieve normal, de modo que el astronauta cree estar viviendo un mundo real lejos de la envoltura y la masa gelatinosa que lo envuelve en determinados momentos del viaje. En determinadas fases del vuelo, en que la nave se ve obligada a experimentar grandes pendientes en la función velocidad, el interior del módulo se llena previamente de una masa viscosa en estado de gel. Se trata de un compuesto de bajo punto de gelificación, en suspensión hidrosol. Su coagulación en unos casos y regresión ulterior al estado «sol» coloidal se efectúa gracias a las características del disolvente empleado, puesto que para una temperatura umbral de 24,611 grados centígrados pasa a convertirse en un electrolito de elevada conductividad. Sus propiedades tixotrópicas son nulas, de forma que cualquier efecto dinámico en su seno —agitación, por ejemplo— no provoca su transformación en «sol». Entre otras funciones, esta jalea viscosa actúa como protector o amortiguador frente a los elevados picos de aceleración que experimenta el módulo en determinadas ocasiones. Una vez desaparecidas estas circunstancias, la masa gelificada es llevada mediante un doble efecto de cambio térmico e ionización controlada al estado de hidrosol, siendo bombeada al exterior de la cabina de mando. *(N. del m.)*

vels a unos ángulos equivalentes al retroceso deseado: 709 137 días. En otras palabras, al 30 de marzo del año 30.

Décimas de segundo después de la sustitución de nuestro antiguo sistema referencial de tres dimensiones por el nuevo tiempo, y según nos explicaron los hombres de Caballo de Troya a nuestro regreso, una fortísima explosión se dejó sentir sobre la cumbre del monte de los Olivos, con la consiguiente alegría de nuestros compañeros y el desconcierto de los israelitas.

30 DE MARZO, JUEVES

Fue quizás el instante de mayor tensión. Eliseo y yo, enfundados en nuestros trajes espaciales, percibimos cómo nuestros corazones aceleraban su frecuencia, hasta el umbral de las 150 pulsaciones. El ordenador marcaba las 23 horas, 3 minutos y 22 segundos del jueves, 30 de marzo del año 30. Habíamos «retrocedido» un total de 17 019 289 horas.

Poco a poco recuperamos el control de la frecuencia cardíaca centrándonos en la operación de mantenimiento del estacionario y en la revisión general de los sistemas. Nada parecía haber cambiado. La fuente exterior de luz infrarroja seguía apantallándonos y los altímetros marcaban los primitivos valores: cota de 800 pies sobre el terreno y oscilación nula en el módulo. Durante el proceso infinitesimal de inversión de masa, la pila nuclear SNAP-10A había seguido alimentando el motor principal de turbina a chorro CF 200-2V. Nuestra posición en el espacio, por tanto, no había variado.

Una vez chequeados los circuitos principales, Eliseo y yo efectuamos un primer contacto visual de la zona. Al oeste de nuestra posición, y a poco más de 1 000 pies, divisamos un extenso núcleo luminoso. A pesar de las muchas horas de entrenamiento, la emoción nos dejó sin habla. Los radares confirmaban el perfil de un asentamiento humano, con un sin fin de construcciones de baja estructura y dos edificaciones de superior envergadura: una ubicada en la cara este de la ciudad —mucho más voluminosa— y otra al suroeste. Luego supimos que se trataba del gran complejo del templo y la torre Antonia y el palacio de Herodes, respectivamente. Nuestras suposiciones —a pesar de la cerrada oscuridad— eran correctas: aquellas luces amarillas y parpadeantes correspondían a la ciudad santa de Jerusalén. La totalidad del núcleo urbano aparecía cerrado por una muralla. Un segundo muro, de características muy similares al que constituía el perímetro de la población dividía Jerusalén por su tercio norte, justamente desde la cara oeste del templo a la fachada norte del palacio herodiano.

Al este-sureste de nuestro módulo se apreciaban igualmente otros dos grupos de luces mortecinas, infinitamente más pequeños que el primero y situados prácticamente en la falda del monte sobre el que nos encontrábamos estacionados y que presumíamos como el Olivete. Los equipos de ondas de 740 milímetros de longitud remitieron unas primeras y confusas imágenes de estos núcleos humanos, no siendo posible confirmar si —como sospechábamos— se trataba de las aldeas de Betania y Betfagé.

Tras aquel primer rastreo de nuestros inmediatos alrededores, mi hermano de exploración y yo ejecutamos la segunda fase del plan: una nueva inversión de masa, con el fin de polarizar los ejes de los *swivels* hasta la hora límite, que nos serviría de auténtico punto de partida para un posterior descenso sobre la cumbre del Olivete. A las 23 horas y 33 minutos, el módulo «retrocedió» en el tiempo, «apareciendo» 15 horas antes. Aunque el caudal del generador atómico nos hubiera permitido el mantenimiento de la nave en estacionario hasta el amanecer del día siguiente, 31 de enero, los objetivos de la exploración recomendaban esta segunda inclinación de los ángulos del tiempo de los *swivels* hasta alcanzar las 8 horas y 33 minutos del 30 de enero del año 30. Aunque no deseo adelantar acontecimientos, nuestras fuentes informativas previas apuntaban al viernes, 31 de enero, como la fecha en que el Maestro de Galilea entró en Betania, procedente de la vecina ciudad de Jericó, situada a unos 34 kilómetros de la citada población de Betania, donde residía la familia de Lázaro. Si todo discurría con normalidad, yo debería estar allí con una antelación aproximada de veinticuatro horas.

¿Cómo poder describir aquel amanecer del 30 de enero sobre la vertical del monte de los Olivos?

El sol naciente había apagado las antorchas de Jerusalén, ofreciendo a nuestros atónitos ojos un inmenso racimo de casitas blancas y ocres, apretadas las unas contra las otras y rotas en mil direcciones por quebradas callejuelas. Y destacando sobre aquel mosaico, una formidable fortaleza rectangular, levantada en la cara este de la ciudad. Era el templo erigido por Herodes el Grande, con inmensas columnatas limitando espaciosos patios y atrios. Tal y como había descrito el historiador Flavio Josefo, una brillante cúpula —correspondiente al santuario— resplandecía cual «montaña cubierta de nieve».

De norte a sur, al pie de la muralla este de Jerusalén, divisamos el cauce seco y afilado de una torrentera que identificamos como el Cedrón.

Hacia el este-sureste, ligeramente difuminada por una calina, se perdía en el horizonte la hoya del mar Muerto. Su superficie azul espejeaba tímidamente, resaltando como un milagro sobre las resecas y cenicientas ondulaciones del desierto de Judá. Mucho más al fondo, perdidas en un verdiazul inverosímil, las estribaciones de Moab.

Alborozados, Eliseo y yo descubrimos junto al vértice sur de las murallas de la ciudad santa el diminuto rectángulo de aguas marrones que, según nuestras cartas, tenía que corresponder a la piscina de Siloé. En esa misma dirección, y a escasa distancia de los muros, una ladera moría en el lecho del Cedrón. En ese paraje —conocido como la tierra marchita de Hakeldama— debería ocurrir el trágico final de Judas Iscariote.

Y bajo el módulo, un promontorio que se estiraba en paralelo a la gran muralla este de Jerusalén. Se trataba, efectivamente, del monte Olivete, repleto de olivares.

Las primeras inspecciones, mediante sistema de ecosonda, confirmaron la abundancia de un terreno calcáreo en un amplio radio alrededor de Jerusalén. Los equipos de análisis de entornos —basados en un procedimiento estereográfico muy similar a los rayos X— ratificaron la presencia de vegetación en un cinturón aproximado de 16,650 kilómetros. Toda la franja norte y noroeste de la ciudad presentaba una extraordinaria abundancia de huertos y plantaciones de árboles frutales. Al sur y sureste —especialmente en la masa del Olivete— eran mucho más frecuentes los olivares, destacando aquí y allá alineaciones de viñedos. Éstos crecían sobre todo en la colina occidental del valle del Cedrón y, más exactamente, al sur de la explanada del templo.

Como detalle curioso diré que nuestros dispositivos detectaron al suroeste de la ciudad un pequeño núcleo urbano (luego supimos que se trataba de la aldea de Erebinthōn), en cuyo entorno crecían amplias plantaciones de garbanzos.

Un camino polvoriento rodeaba la cara oriental del monte de los Olivos, uniendo los poblados de Betfagé y Betania con Jerusalén. Los aledaños de estas aldeas se veían igualmente cuajados de palmeras, higueras y sicomoros. En mitad de aquel espléndido vergel nos llamó la atención la sequedad del citado torrente del Cedrón y, concretamente, un débil hilo de «agua» roja que brotaba al fondo del talud que se derrama bajo las murallas y a escasa distancia del no menos célebre pináculo del templo. (En una de mis incursiones al interior de la ciudad santa tendría la ocasión de desentrañar el misterio de aquel hilo de «agua» roja.)

Antes de proceder al descenso definitivo sobre la cumbre del Olivete, mi compañero y yo terminamos las mediciones topográficas. Algunos de estos cálculos, sinceramente, desbordaron nuestra capacidad de asombro.

Las medidas del templo, por ejemplo, eran portentosas.

Aquel rectángulo —que ocupaba algo más de la quinta parte de la superficie de la ciudad— aparecía cerrado por robustas murallas de 150 pies (1) de altura. Su cara norte, conocida como el atrio de los Gentiles, y a cuyo extremo más occidental se hallaba adosada la torre Antonia, medía novecientos pies de longitud. Frente al Olivete, la fachada este del templo —toda ella en mármol blanco— alcanzaba los 1 285,5 pies. La muralla occidental era prácticamente de las mismas dimensiones que la anterior y, por último, la cara sur, que cerraba el recinto sagrado y en la que se distinguían desde el módulo dos amplias puertas (2), arrojó 801 pies de longitud.

En cuanto al templo de Herodes propiamente dicho —que se levantaba en el centro de aquel gran rectángulo— los equipos nos proporcionaron 578,4 pies de longitud por 417,6 pies de anchura.

La fortaleza o torre Antonia, residencia del representante del César durante las fiestas más sobresalientes de los judíos, se elevaba sobre una cota de 2 220 pies sobre el nivel del mar. Era otra soberbia construcción de 450 por 384 pies, flanqueada en sus cuatro esquinas por sendas y poderosas torres de 105 pies de altura cada una.

Al oeste de la ciudad, en la cota más alta de Jerusalén (2 280 pies), la familia Herodes había emplazado su residencia fortaleza.

(1) La totalidad de las medidas que ofrece el mayor en su diario pueden convertirse a metros, dividiéndolas por tres. *(N. del t.)*

(2) Puerta Doble y puerta Triple. *(N. del m.)*

El palacio y los jardines reales ocupaban una franja de terreno, junto a la mencionada muralla más occidental de la ciudad santa de 900 × 300 pies. La edificación sobresalía por sus tres espigadas torres, de 120, 90 y 75 pies, respectivamente (1).

Desde el ala norte del palacio herodiano —tal y como nuestros radares habían detectado la noche anterior— se extendía otra muralla hasta la mitad, poco más o menos, de la cara oeste del templo, dividiendo a la ciudad en dos sectores.

Las dimensiones, en definitiva, de Jerusalén eran las siguientes: longitud máxima (desde la torre Antonia hasta el vértice sur), 3 696 pies. En este ángulo sur de la ciudad —junto a la piscina de Siloé— detectamos la cota más baja del terreno: 1 980 pies.

La anchura de la ciudad santa, contando desde el muro exterior occidental (correspondiente al palacio de Herodes) hasta el pináculo del templo, 2 667,6 pies.

La inexpugnable muralla que guardaba Jerusalén se levantaba a 225 pies sobre la superficie del valle. (El curso del Cedrón oscilaba entre los 1 860 pies, en su cota más baja, frente a Hakeldama y al espolón que forman las murallas al sur de la población, y los 2 040 pies, a su paso frente al huerto de Getsemaní, en la falda occidental del Olivete.)

El ordenador computó la longitud total de la muralla exterior de la ciudad, registrando en pantalla 11 378,1 pies (2). Por su parte, el muro que cruzaba entre las viviendas, dividiendo a Jerusalén en dos ciudades perfectamente diferenciadas —como tendría ocasión de comprobar en persona— tenía una longitud aproximada de 1 446,6 pies.

En nuestra vertical, el monte de los Olivos ofrecía dos cotas máximas: 2 220 pies frente a la piscina de Siloé; es decir, al sur de la ciudad y 2 454 pies (elevación máxima), frente al templo. El huerto de Getsemaní —localizado en una cota inferior a éstas— se hallaba a una distancia de 739,2 pies (en línea recta desde la ladera al muro oriental del templo).

Aquella cota máxima del Olivete (2 454 pies sobre el nivel del mar), estaba situada a unos 180 pies por encima del templo. Esto, unido a la localización por nuestros equipos de una pequeña formación rocosa que despuntaba en dicha cima, entre un mar de olivos, nos decidió establecer nuestro punto de contacto sobre el reducido calvero de dura piedra caliza.

A las 10 horas y 15 minutos, el módulo se posó —al fin— sobre la cumbre del monte de los Olivos. En un primer «tanteo», los cuatro pies extensibles de la «cuna» se hundieron ligeramente entre las lajas rocosas. Finalmente, la nave quedó estabilizada y nosotros procedimos a la desactivación del motor principal.

Aunque el descenso no podía ser visualizado por los habitantes de Jerusalén o de sus alrededores, un observador relativamente cercano a nuestro punto de contacto sí hubiera podido descubrir un

(1) Herodes llamó a estas torres Hípica, Fasael y Mariamme, respectivamente. *(N. del m.)*

(2) El recinto exterior medía, por tanto, 3 792,7 metros, aproximadamente. La muralla interior era de 482,2 metros. *(N. del m.)*

súbito remolino de polvo y tierra, provocado por el choque de los gases contra el suelo, en la operación final de frenada del módulo. Por fortuna, aquella polvareda desapareció en poco más de sesenta segundos, así como el agudo silbido del reactor.

A pesar de todo, Eliseo y yo nos mantuvimos alerta por espacio de casi media hora, atentos a cualquier inesperada emisión de radiaciones infrarrojas, provenientes de seres humanos, que pudieran irrumpir en el campo de seguridad de nuestro vehículo, fijado en un radio de 150 pies. Cualquier individuo o animal que penetrase en dicha franja de terreno sería automáticamente visualizado en los paneles del módulo. En caso de un presunto ataque, el tripulante que permanecía en el interior de la «cuna» estaba autorizado a desencadenar un dispositivo especial de defensa —ubicado en la «membrana» exterior del fuselaje— que proyectaba a 30 pies de la nave una pared de ondas gravitatorias en forma de cúpula. Aunque esta semiesfera protectora no podía ser visualizada, el intruso o intrusos que trataran de cruzarla hubieran recibido la sensación de estar avanzando contra un viento huracanado. (Como ya comenté en su momento, ninguno de los expedicionarios podía ocasionar daño alguno, y mucho menos matar, a ninguno de los integrantes de la red social a observar.)

Hacia las 11 horas, tras verificar la temperatura en superficie (11,6 grados centígrados), la humedad relativa (57 por ciento), la dirección e intensidad del viento (ligera brisa del noroeste) y otros valores más complejos —de carácter biológico—, inicié los últimos preparativos para mi definitiva salida al exterior.

Mientras Eliseo seguía vigilando nuestro entorno, me desnudé, procediendo a una meticulosa revisión de mi cuerpo. Debía desembarazarme de cualquier objeto impropio en aquella época: reloj de pulsera, una cadena con una chapa de identidad, obligatoria en las fuerzas armadas y una pequeña sortija de oro que siempre había llevado en el dedo meñique izquierdo.

Acto seguido me sometí a la pulverización —mediante una tobera de aspersión— del tronco, vientre, genitales, espalda y base del cuello y nuca, enfundándome así en la obligada defensa que llamábamos «piel de serpiente». Como ya he referido en otro momento, esta segunda epidermis era una fina película cuya sustancia base la constituye un compuesto de silicio en disolución coloidal en un producto volátil. Este líquido, al ser pulverizado sobre la piel, evapora rápidamente el diluyente, quedando recubierta aquélla de una delgada capa o película opaca porosa de carácter antielectrostático. Su color puede variar, según la misión, pudiendo ser utilizada, incluso, como un código, cuando se trabaja en grupo. Sin embargo, y con el fin de evitar posibles y desagradables sorpresas, yo preferí ajustarme una «epidermis» absolutamente transparente...

Caballo de Troya había estudiado con idéntica escrupulosidad el atuendo que llevaría durante aquellos once días. Puesto que debía hacerme pasar por un honrado comerciante extranjero —griego por más señas— los expertos habían preparado un doble juego de vestiduras: una falda corta o faldellín (marrón oscuro); una sencilla túnica de color hueso; un cíngulo o ceñidor trenzado con cuerdas egipcias que sujetaba la túnica y un incómodo manto o ropón, susceptible de ser enrollado en torno al cuerpo o suspendido sobre los hombros. La engorrosa *chlamys*, que a punto estuve de perder en varios momentos de mi exploración, había sido confeccionada a mano, al igual que la túnica, con la lana de las montañas de Judea y teñida con glasto hasta proporcionarle un discreto color azul celeste. Para la confección de ambas túnicas, los expertos habían contratado los servicios de hábiles tejedores de Siria, herederos del antiguo núcleo comercial de Palmira, que aún manipulaban el lino bayal.

En previsión de un eventual fallo del dispositivo de transmisión auditiva —que llevaba incorporado en el interior de mi oído derecho (1)— Curtiss había ordenado que la *chlamys* dispusiera de una hebilla de cinco centímetros con la que poder sujetar el *pallium* o manto sobre mi hombro izquierdo. Esta hebilla de bronce encerraba un microtransmisor, capaz de emitir mensajes de corta duración mediante impulsos electromagnéticos de 0,0001385 segundos cada uno. De esta forma quedaba garantizada una eficaz y permanente conexión con la base.

En cuanto al calzado, habían sido diseñados dos pares de sandalias, con suela de esparto, trenzado en las montañas turcas de Ankara. Cada ejemplar fue perforado manualmente, incrustando en los bordes de las suelas sendas parejas de finas tiras de cuero de vaca, convenientemente empecinadas. Cada cordón —de cincuenta centímetros— permitía sujetar el rústico calzado, con holgura suficiente como para poder enrollarlo en cuatro vueltas a la canilla de las piernas.

Un mes antes del lanzamiento —con el fin de simplificar mi aseo diario durante el «gran viaje»— dejé crecer mi barba de forma desordenada.

Aquel ropaje y mi crecida barba desencadenaron el buen humor de Eliseo, viéndome sometido durante aquellos últimos minutos en el módulo a todo tipo de bromas y chanzas. Aquellos momentos de diversión resultaron altamente relajantes, haciéndonos olvidar momentáneamente dónde estábamos y lo que me reservaba el destino.

Siguiendo una de las costumbres populares en la Palestina de aquellos tiempos, impregné mis cabellos con unas gotas de aceite común. De esta forma quedaron más suaves y sedosos.

Por último, colgué del cinturón una pequeña bolsa de hule impermeabilizado en la que Caballo de Troya había depositado una libra romana en pepitas de oro (2). La evidente dificultad de conseguir monedas de curso legal, de las manejadas en Jerusalén en el año 30, había sido suplida por aquellos gramos de oro, extraídos especialmente de los antiquísimos filones de Tharsis, en las estri-

(1) Aunque podía recibir a Eliseo directamente —siempre que él lo estimase oportuno— cuando yo deseaba abrir mi comunicación auditiva con el módulo era imprescindible que presionara con los dedos sobre la parte externa de mi oído derecho. Con el fin de evitar suspicacias o posibles malas interpretaciones por parte de los habitantes de Jerusalén, Caballo de Troya había estimado que fingiera una leve sordera por el referido oído. De esta forma, y aunque la comunicación con Eliseo debería llevarse a efecto lejos de testigos, el gesto de apertura del canal de transmisión siempre podía quedar justificado.

(2) La libra romana equivale a unos 326 gramos, aproximadamente. *(N. del t.)*

baciones de la sierra ibérica de Las Camorras. Según nuestros datos, no tendría por qué ser difícil cambiarlos por denarios de plata y monedas fraccionarias como el as, óbolo o sextercios (1).

Eliseo verificó por enésima vez los sistemas de transmisión, ampliando la banda inicial de recepción desde los 10 500 pies a 15 000. Antes de la toma de tierra, los equipos electrónicos habían medido la distancia existente entre Betania y la ciudad santa —siguiendo el curso del camino que rodea la cara este del Olivete— arrojando un resultado de 8 325 pies (2).

El escenario donde debía moverme en aquellos días había sido limitado justamente entre ambas poblaciones —Betania y Jerusalén, con el pequeño poblado de Betfagé a corta distancia de la aldea de Lázaro—, por lo que, presumiblemente, mi distancia máxima respecto a la «cuna» (que se hallaba en un enclave equidistante de ambos núcleos urbanos) nunca debería ser superior a los mil pies. El margen establecido para la transmisión y recepción auditiva entre Eliseo y yo era, por tanto, más que suficiente.

A las doce horas, tras un emotivo abrazo, mi compañero accionó la escalerilla de descenso y yo salté a tierra.

Mi primera preocupación al caminar sobre aquella tierra blanqueada por el sol del mediodía fue comprobar mi posición sobre el Olivete. Al avanzar unos pasos hacia el bosquecillo de olivos que se derramaba en dirección sur me di cuenta de aquel gran silencio, apenas roto por el ronroneo de las libélulas. Me detuve y, tras cerciorarme, abrí la comunicación «auditiva» con Eliseo. A juzgar por el trayecto que había recorrido desde aquel grupo de rocas amarillentas sobre las que se había posado el módulo, debía encontrarme a poco más de noventa pies de Eliseo. Las palabras del hermano sonaron claras y fuertes en mis oídos:

—Es muy posible que la razón de ese silencio —argumentó Eliseo— se deba a la presencia de la «cuna»... A pesar del apantallamiento, algunos animales han podido detectar las emisiones de ondas...

Algo más tranquilo proseguí mi detallada localización de puntos de referencia, vitales para un posible y precipitado retorno hasta la nave. Aunque el microtransmisor de la hebilla actuaba al mismo tiempo como radiofaro omnidireccional (con señales VHF de ultraalta frecuencia), haciendo posible de esta forma que uno de los radares de a bordo pudiera recibir mi «eco» ininterrumpidamente y en un radio estimado de cincuenta millas, yo no estaba autorizado a portar un sistema de localización del invisible módulo. La naturaleza de mi misión había desaconsejado a los responsables de Ca-

(1) Según nuestros estudios, en aquella época, el «estater» ático o patrón oro griego (de 8,60 gramos) podía guardar una relación o equivalencia de 1 a 20 respecto al denario de plata de uso legal en Jerusalén. Aquella pequeña cantidad de oro puro suponía alrededor de 758 denarios, dinero más que suficiente para mis necesidades durante los once días de permanencia en la zona, si tenemos en cuenta, por ejemplo, que el precio de todo un campo oscilaba alrededor de los 120 denarios. (Cada denario de plata se dividía en 24 ases. Con un as era posible comprar un par de pájaros.) *(N. del m.)*

(2) Unos 2 275 metros, más o menos. *(N. del t.)*

ballo de Troya la inclusión en mi escasa impedimenta de una de las «balizas» —de tipo manual— que operan en frecuencia de 75 megaciclos, y que hubiera resultado utilísima para mi reencuentro con la «cuna». Debería valerme, en suma, de mi sentido de la orientación, al menos hasta el límite de la zona de seguridad de la nave, a 150 pies de la misma. Una vez dentro de ese círculo, Eliseo podía «conducirme» mediante el transmisor incorporado a mi oído.

Gracias a Dios, el «punto de contacto» se hallaba en una de las cotas máximas del Olivete. Esta circunstancia, unida a la presencia del reducido calvero pedregoso, hacía relativamente cómoda la ubicación del asentamiento de nuestro vehículo, tanto si se ascendía por la ladera oriental (que muere en Betania) o por la occidental, que desemboca en la barranca del Cedrón.

Revisé fugazmente mi atuendo y con paso cauteloso me adentré en el olivar. A mi derecha, entre las epilépticas ramas de añosos olivos, se distinguía la dorada cúpula del templo y buena parte de las murallas de Jerusalén. Pero, a pesar de mis intensos deseos de aproximarme hasta el filo occidental de la «montaña de las aceitunas» (como también llamaban los israelitas al Olivete) y disfrutar de aquel espectáculo inigualable que era la ciudad santa, me ceñí al plan previsto e inicié el descenso por la vertiente sur, a la búsqueda del camino que habíamos divisado desde el aire y que me conduciría hasta Betania.

De pronto, al inclinarme para esquivar una de las frondosas ramas, advertí con cierto sobresalto lo llamativo de mi calzado, sospechosamente pulcro como para pertenecer a un andariego e inquieto comerciante extranjero. Sin dudarlo, me senté en una de las raíces de un vetusto olivo y, después de echar una mirada a mi alrededor, agarré varios puñados de aquella tierra ocre y esponjosa, restregándola contra el esparto y las ligaduras.

El inesperado alto en el camino fue registrado en el módulo y Eliseo se interesó por mi seguridad.

—¿Algún problema, Jasón?

A partir de mi salida de la «cuna», aquél iba a ser mi indicativo de guerra. El nombre de «Jasón» había sido tomado del héroe de los tesalios y beocios, jefe de la famosa expedición de los Argonautas, cantada por el poeta griego Apolonio de Rodas y por el vate épico latino Valerio Flaco. Yo había aceptado tal denominación, aunque era consciente de que jamás había tenido madera de héroe y que mi misión en Caballo de Troya no era precisamente la búsqueda del vellocino de oro, en el que tanto esfuerzo había puesto el bueno de Jasón.

Tras explicar a Eliseo aquel momentáneo contratiempo, reanudé la marcha, atento siempre a mi posible primer encuentro con los habitantes de la zona.

Cuando había caminado algo más de 300 pasos dejé atrás el olivar. Frente a mí se abría una pradera, sombreada por dos corpulentos cedros de casi cuarenta metros de altura.

El corazón me golpeó en el pecho. Bajo aquellos árboles habían sido plantadas cuatro grandes tiendas.

Durante algunos segundos no supe cómo reaccionar. Me quedé

quieto. Indeciso. Bajo las lonas oscuras de las tiendas se agitaban numerosos individuos.

Presioné mi oído derecho y Eliseo apareció al instante:

—¿Qué hay...? —preguntó mi compañero.

—Primer contacto humano a la vista... Al parecer se trata de mercaderes... Veo algunos rebaños de ovejas junto a varias tiendas.

Eliseo consultó la memoria histórico-documental del ordenador central instalado en la «cuna» y me trasladó el informe aparecido en pantalla:

—*Santa Claus (1) en afirmativo. Según el libro de las Lamentaciones (R.2,5 sobre 2,2 (44ª 2) y el escrito rabínico Ta^{c} anit IV 8,69ª 36 (IV/1,191), en ese extremo de la falda sur del Olivete, donde te encuentras ahora, se instalaba tradicionalmente un grupo de tiendas en las que se vendía lo necesario para los sacrificios de purificación en el Templo. Según estos datos, bajo uno de esos dos cedros deberás encontrar también un mercado de pichones para los sacrificios. Volumen aproximado: 40 s^{e}) ah mensual... Es decir, unas 40 arrobas o 600 kilos de pichones, si lo prefieres... Santa Claus menciona también un texto de Josefo* (Guerras de los Judíos, *V 12,2/505) en el que se describe un muro edificado por Tito cuando puso cerco a Jerusalén. Este muro conducía al monte de los Olivos y encerraba la colina hasta la roca llamada «del palomar». Es muy probable que en los alrededores encuentres palomares excavados en la roca...*

—*Recibido. Gracias... Voy hacia ellos.*

—*Un momento, Jasón* —intervino nuevamente Eliseo—. *Estos informes pueden resultarte útiles... Santa Claus añade que, según el escrito rabínico* Menahot *(87ª), estos carneros procedían de Moab; los corderos, del Hebrón, los terneros de Sarón y las palomas de la Montaña Real o Judea. El ganado vacuno procede de la llanura costera comprendida entre Jaffa y Lydda. Parte del ganado de carne llega de la Transjordania (posiblemente los carneros). Idiomas dominantes entre estos mercaderes: arameo, sirio y quizá algo de griego...*

—*O. K.*

—*¡Suerte!*

Conforme fui aproximándome a las tiendas, mi excitación fue en aumento. Aquélla podía ser mi primera oportunidad, no sólo de entablar contacto con los israelitas, sino de practicar mi arameo galilaico o griego.

Al entrar entre las tiendas, un tufo indescriptible —mezcla de ganado lanar, humo y aceite cocinado— a punto estuvo de jugarme una mala pasada. Tres de las tiendas habían sido acondicionadas como apriscos. Bajo las carpas de lona renegrida y remendadas por doquier se apiñaban unos 150 corderos y carneros. En la cuarta tienda se alineaban grandes tinajas con aceite y harina. Al amparo de esta última, un grupo de hombres, con amplias túnicas rojas, azules y blancas formaban corro, sentados sobre sus mantos. A corta distancia, fuera de la sombra de la lona, varias mujeres —casi todas con largas túnicas verdes— se afanaban en torno a una fogata. Junto a ellas, algunos niños semidesnudos y de cabezas rapadas

(1) Así llamábamos familiarmente al ordenador central del módulo. *(N. del m.)*

ayudaban en lo que supuse se trataba del almuerzo común. Una olla de grandes dimensiones borboteaba sobre la candela, sujeta por un aro y tres pies de hierro tan hollinientos como la panza de la marmita. Varias jovencitas, con el rostro cubierto por un velo blanco y sendas diademas sobre la frente, permanecían arrodilladas junto a unas piedras rectangulares. Mecánicamente, cada muchacha tomaba un puñado de grano de un saco situado junto al grupo y lo depositaba sobre la superficie de la piedra, ligeramente cóncava. A continuación asían con ambas manos otra piedra estrecha y procedían a triturar el puñado de trigo. Una de las mujeres hacía pasar la harina por un cedazo con aro de madera, depositando el resultado de la molienda en una especie de lebrillo.

Permanecí algunos minutos absorto con aquel espectáculo. El grupo había reparado ya en mi presencia y, tras intercambiar algunas palabras que no llegué a captar, uno de ellos se puso en pie, dirigiéndose hacia mí.

El mercader —posiblemente uno de los más viejos— señaló a los rebaños y me preguntó si deseaba comprar algún cordero para la próxima Pascua. Al hablar, el hombre mostró una dentadura diezmada por la caries.

Sonreí y en el mismo arameo popular en que me había preguntado le expliqué que no, que era extranjero y que sólo iba de paso hacia Betania. Al percatarse, tanto por mi acento como por mi atuendo, que, en efecto, era un gentil, el hebreo lamentó haberse levantado y, con un mohín de disgusto por la presencia de aquel «impuro» dio media vuelta, incorporándose de nuevo al resto de los vendedores (1).

Un elemental sentido de la cautela me hizo alejarme del lugar, pendiente abajo, en busca del ansiado camino. Al cruzar frente al segundo cedro —en el que, tal y como había «vaticinado» el computador, había sido plantada una quinta tienda, bajo la que se apilaban numerosas jaulas con palomas— apenas si me detuve. Aunque mi ánimo había recobrado la confianza al comprobar que no había tenido grandes dificultades para entender y hacerme entender por aquel israelita, tampoco deseaba tentar a la suerte.

El sol seguía corriendo hacia poniente, recortando peligrosamente mi tiempo en aquel jueves, 30 de marzo. Debía darme prisa en entrar en Betania. A las 18 horas y 22 minutos, el ocaso pondría punto final a la jornada judía. Para ese momento yo debería tener resuelto mi contacto con la familia de Lázaro.

Apreté el paso y pronto me situé en la cornisa de un pequeño terraplén. Allí terminaba la falda del Olivete. A mis pies, a unos cinco o seis metros, apareció el camino que unía Jerusalén con Jericó, pasando por Betania. Desde mi improvisada atalaya se distinguían grupos de caminantes que iban y venían en uno y otro sentido. Eran, en su mayoría, peregrinos que acudían a la ciudad santa o que salían del recinto amurallado, camino de sus campamentos. A ambos lados de la polvorienta calzada —perdiéndose en el hori-

(1) Los gentiles no podían celebrar la tradicional ofrenda de la Pascua judía. *(N. del m.)*

zonte— se extendía una abigarrada masa de tiendas e improvisados tenderetes.

Me deslicé hasta el camino y comuniqué al módulo mi intención de iniciar la marcha en dirección Este; es decir, en sentido opuesto a Jerusalén.

Pronto comprobé que aquellas gentes eran, casi en su totalidad, galileos llegados en sucesivas caravanas y que, de acuerdo con una ancestral costumbre, solían acampar a este lado de la ciudad. La fiesta de la Pascua, una de las más solemnes del año, reunía en Jerusalén a cientos de miles de israelitas, procedentes de las distintas provincias y del extranjero. Aquel año, además, la solemnidad era doblemente importante, al coincidir dicha Pascua en sábado (1).

El alojamiento en Jerusalén debía ser harto difícil y los peregrinos terminaban por acomodarse en los alrededores.

Entre las tiendas distinguí a decenas de mujeres y niños, ocupados en animadas conversaciones o afanados en el arreglo de sus frágiles pabellones de pieles y telas multicolores. A pesar de no estar obligados a participar en la fiesta, estaba claro que las familias judías acudían en su totalidad hasta la ciudad santa. Y allí permanecían durante los días y noches previos a los sagrados ritos de la ofrenda y de la cena pascual.

Mientras caminaba entre aquella multitud alegre, variopinta y parlanchina empecé a intuir cómo pudo ser —cómo iba a ser— la entrada triunfal de Jesús de Nazaret en las primeras horas de la tarde del domingo en Jerusalén...

Con gran contento por mi parte, ninguno de los acampados o de los peregrinos que se cruzaban conmigo mostraban el menor asombro al verme. Sin embargo, mi inquietud creció al divisar al fondo del camino un grupo de jinetes, perteneciente a la guarnición romana en Jerusalén, que regresaba seguramente a sus acuartelamientos en la fortaleza Antonia. Como medida precautoria, y fingiendo cansancio, me senté al borde del sendero, al pie de una de las tiendas. Instintivamente me llevé la mano al oído y bajando el tono de mi voz comuniqué a Eliseo la proximidad de la patrulla.

Mi hermano, previa consulta al ordenador, me proporcionó algunos datos sobre los soldados:

—... Puede tratarse de una pequeña unidad —una *turmae*— formada por unos treinta y tres jinetes. La legión con base en Cesarea dispone de 5 600 hombres, de los que 120 pertenecen a la caballería. La presencia de una de las cuatro *turmae* en Jerusalén puede significar que Poncio Pilato se ha trasladado ya a su residencia en la torre Antonia para administrar justicia durante la Pascua... ¡Atención! —añadió Eliseo—. Santa Claus especifica que estos jinetes pueden proceder de las tierras germánicas. Su extracción social es

(1) Según las leyes hebreas, «todos estaban obligados a comparecer delante de Dios, en el templo, a no ser sordo, idiota, menor de edad, hombre de órganos tapados (sexo dudoso), andrógino, mujer, esclavo no emancipado, ciego, tullido, enfermo, anciano o no poder subir a pie hasta la montaña del templo». La escuela de Shammay definía al menor de edad «como aquel que no puede (aún) ponerse a caballo sobre los hombros de su padre para subir a Jerusalén a la montaña del templo». *(N. del m.)*

muy baja y su comportamiento especialmente agresivo para con los judíos. Cada una de estas unidades está mandada por tres oficiales —decuriones— cabezas de fila.

La advertencia de Santa Claus era acertada. Los jinetes avanzaban al paso, apartando a los descuidados con las afiladas bases de hierro de sus *pilum* o lanzas. En total llegué a contar 33 soldados, perfectamente uniformados con oscuras cotas de malla, cascos dorados y relucientes, grebas, largas espadas al cinto y escudos hexagonales, orlados con un borde metálico. La totalidad de los caballeros vestían unos pantalones rojizos, bastante ajustados, y hasta la mitad de la pierna.

Marchaban de tres en fondo, ocupando prácticamente la totalidad del camino. Al pasar a mi altura advertí con asombro que, a excepción de los jefes o decuriones, todos eran muy jóvenes; quizá entre los dieciocho y treinta años. Naturalmente, tampoco podía conceder demasiado crédito a aquella impresión. En el año 30, el promedio de vida podía oscilar alrededor de los cuarenta años...

Cerraba el grupo armado un trío de soldados a lomos de caballos tordos sobre cuyas grupas habían sido amarrados sendos haces de jabalinas, algo más cortas que los *pilum* que portaban en la diestra y que posiblemente superaban los dos metros de longitud.

A pesar de estar viéndolo con mis propios ojos, ¡qué difícil me resultó en aquellas primeras horas hacerme a la idea de que había retrocedido en el tiempo y que lo que verdaderamente tenía a mi alrededor era la Palestina del emperador Tiberio!

Cuando me disponía a levantarme y reanudar el camino, sentí la leve presión de una mano en mi hombro. Al volver el rostro me encontré con un niño de tez morena y profundos ojos negros. Vestía una corta túnica de amplias mangas y color indefinible. En su mano izquierda sostenía una escudilla de madera con agua. Sin pronunciar una sola palabra, dibujó una sonrisa y me tendió el oscuro recipiente. Mojé mis labios en el agua y le devolví la vasija, agradeciéndole el gesto.

—¿De dónde vienes? —le pregunté acariciándole su cráneo rapado.

El pequeño se volvió hacia un pequeño grupo de hombres y mujeres que descansaban en el interior de una tienda. Una de las mujeres —posiblemente su madre— le animó con un gesto de su mano para que respondiera.

—Somos de Magdala, señor.

—Eso está cerca del lago, ¿no?

El niño asintió con la cabeza.

—¿Has oído hablar de Jesús el Nazareno?

Antes de que mi joven amigo llegara a responder, uno de los hombres se adelantó hasta nosotros. Aparentaba unos treinta y cinco o cuarenta años. Lucía una abundante barba negra. Tomó al pequeño por el brazo y preguntó:

—¿Es que eres seguidor del *tekton*?

Aquella palabra me dejó confuso.

—Perdóneme, amigo —le respondí—. Soy extranjero y no sé el significado de esa palabra.

El hombre soltó al niño y, cruzando los brazos entre los pliegues de su manto, añadió:

—Nosotros conocimos a su padre como José, el carpintero y herrero. Y así llamamos también a su hijo.

Tentado estuve de unirme a aquella familia de galileos y retrasar mi entrada en Betania. Pero lo pensé dos veces y comprendí que nadie mejor que Lázaro y sus hermanas para hablarme del Maestro...

Mientras proseguía mi camino, pregunté a Eliseo si podía obtener información sobre aquella nueva definición de Jesús. Santa Claus fue muy conciso: «El Galileo, efectivamente, recibía el sobrenombre de *tekton* —como carpintero, constructor o herrero— de acuerdo con la versión que sobre dicho término hacía el escrito rabínico *Shabbat,* 31.ª. También Marcos hace alusión a *tekton* en 6,3.»

Es posible que llevase andado algo más de la mitad del camino entre Jerusalén y Betania cuando dejé atrás el apretado campamento de los peregrinos israelitas. A partir de allí, las tiendas eran mucho más escasas. Si no fuera porque podría equivocarme, habría jurado que en el acceso a la ciudad santa se habían plantado más de un millar de improvisados albergues. Esto podía significar —a un promedio de seis o siete personas por tienda— unos seis mil o siete mil peregrinos.

En aquel último kilómetro no observé, sin embargo, una disminución del intenso tráfico de gentes y bestias de carga. Grupos de judíos, con asnos y algunos camellos, seguían fluyendo en uno y otro sentido, transportando haces de leña, pesados y puntiagudos cántaros o arreando rebaños de cabras.

La vegetación, a ambos lados del camino, se había hecho más floreciente. A mi izquierda, la ladera oriental del Olivete aparecía cerrada por los olivares, cedros y algunos sicómoros. A mi derecha, junto a palmeras e higueras me llamó la atención una serie de cinamomos, con sus incipientes racimos de flores violetas y extraordinariamente olorosas.

El hecho de no poder llevar reloj me preocupaba. No resultaba fácil para mí averiguar en qué momento del día me encontraba. El sol se había lanzado ya hacia el oeste, pero ignoraba cuanto tiempo había transcurrido desde que abandonara la «cuna». Por otra parte, deseaba acostumbrarme lo antes posible a mi nueva situación y ello me obligaba a prescindir, en la medida de lo posible, de la conexión auditiva con Eliseo. A juzgar por el camino recorrido y los altos efectuados, debían ser las 13.30 horas cuando, al salir de la única curva del sendero, divisé a la izquierda un minúsculo grupo de casas. Al fondo, y a la derecha, descubrí también otra aldea, aparentemente más grande que la primera. Entusiasmado, aceleré el paso. Aquellos poblados tenían que ser Betfagé y Betania, respectivamente.

Conforme fui aproximándome al primer poblado, mi desencanto fue en aumento. Betfagé no era otra cosa que un mísero conglomerado de pequeñas casas de una planta. Las paredes habían sido levantadas con piedras —posiblemente basálticas— y los intersticios, malamente tapados con cantos y barro. La mayoría de las techumbres de aquella media docena de viviendas —a excepción de una o dos terrazas— habían sido cubiertas con ramas de árboles, reforzadas con varias capas de juncos y paja.

Los alrededores aparecían repletos de higueras y pequeños huertos en los que deambulaban un sinfín de gallinas. Las últimas e intensas lluvias de enero y febrero habían convertido las «calles» en un barrizal.

Decepcionado, salí nuevamente al camino, informando a Eliseo de mi paso por la mísera Betfagé y de mi inminente llegada a Betania. La distancia entre ambas aldeas no era superior a los setecientos u ochocientos metros.

El lugar de residencia de Lázaro y su familia presentaba, en cambio, un aspecto mucho más sólido y esmerado. Las casas, aunque modestas, disponían de terrazas, y sus paredes —casi todas encaladas— habían sido construidas con piedras labradas.

Al penetrar en la aldea me sorprendió ver algunas de las calles pavimentadas a base de guijarros. Otras, sin embargo, seguían siendo estrechas torrenteras, ahora polvorientas y malolientes.

El núcleo principal de Betania se extendía a la derecha del camino que lleva de Jerusalén a Jericó. Al otro lado del sendero, un grupo más reducido de casas se apoyaba en la ladera del Monte de los Olivos. Algunas de estas viviendas se hallaban prácticamente empotradas en la falda de la montaña.

La animación en la aldea era considerable. Numerosos grupos de judíos iban y venían por entre sus casas, formando tertulias a las puertas de las viviendas o a la sombra de los entramados de cañas y ramas por los que trepaba la hiedra o descansaban desnudas e interminables parras.

No tardé en averiguar que aquella agitación venía siendo habitual en Betania desde que el Maestro de Galilea realizase el prodigio de resucitar de entre los muertos a su amigo Lázaro. La noticia había corrido como reguero de pólvora por todo el reino, llegando, incluso, a la vecina Siria y a las costas de la Fenicia. Desde entonces, una corriente interminable de simpatizantes, seguidores de Jesús o amigos de Lázaro acudían hasta la casa del resucitado, con el único afán de satisfacer su curiosidad. Este torrente de curiosos se había visto seriamente incrementado en aquellos días, con motivo de la próxima celebración de la Pascua. El camino entre Jerusalén y Betania podía cubrirse, a buen paso, en poco más de una hora y ello justificaba aquel agotador trajín por las calles de la hasta ese momento apacible localidad.

No fue muy difícil llegar hasta la casa de Lázaro. Me bastó con seguir a uno de los grupos de judíos que acababa de entrar en Betania. A los pocos minutos me encontraba frente a una hacienda levantada casi a las afueras del núcleo principal de la población. En la fachada, pulcramente blanqueada, se abría una puerta con los dinteles y jambas trabajados con piedras labradas. Delante de la casa se extendía un pequeño jardín de cinco o seis metros de largo por otros seis o siete de ancho. En él, sobre un banco de piedra y a la sombra de una frondosa higuera, estaba sentado un hombre. Vestía una túnica con franjas verticales rojas y azules y largas y amplias mangas. Una treintena de hombres le rodeaba por doquier. Algunos, incluso se habían situado a sus pies. Absortos, aquellos judíos escuchaban y contemplaban a aquel hombre de cuerpo enjuto y rostro picado de viruela. ¡Era Lázaro!

Un estremecimiento me recorrió de pies a cabeza. Intenté abrirme paso, pero fue inútil. Nadie estaba dispuesto a ceder su sitio. Lázaro se había convertido en la máxima atracción de aquellos días.

Con voz cansada —como si repitiese el suceso por enésima vez— fue desgranando su «aventura» y respondiendo a cuantas preguntas le formulaban.

Alzándome sobre las cabezas de los curiosos observé que se trataba de un hombre relativamente joven (posiblemente no había cumplido los 40 años), aunque la palidez de su rostro y unas pronunciadas ojeras le envejecían notablemente.

A los pocos minutos, ante mi desesperación, Lázaro se incorporó, despidiéndose de los allí reunidos.

Lo vi desaparecer en la penumbra de la casa, mientras los hebreos se desperdigaban, gesticulando y comentando cuanto habían visto y oído.

Y allí me quedé yo, abrumado y solitario frente a la pequeña cerca de madera que rodeaba el jardín. ¿Qué debía hacer? ¿Entraba en la casa? ¿Esperaba? Pero ¿a qué y para qué?

Me dejé caer sobre la polvorienta plazuela que se abría frente a la morada del amigo de Jesús y procuré cubrirme con el manto. Empezaba a sentir el fresco del atardecer. Me di cuenta entonces que no había probado bocado y que, a juzgar por la posición del sol, debíamos estar en lo que los israelitas llamaban la hora nona; es decir, las tres de la tarde. En ese momento comprendí por qué Lázaro había dado por zanjada aquella animada tertulia. Era el momento de la comida principal: lo que nosotros llamamos la cena.

Pero no me dejé arrastrar por el abatimiento. Caballo de Troya había previsto que yo intentara una entrevista con Lázaro en aquella jornada del jueves y así debía ser. Esperaría.

Pensé en aprovechar aquellos minutos —mientras la familia reponía fuerzas— para comprar algunas provisiones, pero pronto desistí. En mi precipitación por llegar a Betania no había tenido la precaución de entrar en Jerusalén y tratar de cambiar algunas de las pepitas de oro por monedas. Por otra parte, eso me hubiera retrasado considerablemente. A decir verdad, no era el hambre lo que me obsesionaba en aquellos instantes. Mis ojos, fijos en la puerta, estaban pendientes de la posible aparición de alguno de los miembros de la familia de Lázaro.

La intuición no me traicionó. No había transcurrido media hora cuando, procedente de la parte posterior de la casa, irrumpió en el jardín una mujer con el rostro cubierto con el velo tradicional. Le acompañaban dos adolescentes. Sobre la cabeza de la voluminosa matrona se balanceaba levemente un cántaro rojizo. Al verme debió sorprenderse. Yo sabía que las buenas costumbres en la red social judía no permitían que un hombre se entretuviera a solas con una mujer, ni que éstas sonrieran o hablaran con desconocidos. Así que, venciendo mi natural inclinación por saludarla o ponerme en pie, me mantuve en silencio, dejando que pasara frente a mí. La buena mujer desvió su mirada y aceleró el paso, perdiéndose por uno de los ramales que desembocaba en la plazoleta.

Supongo que algo extraño debió notar en mi presencia porque, a los pocos minutos, uno de los muchachos volvía a la carrera, entrando en la casa como un meteoro. De inmediato aparecieron en el umbral del jardín dos hombres y el jovencito que, sin duda, les había alertado sobre aquel extranjero que permanecía sentado junto a las blancas estacas de la cerca.

Me puse en pie y esperé. Los hombres, arropados en gruesos mantos color canela, se aproximaron hasta mí.

—¿Qué buscas, hermano? —me preguntó el que parecía llevar la voz cantante.

El tono de su voz me tranquilizó. Había una gran dulzura en su semblante.

—Me llamo Jasón y soy de Tesalónica. Estoy aquí porque busco al rabí de Galilea...

—Él no está aquí.

Simulé gran contrariedad y, mirando fijamente a los ojos de mi interlocutor, pregunté con vehemencia:

—¿Dónde puedo encontrarle...?

—¿Para qué le quieres?

—Soy extranjero, pero he oído hablar de él desde Antioquía a Corfú. Llevo recorridas muchas leguas porque soy hombre a quien no satisfacen los dioses romanos ni griegos y porque desearía conocer la nueva doctrina del rabí al que llaman Jesús.

—¿Por qué le buscas aquí, frente a la casa de Lázaro?

—Desde mi llegada a las costas de Tiro no he oído hablar de otra cosa que del último prodigio del rabí: dicen que devolvió a la vida a su amigo Lázaro, muerto cinco días antes...

—Eran tres días los que mi señor llevaba sepultado —me corrigió el siervo.

—Luego es verdad —añadí mostrando una intencionada alegría.

Antes de que pudiera intervenir de nuevo, le supliqué si podía ser recibido por Lázaro.

—Quizá él sepa dónde puedo hallar al Maestro...

Los hombres intercambiaron una rápida mirada.

—Aguarda aquí —concluyeron—. El amo no está repuesto del todo...

Asentí mientras los siervos desaparecían en el interior de la hacienda.

Ante la inminente posibilidad de una primera entrevista con Lázaro, aproveché aquellos segundos de soledad para informar al módulo de cuanto estaba sucediendo.

Debí causar buena impresión a los criados de Lázaro. A los pocos minutos era invitado a entrar en la casa.

Traspasé el umbral con una mezcla de timidez y emoción. Lo que yo había supuesto como la fachada de la casa era en realidad la pared de un atrio o pequeño patio interior. La hacienda, por lo que pude observar, era mucho más extensa de lo que había imaginado. En el centro de este atrio rectangular y abierto a los cielos se abría un estanque de unos tres metros de lado. El piso, cubierto con ladrillos rojos, aparecía ligeramente inclinado y acanalado, de forma que las aguas pluviales pudieran caer desde los aleros de los edificios situados a izquierda y derecha hasta el recinto central. Ambas estancias tenían la misma altura que la pared de la fachada: unos cuatro metros, aproximadamente. Luego supe que la de la derecha era en realidad una cuadra y que la de la izquierda se destinaba a depósito de aperos, arneses y rejas para el arado.

Al fondo del patio, a unos siete metros del portalón por donde yo había entrado, se abría otra puerta, casi frente por frente a la principal. Allí me esperaba el hombre que yo había visto una hora antes al pie de la higuera. Junto a él, otros tres judíos, todos ellos arropados en sendos ropones de colores llamativos. Tal y como había observado entre muchos de los peregrinos galileos, llevaban una banda de tela arrollada en torno a la cabeza, dejando caer uno de sus extremos sobre la oreja derecha. Tenían todos una barba poblada, pero con el bigote perfectamente rasurado. Lázaro, en cambio, mantenía la cabeza despejada, con un cabello liso y corto y prematuramente encanecido.

Los siervos me invitaron a aproximarme hasta su señor. Al llegar a su altura, poco me faltó para tenderles mi mano. Lázaro y sus acompañantes permanecieron inmóviles, examinándome de pies a cabeza. Fue un momento difícil. Más adelante comprendería que aquella frialdad estaba justificada. Desde su resurrección, los enemigos de Jesús —en especial los fariseos y otros miembros destacados del Gran Sanedrín— venían mostrando una preocupante hostilidad contra el vecino de Betania. Si el Nazareno constituía ya de por sí una amenaza contra los sacerdotes de Jerusalén, Lázaro —con su vuelta a la vida— había revolucionado los ánimos, erigiéndose en prueba de excepción del poder del Maestro. Era lógico, por tanto, que la familia desconfiase de todo y de todos.

Aquella tensa situación se vería aliviada —afortunadamente para mí— en cuanto mis anfitriones se percataron de lo duro de mi acento, que me delataba como extranjero.

—¿Me buscabas? —intervino Lázaro con gesto grave.

—Vengo de tierras extrañas, en busca del leví de Nazaret, de quien cuentan que es hombre sabio y justo. Al desembarcar he sabido que tú eres su amigo. Por eso estoy aquí, en busca de tu comprensión...

Lázaro no respondió. Con un gesto me invitó a seguirle. Y al trasponer aquella segunda puerta me encontré en un espacioso patio porticado, igualmente abierto, pero cuadrangular. Aquella, sin duda, era la parte principal de la hacienda. Un total de catorce columnas de piedra de poco más de dos metros de altura apuntalaban un segundo piso, todo él construido en ladrillo. La fachada inferior de la casa (la situada bajo el pórtico) había sido levantada con grandes piedras rectangulares. Pude contar hasta siete puertas, todas ellas de sólida madera color ceniza. En el centro del patio había sido excavada una segunda cisterna. De sus cuatro vértices partían otros tantos canalillos de piedra por los que supuse que recogerían las aguas de lluvia. La piscina se hallaba prácticamente llena, con un agua de dudoso colorido. Casi la mitad del patio se hallaba cubierto con un tejadillo de cañizo sobre el que descansaban los vástagos de dos parras traídas por el padre de Lázaro desde la lejana Corinto, en las costas de Grecia. El fruto de esta vid —de una casta muy preciada— tenía la particularidad de dar uvas sin granos. Durante mi estancia en Betania tuve la oportunidad de saber que Jesús de Nazaret sentía una especial predilección por el fruto de aquellas parras.

Lázaro y sus amigos cruzaron el empedrado piso del patio y se dirigieron a una de las puertas de la izquierda. Al pasar bajo el soportal reparé en cuatro mujeres, sentadas en uno de los dos bancos de piedra adosados en cada una de las cuatro fachadas existentes bajo el claustro. Todas ellas vestían cumplidas túnicas de colores claros —generalmente verdosos—, con las cabezas cubiertas por sendos pañolones. Ninguna, sin embargo, ocultaba su rostro.

Guardaré siempre un grato e imborrable recuerdo de aquella sala rectangular a la que me había conducido el amigo de Jesús. Allí transcurrirían algunos de los momentos más apacibles de mi incursión en Betania...

Se trataba de la sala «familiar». Una especie de salón-comedor de unos ocho metros de largo por cuatro y medio de ancho. Tres ventanas estiradas y angostas, practicadas en el muro opuesto a la puerta, apenas si dejaban entrar la claridad. Una blanca mesa de pino presidía el centro de la estancia, cuyo suelo había sido revocado con mortero.

En una de las esquinas chisporroteaban algunos troncos, alimentados por el fuerte tiro del hogar. El fogón cumplía una doble misión. De una parte, servir de calefacción en los rudos meses invernales y, por otra, permitir la preparación de los alimentos. Para ello, los propietarios habían levantado a escasa distancia de la chimenea propiamente dicha un murete circular de unos treinta centímetros de altura, formado por cuatro capas en las que alternaban el barro y los cascotes. En su interior, entre las brasas, se depositaban los pucheros, así como unas bateas convexas que servían para cocer tortas hechas con masa sin levadura. Cuando se deseaba cocinar sin la aplicación directa del fuego, las mujeres depositaban unas piedras planas sobre la candela. Una vez caldeadas, las brasas eran apartadas y el guiso se realizaba sobre las piedras.

En casi todas las paredes habían sido dispuestas alacenas y repisas de madera en las que se alineaban lebrillos, bandejas, soperas y otros enseres, la mayoría de barro o bronce.

En el muro opuesto al fogón, y enterradas como una cuarta en el piso, se distinguían dos grandes y abombadas tinajas, de una tonalidad rojiza acastañada. Alcanzaban algo más de un metro de altura y, según me comentaría Marta días después, eran destinadas al consumo diario de grano y vino. Una de ellas, en especial, era tenida en gran aprecio por Lázaro y su familia. Había sido rescatada muchos años atrás en las cercanías de la ciudad de Hebrón y había pertenecido —según el sello real que presentaba una de sus cuatro asas— a los viñedos reales. En una minuciosa inspección posterior pude corroborar que, en efecto, la tinaja en cuestión presentaba un registro superior con las letras «lmlk», que significaban «perteneciente al rey». Su capacidad —sensiblemente inferior a la de la tinaja destinada al trigo— era de dos «batos» israelitas (1). Siempre permanecía herméticamente cerrada con una tapa de barro, sujeta a su vez con bandas de tela.

(1) Medida equivalente a unos veintidós litros. *(N. del m.)*

El techo del aposento, situado a dos metros, estaba cruzado por seis vigas de madera, probablemente coníferas, muy abundantes en los alrededores. Otras partes techadas de la casa, excepción hecha de las terrazas, presentaban una construcción menos sólida. La cuadra y el almacén de los aperos propios del campo, por ejemplo, habían sido cubiertos con materiales muy combustibles: paja mezclada con barro y cal. Este tipo de techumbre —según me explicó Lázaro— tenía un gran inconveniente. Cada vez que llovía era necesario alisarla de nuevo, con el fin de consolidar el material de la superficie y evitar las goteras. Para ello se valían de pequeños rodillos de piedra de unos sesenta centímetros de longitud.

Lázaro y los restantes hebreos se situaron en torno al crepitante fuego y tomaron asiento sobre algunas de las pieles de cabra que alfombraban el piso. Yo hice otro tanto y me dispuse al diálogo.

En ese momento, una mujer entró en la sala. Llevaba en su mano izquierda una frágil astilla encendida. Sin decir palabra fue recorriendo las seis lámparas de barro que colgaban a lo largo de las blancas paredes y que contenían aceite. Tras prenderlas, tomó una lucerna —también de arcilla— e introdujo la llama de su improvisada antorcha por la boca del campanudo recipiente. Al instante brotó una llamita amarillenta. La mujer, con paso diligente, situó aquella lámpara portátil sobre el extremo de la mesa más próximo al grupo. A continuación se acercó al hogar y arrojó sobre las brasas los restos de la astilla y dos bolitas de aspecto resinoso. Las cápsulas de cañafístula —un perfume empleado con frecuencia entre los hebreos— prendieron como una exhalación, invadiendo el recinto un aroma suave y duradero.

De pronto, sin apenas crepúsculo, la oscuridad llenó aquel histórico aposento.

—Te rogamos excuses nuestro recelo —solicitó uno de los amigos de Lázaro—. Desde que el sumo sacerdote José ben Caifás y muchos de los *archiereis* (1) del Sanedrín acordaron poner fin a la vida del Maestro, todas nuestras precauciones son pocas...

—Sabemos que los betusianos y esbirros de Ben Bebay (2)

(1) Aquella noche, en mi último contacto con el módulo, Eliseo me aclaró el significado de *archiereis*. Se trataba de un nutrido grupo de sacerdotes-jefes que ocupaban cargos permanentes en el templo y que, en virtud de dicho cargo, tenían voz en el Sanedrín. Santa Claus aportó documentación complementaria (Hechos de los Apóstoles, 4,5-6, y Antigüedades, de Josefo, XX 8,11/189 ss.) en la que se especifica que el jefe supremo del templo y un tesorero del mismo eran miembros del mencionado Sanedrín. El número mínimo de este grupo era de uno (sumo sacerdote) más uno (jefe supremo del templo) más uno (guardián del templo, sacerdote) más tres (tesoreros). Es decir, seis. A este número mínimo había que añadir los sumos sacerdotes cesantes y los sacerdotes guardianes y tesoreros. El Sanedrín, por tanto, estaba formado por 71 miembros.

(2) El ordenador central del módulo confirmó el nombre de Ben Bebay como uno de los «jefes» del templo, con el cargo concreto de «esbirro» (Escrito rabínico Sheqalim, V, 1-2). Este personaje estaba encargado, entre otros menesteres, de azotar, por ejemplo, a los sacerdotes que intentaban hacer trampas en el sorteo de las funciones del culto. Otra de sus funciones era la fabricación y colocación de la mechas, que se confeccionaban con los calzones y cinturones viejos de los sacerdotes. *(N. del m.)*

—terció otro de los asistentes a la reunión— tienen órdenes de prender a Jesús. La fiesta de la Pascua está cercana y nuestros informantes aseguran que los bastones y porras de la policía del Gran Sanedrín estarán dispuestos para caer sobre el rabí. Sólo aguardan una oportunidad.

—¿Por qué? —intervine, mostrando vivos deseos de comprender—. El Maestro, según tengo entendido, es hombre de paz. Nunca ha hecho mal a nadie...

Lázaro debió notar una especial vibración en mi voz. Aquél fue el primer paso hacia la definitiva apertura de su corazón.

—Tú eres griego —respondió el resucitado, dándome a entender que yo ignoraba muchas de las circunstancias que rodeaban al rabí de Galilea—. No sé si conoces la profecía que acaricia y contempla nuestro pueblo desde tiempos remotos. Un día nacerá en Israel un Mesías que hará libres a los hombres. Pues bien, la casta sacerdotal cree y ha hecho creer al pueblo que ese Salvador tendrá que ser, primero y sobre todo, un sumo sacerdote.

—¿El Mesías deberá ser miembro del Gran Sanedrín?

—Eso dicen ellos. Los largos años de dominación extranjera han fortalecido la esperanza de ese Mesías, convirtiéndolo en un jefe político que libere a Israel del yugo romano. Los sacerdotes saben que el Maestro predica otro tipo de «liberación» y por eso lo consideran un impostor. Esto sería suficiente para terminar con la vida de Jesús. Pero hay más...

Lázaro seguía observándome con los ojos brillantes por una progresiva e incontrolable cólera.

—... Esos sepulcros encalados —como los llamó el Maestro— no perdonan que Jesús les haya ridiculizado públicamente. Es la primera vez en muchos años que alguien les planta cara, minando su influencia sobre el pueblo sencillo. Jesús, con sus palabras y señales, arrastra a las muchedumbres y eso multiplica su envidia y rencor. Por eso han jurado matarle...

—Pero no lo conseguirán —apostilló otro de los hebreos.

Interrogué a Lázaro con la mirada. ¿Qué querían decir aquellas rotundas palabras?

El amigo amado de Jesús desvió la conversación.

—Por favor, disculpa nuestra descortesía. A juzgar por el polvo de tus sandalias y la fatiga de tu rostro, debes de haber caminado mucho. Te suplico que —como hermano nuestro— aceptes mi hospitalidad...

Aquel brusco giro en la conducta de Lázaro me desconcertó. Pero le dejé hacer.

El hombre abandonó la estancia, regresando a los pocos minutos, en compañía de una mujer.

—Marta, mi hermana mayor —explicó Lázaro refiriéndose a la hebrea que le acompañaba— te lavará los pies...

El corazón me latió con fuerza. Y sin cerciorarme del error que estaba cometiendo, me puse en pie. El resto del grupo permaneció sentado. Era demasiado tarde para rectificar. Procuré serenar mis nervios. No podía negarme a los requerimientos de mi anfitrión. Hubiera sido considerado como un insulto al arraigado sentido oriental de la hospitalidad. Así que, colocando mis manos sobre los hombros del resucitado, le sonreí, agradeciéndole su delicadeza lo mejor que supe.

No tuve casi tiempo de fijarme en Marta, la «señora», puesto que éste es el verdadero significado de dicho nombre. Antes de que su hermano hubiera terminado de hablar, ya había traspasado el umbral de la sala, perdiéndose en el patio porticado.

Lázaro me rogó que tomara asiento sobre uno de los pequeños y desperdigados taburetes de cuatro patas y asiento de mimbre que rodeaban la mesa.

A los cinco minutos, la figura de Marta se recortaba nuevamente en la puerta. Sujetaba en las manos un lebrillo vacío y de su antebrazo izquierdo colgaba un largo lienzo blanco. Le seguía un niño con una jarra de bronce llena de agua.

Como si se tratara de un hábito de lo más rutinario, la hermana mayor de Lázaro depositó el barreño a mis pies, ciñéndose lo que hoy llamaríamos toalla. Me apresuré a soltar las tiras de cuero que formaban los cordones de mis sandalias, mientras la mujer vaciaba parte del contenido de la jarra en el lebrillo. Al introducir los pies en la ancha vasija de barro experimenté una reconfortante sensación. ¡El agua estaba caliente!

—Gracias... —murmuré—. Muchas gracias...

Marta levantó el rostro y sonrió, dejando al descubierto un hilo de oro que servía para sujetar algunos dientes postizos. Aquel era otro signo inequívoco de la acomodada posición de la familia.

Mientras la mujer procedía a la limpieza de mis doloridos pies (las cuatro vueltas de los cordones habían dejado otras tantas marcas rojizas en la piel), procuré observarla con detenimiento. Sin duda, Marta era mayor que Lázaro. Aparentaba entre 45 y 50 años. Sus manos, robustas y encallecidas, reflejaban una intensa y larga vida de trabajo. Era de una talla muy similar a la de su hermano —alrededor de 1,60 metros—, pero más gruesa y con un rostro redondo y curtido. Deduje que sus cabellos —cubiertos por un velo negro que caía hasta la espalda— debían ser negros, al igual que sus ojos y las cejas.

Una vez concluido el lavatorio, Marta envolvió mis pies en el lienzo con el que se ceñía la cintura y fue presionando el suave tejido (probablemente de algodón) hasta que ambas extremidades quedaron completamente secas. Tomó las sandalias y, ante mi sorpresa, se las pasó al muchachito. Guardé silencio, imaginando que la buena mujer trataba de asearlas.

Cuando pensaba que la operación había terminado, Marta me rogó que arremangara las mangas de mi túnica. Obedecí y con suma delicadeza tomó mis manos, situándolas sobre el lebrillo. Vertió sobre ellas el resto del agua que contenía la jarra, invitándome a que las frotara enérgicamente. Por último, las secó, retirando a un lado el barreño. En ese instante, la «señora» de la casa —que seguía arrodillada frente a mí— echó mano de un cordoncito que rodeaba su cuello, extrayendo de entre sus pechos una bolsita de tela, color azabache. La abrió, volcando el contenido sobre la palma de su mano izquierda. Se trataba de un puñado de suaves y diminutos gránulos —con forma de lágrimas— que destelleaban a la luz de los candiles. Marta frotó aquella sustancia de aspecto gomorresinoso sobre cada uno de mis pies. Después hizo otro tanto con mis manos, devolviendo el oloroso producto a la bolsa.

No pude contener mi curiosidad y le pregunté el nombre de aquel perfume.

—Es mirra.

En los días que siguieron a mi salida del módulo, pude saber que muchas de las mujeres israelitas —en especial las de las clases media y alta— llevaban bajo su túnica, al igual que Marta, sendas bolsitas con mirra. Ello les proporcionaba una permanente y gratísima fragancia. Tanto la mirra como el áloe, la hierba del bálsamo y otras resinas aromáticas eran consumidos con gran profusión por el pueblo judío, que las utilizaba, no sólo para aromatizar los templos, sino en el aseo personal, en el hogar e incluso en el lecho (1).

Marta y el niño abandonaron la estancia y yo, agradecido y aliviado, me incorporé al grupo. Lázaro atizaba el fuego. En mi mente bullían tantas preguntas que no supe por dónde reanudar la conversación. Deseaba conocer la doctrina y la personalidad del Maestro de Galilea, pero también sentía una aguda curiosidad por aquel ejemplar único: un hebreo devuelto a la vida después de muerto y enterrado. Como tampoco era cuestión de desperdiciar aquella inmejorable ocasión —programada, además, en el esquema de trabajo del general Curtiss—, rogué a mi amable anfitrión que me sacara de algunas dudas en torno al conocido milagro de Jesús. En mi calidad de médico, y a pesar de los textos evangélicos y de los numerosos comentarios que había recogido hasta esé momento, me resultaba muy difícil imaginar siquiera que aquel hombre hubiera sufrido lo que hoy conocemos por muerte clínica y que, para colmo, varios días después de su fallecimiento, otro «hombre» le hubiera rescatado del sepulcro.

(1) En mis indagaciones durante aquellos días en Palestina verifiqué que, aunque muchas de estas plantas que servían de base para la fabricación de perfumes se cultivaban en suelo israelita, la mayoría procedía originariamente de otros países. El incienso, por ejemplo, que se obtenía de la bosvelia, había peregrinado desde Arabia y Somalilandia. Y lo mismo había ocurrido con la *commiphora myrrha* o árbol de la mirra. El áloe, por su parte, había llegado desde la isla de Socotora, en la boca del mar Rojo. En cuanto al preciado bálsamo, cuya hierba es conocida entre los botánicos como *commiphora opobalsamum*, parecer ser que en un principio fue originaria de Arabia. Sin embargo, como muy bien afirma Ezequiel (27,17), «Judea e Israel suministraban a Tiro perfumes, miel, aceite y bálsamo». La explicación estaba en uno de los libros del historiador judío romanizado, Flavio Josefo. Las semillas de la hierba del bálsamo habían llegado hasta Palestina en tiempos del rey Salomón y fueron, según Josefo, uno de los muchos regalos de la mítica reina de Saba al citado Salomón. Al día siguiente, viernes, 31 de marzo, yo mismo tendría la ocasión de comprobar cómo Jesús entregaba a Marta y a María un preciado obsequio: hierbas de bálsamo, procedente de las fértiles llanuras de Jericó. Santa Claus me confirmaría igualmente que, en el año 60, Tito Vespasiano ordenaría proteger estas plantaciones de bálsamo de Jericó con una guardia especial. Mil años más tarde, los cruzados que entraron en Israel no hallaron rastro alguno de tan valiosa planta. Los turcos habían talado gran parte de los árboles descuidando también los arbustos que se habían cultivado en las proximidades del río Jordán. *(N. del m.)*

—¿Qué es lo que deseas conocer? —repuso Lázaro sin dejar de remover el fogón.

Aun a riesgo de parecer impertinente, planteé mi primera duda con la suficiente astucia como para provocar la locuacidad de los allí reunidos.

—¿No pudo suceder que estuvieras dormido?

Lázaro olvidó la chimenea y, mirándome con dureza, replicó:

—Es mejor que sean éstos quienes respondan a esa cuestión...

Sus amigos guardaron silencio. Por un momento llegué a pensar que había forzado la situación. Pero, finalmente, uno de ellos, en tono comprensivo, tomó el hilo de la conversación.

—Es natural que dudes. Tú, como otros muchos, no estabas aquí cuando, en los últimos días de febrero, nuestro hermano Lázaro fue presa de intensas fiebres. A pesar de los cuidados de sus hermanas y de las prescripciones de los sangradores venidos de Jerusalén, el mal fue en aumento. Su debilidad llegó a tal extremo que no era capaz de sostener una escudilla de leche entre las manos.

»Ni siquiera el médico del templo, Ben Ajía (1), pudo remediarle. El Maestro no se encontraba en aquellas fechas en Judea y la familia, a la vista de tan grave dolencia, tomó la decisión de enviar un mensajero para rogarle que sanara a su amigo. Sin embargo, a las pocas horas de la partida del jinete, Lázaro murió.

—¿Recordáis la fecha? —intervine.

—¿Cómo olvidar el día del fallecimiento de un amigo? El duelo cayó sobre esta casa en las últimas horas de la tarde del domingo 5 de marzo.

—Eso significa —interrumpí de nuevo a mi interlocutor— que el mensajero llegó hasta Jesús cuando Lázaro ya había muerto...

—Efectivamente. El rabí se encontraba entonces en la ciudad de Bethabara, en la Perea (2) y aunque el emisario cabalgó toda la noche, Jesús no recibió la noticia hasta el día siguiente, lunes.

—Hay algo que no entiendo. ¿El mensajero tenía orden de rogar al Maestro que acudiera a Betania?

—No. Las hermanas de Lázaro tienen la suficiente fe en el rabí como para saber que no era necesaria su presencia. Ellas eran cons-

(1) Eliseo me confirmaría horas después que, según una de las dos listas contenidas en el escrito rabínico *Sheqalim* V, 1-2, el nombre de Ben Ajía, en efecto, correspondía a uno de los «jefes» del Templo, con el cargo específico de médico. La computadora arrojó la siguiente lectura: «Encargado de los enfermos del vientre. La alimentación de los sacerdotes era extraordinariamente abundante en carnes, no pudiendo beber más que agua. Todo ello ocasionaba frecuentes dolencias estomacales.» Santa Claus nos remitía, para una más completa información, al manuscrito de *Erfurt,* actualmente en Berlín. Dos días después, al asistir a la desconcertante entrada triunfal del Cristo en Jerusalén, tuve la oportunidad de comprobar cómo en la llamada «parte baja» de la ciudad, una de las profesiones artesanales era precisamente la de médico. Los sangradores a que se referían los compañeros de Lázaro se hallaban concentrados en una de las calles —al igual que el resto de los *'ûmman* o artesanos— y allí desempeñaban su oficio, que abarcaba desde la cirujía a la circuncisión, pasando por la receta de hierbas medicinales, extracción de dientes e, incluso, el rasurado y corte del pelo. *(N. del m.)*

(2) En esta ciudad, en la parte oriental del Jordán, tuvo lugar el bautismo de Jesucristo por Juan. *(N. del m.)*

cientes de que Jesús se hallaba predicando y que bastaría una sola palabra suya para sanar a su hermano. Por eso, al morir Lázaro poco después de la partida del mensajero, todo el mundo comprendió y aceptó que era demasiado tarde.

»Lo que sí resultó incomprensible, incluso para Marta y María —prosiguió mi relator con la voz trémula por el triste recuerdo de aquellos momentos— fue la respuesta de Jesús al emisario. Cuando éste regresó a Betania en la mañana del martes, aseguró una y otra vez que había oído decir al rabí que «aquella enfermedad no llevaba a la muerte». Todos, como te digo, creyentes o no, quedamos desconcertados. Nadie acertaba a comprénder por qué Jesús, el gran amigo de la familia, no daba señales de vida.

»Al conocerse la noticia de la muerte de Lázaro, muchos de sus familiares y amigos de las aldeas próximas, así como de Jerusalén, se pusieron en camino y acompañamos a las hermanas en tan triste momento. Cumplida la primera parte de la normativa sobre el luto (1), nuestro amigo fue sepultado junto a sus padres, en la tumba familiar existente al final del jardín.

—Un momento —intervine de nuevo—. ¿Lázaro fue enterrado aquí, en su propia casa?

—Sí, en el panteón de sus mayores.

Aunque mi pregunta debió parecer intrascendente, para mí encerraba un indudable valor. Según todos los textos bíblicos por mí consultados antes de la Operación Caballo de Troya, el sepulcro de Lázaro había sido ubicado por los exegetas fuera del pueblo y concretamente en la falda oriental del monte Olivete. A la mañana siguiente, la hermana mayor de Lázaro, a petición mía, me conduciría hasta la gruta natural que se abría al pie de un peñasco de unos diez metros de altura, a poco más de cuatrocientos metros de la parte posterior de la casa y en el fondo del frondoso huerto que formaba la hacienda. Aquella comprobación despejó mis dudas, fortaleciendo mi primera impresión sobre la desahogada posición económica de la familia, que había heredado de sus padres amplias zonas de viñedos y olivos. El hecho indiscutible de disponer, incluso, de su propio panteón familiar dentro del recinto de su casa, hablaba por sí solo de la riqueza de los hermanos.

—¿Qué día fue sepultado Lázaro?

—El jueves 9 de marzo, por la mañana. Al cumplirse los tres días establecidos por la ley, la familia y amigos depositamos los restos de Lázaro en uno de los lechos de piedra excavado en la gruta y procedimos a cerrar la boca con la losa...

Mis informantes se refirieron a continuación a la difícil situación por la que atravesaban las hermanas del fallecido. A pesar de los numerosos amigos y parientes que habían acudido a consolarlas, María y la «señora» se hallaban sumidas en un profundo dolor. Algo, sin embargo, las diferenciaba: mientras María parecía haber perdido toda esperanza, Marta siguió aferrada a una idea: «el Maes-

(1) La Misná, en su capítulo tercero de fiestas menores (*moed qatan*), establece que los muertos debían ser llorados durante los tres primeros días. Durante los siete primeros días, el ritual establecía las lamentaciones y a lo largo del primer mes los familiares debían llevar las señales propias del luto. *(N. del m.)*

tro tenía que aparecer de un momento a otro». Y aunque no sabía muy bien qué podía hacer el rabí a estas alturas, con su hermano muerto y amortajado, la «señora» vivió aquellos casi cuatro días con el ferviente deseo de ver aparecer a Jesús. Su fe en el Maestro era tal que aquella misma mañana del jueves, cuando la tumba fue cerrada, pidió a una vecina de Betania que se situara en lo alto de una colina, al este de la aldea, con el fin de vigilar el camino que conduce a Jericó y por el que debería llegar el rabí de Galilea. A las pocas horas, la joven irrumpió en la casa de Lázaro advirtiendo en secreto a Marta de la inminente llegada de Jesús y sus discípulos.

Poco después del mediodía, la «señora» se reunió con el Nazareno en lo alto de la colina. Marta, al ver a Jesús, se arrojó a sus pies, dando rienda suelta a sus lágrimas, al tiempo que exclamaba entre grandes gritos: «¡Maestro, de haber estado aquí, mi hermano no hubiera muerto!»

Jesús, entonces, se inclinó y tras levantarla le dijo: «Ten fe y tu hermano resucitará.»

Y Marta, que no se había atrevido a criticar la aparentemente incomprensible actuación del Maestro, contestó: «Sé que resucitará en la resurrección del último día y desde ahora creo que nuestro Padre te dará todo aquello que le pidas.»

El rabí colocó sus manos sobre los hombros de la mujer y mirándola fijamente a los ojos le dijo: «¡Yo soy la resurrección y la vida!»

Las lágrimas seguían corriendo por las mejillas de la hermana de Lázaro y Jesús prosiguió: «Aquel que crea en mí vivirá a pesar de que muera. En verdad te digo que quien viva creyendo en mí, nunca morirá realmente. Marta, ¿crees esto?

La mujer asintió con la cabeza y tras secarse los ojos añadió: «Sí, desde hace mucho tiempo creo que eres el Libertador, el Hijo de Dios vivo..., el que tiene que venir a este mundo.»

Los compañeros de Lázaro prosiguieron su relato, exponiendo la extrañeza del Maestro al no ver a María junto a su hermana. La «señora», que había recuperado ya su temple habitual, explicó a Jesús el profundo y doloroso trance por el que atravesaba María. Y el Nazareno le rogó que fuera a avisarla.

Marta entró de nuevo en la casa y, tomando aparte a su hermana, le dio la noticia de la llegada del Maestro.

Mis interlocutores debieron notar mi extrañeza ante este gesto de la hermana mayor de Lázaro y, adelantándose a mis pensamientos, aclararon:

—Entre las numerosas personas que habían acudido hasta esta casa se contaban algunos enemigos de Jesús; Marta, procurando evitar cualquier incidente, estimó oportuno no hablar en público de la reciente llegada a Betania del rabí. Es más: su intención fue permanecer en la casa, con los amigos y familiares, mientras María acudía en busca de Jesús. Pero la súbita e impetuosa salida de la hermana menor alarmó a los presentes, que la siguieron, creyendo que María se dirigía a la tumba de su hermano.

»Cuando María llegó hasta el Maestro, se arrojó igualmente a sus pies, exclamando: "¡De haber estado tú aquí, mi hermano no hubiera muerto!" El grupo, al ver a Jesús con las dos hermanas, permaneció a una prudencial distancia. En aquellos momentos, mientras el rabí las consolaba, muchos de los amigos y parientes reanudaron sus lamentaciones y gemidos.

»El sol había empezado ya a desplazarse hacia el oeste cuando Jesús preguntó a Marta y a María : «¿Dónde está?» La «señora» le respondió: «Ven y verás.» Y las hermanas le condujeron hasta la hacienda, atravesando el huerto. Cuando estuvieron frente a la gran peña, Marta le señaló la losa que cerraba el panteón familiar mientras María —presa de un nuevo ataque— se arrodillaba a los pies del Galileo, sollozando y hundiendo el rostro en la tierra. Se hizo un gran silencio y los que estábamos cerca del rabí vimos cómo sus ojos se humedecían y varias lágrimas corrieron por sus mejillas. Uno de los amigos de Jesús, al verle llorar, exclamó: «Ved cómo le quería. Aquel que ha abierto los ojos a los ciegos, ¿no podría impedir que este hombre muera?»

»Pero otros de los allí congregados, implacables detractores del Maestro, aprovecharon aquella oportunidad para ridiculizar a Jesús, diciendo: «Si tenía en tan alta estima a este hombre, ¿por qué no ha salvado a su amigo? ¿De qué sirve curar en Galilea a extraños si no puede salvar a los que ama?...»

»Jesús, sin embargo, permaneció en silencio. Entonces, levantando a María, la estrechó entre sus brazos, aliviando su aflicción.

—¿Qué hora era?

—Faltaba muy poco para la nona. En ese momento, el rabí, dirigiéndose a algunos de sus discípulos, les ordenó: «¡Levantad la piedra!» Pero Marta, adelantándose hacia el Maestro, le preguntó: «¿Debemos mover la piedra de costado?»

Interrogué a los amigos de Lázaro sobre el significado de aquella pregunta de la «señora». Sinceramente, no terminaba de comprender. ¿Qué había querido decir?

—Marta, al igual que el resto de los allí presentes —me explicaron— entendimos que Jesús deseaba ver a Lázaro por última vez. Aunque todos creíamos en la resurrección de los muertos, ninguno (ni siquiera Marta) imaginamos cuáles eran en realidad las verdaderas intenciones del rabí. Por eso la «señora» creyó que sería suficiente con retirar parcialmente la losa. De esta forma, el Maestro hubiera podido asomarse a la sepultura y contemplar el cadáver de su amigo.

»La hermana mayor de Lázaro, sin embargo, intentó persuadir a Jesús, diciéndole: «Mi hermano ha muerto hace ya cuatro días... La descomposición del cuerpo se ha iniciado...»

»Los cinco hombres que se disponían a desplazar la piedra miraron a Marta sin saber qué hacer. Pero Jesús, que se había situado frente a ellos, y en un tono que no dejaba lugar a dudas, reprochó la lógica insinuación de la «señora»:

»—¿No os he manifestado desde el principio que esta enfermedad no era mortal? ¿No he venido a cumplir mi promesa? Y después de haberos visto, ¿no he dicho que si creeis veréis la gloria de Dios? ¿Por qué dudáis? ¿Cuánto tiempo necesitáis para creer y obedecer?

»Marta miró fijamente al Maestro y, en uno de sus típicos arranques, animó a los apóstoles y vecinos de Betania que se habían brindado a separar la piedra para que abrieran la caverna.

»El espeso silencio quedó roto por el gemido de la losa circular al rozar sobre la roca y por los entrecortados gritos de aliento que proferían los voluntarios, en su esfuerzo por echar a un lado el pesado cierre. Al cuarto o quinto intento, la boca de la tumba quedó al descubierto.

»Nuestro rabí levantó entonces los ojos hacia el azul de aquel atardecer y exclamó de forma que todos pudiéramos oírle:

»—Padre... (1), te agradezco que hayas oído mi ruego. Sé que siempre me escuchas, pero a causa de los que están junto a mí, hablo contigo para que crean que me has enviado al mundo y sepan que intervienes conmigo en el acto que nos disponemos a realizar.

»Acto seguido clavó su rodilla izquierda en tierra y asomándose a la galería que conduce a la cámara funeraria gritó con fuerza: «¡Lázaro!... ¡Acércate a mí!»

»El eco resonó en el interior de la cueva, mientras las cuarenta o cincuenta personas que allí estábamos sentimos un escalofrío. Algunos de los más próximos al Maestro nos asomamos a la tumba y percibimos, en la penumbra del foso, la forma de Lázaro, fuertemente fajado con tiras de lino blanco y reposando en el nicho inferior derecho del panteón.

»María, asustada, se abrazó a su hermana. Nunca un silencio fue tan dramático.

»Durante un corto espacio de tiempo, todos contuvimos la respiración. Aunque muchos de nosotros habíamos sido testigos de otros prodigios del rabí, la palpable y cruda realidad de aquellos cuatro días de enterramiento nos hacía dudar.

»¿Qué iba a suceder?

»Aquel desacostumbrado silencio se había propagado incluso a los alrededores. Las primeras y familiares golondrinas habían desaparecido del cielo y hasta el fuerte viento, tan propio de esta época, se había calmado inexplicablemente.

»De pronto, el Maestro dio un paso atrás. Por las escaleras que conducen a la boca de la cueva apareció un bulto. María lanzó un grito desgarrador y cayó desmayada. Instintivamente, todos retrocedimos.

»Un hombre cubierto por un lienzo pugnaba por salir al exterior. Pero sus manos y pies estaban atados con vendas y esto dificultaba su marcha.

»De la sorpresa se pasó al terror y la mayoría de los hombres y mujeres huyeron por el jardín, entre alaridos y caídas.

»¡Era Lázaro!

»A duras penas, apoyándose en sus codos y manos, aquel bulto fue arrastrándose por las húmedas escalinatas de piedra hasta alcanzar los últimos peldaños. Allí se detuvo, jadeante, mientras un sudor frío nos recorría el rostro.

»Pero nadie —ni siquiera Marta— se atrevió a dar un solo paso hacia el resucitado.

»Jesús comprendió nuestro pánico y dirigiéndose a la «señora»

(1) Mis informantes se refirieron siempre al nombre de «Padre» con la palabra «Abba». Según mis estudios, este título se otorgaba también a muchos maestros del Talmud, como muestra de veneración y afecto. *(N. del m.)*

ordenó que le quitáramos la tiras de tela y que le dejáramos caminar.

»Con los ojos arrasados en lágrimas, Marta se aproximó valientemente, procediendo a desatar primero las vendas que oprimían sus muñecas. A continuación, sin esperar a liberarle de las ataduras de los tobillos, rasgó la sábana y dejó al descubierto el rostro de su hermano. Tenía los ojos muy abiertos y la faz blanca como la cal.

»Una vez liberado, Lázaro saludó al Maestro y a sus discípulos, interrogando a su hermana Marta sobre el significado de aquellas ropas funerarias y por qué se había despertado en el jardín. Mientras la «señora» le refería su muerte, enterramiento y resurrección, Jesús dio media vuelta y con su habitual serenidad se inclinó, levantando el cuerpo de María. La muchacha no había recobrado aún el sentido y el Maestro, olvidándose por completo de Lázaro y de nosotros, la condujo entre sus brazos hasta la casa.

»Poco después, los tres hermanos se postraron ante el rabí, agradeciéndole cuanto había hecho. Pero Jesús, tomando a Lázaro por sus manos, le levantó, diciendo: «Hijo mío, lo que te ha sucedido, ocurrirá igual a todos aquellos que crean en el evangelio, pero resucitarán bajo una forma más gloriosa. Tú serás el testigo viviente de la verdad que he proclamado: yo soy la resurrección y la vida. Ahora vayamos a tomar el alimento para nuestros cuerpos físicos.»

»Esto es todo lo que podemos decirte.

Lázaro me observaba fijamente. Supongo que con menor curiosidad de la que yo sentía por él.

—Si me lo permites —intervine dirigiéndome al resucitado—, quisiera hacerte una última pregunta.

El amigo de Jesús asintió con la cabeza.

—¿Qué recuerdo guardas de esos días en los que gustaste la muerte?

—Nunca he hablado de ello —repuso Lázaro—, pero no es mucho lo que puedo decirte.

Aquella pregunta y la insinuación del propietario de la casa sorprendieron al grupo. Curiosamente, nadie se había preocupado de averiguar qué había visto o sentido Lázaro durante los cuatro días en los que había permanecido muerto.

—Hubo un momento —supongo que en el instante de mi muerte— en el que mi cabeza se llenó de un extraño ruido... Fue algo así como el zumbido de un enjambre de abejas. Después, no sé por cuanto tiempo, experimenté una sensación desconocida: era como si me precipitara por un estrecho y oscuro pasadizo...

»Cuando volví a abrir los ojos todo era oscuridad. No sabía dónde estaba ni lo que había sucedido. Sentí frío en la espalda. Me di cuenta entonces que yacía sobre un lecho de piedra. Traté de incorporarme pero noté que me hallaba maniatado y cubierto por un lienzo. Intenté gritar, pero un pañolón anudado sobre la cabeza sujetaba fuertemente mi mandíbula. Inmediatamente comprendí que estaba en una de las cavidades subterráneas que sirven para enterrar a nuestros muertos. Sin embargo, en contra de lo que puedas creer, no sentí miedo. Al contrario. Una gran paz se apoderó de mi y, lentamente, como pude, fui arrastrándome hacia la columna de luz que se distinguía al fondo de la cámara. El resto ya lo conoces.

No sé cómo pudo venirme a la memoria pero, de pronto, recordé que en el relato de la resurrección se había mencionado una sábana.

—Abusando de tu hospitalidad —le expuse— me gustaría saber si aún conservas los lienzos funerarios.

—Sí, así es.

—¿Podría examinarlos?

Aquel inusitado interés mío por la mortaja confundió a los presentes. Pero Lázaro accedió, rogando a uno de los amigos que fuera por ellos. Minutos más tarde, el hebreo ponía en mis manos un rollo de tela. Con la ayuda del propio Lázaro, y a petición mía, extendimos la sábana de lino sobre la mesa. Providencialmente, las hermanas habían optado por guardar el lienzo y las vendas tal y como fueron retirados del cuerpo de Lázaro. Y aunque la rigurosa ley judía prohibía todo contacto con cadáveres o con objetos que, a su vez, hubieran permanecido junto a los restos de hombres o animales (1), la singularidad del suceso —que rompía todos los esquemas legales— y el talante liberal de estos fieles seguidores de la doctrina de Jesús, habían hecho posible que las vestiduras fúnebres no fueran destruidas y que la familia las manejara sin escrúpulos de conciencia.

Al pasar una de las lámparas de aceite sobre el tejido pude observar un desgarro en el centro mismo de la sábana; justamente en la parte que debió cubrir la cabeza. Al examinar detenidamente la tela comprobé la existencia de unos plastones de color marrón, producto de las mezclas de ungüentos que habían sido utilizados en el embalsamamiento.

Como médico, presté especial interés a la detección de posibles señales o huellas que pudieran delatar el natural proceso de putrefacción. Según mis cálculos, y a juzgar por las informaciones de mis amigos, Lázaro había fallecido unos 25 días antes, en el atardecer del domingo, 5 de marzo. A pesar del aislamiento de la cueva sepulcral, de la baja temperatura de la misma y de la posible acción retardadora de los aceites y áloes, la advertencia de Marta a Jesús sobre el olor del cadáver era, sin duda, un síntoma claro de que su hermano debía presentar ya, cuando menos, la llamada «mancha verde» abdominal, primer signo de descomposición. (Esta mancha suele aparecer hacia las 24 horas del fallecimiento y Lázaro, en el momento de abrir la tumba, debía llevar alrededor de noventa horas muerto.)

Sin embargo, por más que exploré el lienzo, no pude encontrar resto alguno de líquidos procedentes, por ejemplo, de la ruptura de ampollas en la epidermis. Lo que sí percibí, al oler algunas de las áreas del tejido, fue un inconfundible tufo a sulfídrico, emanación muy propia en la putrefacción de la materia orgánica. Aunque no se trataba, obviamente, de una prueba definitiva, aquello me dio

(1) La *Misná*, la más rica y antigua tradición oral judía, establece en su Orden Sexto, dedicado a las «Purezas», capítulo primero de «Tiendas» (*ohalot*), las diversas leyes concernientes a la transmisión de la impureza de cadáveres. «Si un hombre tocaba un cadáver —decía la ley—, contraía impureza por siete días, y si otro hombre toca a éste, permanece impuro hasta ponerse el sol.» En el supuesto de que fueran unos objetos —caso de los lienzos— los que tocasen un cadáver, el hombre que toca dichos objetos y todos los enseres que pueda tocar, a su vez, dicho hombre quedan impuros por siete días. *(N. del m.)*

cierta idea sobre la posible causa de la muerte de Lázaro: probablemente un proceso infeccioso agudo y generalizado. (A título personal, y después del «gran viaje», me interesé por todos los textos, apócrifos o no, tradiciones, etc., en los que pudiera hablarse de la suerte que corrió Lázaro en años posteriores. Los escasos datos que encontré apuntaban hacia el hecho de que el amigo de Jesús fallecería por segunda vez a la edad de 64 años y, curiosamente, como consecuencia de la misma dolencia que le condujo al sepulcro en el año 30. Pero estas informaciones, lógicamente, no han podido ser comprobadas.)

Lo que sí me llamó poderosamente la atención fue comprobar cómo el testimonio de Lázaro y sus amigos encajaba plenamente con la tradición judía sobre la muerte. En general, los hebreos creían que «la gota de hiel en la punta de la espada del ángel de la muerte empezaba a obrar al final del tercer día». Al cuarto, por tanto, la descomposición del cadáver era ya un hecho incuestionable. De acuerdo con la información de la familia de Lázaro, el Maestro recibió la noticia de la grave dolencia de su amigo cuando aquél llevaba ya once horas muerto; es decir, en la mañana del lunes, 6 de marzo. Jesús conocía esta creencia judía sobre la muerte y, sabiamente, esperó hasta el martes para ponerse en camino, llegando hasta Betania cuando los restos de Lázaro llevaban ya sin vida alrededor de 96 horas. Un tiempo más que suficiente como para que todos los judíos que sabían del fallecimiento no pudieran dudar sobre el prodigio que estaba a punto de consumar.

En las horas que siguieron, merced a éstas y a otras informaciones, alcancé a entender en su verdadera medida por qué la aristocracia sacerdotal judía —encabezada en aquellos años por la saga del ex sumo sacerdote Anás—(1) buscaba la muerte de Jesús de

(1) Durante el siglo I antes de Cristo y el I de nuestra era había familias sacerdotales descendientes de la rama sadoquita legítima. (El primero y el último de los sumos sacerdotes en funciones entre los años 37 a.C. y el 70 d.C. fueron de origen sadoquita: el babilonio Ananel —del 37 al 35 antes de Cristo y a partir del 34, por segunda vez— y Pinjás de Jabta, el cantero, que lo fue del 67 al 70 después de Cristo. Un tercer sumo sacerdote legítimo ocupó este cargo en el año 35 a.C.; se trataba de Aristóbulo.) Los otros veinticinco sumos sacerdotes que cubrieron esos 107 años, procedían en su totalidad de familias sacerdotales ordinarias. Casi todas tenían su origen fuera de Israel o de la provincia de Judea, pero pronto formaron una nueva jerarquía, sumamente poderosa e influyente. Destacaron especialmente cuatro «sagas» o «clanes», que pugnaron encarnizadamente por «colocar» a sus hombres en el pontificado. Entre esos 25 sumos sacerdotes ilegítimos de la época herodiana y romana, no menos de 22 pertenecerían a esas cuatro familias. Eran las «sagas» de Boetos (con ocho sumos sacerdotes en su «haber»). Anás (con otros ocho), Phiabi (con tres) y Kamith (con otros tres sumos sacerdotes). La más poderosa —al menos en los comienzos— fue la familia de los Boetos. Era originaria de Alejandría y su primer representante fue el sacerdote Simón, suegro de Herodes el Grande (22-5 a.C.). De la extrema dureza de este clan procedía la denominación de «betusiano» o «boetusiano», de la que ya me habían hablado los amigos de Lázaro. Más tarde, la familia de Anás logró la supremacía. Éste permaneció en el cargo durante nueve años (desde el 6 al 15 d.C.). Después le sucedieron sus cinco hijos, su yerno Caifás (desde el 18 al 37 d.C., aproximadamente) y su nieto Matías (año 65 d.C.). *(N. del m.)*

Nazaret. A las pocas horas de la resurrección de Lázaro, los jefes del templo —y por supuesto, el yerno de Anás— tuvieron cumplida cuenta de cuanto había ocurrido en el cementerio de Betania. Mientras la inmensa mayoría de los amigos del resucitado, que habían sido testigos excepcionales del suceso, se hacían lenguas del mismo, pregonando a los cuatro vientos la portentosa señal del Maestro de Galilea, otros judíos —muchos menos, aunque de torcido corazón— se apresuraron a informar a la casta de los fariseos, que gozaba entonces de gran primacía sobre el resto de los sacerdotes y levitas.

Es casi seguro que si el milagro hubiera tenido lugar en otro momento del año judío —y no en vísperas de la solemne Pascua— y con un protagonista menos acaudalado y prestigioso entre los dignatarios de Jerusalén, la obra del leví quizá hubiera ido a engrosar, a título de «inventario», la ya larga lista de prodigios. Pero el Nazareno había sacado de entre los muertos —potestad reservada únicamente al Divino— a Lázaro de Betania. (Demasiado cerca, demasiado espectacular y demasiado importante como para olvidarlo o condenarlo al silencio.)

El hecho adquirió tales proporciones que —según me contaron Lázaro y sus amigos—, Jerusalén sufrió una conmoción. La circunstancia de que entre los testigos de su resurrección se contaran algunos miembros del templo y distinguidos judíos, amigos de la familia de Lázaro, precipitó aún más los acontecimientos. Y el Sanedrín, inquieto por la noticia, celebró una asamblea urgente a la una del mediodía del día siguiente, viernes. El tema único podía resumirse en la siguiente frase: «¿Qué hacemos con el impostor?»

Aunque la suprema asamblea de Israel había discutido ya en otras oportunidades la posibilidad de detener y juzgar a Jesús de Nazaret, acusándole de blasfemo y transgresor de las leyes religiosas, esta vez fue distinto.

Uno de los fariseos llegó a proponer una resolución por la que se dictase la inmediata captura del Galileo y su ejecución sin juicio previo. Esto provocó agrias discusiones entre los 71 miembros del Sanedrín, en especial entre algunos «ancianos» o representantes de la «nobleza laica» (caso de José de Arimatea) y los fariseos. Aquéllos consideraban ilegal y abominable tal decisión.

Tras dos horas de debate, y en vista del escaso éxito de los que pretendían que el proceso contra Jesús se desarrollase bajo la más estricta ortodoxia, catorce miembros de la gran asamblea judía se levantaron, presentando allí mismo su dimisión. Dos semanas después, cuando el Sanedrín aceptó estas dimisiones, el consejo relevó de sus cargos a otros cinco destacados miembros, bajo la acusación de «reflejar sentimientos de amistad hacia el Nazareno». Estas circunstancias despejaron el camino del Sanedrín, que tomó la decisión casi unánime de prender y ajusticiar al Maestro.

Lázaro y su familia no se equivocaban al creer que la suerte de Jesús estaba echada. El odio del Sanedrín contra el rabí era tal que aquella misma tarde del viernes, 10 de marzo, los policías del templo recibieron la orden de buscar y capturar a Jesús, «allí donde se encontrase». Pero la inminente entrada del sábado (al atardecer del viernes) salvaría al Nazareno. Aunque todo Jerusalén sabía de la presencia de Jesús en Betania, los levitas decidieron aguardar al domingo para ejecutar la orden de caza y captura. Los amigos del

Maestro se apresuraron a comunicarle el grave acuerdo del Sanedrín, apremiándole para que huyera. Pero Jesús no hizo caso y siguió en Betfagé hasta la mañana del domingo, 12 de marzo. Tras despedirse de Lázaro y sus hermanas, el rabí y su grupo partieron hacia su campamento de la ciudad de Pella (1).

Pocos días después de la marcha del Maestro, el burlado Sanedrín centró sus iras en el resucitado. Lázaro y su familia fueron llamados a declarar a Jerusalén y los sacerdotes tuvieron que rendirse a la evidencia del milagroso acto de Jesús. En este sentido, el testimonio del médico del templo, Ben Ajía, que había asistido al vecino de Betania durante su fulminante enfermedad y comprobado con sus propios ojos el ritual del embalsamamiento, fue decisivo. Sin embargo, el torcido corazón de Caifás y de sus partidarios hizo registrar en los archivos del Sanedrín que «aquel prodigio tenía su origen en el maléfico poder del príncipe de los demonios, aliado del rabí de Galilea». Esta resurrección —insisto en ello—, lejos de abrir el alma de los representantes religiosos del pueblo hebreo, envenenó aún más sus sentimientos hacia Jesús. El sumo sacerdote y los jefes del templo se encargaron de convencer al resto del tribunal de que, de seguir por aquel camino, todo el pueblo de Israel terminaría por acatar la doctrina del Galileo, pudiendo conducir a la nación a una catástrofe. En cierto modo, el Sanedrín tenía razón, ya que muchos hebreos —entre los que figuraba buena parte de sus propios discípulos— consideraban al Mesías como un libertador político, un revolucionario que expulsaría a los romanos de Israel.

Fue precisamente en una de aquellas reuniones del Sanedrín —según me informó Nicodemo —cuando Caifás hizo alusión, por primera vez, al antiguo adagio judío, repetido con posterioridad, que rezaba: «Más vale que un hombre muera, antes de ver perecer a una comunidad.»

Pero los problemas de la suprema asamblea de Israel no terminaban en Jesús. El Sanedrín se había dado perfecta cuenta de que era menester eliminar también a Lázaro (2). ¿Qué conseguían apresando y ajusticiando al Maestro si continuaba con vida el máximo exponente de su poder? La popularidad del resucitado había alcanzado tal grado que Caifás y los fariseos decretaron igualmente la eliminación de Lázaro.

(1) A pesar de haber solicitado varias aclaraciones a Lázaro, a sus hermanas y al propio grupo de Jesús sobre la ciudad a la que se trasladó el Maestro después de la resurrección de su amigo, todos coincidieron en Pella. Esto me desconcertó ya que en el texto evangélico de Juan (11, 54-55) se habla de otra localidad: Efrem —la actual et-Taiybe—, situada a unos diecinueve kilómetros en línea recta, al nordeste de Jerusalén. El desierto propiamente dicho se extendía entre dicha ciudad y el río Jordán. Esta zona montañosa recibe hoy el nombre de *el-barriyeh* o desierto. La ciudad de Pella o Pela es citada por Flavio Josefo en su obra *Guerras de los judíos* (libro III) como una de las poblaciones situadas al norte de la región de la Perea, a orilla del Jordán y relativamente próxima a Filadelfia (más al este), donde terminó por refugiarse Lázaro, huyendo de la persecución de los judíos. *(N. del m.)*

(2) El nombre de Lázaro, para colmo, significaba, etimológicamente, «Dios ha socorrido». Esto fue tomado entre muchos judíos como una nueva señal en favor de Jesús. *(N. del m.)*

Los planes del Sanedrín terminaron por filtrarse y el amigo de Jesús fue puntualmente informado. Esta dramática situación había sumido a la familia de Betania en una permanente angustia. Ahora empezaba a comprender su natural desconfianza cuando, pocas horas antes, yo había solicitado entrevistarme con Lázaro...

Quizá, en mi opinión, otro de los graves errores del Sanedrín fue no detener primero al resucitado. Al comprobar que Jesús había desaparecido, los sacerdotes olvidaron temporalmente a Lázaro y dieron órdenes expresas a Yojanán ben Gudgeda, portero jefe, así como al resto de los levitas o policías al servicio del templo, para que, en el caso de que el Nazareno hiciera acto de presencia, fuera capturado de inmediato. Uno de los comentarios más extendido en aquellos días previos a la celebración de la Pascua —y que yo había tenido ocasión de escuchar desde mi llegada a Betania— era precisamente si el Nazareno tendría el suficiente coraje como para acudir a Jerusalén y celebrar, como cada año, los sagrados ritos. Este rumor popular había desquiciado a los sacerdotes, hasta el extremo de trasladar el «problema Lázaro» a un segundo plano.

Así discurrió mi primer encuentro con el amigo amado de Jesús, interrumpido finalmente por la entrada en la sala de Marta. En una bandeja de madera me ofreció un refrigerio, que agradecí nuevamente con todo mi corazón. Después del relato de los hebreos que me acompañaban, mi admiración por la «señora» había crecido sensiblemente. Y supongo que ella, con su gran intuición femenina, debió notarlo. Al entregarme la comida, Marta bajó los ojos, sonrojándose.

—Te ruego, hermano Jasón —habló Lázaro— que tengas a bien aceptar este humilde alimento. Sabemos que lo necesitas. Y te suplico igualmente que te consideres en tu casa. Esta noche, y cuantas precises, éste será tu techo...

Traté de disuadirle, pero fue inútil. Lázaro y sus amigos habían descubierto que —en verdad— mi actitud era limpia y noble.

Las emociones del día me habían abierto el apetito y, ante la mirada complacida de mis nuevos amigos, no tardé en dar buena cuenta del grano tostado, de los higos secos, los dátiles, miel y del cuenco de leche de cabra que formaron mi cena.

Bien entrada la noche, el propio Lázaro me condujo hasta una de las estancias del piso superior. En ella había sido dispuesto un catre de los llamados «de tijera», con un lecho de tela y cuerdas entrelazadas. El armazón de la cama había sido construido a base de dos largueros de madera de pino, cada uno sólidamente amarrado a dos patas que se cruzaban en forma de aspa y que no levantaban más de cuarenta centímetros del suelo.

Por todo mobiliario, el reducido dormitorio rectangular (de 1,80 × 2,50 metros) presentaba un arcón de sólida madera de acacia (la misma que debió de servir para construir la legendaria arca de la alianza) de un metro de altura. Sobre él, Marta había colocado mis sandalias, pulcramente lavadas; una jofaina, una jarra de metal con agua, un lienzo y un pequeño ramo de romero de fragantes flores azuladas. Sobre la cabecera del lecho, colgando de la blanca pared y a corta altura del piso de ladrillo rojo, alumbraba una sencilla lamparilla de aceite con forma de concha.

Al cerrar la puerta y quedarme solo me asomé a la estrecha

tronera que hacía las veces de ventana y mis ojos se humedecieron al contemplar aquella legión de estrellas, idénticas a las que yo solía ver en el desierto de Mojave.

Tras una larga conexión con el módulo, caí rendido sobre el catre.

En realidad, mi agitada exploración no había hecho más que empezar...

31 DE MARZO, VIERNES

Al alba, un ruido ronco y monótono me despertó. Al asomarme por la ventana, comprobé sorprendido que aquel sonido parecía salir de la totalidad de la aldea. No lograba explicármelo.

Tras un rápido aseo, establecí contacto con la «cuna», pero Eliseo tampoco supo darme información al respecto.

Intrigado, descendí las escaleras de piedra que conducían hasta el patio central de la hacienda. Al llegar a las pilastras, aquel irritante ronroneo creció. Noté que partía de la estancia donde había permanecido buena parte de la tarde anterior y hacia allí me encaminé. El fuego del hogar se elevaba vigoroso sobre unos leños recién depositados en el fondo de la chimenea. Al pie del murete circular del fogón, Marta y una de las sirvientas procedían con ímpetu a la molienda del trigo, sobre una piedra muy parecida a las que yo había visto la mañana anterior, en mi descenso por la cara sur del monte de los Olivos. A diferencia de aquéllas, este triturador era negro y muy pulimentado. Al acercarme a las mujeres y saludarlas comprobé que se trataba de una piedra basáltica de casi medio metro de longitud y treinta centímetros de anchura muy desgastada por su parte superior como consecuencia de la diaria y vigorosa fricción. En un instante, mis dudas se disiparon. Y a partir de aquel día, aprendí a identificar el cotidiano despertar de Betania y de la propia Jerusalén con aquel sonido obligado y generalizado en todas las casas —poderosas y humildes— de la molienda del grano. Como me contaron los ancianos de la aldea de Lázaro, si algún día se dejaba de oír el rumor de la muela, convirtiendo el trigo en harina, es que la ruina y la desolación —como había escrito Jeremías— habían llegado a Israel.

Por supuesto, no había sido el primero en levantarme. Desde mucho antes del amanecer, las mujeres de la casa se afanaban ya en las tareas domésticas. Mientras Marta se encargaba de la compra del pan en el horno comunal de la aldea, María y otras jovencitas acarreaban el agua y terminaban de adecentar la hacienda. Los hombres, por su parte, ultimaban los preparativos para el duro trabajo en los campos. El padre de Lázaro —rico hacendado— había dejado a sus hijos la tierra suficiente como para vivir sin estrecheces, permitiendo holgadamente en cada cosecha que los pobres pudieran recoger una de las esquinas de sus campos, tal y como ordenaban los viejos preceptos (1).

(1) «Santa Claus» confirmaría esta costumbre, en base a los textos sagrados del *Levítico* (19,9; 23,22) y del *Deuteronomio* (24, 19-21). Un tratado completo. con ocho capítulos, es recogido por *La Misná. (N. del m.)*

Cuando entré en el salón-comedor, la diligente e incansable Marta preparaba la harina para cocer unas pequeñas tortas sin levadura. Al verme se incorporó, rogándome excusase a su hermano. Lázaro había tenido que acompañar a sus operarios hasta uno de los campos próximos, donde se venía trabajando en lo que llamaban la «siembra tardía»; es decir, el cultivo de productos como el mijo, sésamo, lentejas, melones, etc., y que debían plantarse necesariamente entre enero y marzo.

Antes de que pudiera reaccionar, Marta me suplicó que me sentara a la mesa. En un abrir y cerrar de ojos situó ante mí un ancho cuenco de madera sobre el que vertió leche caliente. Siempre en silencio, mientras su compañera seguía triturando el grano, cortó varias rebanadas de una hogaza de pan moreno que posiblemente pesaría más de tres libras. Dos generosas porciones de queso y miel completaron mi desayuno.

Desde la hora tercia (las nueve de la mañana, aproximadamente), grupos de peregrinos procedentes de Galilea, de la Perea, viejos conocidos de la familia, parientes de Jerusalén y muchos curiosos, habían ido llegando hasta las puertas de la casa de Lázaro. Como casi todos los días, aquellos hebreos habían aprovechado su obligada presencia en la ciudad santa para «distraerse» viendo y escuchando al resucitado. Al verlos sentados en el jardín e invadiendo, incluso, el atrio y el patio central, sentí una cierta rabia. ¿Es que Lázaro no se daba cuenta que la mayoría de aquellos individuos sólo buscaban un motivo para el comadreo?

Comprendí que el paciente amigo de Jesús hubiera preferido quitarse de en medio...

Al consultar a Marta sobre el camino que debía seguir para encontrar a su hermano, la «señora» abandonó gentilmente sus quehaceres y me rogó que la siguiera a través del espacioso huerto situado a espaldas de la casa y en el que se alineaban numerosos árboles frutales. Apenas si habíamos caminado trescientos pasos cuando, al desembocar en una pequeña explanada, me detuve sobresaltado. Frente a mí se levantaba una enorme peña de caliza blanda. Al pie de aquella mole grisácea, salpicada en algunas de sus grietas superiores por los nidos de barro de las primeras golondrinas, distinguí una piedra circular.

Marta comprendió el motivo de mi sorpresa y, con un gesto de su mano, me invitó a acercarme al sepulcro familiar.

En silencio inspeccioné el cierre de la boca de la cueva. Se trataba de una losa perfectamente labrada, de un metro escaso de diámetro y apenas treinta centímetros de grosor. Aquella piedra, muy semejante a las muelas de molino, constituía el cierre de una entrada que, a juzgar por las dimensiones, era bastante angosta. El frente de la peña, en una superficie de dos metros —a partir del suelo— por otros tres de ancho, había sido esculpido a manera de fachada y revocado en blanco.

Yo sabía que retirar la losa constituía una falta de respeto hacia los muertos. Así que, sin hacer comentario alguno, olvidé aquel impulso que me llevaba a pedirle a la hermana de Lázaro que me permitiera desplazar la roca. Por otra parte, lo más probable es que, aunque Marta hubiera accedido, ni ella ni yo juntos hubiéramos sido capaces de mover aquellos trescientos o quinientos kilos que debía pesar el cierre.

Minutos después salía del jardín, tomando una de las veredas que corría en dirección oeste y que, según la «señora», me llevaría al encuentro de su hermano.

La temperatura a aquellas horas de la mañana era todavía fresca: «diez grados centígrados y un moderado viento del norte de diez nudos», me confirmaría Eliseo. La noche anterior, el cilómetro especial de la «cuna» —en base a un haz de luz laser— había detectado una barrera de nubes tormentosas (cumulonimbus) de unos trescientos kilómetros de longitud, que se levantaba a seis mil pies sobre el perfil de la costa fenicio-israelita. De momento, estas amenazantes nubes de desarrollo vertical parecían frenadas en su avance hacia Jerusalén por una corriente de aire frío procedente del norte.

«No hay que descartar, sin embargo —me anunció mi compañero—, que puedan cambiar las condiciones y que en 24 o 48 horas se registren lluvias sobre nuestra área.»

Me arropé en la «chlamys» y proseguí por el tortuoso camino, entre los ondulantes campos de cebada. Algunos campesinos habían iniciado ya la siega. Los segadores tomaban los tallos con la mano derecha y con la otra los cortaban a escasa distancia de la base de las espigas. Las hoces consistían en pequeñas hojas curvadas de hierro, sólidamente engastadas con remaches a una empuñadura de madera. La trilla se realizaba en una era próxima al camino. Las mujeres cargaban los haces, esparciéndolos sobre el suelo. Después separaban el grano de la paja, bien a mano o con la ayuda de los bueyes. En este último caso —el más frecuente, según pude comprobar— los animales pisaban la cebada. Después, los hombres pasaban el trillo por encima, tirado por estos mismos bueyes. Los más comunes estaban construidos con una tabla plana en cuya cara inferior habían sido incrustados pequeños trozos de pedernal. Otros eran simples rodillos, también de madera.

En una segunda operación, las mujeres aventaban la paja, cerniendo el grano y guardándolo finalmente en sacos. Varios asnos y algunos carros se encargaban del transporte de los mismos hasta la aldea, donde era trasvasado a silos o grandes tinajas de barro como la que había visto en la casa de Lázaro.

No tardé en encontrar al resucitado y a sus obreros. Lázaro se alegró al verme pero rechazó de plano mi idea de ayudarles en las labores de siembra. Nos encontrábamos en pleno forcejeo dialéctico cuando algunos de los servidores llamaron nuestra atención. Procedente de la aldea se acercaba un jinete.

Lázaro colocó su mano izquierda a manera de visera y observó atentamente. De pronto, sin hacer el menor comentario, soltó el sementero que colgaba de su hombro y salió a la carrera hacia la vereda. El jinete llegó al trote hasta mi amigo y, descabalgando, abrazó a Lázaro. Un instante después volvía a montar, alejándose hacia Betania. El resucitado hizo señales para que me acercara. Al llegar junto a él, su rostro aparecía iluminado.

—¡Viene el Maestro! —me soltó a bocajarro, con una alegría incontenible—. Al fin podrás conocerlo... Vamos, tenemos mucho qué hacer.

—Pero, ¿dónde está?.... ¿Ha llegado ya? —comencé a preguntarle atropelladamente, mientras trataba de seguirle. Pero Lázaro no me respondió.

Antes de que pudiera reaccionar, me había sacado medio centenar de metros de ventaja. A pesar de su aparente debilidad, corría como un gato salvaje.

Al entrar en la casa me di cuenta de que la noticia había alterado a la familia y amigos. Marta, sobre todo, corría de un lado para otro, sonriente y nerviosa. Al vernos se abrazó a Lázaro, confirmándole la buena nueva:

—¡Viene!... ¡Viene Jesús!...

El hermano intentó calmarla, preguntándole algunos detalles.

—... Dicen que está a unos diez estadios de Betania —añadió la «señora».

Hice un rápido cálculo mental. Eso significaba que el rabí se hallaba a unos 1 860 metros de la aldea.

Puedo jurar que, a pesar de mi intensa preparación, de los largos años de entrenamiento y de mi condición de escéptico, la familia de Lázaro consiguió contagiarme su nerviosismo. Sin poder evitarlo, un escalofrío me sacudió la columna vertebral. Inexplicablemente, mi garganta se había quedado seca. Pero, en un esfuerzo por serenarme, lo atribuí a la loca carrera desde los campos. (Una vez más me equivocaba...)

Siguiendo los consejos de Lázaro, permanecí en la casa. Mi primera intención fue salir al encuentro del Nazareno, pero el resucitado me sugirió que era mucho mejor aguardarle allí.

—Él viene siempre a nuestro hogar... Además —insinuó—, la noticia habrá llegado ya a Jerusalén y dentro de poco no se podrá caminar por las calles de Betania.

—Entonces —comenté con preocupación— el Maestro ha aceptado el reto y pasará la Pascua en la ciudad santa...

Mi amigo no quiso responder. Sin embargo, adiviné en su mirada un velo de pesadumbre. Ellos presentían que aquélla podía ser la última Pascua de Jesús de Nazaret... Ni que decir tiene que el sumo sacerdote y sus secuaces podían estar ya enterados de la presencia del impostor en la vecina aldea. Y eso, como sabía muy bien Lázaro y sus hermanas, era peligroso.

Poco después de la hora nona —quizá fuesen las cuatro o cuatro y media de la tarde— la agitación entre las numerosas personas que se hallaban en el patio porticado de la hacienda se disparó súbitamente. Marta y María se precipitaron hacia el atrio y desaparecieron entre los grupos de hombres y mujeres que taponaban prácticamente la entrada principal.

Mi corazón se aceleró. Desde el exterior se oía un rumor de voces, gritos y saludos. Sin saber por qué, sentí miedo. Retrocedí unos pasos, ocultándome detrás de una de las columnas del ala derecha del patio. Las palmas de mis manos habían empezado a sudar. Presioné disimuladamente mi oído y, en voz baja, informé a Eliseo de la inminente llegada de Jesús.

A los pocos minutos, los servidores, amigos y familiares de Lázaro fueron apartándose y un nutrido grupo de hombres irrumpió en el patio.

Entre risas, besos y mantos multicolores mis ojos quedaron clavados de pronto en un individuo que sobresalía muy por encima de los demás... ¡Aquél tenía que ser Jesús!

Su extraordinaria talla —en un primer momento la calculé en algo más de 1,80 metros— lo convertía, al lado de la casi totalidad de los allí reunidos, en un gigante. Vestía un manto color «burdeos», fajando el tórax y con los extremos enrollados en torno al cuello y cayendo sobre unos hombros anchos y poderosos. Una larga túnica blanca de amplias mangas le cubría casi hasta los tobillos. No le vi ceñidor o cinturón alguno. Traía un lienzo blanco arrollado sobre la frente, que caía sobre el lado derecho de sus cabellos.

Ni siquiera en el instante de la inversión de la masa del módulo, en aquella noche del 30 de enero de 1973, experimenté una aceleración cardíaca como la que estaba soportando en aquellos momentos.

El gigante caminó despacio hacia el centro del patio. Su brazo derecho descansaba sobre el hombro de Lázaro. A su alrededor, Marta y María gesticulaban y daban palmas, entre el alborozo general.

Era, sin duda, un hombre blanco, de rostro alto y estrecho, propio de los pueblos caucásicos. El cabello, lacio y de una tonalidad ligeramente acaramelada, le caía sobre los hombros. Poco después, al soltarse la banda de tela que llevaba arrollada sobre la frente y que portaban también casi todos los hombres de su grupo, comprobé que se peinaba con raya en medio. Presentaba un bigote y una fina barba, partida en dos, de un color oro viejo, similar a los cabellos. El bigote, aunque pronunciado, no llegaba a ocultar los labios, relativamente finos. La nariz me desconcertó. Era larga y ligeramente prominente.

Desde su entrada en la casa, Jesús no había dejado de sonreír, mostrando una dentadura blanca e impecable, muy distinta a la que padecía la mayoría de los hebreos.

El Maestro fue a sentarse al filo de la piscina central, sobre uno de los taburetes que alguien había rescatado del «comedor». Los hombres, mujeres y niños se arremolinaron a su alrededor. Los rayos de sol incidieron entonces sobre su rostro y quedé maravillado. El contraste con aquellas caras endurecidas, sembradas de arrugas y avejentadas de sus amigos y seguidores, era sencillamente admirable. Su piel aparecía curtida y bronceada.

Tímidamente fui asomándome por detrás de la pilastra. Jesús, a poco más de cuatro o cinco metros, levantó repentinamente su rostro y me perforó con su mirada. Una especie de fuego me recorrió las entrañas. Ante la sorpresa general, el rabí se levantó, abriéndose paso entre las personas que habían empezado a sentarse sobre los ladrillos rojos del pavimento. Las rodillas empezaron a temblarme. Pero ya no era posible escapar. Aquel gigante estaba frente a mí...

Jamás olvidaré aquella mirada. Los ojos del Galileo —ligeramente rasgados y de un vivo color de miel— tenían una virtud singular: parecían concentrar toda la fuerza del Cosmos. Más que observar, traspasaba. Unas pestañas largas y tupidas le proporcionaban un especial atractivo. La frente, despejada, terminaba en unas cejas rectas y suficientemente separadas. No pestañeó. Su faz, apacible y tibiamente iluminada por el sol, infundía un extraño respeto.

Levantó los brazos y depositando unas manos largas y velludas sobre mis hombros, sonrió, al tiempo que me guiñaba un ojo.

Un inesperado calor me inundó de pies a cabeza. Traté de responder a su gesto, pero no pude. Estaba confuso y aturdido, emocionado...

—Sé bien venido.

Aquellas palabras, pronunciadas en griego, terminaron por desarmarme. Había tal seguridad y afecto en su voz que necesité mucho tiempo para reaccionar.

El rabí volvió junto a la cisterna, mientras sus amigos le contemplaban en un mutismo total. Algunos de los discípulos rompieron al fin el silencio y preguntaron al resucitado quién era yo. El joven, con indudable satisfacción, les explicó que era su invitado: «Un extranjero llegado expresamente desde Tiro para conocer a Jesús.»

Yo permanecí inmóvil —como petrificado— tratando de ordenar mis pensamientos. «No puede ser —me repetía una y otra vez—. Es imposible que haya adivinado... ¿Cómo puede?...»

Por más vueltas que le di, siempre llegaba a la misma encrucijada. Si nadie le había hablado de mí —por qué iban a hacerlo— ¿cómo podía saber quién era y por qué estaba allí? En el patio había medio centenar de personas. A muchos los conocía —eso estaba claro—, pero a otros no. Éste era mi caso y, sin embargo, había caminado hasta mí...

Nunca, ni siquiera ahora, cuando escribo estos recuerdos, estuve seguro, pero sólo un ser con un poder especial podría haber actuado así.

Para qué voy a mentir. El resto de la tarde fue para mí como un relámpago que rasga los cielos de Oriente a Occidente. Apenas si me percaté de nada. Sé que Marta, al igual que hiciera conmigo, lavó los pies del Nazareno y que los frotó con mirra. Recuerdo vagamente —entre saludos constantes— cómo Jesús salió de la casa, acompañado por Lázaro y un nutrido grupo. Marta me informaría después que las habitaciones de la hacienda estaban totalmente ocupadas por los amigos y familiares que habían ido acudiendo hasta Betania y que —de común acuerdo con Simón, un anciano incondicional del Maestro y viejo amigo de la familia— Jesús pernoctaría en la casa de este antiguo leproso.

Al principio, muchos de los habitantes de Betania y de los peregrinos llegados hasta la aldea discutieron entre sí, creyendo que el rabí entraría esa misma tarde del viernes en Jerusalén, como desafío al decreto de prendimiento que había promulgado el Sanedrín. Pero se equivocaban. Jesús y su gente se dispusieron a pasar la noche en la casa de Simón, así como en otros hogares de amigos y parientes de la familia de Lázaro. Todos —esa es la verdad— hicieron lo posible para que el Maestro se sintiera feliz durante su estancia en la pequeña población.

Según Marta, Simón había querido agasajar convenientemente a Jesús y había anunciado un gran banquete para el día siguiente, sábado. Eso significó un nuevo ajetreo en ambas casas, ya que —de acuerdo con las estrictas prescripciones de la ley judía— el día sagrado para los hebreos comenzaba precisamente con el crepúsculo del día anterior.

Durante el resto de la jornada, el Maestro de Galilea recibió a infinidad de amigos y visitantes, departiendo con todos.

Al anochecer, Jesús regresó a la casa de Lázaro y allí, en compañía de sus íntimos y de la familia del resucitado, repuso fuerzas, mostrándose de un humor excelente.

Lázaro me rogó que les acompañara. Los hombres tomaron asiento en torno a la gran mesa rectangular del «comedor» y las mujeres —dirigidas por Marta— comenzaron a servir. En un primer momento me mantuve prudentemente al amor de la chimenea. Pero Lázaro insistió y me vi obligado a compartir con ellos las abundantes viandas: algo de caza, judías, legumbres, frutos secos y vino. Me sorprendió comprobar que en ninguna de las comidas se probaba el agua. Ésta era sustituida habitualmente por vino.

Antes de iniciar la tardía «cena», el Maestro y las catorce o quince personas que compartían los alimentos se pusieron en pie, entonando un breve cántico. Yo hice otro tanto, aunque permanecí lógicamente en silencio. Al terminar, Marta —en una de las presurosas idas y venidas— me explicó que aquel himno, titulado *Oye, Israel*, era en realidad una oración. Me sorprendió ver cómo el rabí, a pesar de sus públicas y acusadas diferencias con los doctores de la ley, respetaba las viejas costumbres de su pueblo. No sé si he mencionado que el Maestro había hecho gala durante toda la tarde de un contagioso sentido del humor, riendo y haciendo bromas por cualquier cosa. Aquél iba a ser —al menos en los días que precedieron al jueves, 6 de abril— otro de los aspectos que me sorprendieron de Él. ¡Qué lejos estaba de esa imagen grave, atormentada y lejana que se deduce al leer muchos de los libros del siglo XX!... Jesús de Nazaret era una mezcla de niño y general; de ingenuo pastor y concienzudo analista; de hombre que vive al día y de prudente consejero. Pero, sobre todo, se le notaba feliz. Mucho más alegre y despreocupado que sus propios discípulos y amigos, visiblemente alterados por las amenazas del sumo sacerdote.

Acto seguido, Jesús —que presidía la mesa junto a Lázaro— se hizo cargo de una de las hogazas de pan y, según su costumbre, lo troceó y distribuyó entre los comensales.

Apenas si habíamos comenzado cuando, de pronto, el Maestro se dirigió a uno de los hombres del grupo. Al llamarlo por su nombre, el corazón me dio un respingo. ¡Era Judas Iscariote!

El discípulo se levantó lentamente y, aproximándose al rabí, le entregó algo. Después regresó a su puesto. Permanecí como hipnotizado, contemplando a aquel individuo flaco y larguirucho, de algo más de 1,70 metros de estatura y cabeza pequeña. Su nariz aguileña destacaba sobre una piel pálida, casi macilenta, dándole el clásico «perfil de pájaro» que yo había estudiado en la clasificación tipológica de Ernest Kretschmer. (El gran psiquiatra se hubiera sentido muy satisfecho al saber que su definición del «tipo leptosomático» coincidía de lleno, en este caso, con el temperamento «esquizotímico» de Judas: serio, introvertido, reservado, poco sociable y hasta esquinado. La verdad es que conforme fui conociendo el carácter de este hombre, me percaté que se trataba en realidad de un gran tímido que no había tenido oportunidad de desarrollar su inmenso caudal afectivo.)

Su cabello negro, fino y abundante, contrastaba con su rostro prácticamente imberbe.

Al aproximarse a Jesús noté que su túnica, en lugar del simple cordón o ceñidor, iba sujeta por la cintura con una *hagorah* o faja oscura, de la que había extraído aquella pequeña bolsa de cuero. Al parecer, por lo que pude ir verificando, la mencionada faja servía, sobre todo, para guardar el dinero o pequeños objetos, amén de las armas. Judas portaba una pequeña espada, sujeta en su costado derecho. En aquellos instantes, sin embargo, no me percaté de un hecho singular: al igual que el Iscariote, otros discípulos ocultaban también sendas espadas bajo sus mantos y *hagorahs*.

El rabí rogó a las hermanas de Lázaro que se aproximaran a Él. María fue la primera en abandonar los enseres que estaba manejando junto al fogón, situándose en una de las esquinas de la mesa, junto al Galileo. Al poco entraba Marta, secándose las manos en el delantal. La luz de una de las dos grandes lámparas o lucernas portátiles que habían sido colocadas sobre la mesa ponían al descubierto el atractivo perfil de María. Una espesa mata de pelo negro y cuidadosamente cardado le caía por la espalda, casi hasta la cintura. Sobre la frente, María, sujetando parte de los cabellos, lucía una cinta celeste que resaltaba sobre su cutis aceitunado. Tenía las facciones pequeñas y delicadas, propias de sus dieciséis o diecisiete años.

Ni una sola vez había logrado hablar con ella y, no obstante, sus interminables ojos negros revelaban un corazón singularmente sensible.

Jesús puso la bolsita en las manos de María y, dirigiéndose a ambas, les pidió que aceptaran aquel pequeño obsequio. Mientras María se ruborizaba, Marta, presa de la curiosidad, arrebató el regalo de entre las manos de su hermana, abriéndolo con presteza. Desde mi asiento apenas si llegué a distinguir unos gránulos. Después supe que se trataba de semillas de bálsamo, compradas por el propio rabí a su paso por Jericó.

Ante el regocijo general, María —siempre en silencio— se aproximó a Jesús, estampándole dos sonoros besos en las mejillas.

Poco a poco, sin embargo, el tono alegre y desenfadado de aquella comida fue decayendo, por obra y gracia de algunos de los hombres del Cristo. Saltaba a la vista que estaban seriamente preocupados por la dirección que iban a tomar los próximos pasos de su Maestro y que ellos, sin lugar a dudas, ignoraban totalmente. No tardó en surgir el asunto de la orden de captura de Jesús por parte del sumo sacerdote y las medidas que debían adoptarse para salvaguardar la seguridad del rabí, en primer lugar, y del resto del grupo al mismo tiempo.

Uno de los más fogosos y radicales era un discípulo de barba encanecida y bigote rasurado, prácticamente calvo y de ojos claros. Su cabeza redonda destacaba sobre un cuello grueso. Aquel hombre de rostro acribillado por las arrugas —yo estimé que era uno de los de más edad (quizá rondase los 40 o 45 años)— no era partidario de la entrada en Jerusalén (1). Temía, lógicamente, por la vida del rabí y trató, por todos los medios a su alcance, de convencer al grupo de lo peligroso del empeño.

Jesús asistió impasible y serio a toda la discusión. Dejaba hablar a unos y otros, sin pronunciar palabra. Hasta que en un momento álgido de la controversia, el Maestro dejó oír su voz grave. Y dirigiéndose al apóstol de los ojos azules, sentenció:

— Pedro, ¿es que aún no has comprendido que ningún profeta es recibido en su pueblo y que ningún médico cura a los que le conocen?...

Después, fijando aquellos ojos de halcón en los míos, añadió:

—... Si la carne ha sido hecha a causa del espíritu, es una maravilla. Si el espíritu ha sido hecho a causa del cuerpo, es la maravilla de las maravillas. Mas yo me maravillo de esto: ¿cómo esta gran riqueza se ha instalado en esta pobreza?

Un silencio denso quedó flotando en la estancia. Y el Maestro, levantándose, se retiró a descansar.

Aquella noche, y las siguientes, los discípulos —temerosos de todo y de todos— montaron guardia por parejas a las puertas de la casa de Simón, «el leproso». Tanto Judas Iscariote como Pedro, su hermano Andrés, Simón, llamado «el Zelotes» y los sorprendentes hermanos gemelos Judas y Santiago de Alfeo, iban armados con unas espadas cortas, prácticamente idénticas a los *gladius* de los legionarios romanos: la conocida *gladius Hispanicus* o espada española, como la definió Polibio. Eran unas armas de sesenta a setenta centímetros de longitud, de hoja ancha y doble filo, con una punta que las hacía temibles.

Los discípulos de Jesús procuraban esconderlas bajo los mantos —generalmente en el costado derecho— y dentro de una vaina de madera.

Jesús no ignoraba que algunos de sus más cercanos seguidores llevaban armas. Sin embargo, salvo en el triste momento de su captura en la noche del jueves, en la finca de Getsemaní, jamás les hizo mención o reproche alguno.

1 DE ABRIL, SÁBADO

A diferencia de las restantes jornadas, aquel amanecer del sábado no fui despertado por el rumor de la molienda del grano. La aldea

(1) Simón Pedro encajaba también en el tipo «pícnico» que cita Kretschmer: cara ancha, blanda y redondeada. Su rostro, visto de frente, recordaba un escudo. Su frente era amplia, conservando algo de pelo en las zonas temporales.

Sin embargo, Pedro no presentaba una excesiva obesidad. Su caja torácica, así como los hombros y brazos, eran fuertes y musculosos, muy propios de una vida consagrada al rudo trabajo de la pesca.

En lo que sí coincidía con la clasificación de Kretschmer era en su temperamento «ciclotímico»: abierto, espontáneo, de amistad rápida y con grandes oscilaciones en su estado de humor. Por su gran capacidad de sintonización afectiva era fácil de contagiar de la alegría o de la tristeza. Y tuve oportunidades sobradas para confirmarlo. En suma: Pedro era muy sociable y bien aceptado por el resto del grupo. *(N. del m.)*

parecía dormida, extrañamente silenciosa. Los hebreos —amos, sirvientes e, incluso, sus animales de carga— paralizaban prácticamente la vida, a partir de lo que ellos denominaban la vigilia del sábado; es decir, desde el crepúsculo del viernes. La Ley prohibía todos los trabajos mayores, los grandes desplazamientos, hacer el amor, sacar agua de los pozos y hasta encender el fuego... Aquellas abrumadoras normas de origen religioso trastornaban por completo el ritmo diario de la vida social de los judíos. Y lo que en un principio debería haber sido un motivo de alegría y merecido descanso, había terminado por deformarse, convirtiéndose en un enmarañado código de disposiciones, en su mayoría absurdas y ridículas.

Lázaro y su familia, siguiendo el ejemplo de Jesús, adoptaban una postura mucho más liberal. Esa misma tarde tendría oportunidad de comprobar los muchos disgustos y quebraderos de cabeza que arrastraban, como consecuencia de la sincera puesta en práctica de la doctrina que venía predicando el rabí de Galilea.

A pesar de todo, quedé francamente sorprendido al ver —desde primeras horas de la mañana— un incesante gentío que, procedente de Jerusalén y del campamento levantado junto a sus murallas, pretendía saludar a Lázaro y al hombre que había sido capaz de desafiar al Gran Sanedrín. Según mis informaciones, uno de estos preceptos sabáticos especificaba que el hombre de la casa debía dar tres órdenes cuando comenzaba a oscurecer (es decir, en la tarde del viernes): «¿Habéis apartado el diezmo?» (1). «¿Habéis dispuesto el *erub*»? Por último, el cabeza de familia debía ordenar que se prendiera la lámpara.

Pues bien, si la distancia de Jerusalén a Betania era de unos quince estadios (casi tres kilómetros), ¿cómo es que aquellos judíos incumplían una de las normas más severas del sábado: caminar más de los dos mil codos fijados por la Ley? (2).

Lázaro, con una sonrisa maliciosa, vino a explicarme que, también en aquellos tiempos, «hecha la ley, hecha la trampa....»

Los israelitas, para aligerar esta disposición de los dos mil codos, habían «inventado» el *erub*. Si una persona, por ejemplo, colocaba en la vigilia del sábado (el viernes) alimentos como para dos comidas dentro de ese límite de los dos mil codos o mil metros, aquello —el *erub*— era considerado como una «residencia tempo-

(1) Las estrechas leyes del descanso sabático llegaban a tal extremo, que de los alimentos que habían de ser ingeridos había que apartar el diezmo antes del sábado. Durante este tiempo no se podía hacer tal operación. *(N. del m.)*

(2) A diferencia del codo romano *(cubitus)*, de 74 milímetros (es decir, la longitud de una mano), el codo judío —también llamado filetérico, por el apodo de los reyes de Pérgamo (Philetairos)—, estuvo vigente en el oriente del Imperio romano desde la constitución de la provincia de Asia en el año 133 antes de Cristo. Tenía 52,5 centímetros de longitud. Esta medida se empleaba corrientemente en Palestina y Egipto. En una conexión rutinaria con el módulo, nuestro ordenador central confirmó que según Dídimo de Alejandría (final del siglo I antes de nuestra era), el codo egipcio de la época romana equivalía a pie y medio del sistema tolemaico. Es decir, 525 milímetros. También los escritos de Josefo daban esta medida como la descrita en la literatura rabínica. *(N. del m.)*

ral», pudiendo entonces caminar otros dos mil codos en cualquier dirección (1).

Esto explicaba la masiva presencia de peregrinos y vecinos de Jerusalén en Betania, que —según mi amigo— podían haber situado uno o dos *erub* en el mencionado sendero que une las tres poblaciones: Jerusalén, Betfagé y la aldea en la que me encontraba.

Mi condición de extranjero y gentil me proporcionó, al fin, una oportunidad para ayudar a la familia que me había acogido bajo su techo. Hasta la hora tercia (nueve de la mañana), y después de vencer la resistencia de Marta, me ocupé del transporte del agua, así como de alimentar el fuego de la chimenea, recoger los huevos del gallinero y de la limpieza y puesta a punto de un ingenioso artilugio que llamaban *antiki* y que no era otra cosa que una especie de calentador metálico, con un recipiente para las brasas. El descanso sabático prohibía retirar las cenizas del mismo y, por supuesto, volver a cargarlo. Aquel utensilio, provisto de un tubo interior en contacto con el fuego, era de gran utilidad para calentar agua. Al no ser judío, yo estaba liberado de aquellas normas y ello, como digo, me permitió compensar en parte la gentileza y hospitalidad de mis amigos.

Pero mi corazón ardía en deseos de salir al encuentro de Jesús. Marta, con su finísimo instinto, me sugirió que lo dejara todo y que fuera en busca del Maestro. Poco antes, en una de sus visitas a la casa de su vecino, Simón, con motivo de la preparación del festín que los habitantes de Betfagé y Betania querían ofrecer al rabí, había tenido ocasión de verle en el jardín.

Cuando me disponía a salir de la casa, la «señora» me recordó que yo también había sido invitado y que, si así lo consideraba, ella misma me conduciría hasta el lugar que se me había asignado. Yo sabía muy bien que en aquella cena iba a producirse un acontecimiento «especial». Lo que no podía imaginar entonces era la gravísima repercusión que entrañaría para el Maestro...

La hacienda de Simón, el hombre más rico e importante de Betania desde la muerte del padre de Lázaro, se levantaba a escasa distancia y también en el núcleo oriental de la población. La única diferencia sustancial con la casa de mi amigo era el frondoso jardín —cuajado de cipreses, algarrobos y palmeras— perfectamente cercado por un muro de piedra de dos metros de altura. En Jerusalén, excepción hecha de la rosaleda, los jardines estaban prohibidos. Aquella norma, en cambio, no obligaba a las restantes ciudades. Simón, fervoroso creyente y seguidor del Cristo, era, además, un enamorado de las plantas, pasando buena parte de su ya avanzada ancianidad entre sus rosas, gálbanos, luminosos y perfumados estoraques de flores blancas, jaras y los curiosos tragacantos, de cuyas ramas y troncos fluye una preciada goma blanquecina, altamente medicinal.

A las puertas de la hacienda se apiñaba una silenciosa muche-

(1) El mismo recurso se utilizaba entre varios vecinos, colocando los alimentos en un patio y creando así la presunción de que se trataba de una sola casa. De este modo quedaba permitido el transporte de objetos en su interior. *(N. del m.)*

dumbre, a la espera de poder ver al Maestro. Como si se tratase de un estadista del siglo xx, varios discípulos de Jesús permanecían apostados junto al portón, con las espadas ocultas por la faja y el manto controlando las entradas y salidas de los amigos, familiares y servidores de la casa: los únicos autorizados a traspasar el umbral.

No tuve el menor problema para cruzar ante los hombres del Galileo. Mi amistad para con Lázaro y el oportuno gesto de Jesús, saludándome la tarde del día anterior, habían hecho que me ganara las simpatías y confianza de los apóstoles. Al verme, uno de los discípulos —Judas de Santiago, gemelo del otro Alfeo— me preguntó si buscaba a alguien en particular. Le dije que a Jesús y se brindó encantado para acompañarme. Al traspasar la puerta principal me encontré ante el cuidado y dilatado jardín. Un estrecho camino, adoquinado con piedras blancas (caliza, sin duda), nos condujo en línea recta hasta la explanada abierta al pie mismo de la escalinata de mármol que daba acceso a la casa.

No fue necesario que Judas me señalara a su Maestro. El gigante se hallaba rodeado de una decena de niños, ¡jugando!

Aquel espectáculo me fascinó de tal forma que, en silencio, casi de puntillas, rodeé la pequeña explanada, sentándome en los primeros peldaños de la escalinata. Y allí permanecí, absorto, disfrutando como los pequeños.

Jesús se había desembarazado de su manto. Su espléndida túnica blanca aparecía esta vez ceñida por un cordón. Entre la algarabía de los pequeñuelos, destacaba a ratos su risa, limpia y rotunda como aquella luminosa mañana. En verdad, lo que más me emocionó fue comprobar cómo aquel hombre hecho y derecho —capaz de desafiar a los sumos sacerdotes o de resucitar a los muertos— saltaba, corría o caía por los suelos, entregado por completo a las exigencias de aquella gente menuda.

Algunas mujeres se asomaban disimuladamente por el atrio, contemplando la escena y escabulléndose a continuación entre risas mal contenidas.

Uno de aquellos juegos era especialmente curioso. El Galileo se situaba de espaldas al grupo de niños y lanzaba un palitroque hacia atrás, de forma que cayera lo más cerca posible de la chiquillería. Los muchachos se disputaban la posesión del palo hasta que uno de ellos —generalmente el que más saltaba— se hacía con él. En ese instante, tanto Jesús como el resto corrían en todas direcciones mientras el «propietario» del «testigo» se esforzaba por perseguir y tocar con el palo a cualquiera de los jugadores. No era casualidad que todos los niños pretendieran «cazar» al rabí. Pero éste, lejos de dar facilidades, los volvía locos, esquivándolos y burlándolos entre los árboles y arbustos.

No sé cuánto tiempo duró aquello. Quizá una o dos horas...

Súbitamente me asaltó un presentimiento. O mucho me equivocaba o aquéllos iban a ser los últimos juegos de Jesús de Nazaret.

De pronto, cuando más punzante era aquella inexplicable melancolía, el Maestro detuvo el juego. Retiró de sus ojos la venda de tela con la que jugaba a la «gallinita ciega» y acarició a los pequeños, dando por terminada la diversión.

Aunque Jesús había tenido múltiples oportunidades de verme

allí, sentado, fue en ese momento cuando dirigió su mirada hacia mí. Los niños se desperdigaron por el jardín y el Maestro avanzó hacia las escalinatas. Traté de ponerme en pie, pero el rabí extendió su mano, indicándome que no me moviera.

Se sentó a mi lado, con la respiración aún agitada y la frente empapada por el sudor.

—Jasón, amigo, ¿qué te sucede?

Aquel descubrimiento volvió a sumirme en la confusión. El Maestro, sin mirarme siquiera y sin esperar una respuesta— ¿qué clase de respuesta podía haberle dado?— prosiguió con un tono de complicidad que adiviné al instante.

—... Tú estás aquí para dar testimonio y no debes desfallecer.

—Entonces sabes quién soy...

Jesús sonrió y pasando su largo brazo sobre mis hombros, señaló hacia la puerta del jardín, donde aún montaban guardia sus discípulos.

—Pasará mucho tiempo hasta que ésos y las generaciones venideras comprendan quién soy y por qué fui enviado por mi Padre... Tú, a pesar de venir de donde vienes, estás más cerca que ellos de la Verdad.

—No comprendo, Maestro, por qué tus hombres van armados. Muy pocos lo creerían... en mi tiempo.

—Los que están conmigo —respondió con un timbre de tristeza— no me han entendido.

—Señor, ¡hay tantas cosas de las que desearía hablarte!...

—Aún tenemos tiempo. Bástele a cada día su afán.

Era irritante. Tanto tiempo aguardando aquella oportunidad y ahora, mano a mano con Él, no sabía qué decir ni qué preguntar...

—Antes me has preguntado qué me ocurría —le comenté intrigado— ¿Cómo has podido darte cuenta?

—Levanta la piedra y me encontrarás allí. Corta la madera y yo estoy allí. Donde hay soledad, allí estoy yo también...

—¿Sabes?, toda mi vida me he sentido solo.

Jesús replicó de forma fulminante:

—Yo soy la luz que está sobre todos. Hay muchos que se tienen junto a la puerta, pero, en verdad, te digo que sólo los solitarios entrarán en la cámara nupcial.

—Me tranquiliza saber que también los que dudamos tenemos un rincón en tu corazón...

El gigante sonrió por segunda vez. Pero esta vez sus ojos brillaron como el bronce pulido.

—El mundo no es digno de aquel que se encuentra a sí mismo...

—Mil veces me he hecho la misma pregunta: ¿por qué estamos aquí?

—El mundo es un puente. Pasad por él pero no os instaléis en él.

—Pero —insistí— no has respondido a mi pregunta...

—Sí, Jasón, sí lo he hecho. Este mundo es como la antesala del Reino de mi Padre. Prepárate en la antesala, a fin de que puedas ser admitido en la sala del banquete. ¡Sé caminante que no se detiene!

—Pero, Señor, conozco a muchos que se han «instalado» en su sabiduría y que dicen poseer la Verdad...

—Dime una cosa, Jasón. ¿Dónde crece la simiente?

—En la tierra.

—En verdad te digo que la verdadera sabiduría sólo puede nacer en el corazón que ha llegado a ser como el polvo... El sabio y el anciano que no duden en preguntar a un niño de siete días por el lugar de la Vida, vivirán. Porque muchos primeros serán últimos y llegarán a ser uno.

—Tú hablas de la Verdad, pero ¿dónde debo buscarla?

—Si los que os guían os dicen: «Mirad, el Reino está en el cielo»; entonces, los pájaros del cielo os precederán. Si os dicen que está en el mar, entonces los peces del mar os precederán. Pero yo te digo que el Reino de mi Padre está dentro y fuera de vosotros. Cuando os conozcáis seréis conocidos y sabréis que sois los hijos del Padre viviente. Mas si no os conocéis, estaréis en la pobreza y vosotros seréis la pobreza.

El rabí debió notar mi confusión. Y añadió:

—¿Alguna vez has escuchado a tu propio corazón?

Asentí sin saber a dónde quería ir a parar.

—El secreto para poseer la Verdad sólo está en mi Padre. Y en verdad te digo que mi Padre siempre ha estado en tu corazón. Sólo tienes que mirar «hacia adentro»... Bienaventurado el que busca, aunque muera creyendo que jamás encontró. Y dichoso aquél que, a fuerza de buscar, encuentre. Cuando encuentre, se turbará. Y habiéndose turbado, se maravillará y reinará sobre todo.

—Señor, yo miro a mi alrededor y me maravillo y entristezco a un mismo tiempo...

—Yo te aseguro, Jasón, que todo aquel que sabe ver lo que tiene delante de sus ojos recibirá la revelación de lo oculto. No hay nada oculto que no será revelado.

Mi timidez inicial se fue disipando. El calor y la cordialidad de aquel Hombre terminaban por quebrar los muros más inexpugnables. Pero nuestra conversación se vio súbitamente interrumpida por varios de los discípulos. La multitud que se agolpaba a las puertas de la casa de Simón reclamaba al rabí y los hombres del Nazareno se sentían impotentes para contenerlos.

Cuando el Maestro se alejó me juré a mí mismo que buscaría nuevas oportunidades para conversar con Él y exponerle mis interminables dudas.

Me fui tras Él. La multitud que yo había visto a las puertas del jardín de la casa de Simón estalló al ver al Maestro. Pero Jesús no se movió del portalón. Allí, flanqueado por sus discípulos, saludó a los peregrinos. Pero éstos, enterados del milagro que había hecho con Lázaro, no se contentaron con verle y empezaron a pedirle una señal. Yo no salía de mi asombro. A juzgar por sus gritos, aquellos hebreos —galileos en su mayoría— no pretendían escuchar al Nazareno. Lo único que verdaderamente les importaba era asistir a otro prodigio...

Jesús, con evidentes muestras de desilusión, alzó sus brazos y se hizo el silencio. Un silencio expectante. Y muchos de los allí congregados comenzaron a sentarse en el suelo, convencidos de que su larga caminata no sería estéril y que pronto contemplarían otro «espectáculo». Pero el Maestro, en tono enérgico, les dijo:

«¡Necios!... Yo aparecí en medio del mundo y en la carne fui visto por ellos. Y hallé a todos los hombres ebrios, y entre ellos no encontré a ninguno sediento... Mi espíritu se dolió por los hijos de los hombres, porque son ciegos de corazón y no ven.»

Y antes de que ninguno de los presentes pudiera reaccionar dio media vuelta, perdiéndose a paso ligero en dirección a la mansión de su anfitrión.

Sinceramente, me alegré. Aquella turba, sedienta de emociones y prodigios, no se merecía otra cosa. Poco a poco fui dándome cuenta que las multitudes apenas si habían asimilado el mensaje de aquel Hombre. Ni siquiera los más cercanos —tal y como comprobaría al día siguiente, con motivo de la entrada triunfal en Jerusalén— habían distinguido a aquellas alturas del ministerio de Cristo de qué «reino» hablaba el Maestro. Empezaba a comprender el verdadero alcance de aquellas frases del rabí, pronunciadas poco antes, en las escalinatas: «Los que están conmigo no me han entendido...»

Hacia las tres de la tarde, en compañía de Lázaro y sus hermanas, entraba por primera vez en el patio porticado de la casa de Simón. El anciano iba recibiendo en el centro del recinto al medio centenar largo de comensales. Todos —conocidos o no del jefe de la casa— eran saludados con el ósculo o beso de la paz. Inmediatamente, los familiares y servidores del antiguo leproso, acompañaban a los invitados hasta los puestos que se les había asignado, en torno a una mesa muy baja y en forma de U. A diferencia del patio de la casa de Lázaro, el de Simón aparecía cubierto en su totalidad por un toldo o lona, sujeto por sogas a los capiteles de las columnas que rodeaban el hermoso lugar. La cisterna central había sido cubierta con tablas, de tal forma que en el centro de la U quedaba un espacio más que sobrado como para permitir el movimiento de los servidores.

Al llegar frente a Simón, Lázaro se encargó de presentarme al anciano. Al besarle comprobé cómo su mejilla derecha conservaba aún las profundas cicatrices de su enfermedad. Parte del ojo, así como esa misma zona del labio superior se hallaban prácticamente rotas y deformadas. La barba blanca y abundante no terminaba de ocultar la huella del terrible mal. La mano izquierda había quedado mutilada en las últimas falanges de los tres dedos centrales.

Sin embargo, el venerable anciano parecía haber olvidado aquellos años difíciles y ahora se mostraba feliz y satisfecho, luciendo sus mejores galas: una túnica de lino, teñida en púrpura y un manto de brillante seda a franjas azules y escarlatas.

Cuando Lázaro y yo acudimos hasta nuestros respectivos puestos en la mesa, comprobé con alivio que el resucitado había sido asignado a mi lado. Instintivamente miré a Marta, que permanecía de pie junto al resto de las mujeres, y sonrió maliciosamente.

Siguiendo la costumbre, tuve que reclinarme sobre mi costado derecho (1). Aunque los judíos comían habitualmente sentados en sillas o taburetes, en las grandes ocasiones —y aquélla era una fiesta en la que ambas aldeas, Betania y Betfagé, rendían un sincero homenaje al Maestro— los hebreos habían ido adoptando la tradición helenística de almorzar reclinados sobre cómodos cojines y esteras.

(1) Los israelitas se desenvolvían mejor con la mano izquierda que con la derecha.

La única excepción, en este caso, fue Jesús. Como invitado de honor ocupaba el centro de la U, habiendo sido preparado una especie de diván bajo, que apenas sobresalía de la mesa.

Aunque todos los invitados habían recibido en la mañana del viernes la correspondiente invitación, con los nombres, incluso, de los restantes comensales, de acuerdo con una arraigada tradición, el dueño de la casa había enviado aquella misma mañana del sábado otros tantos mensajeros a los domicilios de sus amigos, recordándoles el lugar y la hora del banquete. Respetuosamente, olvidando incluso la gran amistad que unía a ambas familias, Lázaro había esperado esta segunda y última comunicación del mensajero. Sólo en ese momento partimos de la casa.

Al subir las escalinatas de la hacienda de Simón me llamó la atención una tela blanca, colgada a las puertas del atrio. Lázaro me explicó que aquel lienzo daba a entender que aún era tiempo de entrar en la cena. El «aviso» sólo era retirado después de haber servido el tercer plato.

Jesús y sus discípulos —los doce— estaban ya en el patio cuando mi amigo y yo fuimos recibidos por el anfitrión. Por lo que pude apreciar, el rabí parecía haber olvidado el desagradable percance con la multitud que le había pedido un milagro, y reía abiertamente, demostrando un humor envidiable. Sus hombres, en cambio, a pesar de haber prescindido de sus espadas, no reflejaban demasiada alegría. Les noté nerviosos y adustos. En seguida comprendí la razón. Entre los invitados se hallaban cuatro o cinco sacerdotes, de una de las comunidades de fariseos: mortales enemigos del Maestro. A las puertas permanecían algunos de los policías del templo —levitas en su mayoría— que habían acudido hasta Betania con la sospechosa misión de escoltar a los altos dignatarios del sacerdocio de Jerusalén. Lázaro me comentó por lo bajo que había una cierta incertidumbre sobre los auténticos propósitos de aquellos fariseos. Era muy posible que —siguiendo las órdenes de Caifás— aquel mismo atardecer, una vez finalizado el sábado, los hombres del Sanedrín prendieran a Jesús. Pero los «separados» o los «santos» —como se conocía también a los fariseos— no hicieron ademán alguno que pudiera alertar a los seguidores de Cristo. Al contrario: aunque en ningún momento se acercaron al grupo en el que dialogaba Jesús, tras recogerse las amplias mangas de sus túnicas, dejaron que las mujeres procedieran al obligado lavatorio de manos y pies, reclinándose en sus puestos con vivas muestras de satisfacción. Supongo que su cordialidad podía obedecer a las magníficas viandas que habían empezado a circular ya sobre la mesa. Los servidores de Simón habían dispuesto una especie de tazones de fina cerámica (hoy conocida como *terra sigillata*), compactos y de cuidada forma, fabricados en barro rojo y —según me señaló Lázaro— procedentes de Italia. Al levantar mi tazón pude ver en la base del mismo el sello del fabricante: un tal Camurius, conocido alfarero de Arezzo. (Memoricé aquel nombre y en la tarde del lunes cuando, al fin, pude regresar al módulo, Santa Claus confirmó que el citado artesano italiano había vivido y trabajado en tiempos de Tiberio y Claudio, desde los años 14 al 54 después de Cristo.)

Simón, siguiendo las costumbres, había contratado a un cocinero de Jerusalén. Curiosamente, si las cosas salían mal y los invitados se mostraban disgustados con el menú, el «jefe» de cocina debía reparar la afrenta, pagando de su bolsillo los gastos, en una proporción que siempre dependía de la categoría social del anfitrión y de sus comensales.

No fue éste el caso. La verdad es que todo resultó exquisito. (Al menos para los hebreos.) Tras el caldo, a base de verduras y hierbas aromáticas, único plato en el que se utilizó la cuchara, los invitados disfrutaron lo suyo con las bandejas de bronce y plata, repletas de pescado cocido y cordero asado, hábilmente condimentados a base de cebollas, puerros y ajos. El cuarto o quinto «plato» consistió en frutos secos, especialmente uvas pasas, dátiles y miel silvestre. Todo ello, naturalmente, generosamente rociado —desde el principio al fin— por un vino del Hebrón, servido en altos vasos de cristal primorosamente tallados. Al costado de cada comensal había sido dispuesta una jofaina de metal, con el fin de ir lavando las manos. (La costumbre judía establecía que los alimentos debían ser tomados con los dedos.)

Al llegar a los postres, el alborozo general aumentó sensiblemente. Algunos de los servidores y músicos contratados por Simón comenzaron a tañer sus instrumentos —fundamentalmente flautas y cítaras— y las mujeres, que habían permanecido de pie o sentadas en un grupo aparte, pendientes de los invitados, se unieron a la música, batiendo palmas por encima de sus cabezas y siguiendo el ritmo con su cuerpo.

Jesús —que había comido con gran apetito— apuró su tercera copa de vino y sonrió al grupo, en el que destacaba María. La hermana menor de Lázaro, al igual que el resto de sus compañeras, había cambiado su indumentaria de diario y lucía una llamativa túnica, teñida con la célebre púrpura de Tiro y Sidón. (Nuestras informaciones apuntaban hacia el hecho de que el célebre molusco de las playas de Fenicia —el «murex»— era la materia prima del que se obtenía la púrpura. Este gasterópodo segrega una tinta que, al contacto con el aire, se torna de color rojo oscuro. Los fenicios lo descubrieron y supieron comercializarlo.)

María —tal y como ordenaban las normas sabáticas— había prescindido de su habitual cinta sobre la frente y dejaba flotar su negra y larga cabellera.

En aquel momento, mientras los servidores retiraban las bandejas, daba comienzo en realidad lo que nosotros conocemos por la «sobremesa». Los comensales, eufóricos por los vapores del vino, se enzarzaban en las más dispares e interminables polémicas. Jesús y Simón, al frente de la mesa, dialogaban sobre el mítico Josué y de cómo fueron derribadas las murallas de Jericó. Los discípulos, por su parte, permanecían extrañamente sobrios y callados, pendientes tan sólo del grupo de fariseos, que no dejaban de apurar copa tras copa.

Ante mi sorpresa, algunos de los comensales comenzaron a eructar sin el menor pudor. Aquello se convirtió pronto en algo colectivo. Nadie parecía dar excesiva importancia al hecho, a excepción del anfitrión y de mí mismo. Pero las razones de Simón —que correspondía a cada uno de los groseros gestos con una leve inclinación de su cabeza— obedecían a otra escala de valores. Aquellos eructos venían a demostrar públicamente la satisfacción de cada uno de los invitados por la espléndida comida y el trato recibidos.

Por supuesto, tuve que esforzarme en eructar, «agradeciendo» así a mi nuevo amigo su sabiduría y delicadeza gastronómicas.

Cuando terminaron de servirse los postres, varias doncellas fueron pasando junto a cada uno de los comensales, ofreciendo unas minúsculas bolitas o cápsulas transparentes y blancoamarillentas. Ante mi duda, Lázaro me animó a coger una o dos de aquellas «lágrimas» e introducirlas en la boca. Se trataba de una especie de «goma de mascar», muy refrescante y aromática. Según mi amigo, eran extraídas de los lentiscos que poblaban a millares toda Palestina. Para los hebreos, aquellas bolitas reforzaban los dientes y la garganta, proporcionando, además, un aliento más fresco y agradable.

En los días siguientes —y gracias a las «lágrimas» de lentisco que me proporcionaría Lázaro— mi falta de aseo dental se vio notablemente aliviado.

Pero, aunque todo parecía transcurrir dentro de la más sana e intensa alegría, no iba a tardar en estallar el «escándalo»...

Creo que todos, o casi todos los presentes —distraídos con la música y la agradable tertulia— tardamos algunos minutos en reparar en aquella doncella que, salida sigilosamente del corro de las mujeres, se había arrodillado a espaldas de Jesús. Era María.

Un latigazo interno me puso sobre aviso. Estaba a punto de asistir a la escena de la unción. Sin poder remediarlo me incorporé y, ante el desconcierto de Lázaro, me deslicé por detrás de la mesa, hasta situarme en una de las «esquinas» de la U, a pocos metros de los invitados de honor.

Progresivamente, los comensales fueron guardando silencio, atónitos ante lo que estaba sucediendo. La hermana menor, con su habitual mutismo, había abierto una «botella» de unos treinta centímetros de altura y de forma ahusada. Parecía hecha de un material sumamente translúcido (después supe que se trataba de alabastro oriental).

Y ante la mirada complacida de Jesús, la adolescente vertió buena parte del contenido sobre los cabellos del Maestro. Un líquido color «coñac» fue impregnando lenta y dulcemente el pelo acastañado del rabí, mientras un penetrante aroma fue llenando el recinto. María cerró el recipiente y, tras depositarlo entre sus piernas, procedió a extender el perfume entre los sedosos cabellos del Galileo. Aquella unción fue hecha con tanta sencillez y amor que los ojos del gigante se humedecieron.

Una vez concluida la operación, María volvió a abrir la jarra, vaciando la esencia de nardo sobre los desnudos pies del Maestro. Untó el líquido a lo largo de sus tobillos, calcañares y dedos, proporcionando a Jesús unos suaves y prolongados masajes hasta que el líquido quedó perfectamente extendido (1).

(1) Esa noche, una vez en la casa de Lázaro, María me mostró el recipiente: era, en efecto, una especie de jarrita, bellamente trabajada, con una capacidad superior a los trescientos gramos. (Algo más grande que una tradicional botella de coca-cola.) Le rogué que me permitiera mojar un pequeño lienzo en los restos del perfume y a los pocos días, en mi obligada entrada en el módulo —con el fin de preparar la segunda fase de mi explo-

A esas alturas de la unción, algunos de los comensales habían empezado a murmurar entre sí, lamentando aquel despilfarro. En uno de los extremos de la mesa, varios de los discípulos —entre los que destacaba Judas Iscariote por sus aparatosos ademanes y palabras subidas de tono— apoyaban con sus comadreos a los invitados que se mostraban abiertamente molestos por el gesto de la joven.

Ni María ni Jesús se alteraron ante aquellos cuchicheos. Al contrario: la bellísima hermana de Lázaro —que había adornado las uñas de sus manos y pies con un polvo rojo-amarillento (1)— echó atrás su cabeza y pasando las manos sobre la nuca se inclinó sobre los pies del rabí, arrojando por delante su espesa cabellera. Después, sin prisas, fue enjugando con su pelo los pies del Maestro, hasta que quedaron secos y brillantes.

Los comentarios, desgraciadamente, habían ido agriándose. Judas, incluso, con una manifiesta indignación, acudió hasta Andrés —el hermano de Pedro— preguntándole de forma que todos pudieron oírle:

—¿Por qué no se vendió este perfume y se donó el dinero para alimentar a los pobres?... Debes hablar al Maestro para que la reprenda por esta pérdida... (2).

María, asustada por el cariz que habían tomado los acontecimientos, intentó levantarse, pero Jesús la detuvo. Y poniendo su mano izquierda sobre la cabeza de la joven, se dirigió a los asistentes con voz reposada pero firme:

—¡Dejadle en paz todos vosotros!... ¿For qué le molestáis por esto, si ella ha hecho lo que le salía del corazón? A vosotros, que murmuráis y decís que este ungüento debería haber sido vendido y el dinero dado a los pobres, dejadme deciros que siempre tenéis a los pobres con vosotros para que podáis atenderles en cualquier momento en que os parezca bien... Pero yo no siempre estaré con vosotros. ¡Pronto voy a mi Padre!

A continuación, centrando aquella mirada —a la que no parecía escapar ni el cimbreo de las llamas de las lámparas— en los ojos de Judas Iscariote, arreció, con un timbre mucho más enérgico:

—Esta mujer ha guardado mucho tiempo este ungüento para mi cuerpo en su enterramiento. Y ahora que le ha parecido bien hacer esta unción como anticipación a mi muerte, no se le debe negar tal satisfacción. Al hacer esto, María os ha reprobado a todos, en cuanto que con este hecho evidencia fe en lo que he dicho sobre mi muerte

---

ración— los sistemas de a bordo analizaron la esencia, confirmando su origen como una planta herbácea, cultivada en jardines, de la familia de las valerianáceas. Se presentaba (hoy apenas si es trabajada como esencia pura) en fragmentos de raíz, cortos, gruesos, como el dedo meñique y de color gris negruzco. Terminan en un paquete de fibras rojizas de forma de espiga. Es de olor fuerte y agradable y de sabor amargo y aromático. También es conocido como nardo Índico, del Ganges, Estaquide y Espicanardo. Su densidad era ligeramente superior a la normal. *(N. del m.)*

(1) Los israelitas fabricaban este cosmético con la corteza y hojas del arbusto llamado juncia (*henna* para los árabes). *(N. del m.)*

(2) El contenido del jarrito era de unos trescientos gramos de esencia de nardo índico. Su valor oscilaba alrededor de los trescientos denarios. (Con doscientos se podía dar de comer a unas cinco mil personas.) *(N. del m.)*

y la ascensión a mi Padre del cielo. Esta mujer no debe ser condenada por esto que ha hecho esta noche. Más bien os digo que en los tiempos venideros, dondequiera que se predique este evangelio por todo el mundo, lo que ella ha hecho será dicho en memoria suya.

María desapareció del patio y yo me retiré a mi lugar. Lázaro parecía entristecido. Tanto él como Marta sabían que su hermana había ahorrado durante mucho tiempo para comprar aquel costoso perfume. La familia, al contrario de lo que venía observando entre sus propios discípulos, sí habían entendido el fondo del problema e intuían que aquélla podía ser la última Pascua de Jesús.

Los murmullos decrecieron, pero algunos de los apóstoles siguieron comentando el suceso, moviendo negativamente la cabeza, en señal de desacuerdo con el rabí. Judas Iscariote había caído en un impenetrable silencio. Sus ojos me asustaron. Destilaban un odio sordo y contenido. Saltaba a la vista que había tomado aquellas palabras de Jesús como un reproche personal e, indudablemente, se había sentido ridiculizado ante los demás. En mi opinión, debió ser a raíz de aquel incidente cuando el traidor comenzó a tramar su venganza contra el Galileo. Dudo mucho que Judas pensase en aquellos momentos en la entrega del Maestro a los miembros del Sanedrín. No tenía sentido, ya que la propia policía del templo había recibido órdenes concretas de apresarle. Sin embargo, su espíritu vengativo vio abierto así un camino para tratar de humillar a Cristo y resarcirse.

Estaba ya próxima la vigilia del domingo cuando algunos de los fariseos, que habían permanecido en un prudente silencio, se dirigieron a Jesús y, prescindiendo de la valiosa naturaleza del perfume, le recriminaron por haber consentido que aquella mujer hubiera violado las sagradas leyes del descanso sabático. Según acerté a entender, una de las normas establecía que una mujer «no podía salir de su casa con una aguja que tuviera agujero (es decir, apta para coser), ni con un anillo que tuviera sello, ni con un gorro en forma de caracol, ni con un frasco de perfume». Si infringía este código, estaba obligada a pagar y ofrecer un sacrificio, en compensación por su pecado.

Jesús observó divertido a los sacerdotes.

—Decidme —les preguntó— ¿de dónde venís?

—De Jerusalén —afirmaron.

—¿Y cómo es posible que condenéis a una mujer que ha caminado menos de un estadio, habiendo recorrido vosotros más de quince?

Recordé entonces que los hebreos hacían una trampa para poder salvar los dos mil codos o un kilómetro, que era el trayecto máximo permitido en sábado. Jesús sabía que, aunque el pueblo sencillo ponía en práctica el *erub*, los «santos» o «separados» presumían públicamente de su extrema pureza, no dudando en cambio en infringir estas leyes cuando estaba en juego una buena comilona.

Los fariseos se revolvieron inquietos. Pero el Cristo no estaba dispuesto a concederles cuartel. La casi totalidad de los 5 000 miembros de las comunidades o hermandades de fariseos de Israel eran comerciantes, artesanos o campesinos, carentes de la sólida formación de los escribas y que, en base a sus estrictas normas para con la pureza y el pago del diezmo, se habían elevado por encima de los *ammê ha'-ares* o gran masa del pueblo de Israel. Este engreimiento y dureza de corazón era algo que no soportaba el rabí de Galilea. Y no tardó en proclamarlo en sus propias narices, para regocijo de unos y nerviosismo de otros; en especial de sus más allegados, que temían la ira de los que se autoproclamaban como el «partido del pueblo».

—¡Ay de vosotros, fariseos! —lanzó Jesús valientemente—. Sois como un perro acostado en el pesebre de los bueyes: ni come él, ni deja comer a los bueyes.

—¿Quién eres tú —esgrimieron los representantes de Caifás con aire de suficiencia— para enseñarnos dónde está la Verdad?

—¿Para qué salisteis al campo? —arremetió el Nazareno—. ¿Para ver quizá una caña agitada por el viento?... ¿Para ver a un hombre con vestidos delicados? Vuestros reyes y vuestros grandes personajes —vosotros mismos— os cubrís de vestidos de seda y púrpura, pero yo os digo que no podrán conocer la Verdad...

—Veinticuatro profetas han hablado en Israel y nosotros seguimos su ejemplo...

Los comensales volvieron sus rostros hacia Jesús. Pero el Galileo seguía imperturbable. Su dominio de la situación había crispado los ánimos de los fariseos.

—¿Vosotros habláis de los que están muertos y estáis rechazando al que vive entre vosotros?

—Dinos quién eres para que creamos en ti —contestaron.

—Escrutáis la superficie del cielo y de la tierra y no habéis conocido a aquel que está entre vosotros...

Y volviendo su mirada hacia mí, añadió:

—... No sabéis escrutar este tiempo...

Una oleada de sangre ascendió desde mi vientre.

Los fariseos optaron por levantarse, renunciando a seguir con aquella batalla dialéctica. Entre expresivas muestras de indignación, lavaron sus manos en sendas jofainas. Pero Jesús no había terminado. Y antes de que pudieran abandonar el recinto les espetó:

—¡Ay de vosotros, fariseos! Laváis el exterior de la copa sin comprender que quien ha hecho el exterior hizo también el interior...

Empezaba a estar muy claro para mí por qué las castas de sacerdotes, escribas y fariseos se habían conjurado para prender y dar muerte a aquel Hombre.

La borrascosa cena culminó prácticamente con la salida de los sacerdotes. Cuando los invitados se despedían ya de Simón, Pedro se aproximó a su Maestro y, con aire conciliador, le propuso que María fuera apartada del grupo, «ya que las mujeres —comentó— no son dignas de la Vida». El Nazareno debió de quedar tan perplejo como yo. Y en el mismo tono, respondió al impulsivo discípulo:

—Yo la guiaré para hacerla hombre, para que ella se transforme también en espíritu viviente semejante a vosotros, los hombres. Porque toda mujer que se haga hombre entrará en el Reino de los Cielos.

Esa noche, al retirarme a mi habitación y establecer la conexión con el módulo, Eliseo me anunció que el frente frío había penetrado ya por el Oeste y que, muy probablemente, la entrada de Jesús en Jerusalén —prevista para el día siguiente, domingo— se vería amenazada por la lluvia.

2 DE ABRIL, DOMINGO

Aquella noche del sábado necesité tiempo para conciliar el sueño. Habían sido demasiadas emociones... Pero, sobre todo, había algo que me preocupaba. ¿Por qué Jesús había hecho aquella manifestación sobre las mujeres? Después de mucho cavilar sólo pude llegar a una conclusión: el Nazareno era consciente de la deprimente situación social de la mujer y se había propuesto reivindicarla. En los estudios que habían precedido a la Operación Caballo de Troya, yo había tenido la oportunidad de comprobar que, en la casi totalidad del Oriente —e Israel no era una excepción— el papel de la mujer en la vida pública y social era nulo. Pero los textos y documentos que yo había manejado en mi preparación distaban mucho de la realidad. Por lo poco que llevaba observado, el desprecio de los hombres por sus compañeras era algo que clamaba al cielo. Cuando la mujer judía, por ejemplo, salía de su casa —no importaba para qué— tenía que llevar la cara cubierta con un tocado que comprendía dos velos sobre la cabeza, una diadema sobre la frente —con cintas colgantes hasta la barbilla— y una malla de cordones y nudos. De este modo no se podían conocer los rasgos de su rostro. Entre los hebreos se contaba el sucedido de un sacerdote importante de Jerusalén que no llegó a conocer a su propia esposa al aplicarle el procedimiento prescrito para la mujer sospechosa de adulterio. (Pocos días después tendría la magnífica ocasión de asistir a una triste y fanática tradición que los judíos denominaban «las aguas amargas», comprendiendo un poco mejor la revolucionaria postura de Jesús para con las hebreas.)

La mujer que salía de su hogar sin llevar la cabeza cubierta ofendía hasta tal punto las buenas costumbres que su marido tenía el derecho y —según los doctores de la ley— hasta el deber de despedirla, sin estar obligado a pagarle la suma estipulada para el caso de divorcio. Pude advertir que, en este aspecto, había mujeres tan estrictas que tampoco se descubrían en su propia casa. Éste fue el caso de una tal Qimjit que —según se cuenta— vio a siete hijos llegar a sumos sacerdotes, lo que se consideró una recompensa divina por su austeridad. «Que venga sobre mí esto y aquello —decía la púdica—si las vigas de mi casa han visto jamás mi cabellera.»

Sólo el día de la boda, si la mujer era virgen y no viuda, aparecía en el cortejo con la cabeza al descubierto.

Ni qué decir tiene que las israelitas —especialmente las de la ciudad— debían pasar inadvertidas en público. Uno de los escribas —Yosé ben Yojanán— había llegado a decir hacia el año 150 antes de Cristo: «No hables mucho con una mujer. Esto vale de tu propia mujer, pero mucho más de la mujer de tu prójimo.»

Las reglas de la buena educación prohibían, incluso, encontrarse a solas con una hebrea, mirar a una casada o saludarla. Era un deshonor para un alumno de los escribas hablar con una mujer en la calle. Aquella rigidez llegaba a tal extremo que la judía que se entretenía con todo el mundo en la calle o que hilaba a la puerta de su casa podía ser repudiada, sin recibir el pago estipulado en el contrato matrimonial.

La situación de la mujer en la casa no se veía modificada, en relación a esta conducta pública. Las hijas, por ejemplo, debían ceder siempre los primeros puestos —e incluso el paso por las puertas— a los muchachos. Su formación se limitaba estrictamente a las labores domésticas, así como a coser y tejer. Cuidaban de los hermanos más pequeños y, respecto al padre, tenían la obligación de alimentarlo, darle de beber, vestirlo, cubrirlo, sacarlo y meterlo cuando era anciano, y lavarle la cara, las manos y los pies. Sus derechos, en lo que se refiere a la herencia, no era el mismo que el de los varones. Los hijos y sus descendientes precedían a las hijas. La patria potestad era extraordinariamente grande respecto a las hijas menores antes de su boda. Se hallaban en poder de su padre. La sociedad judía de aquel tiempo distinguía tres categorías: la menor (hasta la edad de «doce años y un día»), la joven (entre los doce y los doce años y medio), y la mayor (después de los doce años y medio). Hasta esa edad de los doce años y medio, el cabeza de familia tenía toda la potestad, a no ser que la joven —aunque menor— estuviese ya prometida o separada. Según este código social, las hijas no tenían derecho a poseer absolutamente nada: ni el fruto de su trabajo ni lo que pudiese encontrar, por ejemplo, en la calle. Todo era del padre. La hija —hasta la edad de doce años y medio— no podía rechazar un matrimonio impuesto por su padre. Se llegó a dar el caso de ser casadas con hombres deformes. El escrito rabínico *Ketubot* hablaba, incluso, de algunos padres atolondrados que llegaron a olvidar a quién habían prometido sus hijas...

El padre podía vender a su hija como esclava, siempre que no hubiera cumplido los doce años. Los esponsales solían celebrarse a una edad muy temprana. Al año, generalmente, la hija celebraba la boda propiamente dicha, pasando entonces de la potestad del padre a la del marido. (Y realmente, no se sabía qué podía ser peor.) Después del «contrato de compra-venta», porque eso era en el fondo la ceremonia de esponsales y matrimonio, la mujer pasaba a vivir a la casa del esposo. Esto, generalmente, significaba una nueva carga, amén del enfrentamiento con otra familia extraña a ella que casi siempre manifestaba una abierta hostilidad hacia la recién llegada. A decir verdad, la diferencia entre la esposa y una esclava o una concubina era que aquélla disponía de un contrato matrimonial y la última no. A cambio de muy pocos derechos, la esposa se encontraba cargada de deberes: tenía que moler, coser, lavar, cocinar, amamantar a los hijos, hacer la cama de su marido y, en compensación por su sustento, hilar y tejer. Otros añadían incluso a estas obligaciones las de lavar la cara, manos y pies y preparar la copa del marido. El poder del marido y del padre llegaba al extremo de que, en caso de peligro de muerte, había que salvar antes al marido.

Al estar permitida la poligamia, la esposa tenía que soportar la presencia y las constantes afrentas de la o las concubinas.

En cuanto al divorcio, el derecho estaba única y exclusivamente de parte del marido. Esto daba lugar, lógicamente, a constantes abusos.

Por supuesto, desde el punto de vista religioso, la mujer israelita tampoco estaba equiparada al hombre. Se veía sometida a todas las prescripciones de la Torá y al rigor de las leyes civiles y penales —incluida la pena de muerte— no teniendo acceso, en cambio, a ningún tipo de enseñanza religiosa. Es más: una sentencia de R. Eliezer decía que «quien enseña la Torá (la ley) a su hija, le enseña el libertinaje». Este «eminente» doctor —que vivió hacia el año 90 después de Cristo— decía también: «Vale más quemar la Torá que transmitirla a las mujeres.»

En la casa, la mujer no era contada en el número de las personas invitadas —tal y como había tenido oportunidad de comprobar en el banquete ofrecido por Simón, «el leproso»— y tampoco tenía el derecho a prestar testimonio en un juicio. Sencillamente, «era considerada como mentirosa... por naturaleza».

Era muy significativo que el nacimiento de un varón era motivo de alegría, y el de una niña se veía acompañado de la indiferencia, incluso de la tristeza. Los escritos rabínicos *Qiddushin* (82 b) y hasta el *Nidda* (31 b) afirmaban: «¡Desdichado de aquel cuyos hijos son niñas!»

Sólo conociendo este deplorable entorno social en el que malvivía la mujer judía, uno podía alcanzar a entender en su justa medida el valor de Jesús al rodearse de mujeres, conversar con ellas e instruirlas y tratarlas como a los hombres. Quedé muy sorprendido al comprobar que el rabí de Galilea no sólo había escogido a doce varones, sino que también había procurado rodearse de otro grupo de mujeres (llegué a contar hasta diez), que seguían al Maestro allí donde iba. Este hecho, como otros que poco a poco iría descubriendo, no había sido incluido con claridad en los Evangelios canónicos que conocemos.

Tal y como me había anunciado Eliseo en la última conexión auditiva, aquella mañana del domingo, 2 de abril, amaneció nublada. Una fina lluvia refrescó sensiblemente la temperatura, sacando un brillo especial a las campiñas y perfumando Betania con un agradable olor a tierra mojada.

En cuanto me fue posible me trasladé a la casa de Simón. El Maestro, madrugador, había llamado a sus hombres y mujeres, reuniéndose con ellos en el jardín. Allí, el gigante —que presentaba un semblante más serio que en la jornada anterior— les dio instrucciones concretas, de cara a la próxima celebración de la Pascua. Insistió especialmente en que no llevaran a cabo manifestación pública alguna mientras permaneciesen en el interior de la ciudad santa y que, sobre todo, no se movieran de su lado.

Una vez más, los discípulos asociaron aquellas medidas precautorias con la orden de captura dictada por el Sanedrín. Jesús, como creo que ya he mencionado, sabía que algunos de sus hombres iban permanentemente armados. Sin embargo, no hizo alusión alguna a sus espadas.

Cuando Jesucristo comenzó a hacer un repaso de lo que había sido su ministerio, desde su ordenación en Cafarnaúm, hasta ese día, observé cómo Judas el Iscariote, haciendo oídos sordos, dedicaba toda su atención al recuento de la bolsa común. Poco después abandonó el grupo, entrando en la casa. Esa misma mañana, muy de madrugada, David Zebedeo le había entregado los fondos conseguidos por la venta del campamento que habían instalado semanas antes en la ciudad de Pella, en la orilla oriental del Jordán y como a unas cuarenta millas del mar Muerto.

La bolsa común debía ser lo suficientemente importante como para que Judas la depositase aquella misma mañana en poder del anciano anfitrión. Al parecer, la inminente entrada de Jesús en Jerusalén no hacía aconsejable que el «administrador» del grupo llevara encima tanto dinero. Era en realidad en aquellas fechas de la Pascua cuando los israelitas venían obligados por una antiquísima ley a satisfacer lo que llamaban el «segundo diezmo». En otras palabras: una vez apartados el importe de la ofrenda que se hacía en el templo y el primer diezmo (1), cada hebreo tenía la obligación de consumir o gastar dentro de Jerusalén —esto era imprescindible— el citado «segundo diezmo» de acuerdo con sus posibilidades económicas. Si el judío, como digo, vivía lejos de la ciudad santa podía convertir el «segundo diezmo» en dinero y llevarlo hasta Jerusalén, donde tenía la obligación de gastarlo en alimentos y bebidas, precisamente durante la fiesta de la Pascua. (La *Misná* dedica cinco capítulos a lo que se puede y lo que no se puede hacer con dicho «impuesto».)

Judas conocía perfectamente esta obligación y, presumiblemente, al hacer el «balance» de los fondos generales, había separado ya el dinero que debía ser consumido en Jerusalén, en concepto de «segundo diezmo». El hecho, sin embargo, de que lo dejara en manos de Simón daba a entender que Jesús y sus hombres tardarían aún unos días en acudir a Jerusalén para celebrar la tradicional cena pascual. Aunque sólo se trata de una presunción muy personal —ya que nunca traté de averiguarlo— cabe la posibilidad de que Cristo hubiera cambiado ya impresiones con Judas, como responsable del dinero, fijando, incluso, el día para dicho rito.

Al visitar en los días sucesivos Jerusalén pude darme cuenta de la gran importancia que tenía para los residentes habituales de la ciudad santa la presencia de aquellos miles de peregrinos —llegados de todas las provincias y del extranjero— y, sobre todo, el beneficio económico que les representaba el hecho de que cada hebreo tuviera que gastar durante la Pascua una parte de sus ingresos anuales. Un dinero que siempre resultaba considerable, si tenemos en consideración que ese «segundo diezmo» era extraído de las ganancias globales de las ventas del ganado, de los frutales y de los viñedos de cuatro años, amén de los trabajos artesanales.

El Nazareno terminó su plática, adelantándoles que «aún les

(1) Una vez que se apartaba y se entregaba al sacerdote la ofrenda *(teruma gedola)* que, según la disposición rabínica, debía ser por término medio el uno por cincuenta de la producción obtenida en el campo, del resto había que separar un diezmo que era destinado a los levitas (policías del templo), y que era llamado «primer diezmo» o «diezmo de los levitas». El Pentateuco lo refiere en varios pasajes: «Toda décima parte de la tierra, tanto de las semillas de la tierra como de los frutos de los árboles, es del Señor, es cosa sagrada al Señor» *(Levítico,* 27.30). «Y doy como heredad a los hijos de Leví todos los diezmos, por el servicio que prestan, por el servicio al tabernáculo de la reunión.» *(Números,* 18,21). La *Misná* dedica otros cinco capítulos a los pormenores de este «primer diezmo»: «Qué frutos están sujetos al diezmo; en qué momento ha de hacerse; en qué casos pueden comerse frutos sin haber separado el diezmo y aplicación del diezmo en casos de replantación, venta, aprovechamiento de subproducto y plantas libres de la obligación del pago del diezmo.» *(N. del m.)*

dejaría muchas consignas y lecciones..., antes de volver al Padre». Pero los discípulos no terminaron de comprender a qué se refería.

Al final, ninguno se atrevió a hacer una sola pregunta.

Una vez concluida la «conferencia», Cristo tomó aparte a Lázaro, que me había acompañado hasta la casa de Simón, y le recomendó que hiciera los preparativos precisos para dejar Betania. Jesús, el propio resucitado y todos nosotros sabíamos que —después del milagro— el Sanedrín había discutido y llegado a la conclusión de que Lázaro debía ser también eliminado. «¿De qué servía prender y ajusticiar al Galileo si quedaba con vida su amigo, testigo de excepción del milagroso suceso?» Este planteamiento —no carente de lógica— había movido a los sacerdotes a planear una acción paralela, que culminase con el arresto de Lázaro.

Mi amigo obedeció y pocos días más tarde huía a la población de Filadelfia, en la zona más oriental de la fértil Perea. Cuando los policías del Sanedrín acudieron a prenderle, sólo Marta, María y sus sirvientes permanecían en la casa.

El resto de la mañana —hasta la una y media de la tarde, en que el gigante dio la orden de partida hacia Jerusalén— el rabí prefirió retirarse a lo más frondoso del jardín de Simón.

Esa misma noche, de regreso a Betania, tuve el valor de preguntarle por qué había elegido aquella forma de entrada en la ciudad santa. El Maestro, perfecto conocedor de las Escrituras, me respondió escuetamente:

«Así convenía, para que se cumplieran las profecías...»

Efectivamente, tanto en el *Génesis* (49,11) como en *Zacarías* (9,9) se dice que el Mesías liberador de Jerusalén vendría desde el monte de los Olivos, montado en un jumentillo. Zacarías, concretamente, dice: «¡Alegraos, grandemente, oh hija de Sión! ¡Gritad, oh hija de Jerusalén! Mirad, vuestro rey ha venido a vosotros. Es justo y trae la salvación. Viene como el más bajo, montado en un asno, en un pollino, la cría de un asno.»

Hacia la hora sexta (las doce del mediodía), tras un frugal almuerzo, Jesús —que había recobrado el excelente buen humor del día anterior— pidió a Pedro y a Juan que se adelantaran hasta el poblado de Betfagé.

—Cuando lleguéis al cruce de los caminos —les dijo— encontraréis atada a la cría de un asno. Soltad el pollino y traedlo.

—Pero, Señor —argumentó Pedro con razón—, ¿y qué debemos decirle al propietario?

—Si alguien os pregunta por qué lo hacéis, decid simplemente: «El Maestro tiene necesidad de él.»

Pedro, muy acostumbrado ya a estas situaciones desconcertantes, se encogió de hombros y salió hacia Betfagé. El joven Juan—un muchachito silencioso, casi taciturno (debería andar por los 16 o 17 años), enjuto como una caña y de ojos negros como el carbón— permaneció aún unos instantes contemplando a su ídolo. En su mirada se adivinaba la sorpresa y un cierto temor. ¿Qué estaba tramando el Maestro?

De pronto cayó en la cuenta de que Pedro se encaminaba ya hacia la puerta de salida y, dando un brinco, salió a la carrera en persecución de su amigo.

Para entonces, David Zebedeo —uno de los más activos seguidores de Cristo— sin contar para nada con el Maestro ni con los doce, había tenido la genial intuición de echarse al camino de Jerusalén y, en compañía de otros creyentes, comenzó a alertar a los peregrinos de la inminente llegada de Jesús de Nazaret. Aquella iniciativa —como quedó demostrado después— iba a contribuir decisivamente a la masiva y triunfal entrada del Maestro en la ciudad santa. Además de los cientos de hebreos que, como cada día, habían acudido hasta Betania, otros miles de habitantes de Jerusalén y de los recién llegados a la Pascua, tuvieron cumplida noticia de la presencia de aquel galileo —hacedor de maravillas— y con los suficientes arrestos como para plantar cara a los sumos sacerdotes.

No fue preciso esperar mucho tiempo. A eso de la una y media de la tarde, Pedro y Juan se reunieron con el resto de la comitiva, que les esperaba ya a las afueras de la aldea de Lázaro. Tal y como había pronosticado el Maestro, cuando el voluntarioso Pedro llegó a Betfagé, allí estaban los animales: un asno y su cría.

La verdad es que, conociendo el poblado y a sus gentes —todas ellas fervientes seguidores de Jesús—, encontrar en sus calles a los mencionados jumentos y convencer a su dueño para que prestara uno de ellos al rabí tampoco debía ser considerado como un hecho milagroso. Ésa, al menos, fue mi impresión. Si en algo se distinguían Betania y Betfagé del resto de las poblaciones de Israel era precisamente en eso: en el profundo afecto y en la férrea fe de sus habitantes por el Cristo. Lázaro me confesó que estaba convencido de que aquel milagro del Nazareno —posiblemente uno de los más extraordinarios de cuantos llevó a cabo durante su vida pública— había tenido por escenario Betania, no para que las gentes de ambas aldeas creyesen, sino más bien porque ya creían. La teoría no era mala. Ciudades y pueblos mucho más importantes —caso de Nazaret, Cafarnaúm, Jerusalén, etc.— habían rechazado a Jesús...

El caso es que, según contó Pedro, cuando éste se disponía a soltar el jumento, se presentó el propietario. Al preguntarle por qué hacían aquello, el discípulo le explicó para quién era y el hebreo, sin más, respondió:

—Si vuestro Maestro es Jesús de Galilea, llevadle el pollino.

Al ver el asnillo —de pelo pardo, apenas de un metro de alzada y posiblemente de la llamada raza «silvestre» (muy común en África y en Oriente)— casi todos los presentes nos hicimos la misma pregunta: ¿Para qué podía necesitar el Maestro aquella dócil cría de asno? Jesús siempre había trillado los caminos con la única ayuda de sus fuertes piernas, que hoy serían envidiadas por muchos corredores de maratón... Poco después, al verle desfilar entre la muchedumbre que se agolpaba en el camino y en las calles de Jerusalén —a lomos del jumentillo— empecé a sospechar cuáles podían ser las verdaderas razones que habían impulsado a Jesús a buscar el concurso de aquel pequeño animal.

El Maestro, sin más demoras, dio la orden de salir hacia Jerusalén. Los gemelos, en un gesto que Jesús agradeció con una sonrisa, dispusieron sus mantos sobre el burro, sujetándolo por el ronzal mientras aquel gigante montaba a horcajadas. El Nazareno tomó la cuerda que hacía las veces de riendas y golpeó suavemente al asno con sus rodillas, invitándole a avanzar.

La considerable estatura del rabí le obligaba a flexionar sus largas piernas hacia atrás, a fin de no arrastrar los pies por el polvo del camino. Con todos mis respetos hacia el Señor, su figura, cabalgando de semejante guisa sobre el jumento, era todo un espectáculo, mitad ridículo, mitad cómico. Poco a poco, como digo, me fui dando cuenta que aquél, precisamente, era uno de los efectos que parecía buscar el Maestro. La tradición —tanto oriental como romana— fijaba que los reyes y héroes entrasen siempre en las ciudades a lomos de briosos corceles o engalanados carros. Algunas de las profecías judías hablaban, incluso, de un rey —un Mesías— que entraría en Jerusalén como un aguerrido libertador, sacudiendo de Israel el yugo de la dominación extranjera.

Pero, ¿qué clase de sentimientos podía provocar en el pueblo un hombre de semejante estatura, a lomos de un burrito? Indudablemente, una de las razones para entrar así en la ciudad santa había que buscarla en una intencionada idea de ridiculizar el poder puramente temporal. Y Jesús iba a lograrlo....

Al principio, tanto los hombres de su grupo, como las diez o doce mujeres elegidas por Jesús —y que se habían unido a la comitiva— quedaron desconcertados. Pero el Maestro era así, imprevisible, y ellos le amaban por encima de todo. Así que encajaron el hecho con resignación. El propio Jesús, con sus constantes bromas, contribuyó —y no poco— a descargar los recelos de sus fieles seguidores. Yo mismo me vi sorprendido al observar cómo el Nazareno se reía de su propia sombra.

Aquel ambiente festivo fue intensificándose conforme nos alejamos de Betania. Una muchedumbre que no sabría calcular se había ido agrupando a ambos lados del camino, saludando, vitoreando y reconociendo al Cristo como el «profeta de Galilea».

Los doce, que rodeaban al rabí estrechamente (tanto Pedro como Simón, el Zelotes, Judas Iscariote e incluso el propio Andrés, habían adoptado precauciones y sus espadas habían vuelto a las fajas), estaban estupefactos. Su miedo inicial por la seguridad de su jefe y del resto del grupo fue disipándose conforme avanzábamos.

Cientos —quizá miles— de peregrinos de toda Judea, de la Perea y hasta de Galilea parecían haberse vuelto repentinamente locos. Muchos hombres se despojaban de sus ropones y los extendían sobre el polvo del sendero, sonriendo y mostrándose encantados ante el paso del jumentillo. Como un solo individuo, las mujeres, niños, ancianos y adultos gritaban y repetían sin cesar «¡Bendito el que viene en nombre del Divino!...» «¡Bendito sea el reino que viene del cielo!...»

Tal y como suponía, las gentes no gritaron los conocidos *hosanna*, por la sencilla razón de que esta exclamación era una señal o petición de auxilio, según la etimología original de la palabra judía (1).

(1) La inclusión de los familiares «¡Hosanna al hijo de David!», que aparecen en los evangelios canónicos, parece ser una concesión posterior de la Iglesia primitiva, en base al salmo 118, 25, y que servía como profesión de fe, tal y como apuntó muy acertadamente Leonardo Boff. *(N. del m.)*

Quiero creer que aquel mismo escalofrío que me recorrió la espalda y que me hizo temblar, fue experimentado también por los apóstoles cuando, espontáneamente, muchos de aquellos hebreos cortaron ramas de olivos, saludando al Maestro, lanzando a su paso las flores violetas de los cinamomos y quemando, incluso, las ramas de este árbol, de forma que un fragante aroma se esparció por el ambiente.

Sinceramente, ninguno de los seguidores del Cristo podía esperar un recibimiento como aquel. ¿Dónde estaban las amenazas y la orden de captura del Sanedrín?

Algunas mujeres levantaban en vilo a sus niños, poniéndolos en brazos del Nazareno, que los acariciaba sin cesar. El corazón de Jesús, sin ningún género de dudas, estaba alegre.

Pero, ante mi sorpresa, cuando todo hacía suponer que la comitiva seguiría por el camino habitual —el que yo había tomado para dirigirme a Betania— Jesús y los doce giraron a la derecha, iniciando el ascenso de la ladera oriental del Olivete. Yo no había reparado en aquella empinada y pedregosa trocha que, efectivamente, servía para atajar. A los pocos metros, Jesús saltaba ágilmente del voluntarioso jumentillo, prosiguiendo a pie el ascenso hacia la cumbre de la «montaña de las aceitunas». La lluvia hacía rato que había cesado, aunque el cielo seguía con unas negras y amenazantes nubes.

Mientras el grupo se estiraba, caminando prácticamente en fila de a uno entre las plantaciones de olivos, el corazón me dio un vuelco. Aunque el módulo se hallaba en la cota más alta del Olivete y sobre unos peñascos donde no habíamos advertido sendero alguno, siempre cabía la posibilidad de que los participantes en aquella agitada manifestación de júbilo pudieran penetrar en la franja de seguridad de la «cuna».

Instintivamente me aparté del camino y advertí a Eliseo de la aproximación de la comitiva.

Al alcanzar la cumbre, el Maestro se detuvo. Respiré aliviado al comprobar que el «punto de contacto» del módulo se hallaba mucho más a la derecha y como a unos trescientos pies de donde nos habíamos detenido.

Jerusalén, desde aquella posición privilegiada, aparecía en todo su esplendor. Las torres de la fortaleza Antonia, del palacio de Herodes y, sobre todo, la cúpula y las murallas del Templo se habían teñido de amarillo con la caída de la tarde, destacando sobre un mosaico de casas y callejuelas blanco-cenicientas.

Un repentino silencio planeó sobre la comitiva, apenas roto por el rumor de abigarrados grupos de israelitas que corrían desde las puertas de la Fuente y de las Tejoletas —al sur de las murallas— advertidos de la llegada del profeta.

El semblante de Cristo cambió súbitamente. De aquel abierto y contagioso buen humor había pasado a una extrema gravedad. Los discípulos se percataron de ello pero, sencillamente, no entendían las razones del rabí. Todo estaba saliendo a pedir de boca...

El silencio se hizo definitivamente total, casi angustioso, cuando los allí reunidos comprobamos cómo Jesús de Nazaret, adelantándose hasta el filo de la ladera occidental del Olivete, comenzaba a llorar. Fue un llanto suave, sin estridencia alguna. Las lágrimas corrieron mansamente por las mejillas y barba del Nazareno. Yo sentí un estremecimiento y en mi garganta se formó un nudo áspero.

Con los brazos desmayados a lo largo de su túnica, el Cristo, sin poder evitar su emoción y con voz entrecortada, exclamó:

—¡Oh Jerusalén!, si tan sólo hubieras sabido, incluso tú, al menos en este tu día, las cosas pertenecientes a tu paz y que hubieras podido tener tan libremente... Pero ahora, estas glorias están a punto de ser escondidas de tus ojos... Tú estás a punto de rechazar al Hijo de la Paz y volver la espalda al evangelio de salvación... Pronto vendrán los días en que tus enemigos harán una trinchera a tu alrededor y te asediarán por todas partes Te destruirán completamente, hasta tal punto que no quedará piedra sobre piedra. Y todo esto acontecerá porque no conocías el tiempo de tu divina visita... Estás a punto de rechazar el regalo de Dios y todos los hombres te rechazarán.

Obviamente, ninguno de los que escucharon aquellas frases podía intuir siquiera el trágico fin que acababa de profetizar el rabí. Treinta y tres años más tarde, desde el 66 al 70, el general romano Tito Flavio Vespasiano primero caería sobre Israel con tres legiones escogidas y numerosas tropas auxiliares del Norte. Su hijo Tito remataría la destrucción del Templo y de buena parte de Jerusalén, en medio de un baño de sangre. Más de ochenta mil hombres, integrantes de las legiones 5.ª, 10.ª, 12.ª y 15.ª, reforzadas por la caballería, llegarían poco antes de la luna llena de la primavera del año 70 ante la murallas de la ciudad santa. En agosto de ese mismo año, y después de encarnizados combates, los romanos plantaban sus insignias en el recinto sagrado de los judíos. En septiembre, tal y como había advertido Jesús, no quedaba piedra sobre piedra de la que había sido la ciudad «ombligo del mundo». Según los cálculos de Tácito, en aquellas fechas se habían reunido en Jerusalén —con el fin de celebrar la tradicional Pascua— alrededor de seiscientos mil judíos. Pues bien, el historiador Flavio Josefo afirma que, durante el sitio, el número de prisioneros —sin contar a los crucificados y a los que lograron huir— se elevó a 97 000. Y añade que, en el transcurso de tres meses, sólo por una de las puertas de la ciudad pasaron 115 000 cadáveres de israelitas. Los que sobrevivieron fueron vendidos como esclavos y dispersados.

Las lágrimas y los lamentos del Nazareno estaban más que justificados...

El joven Juan, uno de los discípulos más queridos por Jesús —sin duda por su inocencia y generosidad— se aproximó hasta el Maestro y con el alma conmovida le tendió un pañolón, de los usados habitualmente para quitar el sudor del rostro y que solían guardar anudado en cualquiera de los brazos. Cristo, sin pronunciar una sola palabra más, se enjugó las lágrimas y volvió a montar en el jumento, iniciando el descenso hacia la ciudad.

La riada de gente que habíamos visto desde la cima subía ya por la ladera, arreciando en sus vítores.

Jesús, fuertemente escoltado por sus hombres, correspondía a aquellas manifestaciones de afecto, avanzando cada vez con mayores dificultades. El gentío que salía a raudales por las murallas de Jerusalén no se contentaba sólo con aclamarle a ambas orillas del camino. Muchos de ellos, especialmente los niños y adolescentes, se arremolinaban en torno al borriquillo, obligando a los discípulos a abrir paso entre empujones y gritos. ¡Era el delirio!

El bullicio había conmovido de tal forma a los hebreos de la ciudad y de los campamentos levantados en su entorno que, al poco, cuando la comitiva pujaba por cruzar bajo el arco de la puerta de la Fuente, en el vértice sur de Jerusalén, un grupo de fariseos y levitas —alertados por el tumulto y que, según los indicios, salía precipitadamente con idea de prender al impostor— hizo su aparición entre la muchedumbre. Los policías del templo, armados con espadas y mazas, permanecieron a la expectativa, esperando la orden de los sacerdotes. Pero el entusiasmo y el clamor de aquellos miles de judíos eran tales que debieron pensarlo con más calma y, prudentemente, dejaron pasar a Jesús y a sus seguidores. El rabí, con una envidiable astucia, había evitado su tumultuosa entrada por la zona nororiental de Jerusalén. Desde la cumbre del Olivete, el ingreso en la ciudad santa hubiera resultado mucho más rápido, salvando el cauce seco del Cedrón y penetrando por la llamada Puerta Probática o por la del Oriente, en el costado oriental de las murallas. Aquella maniobra, sin embargo, entrañaba un riesgo latente: pasar muy cerca de la fortaleza Antonia, sede y cuartel general de las fuerzas romanas de ocupación. Por otra parte, al planear la entrada triunfal por la zona más meridional, Jesús se veía obligado a cruzar por algunas de las calles más populosas de la parte baja y vieja de la capital. Aunque tampoco llegué a preguntárselo jamás, al contemplar aquella imponente manifestación del pueblo judío, volcado con y por Jesús (1), tuve la certidumbre de que el Maestro quiso dirigir sus pasos a través de aquel sector de Jerusalén, precisamente con una doble intención: permitir así un más prolongado y caluroso recibimiento que —de paso— le protegiera a Él y a sus hombres contra la orden de caza y captura dictada por el Sanedrín. Aquel estallido fue tan sincero y clamoroso que, como ya he mencionado, los sacerdotes no se atrevieron a consumar el prendimiento.

Al entrar en las calles de Jerusalén, la multitud se volvió tan expresiva que muchos de los jóvenes y mujeres, al alcanzar la rosaleda (único jardín permitido en la ciudad santa), arrancaron decenas de flores, arrojándolas al paso de Cristo.

(1) Nuestro ordenador central, en base a los cálculos estimados en la *Misná*, nos había prevenido sobre la afluencia de hebreos que podríamos encontrar en aquellos días en la Pascua en Jerusalén. De acuerdo con las medidas de los diferentes atrios del templo, Santa Claus fijaba en unos dieciocho mil los israelitas que podían tener acceso al recinto sagrado, en tres turnos y que representaba el sacrificio de otros tantos corderos pascuales. Teniendo en cuenta que cada víctima podía ser consumida por un promedio aproximado de diez personas, ello significaba un volumen de unos ciento ochenta mil asistentes a la fiesta. De éstos, unos veinte mil eran vecinos de la propia ciudad de Jerusalén y quizá otros cinco o diez mil más acampaban fuera de las murallas. En suma, los peregrinos llegados en aquellos días hasta la ciudad santa podían oscilar alrededor de los cien mil o ciento veinticinco mil. Esto nos da una idea bastante aproximada de lo que realmente constituyó la aglomeración al paso de Jesús y de sus discípulos en aquella tarde del domingo, 2 de abril. *(N. del m.)*

Aquel gesto desbordó los perturbados ánimos de los fariseos y escribas que habían ido saliendo al encuentro del «impostor» y algunos de ellos —los más audaces— se abrieron camino a codazos y empellones, cerrando la marcha del Nazareno.

Alzando sus voces por encima del tumulto, los sacerdotes le gritaron a Jesús:

—¡Maestro, deberías reprender a tus discípulos y exhortarles a que se comporten con más decoro!

Pero el rabí, sin perder la calma, les contestó:

—Es conveniente que estos niños acojan al Hijo de la Paz, a quien los sacerdotes principales han rechazado. Sería inútil hacerles callar... Si así lo hiciera, en su lugar podrían hablar las piedras del camino.

Los fariseos, desalentados y rabiosos, dieron media vuelta y con la misma violencia, se perdieron en la cabeza de la manifestación, camino sin duda del templo, donde —según pude verificar poco después— el Sanedrín celebraba uno de sus habituales consejos. Estos sacerdotes dieron cuenta a sus colegas de lo que estaba sucediendo en las calles del barrio viejo de Jerusalén. José de Arimatea, miembro de este Sanedrín y buen amigo de Jesús, relataría a la mañana siguiente a Andrés y al resto de los apóstoles cómo los fariseos irrumpieron con los rostros desencajados en la sala de las «piedras talladas» (lugar de sesiones del Sanedrín), exclamando: «¡Mirad, todo lo que hacemos es inútil! Hemos sido confundidos por ese galileo. La gente se ha vuelto loca con él... Si no paramos a esos ignorantes, todo el mundo le seguirá.»

La triunfal comitiva prosiguió su marcha por las estrechas y empinadas callejas de la ciudad. Las gentes se asomaban a las ventanas o le saludaban desde los terrados y muchos —que veían en realidad al Nazareno por primera vez— preguntaban: «¿Quién es este hombre?» La propia multitud y los discípulos se encargaban de responder a voz en grito: «¡Éste es el profeta de Galilea! ¡Jesús de Nazaret!»

A eso de las tres y media o cuatro de la tarde, llegamos al largo muro oeste del hipódromo. Una vez allí, al sur del gran recinto del templo, Jesús descendió definitivamente del jumento, pidiendo a los gemelos Alfeo que regresaran a Betfagé y devolvieran el burrito a su dueño. Atraídos por el incesante griterío de los judíos, algunos de los miembros del Sanedrín se asomaron por entre los altos arcos del acueducto que unía el vértice suroccidental de templo con la zona alta de la ciudad, contemplando atónitos cómo la multitud solicitaba a gritos que Jesús hablase y que fuese proclamado rey. En el ánimo general —incluyendo a los más íntimos del Nazareno— flotaba la creencia de que aquél era el libertador esperado. Por un momento me dejé llevar por la fantasía e imaginé qué hubiera podido ocurrir si el rabí hubiera accedido a las incesantes peticiones del pueblo...

Pero no eran esas —ni mucho menos— las intenciones del Galileo. Muy al contrario. Haciendo caso omiso de las sugerencias de sus propios discípulos, que le suplicaban que se dirigiera a la muchedumbre, Jesús de Nazaret, en silencio y con su peculiar paso rápido, dejó a la gente plantada, entrando a la gran explanada del templo por la llamada puerta Doble.

Los diez apóstoles y las mujeres recordaron las órdenes de Cristo de no dirigirse públicamente a los hebreos y, a regañadientes y malhumorados, siguieron al Maestro hasta el interior del recinto. Yo permanecí unos instantes al pie del imponente muro sur del templo, observando cómo parte de los que le habían venido aclamando se dispersaba, mientras otros cientos se decidían finalmente por acompañar al Mesías.

Al penetrar en la gran explanada que rodeaba el santuario —y a pesar de haber visto aquel formidable «rectángulo» desde el aire— quedé sobrecogido por la magnificencia de la obra. Herodes se había jugado el todo por el todo en la construcción de aquel templo. Enormes bloques de piedra —meticulosamente escuadrados y encajados (los mayores de 4,80 × 3,90 metros)— constituían las hiladas inferiores de los sillares. El inmenso patio de los Gentiles, que rodeaba totalmente el santuario propiamente dicho, había sido cercado con una soberbia columnata. Una balaustrada aislaba el templo de la zona destinada a los no judíos (el mencionado atrio de los Gentiles). Sobre dos de sus trece puertas de acceso al interior, y en las que montaban guardia los levitas o policías al mando de siete guardianes permanentes, pude leer sendas advertencias —en griego— que, naturalmente, respeté en todo momento. Decían textualmente: «Ningún extranjero puede penetrar dentro de la cerca y muralla en torno al santuario. Todo el que sea sorprendido violando esta orden será responsable de la pena de muerte que de ahí se seguirá.»

Realmente, los historiadores como Josefo o Tácito no habían exagerado al describir aquella maravilla. Al ingresar en el gigantesco «rectángulo» —daba igual el acceso que se utilizase para ello— uno quedaba deslumbrado por el lujo. Todas las puertas —tanto la Probática como la Dorada o los pórticos Doble, Triple y el Real— habían sido recubiertas con planchas de oro y plata. (Sólo había una excepción, aunque no me fue posible verificarlo ya que se hallaba en el centro mismo del templo. Era la denominada Puerta de Nicanor. Según Josefo y la *Misná*, «todas las puertas que allí había estaban doradas, exceptuada la puerta de Nicanor, pues en ella había sucedido un milagro; según otros, porque su bronce relucía como el oro».) (1)

A aquellas horas del atardecer, con la luz solar incidiendo oblicuamente sobre Jerusalén, las agudas puntas que sobresalían en el tejado —enteramente bañadas en oro— relucían y destelleaban, proporcionando al conjunto un halo casi mágico y fascinante.

El patio de los Gentiles —en especial toda la zona próxima a las columnatas del llamado Pórtico Regio— presentaba un movi-

(1) El archivo contenido en el ordenador central del módulo ponía de manifiesto —según el escrito rabínico *Middot*, II,3— que la citada puerta de Nicanor, situada entre el atrio de las mujeres y el de los israelitas (todo él en el interior del templo), era de bronce de Corinto. Según datos escritos por Josefo, «nueve puertas del templo, junto con dinteles y jambas, estaban completamente revestidas de oro y plata. Una sola era de bronce de Corinto, la cual superaba con mucho a las otras en valor». Al incendiar las puertas para tomar el templo, se fundió el revestimiento y las llamas alcanzaron así las partes de madera. Siguiendo con esta suntuosidad, Flavio Josefo asegu-

miento inusitado. Buena parte de esta área sur del gran «rectángulo» del templo se encontraba atestada de tenderetes, mesas y jaulas con palomas. Teniendo en cuenta que dicha explanada medía en su parte más estrecha (justamente al pie de la columnata del Pórtico Regio) 735 pies (1), es fácil hacerse una idea del volumen de puestos de venta que —en tres o cuatro hileras— habían sido montados en la mencionada explanada. No llegué a sumarlas en su totalidad, pero dudo mucho que las mesas de los vendedores bajasen de trescientas o cuatrocientas.

En su mayoría se trataba de «intermediarios», que comerciaban con los animales que debían ser sacrificados en la Pascua. Allí se vendían corderos, palomas y hasta bueyes. En muchos de los tenderetes, que no eran otra cosa que simples tableros de madera montados sobre las propias jaulas o, cuando mucho, provistos de patas o soportes plegables, se ofrecían y «cantaban» al público muchos de los productos necesarios para el rito del sacrificio pascual: aceite, vino, sal, hierbas amargas, nueces, almendras tostadas y hasta mermelada. Y en mitad de aquel mercado al aire libre pude distinguir también una larga hilera de mesas de los llamados «cambistas» —griegos y fenicios en su mayoría— que se dedicaban al cambio de monedas. La circunstancia de que muchos miles de peregrinos fueran judíos residentes en el extranjero había hecho poco menos que obligada la presencia de tales «banqueros». Allí vi monedas griegas (tetradracmas de plata, didracmas áticos, dracmas, óbolos, calcos y leptones o «calderilla» de bronce), romanas (denarios de plata, sextercios de latón, dispondios, ases o «assarius», semis y cuadrantes) y, naturalmente, todas las variantes de la moneda judía (denarios, maas y pondios —todos ellos en plata— y ases, musmis, kutruns y perutás, en bronce, entre otras).

Estos «cambistas» ofrecían, además, un importante servicio a los hebreos, ya que les proporcionaban —«in situ»— el cambio ne-

---

raba que el vestíbulo estaba enteramente recubierto de placas de oro «de cien codos cuadrados y del grosor de un denario de oro». De las vigas del vestíbulo colgaban cadenas de oro. Allí mismo había dos mesas; una de mármol y otra de oro; esta última era de oro macizo. Sobre la entrada que conducía del vestíbulo al Santo se extendía una parra también de oro, la cual crecía continuamente con las donaciones de sarmientos de oro que los sacerdotes se encargaban de colgar. Además, sobre esta entrada pendía un espejo de oro que reflejaba los rayos del sol naciente a través de la puerta principal (que no tenía hojas). Había sido una donación de la reina Helena de Adiabene. En el Santo, situado detrás del vestíbulo, se hallaban singulares obras de arte, que constituyeron los trofeos de Tito a su entrada triunfal en Roma: el candelabro macizo de siete brazos, de dos talentos de peso (cada talento equivalía a 34 kilos y 272 gramos) y la mesa maciza de los panes de la proposición, también de varios talentos de peso. El «sanctasanctórum», finalmente debía de hallarse vacío y sus paredes totalmente recubiertas de oro.

Una vez dentro del atrio de las mujeres, el oro resplandecía también por doquier. Había candelabros de oro, con cuatro copas en sus vértices. Las tesorerías del templo estaban abarrotadas de objetos de plata y oro. Según cuenta Josefo, al registrarse la destrucción del templo por los romanos, la provincia de Siria se vio inundada por una gigantesca oferta de oro que trajo como consecuencia la caída de la «libra de oro». *(N. del m.)*

(1) Unos 245 metros, aproximadamente *(N. del t.)*

cesario para poder satisfacer el obligado tributo o contribución al tesoro del templo. Su presencia en el lugar, por tanto, era tan antigua como tolerada. Y hago estas puntualizaciones previas porque, al día siguiente, lunes —3 de abril—, yo iba a ser testigo de excepción de un hecho histórico —la mal llamada «expulsión de los mercaderes del templo por Jesús»— que, a juzgar por lo que pude ver, no había sido descrita correctamente por los evangelistas.

Mientras el Maestro y sus discípulos paseaban por entre los puestos de venta, contemplando los preparativos para la Pascua, yo aproveché para cambiar algunas de mis pepitas de oro por moneda romana y hebrea, a partes iguales. En total, y después de no pocos regateos con uno de aquellos malditos especuladores fenicios, obtuve cuatrocientos denarios de plata y varios cientos de ases o moneda fraccionaria por casi la mitad de mi bolsa.

Al contemplar al rabí de Galilea, rodeado de sus amigos, departiendo pacíficamente con aquellos cientos de mercaderes, me asaltó una inquietante duda: ¿cómo podía mostrarse Jesús tan tranquilo y natural con aquellos «cambistas» e «intermediarios», cuando el evangelio afirma que, en una de sus múltiples visitas al templo, la emprendió a latigazos con ellos, haciendo saltar por los aires las mesas? La explicación —lógica y sencilla— llegaría, como digo, al día siguiente...

Poco a poco, la multitud que le había seguido, incluso, hasta la gran explanada que rodea el Santuario, fue olvidando al Nazareno, y el Maestro, en compañía de sus discípulos, penetró en el templo por el Pórtico Corintio, perdiéndose en su interior. Yo no tuve más remedio que esperar en el atrio de los Gentiles. Esta circunstancia me impediría estar presente en el conocido suceso de la viuda que, en aquellos momentos, debió acudir hasta uno de los «cepillos» donde los judíos depositaban su contribución para el sostenimiento del templo. A la salida del grupo, Andrés me refirió la lección que acababa de darles Jesús y que, en esencia, ha sido correctamente narrada por los evangelistas. Lo que yo no sabía es que esos «cepillos», en número de trece, estaban estratégicamente situados en una sala que rodeaba el atrio de las mujeres. (Las hebreas no podían salir de ese recinto y entrar en los patios de los hombres o de los sacerdotes.) Eran recipientes en forma de trompeta —estrechos por su boca y anchos en el fondo— para protegerlos de los ladrones. El tercero de estos «cepillos» estaba al cargo de un tal Petajía, responsable de los sacrificios de las aves y que controlaba el dinero que se depositaba en dicho tercer «cepillo». (En lugar de realizar la ofrenda de los animales, el judío podía entregar el equivalente en dinero.) Pues bien, este Petajía —cuyo verdadero nombre era Mardoqueo— había recibido este mote a causa de su extraordinaria facilidad como políglota: ¡sabía setenta lenguas! (La palabra *pataj* significa «abría»; es decir, «abría» las palabras al interpretarlas.) Aquella alusión de Andrés iba a resultar altamente provechosa para mí, ya que —días después— el tal Petajía iba a jugar un papel destacado en una de las negaciones de Pedro...

Mientras aguardaba la salida del grupo del interior del Santuario, me senté muy cerca de los mercaderes y pude asistir a un fenómeno que, al parecer, era frecuente en la compra-venta. Muchos de los «intermediarios» abusaban cruelmente de los hebreos más humildes, llegando a venderles una tórtola por nueve y diez ases. (Si tenemos en cuenta que el precio normal de estas aves en Jerusalén era de 1/8 de denario o 3 ases, las ganancias de estos usureros resultaban desproporcionadas.) (1).

Pero lo más irritante es que aquel saneado negocio era propiedad de la poderosa familia de Anás, ex sumo sacerdote. Esto sí explicaba la tolerancia del comercio de animales para el sacrificio en aquel lugar, a pesar de la santidad del mismo. (También aquella observación iba a resultar importante para comprender lo que sucedería al día siguiente.)

Indignado con aquellas miserables actitudes de los «intermediarios», procuré distrarme, fijando un máximo de detalles de cuanto tenía a mi alrededor. Conté, incluso, el número de columnas del Pórtico Regio: 162 esbeltas pilastras de estilo corintio. Las balaustradas habían sido trabajadas en piedra. Una de ellas —de tres codos de altura (157,5 centímetros)— separaban el atrio interior y el exterior, accesible a nosotros, los paganos. En algunas zonas de esta balaustrada exterior habían sido grabadas también las mismas advertencias que yo había leído sobre varias de las puertas de acceso al templo. Los pórticos que rodeaban esta inmensa explanada —cuidadosamente enlosada con piedras de diferentes colores— estaban cubiertos con artesonados de madera de cedro, traída posiblemente de los bosques del Líbano.

Cuando vi aparecer a los primeros discípulos, un grupo de griegos que había llegado en aquellos días a Jerusalén y que, por supuesto, habían oído hablar de Jesús, se acercaron a Felipe y le expusieron su deseo de conocer al Maestro. Jesús no había salido aún del templo y el discípulo fue a consultar al apóstol que, hasta después de la resurrección del Galileo, ostentaría la autoridad moral del grupo: Andrés, el hermano de Pedro. Este pescador me había llamado la atención desde un primer momento por su seriedad. Casi siempre aparecía silencioso, como preocupado y distante. Quizá esa introversión se debiera a su cultura rudimentaria o a su acentuada timidez. Era algo más delgado que su hermano, más o menos de la misma estatura (1,60 metros, aproximadamente), cabeza pequeña y cabello fino y abundante, a diferencia de Pedro, que sufría una extrema calvicie. Aparecía siempre pulcramente afeitado. Es de suponer que fuera algo mayor que Pedro, aunque la calvicie de aquél le hacía parecer más viejo.

Andrés escuchó en silencio el mensaje de su compañero y, tras observar al grupo de griegos, regresó con Felipe al interior del Santuario. Al poco aparecía Jesús quien, gustosamente, departió con aquellos gentiles.

Algunos de los griegos sabían del misterioso anuncio del rabí sobre su muerte y le interrogaron sobre ello. Jesús les respondió:

—En verdad, en verdad os digo que si el grano de trigo arrojado a la tierra no muere, se queda solo; pero si muere, produce mucho fruto...

(1) Cuando interrogué a Andrés sobre la cantidad de dinero que había depositado la viuda en el cepillo del templo, éste me señaló que creyó ver un total de dos lepta o 1/4 de as. En otras palabras, pura calderilla. (Una ración diaria de pan venía costando en Jerusalén un par de ases. Lo normal es que con un as pudieran comprarse dos pájaros.) *(N. del m.)*

—¿Es que es preciso morir para vivir? —preguntó uno de los gentiles visiblemente extrañado ante las palabras del Maestro.

—Quien ama su vida —le contestó Jesús—, la pierde. Quien la odia en este mundo, la conservará para la vida eterna.

—¿Y qué nos ocurrirá a nosotros —preguntaron nuevamente los griegos— si te seguimos?

—El que se acerca a mí, se acerca al fuego. Quien se aleja de mí, se aleja de la vida.

Uno de los que escuchaban interrumpió al Galileo, replicándole que aquellas palabras eran similares a las de un viejo refrán griego, atribuido a Esopo: «Quien está cerca de Zeus, está cerca del rayo.»

—A diferencia de Zeus —comentó el Maestro— yo sí puedo daros lo que ningún ojo vio, lo que ningún oído escuchó, lo que ninguna mano tocó y lo que nunca ha entrado en el corazón del hombre. Si alguno de vosotros quiere servirme —concluyó— que me siga. Donde yo esté, allí estará también mi servidor. Si alguien me sirve, mi Padre lo honrará...

Pero los griegos no parecían muy dispuestos a ponerse a las órdenes del rabí y terminaron por alejarse.

Jesús, sin poder disimular su tristeza, comentó entre sus discípulos: «Ahora, mi alma está turbada... ¿Qué diré? Padre, ¡líbrame de esta hora!...»

Sin embargo, el Cristo pareció arrepentirse al momento de aquellos pensamientos en voz alta y añadió, de forma que todos sus seguidores pudieran oírle:

—Pero para esto he venido a esta hora...

Y levantando su rostro hacia el encapotado cielo de Jerusalén, gritó:

—¡Padre, glorifica tu nombre!

Lo que aconteció inmediatamente es algo que no sabría explicar con exactitud. Nada más pronunciar aquellas desgarradoras palabras, en la base —o en el interior— de los cumulonimbus que cubrían la ciudad (y cuya altura media, según me confirmó Eliseo, era de unos seis mil pies) se produjo una especie de relámpago o fogonazo. De no haber sido por la potente y metálica voz que se dejó oír a continuación, yo lo habría atribuido a una posible chispa eléctrica, tan comunes en este tipo de nubes tormentosas. Pero, como digo, casi al unísono de aquel «fogonazo», los cientos de personas que permanecíamos en la gran explanada pudimos escuchar una voz que, en arameo, decía:

—Ya he glorificado y glorificaré de nuevo.

La multitud, los discípulos y yo mismo quedamos sobrecogidos. Al fin, la gente comenzó a reaccionar y la mayoría trató de tranquilizarse, asegurando que «aquello» sólo había sido un trueno. Pero todos, en el fondo de nuestros corazones, sabíamos que un trueno no habla...

Los hebreos volvieron a agolparse en torno al Maestro y éste les anunció:

—Esta voz ha venido, no por mí, sino por vosotros. Ahora es el juicio de este mundo: ahora va a ser expulsado el príncipe de este mundo. Y yo, levantado de la tierra, atraeré a todos los hombres hacia mí...

Pero, tal y como me temía, aquella turba no entendió una sola palabra. Los propios discípulos se miraban entre sí, como diciendo: «¿de qué está hablando?»

Algunos de los sacerdotes que habían salido del santuario al escuchar aquella enigmática voz, le replicaron «que ellos sabían por la Ley que el Mesías viviría siempre». Jesús, sin inmutarse, se volvió hacia los recién llegados y les contestó:

—Todavía un poco más de tiempo estará la luz entre vosotros. Caminad mientras tenéis la luz y que no os sorprenda la oscuridad: el que camina en la oscuridad no sabe a dónde va. Mientras tenéis la luz, creed en la luz, para que seáis hijos de la luz...

—Somos nosotros, los sacerdotes —arremetieron los representantes del templo, tratando de ridiculizar a Jesús—, quienes tenemos la potestad de enseñar la luz y la verdad a éstos...

El rabí, señalando con su mano derecha a la muchedumbre, replicó:

—¡Ciegos!... Veis la mota en el ojo de vuestro hermano, pero no veis la viga en el vuestro. Cuando hayáis logrado quitar la viga de vuestro ojo, entonces veréis con claridad y podréis quitar la mota del ojo de éstos...

Jesús, entonces, cruzó las murallas del templo, seguido por sus más allegados.

La noche no tardaría en caer y el Maestro, tal y como tenía por costumbre, cruzó el barrio viejo de Jerusalén, en dirección a la puerta de la Fuente, con el fin de descansar en Betania.

Durante la entrada triunfal del Nazareno en la ciudad la aglomeración había sido tal que, francamente, apenas si tuve oportunidad de fijarme en las calles y edificaciones. Ahora, en cambio, fue distinto. Al dejar atrás los 195 metros del muro exterior del hipódromo, el grupo se deslizó por las estrechísimas callejas —casi todas en declive— de la ciudad vieja. Jerusalén se dividía entonces en dos grandes núcleos: este sector por el que ahora circulábamos (conocido también como *sûq-ha-tajtôn* o Akra) y la zona alta o *sûq-ha-elyon*, ubicada al noroeste. Ambas «ciudades» estaban separadas por una depresión o valle: el Tiropeón. Aquella raíz —*sûq*— designaba la naturaleza de ambos lugares. Esta palabra significa «bazar». Y eso es lo que pude ver en este y en sucesivos recorridos por Jerusalén: un sinfín de «bazares» en los que se vendía de todo.

Cada uno de los sectores de la ciudad estaba cruzado por sendas calles principales, adornadas con columnatas: la gran calle del mercado, en la zona alta. Y la pequeña calle del mercado, en la ciudad vieja (1). Estas dos «arterias» comerciales estaban unidas por un enjambre de calles transversales que constituían un laberinto. En esa red de callejuelas —la mayoría sin empedrar y sumidas en un pestilente olor, mezcla de aceite quemado, guisotes y orines arrojados al centro de las vías— se hacinaban miles de viviendas, casi todas de una sola planta y con las paredes desconchadas.

Pero el grupo, encabezado siempre por Jesús, evitó aquellas incómodas y oscuras callejas, dirigiendo sus pasos por una de las calzadas más anchas de esta parte baja de Jerusalén. Ante mi sorpresa, entramos de pronto en una calle de casi ocho metros de an-

(1) Ésta corresponde a la actual calle el-Wad. *(N. del m.)*

cho, perfectamente empedrada, que desembocaba junto a la piscina de Siloé.

Las antorchas y lucernas —estratégicamente situadas sobre los muros de las casas— empezaban ya a alumbrar la noche de la ciudad santa. Sin embargo, y a pesar de las súbitas tinieblas, el tráfico de peatones era incesante. A las puertas de los edificios de aquella calle, de más de doscientos metros de longitud, observé numerosos artesanos, enfrascados por entero en sus labores o en interminables regateos con los posibles compradores. En aquella zona baja o vieja se habían afincado las profesiones más nobles y consideradas de Jerusalén. Los paganos, prosélitos e «impuros», en cambio, tenían sus dominios en la parte alta. El fanatismo de los judíos en este sentido había llegado a tal extremo que, por ejemplo, el esputo de un habitante de la ciudad alta era considerado como impuro; cosa que no ocurría con las expectoraciones de los residentes en esta área de la ciudad. Andrés me explicó que, en el fondo, todo había arrancado a raíz de la instalación de los «bataneros» o blanqueadores de tejidos en dicha zona alta. Éstos aparecían entre las profesiones «despreciables» de la comunidad israelita.

Junto a las más variadas tiendas o *janûyôt* se alineaban —siempre en la calle— sastres, barberos, médicos o sangradores, fabricantes de sandalias, carpinteros, zapateros, vendedores de lámparas y de utensilios propios de cocina, artesanos del cobre y hasta fabricantes de vestidos de Tarso, sin olvidar a los solicitados vendedores de perfumes y de ungüentos. Aquello, en definitiva, constituía un espectáculo único, en el que los pregones de las mercancías, gritos infantiles, risas y el aroma de las frituras terminaban por envolverle a uno, cautivándole.

Fue en uno de aquellos puestos al aire libre donde, súbitamente, decidí adquirir un hermoso frasco de esencia de nardo. Sin ocultar su extrañeza, el bueno de Andrés —que me sirvió de oportuno mediador— consiguió una sustancial rebaja, pagando un total de 250 denarios por la preciada jarra. La vasija en cuestión había sido primorosamente labrada, por el antiquísimo procedimiento que los hebreos llamaban del «decantado de líquidos», de pulimento circular. El engobe y el bruñido habían reducido la porosidad de los vasos, con un pulimento tan brillante que, a primera vista, daba la impresión de un proceso de vidriado.

Alcanzamos al Maestro y a los restantes discípulos cuando pasaban bajo el arco de la puerta de la Fuente, en el extremo meridional de Jerusalén. Yo sabía que la ciudad, en especial en aquellos días previos a la Pascua, era un «nido» de mendigos, pero, al cruzar las murallas quedé impresionado. Decenas de leprosos se disponían a pasar la noche, envueltos en sus mantos y harapos, mientras una legión de cojos, lisiados, hinchados, contrahechos y ciegos nos salían al paso, suplicándonos una limosna. De no haber sido por Andrés, que tiró de mí sin contemplaciones, lo más probable es que mis 150 denarios restantes hubieran ido a parar a manos de aquellos supuestos desdichados. Y digo «supuestos» porque —según el hermano de Pedro— la inmensa mayoría eran simuladores «profesionales», que aprovechaban la fiesta para conmover los corazones de los forasteros y «no dar golpe...».

Creo que no me percaté bien del desconcierto general de los discípulos de Cristo hasta que hubimos caminado algo más de un kilómetro, rumbo a Betania. El Maestro, silencioso, encabezaba el grupo, tirando de los diez con sus características zancadas.

Ni uno solo abrió la boca en todo el trayecto. Aquellos galileos parecían confusos, deprimidos y hasta malhumorados. Pronto deduje cuál era la razón. Después de la apoteósica e inesperada recepción tributada al Maestro, los apóstoles no habían comprendido por qué Jesús no había aprovechado aquella magnífica oportunidad para proclamarse rey e instalar, definitivamente, su «reino» en Judea, extendiéndolo después a las restantes provincias. Al ver sus rostros no era difícil imaginar cuáles eran sus pensamientos.

Andrés, preocupado por su responsabilidad como jefe del grupo, era quizá el que menos valoraba aquel estallido popular en torno al Maestro.

La verdad es que, en los días sucesivos, algunos de los íntimos —en especial Pedro, Santiago, Juan y Simón Zelotes— tuvieron que hacer considerables esfuerzos para asimilar tantas emociones...

Simón Pedro fue posiblemente uno de los más afectados por la manifestación popular. Y, más que por el excitante recibimiento, por el incomprensible hecho de que el Maestro no se hubiera dirigido a la multitud o, cuando menos, que les hubiera permitido hacerlo a ellos. Para Pedro, aquélla había sido una magnífica oportunidad... perdida.

Mientras caminaba hacia Betania le noté afligido y triste. Sin embargo, su pasión por Cristo era tal que supo encajar el extraño comportamiento del Nazareno sin el menor reproche o signo de disgusto.

Los sentimientos de Santiago, el Zebedeo, eran muy parecidos a los de Simón Pedro. Su miedo inicial había ido esfumándose conforme bajaban por la ladera del Olivete. La vista de aquella multitud que aclamaba a su Maestro le había hecho concebir esperanzas de poder e influencia. Pero todo se había venido abajo cuando Jesús descendió del jumentillo, perdiéndose en el templo. ¿Cómo podía renunciar así, tan graciosamente, a una oportunidad de oro como aquélla?

Por su parte, Juan Zebedeo había sido el único que había intuido las intenciones de Jesús. Él recordaba que el Maestro les había hablado en alguna ocasión de la profecía de Zacarías y, no sin dificultades, asoció aquella entrada triunfal con las verdaderas intenciones de Jesús. Aquello le salvó en buena medida de la depresión general que ocasionó el traumatizante final. Su juventud y ciego amor por el Nazareno le impedían, además, sospechar o imaginar siquiera que el Maestro se hubiera equivocado...

Felipe, el «intendente» y hombre «práctico» del grupo, había sufrido otro tipo de preocupación. Al ver aquella riada humana pensó por un momento que Jesús podía pedirle —como ya había hecho en otras oportunidades— que les diera de comer. Por eso, al verle abandonar la procesión y pasear tranquilamente por el recinto del templo, sintió un profundo alivio.

Cuando aquellos temores desaparecieron de su mente, Felipe se unió a los sentimientos de Pedro, compartiendo el criterio de que había sido una lástima que Jesús no hubiera aprovechado aquella ocasión para instalar definitivamente el reino. Aquella noche, sumido en las dudas, se preguntó una y otra vez qué podían querer decir todas aquellas cosas. Pero su fe en el Galileo era sólida y pronto olvidaría sus incertidumbres.

Mateo, hombre cauto, aunque de una fidelidad extrema, quedó maravillado ante aquel estallido multicolor en torno al rabí. Sin embargo, su natural escepticismo se sobrepuso y no tardaría en olvidar aquellas emociones de la tarde del domingo. Sólo hubo un momento en el que Mateo estuvo a punto de perder su habitual calma. Ocurrió en plena explosión popular, cuando uno de los fariseos se burló públicamente de Jesús, diciendo: «Mirad todos. Ved quién viene: el rey de los judíos sobre un asno.» Aquello estuvo a punto de sacarle de sus casillas y poco faltó —según me confesó días después— para que saltara sobre el sacerdote.

A la mañana siguiente, como digo, Mateo había superado la crisis general, mostrándose tan alegre como siempre. Después de todo, era un perdedor que sabía tomarse la vida con filosofía...

Tomás, como Pedro, caminaba aturdido. Su profundo corazón no terminaba de encontrar la razón de aquel festejo, absolutamente infantil, según su criterio. Jamás había visto a Jesús en un enredo como aquél y eso le había desorientado. Por un momento, el práctico y frío Tomás llegó a suponer que todo aquel alboroto sólo podía obedecer a un motivo: confundir a los miembros del Sanedrín, que —como todo el mundo sabía— intentaban prender al Maestro. Y no le faltaba razón...

Otro de los grandes confundidos por aquel acontecimiento fue Simón el Zelotes. Su sentido del patriotismo le había hecho concebir todo tipo de sueños respecto al futuro político de su país. Él acariciaba la idea de liberar a Israel del yugo romano y devolver al pueblo su soberanía. Y Jesús, por supuesto, debía ocupar el derrocado trono de David. Al asistir a la entrada triunfal en Jerusalén, su corazón tembló de emoción y se vio ya al mando de las fuerzas militares del nuevo reino. Al descender por el monte de los Olivos imaginó, incluso, a los sacerdotes y simpatizantes del Sanedrín ajusticiados o desterrados. Fue, sin lugar a dudas, el apóstol que gritó con más fuerza y que animó constantemente a la multitud. Por eso, a la caída de la tarde, era también el hombre más humillado, silencioso y desilusionado. Tristemente, no se recuperaría de aquel «golpe» hasta mucho después de la resurrección del Maestro.

Con los gemelos Alfeos no existió problema alguno. Para ellos, despreocupados y bromistas, fue un día perfecto. Disfrutaron intensamente y guardaron aquella experiencia «como el día que más cerca estuvieron del cielo». Su superficialidad evitó que germinara en ellos la tristeza. Sencillamente, aquella tarde culminaron todas sus aspiraciones.

En cuanto a Judas Iscariote, nunca llegué a saber con exactitud cuáles fueron sus verdaderos sentimientos. En algunos momentos me pareció notar en su rostro signos evidentes de desacuerdo y repulsión. Es posible que todo aquello le pareciese infantil y ridículo. Como los griegos y romanos, consideraba grotesco y despreciable a todo aquel que consintiese cabalgar sobre un asno. No creo equivocarme si deduzco que Judas estuvo a punto de abandonar allí mismo al grupo. Pero posiblemente le frenó el hecho de ser el «administrador» de los bienes. Eso significaba una permanente posibilidad de disponer de dinero y Judas sentía una especial inclinación por el oro.

Quizá uno de los momentos más dramáticos para el vengativo Judas fue poco antes de llegar a las murallas de Jerusalén. De pronto, un importante saduceo —amigo de la familia de Jesús— se acercó a él y, dándole una palmadita en la espalda, le dijo: «¿Por qué ese aspecto de desconcierto, mi querido amigo? Anímate y únete a nosotros, mientras aclamamos a este Jesús de Nazaret, el rey de los judíos, mientras entra por las puertas de la ciudad a lomos de un burro.»

Aquella burla debió de herirle en lo más profundo. Judas no podía soportar aquel sentimiento de vergüenza. Esa pudo ser otra razón de peso para acelerar su plan de venganza contra el Maestro. El apóstol tenía tan incrustado el sentido del ridículo que allí mismo se convirtió en un desertor.

Salvo muy contadas excepciones, los discípulos de Cristo demostraron en aquel histórico acontecimiento —a pesar de sus tres largos años de aprendizaje y convivencia con el Mesías— que no habían entendido nada de nada.

Comprendí y respeté el duro silencio de Jesús, a la cabeza de aquellos hombres hundidos y perplejos. Se hallaba a un paso de la muerte y ninguno parecía captar su mensaje...

3 DE ABRIL, LUNES

Según mis noticias, fueron muy pocos los discípulos que lograron conciliar el sueño en aquella noche del domingo al lunes, 3 de abril. Salvo los gemelos, el resto permaneció rumiando sus pensamientos. Aquellos galileos se hallaban tan fuera de sí que ni siquiera establecieron los habituales turnos de guardia a las puertas de la casa de Simón, donde se alojaban Jesús, Pedro y Juan.

Al despedirse, cada uno siguió en silencio hacia sus respectivos refugios.

El rabí tampoco despegó los labios. Por supuesto, debía conocer el estado de ánimo de sus amigos y, posiblemente, con el objeto de evitar mayores tensiones, prefirió cenar en la casa de Lázaro. A pesar de lo avanzado de la hora, Marta y María se desvivieron nuevamente por atendernos. Lavaron nuestras manos y pies y, en compañía de su hermano, comimos algo de queso y fruta. Ni el Maestro ni yo sentíamos demasiado apetito. Durante un buen rato, Jesús permaneció encerrado en un hermético mutismo, con sus ojos fijos en las rojizas y ondulantes llamas de la chimenea.

Antes de que se retirara a descansar, le rogué a María que aceptara el frasco de esencia de nardo que había comprado aquella misma tarde en compañía de Andrés. Me costó trabajo pero, finalmente, lo aceptó. Aquel gesto pareció animar al Maestro, que salió de su enigmático aislamiento, uniéndose plenamente a la sosegada tertulia que sosteníamos Lázaro y yo.

Durante el frugal refrigerio había ido explicando al resucitado y a sus hermanas el espléndido acontecimiento que habíamos vivido pocas horas antes. Lázaro, al contrario de los apóstoles, sí se percató de inmediato de la trascendencia del acto de Jesús. Sin olvidar la simbología, aquella multitud no había hecho otra cosa que «proteger» al rabí de las garras del Sanedrín. No me cansaré de repetir este aspecto de la cuestión. En los Evangelios que yo había estudiado, en ningún momento se habla de ello y, sinceramente, a cualquiera con sentido común y un mínimo de información sobre lo que estaba sucediendo en aquellas últimas semanas, no se le hubiera podido pasar por alto que dicha «maniobra» fue una jugada maestra por parte del Galileo. Como se dice en nuestro tiempo, «mató varios pájaros de un solo tiro».

Al comprobar que Jesús de Nazaret se ofrecía gustosamente al diálogo, aproveché la ocasión y le pregunté su opinión sobre aquella tarde.

—He estado en medio del mundo y me he revelado a ellos en la carne. Les he encontrado a todos borrachos. No he encontrado a ninguno sediento. Mi alma sufre por los hijos de los hombres, porque están ciegos en su corazón; no ven que han venido vacíos al mundo e intentan salir vacíos del mundo. Ahora están borrachos. Cuando vomiten su vino, se arrepentirán...

—Esas son palabras muy duras —le dije—. Tan duras como las que pronunciaste sobre el Olivete, a la vista de Jerusalén...

—Tal vez los hombres piensan que he venido para traer la paz al mundo. No saben que estoy aquí para echar en la tierra división, fuego, espada y guerra... Pues habrá cinco en una casa: tres contra dos y dos contra tres; el padre contra el hijo y el hijo contra el padre. Y ellos estarán solos.

—Muchos, en mi mundo —añadí procurando que mis palabras no resultaran excesivamente extrañas para Lázaro— podrían asociar esas frases tuyas sobre el fin de Jerusalén como el fin de los tiempos. ¿Qué dices a eso?

—Las generaciones futuras comprenderán que la vuelta del Hijo del Hombre no llegará de la mano del guerrero. Ese día será inolvidable: después de la gran tribulación —como no la hubo desde el principio del mundo— mi estandarte será visto en los cielos por todas las tribus de la tierra. Esa será mi verdadera y definitiva vuelta: sobre las nubes del cielo, como el relámpago que sale por el oriente y brilla hasta el occidente...

—¿Qué será la gran tribulación?

—Vosotros podríais llamarlo un «parto de toda la Humanidad...»

Jesús no parecía muy dispuesto a revelarme detalles.

—Al menos, dinos cuándo tendrá lugar.

—De aquel día y de aquella hora, nadie sabe. Ni los ángeles ni el Hijo. Sólo el Padre. Únicamente puedo decirte que será tan inesperado que a muchos les pillará en mitad de su ceguera e iniquidad.

—Mi mundo, del que vengo —traté de presionarle—, se distingue precisamente por la confusión y la injusticia...

—Tu mundo no es mejor ni peor que éste. A ambos sólo les falta el principio que rige el universo: el Amor.

—Dame, al menos, una señal para que sepamos cuándo te revelarás a los hombres por segunda vez...

—Cuando os desnudéis sin tener vergüenza, toméis vuestros vestidos, los pongáis bajo los pies como los niños y los pateéis, entonces veréis al hijo del Viviente y no temeréis.

Lázaro, afortunadamente, seguía identificando «mi mundo» con Grecia. Eso me permitió seguir preguntando al Maestro con un cierto margen de amplitud.

—Entonces —repuse— mi mundo está aún muy lejos de ese día. Allí, los hombres son enemigos de los hombres y hasta del propio Dios...

Jesús no me dejó seguir.

—Estáis entonces equivocados. Dios no tiene enemigos.

Aquella rotunda frase del Nazareno me trajo a la memoria muchas de las creencias sobre un Dios justiciero, que condena al fuego del infierno a quienes mueren en pecado. Y así se lo expuse.

Cristo sonrió, moviendo la cabeza negativamente.

—Los hombres son hábiles manipuladores de la Verdad. Un padre puede sentirse afligido ante las locuras de un hijo, pero nunca condenaría a los suyos a un mal permanente. El infierno —tal y como creen en tu mundo— significaría que una parte de la Creación se le ha ido de las manos al Padre... Y puedo asegurarte que creer eso es no conocer al Padre.

—¿Por qué hablaste entonces en cierta ocasión del fuego eterno y del rechinar de dientes?

—Si hablando en parábolas no me comprendéis, ¿cómo puedo enseñaros entonces los misterios del Reino? En verdad, en verdad os digo que aquel que apueste fuerte, y se equivoque, sentirá cómo rechinan sus dientes.

—¿Es que la vida es una apuesta?

—Tú lo has dicho, Jasón. Una apuesta por el Amor. Es el único bien en juego desde que se nace.

Permanecí pensativo. Aquellas palabras eran nuevas para mí.

—¿Qué te preocupa? —preguntó Jesús.

—Según esto, ¿qué podemos pensar de los que nunca han amado?

—No hay tales.

—¿Qué me dices de los sanguinarios, de los tiranos?...

—También esos aman a su manera. Cuando pasen al otro lado recibirán un buen susto...

—No entiendo.

—Se darán cuenta que —al dejar este mundo— nadie les preguntará por sus crímenes, riquezas, poder o belleza. Ellos mismos y sólo ellos caerán en la cuenta de que la única medida válida en el «otro lado» es la del Amor. Si no has amado aquí, en tu tiempo, tú solo te sentirás responsable.

—¿Y qué ocurrirá con los que no hemos sabido amar?

—Querrás decir, con los que no habéis querido amar.

Me sentí nuevamente confuso.

—... Esos, amigo —prosiguió el rabí captando mis dudas—, serán los grandes estafados y, en consecuencia, los últimos en el Reino de mi Padre.

—Entonces, tu Dios es un Dios de amor...

Jesús pareció enojarse.

—¡Tú eres Dios!

—¿Yo, Señor?...

—En verdad te digo que todos los nacidos llevan el sello de la Divinidad.

—Pero, no has respondido a mi pregunta. ¿Es Dios un Dios de amor?

—De no ser así, no sería Dios.

—En ese caso, ¿debemos excluir de su mente cualquier tipo de castigo o premio?

—Es nuestra propia injusticia la que se revela contra nosotros mismos.

—Empiezo a intuir, Maestro, que tu misión es muy simple. ¿Me equivoco si te digo que todo tu trabajo consiste en dejar un mensaje?

El Nazareno sonrió satisfecho. Puso su mano sobre mi hombro y replicó:

—No podías resumirlo mejor...

Lázaro, sin hacer el menor comentario, asintió con la cabeza.

—Tú sabes que mi corazón es duro —añadí—. ¿Podrías repetirme ese mensaje?

—Dile a tu mundo que el Hijo del Hombre sólo ha venido para transmitir la voluntad del Padre: ¡que sois sus hijos!

—Eso ya lo sabemos...

—¿Estás seguro? Dime, Jasón, ¿qué significa para ti ser hijo de Dios?

Me sentí nuevamente atrapado. Sinceramente, no tenía una respuesta válida. Ni siquiera estaba seguro de la existencia de ese Dios.

—Yo te lo diré —intervino el Maestro con una gran dulzura—. Haber sido creado por el Padre supone la máxima manifestación de amor. Se os ha dado todo, sin pedir nada a cambio. Yo he recibido el encargo de recordároslo. Ese es mi mensaje.

—Déjame pensar... Entonces, hagamos lo que hagamos, ¿estamos condenados a ser felices?

—Es cuestión de tiempo. El necesario para que el mundo entienda y ponga en práctica que el único medio para ello es el Amor.

Tuve que meditar muy bien mi siguiente pregunta. En aquellos instantes, la presencia del resucitado podía constituir un cierto problema.

—Si tu presencia en el mundo obedece a una razón tan elemental como la de depositar un mensaje para toda la humanidad, ¿no crees que «tu iglesia» está de más?

—¿Mi iglesia? —preguntó a su vez Jesús que, en mi opinión, había comprendido perfectamente—. Yo no he tenido, ni tengo, la menor intención de fundar una iglesia, tal y como tú pareces entenderla.

Aquella respuesta me dejó estupefacto.

—Pero tú has dicho que la palabra del Padre deberá ser extendida hasta los confines de la tierra...

—Y en verdad te digo que así será. Pero eso no implica condicionar o doblegar mi mensaje a la voluntad del poder o de las leyes humanas. No es posible que un hombre monte dos caballos ni que dispare dos arcos. Y no es posible que un criado sirva a dos señores. Si no, él honrará a uno y ofenderá al otro. Nadie que bebe un vino viejo desea al momento beber vino nuevo. No se vierte vino nuevo en odres viejos, para que no se rasguen, ni se trasvasa vino viejo a odres nuevos para que no se estropee. Ni se cose un remiendo viejo a un vestido nuevo porque se haría un rasgón. De la misma forma te digo: mi mensaje sólo necesita de corazones sinceros que lo transmitan; no de palacios o falsas dignidades y púrpuras que lo cobijen.

—Tú sabes, que no será así...

—¡Ay de los que antepongan su permanencia a mi voluntad!

—¿Y cuál es tu voluntad?

—Que los hombres se amen como yo les he amado. Eso es todo.

—Tienes razón —insinué—, para eso no hace falta montar nuevas burocracias, ni códigos ni jefaturas... Sin embargo, muchos de los hombres de mi mundo desearíamos hacerte una pregunta...

—Adelante —me animó el Galileo.

—¿Podríamos llegar a Dios sin pasar por la iglesia?

El rabí suspiró.

—¿Es que tú necesitas de esa iglesia para asomarte a tu corazón?

Una confusión extrema me bloqueó la garganta. Y Jesús lo percibió.

—Mucho antes de que existiera la tribu de Leví, hermano Jasón, mucho antes de que el hombre fuera capaz de erguirse sobre sí mismo, mi Padre había sembrado la belleza y la sabiduría en la Tierra. ¿Quién es antes, por tanto: Dios o esa iglesia?

—Muchos sacerdotes de mi mundo —le repliqué— consideran a esa iglesia como santa.

—Santo es mi Padre. Santos seréis vosotros el día que améis.

—Entonces —y te ruego que me perdones por lo que voy a decirte— esa iglesia está de sobra...

—El Amor no necesita de templos o legiones. Un hombre saca el bien o el mal de su propio corazón. Un solo mandamiento os he dado y tú sabes cuál es... El día que mis discípulos hagan saber a toda la humanidad que el Padre existe, su misión habrá concluido.

—Es curioso: ese Padre parece no tener prisa.

El gigante me miró complacido.

—En verdad te digo que Él sabe que terminará triunfando. El hombre sufre de ceguera pero yo he venido a abrirle los ojos. Otros seres han descubierto ya que es más rentable vivir en el Amor.

—¿Qué ocurre entonces con nosotros? ¿Por qué no terminamos de encontrar esa paz?

—Yo he dicho que a los tibios los vomitaré de mi boca, pero no trates de consumir a tus hermanos en la molicie o en la prisa. Deja que cada espíritu encuentre el camino. El mismo, al final, será su juez y defensor.

—Entonces, todo eso del juicio final...

—¿Por qué os preocupa tanto el final, si ni siquiera conocéis el principio? Ya te he dicho que al otro lado os espera la sorpresa...

—Tengo la impresión de que Tú resultarías excesivamente liberal para las iglesias de mi mundo.

—Dios es tan liberal, como tú dices, que permite, incluso, que te equivoques. ¡Ay de aquellos que se arroguen el papel de salvadores, respondiendo al error con el error y a la maldad con la maldad! ¡Ay de aquellos que monopolicen a Dios!

—Dios... Tú siempre estás hablando de Dios. ¿Podrías explicarme quién o qué es?

El fuego de aquella mirada volvió a traspasarme. Dudo que exista muro, corazón o distancia que no pudiera ser alcanzado por semejante fuerza.

—¿Puedes tú explicarles a éstos de dónde vienes y cómo? ¿Puede el hombre apresar los colores entre sus manos? ¿Puede un niño guardar el océano entre los pliegues de tu túnica? ¿Pueden cambiar los doctores de la Ley el curso de las estrellas? ¿Quién tiene potestad para devolver la fragancia a la flor que ha sido pisoteada por el buey? No me pidas que te hable de Dios: siéntelo. Eso es suficiente...

—¿Voy bien si te digo que lo siento como una... energía?

No me daba por vencido y Jesús lo sabía.

—Vas muy bien.

—¿Y qué hay por debajo de esa «energía»?

—Es que no hay arriba y abajo —atajó el Nazareno, saliendo al paso de mis atropellados pensamientos—. El Amor, es decir, el Padre, lo es Todo.

—¿Por qué es tan importante el Amor?

—Es la vela del navío.

—Déjame que insista: ¿qué es el Amor?

—Dar.

—¿Dar? Pero, ¿qué?

—Dar. Desde una mirada hasta tu vida.

—¿Qué podemos dar los angustiados?

—La angustia.

—¿A quién?

—A la persona que te quiere...

—¿Y si no tienes a nadie?

El Maestro hizo un gesto negativo.

—Eso es imposible... Incluso los que no te conocen pueden amarte.

—¿Y qué me dices de tus enemigos? ¿También debes amarles?

—Sobre todo a ésos... El que ama a los que le aman, ya ha recibido su recompensa.

La conversación se prolongaría aún hasta bien entrada la madrugada. Ahora sé que mi escepticismo hacia aquel hombre había empezado a resquebrajarse...

Cuatro horas más tarde, con el alba, Eliseo me despertó. La víspera, el Maestro había dado órdenes precisas a sus discípulos para salir temprano hacia Jerusalén. Hacia las siete (dos horas antes de la tercia), me personé en la casa de Simón, «el leproso». Jesús y los doce se hallaban reunidos en el jardín. Esta vez, las indicaciones del rabí fueron mucho más concisas: nada de ostentaciones y manifestaciones en público. Los apóstoles, salvo los gemelos Alfeo, no se habían recuperado de la experiencia del día anterior. Permanecían mudos, como abstraídos. Para ser sinceros, ninguno conocía las intenciones de Jesús y éste, por otra parte, tampoco se mostraba excesivamente explícito. Acudir a la ciudad santa constituía en aquellos momentos una caja de sorpresas. El Sanedrín seguía acechante y los íntimos del Galileo no sabían qué podía reservarles el destino.

Hacia las ocho de la mañana nos pusimos en camino. Jesús, como siempre, marchaba a la cabeza.

Mientras ascendíamos por la ladera del Olivete, traté de sonsacar a los discípulos. ¡Qué distinta fue aquella caminata! La alegría y entusiasmo del domingo anterior se habían transformado en temor, expectación y confusionismo. Había un pensamiento común en aquellos hombres: «¿Qué debían hacer: seguir con el Maestro o renunciar y retirarse?» Pero ninguno tenía el valor suficiente como para enfrentarse a Jesús y exponerle sus inquietudes.

A eso de las nueve, el grupo entraba en Jerusalén. A juzgar por el trasiego de peatones, el número de peregrinos había aumentado considerablemente. El Maestro, sin pérdida de tiempo, se encaminó hacia el templo.

La proximidad de la Pascua mantenía la explanada de los Gentiles en plena ebullición. Los puestos y tenderetes aparecían mucho más concurridos que en la tarde del domingo. Cientos de judíos, de todas las clases sociales, se afanaban en comprar o cambiar sus monedas, preparándose así para las obligadas ofrendas, para el pago del tributo al tesoro del santuario o, simplemente, disponiendo la elección de una víctima sin mancha para la cena pascual. Gradualmente, a causa de los abusos de los sacerdotes, la gente común había terminado por acudir hasta aquellos «intermediarios», comprando allí sus corderos y aves. La astucia y avaricia de aquellos servidores del templo habían llegado a tales extremos que cualquier animal comprado fuera de aquel recinto podía ser rechazado, por causas «técnicas». En otras palabras, los encargados de los sacrificios —que tenían la obligación de revisar previamente cada una de las víctimas— podían echar atrás un cordero o una pareja de tórtolas, por el simple hecho de estimar que el color del animal no era el adecuado. Esto representaba la vergüenza pública y, lo que era peor, tener que adquirir una nueva víctima. Curándose en salud, los hebreos acudían hasta este mercado, procurándose así unos animales de «total garantía». Como ya apunté anteriormente, esta argucia iba siempre acompañada de un sobreprecio que resultaba tan deshonesto como ruinoso para las familias más humildes.

Para colmo, el «impuesto» o tributo que cada hebreo debía satisfacer al templo había sido fijado en una moneda común: el siclo (una pieza del tamaño de diez centavos, pero de un grosor doble). Un mes antes de la Pascua, los «cambistas» oficiales instalaban sus mesas en las diferentes ciudades de Palestina, suministrando así a los peregrinos el dinero necesario para tal menester. Ni que decir tiene que, en cada operación, estos «banqueros» se quedaban con una comisión, que oscilaba entre un cinco y un quince por ciento del valor de lo cambiado. Si la moneda objeto del cambio era más alta, estos usureros podían quedarse con una comisión doble. Finalmente, cuando la fiesta era ya inminente, los «cambistas» se dirigían a Jerusalén, estableciendo su «cuartel general» en la mencionada explanada de los Gentiles.

Este negocio venía reportando grandes beneficios a los verdaderos propietarios del ganado, de las mesas de cambio y de la multitud de ingredientes y enseres que debían ser utilizados en el sacrificio pascual. Esos «propietarios», como dije, no eran otros que los sacerdotes y, muy especialmente, los hijos de Anás.

Jesús conocía esta situación y también el resto del pueblo. Pero el poder y la tiranía de estos individuos era tal que nadie osaba levantar su voz contra aquella profanación de la Casa de Dios.

En este ambiente, entre gritos, discusiones, regateos y el incesante ir y venir de cientos de hebreos, el Nazareno —tal y como tenía por costumbre— se dispuso aquella mañana del lunes, 3 de abril, a dirigir su palabra a los numerosos creyentes y seguidores que habían ido congregándose junto a los puestos de los vendedores y «cambistas».

El Maestro inició su predicación pero, al poco, su potente voz se vio sofocada por dos hechos que iban a precipitar los acontecimientos. En una de las mesas de cambio, muy próxima a la escalinata sobre la que se había sentado el rabí, un judío de Alejandría comenzó a discutir acaloradamente con el responsable del cambio. El peregrino, con razón, protestaba por la abusiva comisión que pretendía cobrarle el «cambista». La cosa subió de tono y la gente fue arremolinándose en torno a los vociferantes hebreos.

Por si no fuera suficiente con aquel tumulto, en esos momentos irrumpió en la explanada una manada de bueyes —algo más de un centenar— que era conducida, a través del atrio, hasta los corrales situados en el ala norte, junto a la Puerta Probática. Aquellos animales, propiedad del templo, estaban destinados a ser quemados en los próximos sacrificios y, en consecuencia, eran encerrados habitualmente en unos establos, anexos al atrio de los Gentiles. Jesús, a la vista de aquellos bramidos y de la cada vez más exaltada conducta del «cambista», del judío y de cuantos apoyaban a éste, optó por hacer una pausa y esperar. Sus discípulos permanecían retirados, como a unos 15 o 20 pasos, y en silencio. Pero aquella violenta situación, lejos de amainar, fue a más. El apretado gentío hacía poco menos que imposible que el joven pastor pudiera hacerse con el dominio de los bueyes, que se habían desperdigado por entre las mesas. En eso, mientras el Nazareno esperaba impasible, un tercer suceso vino a provocar la chispa final. Entre los judíos que pretendían oír a Jesús se hallaba un galileo, antiguo amigo del Maestro. (Después supe que se había entrevistado con el rabí durante su estancia en Iron.) Este humilde granjero había empezado a ser molestado por un grupo de peregrinos procedentes de la Judea. Entre empujones y codazos, los engreídos individuos se burlaban de él por su credulidad. Cuando el gigante se percató de esta última escena, ante el asombro de sus discípulos y de cuantos nos encontrábamos presentes, soltó su manto y, dejándolo caer sobre la escalinata, salió al encuentro del pastor, arrebatándole el látigo de cuerdas. Con una seguridad inaudita, el Galileo fue reuniendo a los astados, sacándolos del templo entre sonoros gritos y secos y potentes golpes de látigo sobre el embaldosado de la explanada. Cuando la muchedumbre vio al Maestro dirigir al ganado quedó electrizada. Pero eso no fue todo. Una vez concluida la operación de «limpieza», Jesús de Nazaret, en silencio, se abrió paso majestuosamente entre la multitud, dirigiéndose a grandes zancadas y con el látigo en la mano izquierda hacia los corrales situados al otro lado del atrio de los Gentiles, al pie de la fortaleza Antonia.

Aquello era nuevo para mí y corrí tras Él. Al llegar a los establos, el Maestro —con una frialdad que me dejó sin habla— fue abriendo, uno tras otro, todos los portalones, animando a los bueyes, machos cabríos y corderos a salir de sus recintos. En un instante, cientos de animales irrumpieron en el atrio. Y el rabí, con la misma decisión y destreza con que había sacado del templo a la primera manada, dirigió aquellos asustados animales en dirección a las mesas y puestos de venta de los «cambistas» e «intermediarios». Como era de suponer, la estampida provocó el pánico de los hebreos que, en su atropellada huida hacia los pórticos de salida, derribaron un sinfín de tenderetes. Los bueyes, por su parte, terminaron por pisotear el género, derramando numerosos cántaros de aceite y de sal.

La confusión fue aprovechada por un nutrido grupo de peregrinos que se desquitó, volcando las pocas mesas que aún quedaban en pie. En cuestión de minutos, aquel comercio había sido materialmente barrido, con el consiguiente regocijo de los miles de judíos que odiaban aquella permanente profanación. Para cuando los soldados romanos hicieron acto de presencia, todo aparecía tranquilo y en silencio.

Jesús de Nazaret, que no había tocado con el látigo a un solo hebreo ni había derribado mesa alguna —de ello puedo dar fe, puesto que permanecí muy cerca del Maestro— volvió entonces a lo alto de las escalinatas y, dirigiéndose a la multitud, gritó:

—Vosotros habéis sido testigos este día de lo que está escrito en las Escrituras: «Mi casa será llamada una casa de oración para todas las naciones, pero habéis hecho de ella una madriguera de ladrones.»

Mi sorpresa llegó al máximo cuando, antes de que el rabí concluyera sus palabras, un tropel de jóvenes judíos se destacó de entre la muchedumbre, aplaudiendo a Jesús y entonando himnos de agradecimiento por la audacia y coraje del Galileo.

Aquel suceso, por supuesto, no tenía nada que ver con lo que se cuenta en los Evangelios y en los que —dicho sea de paso— el Mesías aparece como un colérico individuo, capaz de golpear y azotar a las gentes. Como ya he mencionado, Jesús había predicado otras muchas veces en aquella misma explanada del templo y jamás se había comportado de aquel modo. Él conocía perfectamente el cambalache y el robo que se registraban a diario en el atrio de los Gentiles y, no obstante, jamás se manifestó violentamente contra tal situación. Si en la mañana de aquel lunes provocó la estampida del ganado fue, en mi opinión, como consecuencia de una situación concretísima e insostenible.

Quienes no podían faltar, obviamente, eran los responsables del templo. Cuando los sacerdotes tuvieron conocimiento del incidente acudieron presurosos hasta donde se hallaba Jesús, interrogándole con severidad:

—¿No has oído lo que dicen los hijos de los levitas?

Pero Jesús les contestó:

—En las bocas de los niños y criaturas se perfeccionan las alabanzas.

Los jóvenes arreciaron entonces en sus cánticos y aplausos, obligando a los fariseos a retirarse del lugar. A partir de ese momento, grupos de peregrinos se situaron a las puertas de acceso al templo, impidiendo que pudiera restablecerse el cambio de monedas y la venta normal de los «intermediarios». Los jóvenes no consintieron siquiera que fuera transportada una sola vasija por la explanada.

Quizá lo más triste y desconsolador de aquel suceso fue la actitud de los doce. Durante la fogosa intervención de su Maestro, el grupo permaneció poco menos que acurrucado en un rincón, sin levantar una mano para ayudar o proteger a Jesús. Esta nueva y sorprendente acción del Galileo les había sumido en un total desconcierto.

Pero, si notable era la confusión de los discípulos de Cristo, la de los jefes del templo, escribas y fariseos no era menor. Aquello había sido la gota de agua que colmaba su paciencia. Aprovechando que José de Arimatea, Nicodemo y otros amigos de Jesús no se hallaban presentes, el Sanedrín celebró una reunión de emergencia, analizando la situación. Había que detener al impostor sin pérdida de tiempo. Pero, ¿cómo y dónde? Los escribas y el resto de los sacerdotes, se daban cuenta que la multitud estaba de parte del Galileo. Había, además, otro factor que no podían perder de vista: la presencia del procurador romano Poncio Pilato en Jerusalén. Si el prendimiento de Jesús se materializaba a la luz del día y a la vista de los miles de peregrinos llegados desde todos los rincones de Palestina y del extranjero, la captura podía dar lugar a una revuelta generalizada. Eso hubiera significado, con toda seguridad, una violenta represión por parte de las fuerzas romanas acuarteladas en la Torre Antonia y en el campamento temporal levantado por los soldados en la zona noroeste de la ciudad, en las inmediaciones de las piscinas de Bezatá. ¿Qué podían hacer entonces?

Durante horas, los miembros del Sanedrín discutieron sobre la fórmula ideal para capturar a Jesús. Pero al final, no llegaron a un acuerdo. La única resolución válida fue crear cinco grupos de «expertos» —especialmente escribas (1) y fariseos— que siguieran los pasos del Galileo y trataran de confundirle y ridiculizarle en público, diezmando así su prestigio e influencia entre las gentes sencillas.

(1) La gran diferencia entre los escribas y el resto del sacerdocio —fariseos, levitas, jefes del templo, etc.— se basaba en el saber. Los escribas venían a ser los depositarios de la ciencia y de la iniciación. Para llegar a formar parte de las llamadas «corporaciones de escribas», el aspirante se veía obligado a cursar numerosos estudios que empezaban en sus años de juventud. Cuando el *talmîd* o alumno había llegado a dominar la materia tradicional y el método de la *halaja* (determinadas secciones de la literatura rabínica de argumento legal), hasta el punto de ser considerado como persona capacitada para tomar decisiones personales en las cuestiones de legislación religiosa y de derecho penal, entonces, y sólo entonces, era designado como «doctor no ordenado» o *talmîd hakam*. Después, cuando había llegado a los cuarenta años —edad canónica para la ordenación— el aspirante a escriba podía entrar en la «corporación» como miembro de pleno derecho o «hakam». Desde ese momento, el nuevo escriba estaba autorizado a zanjar por sí mismo las cuestiones de legislación religiosa o ritual, a ser juez en los procesos criminales y a tomar decisiones en los juicios de carácter civil, bien como miembro de una corte de justicia o bien individualmente. Tenía derecho a ser llamado «rabí». Sus decisiones tenían el poder de «atar» y «desatar» para siempre a los judíos del mundo entero. Nicodemo, por ejemplo, amigo de Jesús, era uno de estos prestigiosos escribas, a cuyo paso

Siguiendo esta consigna, hacia las dos de la tarde, uno de estos grupos se abrió paso hasta el lugar donde Jesús había seguido su plática. Y con su característico estilo —soberbio y autoritario— le preguntaron al Maestro:

—¿Con qué autoridad haces estas cosas? ¿Quién te ha dado semejante autoridad?

Ellos sabían que el Nazareno no había pasado por las obligadas escuelas rabínicas y que, por tanto, sus enseñanzas y el propio título de «rabí» que muchos le atribuían no eran correctos, desde la más estricta pureza legal y jurídica.

Pero Jesús —con aquella brillantez de reflejos que le caracterizaba— les respondió con otra interrogante:

—También me gustaría a mí haceros otra pregunta. Si me contestáis, yo os diré igualmente con qué autoridad hago estos trabajos. Decidme: el bautismo de Juan, ¿de dónde era? ¿Consiguió Juan esta autoridad del cielo o de los hombres?

Los escribas y fariseos formaron un corro entre ellos y comenzaron a deliberar en voz baja, mientras Jesús y la multitud esperaban en silencio.

Habían pretendido acorralar al Galileo y ahora eran ellos los que se veían en una embarazosa situación. Por fin, volviéndose hacia Jesús, replicaron:

—Respecto al bautismo de Juan, no podemos contestar. No sabemos...

La razón de aquella negativa estaba bien clara. Si afirmaban que «del cielo», Jesús podía responderles: «¿Por qué no le creisteis entonces?» Además, en este caso, el Maestro podía haber añadido que su autoridad procedía de Juan. Si, por el contrario, los escribas respondían que «de los hombres», aquella muchedumbre —que había considerado a Juan como un profeta— podía echarse encima de los sacerdotes...

La estrategia de Cristo, una vez más, había sido brillante y rotunda. Y el rabí, mirándoles fijamente, añadió:

—Pues yo tampoco os diré con qué autoridad hago estas cosas...

Los hebreos estallaron en ruidosas carcajadas, ante la impotencia de los «máximos maestros» de Israel, rojos de ira y de vergüenza.

---

debían levantarse todos los hijos de Israel, excepción hecha de determinadas profesiones artesanales. Pero lo que más poder e influencia les proporcionó entre sus paisanos fue el hecho de ser portadores de la «ciencia secreta»: la tradición esotérica. Uno de sus textos decía: «No se deben explicar públicamente las leyes sobre el incesto delante de tres oyentes, ni la historia de la creación del mundo delante de dos, ni la visión del carro de fuego delante de uno solo, a no ser que éste sea prudente y de buen sentido. A quien considere cuatro cosas, más le valiera no haber venido al mundo, a saber: (en primer lugar) lo que está arriba, (en segundo lugar) lo que está abajo, (en tercer lugar) lo que era antes, (en cuarto lugar) lo que será después». (Escrito rabínico *Hagiga* II, 1 y 7.) Es fácil comprender la audacia de Jesús cuando, en muchas de sus predicaciones públicas, arremetió contra los escribas, acusándoles de haber tomado para sí las llaves de la ciencia, cerrando a los hombres el acceso al reino de Dios. Aquello fue mortal. Los escribas jamás le perdonarían semejante ridiculización. *(N. del m.)*

Jesús dirigió entonces su mirada hacia los que habían tratado de perderle y les dijo:

—Puesto que estáis en duda sobre la misión de Juan y en enemistad con la enseñanza y hechos del Hijo del Hombre, prestad atención mientras os digo una parábola. Cierto gran y respetado terrateniente —comenzó el Galileo su relato— tenía dos hijos. Deseando que le ayudaran en la dirección de sus tierras, acudió a uno de ellos y le dijo: «Hijo, ve a trabajar hoy en mi viña.» Y este hijo, sin pensar, contestó a su padre: «No voy a ir.» Pero luego se arrepintió y fue. Cuando el padre encontró al segundo le dijo: «Hijo, ve a trabajar a mi viña.» Y este hijo, hipócrita y desleal, le dijo: «Sí, padre, ya voy.» Pero, cuando hubo marchado su padre, no fue. Dejadme preguntaros: ¿cuál de estos hijos hizo realmente la voluntad de su padre?

La gente, como un solo hombre, contestó:

—El primer hijo.

Jesús replicó entonces mirando a los sacerdotes:

—Pues así, yo declaro que los taberneros y prostitutas, aunque parezcan rehusar la llamada del arrepentimiento, verán el error de su camino y entrarán en el reino de Dios antes que vosotros, que hacéis grandes pretensiones de servir al Padre del Cielo pero que rechazáis los trabajos del Padre. No fuisteis vosotros, escribas y fariseos, quienes creisteis en Juan, sino los taberneros y pecadores. Tampoco creéis en mis enseñanzas, pero la gente sencilla escucha mis palabras a gusto.

Aquella segunda ridiculización pública obligó a los escribas y fariseos a dar media vuelta, entrando en el santuario. Y el Maestro siguió predicando en paz, haciendo las delicias de la multitud.

Por José de Arimatea supimos que la cólera de los sacerdotes había llegado a tal paroxismo que poco faltó para que los levitas rodearan aquella misma mañana a Jesús, procediendo a su captura. Pero la entrada en juego de los saduceos (1) —que constituían mayoría en el Sanedrín —retrasó nuevamente los planes de los enemigos de Cristo. Esta casta sacerdotal había encajado pésimamente el desmantelamiento de los «cambistas» e «intermediarios» y, por primera vez, apoyaron los planes de los fariseos y escribas para eliminar a Jesús. Eso significó mayoría absoluta a la hora de decidir y condenar al rabí de Galilea.

Mientras tanto, Jesús había desarrollado una segunda parábola —la del rico propietario que llegó a enviar a su propio hijo para convencer a los rebeldes trabajadores de su viña de que le entrega-

(1) En aquellos tiempos, el Sanedrín se hallaba básicamente dividido en dos grandes grupos: los fariseos y saduceos. Estos últimos formaban un partido organizado, integrado fundamentalmente por la nobleza laica y sacerdotal, por los «ancianos» o notables del pueblo y por los sacerdotes-jefes. (El sumo sacerdote en funciones en aquellos días, José, apodado Caifás, era saduceo.) Su «teología» era distinta a la de los fariseos. Se atenía estrictamente al texto de la Torá, en especial en lo que se refería a las prescripciones relativas al culto y al sacerdocio. Su oposión a los fariseos y a su *halaká* o tradición oral era total y hasta enconada. Disponían, además, de su propio código penal, de una extrema severidad. Por supuesto, hubo muchos escribas que «practicaban» la doctrina saducea. *(N. del m.)*

ran su renta— preguntando a los asistentes qué debería hacer el dueño de la viña con aquellos malvados arrendatarios.

—Destruir a esos hombres miserables —contestó la multitud— y arrendar su viñedo a otros granjeros honestos que le den sus frutos en cada estación.

Muchos de los presentes comprendieron el sentido de la parábola de Jesús y expresaron en voz alta:

—¡Dios perdone a quienes continúen haciendo estas cosas!

Pero algunos fariseos no se daban por vencidos y regresaron hasta el lugar donde predicaba Jesús. El Maestro, al verlos, les dijo:

—Vosotros sabéis cómo rechazaron vuestros hermanos a los profetas y sabéis bien que estáis decididos a rechazar al Hijo del Hombre. —Tras unos instantes de silencio, su mirada se hizo más intensa y añadió—: ¿Nunca leisteis en la Escritura sobre la piedra que los constructores rechazaron y que, cuando la gente la descubrió, hicieron de ella la piedra angular?... Una vez más os aviso. Si continuáis rechazando el Evangelio, el reino de Dios será llevado lejos de vosotros y entregado a otra gente, deseosa de recibir buenas nuevas y llevar adelante los frutos del espíritu. Yo os digo que existe un misterio sobre esa piedra: quien caiga sobre ella, aunque quede roto en pedazos, se salvará. Pero, sobre quien caiga dicha piedra angular, será molido hasta quedar hecho polvo y sus cenizas serán desperdigadas a los cuatro vientos.

En esta ocasión, los escribas y jefes ni siquiera intentaron replicar. Y el Maestro prosiguió sus enseñanzas, refiriendo una tercera parábola: la del festín de bodas.

Cuando hubo terminado, Jesús se puso en pie y se dispuso a despedir a la multitud. En ese instante, uno de los creyentes alzó su voz e interrogó al rabí:

—Pero, Maestro, ¿cómo sabremos estas cosas? ¿Qué signo nos darás por el que sepamos que tú eres el Hijo de Dios?

Se hizo un nuevo y espeso silencio. Los fariseos aguzaron sus oídos y, cuando consideraban que el impostor había caído en su propia trampa, el Galileo —con voz sonora y señalando con su dedo índice izquierdo hacia su propio pecho— afirmó:

—Destruid este templo y en tres días lo levantaré.

Jesús dio por terminada su plática y descendió por las escalinatas, invitando a los discípulos a que le siguieran.

La muchedumbre comenzó a dispersarse, sumida en multitud de comentarios. Evidentemente —por lo que pude escuchar— no habían comprendido el verdadero significado de aquella última y lapidaria frase de Cristo.

—¿Casi cincuenta años ha estado este templo en construcción —se decían unos a otros— y aún dice que lo destruirá y levantará en tres días?

Por supuesto, tampoco sus apóstoles captaron la intención del rabí. Sólo después —mucho después de su resurrección— se hizo la luz en sus corazones.

Hacia las cuatro de la tarde, el grupo salía nuevamente de Jerusalén, rumbo a Betania.

Mientras ascendíamos por la falda occidental del monte de los Olivos, haciendo así más corto el camino hacia la aldea de Lázaro,

Jesús dio instrucciones a Andrés, Tomás y Felipe para que, a partir del día siguiente, martes, los discípulos preparasen un campamento en las cercanías de la ciudad santa.

Aquello significaba que el Nazareno tenía la intención de instalar su lugar habitual de reposo —hasta ese momento en Betania— en los aledaños de Jerusalén. Pero, ¿por qué? ¿Qué nos reservaba el destino en aquellos dos días —martes y miércoles—, tan escasamente conocidos en lo que a las actividades del Maestro se refiere?

La inesperada decisión de Jesús —no prevista, lógicamente, en nuestro programa de trabajo, ya que los textos evangélicos canónicos y apócrifos no hacen mención de este «campamento»—, iba a precipitar mi retorno al módulo, fijado por Caballo de Troya para el atardecer del martes, 4 de abril.

Pocas horas después, precisamente en el anochecer de dicho martes, y a la vista de lo que aconteció, empecé a comprender por qué el rabí de Galilea había dado aquella orden...

Por segunda vez, mientras caminábamos hacia Betania, tuve oportunidad de comprobar cómo la casi totalidad de los doce hombres de confianza de Jesús no había entendido el mensaje ni las intenciones del Nazareno. Sus comentarios y, sobre todo, sus silencios reflejaban una profunda confusión. La majestuosa acción de su Maestro a lo largo de esa mañana del lunes, arruinando el sacrílego comercio de los cambistas e intermediarios del templo, les había devuelto las esperanzas en un Jesús poderoso, capaz de instaurar un «reino terrenal y político» en Israel. Pero, al llegar la tarde, el rechazo por parte de los sacerdotes judíos de sus enseñanzas les hizo caer de nuevo en la incertidumbre. Aquellos hombres presentían algo. A pesar de su escaso nivel cultural, el permanente contacto con la tensa realidad de aquellos días y las repetidas advertencias de Jesús de Nazaret sobre su próximo final les hacía intuir una catástrofe.

Agarrotados por el miedo y las dudas, los discípulos se dirigieron a sus respectivos lugares de descanso, aunque —según comprobé a la mañana siguiente— muy pocos fueron los que lograron conciliar el sueño.

Y aquella noche del lunes, 3 de abril del año 30, tras despedirme temporalmente de Lázaro y su familia, abordé la «cuna», iniciando los preparativos de la segunda fase de la exploración. Sin duda, la más trágica y apasionante de cuantas haya emprendido hombre alguno.

La oscuridad era total cuando inicié el ascenso del Olivete por su cara oriental. Yo había advertido ya a Eliseo de mi inminente retorno al módulo, como consecuencia del cambio de planes por parte del Maestro de Galilea. Tentado estuve de hacerme con una antorcha, a fin de caminar con mayor seguridad por la trocha que discurría entre los olivares. Pero un elemental sentido de la prudencia me hizo desistir.

El eco del microtransmisor instalado en la hebilla de mi manto llegaba nítidamente hasta la «cuna». Eso me tranquilizó. Mi objetivo en aquellos momentos era alcanzar la cota superior del monte de «las aceitunas», situada a la derecha de la vereda. Una vez localizado el calvero pedregoso donde se hallaba posado el módulo, Eliseo se encargaría de conducirme mediante la «conexión auditiva». Una hora antes, cuando regresábamos hacia Betania, yo había procurado quedarme rezagado, anudando en una de las ramas de un acebuche —justamente en la cumbre del Olivete— el pequeño lienzo blanco que me servía para secar el sudor y que, como el resto de los hebreos, llevaba permanentemente arrollado en la muñeca derecha.

Tal y como presumía, y con el consiguiente respiro por mi parte, no llegué a cruzarme con un solo caminante. Al distinguir la tela, ondeando suavemente al viento, aceleré el paso. Y tras retirarla del olivo silvestre, abandoné el camino, internándome entre la maleza en dirección norte. A mi izquierda, en la lejanía, se divisaban las luces amarillentas y parpadeantes de Jerusalén. Una media luna surgía a intervalos entre las compactas bandas de nubes, facilitando considerablemente mi aproximación a la nave. A los pocos minutos me asomaba al calvero, localizando el suave promontorio pedregoso sobre el que debía encontrarse posado el módulo. Eliseo, en permanente conexión, había ido supervisando mis pasos, corrigiendo a través de la pantalla de radar algunas de mis inevitables desviaciones en el rumbo. Al penetrar en la zona de seguridad del módulo —a unos 150 pies del «punto de contacto»—, mi compañero me anunció que procedía a la desconexión parcial del apantallamiento infrarrojo, con el fin de hacer visibles los pies de sustentación de la «cuna», haciendo así más rápido mi ingreso en la nave.

De pronto, en mitad de la oscuridad y como clavados en las rocas, aparecieron cuatro largos tubos, apuntando como fantasmas azulados hacia la inmensidad del cielo. Simultáneamente, y con un suave resoplido, el sistema hidráulico hizo descender la escalerilla de aluminio. Sin pérdida de tiempo me introduje entre el tren de aterrizaje de la «cuna», subiendo al interior del módulo. Supongo que si alguien hubiera podido verme en aquellos momentos, ascendiendo por una escalerilla que, aparentemente, no conducía a ninguna parte, y desapareciendo progresivamente —primero la cabeza, hombros y brazos y a continuación el resto del tronco, vientre, piernas, etc.—, el susto hubiera sido considerable, creyendo quizá que había presenciado una visión divina...

Mi encuentro con Eliseo fue especialmente intenso y emotivo.

Una vez en la «cuna», mi compañero apantalló de nuevo el tren de sustentación y, tras verificar que todo seguía en calma en torno a la nave, nos dispusimos a la revisión y ejecución de la segunda fase de la operación.

Mi ingreso en el módulo se había registrado a las 20 horas y 5 minutos. Eso significaba que disponía de unas nueve horas antes de mi incorporación al grupo de Jesús, prevista según Caballo de Troya para las 6,30 horas de la mañana del día siguiente, martes, 4 de abril.

Después de asearme y cambiar mis ropas —no así el calzado—, Eliseo me hizo entrega de lo que, familiarmente, conocíamos como la «vara de Moisés»: el único instrumental autorizado fuera de la «cuna» y que iba a jugar un papel fundamental en mi siguiente exploración; en especial a partir del prendimiento del Nazareno en la noche del jueves, 6 de abril. Obviamente, en un «viaje» de aquella naturaleza, los hombres del general Curtiss habían previsto —al menos para las horas de máxima tensión— la filmación de los principales sucesos: noche del llamado Jueves Santo, Viernes y Domingo de Resurrección.

Además de la citada filmación, Caballo de Troya tenía especial interés en el exhaustivo seguimiento —minuto a minuto— de las torturas que iba a sufrir el Nazareno, así como de sus horas en la cruz. El seguimiento sería mantenido desde una doble vertiente: por un lado, mi propio testimonio personal y, de otro, sin duda más importante, a través de un sofisticado equipo técnico, capaz de filmar y chequear, desde un ángulo estrictamente médico, a un mismo tiempo.

Como es natural, estas delicadas operaciones no podían efectuarse abiertamente. Ello habría ido en contra de los principios básicos del proyecto. Era inviable, por tanto, que yo hubiera cargado con una cámara de cine o con los complejos aparatos de «rastreo» de las constantes vitales de Jesús de Nazaret. Y como, naturalmente, tampoco era posible la implantación de cables o dispositivos electrónicos en el cuerpo del Maestro de Galilea que nos permitieran un control de sus funciones orgánicas, ritmos arterial, cardíaco, etc., Caballo de Troya diseñó y fabricó un complejo sistema, minuciosamente camuflado en lo que llamábamos la «vara de Moisés».

Este ingenio —que iré detallando de una forma progresiva— consistía en un simple cayado de madera de pinsapo de 1,80 metros de longitud por tres centímetros de diámetro, con el correspon-

(1) El remate del cayado o «vara de Moisés» —en forma de asa curvada— había sido estudiado meticulosamente por el proyecto Caballo de

diente remate superior, en forma de arco (1). Para un observador cualquiera, ajeno a nuestras intenciones, no debería presentar mayor interés que el de cualquier vara común y corriente, como las utilizadas habitualmente por los caminantes y peregrinos.

En su interior, sin embargo, había sido dispuesto un delicadísimo equipo. A 1,60 metros —contando siempre desde la base del bastón—, se hallaban cuatro «canales» de filmación simultánea, con los objetivos distribuidos en «cruz», de forma que pudiera rodarse a un mismo tiempo cuanto sucedía en los 360 grados de nuestro entorno. Las cuatro «bocas» de filmación —de 15 milímetros de diámetro cada una— habían sido disimuladas mediante un «anillo» de tres centímetros de anchura, formado por un cristal semirreflectante, de forma que sólo permitía la visión de dentro hacia afuera. Esta especie de abrazadera, primorosamente trabajada por nuestros técnicos, de forma que aparentase una sencilla banda de pintura negra sobre la blanca madera, había sido reforzada y adornada con dos hileras de clavos de cobre que la sujetaban firmemente. Estos clavos, de ancha cabeza, habían sido trabajados, de acuerdo con las antiquísimas técnicas de la industria metalúrgica descubiertas por Nelson Glueck en el valle de la Arabá, al sur del mar Muerto, y en Esyón-Guéber, el legendario puerto marítimo de Salomón en el mar Rojo. En evitación de hipotéticos problemas, los hombres de Curtiss habían seguido al pie de la letra las normas de la *Misná* o tradición oral judaica que, en su Orden Sexto —dedicado a las prescripciones sobre purezas e impurezas— especifica que un bastón puede ser susceptible de impureza «si ha sido adornado con tres hileras de clavos». Uno de estos clavos, de un color verdoso más intenso que el resto, y ligeramente separado de la superficie del cayado, podía ser pulsado manualmente, iniciándose así —de manera automática— la filmación simultánea. Bastaba una nueva presión para que el «clavo» volviera a su posición inicial, interrumpiéndose la grabación.

También con ocasión del «gran viaje», Caballo de Troya prescindió de los objetivos comúnmente utilizados en las cámaras de filmación, ajustando en las «bocas» de cine un sistema revolucionario que, estoy seguro, algún día se impondrá en la actual técnica fotográfica. Dada la extrema miniaturización de los sistemas, resultaba muy difícil el cambio de objetivos en las cámaras, que hubiera permitido la toma de diferentes planos. Mediante una técnica sumamente compleja, las lentes de vidrio fueron reemplazadas por lo que podríamos denominar «lentes gaseosas», susceptibles de trans-

---

Troya, en base a una de mis misiones, en la que tenía que desempeñar el papel de «augur» o «adivino». Estos «astrólogos» se distinguían precisamente por su *lituus*: una pequeña vara con la parte superior «enroscada» o doblada, en forma de asa curvada o menguada espiral, tal y como habíamos observado en un famoso bajorrelieve existente en el museo de Florencia, en Italia.

El hecho de haber elegido precisamente la madera de pinsapo para la fabricación de la «vara de Moisés» tuvo una justificación puramente sentimental: de esta madera —reza la leyenda— se construyó precisamente el «caballo de Troya» que el ejército heleno situó frente a las puertas de Troya. *(N. del m.)*

formarse (sin necesidad de cambio de objetivos) en grandes angulares, teleobjetivos, lentes de aproximación, etc. (1).

Como digo, este dispositivo de lentes gaseosas iba a resultar de suma utilidad. A lo largo de los intensos y dramáticos jueves y viernes, el cambio instantáneo de un gran angular a teleobjetivo, por ejemplo, me permitiría filmar detalles de extrema importancia, especialmente durante las horas que duró la crucifixión. Aunque prefiero referirme a ello más adelante, el proceso de filmación se hallaba íntimamente ligado a otro sistema de «exploración» médica: la emisión infrarroja, igualmente dispuesta en la «vara de Moisés»,

(1) Aunque intentaré no extenderme en la legión de factores técnicos que formaban el novísimo sistema de las «lentes gaseosas», sí quiero ofrecer algunas de sus características más generales, consciente de que quizá pueda servir de «pista» a los investigadores y profesionales del mundo de la fotografía ya que, como temo, este magnífico procedimiento no será dado a conocer al mundo de forma inmediata. La clave o fundamento se encuentra en el fenómeno de refracción de la luz. Todo el mundo sabe que, cuando un rayo de luz pasa de un medio transparente a otro de distinta naturaleza o densidad sufre un cambio de dirección. Toda la teoría óptica geométrica tiende al análisis de estos cambios en el caso de «dióptricos» y lentes o distintos tipos de superficies reflectantes o espejos. En otras palabras: los técnicos consiguen integrar la imagen visual de un objeto luminoso cualquiera, refractando los rayos de luz por medio de un objeto de perfil estudiado cuidadosamente y composición química definida, al que llaman «lente», aunque de estructura rígida. Sin embargo, el fenómeno de refracción se provoca también en un medio elástico, como es el caso de un gas. Las «lentes gaseosas» parten, en suma, de este principio, que recuerda en parte al mecanismo fisiológico del ojo, en el que la «lente» —el cristalino— no es rígida, sino elástica. Pues bien, nuestras cámaras sustituyeron estos medios —rígido (vidrio) o semielástico (gelatina)— por un medio gaseoso de refringencia variable. Comentemos otro ejemplo: en un recipiente lleno de aire, calentado por su parte inferior y refrigerado por la superior, las capas inferiores serán menos densas que las superiores. En este caso, y debido a la dilatación térmica del gas, un rayo de luz sufrirá sucesivas refracciones, curvándose hacia arriba. Si invertimos el proceso, el rayo se curvará hacia abajo. Caballo de Troya, en base a estos principios, consiguió un control de temperaturas muy exacto en los diversos puntos de una masa sólida, líquida, gaseosa o de transición. Ello se logró emitiendo dos haces de ondas ultracortas, que vaciaron el gradiente de temperatura en un punto concreto «P» de una masa de gas; es decir, se obtuvo el calentamiento de un pequeño entorno de gas en esa zona. Por este procedimiento se pudo caldear, por ejemplo, la totalidad de un recipiente, dejando en el interior una masa de gas frío que adopta una forma lenticular y que, a su vez, puede ser alterada, lográndose un cambio en su espesor y forma óptica. La luz que atraviesa esa masa previamente «trabajada» de gas frío seguirá direcciones definidas, de acuerdo con las leyes ópticas universales. Ésta fue la clave para sustituir definitivamente las lentes tradicionales de vidrio por las de naturaleza gaseosa. Estas lentes revolucionarias son creadas en el interior de un cilindro transparente de paredes muy delgadas, lleno de gas nitrógeno. Una serie de radiadores de ultrafrecuencia (en número de 1200), distribuidos periféricamente, calientan a voluntad y a distintas temperaturas los diversos puntos de la masa gaseosa, consiguiéndose así desde un simple menisco lenticular de luminosidad f:32 hasta un complejo sistema equivalente, por ejemplo, a un teleobjetivo o un gran angular de 180 grados. Estas «cámaras» no disponen de diafragma, puesto que la luminosidad de la «óptica» varía a voluntad. El film, de selenio, cargado electrostáticamente, fija en él una imagen eléctrica que sustituye a la imagen química. Esta película está formada

aunque en un mecanismo alojado en la zona superior del cayado, a 1,70 metros de la base.

Tanto el equipo de filmación como el de infrarrojos, así como otro de ultrasonidos, eran sostenidos por el ya mencionado microcomputador nuclear, estratégicamente encerrado en la base de la vara. Su complejidad era tal que, además de las funciones de control automático de la filmación, acumulación de película (capaz para 150 horas de filmación), regulación de las emisiones, recepción y proceso de las ondas ultrasónicas y radiación infrarroja, «traduciéndolas» a imágenes y sonidos, alimentador de los generadores de ultrafrecuencia, etc., su memoria de titanio (1) le capacitaba incluso para controlar en cada instante hasta los movimientos de turbulencia en cada uno de los puntos de las cuatro cámaras gaseosas de cine, corrigiéndolos y consiguiendo una perfecta estabilidad óptica.

---

por cinco láminas superpuestas transparentes, cuya sensitometría está calculada para fijar otras tantas imágenes de distintas longitudes de onda. Además de una segunda cámara de gas xenón para un nuevo y complicado tratamiento óptico de las imágenes (creando instantáneamente una especie de prisma de reflexión), nuestras cámaras de lentes gaseosas son alimentadas por un minúsculo computador nuclear, que constituye el «cerebro» del aparato. Este microordenador, provisto también de memoria de titanio, rige el funcionamiento de todas sus partes, programando los diversos tipos de sistemas ópticos en el cilindro de gas y teniendo en cuenta todos los factores físicos que intervienen: intensidad y brillo de la imagen, distancias focales, distancia del objeto para su correspondiente enfoque, profundidad del campo, filtraje cromático, ángulo del campo visual, etc. *(N. del m.)*

(1) Es posible que muchas personas se pregunten cómo puede lograrse un microcomputador nuclear de dimensiones tan reducidas como para situarlo en el interior de una vara de pinsapo de treinta milímetros de diámetro. Aunque no estoy autorizado a describirlos íntegramente, trataré de esbozar algunas de sus características esenciales. En general, los dispositivos amplificadores de voltaje o de intensidad de los ordenadores actuales están basados en las propiedades de la emisión catódica en el vacío, controlada por un electrón auxiliar o en las características del estado sólido, como en el caso de los diodos y transistores de germanio y silicio. Pero dichos circuitos no amplifican la energía. Es más: la potencia de salida es siempre menor que la de entrada (rendimiento menor que la unidad). Tan sólo amplifican la tensión a costa de energía generada en una fuente energética auxiliar: pila o rectificador de corriente alterna. Por el contrario, los elementos de los ordenadores de Caballo de Troya (amplificadores nucleicos) tienen unas características distintas. En primer lugar, la base no es electrónica —tampoco de vacío o de estado sólido (cristal)— sino nucleica. Una débil energía de entrada (neutrones o protones unitarios incidiendo sobre unos pocos átomos) provocan, por fisión del núcleo, una gran energía. El rendimiento, por tanto, es mucho mayor que la unidad. A la salida del amplificador elemental obtenemos esta energía en forma no eléctrica sino térmica, aunque en un proceso posterior, este calor se transforme en energía eléctrica. Y siendo la base de estos elementos puramente atómica —y entrando en juego, no trillones de átomos, sino unas pocas unidades— el grado de miniaturización es extraordinario, consiguiendo almacenar complejísimos circuitos en volúmenes reducidísimos. *(N. del m.)*

4 DE ABRIL, MARTES

A las 5.42 horas de aquel martes, con el alba, descendí del módulo, iniciando el camino de regreso a Betania. El cielo había recobrado su hermoso azul celeste y la temperatura, aunque ligeramente más baja que en días anteriores (la «cuna» registró once grados centígrados en el momento de mi despedida de Eliseo), resultaba soportable.

Aquel breve período en el módulo, además de permitirme un corto pero profundo descanso y un aseo completo, había servido para satisfacer un pequeño capricho, intensamente añorado en aquellos cinco primeros días de exploración: poder desayunar «a la antigua usanza» (aunque en este caso tan especial quizá habría que decir «a la futura usanza»...), tal y como tenía por costumbre en los Estados Unidos. Así que bajo la mirada divertida de mi compañero, yo mismo preparé los huevos revueltos, el bacon, las tostadas con mantequilla y dos generosas tazas de café humeante.

Y con el ánimo dispuesto, tomé mi nuevo e inseparable «compañero» —la «vara de Moisés»—, guardando en la bolsa de hule un diminuto micrófono, las lentes de contacto «crótalos», dos esmeraldas, una cuerda de colores y la «carta» de un supuesto amigo de Tesalónica. Todo ello, como iremos viendo, de suma importancia para el desarrollo de mi misión...

Conforme me aproximaba a Betania, siguiendo la misma vereda que había tomado la noche anterior para mi regreso a la «cuna», una creciente curiosidad fue apoderándose de mí. ¿Qué me depararía el destino en aquellos dos días —martes y miércoles— de los que apenas si se habla en las crónicas evangélicas? ¿Qué haría Jesús de Nazaret durante las horas que precedieron a su prendimiento?

Aquella inquietud me hizo acelerar el paso.

Cuando me hallaba a un tiro de piedra del camino que conduce de Jerusalén a Jericó, y que atravesaba Betania, un espeso matorral me llamó la atención. Se trataba de bellos racimos de juncias —de la especie «sultán»—, muy apreciadas por las mujeres judías. Yo sabía que las hebreas gustaban de adornar sus cabellos con manojos de estas olorosas flores, extrayendo también de sus pequeños tubérculos ovoideos (algo menores que las avellanas) una especie de refrescante licor, de un sabor muy similar a la horchata.

Contento por mi descubrimiento, arranqué un copioso ramo y proseguí la marcha.

Al llegar a la aldea, el familiar ruido de la molienda del grano me puso sobre aviso: los habitantes de Betania hacía tiempo que se afanaban en sus quehaceres y, presumiblemente, el Maestro de Galilea —consumado madrugador— habría iniciado ya su jornada. No tenía tiempo que perder.

Al entrar en la casa de Lázaro, la familia me saludó con vivas muestras de alegría, ofreciéndome el tradicional beso en la mejilla. Marta, en especial, parecía mucho más nerviosa y feliz que el resto por mi nueva visita. Pero su turbación llegó al límite cuando, inesperadamente, puse en sus manos el racimo de juncias. Sus profundos ojos negros se clavaron en los míos. Y al instante, en uno de sus peculiares arranques, se separó del grupo, refugiándose a la carrera en una de las estancias del patio central. María y Lázaro no pudieron contener las risas.

Pero mis pensamientos estaban centrados en Jesús e interrogué de inmediato a Lázaro sobre el paradero del Maestro. Aquel interés mío por el Galileo debió llenarle de satisfacción y atendiendo mi ruego se brindó a acompañarme hasta la mansión de Simón, «el leproso».

Por la posición del sol debían ser la siete de la mañana cuando, tras cruzar el jardín, me reincorporé al grupo de discípulos que conversaba con el rabí al pie de las escalinatas donde yo había sostenido mi primera conversación con el Maestro.

Prudentemente me mantuve al fondo de la nutrida reunión, observando que, además de los doce hombres de confianza, asistían una decena de mujeres —elegidas igualmente por Jesús al principio de su ministerio—, así como veinte o veinticinco discípulos, todos ellos muy amigos del Galileo, amén del propietario de la casa: el anciano Simón.

Por el tono de su voz, más grave de lo habitual, comprendí que aquella reunión encerraba un sentido muy especial. No me equivoqué. Jesús, ante los atónitos ojos de sus amigos, fue diciéndoles adiós. En aquel instante pulsé disimuladamente el clavo de cobre, activando la filmación simultánea. Nadie se percató de la maniobra. Sin embargo, y así creo que debo registrarlo en honor a la verdad, en el momento en que inicié la grabación, el gigante —que se hallaba de espaldas y conversando con el grupo de mujeres— giró súbitamente la cabeza, fijando primero su mirada en mí y, acto seguido, en la vara que yo sujetaba con mi mano derecha. Una oleada de sangre ascendió desde mi vientre. Pero el Maestro, en cuestión de segundos, terminó por esbozar una ancha sonrisa a la que creo que correspondí, aunque no estoy muy seguro... Por un momento creí que todo se venía abajo.

Los apóstoles y discípulos, que seguían todos y cada uno de los movimientos del Maestro, asociaron aquella mirada y la inmediata sonrisa con mi presencia, no concediéndole más trascendencia que la de un cálido saludo hacia un gentil que venía demostrando un abierto y sincero interés por la doctrina del rabí.

Acto seguido, Jesús se dirigió a sus doce íntimos, dedicando a cada uno de ellos unas cálidas palabras de despedida.

Y empezó por Andrés, el verdadero responsable y jefe del grupo de los apóstoles.

En uno de sus gestos favoritos, colocó sus manos sobre los hombros del hermano de Pedro, diciéndole:

—No te desanimes por los acontecimientos que están a punto de llegar. Mantén tu mano fuerte entre tus hermanos y cuida de que no te vean caer en el desánimo.

Después, dirigiéndose a Pedro, exclamó:

—No pongas tu confianza en el brazo de la carne, ni en las armas de metal. Fundamenta tu persona en los cimientos espirituales de las rocas eternas.

Aquellas frases me dejaron perplejo. Casi inconscientemente asocié las palabras de Jesús con aquellas otras, vertidas por el evangelista Mateo en su capítulo 16, en las que, tras la confesión de Pedro sobre el origen divino del Maestro, éste afirma textualmente: «... Bienaventurado tú, Simón Bar Jona..., y yo te digo a ti que tú eres Pedro, y sobre esta piedra edificaré yo mi Iglesia...»

Al estudiar los Evangelios canónicos, durante mi preparación para la operación Caballo de Troya, había detectado un dato —repetido en diferentes pasajes— que me produjo una cierta confusión. Algunos parlamentos del Nazareno o sucesos relacionados con su nacimiento y vida pública sólo eran recogidos por uno de los evangelistas, mientras que los otros tres no se daban por enterados. Éste era el caso del citado párrafo de San Mateo que sostiene la creencia entre los católicos de que Jesús de Nazaret quiso fundar una Iglesia, tal y como hoy la entendemos. Y desde el primer momento nació en mí una duda: ¿cómo era posible que una afirmación tan decisiva por parte de Jesús no fuera igualmente registrada por Marcos, Lucas y Juan? ¿Es que el Maestro de Galilea no pronunció jamás aquellas palabras sobre Pedro y la Iglesia? ¿Pudo ser esta parte de la llamada «confesión de Pedro» una deficiente información por parte del evangelista? ¿O me encontraba ante una manipulación muy posterior a la muerte de Cristo, cuando las enseñanzas del rabí habían empezado a «canalizarse» dentro de unas estructuras colegiales y burocráticas que exigían la justificación —al más «alto nivel»— de su propia existencia?

Los acontecimientos que iba a tener ocasión de presenciar en la tarde y noche de ese mismo martes, 4 de abril, confirmarían mis sospechas sobre la pésima recepción, por parte de los apóstoles, de muchas de las cosas que hizo y que, sobre todo, dijo Jesús. Y aunque nunca negaré la posibilidad de que el Galileo pudiera haber pronunciado esas palabras sobre Pedro y su Iglesia, al escuchar aquella despedida personal del Maestro a Pedro, en el jardín de Simón, «el leproso», mi duda sobre una posible confusión por parte de san Mateo creció sensiblemente.

Pedro, al escuchar aquellas emocionadas palabras —y en un movimiento reflejo que le traicionó— trató de ocultar con su ropón la empuñadura de la espada que escondía entre la túnica y la faja. Pero Jesús, simulando no haber visto dicho gesto, se colocó frente a Santiago, diciéndole:

—No desfallezcas por apariencias exteriores. Permanece firme en tu fe y pronto conocerás la realidad de lo que crees.

Siguió con Nathaniel y en el mismo tono de dulzura afirmó:

—No juzgues por las apariencias. Vive tu fe cuando todo parezca desvanecerse. Sé fiel a tu misión de embajador del reino.

Al imperturbable Felipe —el hombre «práctico» del grupo— le despidió con estas palabras:

—No te sobrecojas por los acontecimientos que se van a producir. Permanece tranquilo, aun cuando no puedas ver el camino. Sé leal a tu voto de consagración.

A Mateo, seguidamente, le habló así:

—No olvides la gracia que recibiste del reino. No permitas que nadie te estafe en tu recompensa eterna. Así como has resistido tus inclinaciones de la naturaleza mortal, desea permanecer resuelto.

En cuanto a Tomás, su despedida fue así:

—No importa lo difícil que pueda ser: ahora debes caminar sobre la fe y no sobre la vista. No dudes que yo puedo terminar el trabajo que he comenzado.

Aquellas palabras a Tomás —el gran escéptico— fueron especialmente proféticas.

—No permitáis que lo que no podéis comprender os aplaste —les dijo a los gemelos—. Sed fieles a los afectos de vuestros corazones y no pongáis vuestra fe en grandes hombres o en la actitud cambiante de la gente. Permaneced entre vuestros hermanos.

Después, llegando frente a Simón Zelotes —el discípulo más politizado—, prosiguió:

—Simón, puede que te aplaste el desconcierto, pero tu espíritu se levantará sobre todos los que vayan contra ti. Lo que no has sabido aprender de mí, mi espíritu te lo enseñará. Busca las verdaderas realidades del espíritu y deja de sentirte atraído por las sombras irreales y materiales.

El penúltimo apóstol era el joven Juan. El Maestro tomó sus manos entre las suyas, diciéndole:

—Sé suave. Ama incluso a tus enemigos. Sé tolerante. Y recuerda que yo he creído en ti...

Juan, con los ojos humedecidos, retuvo las manos de Jesús, al tiempo que exclamaba con un hilo de voz:

—Pero, Señor, ¿es que te marchas?

A juzgar por las expresiones de sus rostros, estoy seguro que todos se habían formulado aquella misma pregunta. Sin embargo, sus ánimos estaban tan maltrechos y confusos que ninguno, excepto el sincero y valiente Juan, se atrevió a expresarla en voz alta.

Por último, el Maestro se aproximó al larguirucho Judas Iscariote. Desde el primer momento, la compleja y atormentada personalidad de aquel hombre me habían atraído de forma especial. En la medida de mis posibilidades, procuré no perderle de vista. Y puedo adelantar ya que las motivaciones que le empujaron a traicionar a Jesús no fueron —como se insinúa en los Evangelios— las del dinero. Para un hombre como él, la consideración de los demás y la vanagloria personal estaban muy por encima de la avaricia...

—Judas —le dijo el Galileo—, te he amado y he rezado para que ames a tus hermanos. No te sientas cansado de hacer el bien. Te aviso para que tengas cuidado con los resbaladizos caminos de la adulación y con los dardos venenosos del ridículo.

Jesús, evidentemente, conocía muy bien el carácter del traidor.

Cuando hubo terminado de despedirse, el Maestro, con una cierta sombra de tristeza en su rostro, tomó a Lázaro por el brazo y se alejó del grupo, adentrándose en el jardín. Sólo después de su muerte, cuando faltaban escasas horas para mi regreso al módulo, Marta me confesaría cuál había sido el tema de aquella conversación privada entre Jesús de Nazaret y su hermano.

Jesús recobró con presteza su habitual buen humor. Y después de ordenar a los discípulos que dispusieran aquella misma mañana el campamento en el Olivete, rogó a Pedro, Andrés, Juan y Santiago que se adelantaran con él a Jerusalén.

Mi elección no ofrecía duda y en compañía de un reducido grupo de discípulos seguí los pasos de aquellos cinco hombres.

Como era ya costumbre, el Nazareno, con una envidiable forma física, cubrió la empinada vertiente oriental del Monte de los Olivos en poco más de media hora. Cuando, al fin, alcanzamos la cima, Jesús y los apóstoles —lejos de detenerse a descansar— se alejaban ya, colina abajo, en dirección al torrente seco del Cedrón.

Pero, contra lo que imaginaba, el Maestro no parecía tener excesiva prisa por entrar en la ciudad santa. Y se detuvo en la citada falda occidental del Olivete, en una explanada en la que se apretaban decenas de tiendas, la mayoría ocupadas por peregrinos procedentes de Galilea, así como por comerciantes de lanas y vendedores de animales para los sacrificios rituales.

Por lo que pude comprobar, algunas de aquellas familias conocían de antiguo al Galileo y le rogaron que se sentara junto a ellos.

El Maestro aceptó con gusto, acariciando a los niños y mostrándose encantado cuando una de las hebreas le presentó un cuenco de barro con leche de cabra recién ordeñada, según dijo. Al instante, otra mujer colocaba sobre la estera de paja sobre la que había tomado asiento el rabí una bandeja de madera con un puñado de dátiles y una especie de torta de color blanco-amarillento y que, según uno de mis acompañantes, era conocida por el nombre de «pan de higos» (1).

Sonriente, el Nazareno apartó con su mano izquierda las numerosas moscas que trataban de posarse en la leche y, tomando el recipiente con ambas manos, se lo llevó a la boca, bebiendo lenta y placenteramente. Poco después, tras despedirse de sus anfitriones, realizó otras dos visitas.

Hacia la hora tercia (las nueve de la mañana), el grupo prosiguió su camino hacia Jerusalén.

Fue entonces cuando Pedro y Santiago, que llevaban varios días enzarzados en una polémica sobre las enseñanzas de su Maestro en relación con el perdón de los pecados, decidieron salir de dudas. Y Pedro tomó la palabra:

—Maestro, Santiago y yo no estamos de acuerdo respecto a tus enseñanzas sobre la redención del pecado. Santiago afirma que tú enseñas que el Padre nos perdona, incluso, antes de que se lo pidamos. Yo mantengo que el arrepentimiento y la confesión deben ir por delante del perdón. ¿Quién de los dos está en lo cierto?

Algo sorprendido por la pregunta, Jesús se detuvo frente a la muralla oriental del templo y, mirando intensamente a los cuatro, respondió:

—Hermanos míos, erráis en vuestras opiniones porque no comprendéis la naturaleza de las íntimas y amantes relaciones entre la criatura y el Creador, entre los hombres y Dios. No alcanzáis a co-

(1) En una posterior conexión con Eliseo, nuestro ordenador central confirmó que los higos, juntamente con los dátiles, proporcionaban al pueblo judío el mayor índice de azúcar. Generalmente se ponían a secar, siendo almacenados en forma de tortas. Este «pan de higos» se utilizaba, incluso, como fármaco para sanar úlceras. Santa Claus amplió mi información, exponiendo que aquella torta de higos que había sido ofrecida a Jesús podía estar formada por la variedad llamada «higo del sicómoro», muy frecuente en la Palestina del siglo I. Este alimento, de bajísima calidad, sufría una punción cuando todavía se hallaba en el árbol, logrando así una más rápida maduración. *(N. del m.)*

nocer la simpatía comprensiva que los padres sabios tienen para con sus hijos inmaduros y a veces equivocados.

»Es verdaderamente dudoso que un padre inteligente y amante se ponga alguna vez a perdonar a un hijo normal. Relaciones de comprensión, asociadas con el amor impiden, efectivamente, esas desavenencias que más tarde necesitan el reajuste y arrepentimiento por el hijo, con perdón por parte del padre.

»Yo os digo que una parte de cada padre vive en el hijo. Y el padre disfruta de prioridad y superioridad de comprensión en todos los asuntos relacionados con su hijo. El padre puede ver la inmadurez del hijo por medio de su propia madurez: la experiencia más madura del viejo.

»Pues bien, con los hijos pequeños, el Padre celestial posee una infinita y divina simpatía y comprensión amorosa. El perdón divino, por tanto, es inevitable. Es inherente e inalienable a la infinita comprensión de Dios y a su perfecto conocimiento de todo lo concerniente a los juicios erróneos y elecciones equivocadas del hijo. La divina justicia es tan eternamente justa que incluye, inevitablemente, el perdón comprensivo.

»Cuando un hombre sabio entiende los impulsos internos de sus semejantes, los amará. Y cuando ames a tu hermano, ya le habrás perdonado. Esta capacidad para comprender la naturaleza del hombre y de perdonar sus aparentes equivocaciones es divina. En verdad, en verdad os digo que si sois padres sabios, ésta deberá ser la forma en que améis y comprendáis a vuestros hijos; incluso les perdonaréis cuando una falta de comprensión momentánea os haya separado.

»El hijo, siendo inmaduro y falto de plena comprensión sobre la profunda relación padre-hijo, sentirá frecuentemente una sensación de separación respecto a su padre. Pero el verdadero padre nunca estará consciente de esta separación.

»El pecado es la experiencia de la conciencia de la criatura; no es parte de la conciencia de Dios.

»Vuestra falta de capacidad y de deseo de perdonar a vuestros semejantes es la medida de vuestra inmadurez y la razón de los fracasos a la hora de alcanzar el amor.

»Mantenéis rencores y alimentáis venganzas en proporción directa a vuestra ignorancia sobre la naturaleza interna y los verdaderos deseos de vuestros hijos y prójimo. El amor es el resultado de la divina e interna necesidad de la vida. Se funda en la comprensión, se nutre en el servicio generoso y se perfecciona en la sabiduría.

Los cuatro amigos de Jesús guardaron silencio. Posiblemente, Santiago y Juan sí comprendieron parte de las explicaciones del Maestro. No así los hermanos pescadores. Pedro, rascándose nerviosamente la bronceada calva, siguió los pasos del Galileo, sumido en un sinfín de cavilaciones.

Hacia las nueve y media de la mañana, Cristo y sus discípulos cruzaron bajo la llamada Puerta Oriental, en la muralla este del templo, dirigiéndose hacia las escalinatas del atrio de los Gentiles, lugar habitual de sus discursos y enseñanzas.

Los cambistas y vendedores de corderos y demás productos propios de la Pascua habían vuelto a instalar sus mesas y tenderetes, aprovechando las primeras luces del alba. Todo aparecía tranquilo. Ninguno de aquellos intermediarios hizo el menor gesto de desaprobación cuando vieron entrar al rabí de Galilea y al reducido grupo de seguidores. Jesús, por su parte, se dio perfecta cuenta de que aquel comercio sacrílego había vuelto por sus fueros. Pero, tal y como ocurriese en otras muchas ocasiones, no prestó mayor atención. Aquella postura por parte del Maestro confirmó mi convencimiento de que lo sucedido en la mañana del día anterior se había debido fundamentalmente a una situación límite.

Muchos de los habitantes de Jerusalén, así como de los peregrinos que iban engrosando día a día la población de la ciudad santa y alrededores, esperaban ya impacientes la aparición del rabí de Galilea. La mayor parte, movida por una morbosa curiosidad, a la vista de los graves acontecimientos registrados en la mañana del lunes en la explanada del templo y expectante por la actuación que pudiera seguir el Sanedrín. Era un secreto a voces que Caifás y el resto del gran consejo de justicia judío habían tomado la decisión de prender y ajusticiar a Jesús. Pero, ¿se atreverían a hacerlo en público? El propio rabí, a través de algunos de los «ancianos» y fariseos que habían presentado su dimisión en el Sanedrín, estaba al corriente de estas intrigas y de la oscura amenaza que se cernía sobre él. Por ello, muchos de los hebreos aplaudían en secreto el valor del Nazareno, que no manifestaba temor o nerviosismo, mostrándose y avanzando serena y majestuosamente entre los levitas o policías del templo y, sobre todo, a la vista de los sacerdotes.

Sin más preámbulos, y en mitad de aquella expectación, Jesús comenzó sus palabras. Pero, apenas si había empezado cuando, un grupo de alumnos de las escuelas de escribas, destacándose entre el gentío, interrumpió al Maestro, preguntándole:

—Rabí, sabemos que eres un enseñante que está en lo cierto y sabemos que proclamas los caminos de la verdad y que sólo sirves a Dios, pues no temes a ningún hombre. Sabemos también que no te importa quiénes sean las personas. Señor, sólo somos estudiantes y quisiéramos conocer la verdad sobre un asunto que nos preocupa. ¿Es justo para nosotros dar tributo al César? ¿Debemos dar o no debemos dar?

En aquel instante, uno de los sirvientes de Nicodemo —que profesaba desde hacía tiempo la doctrina de Jesús— hizo un comentario en voz baja, recordándonos que aquella impertinente interrupción formaba parte del plan, trazado en la fatídica reunión del Sanedrín del día anterior. Los fariseos, escribas y saduceos, en efecto, habían unido sus votos para, en principio, formar grupos «especializados» que tratasen de ridiculizar y desprestigiar públicamente al Galileo.

Aquel típico silencio —propio de los momentos de gran tensión— fue roto por el Nazareno quien, en un tono irónico —como si conociese a la perfección la falsa ignorancia de aquellos muchachos, entre los que se hallaba una especial representación de los «herodianos» (1) les preguntó a su vez:

(1) Aquel grupo era partidario de la dinastía de Herodes y, entre otras misiones, tenían la de denunciar a la autoridad romana cualquier movimiento o ataque —incluso verbal— contra el César. *(N. del m.)*

—¿Por qué venís así, a provocarme?

Y acto seguido, extendiendo su mano izquierda hacia los estudiantes, les ordenó con voz firme:

—Mostradme la moneda del tributo y os contestaré.

El portavoz de los alumnos le entregó un denario de plata (1) y el Maestro, después de mirar ambas caras, repuso:

—¿Qué imagen e inscripción lleva esta moneda?

Los jóvenes se miraron con extrañeza y respondieron, dando por sentado que el rabí conocía perfectamente la respuesta:

—La del César.

—Entonces —contestó Jesús, devolviéndoles la moneda—, dad al César lo que es del César, a Dios lo que es de Dios y a mí, lo que es mío...

La multitud, maravillada ante la astucia y sagacidad de Jesús, prorrumpió en aplausos, mientras los aspirantes a escribas y sus cómplices, los «herodianos», se retiraban avergonzados.

Instintivamente, mientras Jesús contemplaba aquel denario, extraje de mi bolsa una moneda similar y la examiné detenidamente. En una de sus caras se apreciaba la imagen del César, sentado de perfil en una silla. A su alrededor podía leerse la siguiente inscripción: *Pontif Maxim.* En la otra cara la efigie de Tiberio, coronado de laurel, con otra leyenda a su alrededor: *Ave Augustus Ti Caesar Divi* (2).

Aquella nueva trampa pública había sido muy bien planeada. Todo el mundo sabía que el denario era el máximo tributo que la nación judía debía pagar inexorablemente a Roma, como señal de sumisión y vasallaje. Si el Maestro hubiera negado el tributo, los miembros del Sanedrín habrían acudido rápidamente ante el procurador romano, acusando a Jesús de sedición. Si, por el contrario, se hubiese mostrado partidario de acatar las órdenes del Imperio, la mayoría del pueblo judío hubiera sentido herido su orgullo patriótico, excepción hecha de los saduceos, que pagaban el tributo con gusto.

Fueron estos últimos precisamente quienes, pocos minutos después de este incidente, y siguiendo la estrategia programada por el Sanedrín, avanzaron hacia Jesús —que intentaba proseguir con sus enseñanzas— tendiéndole una segunda trampa:

—Maestro —le dijo el portavoz del grupo—, Moisés dijo que si un hombre casado muriese sin dejar hijos, su hermano debería tomar a su esposa y sembrar semilla por el hermano muerto. Entonces ocurrió un caso: cierto hombre que tenía seis hermanos murió sin

(1) El denario de plata era una moneda de curso legal en aquel tiempo. Según Santa Claus, equivalía a algo menos del sueldo de dos días de un legionario romano. En tiempos de César, el estipendio anual de un soldado romano (legionario) era de 150 denarios. Augusto le añadiría un nuevo sobresueldo, alcanzando la cifra de 225 denarios de plata o 3 600 ases. Esta cantidad fue confirmada por Tácito en tiempos de Tiberio (*Ann. 1, 17: denis in diem assibus animan et corpus aestimari*). Los centuriones, por su parte, cobraban 2 500 denarios-año y los llamados *primi ordines*, 5 000. *(N. del m.)*

(2) «Sumo Pontífice» y «¡Salve, Divino Tiberio César Augusto!», respectivamente. Las inscripciones aparecían abreviadas. En realidad deberían decir: *Pontifex Maximus* y *Ave Augustus Tiberius Caesar Divinus. (N. del m.)*

descendencia. Su siguiente hermano tomó a su esposa, pero también murió pronto sin dejar hijos. Y lo mismo hizo el segundo hermano, muriendo igualmente sin prole. Y así hasta que los seis hermanos tuvieron a la esposa y todos pasaron sin dejar hijos. Entonces, después de todos ellos, la propia esposa falleció. Lo que te queríamos preguntar es lo siguiente: cuando resuciten, ¿de quién será la esposa?

Al escuchar la disertación del saduceo, varios de los discípulos de Jesús movieron negativamente la cabeza, en señal de desaprobación. Según me explicaron, las leyes judías sobre este particular hacía tiempo que eran «letra muerta» para el pueblo. Amén de que aquel caso tan concreto era muy difícil de que se produjera en realidad, sólo algunas comunidades de fariseos —los más puristas— seguían considerando y practicando el llamado matrimonio de levirato (1).

El rabí, aun sabiendo la falta de sinceridad de aquellos saduceos, accedió a contestar. Y les dijo:

—Todos erráis al hacer tales preguntas porque no conocéis las Escrituras ni el poder viviente de Dios. Sabéis que los hijos de este mundo pueden casarse y ser dados en matrimonio, pero no parecéis comprender que los que se hacen merecedores de los mundos venideros a través de la resurrección de los justos, ni se casan ni son dados en matrimonio. Los que experimentan la resurrección de entre los muertos son más como los ángeles del cielo y nunca mueren. Estos resucitados son eternamente hijos de Dios. Son los hijos de la luz. Incluso vuestro padre, Moisés, comprendió esto. Ante la zarza ardiente oyó al Padre decir: «Soy el Dios de Abraham, el Dios de Isaac y el Dios de Jacob.» Y así, junto a Moisés, yo declaro que mi Padre no es el Dios de los muertos, sino de los vivos. En él, todos vosotros os reproducís y poseéis vuestra existencia mortal.

(1) El ordenador central del módulo me proporcionó aquella misma noche una extensa y exhaustiva información sobre este curioso tipo de matrimonio. La tradición oral hebrea —recogida en la *Misná* (Orden Tercero), dedicado a las *yebamot* o cuñadas, y según las leyes contenidas en el *Deuteronomio* (25, 5-10)— establecía que, cuando dos hermanos habitaban uno junto al otro y uno de ellos muere sin dejar hijos, la mujer del muerto no se casará con un extraño: «Su cuñado irá a ella y la tomará por mujer.» El primogénito que de ella tenga llevará el nombre del hermano muerto, «para que su nombre no desaparezca de Israel». Pero, si el hermano se negase a tomar por mujer a su cuñada, subirá ésta a la puerta, a los ancianos, y les dirá: «Mi cuñado se niega a suscitar en Israel el nombre de su hermano; no quiere cumplir su obligación de cuñado, tomándome por mujer.» Los ancianos de la ciudad le harán venir y le hablarán. Si persiste en la negativa, su cuñada se acercará a él en presencia de los ancianos, le quitará del pie un zapato y le escupirá en la cara, diciendo: «Esto se hace con el hombre que no sostiene a la casa de su hermano.» Y su casa será llamada en Israel la casa del descalzado. Este matrimonio, que es obligatorio, se denomina *yibbum*; es decir, de levirato (de levir: cuñado). Cuando la cuñada quedaba con sucesión, este matrimonio estaba prohibido. A partir de la llamada «ceremonia del zapato», la cuñada quedaba libre para contraer matrimonio con cualquiera.

Con el paso de los siglos, esta norma fue perdiéndose y en tiempos de Jesús apenas si era practicada, encerrando, en el mejor de los casos, un carácter puramente simbólico o de trámite legal. *(N. del m.)*

Los saduceos se retiraron, presa de una gran confusión, mientras sus seculares enemigos, los fariseos, llegaban a exclamar a voz en grito: «¡Verdad, verdad, verdad Maestro! Has contestado bien a estos incrédulos.»

Quedé nuevamente sorprendido, al igual que aquella multitud, por la sagacidad y reflejos mentales de aquel gigante. Jesús conocía la doctrina de esta secta, que sólo aceptaba como válidos los cinco textos llamados los *Libros de Moisés*. Y recurrió precisamente a Moisés en su respuesta, desarmando a los saduceos. Pero, desde mi punto de vista, los fariseos que aplaudieron las palabras del Maestro, no entendieron tampoco la profundidad del mensaje del Nazareno, cuando aludió con voz rotunda «a los que experimentan la resurrección de entre los muertos». Los «santos» o «separados» —como se les llamaba popularmente a los fariseos— creían que, en la resurrección, los cuerpos se levantaban físicamente. Y Jesús, en sus afirmaciones, no se refirió a este tipo de resurrección...

El Maestro parecía resignado a suspender temporalmente su predicación y esperó en silencio una nueva pregunta. La verdad es que llegó a los pocos momentos, de labios de aquel mismo grupo de fariseos que había simulado tan cálidos elogios hacia el rabí. Uno de ellos, señalando a Jesús, expuso un tema que conmovió de nuevo al gentío:

—Maestro —le dijo—, soy abogado y me gustaría preguntarte cuál es, en tu opinión, el mayor mandamiento.

Sin conceder un segundo siquiera a la reflexión —y elevando aún más su potente voz—, el gigante repuso:

—No hay más que un mandamiento y ése es el mayor de todos. Es éste: ¡Oye, oh Israel! El Señor, nuestro Dios, el Señor es uno. Y lo amarás con todo tu corazón y con toda tu alma, con toda tu mente y con toda tu fuerza. Éste es el primero y el gran mandamiento. Y el segundo es como este primero. En realidad, sale directamente de él y es: Amarás a tu prójimo como a ti mismo. No hay otro mandamiento mayor que éstos. En ellos se basa toda la Ley y los profetas.

Aquel hombre de leyes, consternado por la sabiduría de la respuesta de Jesús, se inclinó a alabar abiertamente al rabí:

—Verdaderamente, Maestro, has dicho bien. Dios, ¡bendito sea!, es uno y nada más hay tras él. Amarle con todo el corazón, entendimiento y fuerza y amar al prójimo como a uno mismo es el primero y el gran mandamiento. Estamos de acuerdo en que este gran mandamiento ha de ser tenido mucho más en cuenta que todas las ofrendas y sacrificios que se queman.

Ante semejante respuesta, el Nazareno se sintió satisfecho y sentenció, ante el estupor de los fariseos:

—Amigo mío, me doy cuenta de que no estás lejos del reino de Dios...

Jesús no se equivocaba. Aquella misma noche, en secreto, aquel fariseo acudió hasta el campamento situado en el huerto de Getsemaní, siendo instruido por Jesús y pidiendo ser bautizado.

Aquella sucesión de descalabros dialécticos terminó por disuadir a los restantes grupos de escribas, saduceos y fariseos, que comenzaron a retirarse disimuladamente.

Al observar que no había más preguntas, el Galileo se puso en pie y, antes de que los venenosos sacerdotes desaparecieran, les lanzó esta interrogante:

—Puesto que no hacéis más preguntas, me gustaría haceros una: ¿Qué pensáis del Libertador? Es decir, ¿de quién es hijo?

Los fariseos y sus compinches quedaron como electrizados mientras un murmullo recorría aquella zona de la explanada.

Los miembros del Templo deliberaron durante algunos minutos y, finalmente, uno de los escribas, señalando uno de los papiros que llevaba anudado a su brazo derecho y que contenía la Ley, respondió:

—El Mesías es el hijo de David.

Pero el Nazareno no se contentó con esta respuesta. Él sabía que existía una agria polémica sobre si él era o no hijo de David —incluso entre sus propios seguidores— y remachó:

—Si el Libertador es en verdad el hijo de David, cómo es que en el salmo que atribuís a David, él mismo, hablando con el espíritu, dice: «El Señor dijo a mi señor: siéntate a mi derecha hasta que haga de tus enemigos el escabel de tus pies.» Si David le llama Señor, ¿cómo puede ser su hijo?

Los fariseos y principales del templo quedaron tan confusos que no se atrevieron a responder.

Hacia la hora quinta (las once de la mañana, aproximadamente), Jesús dio por concluida su estancia en el Templo y, puesto que era el tiempo de la comida, se encaminó con sus discípulos hacia la Puerta Triple con el fin —según me comentó el propio Pedro— de dirigirse a la casa de José de Arimatea, en la ciudad baja. Al descubrir cómo me quedaba atrás, dispuesto a no alterar, en la medida de lo posible, la intimidad del grupo, Andrés retrocedió y me invitó a compartir con ellos la segunda comida del día. Mientras tanto, Jesús y los demás habían cruzado ya entre las mesas de los cambistas y mercaderes, perdiéndose por la soberbia puerta del muro sur del Templo.

Estaba a punto de aceptar, naturalmente, cuando un tumulto procedente de la cara más oriental del Santuario nos hizo volver la mirada. Entre gritos desgarradores, una mujer estaba siendo prácticamente arrastrada por las escalinatas de acceso al Pórtico Corintio. Una patrulla de la policía del Templo (los levitas), posiblemente de los destacados en el atrio de las Mujeres, se dirigía a través de la explanada donde nos encontrábamos, en dirección al Pórtico de Salomón y, más concretamente, hacia la Puerta Oriental. Dos de los levitas de esta «guardia de día» sujetaban a la hebrea por las axilas, mientras un tercero había hecho presa en sus pies, soportando a duras penas los violentos movimientos de la muchacha. Detrás, medio ocultos entre un enjambre de curiosos, marchaban uno de los guardianes de turno del Templo y varios sacerdotes.

La multitud que se hallaba entre los puestos de los vendedores corrió al instante hacia la patrulla, lanzando gritos de «¡adúltera!... ¡adúltera!», como si aquel suceso fuera algo común y hasta festejado por la turba.

Interrogué a Andrés con la mirada y el jefe del grupo, con expresión grave, lamentó aquella sombría coincidencia, resumiendo el lamentable espectáculo con la siguiente frase:

—Son las «aguas amargas».

Recordé al instante que en una de mis investigaciones en los textos bíblicos —en *Números* (5,11-31) (1), Yavé especificaba el procedimiento a seguir con la mujer sospechosa de adulterio. Cuando el marido creía que su esposa le era infiel, llevaba a ésta hasta el sacerdote, obligándola a confesar. Si se negaba a reconocer su culpa, la desdichada tenía que pasar por la prueba (una especie de «juicio de Dios») de las «aguas amargas». El sacerdote preparaba un brebaje especial —compuesto, según reza en la Biblia, por tierra del Tabernáculo y la tinta con la que escribía el ritual de las maldiciones, previamente diluida en agua— y, entre ceremonias religiosas, daba a beber dicha poción a la sospechosa. La creencia judía enseñaba que, si la mujer era realmente culpable, el misterioso líquido atacaba sus entrañas, matándola. Por el contrario, si era inocente, las «aguas amargas» no alteraban su organismo (2).

Para una mente racional, aquella prueba dejaba mucho que de-

(1) Dice así el citado texto bíblico: «Habló Yavé a Moisés, diciendo: Habla a los hijos de Israel y diles: Si la mujer de uno fornicara y le fuese infiel, durmiendo con otro en concúbito de semen, sin que haya podido verlo el marido ni haya testigos, por no haber sido hallada en el lecho, y se apoderase del marido el espíritu de los celos y tuviese celos de ella, háyase ella manchada en realidad o no se haya manchado, la llevará al sacerdote, y ofrecerá por ella una oblación de la décima parte de un *efá* de harina de cebada, sin derramar aceite sobre ella ni poner encima incienso, porque es *minjá* de celos, *minjá* de memoria para traer el pecado a la memoria. El sacerdote hará que se acerque y se esté ante Yavé; tomará del agua santa en una vasija de barro, y cogiendo un poco de la tierra del suelo del tabernáculo, lo echará en el agua. Luego, el sacerdote, haciendo estar a la mujer ante Yavé, le descubrirá la cabeza y le pondrá en las manos la *minjá* de memoria, la *minjá* de los celos, teniendo él en la mano el agua amarga de la maldición, y la conjurará, diciendo: «Si no ha dormido contigo ninguno, y si no te has descarriado, contaminándote y siendo infiel a tu marido, indemne seas del agua amarga de la maldición; pero si te descarriaste y fornicaste infiel a tu marido, contaminándote y durmiendo con otro (aquí el sacerdote la conjurará con el juramento de execración, diciendo): Hágate Yavé maldición y execración en medio de tu pueblo, y séquense tus muslos e hínchese tu vientre, entre esta agua de maldición en tus entrañas para hacer que tu vientre se hinche y se pudran tus músculos.» La mujer contestará: «Amén, amén.» El sacerdote escribirá estas maldiciones en una hoja, y las diluirá en el agua amarga, y hará beber a la mujer el agua amarga de la maldición. Luego tomará de la mano de la mujer la *minjá* de los celos y la agitará ante Yavé, y la llevará al altar; y tomando un puñado de la ofrenda de la memoria, lo quemará en el altar, haciendo después beber el agua a la mujer. Dárale a beber el agua; y si se hubiese contaminado, siendo infiel a su marido, el agua de maldición entrará en ella con su amargura, se le hinchará el vientre, se le secarán los muslos, y será maldición en medio de su pueblo. Si, por el contrario, no se contaminó y es pura, quedará ilesa y será fecunda... Así el marido quedará libre de culpa, y la mujer llevará sobre sí su pecado.» *(N. del m.)*

(2) Santa Claus, nuestro ordenador, completó mi información sobre las «aguas amargas», añadiendo que ya en el Código de Hammurabi existía un precedente similar. Si una mujer resultaba sospechosa de adulterio, era arrojada a la corriente del Éufrates. Si salía con vida era considerada inocente. Si perecía, su culpabilidad era manifiesta. *(N. del m.)*

sear en cuanto a su posible objetividad. Pero, a decir verdad, lo que avivó mi curiosidad fue la «fórmula» de aquella pócima. ¿Qué podía contener?

Estaba ante una oportunidad única y supliqué a Andrés que me acompañara. Quería presenciar la ejecución de la sentencia y, si fuera posible, hacerme con una muestra de la tinta utilizada para la fabricación de las «aguas amargas». Andrés comprendió a medias mi aparentemente morboso deseo y a regañadientes consintió en concederme unos minutos.

Cruzamos bajo el arco de piedra de la Puerta Oriental, abriéndonos paso entre el gentío que rodeaba ya a la patrulla. Varios levitas habían formado un círculo o cordón de seguridad de unos diez metros de diámetro. En el centro, la mujer, siempre sujeta por los policías del Templo, permanecía en pie, sollozando. Había sido vestida con una túnica negra y despojada de todos sus adornos.

Mi compañero me explicó que aquélla era la última fase de un proceso que se había iniciado en la mañana del pasado lunes. (Los jueces del Gran o Pequeño Sanedrín se reunían precisamente los lunes y jueves de cada semana, para despachar los asuntos pendientes.) Este caso de supuesto adulterio había sido llevado por el Pequeño Sanedrín, formado por 23 jueces.

A petición de su marido, la sospechosa —una joven que no rebasaría los 20 años— había sido conducida aquella mañana del lunes, 3 de abril, ante el tribunal de Justicia y allí, interrogada y atemorizada con fórmulas como la siguiente: «Hija mía, mucho pecado aporta el vino, mucho la risa, mucho la juventud, mucho los malos vecinos; hazlo (reconoce la verdad) por el nombre de Dios, que está escrito con santidad para que no sea borrado con el agua.»

Pero, a juzgar por lo que estaba sucediendo, la infeliz se había declarado inocente y el Pequeño Sanedrín dictaminó que debía someterse a la prueba de las «aguas amargas». Cuando interrogué a Andrés sobre la suerte de aquella hebrea, en el caso de que se hubiera declarado culpable, el apóstol me insinuó que no sabía qué podía ser peor. Si la mujer judía decía ante el Tribunal «soy impura», se le obligaba a firmar la renuncia a su dote, procediéndose entonces a la consumación del libelo de divorcio. Como bien apuntaba Andrés, en estas circunstancias, la esposa quedaba en la más absoluta miseria, tenía que abandonar el hogar y a sus hijos, siendo despreciada de por vida. Aquellas leyes establecían el derecho al divorcio, única y exclusivamente de parte del hombre (1). Esto se prestaba a constantes abusos, caprichos e injusticias. Si el marido deseaba quedarse con la dote que la mujer aportaba al matrimonio y, al mismo tiempo, recobrar su soltería, sólo tenía que acusar a la esposa de infidelidad. Una de dos: o la mujer fallecía a causa de las

(1) La mujer judía sólo tenía derecho a pedir el divorcio si su marido ejercía una de estas tres profesiones: recogedor de inmundicias de perro (basurero), fundidor de cobre o curtidor. (Lista recogida en el escrito rabínico *Ketubot* VII. 10[8].) Y ello se debía, únicamente, al mal olor producido por dichas actividades. La Ley estipulaba también que la esposa podía solicitar el divorcio si, a partir de los 13 años, el marido la obligaba a hacer votos, abusando de su dignidad, o si aquél padecía de lepra o pólipos. *(N. del m.)*

«aguas amargas» o cargaba con la supuesta culpa, con las consecuencias ya mencionadas.

Tal y como sospechaba, era sumamente raro que la víctima sobreviviera a la ingestión de aquel brebaje.

En suma, que aquella desgraciada, tras declarar que «era pura», había sido conducida a través de la Puerta de Nicanor —tal y como marcaba la tradición— hasta la estrecha explanada existente al pie de la muralla oriental del Templo, al mismo lugar donde se llevaban a cabo las ceremonias de purificación de leprosos y parturientas.

Uno de los sacerdotes se destacó entonces de entre la muchedumbre y con paso decidido se situó frente a la joven, asiendo su túnica con la mano izquierda y a la altura del vientre. Después, de un fuerte tirón, desgarró la vestidura, dejando al descubierto unos pechos blancos y pequeños. El grito de la esposa fue ahogado prácticamente por el bramido de la multitud, excitada ante la contemplación de aquellos hermosos senos. Inmediatamente, el mismo sacerdote se colocó a espaldas de la mujer, procediendo a soltar su larga cabellera negra.

Andrés, nervioso y disgustado, hizo ademán de retirarse. Tratando entonces de ganar tiempo y de aprovechar aquel lógico deseo de mi amigo de evitar tan lamentable suceso, tomé mi bolsa de hule y puse en su mano dos denarios de plata. Andrés me miró sin comprender.

—Deseo pedirte un nuevo favor —le dije—. Es importante para mí adquirir una muestra de la tinta con la que ha sido escrita esa maldición...

El galileo quedó perplejo. Y adelantándome a sus pensamientos, añadí:

—... Confía en mí. Sabes que no puedo entrar en el Santuario y tratar de comprarla personalmente. Bastará con una pequeña cantidad: quizá sea suficiente con una décima de log (1).

Seguí mirando fijamente a Andrés, intentando trasmitirle un mínimo de confianza. La fortuna volvió a sonreírme y el discípulo encogiéndose de hombros, accedió, rogándome que no me moviera del lugar.

Mientras Andrés volvía a penetrar en el recinto del Templo, me reincorporé a la marcha de los acontecimientos. El sacerdote que había desgarrado la túnica de la mujer se hallaba ahora deliberando con el resto de los miembros del Templo. De vez en cuando volvían la cabeza hacia aquella infeliz, enzarzándose en nuevas y encendidas polémicas. Uno de ellos dejó el corrillo y caminó unos pasos, situándose a un palmo de la sospechosa de adulterio. Sin inmutarse ante las lágrimas de la mujer, se inclinó ligeramente, inspeccionando de cerca los pequeños y oscuros pezones. Al cabo de unos minutos retornó al centro de la reunión, iniciándose una nueva y aún más áspera controversia.

Al final, y tras llegar a un acuerdo, otro de los sacerdotes tomó un cinturón egipcio —formado por cuerdas entrelazadas— y se di-

(1) Un «log» —medida utilizada para líquidos y áridos— equivalía a medio litro, aproximadamente. *(N. del m.)*

rigió hacia la muchacha. Cubrió su torso ciñendo la tela por encima de sus pechos, de forma que la túnica no pudiera bajarse.

A una orden del guardián del Templo y jefe de la patrulla de levitas, uno de los hebreos que permanecía junto a los sacerdotes, y que resultó ser el marido, avanzó hasta el centro del círculo, depositando a los pies de su mujer un cesto de paja con unos tres o cuatro kilos de harina de cebada (1). Después, con la misma frialdad, se retiró. Por un momento creí que el querellante iba a situar el pequeño cesto en las manos de la condenada pero, por indicación de uno de los levitas que sujetaba a la mujer, terminó por colocarlo en tierra. A mi regreso al módulo, en la mañana del domingo, la computadora me aclararía este extremo: La tradición bíblica especificaba que la ofrenda del marido —la «efá» de harina de cebada— debía ser colocada sobre las manos de la víctima. El sacerdote, entonces, ponía su mano bajo las de la mujer, agitando el recipiente de forma ritual. A continuación, lo acercaba al altar, cogía un puñado y lo quemaba. El resto era destinado a la alimentación de los sacerdotes del Templo.

La peligrosa resistencia de la infeliz —que no podía ser liberada del firme control de los policías— hizo aconsejable en este caso que el sacerdote pasase por alto aquella parte del ritual.

De pronto, y por la zona más próxima a la muralla, los judíos fueron abriendo un pasillo, dando paso a otro sacerdote, estrechamente escoltado por seis levitas. Un murmullo se levantó entre el gentío al descubrir que aquel sacerdote transportaba algo entre sus manos. El objeto en cuestión —bastante liviano, a juzgar por el escaso esfuerzo desarrollado por el hebreo— aparecía cubierto por un lienzo blanco. Imaginé al instante que podía tratarse del recipiente que contenía las «aguas amargas». Desgraciadamente no tuve que aguardar mucho tiempo para despejar mis dudas. La recién llegada escolta se situó en torno a la mujer y a los policías que la sujetaban, formando un segundo cordón de seguridad.

El sacerdote retiró el lienzo y apareció a la vista de los presentes un pequeño cuenco de arcilla rojiza, con una capacidad aproximada de un litro. Al verlo, la esposa sufrió un nuevo ataque de desesperación, convulsionándose violentamente y profiriendo unos alaridos que hicieron levantar el vuelo de las numerosas palomas que se hallaban posadas sobre los torreones y cúpula del Templo.

Un silencio total —roto únicamente por los aullidos de la prisionera— cayó poco a poco sobre el lugar. El sacerdote que portaba la vasija de barro levantó entonces su voz, conminando a la mujer a que, por última vez, se declarara culpable o inocente.

El gentío aguardó expectante. Pero la hebrea, entre gemidos cada vez más apagados, sólo acertó a pronunciar dos palabras fatídicas: «Soy pura.»

El miembro del Templo, que parecía tener una incomprensible prisa, volvió la cabeza hacia uno de los levitas, musitándole algo al

(1) Una «efá» —medida judía de capacidad— equivalía a 72 «log». En este caso, la Biblia estimaba que debía ofrendarse una décima de «efá»; es decir, 7,2 «log» o, lo que es lo mismo, unos 3 kilos y 600 gramos, aproximadamente. *(N. del m.)*

oído. El policía dejó entonces su puesto, uniéndose a los tres compañeros que retenían a la joven. Y situándose a espaldas de la víctima la sujetó por la espesa mata de pelo, tirando de los cabellos hacia abajo y obligándola a mantener el rostro cara al cielo. Los gritos arreciaron. Mientras la patrulla afianzaba sus pies sobre el áspero terreno, sujetando con nuevos bríos los brazos y piernas de la mujer, otros dos policías se situaron a escasos centímetros de ella, cada uno frente a un costado. Y como si aquella operación hubiera sido largamente estudiada o practicada, mientras el levita del flanco izquierdo cerraba con sus dedos la nariz de la «adúltera», el del costado derecho situó sus manos a escasa altura de la cara, esperando a que el peligro de asfixia obligara a abrir la boca a la judía. Entre sollozos y resoplidos mal contenidos, la muchacha terminó por aspirar aire. Como movidas por un resorte, las manos del policía se hundieron en el interior de la boca, separando violentamente la mandíbula inferior. En décimas de segundo, el sacerdote que portaba el cuenco dio un paso hacia adelante, vertiendo su contenido en la boca de la víctima. A pesar de los seis policías que tomaban parte en la inmovilización de la hebrea, ésta consiguió ladear levemente la cabeza, haciendo que parte de aquel líquido negruzco se derramara por sus mejillas, cuello y túnica.

Una vez apurado el brebaje, el sacerdote retrocedió, al tiempo que los levitas de los costados dejaban libres nariz y boca. El que tiraba del cabello, sin embargo, al igual que los tres que aprisionaban sus brazos y piernas, siguió en su puesto.

A pesar de mi preparación para esta misión, una oleada de indignación me conmovió de pies a cabeza. Sin embargo, tal y como estaba establecido por Caballo de Troya, yo no podía hacer otra cosa que asistir impasible a aquel trágico suceso. Ahora reconozco que fue una prueba decisiva para asimilar mi misión y poder asistir —con toda frialdad— a las no menos dramáticas horas del Viernes Santo...

No habrían transcurrido ni cinco minutos cuando la mujer comenzó a sufrir una serie de espasmos. Sus rodillas se doblaron, mientras los levitas trataban de mantenerla erguida. (Después, al analizar la muestra de tinta, comprendí que aquella actitud de los policías tenía un único y bien estudiado objetivo: evitar que, al caer al suelo y flexionar el abdomen, la condenada pudiera vomitar las «aguas amargas», anulando así sus efectos.)

Lentamente, la joven esposa fue perdiendo fuerza. Su rostro adquirió un tinte amarillento y sus ojos —muy abiertos y fijos en aquel azul infinito del cielo de Jerusalén— se abultaron, al tiempo que las grandes arterias del cuello se hinchaban de forma alarmante.

Evidentemente, el veneno había surtido efecto. Los sacerdotes lo sabían y, al apreciar aquellos síntomas, ordenaron a la patrulla que soltara a la mujer. Al liberarla, ésta cayó desplomada a tierra, mientras las decenas de curiosos comenzaban a desfilar en silencio, cruzando de nuevo la muralla o alejándose ladera abajo, hacia el Cedrón.

Fue la voz de Andrés, llamándome desde el arco de la Puerta Oriental, la que me sacó de la triste contemplación de aquel cuerpo desmayado, o quizá sin vida, rodeado por la policía del Templo.

Mi amigo debió advertir en seguida mi desolación y, tomándome por el brazo, me condujo a través del Atrio de los Gentiles, en dirección a la ciudad baja. Una vez fuera del Templo, el discípulo sacó disimuladamente de entre sus ropas un pequeño jarrito (de unos 17 centímetros de altura), provisto de una sola asa y con la reducida boca circular perfectamente cerrada por un «tapón» de tela. Sin más explicaciones, puso el recipiente de barro rojo en mis manos, al igual que uno de los dos denarios que yo le había entregado. Andrés no hizo una sola pregunta y yo agradecí doblemente su eficacia y discreción.

Días más tarde, cuando fue posible analizar el contenido de aquel recipiente, mis sospechas se vieron confirmadas. La tinta en cuestión contenía cuatro sustancias principales: añil, carbonato potásico, ácido arsenioso y cal viva. Todo ello, diluido en agua común. La circunstancia clave de que —según rezaba el Antiguo Testamento—, la tinta debía ser susceptible de disolverse en agua, redujo considerablemente el panel de tintas utilizadas presumiblemente en el siglo I en Israel. Este importante requisito de la disolución de la tinta en agua, y el no menos decisivo hecho de que provocara en el ser humano los ya referidos efectos, nos condujo casi irremisiblemente a la llamada «tinta azul». Nuestros técnicos descubrieron igualmente que uno de sus ingredientes —el ácido arsenioso— no formaba parte en realidad de las sustancias primigenias y necesarias para la composición de la tinta. Junto al añil, al carbonato potásico y a la cal viva aparecía el sulfuro de arsénico, pero nunca el ácido arsenioso. ¿Cómo podía ser esto? La explicación era elemental: los israelitas utilizaban el tipo denominado «sulfuro amarillo de arsénico», que se daba espontáneamente en la Naturaleza, en masas compuestas de láminas semitransparentes, de color amarillo-oro, inodoras, insípidas, insolubles en agua y volátiles al fuego (1). Este «sulfuro amarillo de arsénico» no es tóxico. Ello explicaba que pudiera ser manipulado sin problemas. Sin embargo, en su interior se albergaba un veneno muy activo: el ácido arsenioso puro, de efectos muy enérgicos. Los judíos conseguían la disolución de este veneno (insoluble en agua, como ya comenté anteriormente), merced a otras sustancias que sí aparecían en la composición de la «tinta azul»: el carbonato potásico y la cal viva, ambos de fuerte poder alcalino (2).

Probablemente, el sacerdote encargado de la «fabricación» de las «aguas amargas» hervía las cuatro primeras sustancias —añil,

(1) Este sulfuro —a diferencia del llamado «sulfuro rojo de arsénico», que se halla en abundancia en Bohemia— es fácil de encontrar en Persia. De ahí que los israelitas pudieran tener un mejor acceso al «amarillo». Ambos, sin embargo, reúnen características parecidas en cuanto al hecho de que son solubles en soluciones alcalinas. El «amarillo», no obstante, al contener el citado ácido arsenioso, resulta mucho más tóxico que el «rojo». Era también mucho más abundante en el comercio de aquella época, siendo conocido incluso por Theophrasto, que vivió 300 años antes de Cristo. *(N. del m.)*

(2) El carbonato potásico, en especial, es fuertemente alcalino al contacto con el agua, gozando, además, de un fuerte poder cáustico o corrosivo que podría contribuir a una mejor desintegración de las láminas de sulfuro de arsénico y a la disolución de la tinta. *(N. del m.)*

carbonato potásico, sulfuro amarillo de arsénico y cal viva—, consiguiendo una disolución total. A continuación, tras filtrar el líquido resultante, le añadía una pequeña porción de goma arábiga pulverizada —hallada por nuestros especialistas en la «tinta azul» y en una proporción idéntica a la cal viva—, resultando un brebaje doblemente útil: como tinta y como veneno.

En cuanto al sabor amargo, que dio nombre a la pócima, podría deberse a la presencia del carbonato potásico, de fuerte sabor acre (1).

Dado el carácter «sagrado» de esta «tinta», lo más lógico es que no fuera compuesta hasta poco antes de su empleo. La *Misná*, en su Orden Tercero (dedicado a las mujeres), explica que el sacerdote llenaba un cuenco nuevo de barro con una cantidad que oscilaba entre un cuarto y medio «log» de agua del pilón (es decir, entre 125 y 250 gramos de agua común). A continuación «entraba en el Santuario y se dirigía hacia la derecha, donde había un lugar de un codo cuadrado (unos 45 centímetros cuadrados) con una mesa de mármol y un anillo fijado a ella. Después de alzarla cogía la ceniza que había bajo ella y la ponía en el cuenco, de tal modo que se hiciese perceptible en el agua, tal como está escrito: «de la ceniza que haya en el pavimento del santuario tomará el sacerdote y la pondrá en el agua».

Por último, el sacerdote se hacía con la «tinta» y escribía las fórmulas rituales. Yavé —tal y como especifica el libro sagrado (*Números* 5,23)— ordenaba que se escribiera sobre «un libro». En otras palabras, en un rollo. Tampoco debía utilizar goma, vitriolo ni ninguna otra sustancia que quedase fija. Lógicamente, si lo que se perseguía era que la acusada bebiese el veneno contenido en la «tinta», ésta debía ser perfectamente soluble en el agua.

Después de aquellas verificaciones, una serie de dudas —más intensas y fascinantes, si cabe —quedaron flotando en el espíritu de los hombres del proyecto Caballo de Troya.

En primer lugar, si la salida de los judíos de Egipto se registró hacia el año 1290 antes de Cristo, ¿cómo es posible que el pueblo hebreo conociese el ácido arsenioso y su funesta acción sobre el organismo humano, si las primeras noticias sobre dicho ácido empezaron a difundirse por el mundo en el siglo IX de nuestra Era? (2). Y si ellos no fueron los descubridores o creadores de semejante fórmula, ¿quién lo hizo? La conclusión inmediata sólo puede ser una: Yavé. Pero, aceptando esta hipótesis, ¿quién era este Yavé, capaz de transmitir unas fórmulas químicas tan precisas, adelantándose, además, a los tiempos? Y, sobre todo, ¿por qué un ser que se autodefinía como Dios establecía procedimientos tan injustos y horrendos a la hora de dilucidar la culpabilidad de una persona? Según los especialistas en toxicología y medicina legal, la mujer que in-

(1) En contra de la creencia popular, el ácido arsenioso no tiene un sabor amargo, sino ligeramente azucarado. *(N. del m.)*

(2) Aunque los griegos y los romanos conocían los sulfuros de arsénico nativos, parece ser que no se tuvo conocimiento del ácido arsenioso —al menos en Europa— antes de la época de Geber (siglo IX). El mismo metal, aunque citado ya por Paracelso, no fue bien definido en sus propiedades y naturaleza hasta 1732 por el famoso alquimista Brand. *(N. del m.)*

gería una sustancia de las características citadas en las «aguas amargas» sufría un cuadro gastroenterítico. En realidad, con una dosis de 120 miligramos de este ácido arsenioso podía provocarse la muerte de la mujer. A los pocos minutos se presentaban los signos típicos: sed muy intensa, vómitos, deposiciones, calambres y facciones alteradas, provocando una muerte «asfíctica». Otros expertos en venenos opinaron que quiza las «aguas amargas» podían contener, en lugar del ácido arsenioso, otro potente tóxico, extraído de la víbora del desierto conocida por «Gariba». En este caso, y para hacer efectivo tan mortífero veneno, los sacerdotes introducían en la pócima la cal viva, que quemaba y desgarraba las mucosas internas de la desdichada, haciendo activo el veneno de la víbora, inocuo por vía oral (1).

Si las «aguas amargas» eran preparadas con este último veneno, siempre existía la posibilidad de «obrar el milagro». Bastaba con suprimir el tóxico producido por la «Gariba» o *Echis Carinatus* —muy frecuente en los desiertos de la península del Sinaí— para que la supuesta adúltera no sufriera daño alguno. Naturalmente, este «truco» —enseñado también por el sospechoso «Yavé»— se prestaba a numerosas manipulaciones de la ignorante multitud y —¡cómo no!—, a posibles chantajes por parte de los responsables de las mencionadas «aguas amargas».

Un asunto digno de un estudio en profundidad...

Con ciertas prisas, justificadísimas por supuesto, Andrés me fue conduciendo por las estrechas callejuelas de la parte baja de Jerusalén, hasta llegar a una casa situada entre la Sinagoga de los Libertos y la Piscina de Siloé, en el extremo meridional de la ciudad santa. La fachada, enteramente de piedra labrada, ostentaba sobre el pétreo dintel un escudo circular con una estrella de cinco puntas. En el hermoso altorrelieve, desgastado por el paso del tiempo, pude leer la palabra «Jerusalén», formada por las cinco letras hebreas, cada una de ellas situada entre las puntas de la no menos famosa estrella de David.

José, el de Arimatea, noble decurión (una especie de asesor del Sanedrín, en virtud de su riqueza y estirpe noble: su familia procedía, como la de Jesús, del mítico rey David), era un personaje de gran prestigio en la ciudad santa. Su talante liberal, fruto, sin duda, de sus viajes por Grecia y el imperio romano, le había arrastrado desde un principio hacia las enseñanzas de Jesús de Nazaret. Y aunque él había nacido en la aldea de Arimatea (hoy Rantís, al nordeste de Lidda), su infancia y juventud habían transcurrido casi por completo en Jerusalén. Aquella casa —según me contó a lo largo de aquel almuerzo— había sido levantada por sus antepasados, justamente sobre los restos de la antigua «Ciudad de David», en el promontorio llamado Ofel.

Su considerable fortuna —amasada principalmente con los ne-

(1) El profesor E. Kochva, del Departamento de Zoología de la Universidad de Tel-Aviv (Israel), se manifestó también de acuerdo con esta última hipótesis. Si las mucosas que protegen las paredes internas del paquete intestinal son rasgadas, las «aguas amargas» pueden convertirse en un veneno activo. *(N. del m.)*

gocios de la construcción— le había permitido acondicionar aquella mansión con los más refinados lujos, notándose en toda su decoración una clara influencia helenística. Aquella profesión suya —y éste fue uno de los aspectos que más me atrajo de José— le había permitido, además, un estrecho contacto con el procurador romano, Poncio Pilato. A su llegada a Judea, por orden del emperador romano Tiberio, Pilato desplegó una gran actividad. Una de sus primeras obras fue la construcción de un acueducto de unos 300 estadios (casi 50 kilómetros) (1). Pues bien, José de Arimatea fue uno de los principales suministradores de plomo y argamasa.

Andrés conocía bien la casa y me guió directamente al espacioso patio —a cielo abierto— donde se hallaban el Maestro, sus discípulos, una treintena de griegos (los mismos que abordaron a Jesús en las primeras horas de la tarde del domingo y que, al parecer, habían recapacitado, buscando de nuevo al Maestro) y José, el de Arimatea, con los 19 miembros del Sanedrín que habían presentado su dimisión ante las graves irregularidades del supremo tribunal para con Jesús. La comida, consistente fundamentalmente en caza y legumbres, transcurría ya por el tercer plato cuando tomé asiento en un extremo de la mesa.

El Nazareno, en tono cansino, parecía dirigirse a aquellos extranjeros de Alejandría, Roma y Atenas:

—... Sé que mi hora se está acercando y estoy afligido. Percibo que mi gente está decidida a desdeñar el reino, pero me alegro al recibir a estos gentiles, buscadores de la verdad, que vienen hoy aquí preguntando por el camino de la luz. Sin embargo —prosiguió Jesús—, el corazón me duele por mi gente y mi alma se turba por lo que está ante mí...

El Maestro hizo una pausa y los comensales se miraron entre sí, desconcertados ante aquella idea obsesiva que el rabí venía manifestando día tras día.

Al entrar en el patio, yo había procurado apoyar mi vara sobre una de las paredes de mármol blanco, pulsando el clavo que ponía en marcha la filmación. Y a decir verdad, el tiempo que permanecí en la casa de José, mi atención estuvo más pendiente del cayado —y de que no fuera derribado por el sin fin de siervos que entraban y salían con los manjares— que de mi anfitrión y sus invitados.

—... ¿Qué puedo decir —continuó Jesús— cuando miro hacia adelante y veo lo que va a ocurrirme?

Pedro clavó sus ojos azules en su hermano Andrés, pero, a juzgar por el gesto de sus rostros, ninguno terminaba de comprender.

—... ¿Debo decir: sálvame de esa hora horrorosa? ¡No! Para este propósito he venido al mundo e, incluso, a esta hora. Más bien diré

(1) En su obra *Guerras de los Judíos*, Flavio Josefo, efectivamente, habla de este acueducto que constituyó otro de los graves errores de Pilato. Sin el menor tacto político, el procurador mandó utilizar el tesoro que los judíos llamaban «Corbonan» para traer el agua. Aquello provocó una revuelta, pero Pilato actuó con energía, ordenando que sus soldados golpearan a los manifestantes con porras y palos, dando lugar a una gran mortandad. Recientes descubrimientos arqueológicos han demostrado que el acueducto en cuestión iba hasta el monte de los Francos, en las cercanías de Belén, sobre el que se asentaba la fortaleza del Herodium. *(N. del m.)*

y rogaré para que os unáis a mí: Padre, glorificad su nombre. Tu voluntad será cumplida.

Al terminar la comida, algunos de los griegos y discípulos se levantaron, rogando al Maestro que les explicase más claramente qué significaba y cuándo tendría lugar la «hora horrorosa». Pero Jesús eludió toda respuesta.

Mientras recogía mi vara, me llamó la atención un espléndido vaso de cristal, encerrado junto a una reducida colección de pequeñas piedras ovoides y esféricas en una vitrina de vidrio. José debió percatarse de mi interés por aquellas piezas y, aproximándose, me explicó que se trataba de un valioso vaso de diatreta, recubierto con filigranas de plata. Había sido hallado en la Germania y constituía un ejemplar único en el difícil arte del vidrio, tan magistralmente practicado por los romanos. En cuanto a las piedras —de unos cinco centímetros cada una—, formaban parte de otra colección singular. Eran antiguos proyectiles de honda, de pedernal y caliza, utilizados —según los antepasados de José— por la tropa «especial» de 700 soldados benjaministas zurdos, «capaces de disparar contra un cabello sin errar el golpe», tal y como cita el libro de los Jueces (20,16).

—Es muy posible —insinuó José— que David utilizase una piedra similar en su lucha contra Goliat.

Aquel breve encuentro con el venerable José —que debería rondar ya los sesenta años— fue de gran utilidad para los planes que Caballo de Troya había dispuesto para mí. Uno de mis objetivos, antes del anochecer del jueves, era justamente entablar contacto con el procurador romano en Jerusalén. Cuando le expuse mi deseo de celebrar una entrevista con Poncio Pilato, José se mostró dubitativo. Traté entonces de ganarme su confianza, explicándole que había trabajado como astrólogo al servicio de Tiberio y que, aprovechando mi corta estancia en Israel, sería de sumo interés para Pilato que pudiera conocer los graves acontecimientos señalados en los astros.

José, tal y como yo esperaba, manifestó una aguda curiosidad y prometió concertar la entrevista para la mañana del día siguiente, miércoles, siempre y cuando él pudiera estar presente. Accedí encantado.

Hacia las dos de la tarde, Jesús se despidió de José, el de Arimatea, subiendo por las empedradas calles hacia el muro sur del templo. En el camino advirtió a sus amigos que aquél iba a ser su último discurso público. Pero sus hombres de confianza no hicieron comentario alguno. En realidad, sus corazones se hallaban sumidos en una profunda confusión. ¿Es que el Maestro, que había escapado siempre de las garras del Sanedrín, iba a dejar que lo capturasen?

Una vez en la explanada de los Gentiles, el rabí se acomodó en su lugar habitual —las escalinatas que rodeaban el Santuario— y en un tono sumamente cariñoso comenzó a hablar:

—Durante todo este tiempo he estado con vosotros, yendo y viniendo por estas tierras, proclamando el amor del Padre para con los hijos de los hombres. Muchos han visto la luz y, por medio de la fe, han entrado en el reino del cielo. En relación con esta enseñanza y predicación, el Padre ha hecho cosas maravillosas, incluida la resurrección de los muertos. Muchos enfermos y afligidos han sido curados porque han creído. Pero toda esa proclamación de la verdad y curación de enfermedades no ha servido para abrir los ojos de los que rehúsan ver la luz y de los que están decididos a rechazar el evangelio del reino.

»Yo y todos mis discípulos hemos hecho lo posible para vivir en paz con nuestros hermanos, para cumplir los mandatos razonables de las leyes de Moisés y las tradiciones de Israel. Hemos buscado persistentemente la paz, pero los dirigentes de esta nación no la tendrán. Rechazando la verdad de Dios y la luz del cielo se colocan del lado del error y de la oscuridad. No puede haber paz entre la luz y las tinieblas, entre la vida y la muerte, entre la verdad y el error.

»Muchos de vosotros os habéis atrevido a creer en mis enseñanzas y ya habéis entrado en la alegría y libertad de la consciencia de ser hijos de Dios. Seréis mis testigos de que he ofrecido la misma filiación con Dios a todo Israel. Incluso, a estos mismos hombres que hoy buscan mi destrucción. Pero os digo más: incluso ahora recibiría mi Padre a estos maestros ciegos, a estos dirigentes hipócritas si volviesen su cara hacia él y aceptasen su misericordia...

Jesús había ido señalando con la mano a los diferentes grupos de escribas, saduceos y fariseos que, poco a poco, fueron incorporándose a los cientos de judíos que deseaban escuchar al rabí de Galilea. Algunos de los discípulos, especialmente Pedro y Andrés, se quedaron pálidos al escuchar los audaces ataques de su Maestro.

—... Incluso ahora no es demasiado tarde —continuó Jesús— para que esta gente reciba la palabra del cielo y dé la bienvenida al Hijo del Hombre.

Uno de los miembros del Sanedrín, al escuchar estas expresiones, se alteró visiblemente, arrastrando al resto de su grupo para que abandonara la explanada. Jesús se dio perfecta cuenta del hecho y levantando el tono de la voz, arremetió contra ellos:

—... Mi Padre ha tratado con clemencia a esta gente. Generación tras generación hemos enviado a nuestros profetas para que les enseñasen y advirtiesen. Y generación tras generación, ellos han matado a nuestros enviados. Ahora, vuestros voluntariosos altos sacerdotes y testarudos dirigentes siguen haciendo lo mismo. Así como Herodes asesinó a Juan, vosotros igualmente os preparáis para destruir al Hijo del Hombre.

»Mientras haya una posibilidad para que los judíos vuelvan su rostro hacia mi Padre y busquen la salvación, el Dios de Abraham, Isaac y Jacob mantendrá sus manos extendidas hacia vosotros. Pero, una vez que hayáis rebasado la copa de vuestra impertinencia, esta nación será abandonada a sus propios consejos e irá rápidamente a un final poco glorioso...

El arraigado sentido del patriotismo de los hebreos quedó visiblemente conmovido por aquellas sentencias de Jesús. Y la multitud, que escuchaba sentada sobre las losas del Atrio de los Gentiles, se removió inquieta, entre murmullos de desaprobación.

Pero el Nazareno no se alteró. Verdaderamente, aquel hombre era valiente.

—... Esta gente había sido llamada a ser la luz del mundo y a mostrar la gloria espiritual de una raza conocedora de Dios... Pero, hasta hoy, os habéis apartado del cumplimiento de vuestros privilegios divinos y vuestros líderes están a punto de cometer la locura suprema de todos los tiempos...

Jesús hizo una brevísima pausa, manteniendo al auditorio en ascuas.

—... Yo os digo que están a punto de rechazar el gran regalo de Dios a todos los hombres y a todas las épocas: la revelación de su amor.

»En verdad, en verdad os digo que, una vez que hayáis rechazado esta revelación, el reino del cielo será entregado a otras gentes. En el nombre del Padre que me envió, yo os aviso: estáis a un paso de perder vuestro puesto en el mundo como sustentadores de la eterna verdad y como custodios de la ley divina. Justo ahora os estoy ofreciendo vuestra última oportunidad para que entréis, como los niños, por la fe sincera, en la seguridad de la salvación del reino del cielo.

»Mi Padre ha trabajado durante mucho tiempo por vuestra salvación, y yo he bajado a vivir entre vosotros para mostraros personalmente el camino. Muchos de los judíos y samaritanos e, incluso, de los gentiles han creído en el evangelio del reino. Y vosotros, los que deberíais ser los primeros en aceptar la luz del cielo, habéis rehusado la revelación de la verdad de Dios revelado en el hombre y del hombre elevado a Dios.

»Esta tarde, mis apóstoles están ante vosotros en silencio. Pero pronto escucharéis sus voces, clamando por la salvación. Ahora os pido que seáis testigos, discípulos míos y creyentes en el evangelio del reino, de que, una vez más, he ofrecido a Israel y a sus dirigentes la libertad y la salvación. De todas formas, os advierto que estos escribas y fariseos se sientan aún en la silla de Moisés y, por tanto, hasta que las potencias mayores que dirigen los reinos de los hombres no los destierren y destruyan, yo os ordeno que cooperéis con estos mayores de Israel. No se os pide que os unáis a ellos en sus planes para destruir al Hijo del Hombre, sino en cualquier otra cosa relacionada con la paz de Israel. En estos asuntos, haced lo que os ordenen y observad la esencia de las leyes, pero no toméis ejemplo de sus malas acciones. Recordad que éste es su pecado: dicen lo que es bueno, pero no lo hacen. Vosotros sabéis bien cómo estos dirigentes os hacen llevar pesadas cargas y que no levantan un dedo para ayudaros. Os han oprimido con ceremonias y esclavizado con las tradiciones.

»Y aún os diré más: estos sacerdotes, centrados en sí mismos, se deleitan haciendo buenas obras, de forma que sean vistas por los hombres. Hacen vastas sus filacterias y ensanchan los bordes de sus vestidos oficiales. Solicitan los lugares principales en los festines y piden los primeros asientos en las sinagogas. Codician los saludos y alabanzas en los mercados y desean ser llamados rabís por todos los hombres. E, incluso, mientras buscan todos estos honores, toman secretamente posesión de las viudas y se benefician de los servicios del templo sagrado. Por ostentación, estos hipócritas hacen largas oraciones en público y dan limosna para llamar la atención de sus semejantes.

En aquellos momentos, cuando Jesús lanzaba sus primeros y mortales ataques contra los sacerdotes y miembros del Sanedrín, los apóstoles que se habían encargado de la instalación del campamento en la ladera del monte Olivete hicieron acto de presencia en la explanada, uniéndose al grupo de los discípulos. Fue una lástima que no hubieran escuchado la primera parte del discurso de Jesús. En especial, Judas Iscariote. A título personal creo que si el traidor hubiera sido testigo de aquellas primeras frases, ofreciendo misericordia, quizá hubiese cambiado de parecer. Pero, por lo que pude deducir en la tarde del miércoles, la última mitad de la plática del Maestro en el templo fue decisiva para que aquél desertara del grupo. Su sentido del ridículo y su negativo condicionamiento al «qué dirán» estaban mucho más acentuados en su alma de lo que yo creía.

—... Y así como debéis hacer honor a vuestros jefes y reverencias a vuestros maestros —continuó el rabí—, no debéis llamar a ningún hombre «padre» en el sentido espiritual. Sólo Dios es vuestro Padre. Tampoco debéis buscar dominar a vuestros hermanos del reino. Recordad: yo os he enseñado que el que sea más grande entre vosotros debe ser sirviente de todos. Si pretendéis exaltaros a vosotros mismos ante Dios, ciertamente seréis humillados; pero, el que se humille sinceramente, con seguridad será exaltado. Buscad en vuestra vida diaria, no la propia gloria, sino la de Dios. Subordinad inteligentemente vuestra propia voluntad a la del Padre del cielo.

»No confundáis mis palabras. No tengo malicia para con estos sacerdotes principales que, incluso, buscan mi destrucción. No tengo malos deseos contra estos escribas y fariseos que rechazan mis enseñanzas. Sé que muchos de vosotros creéis en secreto y sé que profesaréis abiertamente vuestra lealtad al reino cuando llegue la hora. Pero, ¿cómo se justificarán a sí mismos vuestros rabís si dicen hablar con Dios y pretenden rechazarle y destruir al que viene a los mundos a revelar al Padre?

»¡Ay de vosotros, escribas y fariseos! ¡Hipócritas...! Cerráis las puertas del reino del cielo a los hombres sinceros porque son incultos en las formas. Rehusáis entrar en el reino y, al mismo tiempo, hacéis todo lo que está en vuestra mano para evitar que entren los demás. Permanecéis de espaldas a las puertas de la salvación y os pegáis con todos los que quieren entrar.

»¡Ay de vosotros, escribas y fariseos! ¡Sois hipócritas! Abarcáis el cielo y la tierra para hacer prosélitos y, cuando lo habéis conseguido, no estáis contentos hasta que les hacéis dos veces más malos que lo que eran como hijos de los gentiles.

»¡Ay de vosotros, sacerdotes y jefes principales! Domináis la propiedad de los pobres y exigís pesados tributos a los que quieren servir a Dios. Vosotros, que no tenéis misericordia, ¿podéis esperarla de los mundos venideros?

»¡Ay de vosotros, falsos maestros! ¡Guías ciegos! ¿Qué puede esperarse de una nación en la que los ciegos dirigen a los ciegos? Ambos caerán en el abismo de la destrucción.

»¡Ay de vosotros, que disimuláis cuando prestáis juramento! ¡Sois estafadores! Enseñáis que un hombre puede jurar ante el templo y romper su juramento, pero el que jura ante el oro del templo permanecerá ligado. ¡Sois todos ciegos y locos...!

Jesús se había puesto en pie. El ambiente, cargado por aquellas verdades como puños que todo el mundo conocía pero que nadie se atrevía a proclamar en voz alta y mucho menos en presencia de los dignatarios del templo, se hacía cada vez más tenso. Nadie osaba respirar siquiera. Los discípulos, cada vez más acobardados, bajaban el rostro o miraban con temor a los grupos de sacerdotes.

Pero el Nazareno parecía dispuesto a todo...

—... Ni siquiera sois consecuentes con vuestra deshonestidad. ¿Quién es mayor: el oro o el templo?

»Enseñáis que si un hombre jura ante el altar, no significa nada. Pero si uno jura ante el regalo que está ante el altar, entonces permanece como deudor. ¡Sois ciegos a la verdad! ¿Quién es mayor: el regalo o el altar que santifica al regalo? ¿Cómo podéis justificar tanta hipocresía y deshonestidad?

»¡Ay de vosotros, escribas y fariseos! Os aseguráis de que traigan diezmos, menta y comino y, al mismo tiempo, no os preocupáis de los asuntos más pesados de la fe, misericordia y justicia. Con razón debéis hacer lo uno, pero sin olvidar lo otro. ¡Sois ciertamente maestros ciegos y sordos! Rechazáis al mosquito y os tragáis el camello...

»¡Ay de vosotros, escribas, fariseos e hipócritas! Sois escrupulosos para limpiar la parte exterior de la taza y de las fuentes, pero dentro permanece la mugre de la extorsión, de los excesos y de la decepción. Sois espiritualmente ciegos. Reconoced conmigo que sería mejor limpiar primero el interior de la taza. Entonces, lo que desbordase de ella limpiaría el exterior. ¡Malvados réprobos! Hacéis que los actos exteriores de vuestra religión sean conformes a la letra mientras vuestras almas están empapadas de iniquidad y asesinatos.

»¡Ay de vosotros, todos los que rechazáis la verdad y desdeñáis la misericordia! Muchos de vosotros sois como sepulcros blanqueados. Por fuera parecen hermosos pero, por dentro, están llenos de huesos de hombres y de toda clase de falta de limpieza. Aún así, vosotros, los que rechazáis a sabiendas el consejo de Dios, aparecéis ante los hombres como santos y rectos, pero, por dentro, vuestros corazones están inflamados por la hipocresía.

»¡Ay de vosotros, falsos guías de la nación! A lo lejos habéis construido un monumento a los profetas martirizados por los antiguos, mientras que vosotros conspiráis para destruir a aquél de quien ellos hablaron. Adornáis las tumbas de los rectos y os halagáis a vosotros mismos diciendo que, de haber vivido en tiempos de vuestros padres, no hubierais matado a los profetas. Y con este pensamiento tan recto os preparáis para asesinar a aquel de quien hablaron los profetas: el Hijo del Hombre. ¡Adelante, pues, y llenad hasta el borde la copa de vuestra condena!

»¡Ay de vosotros, hijos del pecado! Juan os llamó en verdad los vástagos de las víboras. Y yo me pregunto: ¿cómo podéis escapar al juicio que Juan pronunció sobre vosotros?

El Nazareno guardó unos segundos de silencio, mientras los miembros del Sanedrín —rojos de ira— iban tomando notas en los rollos o «libros» que solían portar en sus brazos. Aquel hecho me trajo a la mente otra realidad que, tal y como venía comprobando, resultaría lamentable. Ninguno de los apóstoles o seguidores de Jesús tomaba jamás una sola nota de cuanto hacía y, sobre todo, de cuanto decía su Maestro. Dadas las múltiples enseñanzas del rabí de Galilea y su considerable extensión —como el discurso que pronunciaba en aquellos momentos—, iba a resultar poco menos que imposible que sus palabras pudieran ser recogidas en el futuro con integridad y total fidelidad. Era una lástima que ninguno de aquellos hombres se hubiera propuesto la importantísima misión de ir recogiendo las pláticas y hechos que protagonizó el Nazareno. Aquella misma noche, en el campamento del Olivete, tendría ocasión de comprobar que no estaba equivocado en mis apreciaciones personales...

—... Pero yo os ofrezco en nombre de mi Padre misericordia y perdón. Incluso ahora —añadió Jesús en un tono más suave y conciliador— os ofrezco mi mano. Mi Padre os envió a los profetas y a los sabios. A los primeros los matasteis y a los segundos los perseguís. Entonces apareció Juan, proclamando la venida del Hijo del Hombre y a él le destruisteis, a pesar de que muchos habían creído en sus enseñanzas. Y ahora os preparáis para derramar más sangre inocente. ¿Comprendéis que llegará un día terrible en el que el Juez de toda la tierra os pedirá cuentas por la forma en que habéis rechazado, perseguido y destruido a estos mensajeros del cielo? ¿Comprendéis que debéis rendir cuenta de toda esta sangre honrada, desde el primer profeta, asesinado en los tiempos de Zechariah entre el Santuario y el altar? Y yo os digo más: si proseguís con esta conducta malvada, esa cuenta puede ser exigida, incluso, a esta misma generación.

»¡Oh, Jerusalén e hijos de Abraham! Vosotros, que habéis apedreado a los profetas y asesinado a los maestros, incluso ahora reuniría a vuestros hijos como la gallina reúne a sus polluelos bajo sus alas... ¡Pero no queréis!

»Ahora os voy a dejar. Habéis oído mi mensaje y tomado vuestra decisión. Los que han creído en mi evangelio están salvados. Los que habéis elegido rechazar el regalo de Dios no me veréis más enseñar en el templo. Mi trabajo está hecho.

»¡Tened cuidado ahora! Yo sigo con mis hijos y vuestra casa queda desolada...

Las crudas denuncias de Jesús de Nazaret habían cerrado toda posibilidad de reconciliación con los dirigentes del Sanedrín y de la clase sacerdotal de Jerusalén. Al terminar sus palabras, el Maestro ordenó a sus discípulos que le siguieran y todos salimos del templo, en dirección al campamento del Olivete. Pero en el ambiente de la ciudad santa quedó flotando una pregunta: «¿Qué suerte le aguardaba al rabí de Galilea?»

Cuando nos disponíamos a salir, uno de los doce —Mateo, que recordaba la profecía de su Maestro en la cima del monte de las Aceitunas— se aproximó a Jesús y señalándole los pesados sillares de la muralla del Templo, le comentó con evidente incredulidad:

—Maestro, observa de qué forma está construido esto. Mira las piedras macizas y los hermosos adornos. ¿Cómo puede ser que estas edificaciones vayan a ser destruidas?

El rabí, sin aminorar su marcha por las calles de la ciudad, rumbo a la puerta de la Fuente, le dijo:

—¿Habéis visto esas piedras y ese templo macizo? Pues en verdad, en verdad os digo que llegarán días muy próximos en los que no quedará piedra sobre piedra. Todas serán echadas abajo.

Y el gigante guardó silencio. El resto del grupo se enzarzó entonces en interminables polémicas, considerando que era muy difícil que aquella fortaleza pudiera ser demolida. «Ni siquiera el fin del mundo —llegaron a insinuar algunos de los apóstoles— podría ocasionar la destrucción del Templo.»

El día apuntaba ya hacia el ocaso y Jesús, tratando de evitar a la muchedumbre de peregrinos que iban y venían por el valle de Kidrón, sugirió a sus discípulos que dejaran el camino que conducía a Betania, tomando uno de los senderos que discurre por la ladera sur del Olivete, en dirección norte.

Al alcanzar una de las cimas, Jerusalén surgió de pronto a nuestra izquierda, majestuoso y bañado en oro por los últimos rayos solares. En el santuario y en las callejas habían empezado a encenderse las primeras lámparas de aceite. Aquel espectáculo hizo detenerse al grupo, mientras uno de los discípulos —señalando a la ciudad santa— preguntaba a Jesús:

—Dinos, Maestro, ¿cómo sabremos que estos acontecimientos están a punto de ocurrir?

El grupo terminó por sentarse sobre la hierba y el rabí, de pie y sin prisa, les fue diciendo:

—Sí, os contaré algo sobre los tiempos en que esta gente habrá llenado la copa de su iniquidad y la justicia caerá sobre esta ciudad de nuestros padres...

»Estoy a punto de dejaros. Voy a mi Padre. Cuando os deje, tened cuidado de que ningún hombre os engañe. Muchos vendrán como libertadores y llevarán a muchos por el mal camino. Cuando oigáis rumores sobre guerras, no os consternéis. Aunque todo eso ocurra, el fin de Jerusalén no habrá llegado aún. Tampoco debéis preocuparos cuando seáis entregados a las autoridades civiles y seáis perseguidos por el evangelio...

Los apóstoles se miraron con el miedo reflejado en los semblantes.

—... Seréis despedidos de la sinagoga y hechos prisioneros por mi causa. Y algunos de vosotros morirán. Cuando seáis llevados ante gobernadores y dirigentes será como testimonio de vuestra fe y para que mostréis firmeza en el evangelio del reino. Y cuando estéis ante jueces, no tengáis angustia de antemano sobre lo que debáis decir: el espíritu os enseñará en ese mismo momento lo que debéis contestar a vuestros adversarios. En esos días de dolor, incluso vuestros parientes, bajo la dirección de aquellos que han rechazado al Hijo del Hombre, os entregarán a la prisión y a la muerte. Por cierto tiempo seréis odiados por mi causa pero, incluso en esas persecuciones, no os abandonaré. Mi espíritu no os dejará desamparados. ¡Sed pacientes! No dudéis que el evangelio del reino triunfará sobre todos los enemigos y, a su tiempo, será proclamado por todas las naciones.

El Maestro guardó silencio mientras miraba a la ciudad. Y yo, sentado con los demás, quedé maravillado ante la precisión de aquellas frases. Ciertamente, cuarenta años más tarde, cuando las legiones de Tito cercaron y asolaron Jerusalén, ninguno de los apóstoles se hallaba en la ciudad. De no haber sido advertidos por el Maestro, hubiera sido más que probable que algunos, quizá, hubieran perecido o hechos prisioneros.

El silencio fue roto por Andrés:

—Pero Maestro, si la ciudad santa y el templo van a ser destruidos y si tú no estás aquí para dirigirnos, ¿cuándo deberemos abandonar Jerusalén?

Jesús, entonces, procuró ser extremadamente claro y preciso:

—Podéis quedaros en la ciudad después de que yo me haya ido, incluso en esos tiempos de dolor y amarga persecución. Pero, cuando finalmente veáis a Jerusalén rodeada por los ejércitos romanos tras la revuelta de los falsos profetas, entonces sabréis que su desolación está en puertas. Entonces debéis huir a las montañas. No dejéis que nadie os detenga ni permitáis que otros entren. Habrá una gran tribulación. Serán los días de la venganza de los gentiles. Cuando hayáis huido de la ciudad, esa gente desobediente caerá bajo el filo de las espadas de los gentiles. Entretando os aviso: no os dejéis engañar. Si algún hombre viene a deciros: «Mira, éste es el Libertador» o «Mira, aquí está él», no le creáis. Saldrán muchos falsos maestros y otros serán llevados por el mal camino. No os dejéis engañar. Ya veis que os lo he advertido de antemano.

¡Qué rotundas y proféticas sonaron aquellas palabras en mis oídos! Los apóstoles y discípulos no podían sospechar siquiera la sublime realidad de aquella profecía. Para cualquiera que haya estudiado, aunque sólo sea someramente, la aproximación de los ejércitos romanos a Jerusalén poco antes de la luna llena de la primavera del año 70, la advertencia del Maestro tiene que resultar lapidaria. Tal y como acababa de anunciar el Galileo, Israel se convertiría en un infierno entre los años 66 y 70. En aquel tiempo, el partido de los zelotes o «fanáticos», armados hasta los dientes, terminaron por sublevar a toda la comunidad judía. En mayo del año 66, la guarnición romana es arrollada, como consecuencia de la petición del procurador Floro, que exigió 17 talentos del tesoro del Templo. Los judíos toman Jerusalén y prohíben el sacrificio diario en honor al Emperador. Aquello colma la paciencia de Roma, que envía una legión, a las órdenes del gobernador de Siria, Cestio Gallo. Pero las revueltas han encendido el país y los romanos se ven obligados a retirarse.

La nación judía se prepara para la guerra y fortifica sus ciudades, siendo nombrado generalísimo de sus ejércitos el que después sería historiador, Flavio Josefo.

Y, en efecto, Nerón confía tres legiones a Tito Flavio Vespasiano quien, acompañado de su hijo Tito, cae sobre Galilea, machacándola. Pero Nerón se suicida y Tito Flavio tiene que regresar precipitadamente a Roma. Su hijo se encargaría de ultimar la gran venganza de Roma.

Los hebreos quedan sobrecogidos al ver pasar hacia Jerusalén miles de soldados, pertenecientes a las legiones 5.ª, 10.ª, 12.ª y 15.ª, acompañados de fuerzas de caballería y tropas auxiliares, así como un pesado equipo de asalto y demolición. En total: 80 000 hombres que —tal y como profetizó Jesús en el año 30— fueron tomando posiciones y cercando la ciudad santa. Jerusalén, repleta de peregrinos, se ve sometida a fuertes tensiones internas, a la locura de súbitas apariciones de «libertadores» que tratan de arrastrar a las masas y al miedo. Pero, para cuando los hombres de Tito comienzan los ataques, los apóstoles de Jesús, que recordaron aquellas palabras pronunciadas en la tarde del martes, 4 de abril del año 30, frente a Jerusalén, ya habían escapado de la ciudad. Pocos meses después, la artillería romana —capaz de arrojar piedras de un quintal de peso a 185 metros de distancia— arrasaría Jerusalén, no dejando piedra sobre piedra.

Pedro, a pesar de su buena voluntad, no parecía comprender lo que Jesús les estaba anunciando. Por sus comentarios deduje que asociaba aquella destrucción con el «fin del mundo» y no con la caída de Jerusalén. Al formular su pregunta al rabí me convencí plenamente:

—Pero Maestro —apuntó Pedro—, todos sabemos que estas cosas pasarán cuando los nuevos cielos y la nueva tierra aparezcan. ¿Cómo sabremos entonces que tú vienes para traer todo esto?

El gigante le miró con infinita compasión, comprendiendo que su fogoso amigo no había captado su mensaje. Y le dijo:

—Pedro, siempre yerras porque siempre tratas de relacionar la nueva enseñanza con la vieja. Estás decidido a malinterpretar mi enseñanza. Insistís en interpretar el evangelio, de acuerdo con vuestras creencias establecidas. Sin embargo, trataré de explicaros.

»¿Por qué sigues buscando que el Hijo del Hombre se siente en el trono de David y esperas que se cumplan los sueños materiales de los judíos? Las cosas que ahora aprecias van a finalizar y será un nuevo comienzo, a partir del cual el evangelio del reino llegará a todo el mundo. Cuando el reino llegue a su pleno cumplimiento, estad seguros de que el Padre del cielo no dejará de visitaros. Y así seguirá mi Padre manifestando su misericordia y mostrando su amor, incluso a este oscuro y malvado mundo. Y así, después de que mi Padre me haya investido de todo poder y autoridad, yo también seguiré vuestros destinos, guiándoos en los asuntos del reino con la presencia de mi espíritu, que pronto será vertido sobre toda la carne. Estaré por tanto presente entre vosotros en espíritu y prometo que alguna vez volveré a este mundo, en el que he vivido esta vida de la carne y tenido la experiencia de revelar simultáneamente Dios al hombre y llevar al hombre a Dios. Muy pronto he de dejaros y realizar la obra que el Padre ha confiado en mis manos, pero tened coraje: volveré alguna vez. Entretanto, mi espíritu de verdad os confortará y guiará.

Sin esperarlo, Jesús había pasado de la profecía sobre la destrucción de Jerusalén a un extremo que me interesaba profundamente y que yo había tratado ya con él: su anunciada y confusa segunda venida a la Tierra. Así que todos mis sentidos se centraron en aquellas palabras, tan mal interpretadas y peor transmitidas en el futuro por sus seguidores.

—... Ahora me veis en la debilidad y en la carne. Pero, cuando vuelva —remachó el rabí desviando su mirada hacia mí—, será con poder y espíritu. El ojo de la carne ve al Hijo del Hombre en carne, pero sólo el ojo del espíritu contemplará al Hijo del Hombre glorificado por el Padre y apareciendo en la tierra con su propio nombre.

»Pero los tiempos de la reaparición del Hijo del Hombre sólo son conocidos por los "consejos del paraíso". Ni siquiera los ángeles saben cuándo ocurrirá esto. Sin embargo, debéis comprender que, cuando este evangelio del reino haya sido proclamado por todo el mundo para la salvación de los hombres y cuando la plenitud de la época haya llegado, el Padre os enviará otro otorgamiento de designación divina, o el Hijo del Hombre volverá para cerrar la época.

Al escuchar aquellas revelaciones quedé perplejo. Y tentado estuve de tomar la palabra e interrogar a Jesús sobre ese misterioso «cierre» de una época. Sin embargo, mi condición de estricto observador me mantuvo al margen de la conversación.

—... Y ahora, en relación con el dolor de Jerusalén, en verdad os digo que ni esta generación transcurrirá sin que se cumplan mis palabras. En cuanto a la nueva venida del Hijo del Hombre, nadie en la tierra ni en el cielo puede pretender hablar.

Como si el rabí hubiera leído mis pensamientos, prosiguió con estas palabras:

—... Debéis ser sabios en relación con la madurez de una época. Debéis estar alerta para discernir los signos de los tiempos. Sabéis que cuando la higuera muestra sus tiernas ramas y adelanta sus hojas, el verano está cerca. De igual forma, cuando el mundo haya pasado el largo invierno de la mentalidad material y veáis la venida de la primavera espiritual, entonces debéis saber que ha llegado el verano para mi nueva visita.

De todas las enseñanzas del Nazareno, ninguna, en mi opinión, resultó tan confusa como aquélla para las mentes de sus apóstoles y simpatizantes. Cuando uno lee lo que fue escrito lustros después de su muerte respecto a esta segunda venida y a la destrucción de Jerusalén, y conoce, como yo, el verdadero sentido del discurso de Jesús en aquel atardecer del martes, no puede por menos que sentir una gran desolación. Al menos en esta parte, los evangelios canónicos fueron pésimamente construidos. Pero, desgraciadamente, no iba a ser éste el único pasaje ignorado o mal interpretado por los evangelistas...

Una luna casi llena se levantaba ya por el este cuando el grupo reemprendió el camino. Jesús, a la cabeza, continuó por la accidentada cima del Olivete, siempre en dirección norte. Al llegar a las proximidades del campamento público, donde se habían instalado los peregrinos procedentes de Galilea, el Maestro se desvió hacia la derecha, procurando rodear las tiendas y el sinfín de hogueras que se distinguían a corta distancia, en la ladera occidental del monte. Evidentemente, el rabí no deseaba un nuevo encuentro con sus paisanos y amigos. Minutos más tarde, cuando nos hallábamos frente al santuario del templo, comenzamos a descender hacia el Cedrón, cruzando una de las veredas que lleva desde Jerusalén a Betania. La oscuridad no me permitía distinguir con claridad el entorno pero deduje que no debía encontrarme muy lejos del «punto de contacto», donde reposaba el módulo. (Quizá fueran 1 000 o 1 500 pies lo que nos separaba de Eliseo.)

El grupo penetró entonces en una de las plataformas naturales que tanto abundaban en la falda oeste del monte de las Aceitunas. Aunque a la mañana siguiente pude explorar el terreno con mayor comodidad, observé que se trataba de una explanada de unos sesenta a ochenta metros de largo, por otros treinta a cuarenta de lado, perfectamente cercada por un murete de piedra de un metro escaso de altura. En uno de los lados del rectángulo, y muy próxima a la cancela de entrada, distinguí una enorme cuba de piedra de metro y medio de altura. Al fondo, confundidos en la oscuridad, se alineaban unos olivos de gruesos y torturados troncos.

Jesús y los discípulos se dirigieron directamente hacia la derecha del olivar. A muy pocos pasos, y aprovechando el muro, los hombres del Nazareno habían montado dos rudimentarias tiendas o albergues. Varias piezas de tela embreadas y ensambladas a base de cuerdas constituían la techumbre. Las lonas, de unos cuatro metros de profundidad por otros tres de anchura, aparecían apuntaladas por dos rugosas ramas de conífera en su parte frontal y por una tercera, situada en el centro de la tienda. La techumbre terminaba en el cercado de piedra. Allí, las telas habían sido tensadas y aseguradas mediante gruesas piedras. Los laterales, a su vez, estaban formados por otras dos bandas de paño y pieles de cabra, pésimamente cosidas entre sí. La entrada, de unos dos metros de altura sobre el terreno rojizo y polvoriento, carecía de protección.

A la luz de la fogata que se levantaba frente a los dos refugios pude observar que el suelo de las tiendas había sido cubierto con mantos y esteras. Al fondo de las mismas percibí algunos bultos que supuse se trataba de enseres y útiles para cocinar. Pero, como digo, la oscuridad era tan densa que preferí posponer para el día siguiente un más exhaustivo reconocimiento del terreno y de cuanto formaba aquel huerto, propiedad del viejo Simón, «el leproso».

El reencuentro con el resto de los discípulos levantó los decaídos ánimos de los hombres que acompañaban a Jesús. Y muy pronto nos vimos sentados en torno al fuego. La temperatura había descendido notablemente y los apóstoles, apretados los unos contra los otros, se habían envuelto en sus pesados ropones. Allí, entre los reflejos rojizos de las ramas de nogal e higuera (de las que Felipe, el encargado de los suministros, había hecho abundante acopio), chisporroteando bajo un cielo estrellado, conocí por primera vez a un muchachito de unos doce o trece años, de cabeza rapada y acusadas ojeras, que no pronunció una sola palabra y que seguía las enseñanzas y gestos del Maestro con un interés y devoción como no había visto hasta ese momento. Su nombre era Juan Marcos e iba a jugar un importante papel en las ya próximas horas del jueves.

La conversación de Jesús con sus apóstoles mientras regresábamos al campamento de Getsemaní trascendió de inmediato entre los discípulos y, muy a pesar del rabí, el asunto de su partida no tardó en aparecer en mitad de aquellos hombres rudos y lentos de pensamiento. Tomás, tomando la palabra, se dirigió al Maestro, preguntándole:

—Puesto que vas a volver para terminar el trabajo del reino, ¿cuál debe ser nuestra actitud mientras estés fuera, en los asuntos del Padre?

Jesús, sentado al otro lado de la hoguera, jugueteaba con un palo, removiendo la candela. Aquellas altas llamas daban a su rostro una extraña majestad. Con una paciencia envidiable, el Nazareno miró a Tomás por encima del fuego, respondiéndole:

—Ni siquiera tú, Tomás, aciertas a comprender lo que he estado diciendo. ¿No os he enseñado que vuestra relación con el reino es espiritual e individual? ¿Qué más debo deciros? La caída de las naciones, la rotura de los imperios, la destrucción de los judíos no creyentes, el fin de una época e, incluso, el fin del mundo, ¿qué tienen que ver con alguien que cree en este evangelio y que ha cobijado su vida en la seguridad del reino eterno? Vosotros, que conocéis a Dios y creéis en el evangelio, habéis recibido ya la seguridad de la vida eterna. Puesto que vuestras vidas están en manos del Padre, nada os debe preocupar. Los ciudadanos de los mundos celestiales, los constructores del reino, no deben preocuparse por las sacudidas temporales o perturbarse por los cataclismos terrestres. ¿Qué os importa a vosotros si las naciones se hunden, las épocas finalizan o todas las cosas visibles caen, si sabéis que vuestra vida es un regalo del Hijo y que está eternamente segura en el Padre? Habiendo vivido la vida temporal con fe y habiendo entregado los frutos del espíritu como prueba de servicio por vuestros semejantes, podéis mirar adelante con confianza.

»Cada generación de creyentes debe llevar adelante su obra, con vistas al posible retorno del Hijo del Hombre, exactamente igual a como cada creyente particular lleva adelante su vida, con vistas a la inevitable y siempre pronta muerte natural. Cuando os hayáis establecido como hijos de Dios, nada más debe preocuparos. ¡Pero no os equivoquéis! Esta fe viva pone de manifiesto —cada vez más— los frutos de aquel divino espíritu que fue inspirado por primera vez en el corazón humano. El que hayáis aceptado ser hijos del reino celestial no os salvará de conocer el rechazo persistente de esas verdades que tienen que ver con los frutos progresivos espirituales de los hijos encarnados de Dios. Vosotros, que habéis estado conmigo en los asuntos del Padre en la tierra, podéis, incluso, abandonar ahora ese reino. Si veis que no os gusta la forma del servicio de la humanidad al Padre, como individuos y como creyentes, oídme mientras os digo una parábola...

Sin querer, al escuchar aquellas últimas frases de Jesús, desvié mi mirada hacia Judas Iscariote. El hombre que ya había desertado en su corazón seguía las palabras de su Maestro con una frialdad que me produjo escalofríos.

—... Hubo cierto hombre —prosiguió el Nazareno— que, antes de marchar para un largo viaje a otro país, llamó a todos sus sirvientes de confianza y les entregó todos sus bienes. A uno le dio cinco talentos (1), a otro dos y al tercero, uno. A todos les confió sus bienes, según sus distintas habilidades. Cuando el señor hubo marchado, sus sirvientes se pusieron a trabajar para sacar beneficios de la fortuna que les había sido confiada. Inmediatamente, el que había recibido cinco talentos comenzó a comerciar con ellos y muy pronto hizo un beneficio de otros cinco talentos. De igual modo, el que había recibido dos talentos pronto ganó otros dos. Y así lo hicieron todos los sirvientes, acumulando nuevas ganancias para su amo, excepto el tercero. Éste se marchó e hizo un agujero en la tierra, escondiendo el dinero. Pero el señor volvió inesperadamente y llamó a sus criados. El que había recibido cinco talentos se adelantó hasta su señor y, entregándole los diez, le dijo: "Señor me distes cinco talentos y me complace presentarte otros cinco." Entonces, el señor le dijo: "Bien hecho, buen y fiel sirviente. Te haré

(1) Un talento equivalía a 6 000 denarios. Los ocho talentos, por tanto, eran una considerable fortuna. *(N. del m.)*

mayordomo de muchos." Entonces, el que había recibido dos talentos, avanzó diciendo: "Señor, entregastes en mis manos dos talentos. Mira, he ganado otros dos." Y su señor le dijo: "Bien hecho, buen y fiel sirviente. Tú también has sido fiel y ahora te pondré por encima de otros." Por último, llegó al recuento el que había recibido un solo talento. "Señor —le dijo—, te conocía y me di cuenta de que eres un hombre astuto porque esperabas ganancias cuando tú, personalmente, no habías trabajado. Por tanto yo temía arriesgar lo que me habías confiado. Yo guardé tu talento a salvo en la tierra y aquí está. Ahora tienes lo que te pertenece." Pero su señor contestó: "Eres un criado indolente y perezoso. Por tus propias palabras has confesado que sabías que te iba a pedir cuentas con beneficio razonable, como tus compañeros lo han hecho. Sabiendo esto deberías, al menos, haber colocado mi dinero en manos de los banqueros para que, a mi vuelta, yo pudiera recibir mi dinero con interés."

»Entonces, el señor dijo al jefe de los criados: "Quitad el talento a este sirviente y dádselo al que tiene diez."

»A todo el que tiene, le será dado mucho más y tendrá abundancia. Pero, al que no tiene, incluso, lo poco que tenga le será quitado. No os podéis quedar quietos en los asuntos del reino eterno. Mi Padre exige que todos sus hijos crezcan en gracia y en conocimiento de la verdad. Vosotros, que conocéis estas verdades, debéis producir el incremento de los frutos del espíritu y manifestar una devoción creciente en el generoso servicio a vuestros compañeros sirvientes. Y recordad que lo que deis al más pequeño de mis hermanos lo habréis hecho en servicio mío.

»Y así debéis hacer la obra del Padre, ahora y más adelante. Continuad hasta que yo venga.

»La verdad es la vida. El espíritu de la verdad siempre dirige a los hijos de la luz a nuevos reinos de realidad espiritual y divino servicio. No se os da la verdad para que la cristalicéis en formas hechas, seguras y honorables.

»¿Qué pensarán las generaciones futuras de aquellos depositarios de la verdad, si les oyen decir?: "Aquí, Maestro, está la verdad que nos confiaste hace cientos o miles de años. No hemos perdido nada. Hemos preservado fielmente todo lo que nos diste. No hemos permitido cambios en lo que nos enseñaste. Aquí está la verdad que nos diste."

»Libremente habéis recibido. Por tanto, libremente debéis dar la verdad del cielo. En verdad, en verdad os digo que entonces, esa verdad se multiplicará e irradiará nueva luz. Incluso, cuando la administréis vosotros.

Bien entrada ya la noche, el grupo se levantó, repartiéndose entre las tiendas. Jesús, sin embargo, siguió solo, frente a la hoguera, sumido en sus pensamientos. Yo me instalé al pie de uno de los añosos olivos, envolviéndome en el manto. Y antes de que el Nazareno se retirara a descansar a una de las tiendas, el sueño terminó por doblegarme.

5 DE ABRIL, MIÉRCOLES

Poco antes que las madrugadoras golondrinas despertaran al campamento con sus negros y tumultuosos vuelos, Eliseo me había alertado ya, mediante la «conexión auditiva», de la proximidad del amanecer.

—... La «cuna» registra 9 grados centígrados. Ligero descenso de la humedad relativa... Parece que el viento se ha incrementado. Se prevén algunas rachas de 20 a 40 nudos, especialmente durante la tarde... ¡Suerte!

Eliseo no se equivocaba. Aquellos primeros momentos del día se me antojaron especialmente fríos. El celeste de mi manto aparecía salpicado por un sinfín de gotitas de rocío. Otro tanto sucedía con la escasa hierba que lograba despuntar al pie de algunos olivos.

Conforme fue clareando, un lejano y misterioso castañeteo comenzó a intrigarme. Parecía nacer en alguna parte, al fondo del campo donde me encontraba. Me incorporé y tras echar una ojeada al campamento comprobé que todo se hallaba en calma. Los discípulos dormían en el interior de las tiendas. Otros, envueltos en sus ropones, descansaban al pie del muro de piedra o, como yo, bajo la primera hilera de olivos. Frente a los albergues, en el pequeño claro existente en la entrada del huerto, se distinguían las cenizas de la hoguera. El Maestro —supuse— debía estar durmiendo.

Pero aquel castañeteo seguía llenando la cada vez más luminosa mañana, rompiendo el profundo silencio de Getsemaní. No lo dudé más. Tomé la «vara de Moisés» y me dirigí hacia el interior de la finca, siguiendo el cercado de piedra. Aquella propiedad de Simón, el vecino de Betania, estaba dedicada exclusivamente al cultivo del olivar. Desde el lugar donde habían sido plantadas las tiendas, el terreno iba elevándose ligeramente. Al llegar al fondo del huerto había contabilizado medio centenar de viejos olivos, alineados de cuatro en fondo. Algunos de aquellos árboles me impresionaron por su envergadura. Uno de ellos, en especial, debía alcanzar los ocho metros de circunferencia. De sus nudosos y torturados troncos fluía una sustancia de color pardo-rojiza, formando reguerillos brillantes al incipiente sol que avanzaba ya por detrás de la cima del Olivete.

Los últimos metros del rectángulo que constituía el huerto de Los Olivos —donde iba a tener lugar la famosa oración de Jesús— experimentaban una elevación más acusada. El misterioso ruido se había hecho más claro e intenso. Dejé atrás el olivar y a poco más de diez metros apareció ante mí una masa pétrea de unos cinco metros de altura, con una entrada más ancha que alta (tuve que inclinarme para penetrar en ella), que conducía al interior de una gruta natural. Frente a la cueva se derramaban otras formaciones de caliza blanca, muy erosionadas por la lluvia y el viento. La presencia de la mole rocosa y de las piedras —de escasamente 30 o 40 centímetros de altura— que ocupaban aquel extremo del huerto explicaban por qué Simón no había podido aprovechar el lindero norte en el cultivo del olivar. A la derecha de la cueva, y casi pegado a la roca, crecía un corpulento árbol. Al levantar la vista, el insólito castañeteo quedó explicado. Se trataba de un cañafístula. Aquel hermoso ejemplar —muy parecido al nogal— estaba siendo mecido sin cesar por el viento y sus largos frutos, al chocar entre sí, emitían aquel penetrante castañeteo. Entre el árbol y el murete de piedra, adosado en aquel punto a la cara este de la cueva, descubrí una pequeña plantación de gálbano y tragacanto, ambos de reconocidas virtudes medicinales.

La gruta, prácticamente sumida en la oscuridad, tenía unos 19 metros de profundidad por otros 10 de anchura. Su techo, muy bajo en los primeros metros de la entrada, se hacía bastante más alto en el interior. Las paredes habían sido encaladas. En uno de sus laterales —el que quedaba orientado hacia el este— aparecían dos prolongaciones o grutas más pequeñas. En una de ellas había una prensa de madera, destinada, sin duda, a la trituración de la aceituna, a juzgar por el olor y los restos de aceite que, medio reseco, impregnaban aún el interior de la prensa. Una larga viga, que hacía las veces de brazo de la prensa, se incrustaba en una pequeña cavidad situada a poco más de un metro, en la pared meridional de la gruta.

Al fondo, en la cara norte, sobre una estera, descansaban varios sacos. Dos de ellos contenían trigo y los tres restantes, higos secos, legumbres de diferentes tipos, cebollas, puerros, ajos, etc. (Después supe que se trataba del suministro que Felipe había comprado en la mañana del día anterior y que constituía la dieta básica de los hombres que formaban el campamento.)

Inspeccioné también la parte exterior de la gruta, comprobando cómo por su cara norte —en el extremo opuesto a la entrada— había sido practicado un canalillo que descendía hasta una especie de pila de depuración. Simón había excavado la cima de la enorme roca, aprovechando así las aguas de lluvia que descenderían por el citado canalillo hasta la pila. De allí, una vez filtrada, el agua era acumulada en una concavidad inferior, practicada también en la roca.

Una vez satisfecha mi curiosidad, retorné al campamento, siguiendo esta vez el muro occidental. Al llegar a la entrada del huerto, algunas de las mujeres del grupo de Jesús se afanaban ya en torno a un incipiente fuego. Mientras dos de ellas molían el grano, preparando la harina de trigo, otras acarreaban agua, llenando varios lebrillos. A la derecha de la cancela, y pegada al muro, se hallaba la gran cuba de piedra que yo había visto la noche anterior. Se trataba de una vieja almazara o molino de aceite de unos cuatro metros de diámetro, perfectamente circular y con un parapeto de 80 o 90 centímetros de altura. Estaba vacía. Un pesado tronco, totalmente ennegrecido e insertado por uno de sus extremos en un nicho abierto en el muro de piedra, descansaba en el centro geométrico de la cuba. Aquella viga había sido provista de grandes losas circulares y planas, sujetas al segundo extremo mediante gruesas sogas que las atravesaban por sendos orificios centrales. Por lo que pude deducir, cuando la almazara se llenaba de aceituna, este enorme peso en la punta del madero debía actuar como prensa, machacando el fruto. En el fondo de la cuba se amontonaban también grandes capazos de esparto, utilizados posiblemente para el transporte de la aceituna.

Me encontraba aún inspeccionando la cuba cuando, a eso de las siete, vi aparecer en el claro a Jesús de Nazaret. Era el primero en abandonar la tienda destinada a los hombres. Me quedé quieto. El gigante, que se había desembarazado del manto, estaba descalzo. Caminó unos pasos hacia la fogata y, tras saludar a las mujeres, aproximó las palmas de sus largas manos al fuego, procurando entrar en calor. Después, levantando el rostro hacia el azul del cielo, cerró sus ojos, llevando a cabo una profunda inspiración. Su piel bronceada se iluminó con la caricia de aquellos tibios rayos solares.

Una de las mujeres sacó al Maestro de aquellos placenteros momentos, indicándole que tenía listo el lebrillo de barro con el agua para su aseo. Jesús correspondió a la discípula con una sonrisa y, con toda naturalidad, tomó su túnica blanca por el amplio cuello, sacándola por la cabeza. Bajo aquella vestidura, el rabí cubría sus nalgas y bajo vientre con una especie de taparrabo, también de color blanco. La pieza consistía en una sencilla banda de tela —posiblemente de algodón—, de unos 30 centímetros de anchura y cosida en uno de sus extremos a un cordón que se anudaba alrededor de la cintura. Esta parte (la que se hallaba cosida al delgado cinto) caía cubriendo las nalgas y pasaba después entre las piernas para terminar en otros dos cordones más cortos, cada uno situado en una esquina de la tela. Esta última franja del taparrabo era anudada al cordoncillo de la cintura, tapando así los genitales y parte del vientre de Jesús.

Una vez desnudo, el Galileo se arrodilló junto a la ancha vasija. Introdujo sus manos en el agua y comenzó a bañar su rostro, pecho, axilas y brazos. En cuestión de segundos, aquel cuerpo musculoso —sin un gramo de grasa— quedó cubierto por el agua. Acto seguido, el gigante echó mano de una pastilla cuadrangular de color hueso y comenzó a frotarse con energía. No tardó en aparecer una débil espuma blanca.

Cuando el Maestro consideró que había quedado suficientemente enjabonado, se inclinó de nuevo sobre el lebrillo, procediendo al aclarado. Minutos más tarde, el Galileo se incorporaba y la misma mujer que le había preparado el agua le entregaba un lienzo muy similar al que yo había visto en la casa de Lázaro y con el que Marta había enjugado mis manos y pies. Jesús tomó aquella especie de toalla y fue secando su cuerpo. Al concluir echó la cabeza hacia atrás, sacudiendo sus cabellos. Pero, antes de enfundarse nuevamente su túnica, el rabí extendió sus manos. Y la mujer vertió sobre sus palmas unas gotas de un líquido aceitoso (1). Tal y como era costumbre en aquella época, el Nazareno extendió la esencia por sus axilas, cuello, torso y cabellos, cubriéndose seguidamente. Por último, arremangando el filo de la túnica, entró en el recipiente, lavando sus pies.

Mientras Jesús terminaba de calzarse las sandalias con cintas de cuero, Felipe, Andrés y otros discípulos comenzaron a salir de la tienda. En ese instante vi aparecer en el campamento al pequeño Juan Marcos, cargando una cesta. Sin mediar palabra se la entregó

(1) Aquel líquido aceitoso, según me explicó una de las discípulas, era fabricado en Jerusalén, partiendo precisamente de aquella sustancia pardorojiza que yo había visto exudar a los olivos. Santa Claus confirmaría que dicha materia —denominada «goma leca»— está formada por una sustancia blanca y cristalina que se distingue con el nombre de «Olivila». *(N. del m.)*

a una de las mujeres, sentándose después junto a la hoguera. Sus ojos no perdieron ya de vista a Jesús.

Algunos de los apóstoles imitaron al Maestro y, tras las abluciones, ocuparon también un lugar alrededor de las llamas, dispuestos a desayunar.

Las mujeres comenzaron a distribuir leche caliente. Una de ellas retiró el paño que cubría la cesta de Juan Marcos y, con vivas muestras de alegría, enseñó a los discípulos dos enormes hogazas de pan. Felipe se hizo cargo de ellas y, tras cortarlas en rebanadas, fue repartiéndolas. Yo aproveché aquellos momentos para aproximarme al lebrillo donde se había aseado el Señor y sus hombres y examiné la pastilla cuadrangular de jabón. Al olerlo percibí de inmediato un gratísimo perfume a romero. Una de las mujeres, al verme tan ensimismado con el jabón, se adelantó hasta donde yo estaba y, soltando una carcajada, me advirtió:

—Jasón, eso no se come...

La buena mujer no tuvo inconveniente en detallarme cómo confeccionaban aquel jabón. Cuando no tenían a mano sebo, utilizaban tuétano de vaca. Una vez fundido en agua caliente lo mezclaban con aceite, añadiéndole esencia de romero —como en este caso— o diferentes perfumes, tales como tomillo, azahar o zumo de limones. Después, todo era cuestión de vertir el líquido en unos rudimentarios moldes de madera o de hierro y esperar. Cuando el grupo tenía tiempo y dinero, las mujeres preferían perfumar el jabón con láudano. Algunos pastores se dedicaban a su venta. Al parecer les resultaba bastante fácil de obtener: bastaba con que tuvieran paciencia para peinar las barbas de las cabras que pastaban en los jarales. La resina en cuestión impregnaba los mechones de pelo de los animales y los pastores, como digo, sólo tenían que retirarla.

Atento a las explicaciones de la mujer no caí en la cuenta de que alguien se hallaba a mi espalda. Al volverme recibí una nueva sorpresa. Era Jesús. Traía un humeante cuenco de leche en su mano izquierda y una rebanada de pan en la derecha. Al ver mi cara de asombro, sonrió maliciosamente, haciéndome un nuevo guiño e invitándome a que aceptara la colación. Al tomar el pan y el recipiente, mis dedos rozaron su piel y noté alarmado cómo mi corazón multiplicaba su bombeo. ¡Qué difícil era conservar la objetividad ante aquel extraordinario ejemplar humano...!

No podía entenderlo muy bien. ¿Por qué los discípulos de Jesús de Nazaret se hallaban tan silenciosos? Aquel desayuno fue tenso. Nadie parecía dispuesto a abrir la boca. Ciertamente, los acontecimientos de los últimos días y, sobre todo, el fantasma del decreto del Sanedrín contra la persona del Maestro, planeaban sobre los corazones de aquellos hombres. Sin embargo, resultaba chocante que el Nazareno fuera el menos atormentado del grupo. Las espadas seguían al cinto de algunos de los doce y aquella noche, como en la anterior, se establecería el rutinario servicio de guardia a las puertas del campamento.

Judas Iscariote fue el último en salir de la tienda. Por sus ojos enrojecidos y su semblante demacrado tuve la impresión de que no había dormido gran cosa. Apuró su ración y, como sus compañeros, permaneció sentado, como distraído.

El Maestro, al fin, rompió el silencio, diciendo:

—Hoy quiero que descanséis. Tomaros tiempo para meditar sobre todo lo que ha ocurrido desde que vinimos a Jerusalén. Reflexionad sobre lo que está a punto de llegar...

La decisión de Jesús sorprendió un poco a los asistentes. Todos creían que el rabí entraría nuevamente en el templo y que se dirigiría a las masas. Sin embargo, el Galileo —puesto en pie—, confirmó su decisión, haciendo saber al jefe del grupo que pensaba retirarse durante toda la jornada y que, bajo ningún pretexto, deberían traspasar las puertas de la ciudad santa. Andrés asintió con la cabeza y Jesús se retiró al interior de la tienda.

Aquello —lo confieso— me desconcertó tanto o más que a los discípulos aunque por razones bien distintas. ¿Qué pretendía el Nazareno? ¿A dónde pensaba dirigirse? Mi misión era seguir los pasos de Jesús de Nazaret, allí donde fuera o estuviera y siempre y cuando mi presencia no motivara una alteración de los hechos históricos. Por otro lado, Caballo de Troya me había asignado la difícil e inaplazable tarea de conectar con el procurador romano. Era vital que Poncio Pilato supiera de mí; que me conociera personalmente. Ello facilitaría mi ingreso en la Torre Antonia en la mañana del próximo viernes. Además, esa cita —en manos de José, el de Arimatea— estaba prevista inicialmente para esta misma mañana del miércoles. ¿Qué debía hacer?

Para colmo, un pensamiento comenzó a hostigarme: «¿Qué maquinaba el cerebro de Judas?»

Algo en lo más profundo de mi ser me decía que aquella jornada iba a ser decisiva en los planes y decisiones del traidor. Y yo debía estar al corriente. Judas, como ya he dicho en otras ocasiones, me atraía especialmente. En el fondo era el único que se rebelaba contra todo aquello.

Me hallaba sumido en estas graves dudas cuando Jesús se presentó a la puerta de la tienda. Había tomado su manto y anudado en torno a su cabeza un pañolón o «sudario». Aquello significaba que se proponía caminar y bastante.

En ese momento, David Zebedeo —uno de los discípulos más corpulentos y rápido de pensamiento y que jugaría un papel extraordinariamente práctico y eficaz durante las terribles jornadas del viernes, sábado y domingo—, salió al paso del gigante, exponiéndole lo siguiente:

—Bien sabes, Maestro, que los fariseos y dirigentes del templo buscan destruirte. A pesar de ello, te preparas para ir solo a las colinas. Esto es una locura. Por tanto, mandaré contigo tres hombres armados para que te protejan.

El Galileo miró primero a David Zebedeo y, a continuación, observó a los tres fornidos sirvientes del impulsivo discípulo, que esperaban a cierta distancia.

Y en un tono que no admitía réplica o discusión alguna contestó, de forma que todos pudiéramos oírle:

—Tienes razón, David. Pero te equivocas también en algo: el Hijo del Hombre no necesita que nadie le defienda. Ningún hombre me pondrá las manos encima hasta esa hora en la que deba dar mi vida, tal y como desea mi Padre. Estos hombres no van a acompañarme. Quiero ir y estar solo para que pueda comunicarme con mi Padre.

Al escuchar a Jesús, David Zebedeo y sus guardianes se retiraron y yo, sintiendo que algo se quebraba en mi interior, comprendí también que no podía seguir al protagonista de mi exploración. Por alguna razón que no había querido detallar, el Maestro tenía que permanecer solo. Pero, cuando ya daba por perdida aquella parte de la misión, ocurrió algo que me hizo recobrar las esperanzas y que, por suerte, me permitiría reconstruir parte de lo que hizo Jesús en aquel miércoles.

Cuando el rabí se dirigía ya hacia la entrada del huerto, dispuesto a perderse Dios sabe en qué dirección, el muchacho que había traído la cesta con las hogazas de pan surgió de entre los discípulos y corrió tras el Maestro. Al verle, el rabí se detuvo. Juan Marcos había llenado aquella misma cesta con agua y comida y le sugirió que, si pensaba pasar el día en el monte, se llevara al menos unas provisiones.

Jesús le sonrió y se agachó, en ademán de tomar la cesta. Pero el niño, adelantándose al Galileo, agarró el canasto con todas sus fuerzas, al tiempo que insinuaba con timidez:

—Pero, Señor, ¿y si te olvidas de la cesta cuando vayas a rezar...? Yo iré contigo y cargaré la comida. Así estarás más libre para tu devoción.

Antes de que Jesús pudiera replicar, el muchachito intentó tranquilizarle:

—Estaré callado... No haré preguntas... Me quedaré sentado junto a la cesta cuando te apartes para orar...

Los discípulos que presenciaban la escena quedaron atónitos ante la audacia de Juan.

Y el Maestro volvió a sonreír. Acarició la cabeza del niño y le dijo:

—Ya que lo ansías con todo tu corazón, no te será negado. Nos marcharemos solos y haremos un buen viaje. Puedes preguntarme cuanto salga de tu alma. Nos confortaremos y consolaremos juntos. Puedes llevar el cesto. Cuando te sientas fatigado, yo te ayudaré. Sígueme...

Y ambos desaparecieron ladera arriba.

Nadie hizo el menor comentario. Los rostros de los apóstoles reflejaban una total consternación. Era doloroso que un simple niño les hubiera ganado la partida. Supongo que todos los allí presentes —exceptuando al Iscariote— ardían en deseos de acompañar a su Maestro. Sin embargo, ninguno había sido capaz de abrir su corazón y hablarle a Jesús con la sinceridad de Juan Marcos. Y de la sorpresa fueron pasando a un mal disimulado disgusto. A los pocos minutos, varios de los íntimos se habían enzarzado ya en una agria disputa sobre la conveniencia de que el rabí se dedicara a caminar por los montes de Judea sin escolta y con un chico de «los recados» por toda compañía.

Aquella discusión empezaba a fascinarme. Todos aportaban argumentos más o menos válidos pero ninguno parecía dispuesto a reconocer públicamente la verdadera causa por la que se habían quedado solos.

La discusión iba caldeándose poco a poco cuando, de pronto, vi salir de la tienda a Judas. Sigilosamente se encaminó hacia la entrada del huerto, alejándose en dirección a la barranca del Cedrón. No lo dudé. Tras recordar a Andrés mi cita con José de Arimatea, anunciándole que regresaría en cuanto pudiera, crucé el recinto de piedra, procurando no perder de vista al Iscariote. Éste había descendido por una de las estrechas pistas que conducía a un puentecillo sobre el cauce seco del Cedrón y que unía la explanada este del templo con el monte de los Olivos. Judas, con paso decidido, atravesó el lugar donde yo había asistido a la prueba de las «aguas amargas», deteniéndose bajo el transitado arco de la Puerta Oriental del templo. Confundido entre los numerosos peregrinos que iban y venían pude ver cómo el traidor besaba a otro hebreo. Y ambos entraron en el Atrio de los Gentiles.

Adoptando toda clase de precauciones me adentré también en el Templo. Llegué justo a tiempo de comprobar cómo Judas y su acompañante subían las escalinatas del santuario, desapareciendo por la puerta del Pórtico Corintio.

Maldije mi mala estrella. Aquél, justamente, era uno de los pocos lugares de Jerusalén donde no podía entrar un gentil. El santuario era sagrado. Allí no cabía estratagema alguna. Y mucho menos con mi aspecto de mercader extranjero...

¿Qué podía hacer para seguir los pasos de Judas?

Me dejé caer en las escalinatas donde habitualmente se sentaba el Maestro e intentaba buscar una fórmula para descubrir la razón que había llevado al apóstol al interior del santuario, cuando uno de los saduceos, amigo de José de Arimatea, y que había participado en el almuerzo ofrecido por aquél a Jesús en la mañana del martes, vino a simplificar mis problemas.

El hombre me reconoció, interesándose por mi salud y preguntándome a qué obedecía aquella mirada mía tan apesadumbrada. Después de medir las posibles consecuencias de la idea que acababa de nacer en mi cerebro, me decidí a hablarle. Tras rogarle que mantuviera cuanto iba a contarle en el más estricto secreto —a lo cual accedió el saduceo en un tono que parecía sincero—, le expliqué que tenía fundadas sospechas sobre la falta de lealtad de uno de los discípulos del rabí de Galilea. Añadí que acababa de ver entrar a Judas en el santuario y que temía por la seguridad de Jesús. El ex miembro del Sanedrín (aquel saduceo era uno de los 19 que habían presentado la dimisión ante Caifás) procuró tranquilizarme, asegurándome que aquello no era nuevo. «Somos muchos —repuso— los que sabemos que Judas, el Iscariote, no comparte la forma de ser y de actuar del Maestro.»

A pesar de sus palabras, simulé que no quedaba satisfecho y le supliqué que entrara en el Templo y tratara de informarse sobre los planes de Judas. Pero, antes de contestar a mi petición, el sacerdote —que compartía en secreto la doctrina de Jesús— me interrogó a su vez, buscando una explicación a mi extraña conducta.

—Yo también creo en el Maestro —le mentí— y no deseo que sea destruido.

Mis palabras debieron sonar con tal firmeza que el saduceo sonrió y, dándome una palmadita en la espalda, accedió a mis deseos.

Antes de separarnos le anuncié que estaba citado aquella misma mañana con José y que, si le parecía oportuno, podríamos volver a vernos antes de la puesta del sol, en el hogar de su amigo, el de Arimatea.

—Sobre todo —insistí con vehemencia—, y por elementales razones de seguridad, esto debe quedar entre nosotros.

Mi nuevo amigo quedó conforme y yo, algo más descargado, reanudé mi camino hacia la ciudad baja. Pero, mientras me aproximaba a la casa de José, me asaltó una incómoda duda: ¿le había mentido en verdad al saduceo al afirmar que yo también creía en Jesús de Nazaret?

José, el de Arimatea, me recibió con cierta inquietud. Las incidencias en el campamento de Getsemaní y el seguimiento de Judas retrasaron un poco mi llegada a la casa del anciano. Sin pérdida de tiempo, el enjuto amigo de Jesús se envolvió en un lujoso manto de lana, teñido en rojo fuego, cargando un ánfora de mediano tamaño (aproximadamente 1/8 de «efa» o 5,6 litros). La cita con el procurador romano había sido concertada para la hora quinta (alrededor de las once de la mañana) y, al igual que a mí, a José no le gustaba esperar ni hacer esperar.

Al salir de la mansión rogué al venerable miembro del Sanedrín que me permitiera cargar aquella jarra. José consintió gustoso y, aunque sentía curiosidad por saber el contenido de la misma, el mutismo de mi acompañante me inclinó a no formular pregunta alguna sobre el particular.

El camino hasta la fortaleza Antonia, situada al noroeste de la ciudad, era relativamente largo. Aunque el cuartel general romano disponía de una entrada por el ángulo más occidental del Templo (como creo que ya cité en su momento, esta fortificación se hallaba adosada al inmenso rectángulo que constituía el Santuario y su atrio), José de Arimatea —supongo que por mera prudencia— evitó en todo momento el recinto del Templo.

Dejamos atrás el intrincado laberinto de las callejuelas de la ciudad baja, salvando después la breve depresión del valle del Tiropeón, separación natural de los dos grandes y bien diferenciados barrios de Jerusalén: el bajo y el alto.

El gran teatro apareció a nuestra izquierda y, poco después, desembocamos en la calle principal de aquella zona alta de Jerusalén. Al igual que la que yo había visto en la ciudad baja, esta calzada —que discurría desde el palacio de Herodes, en el extremo más occidental de la urbe, hasta el muro oeste del templo, en las proximidades de la explanada de Sixto— aparecía adornada con gruesas columnas (1).

En sus pórticos se alineaban los bazares de los vendedores considerados impuros: desde fabricantes de todo tipo de objetos artís-

(1) Durante mi preparación para esta misión, Caballo de Troya me había proporcionado una réplica del plano de Madaba: un mosaico del siglo VI de nuestra Era y que aún se conserva en la iglesia griega del mismo nombre. En dicho mapa aparecían estas dos calles principales y provistas de columnatas, auténticas «columnas vertebrales» de los dos barrios o zonas de Jerusalén. *(N. del m.)*

ticos (alfareros, herreros, perfumistas, etc.), hasta sastres, comerciantes de lana, etc. El griterío, confusión y «sinfonía» de olores eran idénticos a los del barrio bajo o Akra.

José aceleró el paso al cruzar bajo la puerta del Pez, en la intersección de la segunda muralla septentrional con la depresión o valle del Tiropeón. Nunca supe si aquellas prisas del anciano se debían a la presencia junto a la citada puerta de un grupo de mercaderes tirios que vendían todo tipo de pescado o a la proximidad de la fortaleza Antonia.

El caso es que, al fin, ambos nos encontramos ante el muro de piedra de metro y medio de altura que cercaba íntegramente el impresionante «castillo», sede de Poncio Pilato mientras durasen las fiestas de la Pascua.

Aunque ya había tenido la oportunidad de contemplar a una cierta distancia a los legionarios que fueron enviados precisamente desde la Torre Antonia para poner orden en la explanada de los Gentiles, cuando Jesús de Nazaret provocó la estampida de los bueyes, la presencia de los centinelas romanos a las puertas de aquel muro me conmovió.

José se dirigió en arameo a uno de ellos. Pero el soldado no comprendía la lengua del israelita. Un tanto contrariado, el del Arimatea le habló entonces en griego. Sin embargo, el legionario siguió sin entender. En vista de lo penoso de la situación, el joven romano —supongo que no tendría más de 20 o 25 años— nos hizo una señal para que esperásemos y, dando media vuelta, se encaminó hacia el interior. El segundo centinela permaneció mudo e impasible, cerrando el paso con su largo pilum o lanza. Bajo su brillante y verdoso casco de hierro y bronce, los ojos del legionario no nos perdían de vista. El soldado vestía el habitual traje de campaña: una cota trenzada por mallas de hierro y enfundada como si fuera una túnica corta (hasta la mitad del muslo) y que protegía la totalidad del tronco, vientre y arranque de las extremidades inferiores. Esta coraza, de gran flexibilidad y solidez, se hallaba en contacto directo con un jubón de cuero de idénticas dimensiones y forma que la cota de mallas. Por último, el pesado atuendo descansaba a su vez sobre una túnica de color rojo, provista de mangas cortas y sobresaliendo unos diez o quince centímetros por debajo de la armadura, justamente por encima de las rodillas.

Unas sandalias, de gruesas suelas de cuero, protegían los pies con un engorroso sistema de tiras —también de cuero— perfectamente cosidas a todo el perímetro del calzado. (En una oportunidad posterior, al examinar una de aquellas concienzudas sandalias, conté hasta 50 tiras de piel de vaca curtida.) El soldado cerraba estos cordones por la parte superior del pie y a la altura de los tobillos. Pero fue después, ya en el patio de la fortaleza, cuando tendría la ocasión, como digo, de descubrir una de las temidas características de esta prenda.

Completaba su atuendo un cinturón de cuero, de unos cinco centímetros de anchura, revestido de un sinfín de cabezas de clavo. Desde el centro caían ocho franjas, igualmente de cuero, cubiertas por pequeños círculos metálicos. Este adorno tenía, sobre todo, la misión de proteger el bajo vientre del legionario. En su costado derecho colgaba la famosa espada, tipo «Hispanicus», de 50 centímetros, perfectamente envainada en una funda de madera con refuerzos de bronce. En el costado opuesto, la «semispatha» o puñal, de una longitud aproximada a la mitad del «gladius Hispanicus».

Apoyados sobre una de las esquinas de la puerta del muro observé los escudos de ambos centinelas. Eran rectangulares y de unos 80 centímetros de altura. Presentaban una ligera convexidad y en el centro, un «umbón» o protuberancia circular de metal, decorado con una águila amarilla que resaltaba sobre el fondo rojo del resto del escudo. Aparecían orlados con un borde metálico y primorosamente pintados en su zona central por cuatro cuadrados concéntricos (de menor a mayor: negro, amarillo, negro y amarillo). Los ángulos del más grande habían sido sustituidos por sendas esvásticas o cruces gamadas, también en negro. Las empuñaduras las formaban dos correas: una para el brazo y la otra para la mano.

Pero, lo que sin duda me fascinó de aquel equipo de combate fue la lanza. Aquel pilum debía medir algo más de dos metros, de los cuales, al menos la mitad correspondía al hierro y el resto al fuste. Éste, de una madera muy liviana, no tenía un diámetro superior a los 30 milímetros. El asta había sido empotrada en el hierro. En la zona media del arma observé un refuerzo cilíndrico, muy breve, que servía de empuñadura y, posiblemente, para regular el centro de gravedad de la jabalina. Conforme fui conociendo la vida y organización de aquel ejército comprendí cómo y por qué había llegado tan lejos en sus conquistas...

El legionario captó mi mirada —absorta en el acero reluciente de la punta de flecha en que terminaba su lanza— y, con una sonrisa maliciosa, inclinó el pilum hasta que el afilado extremo quedó a un palmo de mi pecho. José se asustó. Por un instante traté de imaginar qué habría sucedido si el soldado hubiera intentado clavarme el arma. Probablemente, el susto del centinela, al ver que su pilum se quebraba o que no penetraba en mi torso, hubiera sido mayor que el mío. La «piel de serpiente» que cubría mi cuerpo estaba perfectamente diseñada para resistir un embate de ese tipo.

Lejos de echarme atrás o de mostrar inquietud, correspondí a la sonrisa del legionario con otra más intensa, dándole a entender que sabía que se trataba de una broma.

Aquel gesto, que el soldado interpretó como un rasgo de valor, y que me valió su respeto, iba a resultarme —sin yo proponérmelo— de suma utilidad durante el prendimiento del Galileo en la noche del día siguiente.

En ese momento, el centinela que había acudido al interior de la fortaleza, reclamó nuestra presencia desde el portalón de la torre. José y yo salvamos los diez o quince metros de terreno baldío que separaba el muro o parapeto exterior de piedra de un profundo foso, de 50 codos (22,50 metros), excavado por Herodes cuando mandó reedificar una antigua fortaleza de los macabeos y a la que dio el mencionado título de Antonia, en honor de Marco Antonio. Este foso, seco en aquella época, rodeaba la residencia del procurador romano en todo su perímetro, excepción hecha de la cara sur que, como ya expliqué, se hallaba adosada al muro norte del Templo. Sus cimientos eran una gigantesca peña, alisada íntegramente en su cima y costados. Herodes, en previsión de posibles ataques, había cubierto estos últimos con enormes planchas de hierro, de forma que el acceso por los mismos resultase impracticable. Y sobre esta sólida base se levantaba un magnífico baluarte, construido con grandes piedras rectangulares. Allí tendrían lugar los sucesivos interrogatorios de Pilato a Jesús, así como el salvaje castigo de la flagelación.

Al cruzar el puente levadizo —de unos cinco metros de longitud y construido a base de gruesos troncos sobre los que se había fijado una espesa cubierta de metal— no pude resistir la tentación de levantar la mirada. La pétrea fachada gris-azulada, de cuarenta codos de altura, se hallaba dividida en dos secciones simétricas y perfectamente almenadas. Cada uno de estos bloques, de unos cincuenta metros de longitud, presentaba tres hileras de ventanas (las correspondientes a la primera planta en forma de troneras). Y en el centro, entre las dos alas que formaban la fachada, una especie de terraza o mirador, de unos veinte metros, con los prismas de la almena algo más pequeños que los de las zonas superiores. Los cuatro ángulos del «castillo» habían sido reforzados por otras tantas torres, igualmente fortificadas. Yo conocía por Flavio Josefo las dimensiones de las mismas (1), pero, al contemplarlas a tan corta distancia, se me antojaron mucho más airosas.

En la boca del túnel que constituía la entrada principal a la fortaleza nos aguardaban el centinela que habíamos encontrado junto al muro exterior y un oficial.

Al descubrir en su mano derecha un bastón de madera de vid comprendí que me hallaba ante un centurión. Su estatura era algo superior a la media normal de los legionarios, pero quizá se debía al penacho de plumas rojas que adornaba su casco.

Tras saludarle, José se identificó ante el jefe de centuria, manifestándole que era amigo del procurador y que había sido concertada una audiencia para aquella mañana. El centurión —también en griego— correspondió al saludo y me rogó que me identificara. Después, dirigiéndose a uno de los soldados que montaba guardia a la puerta de una estancia situada a la derecha del túnel, le pidió algo. El legionario se apresuró a entrar en lo que debía ser el «cuarto de guardia» y regresó al momento con una tablilla encerada. En aquella especie de «pizarra» habían sido escritos algunos nombres. Del ángulo superior izquierdo del marco de la tablilla colgaba una corta y manoseada cuerda a la que había sido atado un clavo de bronce de unos ocho centímetros de longitud y que, a juzgar por los trazos de la superficie encerada, hacía las veces de buril o «stylo».

El centurión leyó el contenido y devolvió la tablilla al legionario, que desapareció nuevamente en el interior de la sala. Para entonces, varios de los soldados que formaban la «excubiae» o guardia de día en aquel sector de la fortaleza —y que descansaban en uno de los bancos de madera del interior del cuarto— se habían asomado a la puerta, observándonos con curiosidad.

(1) En su obra *Guerra de los Judíos* (libro Sexto), Josefo asegura que tres de las torres tenían 50 codos (22,50 metros), y la cuarta —la que se hallaba adosada al templo— 70 codos (31,50 metros). Estos datos se aproximan bastante a nuestras mediciones desde el módulo. *(N. del m.)*

—¿Qué contiene esa jarra? —preguntó de improviso el centurión.

Gracias al cielo, José se adelantó:

—Es vino de las bodegas subterráneas de Gabaón... Sé que al procurador le gusta...

—Tendrán que abrirla —repuso el oficial, al tiempo que hacía una señal a uno de los soldados que contemplaba la escena.

Crucé una rápida mirada con José y éste, sin inmutarse, tomó el ánfora, retirando la tapa de barro que la cerraba. El legionario se hizo cargo del recipiente, llenando un cacillo de latón. Después de oler el contenido se llevó el rosado líquido a los labios, bebiendo.

El centurión dio por buena la comprobación y nos rogó que entregáramos las armas. El de Arimatea le explicó que éramos hombres de paz y que no portábamos espada. Pero el oficial, sin prestar demasiada atención a las palabras del anciano, ordenó a dos de los centinelas que registraran nuestro atuendo. Después de palpar costados, cintura, pecho y brazos, los legionarios movieron negativamente sus cabezas. En ese instante, el concienzudo oficial se fijó en mi vara.

—Deberás dejarla al cuidado de la guardia —me dijo.

Y antes de que pudiera reaccionar, otro de los romanos me arrebató la «vara de Moisés». El corazón me dio un vuelco. Aquello no estaba previsto. Y aunque el cilindro de madera había sido acondicionado para soportar los más violentos vaivenes y encontronazos, el solo pensamiento de que pudiera ser dañado o extraviado me sumió en una profunda inquietud. Aquello, además, significaba no poder filmar la entrevista con Poncio Pilato.

Por otra parte, saltaba a la vista que el centurión no estaba dispuesto a dejarme pasar con el cayado. Si verdaderamente quería llevar adelante el proyecto de Caballo de Troya tenía que resignarme y confiar en la fortuna. Guardé silencio, tratando de no conceder demasiada importancia a mi vara. Lo contrario hubiera despertado recelos y suspicacias nada deseables en aquella irrepetible oportunidad.

El centurión hizo entonces una señal con su mano, indicándonos que le siguiéramos.

Salimos del túnel abovedado y nos encontramos en un espacioso patio cuadrangular —a cielo abierto— de unos cincuenta metros de lado y pavimentado con losas de caliza dura de un metro cuadrado cada una. Un sinfín de puertas, coronadas por dinteles de madera —formando arcos de medio punto— se alineaban en los laterales, bajo otros tantos pórticos sustentados por columnatas. Aquella fortaleza, como pude verificar conforme fui adentrándome en ella, había sido edificada con todo esmero.

Por aquel gran patio, al que desembocaban los dormitorios, las caballerizas y algunos almacenes, iban y venían numerosos legionarios. Muchos de ellos —libres de servicio— vestían tan sólo la corta túnica granate de lana, ceñida por un cinturón muy liviano.

El centurión que nos guiaba cruzó por el centro del patio, rodeando una fuente circular sobre cuyo centro se erigía una hermosa representación, también en piedra y a tamaño natural, de la diosa Roma. La estatua vestía una túnica con múltiples pliegues, dejando al descubierto el pecho derecho de la diosa. En la diestra sujetaba una lanza y sobre la mano izquierda sostenía una esfera de la que brotaba un chorro de agua. Ésta iba almacenándose en el estanque circular que constituía la parte baja de la fuente. Varios soldados de la caballería romana se hallaban lavando y cepillando media docena de caballos. A diferencia de los infantes, los jinetes vestían una chaquetilla morada de manga larga y un pantalón rojo, muy ajustado, que se prolongaba hasta la espinilla.

Al contrario de lo que ocurre, por ejemplo, con nuestros ejércitos occidentales, ninguno de aquellos soldados se cuadró o saludó al paso del centurión. Éste, siempre, con su «uitis» o vara de sarmiento en su mano derecha y recogiéndose la holgada toga o capa de color púrpura sobre el brazo izquierdo, proseguía su camino hacia el fondo del patio.

A derecha e izquierda, y especialmente bajo los pórticos, otros legionarios atendían a la limpieza de sus armas o sandalias. En una de las esquinas, un concurrido grupo de soldados formaba corro en torno a algo que ocurría sobre el pavimento. A pesar de mi curiosidad no pude aproximarme. El oficial, que no volvió la cabeza ni una sola vez, seguía a buen paso hacia las escalinatas que se divisaban ya en la zona este del patio.

Antes de abandonar aquel recinto me llamó la atención otra escena. A nuestra derecha, e inmóvil sobre el enlosado, uno de los legionarios cargaba sobre su nuca y hombros un pesado saco. La carga obligaba al infante a mantener el tronco y la cabeza ligeramente inclinados hacia el suelo. Junto a él, otro legionario —con su vestimenta y armas reglamentarias— no perdía de vista al compañero. A mi regreso de la entrevista con el procurador romano iba a tener cumplida explicación de todo aquello...

Nada más pisar la pulida escalinata de mármol blanco, que arrancaba del filo mismo del patio, intuí que nos adentrábamos en la parte noble del edificio. Aquellas escaleras —de escasa pendiente— nos situaron en una especie de vestíbulo rectangular, todo él revestido de finísimos mármoles que —a juzgar por los sutiles veteados grises y azulados— debían haber sido importados por Herodes el Grande desde Chipre y Carrara.

Frente a la escalinata que conducía a aquella primera planta de la torre Antonia se abría una puerta doble de casi cinco metros de anchura, primorosamente labrada con palmeras, flores y querubines de entalladura. Allí se veía, una vez más, la mano de los artesanos y constructores fenicios que, posiblemente, se encargaron de la construcción de la fortaleza.

A ambos lados de la puerta montaban guardia sendos infantes, cruzando sus pilum en forma de aspa. El centurión se dirigió a uno de ellos, advirtiéndole —supongo— que estábamos en la lista de las audiencias de Poncio Pilato. Segundos después daba media vuelta, y tras levantar su brazo en señal de saludo, desapareció escalinatas abajo.

Evidentemente teníamos que esperar.

José se dirigió entonces a uno de los laterales del *hall*, sentándose en una de las sillas en forma de X, sin respaldo y con asiento de cuero, situada sobre una esponjosa alfombra babilónica. A su espalda, por dos espigadas y desnudas ventanas, entraba la claridad y la fría brisa del norte.

Procuré imitar a mi acompañante, mientras intentaba fijar en mi memoria los detalles más sobresalientes de aquella estancia. A ambos lados de la puerta se alineaban cuatro grandes esculturas (dos en cada uno de los paños). Las más próximas a los centinelas eran sendos bustos, en mármol igualmente blanco. Las otras sí pude reconocerlas: se trataba de una réplica de las amazonas que se guardan actualmente en el Museo Capitolino de Roma.

Los bustos, en cambio, me resultaron irreconocibles. Y sin poder contener mi curiosidad, pregunté a José por el significado de aquellas cabezas, sostenidas sobre magníficos pedestales cilíndricos.

El de Arimatea hizo un gesto de disgusto. Y casi a regañadientes me explicó que eran los bustos del César. Uno, situado a la izquierda de la puerta, representaba a Tiberio adolescente. El otro, al Emperador en la actualidad.

—... Esas estatuas —continuó José— fueron motivo, hace ya algunos años, de grandes lamentos y dolor para mi pueblo.

Nada más llegar a Judea, Poncio Pilato —según el testimonio del anciano— situó dichas imágenes en Jerusalén, aprovechando la oscuridad de la noche. El pueblo judío no aceptaba la presencia de imágenes —ni siquiera las del Emperador romano— y aquello provocó una revuelta. Miles de hebreos acudieron a Cesarea, la capital de los invasores, suplicándole al procurador que retirara las estatuas y que respetase así la tradición y las creencias de la nación judía. Pero Pilato no prestó atención, negándose a quitar las imágenes de Tiberio. Durante cinco días y cinco noches, los judíos permanecieron en torno a la casa del procurador. En vista de la situación, Poncio convocó a la multitud y, cuando todos creían que el gobernador romano se disponía a ceder, las tropas rodearon a los hebreos. El procurador les advirtió entonces que, si no recibían las imágenes, aquellos tres escuadrones les despedazarían. Y a una orden de Pilato, los legionarios desenvainaron sus espadas. La muchedumbre, desconcertada, se echó rostro en tierra, gimiendo y gritando que preferían morir a ver profanada su ciudad santa. Pilato, conmovido y maravillado por esa actitud, terminó por consentir, ordenando que los bustos del César fueran retirados de Jerusalén y trasladados al interior del cuartel general romano: la torre Antonia.

Sin poder evitarlo, me levanté del asiento y, pausadamente, me acerqué al primer busto. Pero aquel rostro aniñado, con un flequillo perfectamente recortado sobre la frente, no me dijo nada. Y me dirigí entonces a la segunda efigie. Al pasar frente a los legionarios, ambos me siguieron con la mirada.

Aquel segundo busto representaba a un Tiberio adulto, de unos cincuenta años (el Emperador fue designado César en el año 14 de nuestra Era, cuando contaba 55 años de edad), pero sumamente favorecido. En mi adiestramiento previo a esta misión, y de cara, sobre todo, a la entrevista que estaba a punto de celebrar con Poncio Pilato, yo había recibido una exhaustiva información sobre la figura y la personalidad de Tiberio (1). Allí —siguiendo lógicamente las

(1) Mi documentación sobre Tiberio se basó fundamentalmente en cuatro fuentes básicas: los «Anales» de Tácito, el libro de «Los Doce Césares» de Suetonio y las «Historias de Roma» de Dión Casio y Veleio Patérculo. A

pautas de los artistas de la época, que ocultaban los defectos de las personas a quienes inmortalizaban en piedra o bronce— no aparecían las múltiples úlceras que cubrían su rostro, ni su calvicie, ni tampoco la ligera desviación hacia la derecha de su nariz o el defecto de su oreja izquierda, más despegada que la del otro lado. (Estos dos últimos defectos aparecen con claridad en el llamado busto de Mahón, realizado cuando Tiberio no era aún Emperador.)

Sí se observaba, en cambio, una boca caída, consecuencia de la pérdida de los dientes.

Excepción hecha de estas «concesiones», el artista sí había plasmado con exactitud la cabeza de aquel polémico e introvertido César: un rostro triangular, de frente ancha y barbilla puntiaguda y breve. En su conjunto, aquel busto emanaba el aire filántropo, resentido y huidizo que caracterizó a Tiberio y que iba a jugar un papel decisivo en la voluntad de su procurador en la Judea a la hora de salvar o condenar a Jesús de Nazaret. (Pero dejemos que sean los propios acontecimientos los que hablen por sí mismos.)

De pronto se abrió la gran puerta. José, como yo, acudió presuroso hasta el umbral. Como si hubiera actuado sobre ellos un resorte mecánico, los soldados retiraron sus lanzas, dejando paso a un individuo que vestía la toga romana de los plebeyos. Apenas si tuve tiempo de fijarme en él. Al otro lado, un centurión sostenía la hoja de la puerta. En su mano izquierda sostenía una tablilla encerada, idéntica a la que había visto en el puesto de guardia. Pronunció nuestros nombres y, con una sonrisa, nos invitó a entrar.

Aquel salón, más amplio que el vestíbulo, me dejó perplejo. Era ovalado y con las paredes totalmente forradas de cedro. El piso, de madera de ciprés, crujió bajo nuestros pies mientras nos aproximábamos —siempre en compañía del oficial— al extremo de la sala donde aguardaba un hombre de baja estatura: Poncio Pilato.

Al vernos, el procurador se levantó de su asiento, saludándonos con el brazo en alto, tal y como siglos más tarde lo harían los alemanes de Hitler. Al llegar junto a la mesa, José hizo una ligera inclinación de cabeza, procediendo después a presentarme. Instintivamente repetí aquella ligera reverencia, sintiendo cómo el gobernador de la Judea me perforaba con sus ojos azules y «saltones» (1). Poncio volvió a sentarse y nos invitó a que hiciéramos lo mismo. El centurión, en cambio, permaneció en pie y a un lado de aquella sencilla pero costosa mesa de tablero de cedro y pies de marfil. No llevaba casco, pero sí portaba sus armas reglamentarias: espada en su costado izquierdo (al revés que la tropa), un puñal y,

---

esta bibliografía sobre la vida pública y privada de Tiberio hubo que añadir un sinfín de documentos, datos y libros de F. Josefo, Filón, Juvenal, Ovidio, de los Plinios, Séneca, Henting, Bernouilli, Barbagallo, Baring-Gould, Ferrero, Marsh, Ciaceri, Mommsen, Marañón, Homo, Pippidt, Axel Munthe, Ramsay, Tarber, Tuxen y un largo etc. *(N. del m.)*

(1) Para cualquier médico, aquellos ojos «saltones», así como el conjunto de las restantes características de Pilato —obesidad, escasa estatura, hinchazón de la cara, etc.— le hubieran hecho sospechar una alteración de la glándula tiroides (posiblemente un hipertiroidismo). *(N. del m.)*

por supuesto, la cota de mallas. Su atuendo era muy similar al de los legionarios, a excepción de su capa y del casco.

Mientras el anciano de Arimatea le hablaba en griego, ofreciéndole el ánfora de vino, Pilato —que no me quitaba ojo de encima— tuvo que notar que la curiosidad era mutua. Sinceramente, la imagen que yo había podido concebir de aquel hombre distaba mucho de la realidad. Su escasa talla —quizá 1,50 metros— me desconcertó. Era grueso, con un vientre prominente, que el procurador intentaba disimular bajo los pliegues de una toga de seda de un difuminado color violáceo y que caía desde su hombro izquierdo, envolviendo y fajando el abdomen y parte del tórax. Bajo este manto, Poncio lucía una túnica blanca hasta los tobillos, igualmente de seda y con delicados brocados de oro a todo lo largo de un cuello corto y grueso.

Desde el primer momento me sorprendió su cabello. No podría asegurarlo pero casi estoy seguro que había recurrido a un postizo para ocultar su calvicie. La disposición del pelo —cayendo exagerada y estudiadamente sobre la frente— y el claro contraste con los largos cabellos que colgaban sobre la nuca en forma de «crines», delataban la existencia de una peluca rubia. (Poco a poco, conforme fui conociendo al procurador, observé un afán casi enfermizo por imitar en todo a su Emperador. Y el postizo parecía ser otra prueba. La calvicie —según todos los historiadores— era una de las características de los «claudios». Tiberio había perdido el cabello desde su lejana juventud, utilizando al parecer pelucas rubias, confeccionadas —según Ovidio— con las matas de pelo de las esclavas y prisioneras de los pueblos bárbaros. Otros emperadores, como Julio César y Calígula, presentaban esta enfermedad. Séneca describe magistralmente el grave complejo de Calígula como consecuencia de su calvicie: «Mirarle a la cabeza —dice el español— era un crimen...»

Por supuesto, y curándome en salud, procuré mirar lo menos posible hacia el postizo de Pilato...

Una caries galopante había diezmado su dentadura, salpicándola de puntos negros que hacían aún más desagradable aquel rostro blanco, hinchado y redondo como un escudo. Poncio, consciente de este problema, había tratado de remediar su malparada dentadura, haciéndose colocar dos dientes de oro en la mandíbula superior y otro en la inferior. Aquellas prótesis, además, denunciaban su privilegiada situación económica. Pilato lo sabía y observé que —aunque no hubiera motivo para ello— le encantaba sonreír y enseñar «sus poderes» (1).

A pesar de su apuradísimo rasurado y del perfume que utilizaba, su aspecto, en general, resultaba poco agradable. También —creo yo— la descripción física de Poncio Pilato encajaba con la clasificación tipológica que había hecho Ernest Kretschmer. Al menos, desde un punto de vista externo, coincidía con el llamado tipo «pícnico». Pero lo que realmente me interesaba era su forma de ser. Era

(1) En contra de lo que han llegado a opinar algunos investigadores, el procurador Poncio Pilato no fue jamás un esclavo liberto. Procedía de una familia nobilísima y muy antigua, entroncada desde cuatro siglos antes de

vital poder bucear en su espíritu, a fin de entender mejor sus motivaciones y sacar algún tipo de conclusión sobre su comportamiento en aquella mañana del viernes, 7 de abril.

El procurador agradeció el obsequio de José y, cayendo sobre mí, me preguntó entre risitas:

—¿Y cómo sigue el «viejecito»?

Yo sabía que el carácter áspero y la extrema seriedad de Tiberio —ya desde su juventud— le habían valido este apelativo. Y traté de responder sin perder la calma:

—En mi viaje hacia esta provincia oriental he tenido el honor de verle en su retiro de la isla de Capri. Su salud sigue deteriorándose tan rápidamente como su humor...

—¡Ah! —exclamó el procurador, simulando no conocer la noticia—. Pero, ¿es que ha vuelto a Capri?

Aquello terminó de alertarme. Pilato, con aquellas y las siguientes preguntas, trataba de averiguar si yo formaba parte del grupo de astrólogos que rodeaba a Tiberio y que Juvenal (años más tarde) calificaría irónicamente como «rebaño caldeo». La suerte estaba echada. Así que procuré seguirle la corriente...

Cristo con el «orden ecuestre» romano. Un antepasado suyo, Poncio Cominio, tomó parte en la guerra de Camilo contra los galos. Con gran arrojo, este antepasado de Pilato consiguió penetrar en Roma escondido en una barquichuela de cortezas de árbol. El origen de Cominio, como nos señala su propio nombre, era samnita. Doscientos años más tarde surgen en la Historia de Roma otros dos «Poncios» famosos: Cayo Poncio Telesino y su padre, Cayo Poncio Herenio, amigo de Platón. La familia de Poncio Pilato, según todos los historiadores, se dividía en cuatro grandes «ramas»: los telesinos, los cominianos, los fregelanos y los anfidianos. Todos ellos tomaban el nombre del lugar de procedencia de su familia. La «rama» más distinguida y noble fue, sin duda, la de los telesinos, de la que procedía Cayo Herenio, lugarteniente de Mario en la guerra de España, en tiempos de Sila. Pero más famoso fue aún Poncio Telesino, que puso a Sila en grandísimo aprieto y cuya muerte fue, para Mario, la señal de su derrota. Desde entonces, los Poncio Telesinos desaparecen de la historia de Roma, aunque dos importantes poetas —Marcial y Juvenal— hablan de ellos. Uno para mal y el segundo, que los tenía en gran aprecio, para bien. Es difícil precisar a cuáles de las dos «ramas» importantes pudo pertenecer Poncio Pilato, aunque todo hace suponer —dado su rango y cargo— que a la de los «telesinos». «Pilato» no era otra cosa que un sobrenombre o apodo, como ocurría con otros personajes ilustres: Cicerón, Torcuato, Corvino, etc. Significaba «hombre de lanza», y presumiblemente tenía relación con algún importante hecho de armas ocurrido en la familia de los Poncio. En la guerra civil de César y Pompeyo, por ejemplo, los Poncio fueron partidarios del primero, contándose de ellos algunos rasgos heroicos que les valieron una gran amistad con César. Otros miembros de la familia, sin embargo, permanecieron fieles a la República, como fue el caso de Lucio Poncio Aquila, amigo de Cicerón. En tiempos de Tiberio aparecen los «fasces» consulares en manos de un tal Cayo Poncio Nigrino y en los bancos del Senado tenemos a otro Poncio Fregelano, caído más tarde en desgracia al unirse al temido general Sejano. Pero ninguna de estas circunstancias hizo perder prestigio a la familia de los Poncio. Y bajo el imperio de Nerón encontramos a otro Poncio Telesino ejerciendo el Consulado con Suetonio Paulino.

Poncio «Pilato» pertenecía, en resumen, al «orden ecuestre» romano; es decir, a la nobleza de segundo grado. *(N. del m.)*

Como medida precautoria, Caballo de Troya había establecido que, mientras durase mi reunión con Pilato, la conexión auditiva con el módulo fuera prácticamente permanente. La información auxiliar de Santa Claus, nuestro ordenador, podía resultar de gran utilidad. De ahí que, durante toda la entrevista, yo permaneciese con la mano derecha pegada a mi oreja, simulando dificultad para oír a mi interlocutor. En realidad, como ya expliqué, esta argucia permitía que las voces de los allí reunidos pudieran llegar con nitidez hasta Eliseo...

—Comprendo que las noticias te lleguen con demora —fingí—, y que aún no estés informado del retiro voluntario del Emperador en Capri. Allí permanece en la actualidad en compañía de su amigo y maestro de astrólogos, el gran Trasilo.

Poncio no se daba por vencido. Aquella delicada situación parecía divertirle.

—Entonces —repuso el procurador sin abandonar aquella falsa sonrisa— habrá llevado consigo a su médico personal, Musa...

La nueva trampa de Pilato tampoco dio fruto. Yo sabía que Antonio Musa había sido el galeno de su antecesor, Augusto. Pero, ¿cómo podía rectificar al supremo jefe de las fuerzas romanas en la Judea sin herir su retorcido ánimo?

—No, procurador. Sé que Tiberio admiró los cuidados de Musa para con su padrastro, pero el Emperador ha preferido llevarse al no menos prudente y eminente Charicles. Según mis noticias, Tiberio le llama de vez en cuando a cualquiera de las doce villas de Capri donde habita.

Pilato empezó a juguetear con el pequeño falo de marfil que colgaba de su cuello. Aquel adorno —tan corriente en la Roma imperial— vino a demostrarme algo que ya sospechaba: aquel romano era profundamente supersticioso. La presencia de falos en todo tipo de adornos, collares, anillos, muebles, pinturas, etc. estaba motivada por el afán de los ciudadanos romanos de atraer a la fortuna y evitar la desgracia (1).

—Sí —murmuró con un cierto desprecio en sus palabras—, Tiberio siempre ha sido un hombre enfermizo... Y todos padecemos a veces su irritabilidad. Supongo, Jasón, que su debilidad será cada vez mayor...

(1) La profusión de falos en aquellos tiempos llegó a tales extremos que podían encontrarse en las puertas de las casas o de los dormitorios. Cuando eran situados en los jardines y en los campos debían proteger contra las sombras nocivas. Si los situaban en las encrucijadas, el falo señalaba al caminante el rumbo adecuado. También pendían de los carros victoriosos de los emperadores («fascinus») y de los cuellos de las mujeres embarazadas que deseaban un parto fácil. Los romanos llegaron a creer que su poder aumentaba si daban al falo una forma de animal dotado de garras o alas. También han sido encontrados badajos con forma fálica. La superstición romana creía que, de esta forma, el sonido de las campanas ahuyentaba los embrujos y todo tipo de seres fantasmales. Sólo cuando el Imperio decayó, degradándose sus costumbres, el falo se convertiría en un símbolo de placer. Mientras en los primeros tiempos de Roma, las jóvenes desposadas ofrecían su virginidad al Hermes príapo, como muestra de sus devotas intenciones, más tarde, el falo del dios sirvió de consolador a muchas mujeres viciosas. *(N. del m.)*

En aquellos comentarios había parte de verdad. Pero, entre esas verdades a medias, también se ocultaban nuevos ataques a mi profesionalidad como supuesto astrólogo y, en definitiva, a mi conocimiento del César.

—Puedo asegurarte —repuse— que Tiberio conserva toda su fuerza. Es capaz, como tú muy bien sabes, de perforar una manzana verde con el dedo. Su senectud (Tiberio contaba en el año 30 unos 73 años) no ha disminuido su fuerza, aunque sí su vista... Y en algo sí estoy de acuerdo con tu sabia opinión. El Emperador es un hombre atormentado por su destino. No supo elevarse por encima de las adversas circunstancias del divorcio que le impuso Augusto. Jamás olvidará a su gran amor: Vipsania. Esto, el carácter posesivo y la ambición de su madre, Livia, y esas repulsivas úlceras que afean su rostro han terminado por transformarle en un hombre tímido, resentido y huidizo.

(En ese instante intervino Eliseo, comunicándome que, según Plinio el Viejo, en su *Historia Natural* especifica que Tiberio era uno de los hombres con mejor vista del mundo. Era capaz de ver en las tinieblas —como las lechuzas—, aunque durante el día sufría de miopía. Ésta fue —según Dión *(Historia de Roma)*— una de las razones que alegó para no aceptar el imperio.)

—... Tímido, resentido, huidizo y cruel —remató Pilato con gesto grave, al tiempo que cruzaba una mirada con su centurión.

En mi opinión, el procurador se daba por satisfecho con mi «representación». Desde ese momento, sus preguntas y comentarios no fueron ya tan venenosos. Sin embargo, aquellas afirmaciones habían empezado a arrojar luz sobre el comportamiento de Poncio respecto al Emperador y, especialmente, a su criterio personal en relación con Tiberio y sus acciones. Por un lado, como tuve oportunidad de verificar, Poncio Pilato gustaba de imitar a su César. Por otro, le odiaba y temía con la misma intensidad. Aquellos últimos años de Tiberio, desde poco antes de su retiro a Capri, fueron de auténtico terror. Suetonio lo describe, asegurando que «el furor de las denuncias que se desencadenó bajo Tiberio, más que todas las guerras civiles, agotó al país en plena paz».

Se espiaban todos y todo podía ser motivo de secreta delación al César. El carácter desconfiado de Tiberio alimentó —y no poco— esta oleada de denuncias. Y cuando algún hombre valeroso —como fue Calpurnio Pisón— levantaba su voz, protestando por esta situación, el César se encargaba de aniquilarlo. Tiberio veía traidores y traiciones hasta en sus más íntimos amigos y colaboradores. El terror tiberiano llegó a tales extremos que, según cuenta Suetonio, «se espiaba hasta una palabra escapada en un momento de embriaguez y hasta la broma más inocente podía constituir un pretexto para denunciar».

Esta gravísima situación —de enorme trascendencia, en mi opinión, a la hora de juzgar el comportamiento de Pilato con Jesús de Nazaret— queda perfectamente dibujada con el suceso protagonizado por Paulo, un pretor que asistía a una comida. Séneca lo cuenta en su obra *La Beneficencia*: El tal Paulo llevaba una sortija con un camafeo en el que estaba grabado el retrato de Tiberio César. Pues bien, el bueno de Paulo, apremiado por una necesidad fisiológica, cometió la imprudencia de coger un orinal con dicha mano. El hecho fue observado por un tal Maro, uno de los más conocidos delatores del momento. Pero un esclavo de Paulo advirtió que el delator espiaba a su amo y, rápidamente, aprovechándose de la embriaguez de éste, le quitó el anillo del dedo en el momento mismo en que Maro tomaba a los comensales como testigos de la injuria que iba a hacerse al emperador, acercando su efigie al orinal. En ese instante, el esclavo abrió su mano y enseñó el anillo. Aquello salvó al descuidado Paulo de una muerte segura y de la pérdida total de sus bienes que —según la «ley» de Tiberio— iban a parar siempre a manos del delator. Esto y los viejos odios eran las causas más comunes en todas las delaciones.

Poncio Pilato, naturalmente, conocía estos hechos y temía —como cualquier otro ciudadano de Roma— ser el blanco de los muchos delatores profesionales o aficionados que pululaban entonces. En el escaso tiempo que permanecí cerca de él intuí que Pilato no era exactamente un cobarde. El hecho de representar al César en una provincia tan difícil y levantisca como Israel le presuponía ya, al menos teóricamente, como un hombre de cierto temple (1). Y, aunque fue un error político, bien que lo demostró negándose a retirar las imágenes del César situadas en Jerusalén, o apropiándose del tesoro del templo para la construcción de un acueducto. Creo, en honor a la verdad, que aquel procurador podía sentir —y así ocurriría el viernes— miedo de la situación que padecía en aquellos años el imperio, no de la verdad, cuando ésta surge limpia y directamente entre dos hombres. Pilato se presentaba ante mí como un hombre inestable emocionalmente, pero no como un cobarde, tal y como se ha pretendido siempre. (Éste, como veremos, más adelante, debería ser otro concepto a revisar, en especial por la Iglesia Católica.)

—Tímido, resentido, huidizo y cruel —repitió el procurador, sumido en pensamientos inescrutables.

El silencio cayó como un fardo sobre la estancia. José, que parecía no dar crédito a cuanto llevaba escuchado, se removió nervioso en su silla de cuero.

Aquel mismo y violento silencio debió sacar a Pilato de las profundidades de su mente y, adoptando un tono más conciliador, preguntó de nuevo:

—Pero, cuéntame, Jasón: ¿a qué se dedica ahora el emperador...? ¿Qué hace...?

—Como ya te he comentado, entiendo que Tiberio ha escapado de Roma..., huyendo de sí mismo.

Intencionadamente hice una pausa. Los ojos de Poncio chispearon. Y asintió con la cabeza...

—... Su mortal enemigo —proseguí— es su resentimiento o su

(1) Filón escribe sobre Pilato: «De carácter inflexible y duro, sin ninguna consideración.» Según el escritor de Alejandría, la procuraduría de Poncio se caracterizaba por su «corruptibilidad, robos, violencias, ofensas, brutalidades, condenas continuas sin proceso previo y una crueldad sin límites». *(N. del m.)*

falta de generosidad. Y los astros —deslicé con toda intención—, anuncian hechos que conmoverán al Imperio. Ahora se dedica a pasear en solitario, como siempre, por los abruptos acantilados de Capri. No habla con nadie, a excepción de sus astrólogos y puedo asegurarte que su desconfianza e inestabilidad senil son tales que, incluso, está asesinando a mis compañeros.

—¿Está matando a sus astrólogos? —me interrumpió el gobernador con un rictus de incredulidad. Aquella noticia, al parecer, no había llegado aún a la remota Palestina. Y procuré aprovecharlo.

—Así es, procurador. Su demencia está comprometiendo a cuantos le conocen. Cada tarde, Tiberio recibe a un astrólogo. Lo hace en la más alta de las doce villas que mandó construir en la isla y que, como sabes, están dedicadas a otros doce dioses. Pues bien, si el emperador cree que el astrólogo de turno no le ha dicho la verdad en sus presagios, ordena al robusto esclavo que le acompaña que, a su regreso del palacio, arroje al caldeo por los acantilados...

Pilato sonrió maliciosamente y, señalándome con su dedo índice, preguntó sin rodeos:

—¿Y tú...? ¿Cómo es que sigues con vida?

—Procuré seguir los consejos de mi maestro, Trasilo, y los que me dictó mi propio corazón. Es decir, la dije la verdad al Emperador...

(Eliseo me transmitió entonces el texto de una leyenda que circuló en aquella época y que —de ser cierta— pone de manifiesto la ya citada dureza de carácter de Tiberio. «Cuando Trasilo fue llamado por el César para que le anunciara su porvenir, aquél, palideciendo, le advirtió valerosamente que le amenazaba un gran peligro. Tiberio, confortado con su lealtad, le besó, tomándole como el primero de sus astrólogos.»)

Pilato no pudo contener su curiosidad y estalló:

—¿Y cuáles son esos hechos que —según tú— conmoverán a todo el Imperio?

—Hemos leído en los astros y éstos auguran un gravísimo suceso, que afectará, sobre todo, al Emperador...

Yo gozaba en aquellos momentos de la enorme ventaja de conocer la Historia. Estábamos en el año 30 y procuré centrar mis «predicciones» en el futuro inmediato.

—¡Sigue!, ¡sigue...! —me apremió Poncio, empujándome simbólicamente con sus manos cortas y regordetas, entre cuyos dedos sonrosados destacaba el sello de ónice de su procuraduría.

—Sejano...

Al oír aquel nombre, pronunciado por mí con una bien estudiada teatralidad, el procurador palideció. En aquel tiempo —y especialmente desde que el César se había retirado a Capri (año 26 d. J. C.)—, Aelio Sejano, comandante en jefe de las fuerzas pretorianas de Roma y hombre de confianza de Tiberio, era el auténtico «emperador». La mal disimulada ambición de este general y su influencia sobre Tiberio le habían convertido en un segundo horror para los ciudadanos del Imperio. Su poder era tal que su imagen llegó a figurar, junto a la del César, en los puestos de honor de la ciudad, en las insignias de las legiones y hasta en las monedas (1). Sus verdaderas intenciones —llegar a sustituir a Tiberio en el Imperio— le condujeron a todo tipo de desmanes, intrigas y asesinatos. Intentó, incluso, casarse con una de las nietas de Tiberio (posiblemente con Julia Livila, hija de Germánico), pero el César le dio largas, truncando así las esperanzas de Sejano de borrar el origen oscuro y humilde de su cuna. Hombre frío y calculador, el lugarteniente de Tiberio fue eliminando a los posibles sucesores del Emperador, iniciando una brutal ofensiva contra Agripina (nieta de Augusto) y sus hijos (Nerón I, Druso III, Caio —más conocido por Calígula—, Agripina II, Drusila y Julia Livila). Estos ataques de Sejano empezaron por dos prestigiosos representantes del partido de Agripina: Silio y Sabino. El suicidio del primero, gran militar, en el año 24 después de Cristo para no ser ejecutado, y el proceso y posterior asesinato del segundo (año 28 d. J. C.), sumieron a Roma y a sus provincias en la angustia. Tácito confirma estos hechos: «Jamás —dice— la consternación y el miedo reinaron como entonces en Roma.»

Poncio Pilato y el centurión que nos acompañaba sabían muy bien quién era Sejano y cuál su poder. La Historia, como ya cité, y muy especialmente la Iglesia Católica, deberían haber explicado al mundo —o, cuando menos, a los que se dicen creyentes— el funesto influjo que ejercía sobre todo el Imperio (precisamente en aquellos cruciales años) el primer ministro de Tiberio.

Sólo así —conociendo el férreo y despótico gobierno de Sejano y la no menos cruel actitud del César— puede empezar a intuirse por qué Pilato iba a «lavarse las manos» en el proceso contra el Maestro de Galilea. Todos los gobernadores romanos de provincias —y no digamos Poncio— sabían que sus cargos y vidas pendían de un simple hilo. El menor escándalo, murmuración o denuncia les llevaba irremisiblemente a la destitución, destierro o ejecución. Como veremos en su momento, el procurador romano en Israel —ante la amenaza de los judíos de acusarle ante el César de permitir que uno de aquellos hebreos se proclamase «rey»— prefirió doblegarse, evitando así un enfrentamiento con el implacable Sejano o con Tiberio, a cual más intransigente...

Estimo, por tanto, que dadas las circunstancias sociales, políticas y de gobierno de aquel año 30 en el Imperio, el acto de Pilato no fue de cobardía, sino de «diplomática prevención». Entre ambos términos, creo, hay una clara diferencia que —aunque no justifica la determinación del representante del César (o de Sejano en este caso)— sí ayuda a comprenderle mejor.

—¿Qué tiene que ver ése —preguntó Pilato en tono despectivo— con tus augurios?

Caballo de Troya había sopesado minuciosamente aquella entrevista mía con el procurador romano. Y aunque estaba previsto

(1) Caballo de Troya comprobó este extremo, encontrando, en efecto, la imagen de Sejano en monedas aparecidas en la ciudad española de Bilbilis (actual Calatayud, en la provincia de Zaragoza). Según Suetonio, algunas legiones estacionadas en Siria, no aceptaron esta glorificación de Sejano. Cuando cayó el «hombre fuerte», Tiberio las recompensó, a pesar de haber sido él mismo quien había ordenado esta glorificación de su lugarteniente. *(N. del m.)*

que intentara ganarme su confianza y amistad —de cara, sobre todo, a obtener una mayor facilidad de movimientos por el interior de la Torre Antonia en la mañana del viernes—, los hombres del general Curtiss habían estimado que no era recomendable advertir a Poncio Pilato de la trágica caída de Sejano en el año 31. Si el procurador llegaba a creer a pie juntillas esta «profecía» (que se cumpliría, en efecto, el 18 de octubre de dicho año), su miedo a Sejano podía desaparecer en parte, pudiendo cambiar así su decisión de ejecutar a Jesús. Esto, lógicamente, iba en contra de la más elemental ética del proyecto. Éramos simples observadores y cualquier maniobra que pudiese provocar una alteración de la Historia nos estaba rigurosamente prohibida.

Así que me limité a exponerle una parte de la verdad.

—Los astros se han mostrado propicios —le dije, adoptando un aire solemne— a Sejano. Su poder se verá incrementado por el nombramiento de cónsul... (1).

Pilato, tal y como suponía, concedió crédito a mis augurios. Al escuchar el «vaticinio» abandonó la mesa, situándose de cara al extenso ventanal que cerraba aquel arco del salón. Así permaneció durante algunos minutos, con las manos a la espalda y la cabeza ligeramente inclinada hacia adelante.

—Así que cónsul... —murmuró de pronto. Y sin volverse, me rogó que prosiguiera.

—Pero eso no es lo más grave —añadí, fijando mi mirada en la del centurión—. Los astros señalan una grave conjura contra el Emperador...

No pude seguir. Pilato se volvió, fulminándome con la vista.

—¿Lo sabe Tiberio?

—Mi maestro, Trasilo, se encargó de anunciárselo poco antes de mi partida de Capri.

—Bueno —recapacitó el procurador—, las cohortes de Siria están inquietas por culpa de Sejano... Pero no hace falta ser astrólogo para esperar que un día u otro...

—Es que los astros —le interrumpí utilizando toda mi capacidad de persuasión— han señalado un nombre...

Pilato no dijo nada. Recogió su larga túnica y se sentó muy lentamente, sin dejar de observarme.

Yo miré al centurión, simulando una cierta desconfianza por la presencia de aquel oficial, pero Poncio —captando mi actitud— se apresuró a tranquilizarme:

—No temas. Civilis es mi *primipilus* (2). Toda la legión está bajo

(1) Tiberio, en efecto, anunció el nombramiento de Sejano como cónsul en aquel mismo año 30. Pero, al parecer, las noticias necesitaban más de tres meses para llegar desde Roma hasta Palestina. La designación había sido prevista para el año siguiente (31), aunque el hombre «duro» del César moriría antes de ostentar dicho puesto. En aquellos momentos, Pilato ignoraba todo esto. De ahí su sorpresa. *(N. del m.)*

(2) Aquel centurión, según la definición utilizada por Pilato, era el «primero» de los 60 de que constaba una legión. En esta perfecta jerarquización del ejército romano, los llamados *primorum ordinum centuriones* o, abreviadamente, *primi ordines*, eran los centuriones de más alta categoría de una legión. El *primipilus*, o elegido en primer lugar de entre las sesenta centurias, participaba, incluso, en los consejos de guerra. *(N. del m.)*

su mando. Habla con entera libertad... Aquí —argumentó Poncio señalando el salón donde nos encontrábamos— no hay agujeros artificiosamente preparados, como ocurrió con el ingenuo Sabino... (1).

Fingí una absoluta confianza en las frases de mi interlocutor y proseguí.

—Sejano...

—¿Ese bastardo? —prorrumpió el procurador, soltando una sonora carcajada (2).

Y en uno de aquellos bruscos cambios de carácter, Pilato golpeó la mesa con su puño, haciendo saltar algunos de los pergaminos y papiros, perfectamente enrollados y apilados sobre una bandeja de madera. Algunos de aquellos documentos o cartas de piel de cabra, ternero o cordero —que los romanos llamaban «membrana»— rodaron por el tablero, cayendo a los pies del oficial. Éste se apresuró a recogerlos, mientras el procurador, nervioso y evidentemente confundido, se aferraba a su marfileño amuleto fálico.

—¿Estás seguro? —balbuceó Poncio.

Pero antes de que tuviera oportunidad de responderle, miró al centurión, interrogándole a su vez:

—¿Qué sabes tú?

El oficial negó con la cabeza, sin despegar siquiera los labios.

—Una conjura contra Tiberio...

Pilato hablaba en realidad consigo mismo. Se llevó los dedos a la cara, acariciándose el mentón en actitud reflexiva y, al fin, levantando los ojos hacia el techo, me preguntó como si acabara de pillarme en un error:

—A ver si lo he comprendido... La astrología dice que los dioses están de parte de Sejano... Pero tú acabas de anunciar también que prepara una conjura contra el César... Si eso fuera así, y puesto que dices que Tiberio está informado, ¿cómo es posible que el jefe de los pretorianos siga gozando de la confianza del Emperador? ¡Responde!

Pilato había vuelto a mirarme de frente. Y con una fiereza que hizo temblar a José de Arimatea.

Pero yo sostuve su mirada. Tal y como habíamos previsto, el procurador romano había mordido el anzuelo.

(1) El procurador estaba al tanto de las argucias empleadas por los colaboradores del temido Sejano para acusar a Tito Sabino, hombre leal a Agripina y ejecutado, como ya dije, en el año 28. Cuatro pretores que aspiraban al consulado planearon, con el fin de congraciarse ante Sejano, cómo capturar *in fraganti* a Sabino. Se trataba de Latino Laciano, Forcio Cato, Petelio Rufo y Opsio. El primero de ellos se fingió amigo y confidente del infeliz Sabino y excitó con sus críticas a Sejano y a Tiberio la profunda aversión que sentía el amigo de Germánico (marido de Agripina) hacia el César y hacia su ministro. Y el día convenido, Laciano llevó a la víctima a su casa, provocando su locuacidad contra el César y su favorito. Sabino ignoraba que los otros tres cómplices le estaban escuchando desde el desván, a través de unos agujeros practicados en el suelo. Poco después, las violentas manifestaciones de Sabino estaban en poder de Tiberio y Sejano, que ordenaron su ejecución. *(N. del m.)*

(2) Reconozco que aquella exclamación, y la actitud en general del procurador respecto a Sejano, nos confundió. Tanto Eliseo como yo sabía-

Con toda la calma de que fui capaz entré directamente en busca de lo que realmente me había llevado hasta allí.

—Existe un plan...

Poncio se apaciguó. Ahora estoy seguro que mi imperturbable serenidad le desarmó.

—¡Habla...!

—Pero antes —repuse—, quisiera solicitar de ti un pequeño favor...

—¡Concedido!, pero habla. ¡Habla...!

—Sabes que, además de mis estudios como astrólogo, me dedico al comercio de maderas. Pues bien, un rico ciudadano romano de Tesalónica ha sabido del maravilloso sistema de calefacción subterránea que Augusto mandó construir bajo el suelo de su *triclinium* (comedor imperial). Toda Roma está enterada de tu exquisito gusto y de que has mandado colocar bajo tu *triclinium* otro sistema parecido. He recibido el encargo expreso y encarecido de este amigo mío de Grecia de consultarte —si lo estimas prudente— algunos detalles técnicos sobre su instalación. Soy portador de una carta, en la que te ruega me permitas hacer algunas consultas al respecto...

Y acto seguido rescaté de mi bolsa de hule el pequeño rollo de pergamino, meticulosamente lacrado y confeccionado por los hombres de Caballo de Troya (1). Se lo extendí a Pilato que, a decir verdad, no salía de su asombro.

Después de leer el mensaje de mi inexistente amigo lo dejó caer sobre la mesa, visiblemente satisfecho por tanta adulación.

—No sabía que en Roma conocieran...

Asentí con una sonrisa.

—Bien, concedido. Mañana mismo podrás hacer todas las preguntas que creas conveniente...

—Mañana, estimado procurador —le interrumpí— no podré acudir a la fortaleza Antonia. Pero sí el viernes...

---

mos que Poncio Pilato había sido designado posiblemente por el general y favorito de Tiberio, con la intención premeditada de provocar al pueblo judío. Sejano había sido uno de los hombres que más se había distinguido por su odio contra los hebreos que habitaban en Roma. Poco tiempo antes de la muerte de Cristo, el emperador ordenó la expulsión de 4 000 judíos, que fueron conducidos a la isla de Cerdeña, con la misión de eliminar las bandas de bandidos que tenían allí sus cuarteles generales. Este destierro masivo estuvo propiciado en buena medida por consejo de Sejano y a raíz de una malversación de fondos por parte de cuatro hebreos que habían sido encargados por Fulvia, esposa del senador Saturnino y recién convertida al judaísmo, del traslado de valiosos regalos al templo de Jerusalén. Pero estos judíos se quedaron con los regalos y el comandante de la guardia pretoriana, Sejano, aprovechó este suceso informando a Tiberio. Este se enfureció y, como digo, ordenó que todos los judíos y prosélitos fueran expulsados de Roma. Ésta fue, precisamente, la primera persecución de los judíos en Occidente. *(N. del m.)*

(1) Caballo de Troya había fabricado aquel pergamino, siguiendo las antiguas técnicas de los especialistas de Pérgamo, en el noroeste de Asia Menor. Se utilizó una porción de piel de cordero. Después de eliminar el pelo fue raspada y macerada en agua de cal para eliminar la grasa. Después del secado y sin ulterior curtido se frotó con polvo de yeso, puliéndola a base de piedra pómez. La escritura, en latín, fue realizada siguiendo la técnica llamada *capitalis rustica*, a base de letras esbeltas y elegantes. *(N. del m.)*

—No se hable más: el viernes.

—No deseo abusar de tu consideración —forcé—, pero, tú sabes lo difícil que resulta el acceso a tu residencia. ¿Podrías proporcionarme una orden o un salvoconducto, que facilitara mi trabajo?

Poncio empezaba a perder la paciencia. Y con un gesto de desgana indicó al centurión que le acercase uno de los rollos que se alineaban en un amplia estantería, empotrada a espaldas del oficial y que, a simple vista, debía reunir un centenar largo de rollos. El procurador enderezó el papiro y, tomando una pluma de ganso, garrapateó una serie de frases con una letra casi cuadrada y en latín.

—Aquí tienes —comentó un tanto molesto, mientras me hacía entrega de la orden—. El viernes, cuando presentes esta autorización, deberás preguntar por Civilis... Y ahora, ¡por todos los dioses!, habla de una vez.

«¡Bravo!» La exclamación de mi compañero Eliseo desde el módulo me hizo recobrar el ánimo.

—Cuanto voy a relatarte —repuse bajando un poco el tono de la voz— es sumamente secreto. Sólo el Emperador y algunos de sus íntimos en Capri, entre los que se encuentra mi maestro, Trasilo, lo saben. Espero que tu proverbial prudencia sepa guardar y administrar cuanto voy a revelarte.

»Tiberio, como te dije, no es ajeno a esa conjura. Él sabe, como tú, de las intrigas de Sejano y de su responsabilidad en las muertes y destierro de Agripina y de sus hijos. Pero ha dado órdenes secretas para que Antonia (1) y su nieto Calígula viajen hasta Capri y se pongan bajo su protección...

Poncio Pilato permaneció boquiabierto, como si estuviera viendo a un fantasma. Al fin, casi tartamudeando, acertó a expresar:

—¡Calígula...! Claro, el bisnieto de Tiberio... ¡El «Botita»! (2)...

(1) Para poder comprender mejor estas luchas intestinas, que azotaron, sobre todo, aquellos últimos años del imperio de Tiberio, quiero recordar a los principales componentes de la llamada familia de los Claudios:

Primera generación: Tiberio Claudio Nerón, casado con Livia, de la que tuvo a Tiberio (emperador) y a Druso I, sospechoso de ser hijo de Livia y el emperador Augusto.

Segunda generación: hijos de Tiberio Claudio Nerón y Livia (hijastros de Augusto): Tiberio (emperador), que se casó con Vipsania y de la que tuvo a Druso II. Después se casaría con Julia I que le dio un hijo muerto. Druso I: se casó con Antonia II, de la que tuvo a Germánico, Claudio (que fue emperador) y a Livila.

Tercera generación (hijos de Tiberio y Vipsania): Druso II: se casó con Livila, de la que tuvo a Julia III, Germánico Gemelo y Tiberio Gemelo.

Tercera generación (II) (hijos de Druso I y Antonia II y, por tanto, sobrinos de Tiberio y sobrinos-nietos de Augusto): Germánico, Claudio (emperador) y Livila.

Cuarta generación (hijos de Druso II y Livila y, por tanto, nietos de Tiberio y sobrinos-bisnietos de Augusto): Julia III, Germánico Gemelo y Tiberio Gemelo.

Cuarta generación (II) (hijos de Germánico y Agripina I y, por tanto, sobrinos-nietos de Tiberio y bisnietos de Augusto): Nerón I, Druso III, Caio (más conocido por Calígula), Agripina II, Drusila y Julia Livila.

(Antonia II, en consecuencia, era madre de Germánico y abuela de Calígula.) *(N. del m.)*

(2) Así llamaban familiarmente a Calígula los soldados con los que se crió en la Germania, por el calzado que usaba, de tipo militar. *(N. del m.)*

Entonces, si los planes del César se cumplen —comentó dirigiéndose a su jefe de centuriones—, ya podemos imaginar quién será su sucesor...

Después, como si todo aquello resultase sumamente confuso para su mente, volvió a interrogarme:

—Pero, ¿qué dicen los astros sobre la vida de Tiberio? ¿Durará mucho?

Mi respuesta —tal y como yo pretendía— desarboló el incipiente entusiasmo del procurador, que parecía soñar con la desaparición del rígido y cruel Tiberio.

—Lo suficiente como para que aún corra mucha sangre...

(Yo sabía, obviamente, que la muerte del César no se produciría hasta el año 37.)

La súbita irrupción de uno de los sirvientes del procurador en el salón oval —anunciándole que el almuerzo se hallaba a punto— vino a interrumpir aquella conversación. Yo, sinceramente, respiré aliviado.

Pero Pilato, entusiasmado y agradecido por mis revelaciones, nos rogó que le acompañásemos. José y yo nos miramos y el de Arimatea —que no había abierto la boca en toda la entrevista— accedió con gusto.

(Yo no podía sospechar que, esa misma tarde, tendría la ocasión de presenciar un hecho que resultaría sumamente ilustrativo para comprender mejor el oscuro suceso de la huida de los guardianes de la tumba donde iba a ser sepultado Jesús de Nazaret.)

Algo más relajados, los cuatro nos dirigimos hacia el extremo opuesto donde habíamos mantenido la entrevista. El procurador, adelantándose ligeramente, nos fue conduciendo hacia un recogido *triclinium*, separado del «despacho» oficial por unas cortinas de muselina semitransparente.

La rapidez con que habíamos sido introducidos en aquel salón oval y la circunstancia de haber permanecido todo el tiempo en el sector norte, de espaldas al resto, me habían impedido observarlo con detenimiento. Mi misión en la mañana del próximo viernes me obligaba a conocer lo más exactamente posible la distribución del mismo. Así que aproveché aquellos instantes para —simulando un interés especial por un busto alojado en un amplio nicho practicado en el centro de la pared que albergaba también la biblioteca de Pilato— «fotografiar» mentalmente cuantos detalles pude.

Poncio se detuvo al ver que me quedaba rezagado. Me incliné ligeramente sobre aquel pequeño busto de bronce, reconociendo con sorpresa que se trataba de una efigie idéntica (quizá fuera la misma) a la que yo había contemplado durante mi entrenamiento en el Gabinete de Medallas de la Biblioteca de París. En este busto del emperador Tiberio se apreciaba en su boca el característico rictus de amargura del César.

—¡Hermoso! —exclamé.

Y el romano, con una irónica sonrisa, preguntó:

—¿Quién? ¿El César o el busto?

—La escultura, por supuesto. En mi opinión —añadí señalando el gesto de la boca— es uno de los pocos que le hacen cierta justicia...

—Me gusta tu sinceridad, Jasón —repuso el procurador, acercándose hasta mí y golpeando mi espalda con una palmadita.

—¿Sabes? Me gustaría adivinar qué dirá la Historia de este tirano...

—Eso —le respondí—, precisamente eso: «Aquí yace un déspota cruel y un tirano sanguinario...»

Poncio Pilato no podía sospechar siquiera que yo le estaba anunciando el epitafio que sus biógrafos escribirían sobre su tumba en el año 37. Aunque también es cierto —y en esto comparto la opinión del gran historiador Wiedermeister— que si Tiberio hubiera nacido en el año 6 antes de Cristo, la Historia le hubiera dedicado una frase muy distinta: «Aquí yace un gran estratega.»

—Yo, en cambio, haría cincelar su frase favorita: «¡Después de mí, que el fuego haga desaparecer la tierra!»

Pilato llevaba razón. Tal y como recogen Séneca y Dión, ésa era la frase más repetida por Tiberio.

A derecha e izquierda del busto del César, clavadas en sendos pies de madera, habían sido situadas la enseña de la legión y el signo zodiacal de Tiberio, respectivamente. La primera: un águila metálica (probablemente en bronce dorado), con las alas extendidas y un haz de rayos entre las garras. El segundo, un escorpión, igualmente metálico y con un intenso brillo dorado. Estas sagradas insignias romanas aparecían montadas sobre sendas astas de más de dos metros de longitud y provistas de conteras metálicas, con el fin de que pudieran ser clavadas en tierra o, como en este caso, en una base cuadrangular de madera rojiza.

Siguiendo esa misma pared, el salón presentaba una puerta mucho más sobria y reducida que la del acceso por el vestíbulo. Por allí había hecho su aparición el sirviente y por allí —supuse— podría llegarse hasta las habitaciones privadas del procurador.

El resto del salón se hallaba prácticamente vacío. En total, contabilizando el reducido comedor que cerraba aquella estancia elipsoidal, el lugar debía medir alrededor de los 18 metros de diámetro superior, por otros 9 de diámetro inferior o máxima anchura. El techo, de unos 13 metros, y totalmente abovedado, me pareció una muestra más del alarde y concienzudo trabajo llevado a cabo por Herodes en aquella fortaleza.

Pero mi sorpresa fue aún mayor cuando, al separar las cortinas que dividían el *triclinium* del «despacho», una cascada de luz nos inundó a todos. En lugar de un ventanal gemelo al existente en el otro extremo del salón, los arquitectos habían abierto en el techo un tragaluz rectangular de más de tres metros de lado, cerrado con una única lámina de vidrio. El sol, en su cenit, entraba a raudales, proporcionando a la acogedora estancia una luminosidad y un tibio calor que agradecí profundamente. En el centro se hallaba dispuesta una mesa circular —de apenas 40 centímetros de alzada— cubierta con un mantel de lino blanco, y presidida por un centro de fragantes flores de azahar, casi todas de cidro y limonero. Alrededor de la mesa, y esparcidos por el suelo, se amontonaban un buen número de cojines o almohadones, repletos de plumas, que servían habitualmente de asiento o reclinatorio.

El ábside que constituía la pared del *triclinium* —igualmente forrada con madera de cedro— presentaba media docena de lucernas o lámparas de aceite (ahora apagadas). Y en la zona que no era otra cosa que la prolongación de la pared donde yo había contemplado el busto del César descubrí una estrecha puerta, magistralmente disimulada entre las vetas de los paneles de cedro. Por allí, precisamente, fueron apareciendo cuatro o cinco esclavos, todos ellos ataviados con cortas túnicas de color marfileño. Al parecer, procedían de Siria, excepción hecha de un galo de larga melena rubia. En el transcurso de la comida, Pilato me confesaría que aquel bello mancebo era una «joya». Después de no pocos regateos había conseguido comprarlo en el mercado de esclavos de Jerusalén por la nada despreciable suma de mil sestercios (unos 250 denarios de plata).

Cada uno de aquellos sirvientes era portador de un barreño o lavapiés de cobre, con un pequeño apoyo de madera en el interior, que servía para situar la planta del pie, haciendo así más cómodo el lavado.

Después del obligado ritual, Poncio me sugirió que no calzara mis sandalias. Él y el centurión habían hecho otro tanto. Al principio no comprendí, pero Pilato, sonriendo y señalando el entarimado del piso, aclaró el por qué de aquella sugerencia:

—Así tendrás la oportunidad de experimentar por ti mismo las excelencias de mi sistema subterráneo de calefacción, que tanto te preocupa...

Al posar mis pies sobre la madera de ciprés empecé a sentir, en efecto, un calor muy sutil y reconfortante. Sinceramente, quedé maravillado. El circuito de agua caliente que discurría bajo el piso transmitía al suelo la suficiente energía calorífica como para templar la estancia, sin necesidad de chimeneas o incómodas estufas.

Naturalmente, y conociendo un poco la especial psicología de mi anfitrión, no dudé en hacer grandes elogios de aquel «revolucionario» e ingenioso artilugio, prometiéndole hablar de ello a cuantos dignatarios y cortesanos tuviera la oportunidad de conocer.

Y mientras los esclavos iban situando sobre la mesa las diferentes viandas, yo aproveché aquellos primeros instantes del almuerzo para —tal y como tenían por costumbre los ciudadanos romanos— obsequiar a Pilato y a Civilis con sendas pequeñas esmeraldas, obtenidas por Caballo de Troya de las minas de Muzo (1). El proyecto,

(1) Debo dejar constancia que los hombres de Caballo de Troya trataron por todos los medios de conseguir las esmeraldas en los yacimientos de los Urales, en territorio soviético. Estas minas fueron citadas ya por el historiador Plinio el Viejo (que vivió del año 23 al 79 de nuestra Era) en su obra *Tratado sobre las piedras preciosas*. Ello hubiera proporcionado a la acción un carácter más puro y objetivo. Pero los obstáculos levantados por los rusos fueron tales que el general Curtiss decidió cambiar el origen de las esmeraldas, recurriendo entonces a las no menos famosas minas colombianas de Muzo, a unos 150 kilómetros al norte de la ciudad de Santa Fe de Bogotá. El color de estas esmeraldas es más sedoso, graso y aterciopelado que las rusas, con una birrefrigencia (0,0006) y una densidad (2,71) menores que las de los Urales. Caballo de Troya adquirió por tanto dos piezas en forma de prisma hexagonal, de 27 gramos de peso cada una y de un bellísimo color verde. El proyecto estimó que, aunque las piedras procedían de un continente no des-

como ya expuse en su momento, había planeado simplificar mi acceso hasta el procurador romano, mediante este regalo. En principio, la misión me había hecho entrega de dos únicas piedras de «fulgor verde» —como las definió Plinio— que deberían ser obsequiadas a Pilato. Pero, sospechando que mi libertad de movimientos en la jornada del viernes por la Torre Antonia se vería muy condicionada por la voluntad del jefe de los centuriones, decidí sobre la marcha ganarme igualmente su aprecio. Y nada mejor que hacerle entrega de una de aquellas bellísimas esmeraldas, las piedras más cotizadas por el mundo romano después de los diamantes y las perlas (1).

Fue la primera —y la única— vez que vi dibujarse una fugaz sonrisa en el rostro casi pétreo de Civilis. Pilato, en cambio, se mostró generoso en aspavientos, jurándome por sus antepasados que no olvidaría mi rostro ni mi nombre. (En realidad me contentaba con que aquel espíritu voluble me recordara, al menos, hasta el viernes...)

Y aunque el procurador trataba de imitar al César en muchas de sus formas y actuaciones —especialmente en aquellas que tenían una resonancia pública—, a la hora de comer, en cambio, distaba mucho de la extrema sobriedad de Tiberio.

El «refrigerio» que habían empezado a servir los esclavos constaba, entre otras «minucias», de erizos de mar y ostras traídas expresamente desde los criaderos artificiales del lago Lucrina; de pollas cebadas y engrasadas sobre empanadas de ostras y otros mariscos como los llamados por Poncio «bellotas de mar» (negras y blancas). Y todo esto, como «entrada».

El cuarto, quinto y sexto platos fueron aún más sofisticados: solomillo de corzo, pájaros rebozados en harina y algo que no había visto jamás: ubre y empanadas de ubre de cerda. Y, como final, morena procedente del Estrecho de Gades (Cádiz) y dátiles sumergidos en un negro y dulce caldo de las viñas sicilianas.

Aquel banquete estuvo permanentemente regado con el vino que había traído José, así como por otros no menos estimables de Lesbos y Chios.

Dada la época del año y el largo viaje que habían soportado las ostras y el resto de los mariscos, procuré no probarlos, excusándome ante Poncio con una supuesta y aguda dolencia estomacal. Como contrapartida, me vi en la penosa obligación de degustar aquellas ubres de cerda...

Entre risas y bromas, Pilato me preguntó si había tenido ocasión de paladear manjares como aquellos en la mesa de Tiberio, en Capri. Naturalmente —y con gran regocijo por su parte— le comenté

---

cubierto aún en el año 30, las personas a las que iban dirigidas no disponían de los medios técnicos precisos para averiguarlo. *(N. del m.)*

(1) Sospechando el alto grado de superstición del pueblo romano, Caballo de Troya quiso regalar precisamente esmeraldas, ya que esta gema gozaba en la antigüedad de un carisma especial. Se le atribuían propiedades curativas contra las fiebres perniciosas y las picaduras de animales venenosos, tan comunes en los bosques y desiertos de Palestina en aquellas fechas. *(N. del m.)*

que la frugalidad del César estaba matando de hambre a sus amigos y astrólogos.

(En una oportuna y rápida intervención del módulo, mi hermano completó mi información, recordándome algunos de los platos favoritos de Tiberio y que Santa Claus había extraído de la *Historia Natural* de Plinio el Viejo (XIX, 23 y 28): «Casi exclusivamente vegetales y en especial, unos espárragos y pepinos que su jardinero cultivaba en cajones con ruedas para trasladarlos al sol o a la sombra, según el tiempo. También comía unos rábanos que hacía transportar desde la Germania. Estos vegetales fueron motivo de frecuentes disputas con su hijo Druso II porque éste se negaba a probarlos. El Emperador era igualmente un fanático de la fruta. Las peras eran sus favoritas. Tiberio se vanagloriaba de tener en su villa del Tíber el árbol más alto del mundo. Su sobriedad llegaba al extremo de beber —ya en su vejez— un vino agrio de Sorrento, parecido al chacolí vasco.»)

Cuando fui exponiéndole estos pormenores de la dieta diaria del César, Poncio Pilato —que no estaba muy bien informado sobre este particular— exclamó tras soltar un largo y cavernoso eructo:

—¡Por Júpiter...! Tiberio bebe vinagre. Ahora comprendo por qué no necesita de médicos. Yo había oído hablar de su sentido del humor, pero no imaginaba que, además, le gustara sufrir...

Y soltando una de aquellas grasientas empanadas de ubre de cerda, comenzó a reír a carcajadas, al tiempo que hacía una señal al esclavo galo para que le acercara un aguamanil. El mancebo esperó a que su amo hubiera lavado sus manos y, como si se tratase de una costumbre habitual, se inclinó sobre el procurador, ofreciéndole su larga y sedosa cabellera. Pilato, sin mirarle siquiera, fue secándose con el pelo del esclavo.

José y yo cruzamos una mirada de repugnancia.

Pero Poncio había centrado el tema de la conversación en el conocido sentido del humor de su Emperador y me rogó que le contara algunos de los últimos chistes y anécdotas protagonizados por Tiberio.

Aquello me pilló tan de improviso que a punto estuvo de costarme un serio percance con el procurador. Y aún sabiendo que lo que iba a relatarle se debe más a la leyenda e invención popular que al rigor histórico, eché mano de una anécdota que circuló por Capri en aquellos años de destierro voluntario del César.

—Se cuenta —comencé, esperando que Eliseo me ofreciera nueva documentación— que no hace mucho, el Emperador fue asustado por un pescador de la isla, cuando éste se le aproximó para regalarle un pez. Tiberio, con la crueldad que le caracteriza, mandó que le refregaran la cara con el pescado. Y, entre ayes de dolor, el pescador —que debía tener un humor tan especial como el del César— se felicitó por no haberle ofrecido una langosta...

»Al oír esto, el Emperador —siguiendo el humorístico comentario de su súbdito— hizo que trajeran una langosta con un caparazón erizado de púas, refregándoselo por la cara.

Pilato asintió con la cabeza, exclamando:

—Ése es Tiberio...

Para ese momento, Santa Claus había memorizado ya otros sucesos; algunos, fiel reflejo del profundo desprecio que sentía Tiberio César por sus semejantes.

Y aún a riesgo de que Poncio los conociera, procedí a relatárselos:

—Se cuenta también, admirado procurador, que, en cierta ocasión, el Emperador recibió a unos embajadores de Troya, que habían acudido a expresarle su pésame por la muerte del hijo del César. Como estos troyanos llegaron con bastante retraso, Tiberio les respondió: «Yo, a mi vez, os doy el pésame a vosotros por la muerte de vuestro gloriosísimo ciudadano Héctor...»

Pilato apuró su enésima copa de vino, reclinándose aún más en los mullidos almohadones de plumas y haciéndome una señal para que prosiguiera.

—En Roma circula también otra anécdota. Tiberio dio una vez un banquete y los invitados, al entrar en el *triclinium* observaron que sobre la mesa sólo había medio jabalí. El César, entonces, les hizo ver «que medio tenía el mismo sabor que un jabalí entero»...

Tal y como empezaba a suponer, los vapores del vino y la comilona no tardaron en hacer efecto. Y Poncio, que intentaba sostener su cabeza sobre la palma de la mano derecha, comenzó a dar súbitas cabezadas.

En un tono algo más bajo conté el que sería el último suceso:

—Hubo veces en que ese humorismo disfrazaba una terrible crueldad. Éste fue el caso de un acontecimiento ocurrido al poco de ser nombrado Emperador. Como sabéis —proseguí sin perder de vista los cabeceos del gobernador—, cuando Augusto murió dejó en su testamento un importante legado económico, que Tiberio fue repartiendo poco a poco. Pues bien, cierto día acertó a pasar un entierro por delante del Capitolio. Y uno de los presentes se acercó al cadáver, simulando que le hablaba al oído. Tiberio se extrañó y le preguntó por qué había hecho aquello. El bromista le dijo que le había pedido al muerto que le transmitiera a Augusto que él no había cobrado todavía. Tiberio enrojeció de ira y dio orden de que lo matasen, «para que fuera él mismo quien llevase el recado al fallecido emperador Augusto» (1).

Al concluir mi exposición, Poncio Pilato yacía ya —boca arriba—, sumido en un profundo sueño.

Y sigilosamente, por consejo del centurión, abandonamos el comedor, mientras uno de los sirvientes —siguiendo, al parecer, otra rutinaria obligación— iniciaba una más que penosa tarea: hurgar con una pluma en las fauces de su señor, a fin de provocarle el vómito... y pudiera disfrutar de las delicias de la siguiente comida.

Ya en el vestíbulo, y cuando nos disponíamos a despedirnos de Civilis, otro centurión nos salió al paso. En latín y casi al oído le comunicó algo. El jefe de los centuriones no respondió a las palabras de su compañero. Dudó un instante y, por fin, volviéndose hacia nosotros, trató de excusarse, informándonos que el tribuno

(1) Algunas de estas anécdotas fueron introducidas en el ordenador del módulo siguiendo los textos de Suetonio *(Los doce Césares)*, Tácito *(Tibère ou les six premiers livres des Annales.* París, 1768), y Casio Dión *(Historia de Roma*, LVI, 14) *(N. del m.)*

de la legión —destacado también con él y sus hombres desde Cesárea— le aguardaba para proceder a la ejecución de una sentencia.

Aquello era igualmente nuevo para mí y experimenté una gran curiosidad. Pero, aunque no llegué a despegar los labios, Civilis —que parecía leer los pensamientos de cuantos le rodeaban— debió captar mis deseos y, dirigiéndose a José, le hizo saber con un aire de ironía y desprecio hacia su condición de judío:

—Si así lo deseáis, ahora podéis presenciar una prueba más de la justicia del pueblo romano...

Ni el anciano ni yo teníamos idea del asunto. Pero la voz del centurión había sonado casi como una orden y nos apresuramos a seguirle. En compañía del otro oficial, Civilis descendió por las escaleras de mármol, dirigiéndose hacia la derecha del patio porticado. Éste se hallaba desierto, con la excepción de aquel legionario que seguía cargando un pesado saco sobre su cuello y hombros y la del centinela que permanecía a su lado. ¿Dónde estaba el resto de la tropa?

Pronto iba a salir de dudas.

Al cruzar una de las puertas del ala norte del patio nos encontramos de pronto en una explanada, también al aire libre, de algo más de 300 pies de longitud por otros 150 de anchura. Aquel lugar, totalmento cubierto por arena blanca y muy fina, se hallaba dentro del recinto de la fortaleza, ocupando buena parte de su cara norte. El recinto aparecía perfectamente cercado por el muro exterior de la Torre Antonia y por el complejo de edificios de la sede romana en sus restantes alas. En el extremo más oriental se alineaban una decena de tiendas de campaña, ocupando la totalidad de aquel lado del rectángulo al que nos había conducido el oficial y que —según me fue explicando— no era otra cosa que un campo de entrenamiento. Las tiendas, confeccionadas con pieles de cabra y teñidas en un amarillo terroso, presentaban un techo con dos vertientes (1). Por debajo de estas cubiertas traslucía una serie de listones que constituían el armazón de cada una de estas barracas, capaz para diez hombres. Según Civilis, la afluencia de aquellos miles de hebreos a la fiesta anual de la Pascua les obligaba a reforzar la guarnición de Antonia. Aquellas tiendas de campaña cubrían perfectamente las necesidades de los legionarios que se trasladaban con él desde Cesárea.

Frente a los «papilio» (nombre que le daban a estas tiendas por la semejanza de sus cortinas, recogidas en la puerta de entrada, con las alas de las mariposas), el ejército romano había plantado media docena de postes de algo más de metro y medio de altura. Todos ellos cargados de muescas, consecuencia de los mandobles que llovían sobre los citados troncos en los entrenamientos. Algunas de las espadas y lanzas, con un peso que doblaba el de los *pilum* y *gladius* normales, se hallaban clavadas en la arena. Los escudos y cascos reposaban apoyados sobre aquéllas.

Varios cientos de legionarios —todos ellos libres de servicio a

(1) En el argot popular, el hecho de vivir o permanecer en un campamento de estas características —con tiendas de piel de cabra— era conocido entre los soldados romanos como *sub pellibus esse*: «estar bajo las pieles». *(N. del m.)*

juzgar por su indumentaria— se habían ido congregando en la explanada, formando corrillos y cambiando impresiones en voz baja.

Al ver a Civilis, los soldados se apresuraron a abrirle paso, adoptando un respetuoso silencio.

El jefe de los centuriones se detuvo frente a los postes de entrenamientos, saludando al tribuno y a los centuriones allí reunidos. El primero, mucho más joven que Civilis y que el resto de los oficiales, constituía un mando intermedio, responsable, más que del mando táctico de la legión (que era potestad del jefe de los centuriones), de la jefatura del régimen interior de la misma. En aquella época, sin embargo, su importancia había decrecido notablemente. Una de sus funciones, precisamente, era la de iniciar la ejecución de una pena capital. Su vestimenta era prácticamente la misma que la de los centuriones, si bien su toga o capa era violácea y, generalmente, no portaba armas.

Los oficiales sostuvieron un brevísimo consejo y, acto seguido, uno de ellos dio la orden para que el reo fuera conducido a la arena. De pronto los legionarios comenzaron a arremolinarse alrededor de otros dos soldados que acababan de entrar en el campo de adiestramiento. Cada uno cargaba sobre sus brazos un buen número de palos de un metro de longitud. Entre empujones, protestas y todo tipo de imprecaciones, medio centenar de romanos se hizo al fin con los bastones. Y el silencio cayó de nuevo sobre aquella masa de energúmenos.

Al poco, y por la misma puerta por donde habíamos penetrado en la explanada, vimos aparecer a un hombre joven, cubierto con la típica túnica roja de los legionarios, escoltado por dos centinelas.

Al llegar frente a los centuriones, Civilis le saludó con el brazo en alto. El condenado respondió al saludo y, sin más preámbulos, el jefe de las centurias ordenó a la custodia que le despojaran de su vestimenta. Desde mi posición, a espaldas de los oficiales observé cómo Civilis entregaba su bastón al tribuno.

Mientras uno de los centinelas sostenía la lanza de su compañero, éste, haciendo presa en el escote de la túnica, dio un fuerte tirón, desgarrándola hasta la cintura. Inmediatamente, el soldado tomó la prenda por la parte baja del desgarrón, abriéndola en su totalidad con otro certero golpe. Arrojó la túnica a la arena, procediendo después a despojar al desdichado de su taparrabo. Una vez desnudo, la guardia y los centuriones retrocedieron unos pasos, dejando al reo en mitad del círculo que habían ido formando los 40 o 50 legionarios que habían conseguido una de aquellas varas. Ante mi sorpresa, aquel infeliz no se movió siquiera. Su rostro había palidecido y sus ojos, desencajados por un creciente terror, parecían ausentes.

El tribuno se acercó entonces al sirio, tocándole suavemente con el sarmiento que le había cedido Civilis. Y al instante, como impulsados por un odio salvaje e irracional, los legionarios saltaron sobre la víctima, golpeándole entre alaridos e insultos. El joven se llevó instintivamente los brazos a la cabeza, pero la lluvia de golpes era tal que no tardó en doblar las rodillas, con la frente, rostro y orejas materialmente machacados y cubiertos de sangre. Una vez caído, aquellas bestias humanas, sudorosas y jadeantes, arreciaron en sus bastonazos hasta que el legionario terminó por hacerse un ovillo, hundiendo el rostro en la arena. En ese instante, Civilis hizo una señal a uno de los centuriones. Y aquel coloso —de casi dos metros de altura y la envergadura de un oso— se abrió paso a empellones entre la enloquecida chusma. Al verle, los legionarios cesaron en sus acometidas. Y el silencio, apenas roto por las agitadas respiraciones de los apaleadores, reinó nuevamente en el lugar. Aquel centurión —llamado Lucilio y a quien las legiones de Pannonia habían bautizado con el apodo de «cedo alteram» (1), porque apenas rompía una verga en las espaldas de un soldado pedía otra y otra, diciendo siempre «cedo alteram»—, cuya imagen resultaría ya difícil de borrar de mi mente, jugaría un destacado papel en la flagelación del Maestro de Galilea...

Lucilio se situó a un metro del reo. Le arrebató el palo a uno de los soldados y levantándolo por encima de su cabeza, descargó un golpe seco y preciso en la nuca del condenado. Al recibir aquel impacto, la cabeza del legionario se dobló y el cuerpo, sin vida ya, se desplomó sobre uno de sus costados.

El «apaleamiento» —fórmula habitual de ejecución en las legiones romanas— había concluido.

Mientras los soldados devolvían los bastones y se retiraban lentamente del campo de entrenamiento, uno de los médicos se arrodilló ante la víctima, procediendo a tomar su pulso. Pero el golpe de gracia del gigantesco «cedo alteram» había sido decisivo, acortando sin duda los sufrimientos de aquel desertor.

Civilis, que no parecía alterado en lo más mínimo por aquel sangriento espectáculo, respondió a mi pregunta sobre la causa de aquella ejecución, explicándome que aquel legionario había cometido uno de los peores delitos en que puede incurrir un soldado: el abandono de su puesto de guardia (2). Después de un consejo sumarísimo, los tribunos y oficiales habían decretado su muerte.

Aquel trágico suceso —como ya referí anteriormente— me hizo meditar sobre lo que yo había leído, en relación con el supuesto abandono de la guardia por parte de los legionarios que vigilaban la tumba de Jesús. Y un presentimiento empezó a flotar en mi cerebro...

Si los centinelas romanos sabían qué clase de suerte les aguardaba, en el supuesto que desertaran de la misión que se les encomendaba, ¿cómo encajar entonces aquellos comentarios de numerosos exégetas católicos que afirman «que los centinelas que guardaban el sepulcro huyeron aterrorizados»? (Una vez más, los hechos registrados en aquel amanecer del domingo no iban a coincidir con estas «justificaciones teológicas», tan apresuradas como faltas de rigor.)

Al pasar nuevamente por el patio porticado y ver a aquel legionario, con el pesado fardo a cuestas, no pude resistir la tentación e

(1) La expresión *cedo alteram* viene a significar «paso a la otra».

(2) El apaleamiento o *castigatio* era una ejecución solemne, que se aplicaba, incluso, a los oficiales. Incurrían en ella todos aquellos que abandonaban su puesto de guardia, los que se daban al pillaje en las casas y pueblos por donde pasaba la legión, los que se rebelaban contra sus jefes, los homicidas, ladrones, los que perdían sus armas, los que reincidían por tercera vez en la misma falta, los que atentaban contra el pudor o los que eran responsables de negligencia en las imaginarias de la noche. *(N. del m.)*

interrogué al centurión, que nos acompañaba ya hacia el túnel de salida de la Torre Antonia. Civilis me aclaró que se trataba de la «ignominia» o castigo menor. A causa de alguna falta —que el oficial no me detalló—, aquel soldado había sido castigado a permanecer durante todo un día con una carga de tierra sobre sus espaldas. (Eliseo me confirmaría que aquel tipo de penalizaciones había sido «inventado» por el anterior emperador Augusto.)

La soldadesca había vuelto a sus faenas habituales. Algunos, sentados en bancos de madera de pino, se afanaban bajo los pórticos en la limpieza de sus cinturones y espadas o repasaban sus sandalias. Recuerdo que al ver el calzado de uno de aquellos soldados me llamó la atención la suela. Tomé una de las sandalias y, ante la atónita mirada de su propietario, conté los clavos que habían sido incrustados en la cara externa de la misma. ¡Catorce! Formaban una «S», arrancando desde el tacón y llenando prácticamente la totalidad de dicha suela. (Como también apunté, aquel mortífero calzado iba a ocasionar dolorosas lesiones en el cuerpo de Jesús de Nazaret.)

Debían ser las tres de la tarde cuando, tras recuperar mi «vara de Moisés» y saludar a Civilis, José y yo cruzamos el puente levadizo, dando por concluida aquella agitada e instructiva visita a la sede de Poncio Pilato.

Al vernos entrar en la mansión de José, el saduceo a quien yo había rogado que siguiera los pasos de Judas, el Iscariote, y que nos esperaba desde poco después de la hora sexta (las doce del mediodía), nos besó en la mejilla en señal de bienvenida.

Ismael ben Phiabi I, descendiente del que fuera sumo sacerdote Simón y también saduceo (1) —y al que nunca podré agradecer lo suficiente su lealtad e información— se acomodó en el patio donde había tenido lugar el almuerzo con Jesús y los griegos y, tras poner a José en antecedentes de la misión que le había encomendado, pasó a relatarnos lo sucedido en el templo. (El de Arimatea —tal y como me había referido Ismael en la explanada de los Gentiles— era otro de los amigos y discípulos de Jesús que, por supuesto, conocía las «irregularidades» de Judas como administrador del grupo, así como su cada vez más abierta oposición a las ideas sobre la naturaleza del reino que predicaba el Maestro.)

En el fondo, Ismael reconoció que aquel encuentro conmigo había sido cosa de la Providencia. Mientras se dirigía al interior del templo, en busca de información, el saduceo fue madurando un plan que, al exponérselo a José, éste aprobó al instante. La dimisión de aquellos 19 miembros del Sanedrín —entre los que se encontraba— había sido, quizá, una medida muy precipitada. Los seguidores del Maestro conocían el decreto de «caza y captura» de Jesús y no tardaron en lamentar aquel masivo abandono del supremo órgano de Justicia. Sin un hombre de confianza que pudiera seguir desde dentro los pasos del Sanedrín, la seguridad del rabí de Galilea y de todo

(1) Simón, hijo de Boetos, fue sumo sacerdote en Jerusalén entre los años 22 al 5 antes de Cristo. Un hermano de Ismael —también del poderoso y acaudalado grupo de los saduceos— sería sumo sacerdote hacia el año 61 después de Cristo. *(N. del m.)*

el grupo se veía gravemente comprometida. Era menester que alguien simulara el reingreso en el consejo de los 71, actuando como confidente. Y aquélla —meditó Ismael— podía ser la ocasión de oro para estrechar la vigilancia de José, alias «Caifás», y de sus partidarios.

—Así que, armándome de valor —prosiguió Ismael—, me dirigí a los aposentos del sumo sacerdote, solicitando una entrevista con él. Pero antes, y conociendo como conozco la extrema vanidad y codicia de Caifás, me procuré una copa de oro y plata (1).

»No fue muy difícil —sobre todo después de poner en sus manos aquel rico presente— convencer a Caifás de mis «honestas intenciones» de volver al seno del Sanedrín. «Después de profundas reflexiones —le dije— he terminado por comprender que la razón te asiste: resulta blasfemo que este galileo vaya pregonando la resurrección de los muertos...» El sumo sacerdote se alegró de esta decisión mía, encomendándome que abogara cerca del resto de los disidentes para que siguieran mi ejemplo.

»Gracias a esta argucia, queridos amigos, pude tener acceso esta misma mañana a una reunión informal de Caifás con el Sanedrín y en la que, sin yo imaginarlo, Judas iba a ser uno de los protagonistas...

Ismael hizo una pausa y tomando mis manos entre las suyas añadió:

—Y todo te lo debemos a ti, hermano Jasón. Que Dios, bendito sea su nombre, te bendiga.

En lo más profundo de mi ser empezó a brotar, sin embargo, una incómoda incertidumbre: ¿Qué era lo que había ocurrido aquella mañana en el templo? ¿Por qué Ismael agradecía tan efusivamente mi idea de seguir a Judas?

—Una hora después de la tercia (hacia las diez de la mañana), como os decía, la casi totalidad del Sanedrín se reunió en la sala de las piedras talladas. Durante un buen rato, los allí congregados discutieron la naturaleza de los cargos contra Jesús y, especialmente, la forma del prendimiento y la fórmula a seguir para conducirle hasta la autoridad romana y garantizar la ejecución de la sentencia de muerte. Este último punto es el que todavía preocupa a Caifás y a los escribas y fariseos. Saben que el procurador no es hombre fácil y no han terminado por ponerse de acuerdo sobre los argumentos jurídicos que deben plantearle.

Según averiguó Ismael, la noche anterior —la del martes y mientras Jesús y sus discípulos regresaban al campamento de Getsemaní—, el Sanedrín había vuelto a reunirse, analizando aquel último discurso del Galileo en la explanada del templo. Todos —por unos u otros motivos— ratificaron las anteriores decisiones del Consejo, apremiando a Caifás para que procediera de inmediato y sin más demoras al arresto de Jesús de Nazaret. Sospechando que el rabí de Galilea no haría acto de presencia en el templo al día siguiente, miércoles, el sumo sacerdote y los consejeros cursaron una

(1) Yo sabía por la documentación de Flavio Josefo *(Antigüedades,* XIII) que los saduceos utilizaban y comían en utensilios de oro y plata, ya que negaban la resurrección de los muertos, procurando gozar al máximo de la vida terrena. En esta postura se notaba una clara influencia helenística. Por su parte, Caifás era o compartía las ideas de los saduceos. *(N. del m.)*

nueva y más precisa orden a los levitas para que la captura tuviera lugar antes del viernes. Sin embargo, una pregunta quedó flotando en el aire: ¿cómo prender al impostor sin alterar a las masas y, sobre todo, sin provocar a la guarnición romana, responsable del orden en Jerusalén? El grupo de los saduceos se mostró mucho más radical que el de los escribas y fariseos: votaron por el asesinato del rabí. Sin embargo, los fariseos rechazaron la propuesta por considerarla muy arriesgada.

—Dices que en la asamblea de esta mañana —interrumpí al saduceo— se han vuelto a exponer los cargos contra el Maestro...

—Así es.

—¿Podrías concretármelos?

—Para los fariseos, los motivos son distintos a los de los saduceos. Aquéllos se basan en lo siguiente:

»Primero: temen a Jesús porque son muy conservadores y no desean que la gente les retire su viejo prestigio como "maestros en religión".

»Segundo: sostienen que Jesús es un infractor de la Ley. Aseguran que ha violado el sábado y otras muchas ceremonias sagradas.

»Tercero: consideran una blasfemia que se autoproclame como Hijo del Divino.

»Y cuarto y último: se sienten ofendidos por esa última denuncia del rabí en el templo.

»En cuanto a los saduceos, sus deseos de ver muerto a nuestro Maestro se basan en esto:

»Primero: temen que la creciente simpatía del pueblo por Jesús ponga en grave peligro la existencia de la nación. Los romanos, dicen, no aceptarán jamás un movimiento revolucionario como el que parece predicar Jesús.

»Segundo: esa extraña doctrina del rabí de Galilea, pregonando la hermandad entre todos los hombres, les parece un insulto. Son ellos los únicos responsables del orden social y tiemblan ante semejante corriente filosófica.

»Y tercero: la "limpieza" del templo por parte del Maestro, provocando el derribo de las mesas de los cambistas y su retirada del atrio, ha colmado su paciencia. Según mis noticias, sus pérdidas económicas han sido muy cuantiosas... Como supongo que sabes, tanto Caifás como su suegro, Anás, tienen parte en el negocio de los intermediarios y cambistas de monedas... Aunque el Maestro fuera el auténtico libertador de Israel, el sumo sacerdote tiene su corazón ahogado por el odio y el resentimiento y no cejará hasta eliminarlo.

Ismael miró a José con una profunda tristeza y añadió:

—Su suerte está echada.

Traté de no desviar más la conversación y supliqué al saduceo que nos informara sobre lo registrado aquella misma mañana.

—Pues veréis: Según mis averiguaciones, durante el martes, Judas celebró una reunión con algunos de sus amigos y parientes. Entre los primeros se hallaban saduceos, íntimos de la familia de su padre. Y fueron éstos los que le animaron a dar el paso que, fatídicamente, acaba de dar. El Iscariote les había dicho que, después de mucho meditar, había llegado a la conclusión de que su permanencia en el grupo de Jesús había sido un error.

—¿Por qué? —volví a interrumpirle, ardiendo en deseos de conocer las verdaderas razones que habían empujado a Judas.

—Según dijo, el Maestro era sólo un idealista; un soñador bienintencionado, pero no el esperado libertador de Israel. Y añadió que su obsesión era encontrar el modo de retirarse de aquel movimiento de una forma satisfactoria. Esta confesión de Judas fue hábilmente aprovechada por los saduceos, que envolvieron su corazón, asegurándole que su renuncia sería muy bien acogida por los dignatarios sacerdotales. Y llegaron a prometerle, incluso, grandes honores y un reconocimiento público, suficiente como para elevar su prestigio entre los hebreos y borrar esa «desafortunada asociación con los poco ilustrados galileos»...

(Aquella trampa fue la perdición de Judas. Conociendo su agudo sentido del ridículo y su irrefrenable ambición, las promesas de honores, dignidades y reconocimiento públicos desencadenaron irreversiblemente su ya antigua decisión de desertar del grupo de Jesús. Curiosamente —y creo que este punto es de suma importancia—, Judas no pensó en el oro a la hora de vender a su Maestro. Eso fue una mera consecuencia. Puestos a pensar con objetividad, ¿qué podían importarle las 30 monedas de plata cuando él, justamente, era el tesorero del grupo y venía manejando y disponiendo desde hacía tres años del dinero de todos? Debo recordar a este respecto que, antes de la entrada triunfal de Jesús en Jerusalén, en la mañana del domingo, el Iscariote —en un rasgo de indudable honradez— puso la bolsa común en manos de Simón, «el leproso». Si Judas hubiera acariciado la idea del dinero como única razón de su traición, lo más lógico es que, con su huida, se hubiese apoderado de todo —o parte— del fondo económico del movimiento del que era administrador. Como iremos viendo, las motivaciones del apóstol eran muy distintas y mucho más profundas.)

—... Judas confesó a sus parientes y amigos que estaba convencido que la misión de su Maestro no podía prosperar. Enfrentarse así a los poderosos miembros del Sanedrín sólo podía ocurrírsele a un loco y él, según sus propias palabras, no quería perecer con el resto a manos de la justicia judía o romana.

»En el fondo —comentó Ismael, que conocía muy bien la tortuosa personalidad del traidor—, lo que Judas no parece soportar es que se le identifique algún día con un movimiento fracasado...

A estas manifestaciones del saduceo me atreví a añadir un hecho —ya comentado por mí anteriormente— que, también, en opinión de mis amigos, había sido fulminante a la hora de entender el comportamiento de Judas. Me referí al incidente del frasco de perfume que derramó María sobre Jesús y a la dura crítica de que fue objeto el Iscariote por parte del Maestro, y tanto José como Ismael —repito— se mostraron de acuerdo en que, ya en esos momentos, la mente del susceptible discípulo empezó a maquinar la forma de vengarse.

—... Sí —repuso José—, Judas es un hombre resentido. En mi opinión, jamás perdonó al Maestro que no le distinguiera del resto, tal y como ha hecho con Juan, Pedro y Santiago. Es probable —lamentó el anciano— que los torcidos ánimos de Judas vayan tanto en contra de Jesús como de esos tres compañeros.

—El caso es que, después de la reunión del Sanedrín —continuó el saduceo—, Caifás ordenó la entrada en la sala de Judas y de uno de sus familiares. Según entendí, se trataba de un primo suyo. Éste, a petición del Consejo, fue el primero en hablar. Presentó a Judas, aburriéndonos a todos con una larga perorata, en la que quiso justificar la decisión de su primo de abandonar el grupo del Galileo. Afirmó que Judas había descubierto su error y que deseaba hacer pública renuncia de su asociación con Jesús. A cambio, solicitaba el perdón, la confianza y la amistad de los altos dignatarios allí congregados. Y como prueba de su sinceridad, el portavoz de Judas explicó que su pariente estaba dispuesto a facilitar el arresto silencioso y secreto del Nazareno, evitando así el peligro del levantamiento de la multitud y un nuevo y posible retraso en su captura, como consecuencia de la inminente fiesta de la Pascua.

»Aquellas últimas afirmaciones del primo de Judas animaron extraordinariamente a los miembros del Sanedrín, que veían así una nueva luz para proceder al apresamiento del impostor.

»Caifás, entonces, invitó a Judas para que se ratificase en lo que acabábamos de oír. Y el traidor, dando unos pasos hacia la presidencia, respondió con tanta firmeza como frialdad: "Haré todo cuanto ha prometido mi primo. Quiero que Jesús quede bajo vuestra custodia. A cambio, os pido un reconocimiento público..."

(Aquella palabra —«custodia»—, repetida varias veces por Ismael, iba a resultar de suma trascendencia para Judas. Su reiteración a la hora de exigir la «custodia» del Maestro no era gratuita. Como veremos en su momento, amén de la profunda desilusión del traidor respecto a los sacerdotes, Judas no pensó jamás que su Maestro fuera ejecutado, sino simplemente encarcelado o custodiado.)

—... Creo que el traidor —prosiguió Ismael visiblemente decepcionado— no captó la mirada de desprecio de Caifás. Si Judas hubiera caído en la cuenta de la trampa que le estaban tendiendo, probablemente no hubiera aceptado aquella situación...

»Pero el ladino Caifás no dejó traslucir sus verdaderas intenciones y evitando los planteamientos de Judas, le respondió: "Tú deberás acordar con el jefe de los levitas la forma de traernos a ese galileo esta misma noche o, a lo sumo, mañana jueves, después de la puesta de sol. Cuando nos haya sido entregado, recibirás tu recompensa."

»Al escuchar las palabras del sumo sacerdote, los ojos de Judas brillaron con una luz especial. Se sentía satisfecho y así lo manifestó públicamente. Después salió de la sala, celebrando una larga entrevista con el jefe de la policía del Templo. Yo no pude retirarme del consejo del Sanedrín, pero, al rato, supe que los levitas, siguiendo las instrucciones del traidor, habían fijado la detención del Maestro para la noche de mañana, jueves, una vez que los peregrinos y vecinos de Jerusalén se hayan retirado a sus hogares. Por el propio Judas, los levitas habían sabido que el Nazareno se hallaba ausente del campamento de Getsemaní y que, en consecuencia, al no poder conocer con exactitud el momento del regreso del Maestro, su captura había sido aplazada hasta la noche siguiente. Con el fin de concretar aún más los detalles sobre el lugar y momento adecuados del apresamiento, el jefe de la policía judía había pedido a Judas que se personase en el Templo durante la mañana del día siguiente.

Ultimada la secreta captura de Jesús, los sacerdotes allí reunidos respiraron aliviados, felicitándose mutuamente por la inesperada y providencial presencia de aquel renegado. Y allí mismo, después de una corta discusión, Caifás fijó ya el precio de la «compra» de Jesús: treinta «seqel» de plata (1). Algunos de los saduceos, creyendo que el Sanedrín iba a cumplir su promesa de glorificar a Judas, estimaron que aquel dinero era excesivo. Pero el sumo sacerdote les hizo ver y comprender que no eran esas sus intenciones...

Un desolador silencio puso punto final a aquella reunión en casa de José, el de Arimatea.

Como muy bien había señalado Ismael, la suerte del Maestro estaba echada..., a no ser, claro, que aquellos dos hombres actuaran de inmediato.

Antes de partir hacia el campamento de Getsemaní, José e Ismael se enzarzaron en una discusión que me hizo temblar. Por primera vez en el transcurso de mi misión, mi intervención —a pesar de todas las precauciones— estaba a punto de provocar algo irremediable. Tanto el de Arimatea como el saduceo estimaban que había que denunciar a Judas y alertar a la totalidad del grupo. Su afán era totalmente comprensible. Sin embargo, y en un último esfuerzo por no alterar los acontecimientos, traté de hacerles comprender que aquélla no era la actitud más inteligente.

—Estoy conforme —les dije— con vuestro recto deseo de advertir al Maestro, pero ¿qué ganáis con hacer pública la traición del Iscariote?

Ni el anciano ni Ismael parecían comprenderme. Y me vi obligado a recurrir a un argumento que terminó por ser aceptado por ambos.

—Sabéis de la vieja enemistad y de los celos de Judas hacia hombres como Juan, Pedro y Santiago. Si éstos llegasen a sospechar siquiera lo que acaba de planear su compañero, ¿que creéis que ocurriría...?

Mis amigos asintieron con su silencio.

—Hablad en secreto con el Maestro —proseguí—, si así lo estimáis, pero no carguéis el ya enrarecido ambiente del grupo. Dejad que sea Jesús —remaché— quien hable con Judas, si lo considera prudente. El rabí ama también al Iscariote y sabrá lo que debe hacerse...

Tras una encendida discusión, Ismael y José aceptaron mi propuesta y los tres, aprovechando las últimas luces del día, nos encaminamos hacia la falda del monte de los Olivos. El anciano y el saduceo, con la única y exclusiva finalidad de hablar con Jesús de Nazaret, y yo, con el alma encogida ante la posibilidad de que mi exceso de celo por seguir los pasos de Judas pudiera provocar una catástrofe.

Cuando entramos en el campamento, las mujeres habían preparado una reconfortante hoguera. Jesús no había regresado aún y los discípulos, inquietos y malhumorados, iban y venían, reprochándose mutuamente su falta de decisión por no haber escoltado

(1) Quiero llamar la atención sobre esa palabra —«compra»— porque, tal y como veremos más adelante, su significado pudo haber abierto una vía de solución al problema de la captura de Jesús y a la desesperación de Judas. *(N. del m.)*

al Maestro. Pedro, más alterado que el resto, llegó a proponer que un grupo de hombres armados saliera en su búsqueda. Pero Andrés —con su habitual serenidad— les recordó las palabras del rabí, haciéndoles ver que si él había dicho que «ningún hombre le pondría sus manos encima antes de que hubiera llegado su hora», así debería ser.

Mientras aguardábamos el retorno de Jesús y Juan Marcos, David Zebedeo se unió al grupo que formábamos José, el de Arimatea, Ismael ben Phiabi y yo, y con gran sigilo nos comunicó que sus «agentes» en Jerusalén le habían informado ya del complot que se estaba fraguando para acabar con la vida del Maestro. Nos miramos sin saber qué hacer. Pero José conocía de antiguo la especial discreción que distinguía a aquel astuto discípulo y nos tranquilizó. Con gran alivio por mi parte, la reunión de Judas con el Sanedrín había ido filtrándose poco a poco y los hombres que trabajaban para el Zebedeo no tardaron en informarle. Desde hacía años, el grupo de Jesús disponía de una curiosa red de «correos» o emisarios —organizados y dirigidos por David Zebedeo— cuyo trabajo era la transmisión de noticias. De esta forma, los numerosos amigos, familiares y simpatizantes del movimiento estaban al tanto de los mensajes y consignas que emanaban de Jesús o de sus hombres. David había ido viendo cómo las relaciones de su Maestro con los miembros del Sanedrín se deterioraban paso a paso y, por propia iniciativa, aquel miércoles había decidido montar en el campamento de Getsemaní un «cuerpo» especial de mensajeros. Al igual que Lázaro y sus hermanas, aquel judío de mente clara y gran valentía, parecía haber entendido mucho mejor que los apóstoles cuál iba a ser el fin de Jesús. Sin embargo, jamás le vi exponer estos temores ante el resto de los íntimos del Nazareno. Y siguiendo esta misma y sigilosa conducta, David nos comunicó sus pesimistas impresiones, haciéndonos saber igualmente que —en previsión de males mayores— uno de sus «correos», enviado por él varios días antes a la población de Beth-Saida (al norte del lago de Genazaret), había llevado recado a su madre y a María, la madre de Jesús, para que viajasen de inmediato a Jerusalén. Ese mensajero había regresado hacia las cuatro de la tarde de aquel miércoles, comunicándole a Zebedeo que las mujeres y parte de la familia del Galileo estaban ya en camino y que quizá entrasen en el campamento esta misma noche o, a lo más tardar, por la mañana del jueves. José agradeció en nombre de todos la confianza que había demostrado David al ponernos al corriente de estos pormenores y, en compensación y suplicándole que mantuviera la boca cerrada, confirmó las noticias del Zebedeo sobre la traición de Judas.

Pero nuestra conversación se vio súbitamente interrumpida por una creciente agitación entre los discípulos que deambulaban por el huerto. Andrés se precipitó sobre nosotros, soltándonos a bocajarro:

—Ha corrido la noticia de que Lázaro ha huido de Betania.

David sonrió irónicamente. Y cuando Andrés se hubo alejado, comentó con pesadumbre:

—No os alarméis. Ha sido uno de mis mensajeros quien ha llevado a Lázaro la noticia de que el Sanedrín se disponía a prenderle hoy mismo. Tiene órdenes de dirigirse a Filadelfia y refugiarse en la casa de Abner.

No consideré oportuno preguntar quién era el tal Abner, aunque imaginé que se trataba de uno de los seguidores de Jesús en la Perea, al otro lado del Jordán.

José quedó muy impresionado. Estimaba mucho al resucitado y al conocer lo sucedido empezó a valorar —en toda su dimensión— la gravísima resolución de Caifás y de sus sacerdotes de arrestar al Maestro. Pero, sobreponiéndose, aguardó pacientemente a que llegara Jesús.

Muy cerrada ya la noche, el gigante y Marcos irrumpieron en el campamento, tan solos como habían marchado. Jesús soltó el lienzo que había anudado en torno a sus cabellos y, mostrándose de un humor excelente, saludó a sus amigos, sentándose junto al fuego, tal y como tenía por costumbre.

Pero la acogida no fue muy calurosa. Aquellos hombres estaban demasiado asustados y confusos como para seguir las bromas de su Maestro. En el fondo se habían acostumbrado a su presencia y aquella jornada, sin él, les había resultado extremadamente larga y vacía. Jesús notó en seguida el ambiente tenso y las caras largas. Sin embargo, nadie se atrevió a preguntarle. Ni uno solo tuvo valor para contarle el rumor sobre la precipitada huida de Lázaro...

A pesar de ello, el Galileo trató por todos los medios de borrar aquella atmósfera cargada y, durante un buen rato, se interesó por las familias de los discípulos. Al llegar a David Zebedeo, Jesús fue mucho más concreto, interrogándole sobre su madre y hermana menor. Pero David, bajando los ojos hacia el suelo, no respondió. Estaba claro que el jefe de los «correos» —que no cesaban de entrar y salir del campamento— había preferido no lastimar a Jesús, anunciándole que había dado órdenes para que María y el resto de su familia se personaran en Jerusalén. En aquel instante, al observar la suma delicadeza del discípulo, sentí una gran simpatía hacia él. Aquel sentimiento terminaría por transformarse en admiración, a la vista de su comportamiento en las duras horas que siguieron al prendimiento de Jesús. Aquel hombre, precisamente, y su cuerpo de mensajeros, iban a constituir durante las negras jornadas que se avecinaban el «corazón» y el «cerebro» del maltrecho grupo...

En vista de que aquellas últimas horas no estaban resultando tan íntimas y familiares como deseaba el Maestro, éste, tomando la palabra, les dijo:

—No debéis permitir que las grandes muchedumbres os engañen. Las que nos oyeron en el Templo y que parecían creer nuestras enseñanzas, ésas, precisamente, escuchan la verdad superficialmente. Muy pocos permiten que la palabra de la verdad les golpee fuerte en su corazón, echando raíces de vida. Los que sólo conocen el evangelio con la mente y no lo experimentan en su corazón no pueden ser de confianza cuando llegan los malos momentos y los verdaderos problemas.

»Cuando los dirigentes de los judíos lleguen a un acuerdo para destruir al Hijo del Hombre, y cuando tomen una única consigna, entonces veréis a esas multitudes cómo escapan consternadas o se apartan a un lado en silencio.

»Entonces, cuando la adversidad y la persecución desciendan sobre vosotros, llegaréis a ver cómo otros (que pensábais que aman la verdad) os abandonan y renuncian al evangelio. Habéis descansado hoy como preparación para estos tiempos que se avecinan. Vigilad, por tanto, y rogad para que, por la mañana, podáis estar fortalecidos para lo que se avecina.

Al oír aquellas últimas palabras, Judas —que había regresado al campamento poco antes que nosotros— levantó la vista, mirando fijamente a Jesús. Pero, a excepción de David Zebedeo y de nosotros tres, ninguno de los discípulos asoció aquella advertencia con la inminente deserción del Iscariote.

Y hacia la medianoche, el Galileo invitó a sus amigos para que se retiraran a descansar.

—Id a dormir, hermanos míos —les dijo con una especial dulzura— y conservad la paz hasta que nos levantemos mañana... Un día más para hacer la voluntad del Padre y experimentar la alegría de saber que somos sus hijos.

6 DE ABRIL, JUEVES

Avanzada ya la medianoche, uno a uno, los discípulos fueron levantándose y abandonando el fuego. Mientras buscaban refugio en las tiendas o se arropaban con sus mantos al socaire del muro de piedra, Andrés procedió a designar el primer turno de guardia: dos hombres armados con espadas. Uno se situó al sur, en la entrada del huerto y el otro, al norte, en las proximidades de la gruta. El relevo se efectuaría cada hora.

Pero Jesús no se movió. Sentado a metro y medio de la hoguera —y de espaldas al olivar—, permaneció unos minutos con la mirada fija en las ondulantes y encarnadas lenguas de fuego, que chisporroteaban a ratos a causa de algunos de los troncos, algo más húmedos que el resto.

Pronto me quedé solo, frente a él y con la fogata como único testigo, casi mudo, de la que iba a ser mi tercera y última conversación con el Maestro. Sus brazos descansaban sobre las piernas, cruzadas una sobre otra. El Nazareno había abierto sus manos, recogiendo el calor sobre las palmas. Tenía la cabeza ligeramente inclinada hacia adelante y sus cabellos y rostro se iluminaban y apagaban, a capricho del jugueteo de las llamas. Su expresión, acogedora y apacible durante toda la noche, se había vuelto grave.

De pronto, el corazón me dio un vuelco. Brillante, tímida y sin prisas, una lágrima había hecho aparición en su mejilla derecha. Era la segunda vez que veía llorar a aquel extraño hombre...

No respiré siquiera, conmovido e intrigado por aquel sereno y súbito llanto del Galileo. Pero Jesús parecía totalmente ausente. Y a los pocos minutos, echando la cabeza hacia atrás, inspiró profundamente, incorporándose. En mi mente bullían y se cruzaban un sinfín de hipótesis sobre el estado de ánimo del Galileo, pero no me atreví a moverme.

Le vi alejarse hacia el interior del olivar y detenerse a cosa de treinta o cuarenta pasos de donde me encontraba. Y así permaneció —en pie y con la cabeza baja— por espacio de una hora. La luna, casi llena, solitaria entre miles de estrellas, se encargó de bañarlo con una luz plateada, oscilante a veces por una brisa que entraba de puntillas entre las hojas verdiblancas de los olivos.

Sin saber exactamente por qué, esperé. La temperatura había descendido notablemente, haciendo tiritar a los astros con escalofríos blancos, azules y rojos. Durante un tiempo que no sabría precisar me quedé con el rostro perdido en aquel negro y soberbio firmamento. Venus, en conjunción con el sol en aquellas fechas, no era visible. Por su parte, Júpiter, con un brillo cada vez más débil (magnitud 1,6 aproximadamente), se levantaba a duras penas sobre el oeste, a escasa distancia del hermoso racimo estelar de Las Pléyades. Y en lo más alto, disputándose la primacía, las refulgentes estrellas Regulus, Capella, Aldebarán, Betelgeuse y Arcturus, arropadas por las constelaciones de Leo, Auriga, Taurus, Orión y Bootes, respectivamente.

Jesús me sorprendió cuando alimentaba la hoguera con una nueva carga de leña.

—Jasón —me dijo—, ¿no duermes? Sabes de la dureza de las próximas horas. Deberías descansar como todos los demás...

Sentado junto al fuego le miré con curiosidad, al tiempo que le invitaba a responder a una pregunta que llevaba dentro desde que le había visto alejarse hacia el olivar:

—Maestro, ¿por qué un hombre como tú necesita de la oración...? Porque, si no estoy equivocado, eso es lo que has hecho durante este tiempo...

El Galileo dudó. Y antes de responder, volvió a sentarse, pero esta vez junto a mí.

—Dices bien, Jasón. El hombre, mientras padece su condición de mortal, busca y necesita respuestas. Y en verdad te digo que esa sed de verdad sólo puede aplacarla mi Padre. Ni el poder, ni la fama, ni siquiera la sabiduría, conducen al hombre al verdadero contacto con el reino del Espíritu. Es por la oración cómo el humano trata de acercarse al infinito. Mi espíritu empieza a estar afligido y yo también necesito del consuelo de mi Padre.

—¿Es que la verdadera sabiduría está en el reino de tu Padre?

—No... Mi Padre es la sabiduría.

Jesús recalcó la palabra «es» con una fuerza que no admitía discusión.

—Entonces, si yo rezo, ¿puedo saciar mi curiosidad e iluminar mi espíritu?

—Siempre que esa oración nazca realmente de tu espíritu. Ninguna súplica recibe respuesta, a no ser que proceda del espíritu. En verdad, en verdad te digo que el hombre se equivoca cuando intenta canalizar su oración y sus peticiones hacia el beneficio material propio o ajeno. Esa comunicación con el reino divino de los seres de mi Padre sólo obtiene cumplida respuesta cuando obedece a una ansia de conocimiento o consuelo espirituales. Lo demás —las necesidades materiales que tanto os preocupan— no son consecuencia de la oración, sino del amor de mi Padre.

—¿Por eso has insistido tanto en aquello de «buscar el reino de Dios y su justicia...»?

—Sí, Jasón. El resto siempre se os da por añadidura...

—¿Y cómo debemos pedir?

—Como si ya se os hubiera concedido. Recuerda que la fe es el verdadero soporte de esa súplica espiritual.

—Dices que la oración —así formulada— siempre obtiene respuesta. Pero yo sé que eso no siempre es así...

El Galileo sonrió con benevolencia.

—Cuando las oraciones provienen en verdad del espíritu humano, a veces son tan profundas que no pueden recibir contestación hasta que el alma no entra en el reino de mi Padre.

—No comprendo...

—Las respuestas, no lo olvides, siempre consisten en realidades espirituales. Si el hombre no ha alcanzado el grado espiritual necesario y aconsejable para asimilar ese conocimiento emanado del reino, deberá esperar —en este mundo o en otros— hasta que esa evolución le permita reconocer y comprender las respuestas que, aparentemente, no recibió en el momento de la petición.

—¿Esto explicaría ese angustioso silencio que parece constituir en ocasiones la única respuesta a la oración?

—Sí. Pero no te confundas. El silencio no significa olvido. Como te he dicho, todas las súplicas que nacen del espíritu obtienen respuesta. Todas... Déjame que te lo explique con un ejemplo: el hijo está siempre en el derecho de preguntar a sus padres, pero éstos pueden demorar las respuestas, a la espera de que el infante adquiera la suficiente madurez como para comprenderlas.

»La gran diferencia entre los padres humanos y nuestro Padre verdadero está en que aquéllos olvidan a veces que están obligados a contestar, aunque sea al cabo de los años.

—Según esto, cuando muramos, todos seremos sabios...

—Insisto que la única sabiduría válida en el reino de mi Padre es la que brota del amor. Después de gustar la muerte, nadie será sabio si no lo ha sido antes en vida...

—¿Debo pensar entonces que la demora en la respuesta a mis súplicas es señal de mi progresivo avance en el mundo del espíritu?

Jesús me miró con complacencia.

—Hay infinidad de respuestas indirectas, de acuerdo con la capacidad mental y espiritual del que pide. Pero, cuando una súplica queda temporalmente en blanco, es frecuente presagio de una contestación que llenará, en su día, a un espíritu enriquecido por la evolución.

—¿Por qué resulta todo tan complejo?

—No, querido amigo. El amor no es complicado. Es vuestra natural ignorancia la que os precipita a la oscuridad y la que os inclina a una permanente justificación de vuestros errores.

Guardé silencio. Aquel hombre llevaba razón. Sólo los hombres tratan desesperadamente de justificarse y justificar sus fracasos...

Levanté la vista hacia las estrellas y señalándole aquella maravilla, le dije:

—¿Qué sientes ante esta belleza?

El Galileo elevó también sus ojos hacia el firmamento y respondió con melancolía:

—Tristeza...
—¿Por qué?
—Si el hombre no es capaz de recibir en su alma la grandeza de esta obra, ¿cómo podrá captar la belleza de Aquél que la ha creado?
—¿Es Dios tan inmenso como dices?
—Más que pensar en la inmensidad de mi Padre, debes creer en la inmensidad de su promesa divina. Rebasa el espíritu del hombre y llega a producir vértigo en las legiones celestiales...
—Ya me lo explicaste, pero, ¿de verdad el acceso al reino de tu Padre está al alcance de todos los mortales?
—El reino de nuestro Padre —me corrigió Jesús— está en el corazón de todos y cada uno de los seres humanos. Sólo los que despiertan a la luz del evangelio lo descubren y penetran en él.
—Entonces, ¿todas las religiones, credos o creencias pueden llevarnos a la verdad?
—La verdad es una y nuestro Padre la reparte gratuitamente. Es posible que el gusto y la belleza puedan ser tan caros como la vulgaridad y la fealdad, pero no sucede lo mismo con la verdad: ésta sí es un don gratuito que duerme en casi todos los humanos, sean o no gentiles, sean o no poderosos, sean o no instruidos, sean o no malvados...
—¿A quién aborreces más?
—En el corazón de mi Padre no hay lugar para el odio... Deberías saberlo. Guárdate sólo de los hipócritas, pero no viertas jamás en ellos el veneno de la venganza.
—¿Quién es hipócrita?
—Aquel que predica la vía del reino celestial y, en cambio, se instala en el mundo. En verdad te digo que los hipócritas engañan a los simples de corazón y no satisfacen más que a los mediocres.
—¿A quién estimas más: a un hombre espiritual o a un revolucionario?
El Maestro sonrió, un tanto sorprendido por mi pregunta. Y posando su mano izquierda sobre mi hombro, repuso con firmeza:
—Prefiero al hombre que actúa con amor...
—Pero, ¿quién puede llegar a amar más?
—Pregunta mejor, ¿quién puede llegar a comprender más?
—¿Quién?
—Aquel que es capaz de amarlo todo. Pero, ¡ojo! Jasón, aquel que ama de verdad no coloca la palabra «amor» sobre su puerta, tratando de justificarse ante el mundo. Y el que da, tampoco escribe la palabra «caridad» para que todos le reconozcan. Cuando alguna vez veas esas palabras, desvergonzadamente ostentadas en el mundo, no dudes que tienen la única finalidad de enriquecer y ensalzar a cuantos las esgrimen y airean.
»El reino de mi Padre es semejante a una mujer que llevaba un cántaro lleno de harina. Mientras marchaba por un camino apartado se le rompió el asa y la harina se derramó detrás de ella por el camino. La mujer no se dio cuenta y no supo su desgracia. Cuando llegó a su casa depositó el cántaro en tierra y lo encontró vacío.
—¡Aquel que es capaz de amarlo todo!... —repetí con un ligero movimiento de cabeza—. ¡Qué difícil es eso...!
—Nada hay difícil para el que ha aprendido a ceder.

—Pero, ¿qué me dices de las injusticias? ¿También debemos aprender a amar a los que nos humillan o tiranizan?

—Cuando llegue el caso, pide explicaciones a tu hermano, pero nunca le odies. Sólo cuando miréis a vuestros hermanos con caridad podréis sentiros contentos.

—Ahora empiezo a comprender —comenté casi para mí mismo— por qué mi mundo se siente infeliz...

—El mayor error de tu mundo —repuso Jesús— es su falta de generosidad. El que conoce y practica el amor no suele tener necesidad de perdonar: siempre está dispuesto a comprenderlo todo.

—Puede que estés en lo cierto, pero siempre pensé que el gran error de nuestro mundo era su «empacho» tecnológico...

El Nazareno me miró con una inagotable afabilidad.

—Debéis tener paciencia y confiar. La humanidad, a veces, se emborracha y embota con sus propios hallazgos y triunfos, olvidando que su auténtico estado natural reside en la serenidad de su espíritu. El día que despierte de tan pesado letargo volverá sus ojos al sendero del amor: el único que conduce a la verdadera sabiduría.

El cansancio empezaba a apoderarse de ambos y, de mutuo acuerdo, decidimos descansar las escasas horas que restaban ya para el alba. Mientras me envolvía en el manto, acomodándome lo mejor que pude bajo uno de los olivos, una estrella fugaz —una «lírida»— cruzó frente a las estrellas Kappa Lyrae y Nu Herculis, rasgando el velo del firmamento y el de mi profunda melancolía.

Sin proponérmelo, había empezado a amar a aquel hombre...

A las 05.42 horas de aquel jueves, 6 de abril del año 30, el sol empezó a abrirse paso sin especiales dificultades. Eliseo procedió a despertarme, facilitándome el habitual parte meteorológico. El día prometía ser magnífico. Temperatura media estimada de unos 17 grados centígrados, baja humedad relativa y cielo despejado.

—... Sin embargo —añadió mi compañero—, el «rawin» (1) del módulo está captando una alteración en los altos niveles de la atmósfera. Localización: vertical de la frontera de Irak con la Arabia Saudí. Los sistemas electrónicos confirman que se trata de una corriente «en chorro» del Este (tipo ecuatorial), con una velocidad máxima aproximada de 70 nudos y entre niveles de 100 y 150 milibares (entre los 14 y 17 kilómetros de altura)...

»¡Atención, Jasón! Santa Claus está verificando los datos meteorológicos y todo parece señalar que, en el transcurso de las próximas 24 o 48 horas, esta alteración puede provocar intensos vientos del Este, con arrastre de bancos de arena procedentes de los desiertos arábigos de Nafud y Dahna.

»La posibilidad de esta tormenta de arena o siroco sobre Palestina está empezando a confirmarse igualmente por la loca subida de los barómetros de Tonnelot y del "aneroide". Es posible que, si todo sigue igual, mañana tengas que quitarte el manto...

Aquella información resultaba especialmente interesante. En la

(1) Caballo de Troya había dotado nuestro módulo, entre otros aparatos de tipo meteorológico, con un «rawin» (tipo láser de baja energía) —con retorno «interno»—, y de tan alta sensibilidad que puede medir la fuerza y dirección del viento con escasos metros por segundo de error. *(N. del m.)*

mañana del día siguiente, viernes, debería tener lugar un extraño fenómeno —así lo había leído al menos en las *Sagradas Escrituras* (Lucas 23,44-46, Marcos 15, 33-34, y Mateo 27, 45-46)—, desde la hora sexta a la nona (desde las 12 del mediodía a las tres de la tarde, aproximadamente), «cubriendo las tinieblas la totalidad de la tierra», según palabras textuales de los evangelistas. Y aunque no quise sacar conclusiones *a priori*, la advertencia de Eliseo sobre aquellos vientos alisios del E-SE, con la posibilidad de un fuerte arrastre de arena del cercano desierto arábigo, me dio ya una ligera idea sobre la verdadera naturaleza del suceso narrado en el Nuevo Testamento...

Poco a poco, algunas mujeres fueron saliendo de la tienda y preparando el fuego.

Hacia las seis, y cuando daba un pequeño paseo por los alrededores del campamento, tratando de desentumecer mis músculos, vi salir por el cercado de piedra a Judas. Iba solo y, a juzgar por sus andares, con una cierta prisa. Tomó la misma vereda del día anterior, perdiéndose colina abajo, en dirección al Templo o quizá hacia las puertas de la zona sur de la ciudad. Por un instante pensé en seguirle. Pero terminé por desistir. Los planes de Caballo de Troya eran otros. Lo más probable es que el Iscariote fuera a entrevistarse con el jefe de la policía del Sanedrín, tal y como le había sido encomendado el pasado miércoles. Por otra parte, Ismael, el saduceo que había logrado infiltrarse en el consejo de los sacerdotes, había prometido informarnos puntualmente de todos y cada uno de los pasos del traidor, así como de los movimientos de los levitas encargados del prendimiento del Maestro. Esto me tranquilizó y regresé de inmediato al interior del huerto. Jesús y sus hombres seguían durmiendo.

En la medida que me lo permitieron, ayudé a las mujeres a avivar la fogata y a transportar los cuencos de leche, suministrada en el momento por dos cabras que Felipe, al parecer, había conseguido el miércoles y que habían amarrado en el interior de la cueva.

Mientras preparábamos el desayuno, y casi a la misma hora que el día anterior, irrumpió en el campamento el joven Juan Marcos. Llegó con una cesta algo mayor que la de la víspera y, también sin pronunciar palabra alguna, se la entregó a las mujeres, sentándose después junto al fuego. Y allí permaneció, con la barbilla pegada a las rodillas, como hipnotizado por el frágil baile de las llamas.

Algunos de los discípulos empezaron a dar señales de vida, desperezándose sin el menor pudor. Dos de ellos, al descubrir al niño, se aproximaron e intentaron que Marcos les contase qué habían hecho durante aquel largo paseo del miércoles. Pero el muchachito, con los ojos bajos y fruncido el entrecejo, no despegaba los labios. A lo sumo, y cuando las presiones de los hombres de Jesús se elevaban de tono, Juan negaba con la cabeza, con una visible y creciente irritación. Algunas de las mujeres protestaron por este interrogatorio y pidieron a los discípulos que dejaran en paz al chico. Otros miembros del grupo se habían unido a los curiosos inquisidores, rogando y suplicándole que les dijese, al menos, dónde habían estado y si podían haber sido espiados por la policía del Sanedrín. Al final —supongo que aburrido ya por tanta pregunta—,

Marcos abrió la boca y dio por zanjado el asunto con una explicación que conocían muy bien los seguidores del Maestro:

—El rabí me pidió que no dijese nada a nadie...

Y allí, como digo, terminó el interrogatorio. En diversas ocasiones, Jesús había hecho partícipes a sus hombres de diferentes confidencias, rogándoles que no dijesen nada. Y todos, en líneas generales, habían sabido respetarle.

Los discípulos no quedaron muy conformes, en especial Simón, el Zelotes, que había cubierto el último turno de vigilancia en la puerta del huerto y que temía más que ninguno por la seguridad del Maestro y del resto del grupo. En cuanto a mí, aquel obstinado hermetismo de Juan Marcos sólo sirvió para despertar aún más mi curiosidad. Tenía que averiguar algo de lo sucedido aquel miércoles y que, en los textos de los evangelistas, aparece igualmente en «blanco» respecto a las actividades del Nazareno. Pero, ¿cómo podía hacer hablar al fiel acompañante de Jesús? Esa misma tarde del jueves se presentaría la gran oportunidad...

Jesús no tardó en aparecer. Su rostro presentaba unas ligeras ojeras, resultado probablemente de las escasas horas de sueño. Al verle me sentí responsable. Si yo no le hubiera envuelto con mi conversación, seguramente habría descansado algo más. Y al pensar en lo que le aguardaba, me eché a temblar. Aquélla, en realidad, había sido su última noche en paz...

Pero mis preocupaciones se desvanecieron al instante. El Galileo estaba de un humor envidiable. Saludó a todos y, siguiendo su costumbre, se dirigió hacia el ancho lebrillo de barro, con el fin de asearse. Pero, a mitad de camino, Juan Marcos —que acababa de verle— salió corriendo, abrazándose a su cintura. El Maestro, sorprendido por aquel cálido recibimiento, tomó el rostro del niño entre sus grandes manos e inclinándose levemente hacia él le preguntó en un tono de complicidad:

—¿Te has acordado de las pasas de Corinto?

El pequeño sonrió y asintió con la cabeza. Y Jesús, frotándose las manos en señal de satisfacción, comenzó a desnudarse.

«¿Pasas de Corinto?», pensé. «¿A qué puede referirse?» Y de pronto recordé una de las explicaciones de Lázaro. Al Maestro le encantaban las uvas sin grano, como las que brotaban en la parra que había plantado el padre del resucitado en el patio central de su casa.

Y me dispuse a llevar a cabo otra de las misiones encomendadas por la Operación Caballo de Troya. «Aquél —me dije a mí mismo tratando de tranquilizarme— parecía un buen momento...»

El gigante terminó sus abluciones y, cuando recibía de manos de una de las mujeres el lienzo con el que debía secarse, me aproximé hasta él, rogándole que me permitiera ayudarle. El Nazareno se resistió pero, ante mi insistencia, puso parte del paño en mis manos, mientras él —divertido con lo que parecía un juego y una delicadeza— se frotaba con el otro extremo del lienzo.

Aquella maniobra tenía en verdad una doble finalidad: de un lado, proceder a una exploración manual y directa del cuerpo de Jesús —hecho éste que no hubiera resultado lógico ni fácil de no haber aprovechado una de aquellas ocasiones— y, en segundo lugar, intentar una medición de sus principales partes anatómicas. Este segundo objetivo, sobre todo, era de vital importancia para un mejor análisis de su organismo durante las horas de la crucifixión.

A través de aquella suave tela, mis manos fueron palpando su cuello, hombros y espalda. Aquel Galileo —tal y como se desprendía de una simple observación visual— era un ejemplar fornido. Los músculos de la parte posterior y superior del tronco —en especial los trapecios— estaban muy desarrollados. Esta sensación de fortaleza —fruto, sin duda, de un duro y continuado trabajo manual durante muchos años— se extendía igualmente a los músculos deltoides, en la zona de los hombros. Aquéllos y los también sólidos paquetes musculares que se distribuían a cada lado de la columna (los grandes dorsales e infraespinosos) me inclinaron a pensar que Jesús gozaba de una perfecta sincronización en la elevación y descenso de su caja torácica.

Los brazos, de acuerdo con la configuración y estimable volumen de los músculos de los hombros y parte superior y posterior del tronco, eran igualmente macizos. En mi opinión, sus bíceps braquiales eran especialmente gruesos y potentes. También los grandes pectorales (lo que conocemos familiarmente como el pecho) se hallaban fuertemente consolidados, como si el Galileo hubiera practicado la natación. Su capacidad respiratoria tenía que ser excelente.

Tanto la cintura como la parte inferior de la espalda aparecían sin un gramo de grasa (1). Y lo mismo aprecié en la cara frontal del abdomen: la pared muscular del gran recto era lisa, sin indicio alguno de tejido adiposo.

En cuanto a sus muslos y piernas, tanto los sartorios como los músculos aductores, bíceps crural, semitendinosos y gemelos surgieron al tacto firmes y duros como piedras. Aquellas extremidades inferiores, en mi opinión, hubieran sido la envidia de un corredor de la maratón...

Esta armónica y musculosa constitución —unida a la gran estatura del Maestro— le convertían, sin ningún género de dudas, en un ejemplar especialmente atractivo. Era como si la Naturaleza se hubiera esmerado muy especialmente a la hora de configurar a aquel hombre. A su evidente perfección natural había que añadir también aquellos tres últimos años de incansable actividad, recorriendo todos los caminos de Israel, que le habían proporcionado una envidiable forma física.

Una vez concluida mi exploración —y ante el desconcierto de cuantos me observaban— extraje el pequeño cordel del fondo de mi bolsa de hule y, antes de que Jesús se enfundara en su túnica, le supliqué que aguardase unos instantes. El Maestro, sin perder su sonrisa, me dejó hacer con una docilidad que sólo sirvió para aturdirme más. De mutuo acuerdo con mi compañero en el módulo, se había previsto que —una vez terminada cada medición—, yo presionaría mi oído derecho, transmitiéndole la cifra correspondiente.

(1) En esta exploración me llamó poderosamente la atención la gran superficie que debía ocupar la lámina aponeurótica romboidal (en toda la región lumbar) y que marcaba igualmente la tremenda fortaleza de aquel hombre. *(N. del m.)*

De esta forma, Eliseo podría registrar las medidas, sometiéndolas posteriormente a un estudio más complejo.

Como ya señalé, aquella cuerda —totalmente blanca— había sido dividida en centímetros. Pero, en lugar de numerarlos, cada separación era en realidad una marca de color negro (una circunferencia, para ser más exactos, que rodeaba totalmente el perímetro del cordel). Para poder efectuar los cálculos con exactitud, y con el fin de soslayar cualquier tipo de sospecha, Caballo de Troya había ingeniado un sistema de «numeración», basado en colores y letras. (Cada 10 centímetros, la separación correspondiente, en lugar de ser de color negro, había sido pintada de acuerdo con los seis colores básicos del espectro. A partir del centímetro número 70 y hasta el 100, los colores volvían a repetirse.) El orden establecido para dichos colores básicos era el siguiente, de menor a mayor: violeta, azul, verde, amarillo, naranja y rojo. Y a partir del centímetro número 70, como digo, de nuevo el violeta, azul, verde y amarillo. Los centímetros existentes entre estas diez numeraciones fueron «convertidos» en letras, siguiendo el alfabeto griego. Así, por ejemplo, cuando la medición arrojaba 30 centímetros, yo debía anunciar a Eliseo: «verde». Si se trataba de 80 centímetros, «azul-doble». Si, por el contrario, eran 41 centímetros, la clave era «amarillo y alfa» (primera letra del alfabeto griego) (1).

Sin pérdida de tiempo, empecé por las extremidades superiores. Desde el hombro a la punta del dedo medio, la medición arrojó 82 centímetros. La clave para transmitir aquella cifra fue, por tanto, «azul-doble» y «beta». A estas medidas siguieron las de las extremidades inferiores, perímetros, altura de cabeza, cuello, etc. (2).

Como salta a la vista, el Maestro era un hombre de complexión atlética, con un poderoso desarrollo del esqueleto y de su musculatura. Sus extremidades eran largas y el tórax realmente imponente, con unos hombros anchos y sólidos como rocas. La grasa o panículo adiposo era muy escaso; prácticamente inexistente.

La cabeza se presentaba firme y alargada, con un rostro igualmente alargado en su parte media y un mentón y relieve óseos acentuados. El cráneo, como ya dije, alto y estrecho.

Estas características le hacían destacar sobre la media normal de la raza judía de aquella época. Según los estudios de Von Lus-

(1) Los nueve primeros números —correspondientes a cada uno de los centímetros— fueron asociados a las nueve primeras letras del alfabeto griego: alfa para el 1, beta para el 2, gamma para el 3, delta para el 4, epsilón para el 5, dseta para el 6, eta para el 7, zeta para el 8 e iota para el 9. *(N. del m.)*

(2) Las lógicas dificultades para proceder a una medición antropológica rigurosa —que hubiera exigido la utilización de un instrumental más idóneo— fueron subsanadas en parte en el módulo, mediante un estudio computarizado de las cifras que fueron transmitidas por mí, de acuerdo con patrones estándar. Estas mediciones anatómicas —una vez procesadas— arrojaron los siguientes resultados:

Extremidades superiores (total): 82 centímetros (brazo: 37 cm y antebrazo: 45 cm. De estos últimos, 20 correspondían a la mano).

Longitud de las extremidades inferiores (total): 94 cm (medidas desde el talón a la articulación de la cadera). Muslo: 55 cm, y pierna, 39 cm.

Anchura de los hombros (medida entre los puntos acromiales): 45 cm.

chan y Renan, entre los judíos de la Rusia del Sur, la altura media oscilaba alrededor de 1,60 metros, llegando a 1,70 entre los hebreos de Londres y los judíos españoles de Salónica. El tipo mesocéfalo de Cristo tampoco era frecuente. Entre los hebreos de la Rusia del Sur, por ejemplo, el porcentaje de individuos braquicéfalos (de cráneos cortos) era de un 81 %, alcanzando los mesocéfalos un 18 % y los dolicocéfalos un 1 %. Entre los judíos de Salónica —expulsados de España—, los dolicocéfalos suponían un 14,6 % y los braquicéfalos un 25 %.

Además de por su considerable estatura —1,81 metros—, Jesús de Nazaret llamaba la atención por su perímetro torácico, más grande que la media de sus compatriotas.

Esta tipología «atlética» encajaba además considerablemente con el temperamento «enequético», descrito por Mauz: escasa reacción ante los estímulos, movimientos seguros y vigorosos, aunque escasamente pródigos. De mayor fuerza que precisión.

Fue sin duda esa fortaleza física la que pudo contribuir a soportar en parte el brutal castigo que le aguardaba. A pesar de todo —como veremos muy pronto—, los médicos y especialistas de Caballo de Troya jamás pudieron entender cómo aquel Hombre logró resistir hasta el final la cadena de horribles torturas a que fue sometido.

Tronco (desde el manubrio o zona superior del esternón al punto trocantéreo o saliente del fémur a nivel de articulación): 62 cm.

Diámetro torácico (por la espalda): 41 cm.

Perímetro de la caja torácica (medida a la altura del gran pectoral): 99 cm.

Longitud máxima de la cabeza (desde el punto opisto-craneano a la gabela): 19,9 cm.

Anchura máxima de la cabeza (entre parietales): 15 cm.

Anchura bicigomática (desde la apófisis cigomática: de pómulo a pómulo): 14 cm.

Altura total de la cara (desde el gonion hasta el punto alveolar o prostion): 18,9 cm.

Perímetro de la cabeza: 58 cm.

Perímetro máximo de los brazos: 35 cm. Perímetro máximo de antebrazos: 31 cm.

Perímetro máximo de muslos: 57 cm. Perímetro máximo de piernas: 46 cm.

Rodillas (perímetro máximo): 42 cm.

Estatura total: 1,81 metros.

La línea media o axial (desde la nuca al canal interglúteo: punto superior del pliegue interglúteo) aparecía recta, sin desviación.

Longitud máxima del pie: 31 cm (planos de primer grado).

Según los índices de Decourt y Pende, el morfotipo somático de Jesucristo resultó fundamentalmente macrosómico, participando del tipo «atlético» y, en cierta medida, del «pícnico». Los índices —resultantes de la multiplicación de sus medidas reales por los factores hallados por los mencionados científicos para el caso de los hombres— fueron los siguientes:

Talla: 181 centímetros × factor 0,470 = 85,07; altura trocánter: 94 cm × 0,457 = 42,96; bitrocantéreo: 37 cm × 1,250 = 46,25; bi-humeral: 45 cm × 1,052 = 47,34; occipito mentón: 22 cm × 0,870 = 19,14; perímetro torácico: 99 cm × 0,470 = 46,53 y bi-maxilar: 14 cm × 1,820 = 25,48.

En cuanto al índice de Pignet, Caballo de Troya comprobó que el Maestro correspondía a la descripción de «MUY FUERTE» (índice de Pignet = altura

Debo confesarlo. Aquella parte de la misión fue posiblemente la más ingrata. Durante mucho tiempo, y a pesar de la mansedumbre demostrada por Jesús, tuve la sensación de que, sometiéndole a las citadas mediciones antropométricas, había abusado de aquel hombre. Y aún hoy mismo sigo creyéndolo...

Por fortuna para mí, ninguno de los presentes acertó a preguntar por qué me había empeñado en aquella insólita —casi ridícula— operación. La verdad es que, desde un principio, gozaba entre los seguidores del rabí de fama de hombre extraño y esto —no lo sé muy bien— pudo justificar quizá mi comportamiento singular en aquella espléndida mañana del jueves, 6 de abril.

El Maestro terminó de vestirse y siguiendo con aquel buen humor se incorporó al grupo de amigos que le esperaban para desayunar.

Felipe volvió a repartir el pan —aún caliente— que nos había proporcionado el muchacho y las mujeres distribuyeron sendos tazones de leche. En el cesto había también abundante grano tostado, higos secos y una jarra de barro, repleta de las famosas pasas de Corinto. Todo ello, obsequio de la familia de Juan Marcos al Maestro y a su grupo.

El propio Juan se encargó de abrir la jarra y, radiante de satisfacción, derramó un buen puñado de aquel fruto negro y brillante en las palmas de Jesús. Después, siguiendo las instrucciones del Galileo, fue repartiendo el resto de las pasas a cuantos nos hallábamos en el huerto.

Aquella colación matutina transcurrió en un ambiente distendido. Los apóstoles parecían algo más calmados que en la noche anterior, aunque algunos —como Pedro, Tomas y el Zelotes— no tardaron en descubrir que faltaba Judas. Sin embargo, por los comentarios que pude captar, los discípulos lo atribuyeron a las obligaciones habituales del Iscariote como administrador general del grupo y, más concretamente, a los detalles de la preparación de la inminente fiesta de la Pascua. Ninguno de los allí reunidos, por cierto, sabía dónde y cómo pensaba celebrarla el Maestro. En mi

---

en centímetros − perímetro torácico en espiración máxima más su peso, en kilos = 181 − 97 más 80 = 4). Naturalmente, las últimas dos cifras —perímetro torácico en máxima espiración y peso— son aproximativas. (El referido índice de Pignet establece la siguiente clasificación media: IP 10 = persona muy fuerte; IP 15 a 20 = persona fuerte; IP 20 a 25 = persona mediana; IP 25 a 30 = persona débil e IP 30 = persona muy débil.)

En relación con el índice craneal o cefálico, los expertos de Caballo de Troya —siempre de acuerdo con las medidas obtenidas—, dedujeron que Jesús de Nazaret era mesocéfalo, con una ligerísima dolicocefalia. Este índice —75 %— se obtuvo de acuerdo con la fórmula convencional:

$$\text{I.C.} = \frac{\text{DT (medido entre ambos eurión)} \times 100}{\text{DAP (medido entre opistión y gabela)}} = \frac{15 \times 100}{19{,}9} = 75.$$

En la valoración lateral, el índice craneal arrojó 100,5 %. Es decir, hipsocéfalo. En otras palabras, con una altura craneal claramente superior al diámetro longitudinal.

Por último, al examinar el cráneo frontalmente, el índice del Galileo resultó de 75 %. Es decir, con una ligera tendencia a la estenocefalia (cráneo estrecho). *(N. del m.)*

opinión, y a la vista de los graves acontecimientos que venían produciéndose, en relación con la determinación del Sanedrín de apresar a Jesús, aquel asunto de la Pascua tampoco les preocupaba excesivamente.

Hacia las diez de la mañana hizo acto de presencia en el campamento José de Arimatea. Le acompañaba uno de sus sirvientes. Al verle, el Nazareno le invitó a sentarse junto al grupo. Pero José rehusó amablemente, indicándole que necesitaba conversar a solas con él.

El Maestro se levantó y ambos se alejaron unos pasos, hasta situarse junto al muro de la cuba de piedra destinada a almazara.

El de Arimatea, con el semblante serio, gesticulaba, exponiéndole al Galileo lo que yo ya sabía sobre los planes de Judas. Por fortuna, ninguno de los discípulos alcanzó a escuchar el tema de la conversación del anciano y su Maestro. Éste le escuchó sin inmutarse. Y una vez que José hubo hablado, le tomó por el brazo, iniciando un corto paseo a lo largo del parapeto de piedra.

Durante cosa de quince o veinte minutos, Jesús dialogó con el dimitido miembro del Sanedrín. Esa misma noche —ya madrugada— del jueves, José me revelaría las palabras que le había dirigido el Maestro durante aquel breve encuentro en el campamento.

La súbita llegada de José de Arimatea y el misterioso cambio de impresiones con el rabí no pasaron inadvertidos para los discípulos. Todos se hicieron lenguas sobre la razón de aquella visita. Y la mayoría acertó..., a medias. Cuchicheando entre sí, los apóstoles se inclinaban a pensar que algo grave estaba sucediendo y que ese «algo» tenía mucho que ver con la captura del Maestro y con la posible desintegración del movimiento que llevaban entre manos. Y sus ánimos volvieron a tensarse.

Finalizada la conversación, José se dirigió a una de las tiendas, intercambiando unas palabras con David Zebedeo. Por último, y tras despedirse de todos, se alejó en dirección a Jerusalén.

Jesús, que había retornado hasta el grupo que esperaba en torno a la hoguera, parecía algo más serio. Y antes de que nadie acertara a preguntarle, pidió a sus hombres y mujeres que le acompañasen.

Hacia las diez y media, el grupo completo —integrado por unas cincuenta personas— comenzó a ascender por la ladera del Olivete. Yo, algo rezagado, advertí a Eliseo de la dirección que seguía el grupo, en previsión de cualquier aproximación a la zona de seguridad del módulo.

Al llegar a la cima del monte, el Nazareno rogó a sus amigos que tomaran asiento y que escucharan sus palabras. Por suerte, la nave se hallaba mucho más al norte.

Había tanta inquietud como expectación en las miradas de aquellos galileos. En el fondo, los allí reunidos sólo deseaban asegurarse de algo: que el Maestro había tomado la decisión —como ya hiciera en otras ocasiones— de retirarse de la jurisdicción de la ciudad santa, evitando así a las amenazantes castas sacerdotales. Pero no fue esto lo que escucharon, aunque el rabí hizo algunas alusiones al poder terrenal...

—Los reinos de este mundo —dijo entre otras cosas—, siendo como son materiales, pueden estimar a menudo que es necesario emplear la fuerza física para la ejecución y desarrollo de las leyes y del mantenimiento del orden. En el reino de los cielos los creyentes no recurren al empleo de la fuerza física. El reino del cielo, siendo como es una hermandad espiritual entre los hijos de Dios, puede promulgarse únicamente por el poder del espíritu. Esta distinción de procedimiento no anula, sin embargo, el derecho de los grupos sociales de creyentes a mantener el orden en sus filas y administrar disciplina entre los miembros ingobernables e indignos. No es incompatible ser hijo del reino espiritual y ciudadano del gobierno secular y civil. Es deber del creyente dar al César lo que es del César y a Dios lo que es de Dios...

»No puede haber desacuerdo entre estos dos requisitos. A no ser —aclaró Jesús— que resulte que un César intenta usurpar las prerrogativas de Dios y pida homenaje espiritual y se le rinda culto supremo. En tal caso sólo debéis adorar a Dios, mientras intentáis iluminar a esos dirigentes mal guiados. No debéis rendir culto espiritual a los gobernantes de la tierra. Ni tampoco debéis emplear la fuerza física de los gobiernos terrenales.

»Ser hijos del reino, desde el punto de vista de una civilización avanzada —prosiguió Jesús, dirigiéndome una significativa mirada— debe convertiros en ciudadanos ideales en los reinos terrenales. La hermandad y el servicio —no lo olvidéis— son las piedras angulares del evangelio. La llamada del amor del reino espiritual debe probar que es efectiva a la hora de destruir el instinto del odio entre los ciudadanos no creyentes y guerreros del mundo terreno. Pero estos hijos de las tinieblas, con mentalidad material, nunca sabrán de vuestra luz espiritual, a no ser que os acerquéis a ellos. Por ello debéis ser honorables y respetados entre los ciudadanos y entre los dirigentes de este mundo. Ese servicio social generoso sólo es la consecuencia natural de un espíritu que vive en la luz.

»Como hombres mortales sois en verdad ciudadanos de los reinos terrenales y debéis ser buenos ciudadanos y mucho más cuando habéis vuelto a nacer en el espíritu. Tenéis, por tanto, una triple obligación: servir a Dios, servir al hombre y servir a la hermandad de creyentes en Dios.

»No adoréis a los jefes temporales ni empleéis la fuerza para el fomento del reino espiritual. Pero manifestaros en un honrado ministerio de servicio amoroso, tanto a los creyentes como a los no creyentes. Es en el evangelio del reino donde reside el poderoso Espíritu de la Verdad. Yo verteré sobre vosotros ese Espíritu de Verdad y sus frutos serán poderosas palancas sociales que elevarán a las razas de las tinieblas. En verdad os digo que este Espíritu llegará a ser vuestro fulcro, con un poder multiplicador.

»Desplegad sabiduría y mostrad sagacidad en vuestros tratos con los dirigentes civiles no creyentes. Por medio de la discreción, mostraros expertos a la hora de allanar desacuerdos poco importantes y arreglar fútiles faltas de entendimiento. Buscad, por todos los procedimientos leales, el vivir apaciblemente con todos los hombres. Sed siempre sabios como las serpientes y tan inofensivos como las palomas...

»Seréis mejores ciudadanos si sabéis iluminar vuestro espíritu con la verdad del evangelio. Y los dirigentes en los asuntos civiles mejorarán como resultado de esta creencia en el reino celestial.

»Mientras los jefes de los gobiernos terrenales busquen ejercitar la autoridad, como dictadores religiosos, vosotros —los que creéis en este evangelio— sólo podéis esperar problemas, persecuciones e, incluso, la muerte...

Jesús hizo una pausa, dejando que aquellas últimas palabras flotasen como un negro presagio.

—... Pero yo os digo —prosiguió el Maestro en un tono firme y esperanzador— que esa misma luz que llevéis al mundo, y hasta la forma en que padezcáis por ella, iluminará finalmente por sí misma a toda la humanidad y dará, como resultado, la separación gradual de la política y la religión.

El Galileo volvió a fijar sus ojos en mí. Y continuó:

—... La persistente predicación de este evangelio del reino llevará algún día a las naciones a una nueva e increíble liberación, a una libertad intelectual y a la libertad religiosa.

»Yo os anuncio ahora que, bajo las próximas persecuciones de los que odian este evangelio de la alegría y de la libertad, vosotros floreceréis y el reino de mi Padre prosperará. Pero no os engañéis. Correréis grave peligro cuando, en los tiempos posteriores, la mayoría de los hombres hablen bien de los creyentes en el reino y muchos, incluso, ocupando altos cargos, acepten el evangelio. Aprended a ser leales al reino, incluso en tiempos de paz y prosperidad. No tentéis a los ángeles que os vigilan. No les tentéis a llevaros por caminos sembrados de dificultades, como amante disciplina, cuando os dejéis arrastrar por la molicie y la vanagloria. Recordad que estáis encargados de predicar este evangelio —el supremo deseo de hacer la voluntad del Padre, junto con la alegría suprema de la realización de la fe de ser hijos de Dios— y no debéis dejar que nada desvíe vuestra atención. Haced que toda la humanidad se beneficie del desbordamiento de vuestro amante ministerio espiritual, iluminando la comunión intelectual e inspirando el servicio social. Pero ninguna de estas humanitarias labores deben ocupar el verdadero objetivo de vuestros corazones: proclamar el evangelio.

»No debéis buscar la promulgación de la Verdad, ni establecer la honradez, por medio del poder de los gobiernos civiles ni tampoco por la promulgación de leyes seculares.

»Podéis trabajar para persuadir a las mentes humanas, pero nunca —nunca— debéis atreveros a imponeros. No olvidéis la gran ley de la justicia humana que os he enseñado: lo que deseéis que otros os hagan, hacédselo vosotros a ellos...

»Cuando un creyente sea llamado a servir al gobierno terrenal, dejad que rinda ese servicio como ciudadano temporal de dicho gobierno, aunque tenga que mostrar todos los rasgos y señales ordinarios en la ciudadanía. Éstos han sido realzados por la ilustración espiritual de la ennoblecedora asociación de la mente del hombre mortal con el espíritu divino que habita en él. Si el no creyente llega a cualificarse como un sirviente civil superior, debéis preguntaros seriamente si las raíces de la Verdad de vuestro corazón no han muerto por falta de las aguas vivientes de la comunión espiritual con el servicio social. La conciencia de ser hijos de Dios debe acelerar toda la vida de servicio a vuestros semejantes.

»No debéis ser místicos pasivos o desvaídos ascetas. No debéis volveros soñadores o veletas, cayendo en el cómodo letargo de creer que una ficticia Providencia os va a proveer, incluso, de lo necesario para vivir.

»En verdad, debéis ser suaves en vuestros tratos con los mortales que se equivocan. Y pacientes en vuestras conversaciones con los hombres ignorantes. Y contenidos ante la provocación... Pero también debéis ser valientes a la hora de defender la honradez y fuertes en la promulgación de la verdad y hasta audaces para predicar este evangelio del reino. Y deberéis llegar hasta los confines del mundo...

»Este evangelio es una Verdad viviente. Os he dicho que es como la levadura en el pan y como el grano de mostaza. Y ahora os declaro que es como la semilla del ser viviente que, de generación en generación, mientras siga siendo la misma semilla viviente, se despliega indefectiblemente en nuevas manifestaciones y crece de forma aceptable, adaptándose a las necesidades peculiares y condiciones de cada generación. La revelación que os he hecho es una revelación viva...

El Galileo recalcó estas dos últimas palabras con una fuerza indescriptible.

—... Una revelación viva —dijo—, y es mi deseo que lleve frutos apropiados a cada individuo y a cada generación, de acuerdo con las leyes del crecimiento espiritual. Es mi deseo que se incremente y que tenga un desarrollo. De generación en generación, este evangelio debe mostrar vitalidad creciente y mayor hondura de poder espiritual. No se debe permitir que llegue a ser un simple recuerdo sagrado, una mera tradición sobre mí o sobre los tiempos en los que ahora vivimos...

Aquella mirada profunda y afilada como un puñal se paseó por todos y cada uno de los oyentes. Y al llegar a mí, Jesús volvió a repetirlas:

—... No se debe permitir que llegue a ser un simple recuerdo sagrado, una mera tradición sobre mí o sobre los tiempos en los que ahora vivimos.

Después, descendiendo a un tono más calmado, prosiguió:

—Y no olvidéis que no hemos dirigido un ataque personal a los individuos ni a la autoridad de los que se sientan en la silla de Moisés. Tan sólo les hemos ofrecido la nueva luz, que ellos han rechazado con tanto vigor. Hemos arremetido contra ellos sólo por su deslealtad espiritual para con las mismas verdades que confiesan enseñar y salvaguardar. Hemos chocado con estos establecidos dirigentes y reconocidos jefes sólo cuando se han opuesto directamente a la predicación del evangelio. E incluso ahora no somos nosotros los que arremetemos contra ellos, sino ellos los que buscan nuestra destrucción. No estáis para atacar las antiguas formas. Debéis poner diestramente la levadura de la nueva Verdad en medio de las viejas creencias. Y dejad que el Espíritu haga su propio trabajo. Dejad que venga la controversia, sólo cuando aquellos que os desprecian os fuercen a ella. Pero, cuando los no creyentes os ataquen intencionadamente, no dudéis en manteneros en una vigorosa defensa de la Verdad que os ha salvado y santificado.

»Recordad siempre amaros el uno al otro. No luchéis con los hombres, ni siquiera con los no creyentes. Mostrad misericordia, incluso, con los que, despreciativamente, abusen de vosotros. Mostraros ciudadanos leales, honrados artesanos, vecinos merecedores de alabanza, parientes devotos, padres comprensivos y sinceros creyentes en la hermandad del reino del Espíritu. Y yo os aseguro que mi espíritu estará sobre vosotros ahora y siempre, hasta el final del mundo...

Entre las horas sexta y nona (en nuestro sistema horario actual podrían ser las 13 horas), Jesús dio por finalizada su alocución. Y fueron los griegos que asistían a la reunión los que más preguntas formularon. Desde mi punto de vista, aquellos gentiles habían asimilado mejor que los propios apóstoles las intenciones y enseñanzas del Maestro. Los once casi no abrieron la boca. Y si debo juzgar por sus comentarios mientras descendíamos hacia el campamento, no terminaban de entender qué relación podía existir entre sus martirios, persecuciones y muerte —anunciadas por el rabí— y la inevitable propagación del evangelio por todo el mundo. Persuadidos como estaban, con la excepción del joven Juan, de que aquel «reino» del que hablaba Jesús tenía mucho que ver con un sistema político que liberase a Israel de la dominación extranjera, tampoco acertaban a comprender que la difusión de la «Verdad» pudiera llevarse a efecto «sin la promulgación de leyes seculares», como había pedido el Maestro.

Sus mentes, una vez más, habían naufragado en un sinfín de especulaciones y dudas. Para la mayoría, las últimas frases del rabí, sobre la destrucción que buscaban los dirigentes judíos, fueron interpretadas como una gran tragedia que estaba a punto de asolar el mundo. Y aunque conocían la orden concretísima del Sanedrín de dar caza a Jesús, su fe en los poderes del Galileo era tal que se resistían a admitir que los sacerdotes pudieran tocarle siquiera. «En otras oportunidades —se decían unos a otros en un simple afán de tranquilizarse—, el Maestro les ha burlado. ¿Por qué no iba a hacerlo ahora...? Es casi seguro que esa "destrucción" a la que se refiere Jesús tiene que ver con un cataclismo o con el fin del mundo...»

Estas impresiones de los discípulos se vieron alimentadas por la actitud personal de Jesús en aquella mañana. Salvo en el breve parlamento con José de Arimatea, el Nazareno había demostrado un humor excelente... «Si el Maestro temiera por su seguridad —argumentaban en buena lógica— no adoptaría una postura tan alegre e inconsciente...»

(Deseo insistir en este momento de mi relato en una circunstancia a la que ya he hecho alusión pero que, dada su importancia, estimo que debe ser considerada nuevamente. Aquel discurso de Jesús de Nazaret había tenido una duración aproximada de algo más de dos horas. Yo he referido únicamente los pasajes que he considerado más interesantes. Pues bien, tal y como se refleja en el Nuevo Testamento, ninguno de los evangelistas llegó a recogerlo con un mínimo de rigor y amplitud. A lo sumo, en los textos evangélicos aparecen algunas frases o sentencias, perdidas aquí y allá y desvinculadas de lo que era en realidad todo un contexto uniforme y perfectamente estructurado. Para mí, estas graves deficiencias —repetidas, como digo, en otros capítulos— no son la consecuencia de una acción negligente por parte de los escritores sagrados. La única razón por la que los Evangelios Canónicos no se hacen eco de estas enseñanzas está en una realidad mucho más sencilla pero, no por ello, menos lamentable: desde mi personal punto de vista, cuando los evangelistas trataron de poner por escrito la vida, obras y parlamentos de Jesús había pasado el tiempo suficiente como para que la inmensa mayoría de sus enseñanzas no pudieran ser recordadas textualmente. De no ser por mi sistema de filmación-grabación, yo tampoco hubiera sido capaz de memorizar todo lo que llevaba oído. Y debo insistir en algo que no puedo terminar de comprender: ¿por qué ninguno de aquellos discípulos se preocupó de ir tomando notas de cuanto veía y escuchaba? De esta forma tan elemental, hoy hubiéramos dispuesto de una visión mucho más amplia y acertada de lo que dijo e hizo el Maestro de Galilea.)

Para mí, a nivel personal, algunas de las afirmaciones de Jesús en aquella inolvidable mañana en la cima del Olivete han revestido una gran importancia. Por ejemplo, jamás he podido olvidar sus alusiones a la esperanza: «... La persistente predicación de este evangelio —había prometido— llevará algún día a las naciones a una nueva e increíble liberación...»

¡Cuánto he ansiado ver cumplida tal afirmación! Sin embargo, hoy por hoy, esa maravillosa realidad parece aún lejana... «Si Jesús fue capaz de pronosticar —¡40 años antes!— la total destrucción de Jerusalén por las legiones de Tito, ¿por qué iba a equivocarse en aquella otra profecía?»

También me desconcertó su recomendación sobre la forma en que debía ser promulgada la Verdad. «No debéis buscar —aseguró— la propagación de esta Verdad por medio de leyes seculares.» Y una punzante duda quedó en mi corazón: ¿hubiera aprobado el Hijo del Hombre la intrincada maraña de leyes, normas y códigos que han regido y siguen rigiendo los destinos de las iglesias y que, en el fondo, no son otra cosa que una asfixiante burocracia secular, agazapada bajo pretextos espirituales y sagrados más o menos claros?

Pero mi misión no era enjuiciar, sino observar y dar testimonio. Ruego a quien pueda leer este diario me disculpe...

Cuando entramos en el campamento, David Zebedeo tenía lista la comida. Le noté nervioso y malhumorado. En un primer momento, lo atribuí a nuestro retraso. Normalmente, aquel almuerzo —a mitad de jornada— solía celebrarse alrededor de las doce. «El disgusto del Zebedeo —pensé— está más que justificado...» Pero, una vez más, me equivocaba. La desazón del jefe de los emisarios no se debía a la demora del grupo...

Nos fuimos acomodando en torno al fuego y las mujeres comenzaron a servir: guiso a base de lentejas, aromatizado con sendos «pellizcos» de comino negro y cilantro (1), espigas frescas pasadas ligeramente por la lumbre o grano tostado (proporcionado por Juan Marcos) y una pequeña ración de requesón, elaborado por las mu-

(1) El cilantro o *Coriandrum sativum*, de las umbelíferas, es el fruto más conocido en Occidente por coriandro, a causa del fuerte olor a chinches que desprende cuando está recién cogido. Una vez desecado, se vuelve muy aromático. El utilizado por las israelitas era amarillento y del tamaño de

jeres con la leche de cabra. Y como complemento, amén del vino, unas tortas de harina, amasadas esa misma mañana a base de agua y sal. El procedimiento utilizado por las mujeres del campamento en la cocción de aquellas tortas de unos 12 centímetros de diámetro era muy singular. Al menos para mí. Empleaban un «horno» —si es que se le puede llamar así— consistente en un gran jarro, perfectamente recubierto de barro en su exterior. Se aseguraba en el suelo y en su interior se encendía un fuego. Una vez que la candela había calentado suficientemente las paredes del jarro, las mujeres procedían a apagar las llamas, pegando entonces las tortas a la superficie interior del «horno». En general, se comían calientes. Pero, cuando Jesús y los restantes discípulos llegaron al huerto, las tortas hacía tiempo que se habían enfriado. Algunos de los comensales subsanaron, sin embargo, aquel contratiempo rociándolas con miel.

Jesús apenas probó el guisado de lentejas, dedicando su atención al requesón y a su obligada ración de pasas sin grano...

A mitad del almuerzo, Judas apareció en el campamento. Nadie se sorprendió. Sólo Jesús, David Zebedeo y yo le seguimos con la mirada. El Iscariote, con la vista baja, tomó una de las escudillas de madera, sirviéndose una generosa ración de lentejas. Y en el mismo silencio con que había entrado en el huerto, así se retiró y aisló, sentándose entre las raíces de uno de los olivos más cercanos. Durante un buen rato, el traidor centró su atención en la comida. Una vez concluida, y mientras procedía a escarbarse los dientes con una brizna de hierba, levantó los ojos hacia el cielo, en dirección al sol. (Supongo que tratando de averiguar lo que restaba de luz.) Y allí siguió, atento a todos y cada uno de los movimientos del Galileo y de sus allegados.

Debía faltar una hora para las tres de la tarde, cuando David Zebedeo —cada vez más inquieto— se levantó y tiró prácticamente de Jesús, caminando con él en dirección a las tiendas. Hablaron unos minutos y observé cómo el Maestro le respondía, al tiempo que levantaba su mano izquierda, como tratando de apaciguarle. Judas, impasible, seguía la escena sin moverse de su sitio.

Cuando David regresó hasta el grupo, traté de sonsacarle:

—¿Qué te ocurre? —le pregunté bajando el tono de mi voz, de forma que no pudiera ser oído por el resto.

—Mis hombres en Jerusalén —me explicó con desesperación— han traído malas nuevas...

Empezaba a intuir de qué se trataba y cuál era en verdad la razón de la progresiva agitación del discípulo.

—... Han seguido a Judas y, tal y como vosotros me adelantasteis, los planes para apresar al Maestro están casi ultimados. Será hoy. Es posible que después de la puesta de sol. El capitán de la policía del Templo está furioso por la fuga de Lázaro y ha apremiado al Iscariote para que se consume el arresto.

—¿Sabéis dónde tendrá lugar?

---

un grano de pimienta. Es menos excitante y afrodisíaco que el comino. Según pude comprobar, muchos hebreos mezclaban este último con miel y pimienta, tomándolo dos veces al día. Esto, según me dijeron, les excitaba sexualmente. *(N. del m.)*

—No. Lo único que sé es que no podemos perder de vista a ese bastardo... —mascullo David clavando su mirada en Judas.

—¿Y qué ha dicho Jesús?

El Zebedeo se encogió de hombros y rezumando aún la evidente sorpresa que le había causado la contestación del Galileo, comentó:

—Me ha pedido que no hable de esto con nadie, pero a ti sí puedo decírtelo, puesto que ya lo sabes... «Sí, David —me ha respondido—, lo sé todo. Y sé que tú sabes, pero cuida de no decírselo a nadie.» Y, cuando trataba de persuadirle para que huyera, añadió: «No dudes de que la voluntad de Dios prevalecerá al final.» Te juro, Jasón, que no acierto a comprenderle. Si él quisiera, ahora mismo pondríamos a su servicio más de un centenar de hombres armados que le escoltarían y guardarían hasta llegar a la Perea...

Coloqué mis manos sobre sus hombros, tal y como había visto hacer a Jesús, e intenté animarle con la mirada. Pero la tristeza de aquel hombre era mucho más profunda de lo que yo podía suponer.

La súbita llegada de uno de los «correos» sacó a David de sus sombríos pensamientos. Le acompañé hasta la tienda de los hombres y allí, en presencia del Zebedeo, el emisario —que procedía de Filadelfia— leyó un mensaje de Abner. Hasta aquella remota ciudad oriental habían llegado también los insistentes rumores sobre un complot para matar al Maestro y pedía instrucciones. «¿Debía movilizarse con toda su gente y dirigirse a Jerusalén?»

El Zebedeo leyó la misiva y acudió de inmediato al Galileo. Éste, una vez conocida la nota del hombre que daba protección a Lázaro, transmitió a David: «Dile a Abner que siga adelante con su labor. Si marcho de vosotros en carne es porque puedo volver en espíritu. No os abandonaré. Estaré con vosotros hasta el final.»

Otro de los mensajeros partió a la carrera hacia Filadelfia y yo aproveché aquella oportunidad para preguntar al Zebedeo por la madre de Jesús. Era casi la hora nona (las tres) y María y sus familiares no habían dado señales de vida. Como dije, la posibilidad de encontrarme cara a cara con la madre del Galileo había ido excitando mi espíritu, llenándome de curiosidad. ¿Cómo era realmente aquella mujer? ¿Podía tener el aspecto que nos muestra la tradición pictórica universal? ¿Qué había de cierto en todas esas cualidades y virtudes que han remachado sin cesar los investigadores y estudiosos mariológicos?

David no pudo satisfacer mi duda. El camino desde Beth-Saida, en Galilea, a unos 600 estadios de Jerusalén (alrededor de 110 kilómetros), suponía un considerable esfuerzo, sobre todo para un grupo en el que viajaban varias mujeres (1). Había que esperar.

Apenas se hubo retirado David de la presencia de Jesús cuando el jefe de la intendencia, Felipe, se aproximó al Maestro y le preguntó:

(1) La ruta utilizada habitualmente en aquella época, desde la localidad de Beth-Saida (Bethsaïde Julias) hasta Jerusalén, obligaba a pasar por las poblaciones de Kursi e Hippos, en la orilla oriental del lago de Génesareth; Gadara y Pella y, desde allí, siguiendo la margen del río Jordán, se alcanzaba Bethabara, en la región de la Perea y, por último, Jericó, Betania y Jerusalén. La otra ruta —la que cruzaba por el centro de Samaria— no era muy recomendable, dados los continuos choques entre los habitantes de Judea y Galilea y los samaritanos. *(N. del m.)*

—Dado que se aproxima la hora de la Pascua, ¿dónde quieres que preparemos la cena?

El Galileo le respondió:

—Vete a buscar a Pedro y a Juan y os daré las instrucciones para la cena que comeremos juntos esta noche. En cuanto a la Pascua, os hablaré de ello después de la cena...

Este asunto sí interesaba sobremanera a Judas. E incorporándose, comenzó a caminar hacia Jesús, con el propósito —supongo— de averiguar dónde y a qué hora iba a celebrarse la cena de aquel jueves. Pero el Zebedeo —que no le perdía de vista— comprendió las oscuras intenciones del Iscariote y, con unos reflejos admirables, se interpuso en el camino del traidor, entreteniéndole.

Judas, nervioso, vio cómo Felipe, Pedro, Juan y el Maestro se separaban del grupo, entrando en una de las solitarias tiendas. A los pocos minutos, los tres apóstoles salieron del albergue y, sin hacer el menor comentario, abandonaron el huerto, ladera abajo.

Por un momento dudé. ¿Qué debía hacer? ¿Me unía al grupo de los apóstoles que acababa de salir del campamento o permanecía junto al Maestro? David seguía entreteniendo al Iscariote quien, con el rostro desolado pero sin perder su sangre fría, parecía resignado a su suerte.

Me dejé llevar por el instinto y, disimuladamente, me lancé en pos de Felipe y sus compañeros. Los alcancé cuando cruzaban al otro lado del Cedrón, bordeando la muralla suroriental de la ciudad santa, en dirección a la puerta de los Esenios. Al verme, los discípulos se mostraron un tanto sorprendidos. Pero intenté disipar sus recelos, comentándoles que —puesto que se avecinaba la fiesta pascual— tenía intención de agradecer la hospitalidad del Maestro, entregándole un obsequio (1).

—Os he visto partir hacia Jerusalén —les dije— y he creído que ésta era una buena oportunidad para pediros consejo...

Sólo Juan —mejor observador y más sensible que sus amigos— se emocionó por aquel gesto mío. Y tomándome por el brazo, me preguntó:

—¿Y qué has pensado regalarle?

—Quizá una nueva túnica —improvisé.

—No es mala idea —meditó en voz alta—, pero, quizá fuese más práctico que compraras un manto... Él tiene en alta estima su túnica. Te habrás fijado que fue confeccionada a mano y sin costuras...

Le hice saber que me parecía una excelente idea y que, si disponían de unos minutos, me acompañaran y recomendaran un buen mercader en telas.

Pedro intervino y en un tono brusco —como si arrastrara un cierto malhumor— me desveló lo que, precisamente, deseaba saber:

—Atiende, Jasón. Ahora no puede ser. El Maestro nos ha encomendado un asunto un tanto raro...

En su voz adiviné aquella casi genética incapacidad para comprender muchas de las acciones de Jesús.

(1) La costumbre judía de aquella época establecía que, para cumplir plenamente con el precepto de estar alegres en la Pascua, era aconsejable hacer regalos, tanto a los amigos como a los familiares y, sobre todo, a las mujeres. Y aunque éste no era mi caso, dada mi condición de gentil, consideré aquel pretexto muy adecuado para mis fines. *(N. del m.)*

—...Tenemos que llegar hasta las puertas de la ciudad y buscar a un hombre —exclamó con «retintín»— con un cántaro de agua... ¡Imagínate!, con miles de peregrinos en Jerusalén...

Juan le reprochó su poca fe.

—Si el Maestro nos ha dicho que al franquear las puertas encontraremos a ese hombre con el cántaro, no hay más que hablar.

—Pero, reconoce —trató de razonar Felipe— que Pedro lleva razón. ¿No hubiera sido más fácil y práctico que Jesús nos hubiera dado la dirección de la casa donde desea cenar esta noche o el nombre de su propietario? ¿Por qué tanto misterio? ¿Qué necesidad hay de tanto laberinto?

Sonreí para mis adentros, recordando el texto evangélico donde se narra este suceso. No habría estado de más que los escritores sagrados hubieran hecho mención de aquella polémica entre los discípulos y que retrataba maravillosamente la fe ciega de uno y las lógicas dudas del resto. (Cabe la posibilidad de que, con el paso de los años, ni Pedro ni Felipe desearan descubrir a la incipiente comunidad cristiana su flaqueza de espíritu. Y es del todo humano y comprensible.)

Los tres hombres siguieron enzarzados en aquella disputa, hasta que llegamos al umbral de la gran puerta de los Esenios, frente al valle del Hinnom. A aquellas horas de la tarde el gentío que entraba y salía sin cesar de Jerusalén era lo suficientemente grande como para desalentar a cualquiera que intentara localizar a un «hombre con un cántaro de agua».

De pronto, en aquel confuso trasiego de gentes, Juan nos llamó la atención sobre un grupo de mujeres que salía de la ciudad. Dos de ellas cargaban sobre sus cabezas sendos cántaros. El resto —posiblemente lavanderas— mantenía sobre sus cráneos, con gran destreza, cestos de mimbre repletos de ropa.

Pero Pedro, cada vez más desalentado, hizo ver al joven discípulo que se trataba de mujeres y que, además, seguían una dirección opuesta a la que les había anunciado el rabí.

Al traspasar el arco de piedra de la gigantesca puerta, los tres apóstoles se detuvieron frente a las primeras casas del barrio bajo. Y, durante algunos minutos, se dedicaron a inspeccionar a cuantos deambulaban por el lugar. No necesitaron mucho tiempo para descubrir, a la derecha del portalón de los Esenios, a un hombre que se hallaba sentado y con la espalda apoyada en la muralla. A su lado había una cántara de casi medio metro de alzada, de las usadas comúnmente para recoger el agua de las fuentes situadas delante de Jerusalén.

Los discípulos se miraron en silencio y Juan, sonriente y decidido, se adelantó hasta situarse a dos metros de aquel individuo. Felipe le siguió y Pedro, vacilante aún, terminó por unirse a sus amigos, negando sistemáticamente con la cabeza.

Ni Juan ni el resto llegaron a despegar sus labios. Cuando aquel hombre —que parecía aburrido de esperar— les vio inmóviles y con los ojos fijos en él, dibujó una leve sonrisa y, sin más, se levantó, tomando la pesada cántara. Acto seguido, y con el recipiente bien sujeto sobre su cadera izquierda, inició una apresurada caminata.

Pedro, en silencio y con los ojos bajos, había enrojecido de vergüenza.

En cuestión de minutos, el misterioso personaje nos condujo por las empinadas y angostas callejas de aquella zona meridional de Jerusalén hasta una casa de dos plantas, situada muy cerca de la residencia de Anás, el ex sumo sacerdote y suegro de Caifás.

A la puerta de aquella mansión, tan lujosa casi como la de José de Arimatea, esperaba un conocido de todos: ¡el pequeño Juan Marcos!

Al parecer no fui el único sorprendido. Los tres discípulos, al ver al adolescente, intercambiaron una mirada, adivinando entonces las intenciones de Jesús. Por mi parte, el supuesto hecho milagroso del encuentro con el hombre del cántaro empezaba a tener una explicación más racional. Aunque en aquellos instantes no disponía de pruebas suficientes, un presentimiento comenzó a rondarme: ¿Había dado instrucciones el Maestro a Juan Marcos, durante el largo paseo del miércoles, para que un miembro de su familia —quizá un sirviente— acudiera a una hora determinada hasta las puertas de Jerusalén y portando un cántaro de agua? De no haber sido así, ¿cómo explicar la presencia del muchacho, justamente en el escalón de la puerta de la casa donde debería celebrarse la llamada «última cena»? Aquella hipótesis fue ganando terreno en mi subsconsciente. En el fondo, todo encajaba: el férreo mutismo del joven ante las preguntas de los discípulos y la extrema prudencia del Maestro a la hora de indicar el lugar donde deseaba reunirse con sus íntimos...

Jesús de Nazaret estaba al corriente del complot que protagonizaba Judas, así como de sus manejos para facilitar su captura. Era lógico que, si el Galileo deseaba no ser molestado en el transcurso de aquella cena, adoptase las necesarias medidas de precaución. Y aquella «maniobra», evidentemente, formaba parte del plan.

El joven Marcos nos condujo hasta el interior de la casa, presentándonos a sus padres, Elías y María. Aquella familia —según pude averiguar— estaba emparentada con la de Jesús, comulgando plenamente con sus enseñanzas.

Felipe, como responsable de la preparación de la cena, rogó a Elías Marcos que le mostrase el lugar elegido y que le pusiese al corriente del menú y de los restantes preparativos. Prudentemente, y puesto que el muchacho se hallaba presente, me abstuve de formular preguntas a los dueños de la casa. Sin embargo, después de comprobar que la cena tendría por escenario el piso superior de la mansión de los Marcos, mis dudas sobre el acuerdo secreto entre Jesús y el hijo de aquéllos quedaron prácticamente disueltas. Sólo restaba que el muchacho o sus padres me lo confirmaran. Pero eso sucedería pocas horas más tarde...

Me disponía ya a seguir a Felipe y a Pedro hasta la primera planta, iniciando así otra de las delicadas misiones encomendadas por Caballo de Troya cuando, inesperadamente, Juan —el Evangelista— me propuso aprovechar aquellos minutos para visitar el cercano barrio de los tintoreros, satisfaciendo así mi deseo de adquirir el manto para el Maestro. Me vi atrapado en mi propio engaño y no tuve más remedio que aceptar, simulando —además— gran contento por aquella gentileza del discípulo.

El gremio de los tintoreros, tal y como me había anunciado Juan al salir de la casa, se encontraba muy cerca. Descendimos por un estrecho callejón, tan mal empedrado como pestilente, hasta desembocar en un corro de pequeñas casas de una planta, situado a la sombra de la muralla exterior y en el ángulo suroccidental de la ciudad. Aquella treintena de casas eran en realidad otras tantas tintorerías. Juan me condujo al interior de una de ellas, propiedad de un viejo amigo: un tal Malkiyías, experto artesano y digno sucesor de una antigua familia de tintoreros.

Y sin proponérmelo me vi en el interior de una habitación de unos seis por tres metros, casi ahogada por la oscuridad, en uno de cuyos extremos divisé dos grandes cubas de casi un metro de diámetro por otro de altura. A su lado habían sido situadas varias pilas de escaso fondo y un banco de mampostería. En las cubas se había introducido potasa y cal apagada, así como una pequeña cantidad de índigo (1) en una de ellas y el doble en la siguiente. Cada cuba, cerrada por una cubierta de piedra, presentaba un pequeño orificio o boca central (de unos 15 centímetros) en la citada tapa. Por allí, el amigo Malkiyías iba introduciendo los hilos de los diferentes tejidos, procediendo a su tinte. En otra de las pilas, varios obreros manipulaban grandes paños de tela, sumergiéndolos en baños de púrpura y escarlata.

Juan le expuso mi deseo de hacer un regalo a un amigo, rogándole que nos enseñara algunos de los mantos mejor trabajados y listos ya para su traslado al gremio de los vendedores de telas. El jefe de la tintorería aceptó con gusto, mostrándonos un abundante surtido de ropones, túnicas de lana y algodón, mantos para mujeres (muy parecidos al actual chal) y finas vestiduras de hilo de Egipto, teñidos todos ellos en los más variados y sugestivos colores.

Y, de pronto, al revisar aquellas prendas, tuve una idea. Busqué entre los tejidos más delicados y señalándole a Juan un manto de lino blanco, le dije:

—Éste... Desearía llevarme éste...

El discípulo me miró con asombro y comentó:

—Pero, Jasón, éste es un manto de mujer...

—Lo sé —repuse—, pero acabo de tener una idea mejor.

Juan respetó mi silencio, y sin hacerme una sola pregunta sobre aquel repentino cambio, acordó con el maestro artesano el precio del rico manto. Aunque aquel tipo de operaciones comerciales estaba prohibido —ya que los tintoreros no podían vender sus productos directamente al público—, la amistad entre Juan y Malkiyías sirvió para soslayar el problema.

Y a eso de las cuatro de la tarde, después de recoger a Felipe y a Pedro y en compañía del joven Juan Marcos, que quiso unirse a nosotros, reemprendimos el camino de regreso al campamento de Getsemaní. En la casa de la familia Marcos, todo estaba listo para

(1) A juzgar por su color azul y por su forma, en panes cuadrados de unos 125 gramos de peso cada uno, aquella pasta tintórea debía ser una de las especies de «índigo de la India», muy apreciada en el arte del tinte. *(N. del m.)*

la cena. Las circunstancias me habían impedido tener acceso al piso superior y ello empezaba a preocuparme. Era vital para el completo desarrollo de mi misión que pudiera entrar en dicha sala, antes de que fuera ocupada por Jesús y los doce...

Al vernos llegar, David Zebedeo se apresuró a interrogarme, mientras Pedro, Felipe y Juan comunicaban a Jesús que todo estaba ultimado para la cena.

El astuto David me explicó que, dadas las circunstancias, había sugerido a Judas que le entregara algo de dinero, con el fin de ir cubriendo las necesidades del grupo.

—Ante mi sorpresa —añadió—, este malnacido no sólo no ofreció resistencia, sino que, entregándome la totalidad de los fondos líquidos y los recibos del dinero en depósito, me anunció sin titubear: «Tienes razón. Creo que es lo más adecuado... Se está tramando algo contra el Maestro y, en el caso de que me ocurriera algo, no serías molestado por nadie.» ¿Te das cuenta, Jasón? —comentó con desaliento—. Este cínico acaba de confesarme que teme por la vida de Jesús...

Aquel gesto de Judas —desprendiéndose de todo el dinero del movimiento— apuntaló aún más mi sospecha de que el traidor no actuaba precisamente por avaricia.

Hacia las cinco de la tarde, cuando apenas faltaba una hora para el ocaso, noté un movimiento inusitado en el campamento. Felipe me informó que el Maestro tenía prisa por salir hacia Jerusalén. Los apóstoles no terminaban de entender por qué el Maestro había organizado aquella reducida e inusual cena, a la que sólo podían asistir sus doce hombres de confianza. Los comentarios eran de lo más diverso. La costumbre judía establecía con gran rigor que el almuerzo pascual debía celebrarse —una vez sacrificado el obligado cordero o cabrito en el Templo— en la víspera de la Pascua propiamente dicha (1). En esta ocasión, la fiesta pascual caía en sábado por lo que era doblemente solemne, como creo que ya comenté. Si la tradicional cena religiosa debía efectuarse al día siguiente, viernes, 7 de abril y una vez oscurecido, era lógico que los discípulos se hicieran preguntas sobre el misterioso banquete organizado por el Galileo para esa noche del jueves. Sólo unos pocos —Juan, Judas Iscariote, por supuesto, y David Zebedeo— intuían que aquella cena iba a ser un acto muy especial, previo a la inmediata y fulminante captura de su Maestro.

Para mí, aquellas prisas de Jesús por abandonar el huerto fueron la señal que me impulsó a retirarme, adelantándome al grupo.

Dadas las especialísimas características de la «última cena» —a la que, insisto, sólo podían asistir Jesús y sus doce apóstoles—,

(1) La fiesta de la Pascua judía —también llamada *hag ha-massot* o «fiesta de los ácimos»— se celebraba anualmente el 15 de Nisán, correspondiendo con el plenilunio o luna llena de la primavera. En aquel año 30, esta fecha —15 de Nisán— cayó en sábado, 8 de abril. El cordero pascual se sacrificaba la víspera (14 de Nisán) y se comía en familia, una vez oscurecido; es decir, en esta ocasión, el viernes, 7 de abril. El Galileo celebró, por tanto, la «última cena» el 13 de Nisán o jueves, 6 de abril. El mes de Nisán era el primero del año judío, correspondiendo a nuestros marzo o abril. *(N. del m.)*

Caballo de Troya había estimado que mi presencia en la misma hubiera podido quebrar el carácter íntimo que el Maestro pretendía. Era poco ético, por tanto, que yo me hubiera sentado junto a los trece. Pero la misión no podía pasar por alto un hecho tan trascendental y significativo como aquél. Yo debería recoger un máximo de información sobre lo verdaderamente ocurrido en el piso superior de la casa de los Marcos. Y para ello, el general Curtiss había dispuesto una solución «intermedia»: además de mis indagaciones cerca de los protagonistas, la totalidad de las palabras de Jesús y de los doce serían recogidas mediante un sensible y diminuto micrófono, que yo debería ocultar en un lugar estratégico del cenáculo. (Difícilmente podía suponer entonces que aquella minúscula maravilla de la electrónica —construida con gran mimo por los especialistas de la ATT (American Telephone and Telegraph), empresa norteamericana de explotación telefónica, para nuestro proyecto— iba a constituir una de las razones que aconsejaron a Caballo de Troya un segundo «gran viaje» a la época de Cristo...)

Después de depositar el manto que había comprado en la tintorería de Malkiyías en manos del Zebedeo, me apresuré a arrancar algunos manojos de espliego y lirios morados y blancos, que crecían en las proximidades del olivar. Y a la carrera, tomé la senda más corta hacia Jerusalén, advirtiendo al módulo que me disponía a situar el micro y la «vara de Moisés» en la casa de Elías Marcos.

El gentil y apacible cabeza de familia no se sorprendió lo más mínimo cuando le anuncié que Jesús y los doce no tardarían en llegar y que, como muestra de mi amistad y afecto hacia el Maestro, deseaba contribuir, adornando la mesa con aquel humilde pero oloroso presente. Mi plan surtió efecto y uno de los sirvientes —por indicación de Elías— me acompañó hasta el piso superior.

Ascendimos por una estrecha escalera de piedra y, al abrir una puerta de doble hoja, el improvisado «guía» me invitó a que le precediera. Así lo hice, penetrando en una espaciosa sala rectangular de algo más de 20 metros de longitud, por 6 o 7 de anchura. En el centro había sido dispuesta una mesa baja, en forma de «U» y de características muy parecidas a la que había visto en la casa de Simón, «el leproso».

Alrededor se hallaban trece divanes, orientados casi perpendicularmente a la mesa. El que ocupaba el centro, o la base de la «U», era algo más alto que los demás. Deduje de inmediato que aquél era el puesto destinado al invitado de honor; es decir, a Jesús. Uno de los divanes —muy similares a bancos de cuatro patas, pero sin brazos ni respaldo alguno— era más bajo que el resto. Se encontraba situado en uno de los extremos de la mesa y, al verlo, deduje que el anfitrión había tenido problemas para conseguir tantas tumbonas.

A la izquierda del comedor (tomando siempre como referencia la única puerta de entrada), y pegados prácticamente al muro de ladrillo —cuidadosamente reforzado a base de caliza— conté tres lavabos de bronce, elevados sobre el entarimado mediante sendos pies de madera. Todos ellos, curiosamente, provistos de ruedas. De esta forma, aquellos recipientes —de unos cuarenta centímetros de diámetro y de escasa profundidad— podían ser trasladados cómodamente de una parte a otra del aposento. Junto a los lavabos, el dueño de la casa había preparado varias jarras con agua, así como algunas jofainas y lienzos para el secado.

La escasa luz que penetraba por las espigadas ventanas —casi «troneras»—, que se repartían a lo largo de los muros, había obligado ya a los sirvientes a encender las lámparas de aceite. En una rápida exploración observé que las seis o siete lucernas adosadas en las paredes, y a cosa de metro y medio del suelo, no daban una llama lo suficientemente grande como para iluminar la estancia con amplitud. El defecto había sido subsanado con un farol cuadrado, en cuyo interior ardía otra carga de aceite, con una triple mecha de cáñamo. Este refuerzo, plantado en el interior de la «U» y sostenido a poco más de un metro del piso por un pie de hierro forjado bellamente trabajado, sí proporcionaba a la mesa y a sus inmediaciones una generosa claridad. A través de las paredes de vidrio —sutilmente teñidas de color oro—, la luz del farol inundaba y bañaba de amarillo los divanes rojizos y el blanco e inmaculado mantel.

En uno de los extremos de la mesa (el más distante al lugar donde se encontraban los lavabos «rodantes»), la servidumbre había situado el pan, el vino, el agua y varios platos con legumbres. Y sobre la mesa, en el punto correspondiente a cada uno de los invitados, trece platos de fina cerámica, decorados con estrechas bandas rojas y blancas, posiblemente trazadas a pincel por el artesano. Junto a la vajilla, cuatro copas de cristal de Sidón por comensal. La presencia de tan numerosa cristalería me hizo suponer que Jesús pensaba celebrar aquella cena, según el rito pascual.

Y por toda decoración, la sala lucía algunos tapices rojos, colgados estratégicamente en las paredes. A la derecha de la puerta, en el ángulo del cenáculo, la madre del joven Marcos había puesto un discreto toque femenino, a base de brillantes ramas de olivo y hojas de palma, firmemente sujetas en un barreño con tierra.

Tras aquella vertiginosa ojeada a la estancia, comprendí que el lugar ideal para ocultar el micrófono multidireccional era la base del farol. Desde aquel punto, equidistante de casi todos los discípulos, las voces podrían llegar con nitidez hasta el sensible receptor. Pero, al volverme hacia la puerta, la presencia del servicial acompañante me hizo desistir de mis propósitos. Tenía que quedarme solo, aunque fuera únicamente durante un par de minutos...

De pronto advertí que aún tenía las flores en mi mano izquierda y entregándoselas al sirviente le rogué que buscara algún jarrón. El buen hombre no entendía bien el griego y tuve que expresarme por señas. Por fin pareció comprenderme y se alejó, escaleras abajo, con el fin de satisfacer mi súplica.

Sin perder un segundo me hice con el micrófono, arrodillándome junto al farol. Por suerte, la base era igualmente de hierro y el dispositivo magnético se «pegó» de inmediato. Los flecos que colgaban del fanal formaron un excelente camuflaje. Retrocedí, saliendo del centro de la mesa y, dirigiéndome rápidamente al diván que presumiblemente debía ocupar el Galileo, me recosté sobre él, accionando la conexión auditiva con la nave. Eliseo respondió de inmediato. Por espacio de varios segundos dirigí mi voz —en diferentes niveles de intensidad— hacia el farol, situado a poco más de tres metros de la curvatura de la «U». Después repetí las pruebas de sonido desde los dos extremos de la mesa.

Eliseo verificó las recepciones, anunciándome que el sonido llegaba «cinco por cinco» (1).

Algo más sereno, me situé entonces en el rincón donde María Marcos había dispuesto el adorno floral. En mi opinión, aquél era el único ángulo desde el que habría sido posible una completa filmación de la escena. Pero, al examinar la posición de la única lente capaz —en este caso— de registrar los acontecimientos, comprobé que existían dos obstáculos que dificultaban la filmación: por un lado, las hojas de palma ocupaban la mayor parte del campo visual. Por otro, y aunque no se hubiera dado aquel inconveniente, el lugar que tenía que ocupar el Maestro quedaba oculto en parte por el farol central.

Traté de tranquilizarme y, tomando de nuevo la vara, escudriñé hasta el último rincón de la sala. Pronto desistí. No había una sola zona donde apoyar el cayado sin que levantase sospechas y con garantías de una filmación correcta.

Desalentado, me dirigí entonces hacia el punto que había elegido en un principio, con el fin de depositar la «vara de Moisés» por detrás de las ramas y palmas. «Al menos —me dije a mí mismo—, quedará constancia del lugar y de algunos de los personajes.» Mi misión, en este caso, era sencilla: bastaba con que dejara pulsado el clavo que activaba el rodaje. Una vez concluida la cena, y si no surgían inconvenientes, todo era cuestión de subir nuevamente y recogerla.

Pero, cuando me faltaban unos pasos para alcanzar el rincón, el sirviente se presentó en la estancia, arruinando mis intenciones. Traía en las manos un pequeño jarrón de barro y, en su interior, mis flores.

Tuve que forzar una sonrisa. Después, casi como un autómata, lo situé sobre la mesa, frente al plato y a las copas asignados al Nazareno.

Y profundamente contrariado, abandoné aquel histórico lugar.

Me disponía ya a despedirme de la familia Marcos cuando el bronco y áspero sonido de los cuernos de carnero del Templo anunciaron el final del día. Mi intención era ocultarme en las proximidades de la casa y esperar la llegada de Jesús y de sus hombres. De esta forma podría controlarles y, sobre todo, estar al tanto de los movimientos de Judas. Pero la hospitalaria familia no me dejó partir. Elías me rogó que aceptase un vaso de vino y que, si no alteraba mis planes, permaneciese en su compañía hasta el regreso del grupo a Getsemaní. El padre de Marcos conocía la disposición del rabí sobre la cena: nadie —excepto los trece— debería participar en la comida pascual. Ni siquiera habría sirvientes. Y aunque yo me apresuré a recordarle este deseo del Maestro, el buen hombre insistió en que no era necesario que yo estuviera presente en el piso superior. Podía satisfacer mi apetito y, de paso, resguardarme en la planta baja o en el pequeño jardín contiguo a la vivienda.

(1) Esta expresión es frecuentemente utilizada en el argot aeronáutico para comunicar que se recibe el sonido de forma nítida. (*N. del t.*)

Reflexioné y acepté. Quizá aquél fuera el emplazamiento ideal para mi misión. Después de todo, desde el piso inferior e, incluso desde el patio, era posible seguir los movimientos de cuantos subieran o bajaran al cenáculo. Aquella amable invitación me permitió, además, averiguar otro dato curioso: el menú de la «última cena».

De acuerdo con las costumbres judías, esta comida se sustentaba en un plato único —el cordero o cabrito—, aderezado y acompañado con una serie de verduras, igualmente obligatorias.

María Marcos había preparado varios platos con lechuga, perifollos olorosos (con un suave aroma parecido al anís), un cardo llamado «eringe» o «eringio» y las imprescindibles yerbas amargas. Todo ello, sin hervir ni cocer, tal y como marcaba la ley.

Cuando le pregunté sobre la forma de preparar el cordero, la matrona me condujo hasta el jardín, mostrándome unas brasas de madera de pino, perfectamente circunscritas en un hogar a base de grandes cantos de río. Uno de los sirvientes velaba para que la candela no se extinguiera mientras otros dos se ocupaban de un cordero que no pesaría más allá de los ocho o diez kilos. Con una destreza admirable, los sirvientes había cortado las extremidades y extraído la totalidad de las entrañas. Después, tanto éstas como las patas —todo ello perfectamente desollado y purificado a base de agua— fue introducido en el interior del cordero.

Uno de los hombres tomó varios brotes de alhova, así como laurel y pimienta, rellenando con ello los huecos. A continuación, el vientre fue cerrado mediante largas y escogidas ramas de romero, dispuestas alrededor de la pieza.

El segundo sirviente introdujo entonces un largo y sólido palo de granado por la boca del cordero, atravesando todo el cuerpo y haciéndolo aparecer por el ano.

Una vez dispuesto de esta guisa, los extremos de la vara de granado fueron depositados sobre sendas horquillas de hierro, firmemente clavadas en la tierra. Y dio comienzo un lento y meticuloso asado. Siguiendo un antiguo ritual, antes de que los servidores situaran el cordero sobre las brasas, el padre de familia dirigió su mirada al cielo, comprobando que nos hallábamos «entre dos luces», tal y como especifica el *Éxodo* (12,6).

El banquete había sido redondeado con puerros, guisantes, pan ácimo y, como postre, nueces y almendras tostadas y una pasta —sin levadura— a base de higos secos.

Con el fin de aliviar el sabor de las obligadas yerbas amargas, la madre del pequeño Juan Marcos tenía dispuesta una deliciosa compota o mermelada —llamada «jarôset»—, preparada a base de vino, vinagre y frutas machacadas. El vino (los comensales debían beber, como mínimo, cuatro copas previamente mezcladas con agua) procedía del Monte de Simeón, de gran prestigio en Israel.

A eso de las seis y media, el benjamín de los Marcos irrumpió en la casa como una exhalación. Jadeante y sudoroso comunicó a su padre que el Maestro se acercaba ya a la mansión...

Los nervios y la alegría de la familia al recibir al Galileo y a sus hombres no tuvo límites. Y durante varios minutos, la confusión fue total. María Marcos subía y bajaba sin cesar, mientras la servidumbre procedía a ultimar los detalles de la cena.

Los discípulos —por consejo de Jesús— fueron ascendiendo las escaleras, camino de la estancia superior. Según pude apreciar, no faltaba ninguno. Judas, encerrado en un mutismo total, siguió a sus compañeros, mientras el rabí departía con la familia. A juzgar por sus jocosos comentarios sobre el cordero, su humor seguía siendo excelente. Nada parecía perturbarle. Sin embargo, y a partir de aquel momento, yo debía mantenerme en alerta total. El Iscariote, al fin, había averiguado el lugar donde iba a celebrarse la misteriosa cena y sus pensamientos sólo podían ocuparse ya de algo básico para él y para los policías que esperaban, sin duda, su información: salir de la casa de los Marcos y acudir al Templo para poner en marcha la operación de arresto del Nazareno.

Hacia las siete, Jesús se retiró, dirigiéndose hacia el cenáculo. Su semblante seguía reflejando una gran jovialidad.

A partir de ese instante me situé en el quicio de la puerta que daba acceso al jardín, montando guardia a escasos metros de la escalera que conducía al primer piso.

Al poco, el servicial Juan Marcos —por indicación de su padre— me trajo un pequeño taburete. Me senté y él hizo otro tanto, observándome en silencio. Apuré lentamente el plato de pescado cocido que me había servido la señora de la casa y, sin demasiadas esperanzas de éxito, comencé a interrogar al muchacho. Pero Juan, a pesar de su corta edad, poseía un profundo sentido de la lealtad y, sobre todas las cosas de este mundo, amaba a Jesús. Así que mis preguntas fueron estrellándose, una detrás de otra, contra el celoso silencio del jovencito. Cuando, por último, me atreví a exponerle mi teoría sobre su acuerdo secreto con el rabí, en relación al hombre del cántaro de agua y a los demás planes sobre la cena, Juan Marcos se puso pálido. Y en un arranque, se levantó, escapando hacia el fondo del jardín.

Sin querer, su actitud le había delatado. Pero no quise forzar la situación.

A la hora, aproximadamente, de iniciada la cena, Santiago y Judas de Alfeo —los gemelos— aparecieron por las escaleras. Me puse en pie. Pero, al verlos entrar en el patio y recoger la bandeja de madera sobre la que había sido dispuesto el cordero —previamente troceado—, me tranquilicé. Tenían la mirada grave. Y la curiosidad volvió a asaltarme. ¿Qué estaba sucediendo allí arriba? ¿A qué se debía aquella sombra de angustia en los rostros de los hermanos, habitualmente risueños? La constante presencia de la familia Marcos me impidió consultar al módulo. Y opté por serenarme. Tiempo habría de averiguarlo.

Juan Marcos, algo más calmado y sonriente, recogió mi plato. Procuré mostrarme amistoso, cambiando mi anterior tema de conversación por otro más cálido. De esta forma —haciendo de Jesús el centro de mis palabras—, el muchacho olvidó sus recelos, demostrándome lo que yo ya sabía: que su pasión por el Maestro no tenía límites y que, si fuera preciso, «él sería el primero en ofrecer su vida por el rabí», según dijo.

Conforme avanzaba la noche, sin poder remediarlo, mi nerviosismo fue también en aumento. Hasta que, finalmente, hacia las nueve, vi bajar a Judas. Evidentemente, llevaba prisa. Y sin mirarnos siquiera, abrió el portalón de entrada, saliendo de la casa.

De un salto me situé en la puerta y observé cómo se alejaba precipitadamente. Juan Marcos, alarmado por mi súbita actitud, preguntó si ocurría algo. Si mis suposiciones eran correctas, el Iscariote se dirigía hacia el Templo. Aquello significaba que yo perdería su pista de inmediato. Era preciso actuar con rapidez e inteligencia. Y, de pronto, fijándome en el muchacho, se me ocurrió una solución.

—¿Conoces la casa de José, el de Arimatea? —le pregunté, tratando de no alarmarle.

Juan Marcos asintió.

—Pues bien, corre hacia allí y dile a José que acuda de inmediato al Templo. Es importante que él o Ismael se reúnan con Judas...

Sin preguntar ni hacer el menor comentario, el muchacho —que había captado mi preocupación— salió calle abajo, en dirección a la piscina de Siloé.

Por mi parte, procurando que el Iscariote no advirtiera mi presencia, inicié una tenaz persecución del traidor. A aquellas horas de la noche, el número de transeúntes había decrecido sensiblemente. A duras penas, ayudado más por la luz de la luna que por los míseros y mortecinos candiles de aceite de las calles, pude seguir los presurosos andares del judío hasta una casucha de una planta, en los límites casi del barrio bajo con la ciudad alta. Allí, Judas penetró en la casa, saliendo a los pocos minutos en compañía de otro individuo. Y ambos se dirigieron entonces hacia el muro occidental del Templo.

Cuando alcancé el atrio de los Gentiles, vi cómo el Iscariote y su acompañante se alejaban por la solitaria explanada, camino de las escalinatas que rodeaban el Santuario. Algunos de los 21 guardianes que montaban el habitual servicio de vigilancia en torno al Templo les salieron al paso. Dialogaron unos segundos y, de inmediato, dos de los levitas les acompañaron al interior.

Obviamente, allí terminó mi trabajo. Y confiando en que, bien el de Arimatea o Ismael, el saduceo, supieran interpretar mi mensaje, acudiendo lo antes posible al Templo para poder espiar los movimientos de Judas, di media vuelta, tratando de orientarme para retornar a la casa de Marcos.

Preocupado por el asunto del Iscariote no me percaté que entraba en una solitaria callejuela, sin ningún tipo de iluminación. De pronto, por mi izquierda surgió un bulto que se interpuso en mi camino. Quedé paralizado por el susto. La luna iluminó entonces a un individuo de baja estatura y poblada barba que avanzó lentamente hacia a mí. Un reflejo azulado en una de sus manos me heló la sangre. Aquel salteador se abalanzó sobre mí y, sin mediar palabra alguna, me asestó un duro golpe en el vientre. Pero la curvada daga se quebró por su base, cayendo sobre los adoquines con un eco metálico. La «piel de serpiente» me había librado de un serio percance.

El individuo, desconcertado, miró la hoja rota y soltando la empuñadura del arma, retrocedió a trompicones, sin poder dar crédito a lo que estaba ocurriendo. Segundos más tarde desaparecía por el estrecho callejón, aullando como un loco.

Por fortuna, el desgarro en la túnica no era demasiado escandaloso. Y a toda prisa salí de la zona.

Pocos minutos después de la diez llamaba a la puerta de los Marcos. La posibilidad de que Jesús y los once hubieran salido ya del cenáculo me preocupaba. No quise alarmar a Eliseo, dándole cuenta del penoso incidente con el ladrón. Después de todo, me encontraba perfectamente. Si el asaltante, en lugar de atacar, me hubiese exigido, por ejemplo, la bolsa con el dinero, quizá la situación hubiera sido radicalmente distinta. Mis posibilidades de defensa eran casi nulas y lo más probable es que aquel inoportuno bandolero se hubiera hecho con el dinero de Caballo de Troya y, lo que habría sido mucho más lamentable, con el pequeño estuche que contenía las «lentillas de visión infrarroja».

Al verme, Juan Marcos corrió a mi encuentro. El Maestro y los suyos seguían aún en el piso superior. Respiré aliviado. José, el de Arimatea, había recibido mi recado y —según me explicó el muchacho— salió al instante hacia el Templo. Le di las gracias y, un poco a regañadientes, obedeció a su madre, retirándose a descansar. Pero su sueño no iba a ser muy prolongado...

Hacia las diez y media, poco más o menos, escuché un himno. Elías me ofreció un vaso de vino con miel y, señalando hacia el lugar de donde procedía aquel cántico, me advirtió que Jesús y los discípulos estaban a punto de terminar.

La verdad es que nunca había necesitado tanto una copa de vino como en aquellos momentos. La apuré de un trago y, efectivamente, a los pocos segundos —una vez finalizado el himno religioso—, los apóstoles empezaron a bajar. Jesús fue el último.

Los once, al menos en aquellos instantes, se hallaban mucho más relajados que durante la mañana. Se despidieron de la familia y emprendimos el camino de regreso al campamento.

Mientras cruzábamos las solitarias calles del barrio bajo, en dirección a la Puerta de la Fuente, en la esquina sur de Jerusalén, me las ingenié para descolgar a Andrés del resto del grupo. Y un poco rezagados, me interesé por el desarrollo de la cena. El jefe de los apóstoles empezó diciéndome que, tanto él como sus compañeros, estaban intrigados por la súbita desaparición de Judas y, muy especialmente, por el hecho de que no hubiera vuelto al cenáculo. «Al principio, cuando le vimos salir, todos pensamos que se dirigía al piso de abajo, quizá en busca de alguno de los víveres para la cena. Otros creyeron que el Maestro le había encomendado algún encargo...»

Los pensamientos de los discípulos eran correctos, ya que ninguno disponía de información veraz sobre el complot. Por otra parte, con la excepción de David Zebedeo —que no había asistido al convite pascual—, ni Andrés ni el resto sabía aún que el Iscariote había cesado como administrador y que el dinero común estaba desde esa misma tarde en poder del jefe de los emisarios.

Y Andrés continuó con su relato, haciendo hincapié en un hecho, acaecido nada más entrar en el piso superior de la casa de los Marcos, que —desde mi punto de vista— aclaraba perfectamente por qué el Nazareno se decidió a lavar los pies de sus discípulos. Los evangelistas habían ofrecido una versión acertada: Jesús llevó a cabo este gesto, poniendo de manifiesto la honrosísima virtud de la humildad. Sin embargo, ¿cuál había sido la «chispa» o la causa final que obligó al Maestro a poner en marcha el citado lavatorio de los pies? ¿Es que todo aquello se debía a una simple y pura iniciativa de Jesús? Sí y no...

Al visitar la estancia donde iba a celebrarse la cena pascual, yo había reparado en los lavabos, jofainas y «toallas», dispuestos para las obligadas abluciones de pies y manos. La costumbre judía señalaba que, antes de sentarse a la mesa, los comensales debían ser aseados por los sirvientes o por los propios anfitriones. Ésa, repito, era la tradición. Sin embargo, las órdenes del Maestro habían sido tajantes: no habría servidumbre en el piso superior. Y la prueba es que —según pude comprobar—, los gemelos descendieron en una ocasión con el fin de recoger el cordero asado. Pues bien, ahí surgió la polémica entre los doce...

—Cuando entramos en el cenáculo —continuo Andrés—, todos nos dimos cuenta de la presencia de las jofainas y del agua para el lavado de los pies y manos. Pero, si el rabí había ordenado que no hubiera sirvientes en la estancia, ¿quién se encargaría del obligado lavatorio? Debo confesarte humildemente que, tanto yo como el resto, tuvimos los mismos pensamientos. «Desde luego, yo no caería tan bajo de prestarme a lavar los pies de los demás. Esa era una misión de la servidumbre...»

»Y todos, en silencio, nos dedicamos a disimular, evitando cualquier comentario sobre el asunto del aseo.

»La atmósfera empezó a cargarse peligrosamente y, para colmo, el enojoso asunto del aseo personal se vio envenenado por otro hecho que nos hizo estallar, enredándonos en una agria polémica. El Maestro no terminaba de subir y, mientras tanto, cada cual se dedicó a inspeccionar los divanes. Saltaba a la vista que el puesto de honor correspondía al diván más alto —el situado en el centro— y nuevamente caímos en la tentación: ¿Quién ocuparía los lugares próximos a Jesús? Supongo que casi todos volvimos a pensar lo mismo: «Será el Maestro quien escoja a los discípulos predilectos.» Y en esos pensamientos estábamos cuando, inesperadamente, Judas se fue hacia el asiento colocado a la izquierda del que había sido reservado para el rabí, manifestando su intención de acomodarse en él, «como invitado preferido». Esta actitud por parte del Iscariote nos sublevó a todos, produciéndose una desagradable discusión. Pero Judas se había instalado ya en el diván y Juan, en uno de sus arranques, hizo otro tanto, apoderándose del puesto de la derecha.

»Como podrás imaginar, la irritación fue general. Pero las amenazas y protestas no sirvieron de nada. Judas y Juan no estaban dispuestos a ceder. Quizá el más enojado fue mi hermano Simón. Se sentía herido y defraudado por lo que llamó «orgullo indecente» de sus compañeros. Y visiblemente alterado, dio una vuelta a la mesa, eligiendo entonces el último puesto, justamente, en el diván más bajo. A partir de ese momento, el resto se fue instalando donde buenamente pudo. Tú sabes que Pedro es bueno y que ama intensamente al Maestro pero, en esa ocasión, su debilidad fue grande. Conozco a mi hermano y sé por qué hizo aquello...

—¿Por qué? —le animé a que se sincerara conmigo.

Andrés necesitaba contárselo a alguien y descargó sobre mí:

—Aturdido por los celos y por la impertinente iniciativa de Judas y Juan, Simón no dudó en acomodarse en el último rincón de la mesa con una secreta esperanza: que, cuando entrase el Maestro, le pidiera públicamente que abandonara aquel diván, desplazando así a Judas o, incluso, al joven Juan. De esta forma, ocupando un lugar de honor, se honraría a sí mismo y dejaría en evidencia a sus «orgullosos» compañeros.

»Cuando el rabí apareció bajo el marco de la puerta, los doce nos hallábamos aún en plena acometida dialéctica, recriminándonos mutuamente lo sucedido. Al verle se hizo un brusco silencio.

»Jesús permaneció unos instantes en el umbral. Su rostro se había ido volviendo paulatinamente serio. Evidentemente había captado la situación. Pero, sin hacer comentario alguno, se dirigió a su lugar, ante la desolada mirada de mi hermano Pedro.

»Fueron uno minutos tensos. Sin embargo, Jesús fue recobrando su habitual y característica dulzura y todos nos sentimos un poco más distendidos. Al poco, la conversación volvió a surgir, aunque algunos de mis compañeros siguieron empeñados en echarse en cara el incidente de la elección de los divanes, así como la aparente falta de consideración de la familia Marcos al no haber previsto uno o varios sirvientes que lavaran sus pies.

»Jesús desvió entonces su mirada hacia los lavabos, comprobando que, en efecto, no habían sido utilizados. Pero tampoco dijo nada.

»Tadeo procedió a servir la primera copa de vino, mientras el rabí escuchaba y observaba en silencio.

»Como sabes, una vez apurada esta primera copa, la tradición fija que los huéspedes deben levantarse y lavar sus manos. Nosotros sabíamos que el Maestro no era muy amante de estos formulismos y aguardamos con expectación.

»Y ante la sorpresa general, el rabí se incorporó, caminando silenciosamente hacia las jarras de agua. Nos miramos extrañados cuando, sin más, se quitó la túnica, ciñéndose uno de los lienzos alrededor de la cintura. Después, cargando con una jofaina y el agua, dio la vuelta completa a la mesa, llegando hasta el puesto menos honorífico: el que ocupaba mi hermano. Y arrodillándose con gran humildad y mansedumbre, se dispuso a lavar los pies de Pedro. Al verle, los doce nos levantamos como un solo hombre. Y del estupor pasamos a la vergüenza. Jesús había cargado con el trabajo de un criado cualquiera, recriminándonos así nuestra mutua falta de consideración y caridad. Judas y Juan bajaron sus ojos, aparentemente más doloridos que el resto...

—¿También Judas? —le interrumpí con cierta incredulidad.

—Sí...

Andrés detuvo sus pasos y, mirándome fijamente, preguntó a su vez:

—Jasón, tú sabes algo... ¿Qué sucede con Judas?

Me encogí de hombros, tratando de esquivar el problema. Pero el jefe de los apóstoles insistió y —dado lo inminente del prendimiento— le expuse que, efectivamente, yo también dudaba de la lealtad del Iscariote.

Proseguimos y, al cruzar el Cedrón, mi acompañante salió de su sombrío mutismo. Le supliqué que continuara con su relato y Andrés terminó por aceptar.

—Cuando Simón vio a Jesús arrodillado ante él, su corazón se encendió de nuevo y protestó enérgicamente. Como te he dicho, mi hermano ama al Maestro por encima de todo y de todos. Supongo que al verle así, como un insignificante sirviente y dispuesto a hacer lo que ni él ni nosotros habíamos aceptado, comprendió su error y quiso disuadirle. Pero la decisión del rabí era irrevocable y Pedro se dejó hacer. Uno a uno, como te decía, Jesús fue lavando nuestros pies. Después de las palabras de Pedro, ninguno se atrevió a protestar. Y en un silencio dramático, el Maestro fue rodeando la mesa, hasta llegar al último de los comensales.

Después se vistió la túnica y retornó a su puesto.

—¿Juan y Judas seguían a derecha e izquierda del Maestro, respectivamente?

—Sí, nadie se movió de sus asientos, a excepción de Judas, que salió de la estancia poco antes de que fuera servida la tercera copa: la de las bendiciones...

La proximidad del campamento me obligó a suspender aquel esclarecedor relato. Sin embargo, en mi mente se acumulaban aún muchas interrogantes. ¿Cómo había sido la revelación de Jesús a Juan sobre la identidad del traidor? ¿Cómo era posible que el resto de los apóstoles no lo hubiera oído? Indudablemente, así era ya que ninguno estaba al tanto de los manejos del Iscariote. Sólo había sospechas... Era vital que buscase un hueco en las horas siguientes para interrogar a Juan.

En esos momentos no me preocupaba excesivamente el no conocer las extensas enseñanzas del Maestro durante la cena. Eliseo me había adelantado que la transmisión y grabación habían sido impecables. A mi regreso al módulo, en la mañana del domingo, iba a tener la oportunidad de escucharlas en su totalidad. Y debo señalar —por enésima vez— que la transcripción de tales palabras por parte de los evangelistas es sólo un pobre reflejo de lo que se habló aquella noche del llamado «jueves santo». Cuando uno conoce esas enseñanzas y mensajes en su totalidad se da cuenta que las Iglesias, con el paso de los siglos, han reducido el inmenso caudal espiritual de aquella reunión con Jesús a casi una única fórmula matemática (1).

Hacia las once de la noche, cuando entrábamos en el huerto, Andrés respondió a una última cuestión que, aunque para él no revestía interés, para mí, en cambio, resultó de suma importancia.

A mi pregunta de si Jesús había cenado abundantemente, el discípulo, visiblemente extrañado, contestó que más bien poco. Y añadió que, tal y como tenía por costumbre, el Maestro tampoco probó el delicioso asado de cordero.

Según esto, el Galileo sólo pudo degustar algunas de las verduras y legumbres —incluyendo las yerbas amargas—, así como algo

(1) El interesante contenido de las palabras y enseñanzas de Jesús de Nazaret durante la última cena aparecerán en un siguiente volumen, en el que se relatan las vivencias del mayor norteamericano durante su segundo «gran viaje» al año 30. (*N. de J. J. Benítez.*)

de pan ázimo, vino con agua y, presumiblemente, un poco de postre. Este dato era de indudable valor, sobre todo de cara a las posibles reacciones del organismo del Nazareno en las terribles y prolongadas horas que tenía por delante. A las torturas, pérdida de sangre, agotamiento y lacerante dolor habría que sumar también una notable falta de recursos energéticos, como consecuencia de una cena tan escasa y del consiguiente y total ayuno, a partir de las diez de la noche de ese jueves.

En la primera oportunidad que tuve, transmití al módulo las características y volumen aproximado de los alimentos que había ingerido Jesús en la cena, así como los tiempos de iniciación y remate de la misma. (Según mis cálculos, la comida pascual propiamente dicha pudo dar comienzo alrededor de las ocho u ocho y media de la noche, concluyendo una hora y media después, más o menos.)

El computador central de la «*cuna*» nos proporcionó la siguiente tabla de calorías —siempre de una forma estimativa—, en base a los alimentos mencionados y que constituyeron la dieta de Jesús en aquella noche: teniendo en cuenta que cada una de las cuatro copas de vino había sido mezclada con agua, ello arrojaba un total aproximado de 300 calorías (1). En cuanto a los puñados de nueces y almendras —alimentos de máximo poder energético de cuantos había ingerido el Maestro—, el ordenador calculó el número de calorías entre 500 y 600. Considerando, por último, que cada gramo de grasa proporciona nueve calorías, la llamada «última cena» de Jesús de Nazaret pudo significar un total aproximado de 750 calorías. Un aporte energético —teniendo en cuenta las características físicas del gigante— más bien bajo. (El «metabolismo basal» de Jesús —es decir, lo que su cuerpo necesitaba diariamente para mantenerse con vida, sin hacer ejercicio— fue igualmente calculado por Santa Claus en 1 728 calorías (2). En el caso de que el Maestro desarrollase un mínimo de actividad física —caminar, etc.— la cifra se elevaba ya a 3 000 o 3 500 calorías, como consumo medio diario.)

Las mujeres y los cuarenta o cincuenta discípulos que aguardaban en el campamento recibieron al Maestro y a sus apóstoles con gran alegría. Pero aquel entusiasmo no tardaría en venirse abajo. La causa, una vez más, fue Judas.

Al cercionarse de que el Iscariote tampoco había hecho acto de presencia en Getsemaní, algunos de los hombres del Nazareno empezaron a sospechar que la alusión del Maestro durante la cena, sobre una inminente traición, tenía mucho que ver con el desaparecido administrador. David Zabedeo, al escuchar el rumor, olvidó momentáneamente a sus mensajeros, aproximándose a los corrillos. Pero su actitud siguió siendo prudente. Escuchó a unos y a otros sin revelar lo que sabía.

Simón, el Zelotes, más nervioso que el resto, encabezó un grupo

(1) El volumen de cada copa fue calculado en 200 centímetros cúbicos, de los cuales, 100 correspondían a agua (un litro de vino representa un aporte de 700 calorías, aproximadamente). (*N. del m.*)

(2) «Metabolismo basal» de Jesús: 40 × 1,8 metros cuadrados de superficie total × 24 horas: 1 728 calorías (cuando me refiero a «calorías» se sobreentiende la expresión «kilocalorías»). *(N. del m.)*

y acudiendo hasta Andrés, comenzó a acosarle a preguntas. El responsable del grupo, que en realidad carecía de información, se limitó a contestar:

—No sé dónde está Judas... Pero temo que nos haya abandonado.

El desaliento cundió rápidamente. Y Pedro, el Zelotes, Tomás y Santiago, entre otros, se reunieron en la tienda, con la intención de examinar la situación y adoptar las medidas de seguridad que creyeran oportunas.

En eso, el joven Marcos apareció en el recinto. Se cubría con una sábana blanca y, al verme, corrió a mi encuentro, rogándome que no le delatara.

Cuando le pregunté por qué, me confesó que se había escapado de su casa. Al oír cómo Jesús y los once abandonaban la mansión, se levantó del lecho, cubriéndose a toda prisa con lo primero que encontró: el lienzo de lino que le cobijaba. Y así había llegado hasta el campamento. La fidelidad de aquel muchacho por el Galileo me llenó de admiración.

Es muy posible que el Maestro se diera cuenta enseguida del tenso ambiente que reinaba entre sus hombres, y llamándoles, les dijo:

—Amigos y hermanos. No me queda mucho tiempo para estar entre vosotros. Desearía que nos aisláramos con el fin de pedirle a nuestro Padre Celestial la fuerza necesaria en esta hora y seguir así la obra que, en su nombre, debemos realizar.

Los discípulos y los griegos le siguieron entonces ladera arriba, hasta una plataforma rocosa, en plena cima del Olivete. Una vez allí, pidió que nos arrodilláramos a su alrededor. Yo continué de pie, al tiempo que filmaba aquella impresionante escena. El gigante, bañado por la luz de la luna, levantó los ojos hacia las estrellas y con su voz de trueno exclamó:

—¡Padre, ha llegado mi hora!... Glorifica a tu Hijo para que el Hijo pueda glorificarte. Sé que me has dado plena autoridad sobre todas las criaturas vivientes de mi reino y daré la vida eterna a todos aquellos que, por la fe, sean hijos de Dios. La vida eterna es que mis criaturas te reconozcan como el único y verdadero Dios y Padre de todos. Que crean en Aquel a quien has enviado a este mundo. Padre, te he exaltado en esta tierra y cumplido la obra que me encomendaste. Casi he terminado mi efusión sobre los hijos de nuestra propia creación. Solamente me resta sacrificar mi vida carnal.

»Ahora, Padre, glorifícame con la gloria que tenía antes de que este mundo existiera y recíbeme una vez más a tu derecha.

Jesús hizo una breve pausa, mientras sus cabellos comenzaron a agitarse por una brisa cada vez más intensa.

—... Te he puesto de manifiesto ante los hombres que has escogido en el mundo y que me has dado —prosiguió—. Son tuyos, como toda la vida entre tus manos. He vivido con ellos, enseñándoles las normas de la vida, y ellos han creído. Estos hombres saben que todo lo que tengo proviene de ti y que la encarnación de mi vida está destinada a dar a conocer a mi Padre en el mundo. Les he revelado la verdad que me has dado y ellos —mis amigos y mis embajadores— han querido sinceramente recibir tu palabra. Les he dicho que soy descendiente tuyo, que me has enviado a esta tierra y que estoy dispuesto a volver hacia ti... Padre, ruego por todos estos hombres escogidos. Ruego por ellos, no como lo haría por el mundo, sino como hombres a los que he elegido para representarme después que haya vuelto junto a ti. Estos hombres son míos. Tú me los has dado.

»No puedo permanecer más tiempo en este mundo. Voy a volver a la obra que me has encargado. Es preciso que deje a estos compañeros tras de mí para que nos representen y representen nuestro reino entre los hombres. Padre, preserva su fidelidad mientras me preparo para abandonar esta vida encarnada. Ayúdales a estar unidos en espíritu como tú y yo lo estamos. Son mis amigos.

»Durante mi estancia entre ellos podía velar y guiarles, pero ahora voy a partir. Padre, permanece junto a ellos hasta que podamos enviar un nuevo instructor que les consuele y reconforte. Me has dado a doce hombres y he guardado a todos menos a uno, que no ha querido mantener su comunión con nosotros. Estos hombres son débiles y frágiles, pero sé que puedo contar con ellos. Los he probado y sé que me quieren. Pese a que tengan que padecer mucho por mi culpa, deseo que estén ilusionados.

»El mundo puede odiarles como me ha odiado a mí. Pero no pido que les retires del mundo; solamente que les libres del mal que existe en este mundo. Santifícales en la verdad. Tu palabra es la verdad. Lo mismo que me has enviado a este mundo, así voy a enviarles a ellos por el mundo. Por ellos he vivido entre los hombres y consagrado mi vida a tu servicio, con el fin de inspirarles para que se purifiquen en la verdad y en el amor que les he mostrado. Bien sé, Padre mío, que no necesito rogarte que veles por ellos después de mi marcha. Y también sé que les amas tanto como yo. Hago esto para que comprendan mejor que el Padre ama a los mortales lo mismo que el Hijo.

»Deseo demostrar fervientemente a mis hermanos terrestres la gloria que disfrutaba a tu lado antes de la creación de este mundo que se conoce tan poco...

»¡Oh, Padre justo!, pero yo te conozco y te he dado a conocer a estos creyentes, que divulgarán tu nombre a otras generaciones.

»De momento les prometo que estarás cerca de ellos en el mundo, de la misma manera que has estado conmigo.

Y levantando sus largos brazos hacia el cielo, concluyó:

—Yo soy el pan de la vida... Yo soy el agua viva... Yo soy la luz del mundo... Yo soy el deseo de todas las edades... Yo soy la puerta abierta a la salvación eterna... Yo soy la realidad de la vida sin fin... Yo soy el buen pastor... Yo soy el sendero de la perfección infinita... Yo soy la resurrección y la vida... Yo soy el secreto de la vida eterna... Yo soy el camino, la verdad y la vida... Yo soy el Padre infinito de mis hijos limitados... Yo soy la verdadera cepa y vosotros, los sarmientos... Yo soy la esperanza de todos aquellos que conocen la verdad viviente... Yo soy el puente vivo que une un mundo con otro... Yo soy la unión viva entre el tiempo y la eternidad...

Tras unos minutos de silencio, el Galileo pidió a sus hombres que se alzaran y —uno por uno— fue abrazándoles. Cuando llegó hasta mí, sus ojos se hallaban arrasados por las lágrimas.

Poco después, el grupo regresó al campamento.

David Zebedeo y Juan Marcos se aproximaron a Jesús y trataron inútilmente de convencerle para que se alejara de Jerusalén. A partir de aquellos instantes —casi medianoche—, el habitual buen humor del rabí despareció. Y con palabras entrecortadas por una profunda emoción, el Maestro rogó a sus discípulos que se retirasen a dormir. A regañadientes, los apóstoles fueron acomodándose en la tienda y en sus lugares habituales de descanso. Pero antes, y mientras el Nazareno pedía a Juan, a Santiago y a Pedro que «permanecieran un poco más con él», Simón el Zelotes se dirigió con gran sigilo hacia uno de los laterales de la tienda de los hombres, abriendo un gran fardo. ¡Eran espadas!

Los ocho apóstoles restantes acudieron a la llamada del Zelotes y se enfundaron las armas. Todos menos uno: Bartolomé. Éste, rechazando el equipo de combate, exclamó:

—Hermanos míos, el Maestro nos ha dicho muchas veces que su reino no es de este mundo y que sus discípulos no deben combatir con la espada para establecerlo. A mi juicio, creo y pienso que el Maestro no precisa que empleemos las armas para defenderlo. Todos hemos sido testigos de su poder y sabemos que puede defenderse de sus enemigos si lo desea. Si no quiere resistir es porque esta línea de conducta representa su intento por cumplir la voluntad de su Padre. Por mi parte rezaré, pero no sacaré mi espada.

Al escuchar a Bartolomé, Andrés devolvió su espada. Si no me equivocaba, en total eran nueve los apóstoles que ceñían un arma en aquellos momentos. Todos menos Bartolomé, Andrés y Juan (aunque de este último no estaba muy seguro).

Por fin, francamente agotados, los apóstoles y discípulos se retiraron, estableciendo un riguroso turno de vigilancia, consistente en dos hombres armados a las puertas del campamento. Por lo que pude deducir, el grupo estaba persuadido de que la detención del Maestro por parte de los jefes de los sacerdotes no se llevaría a cabo hasta la mañana siguiente. Y se durmieron con la intención de levantarse muy de mañana, dispuestos a lo peor.

Juan, Pedro y Santiago se habían sentado en torno a la hoguera y esperaban a Jesús. Éste había llamado a David Zebedeo, pidiéndole el mensajero más veloz. Al poco regresó con un tal Jacobo, que había desempeñado la función de «correo» nocturno entre Jerusalén y Beth-Saida. Y el Nazareno le dijo:

—Vete enseguida a casa de Abner, en Filadelfia, y dile lo siguiente: el Maestro te envía sus deseos de paz. Dile también que ha llegado la hora en que seré entregado a mis enemigos y que seré muerto...

El emisario palideció, pero Jesús prosiguió sin inmutarse:

—... Dile igualmente que resucitaré de entre los muertos y que me apareceré a él antes de regresar junto a mi Padre. Entonces le daré instrucciones sobre el momento en que el nuevo instructor vendrá a morar en vuestros corazones.

David y yo nos miramos. Jesús rogó entonces a Jacobo que repitiera el mensaje y, una vez satisfecho, le despidió con estas palabras:

—No temas. Esta noche, un mensajero invisible correrá a tu lado.

Mientras el Zebedeo ultimaba la partida del «correo», Jesús se dirigió a los griegos que acampaban junto a la cuba de piedra de la almazara y se despidió de ellos.

Yo permanecí sentado muy cerca de Pedro, Juan y Santiago. Los apóstoles, a pesar de sus esfuerzos, comenzaron a bajar los párpados y a dar algunas cabezadas. El Maestro regresó hasta la fogata y, cuando se disponía a alejarse con sus íntimos hacia el interior del olivar, David le retuvo unos instantes. Con la voz trémula y los ojos húmedos acertó al fin a decirle:

—Maestro, he tenido una gran satisfacción al trabajar para ti. Mis hermanos son tus apóstoles, pero me alegro de haberte servido en las cosas más pequeñas. Lamentaré de todo corazón tu partida...

Las lágrimas terminaron por rodar por sus curtidas mejillas. Y el Galileo, sin poder contener su amor hacia aquel hombre prudente y eficaz, le tomó por los hombros, diciéndole:

—David, hijo mío, los otros han hecho lo que les ordené. Pero, en tu caso, ha sido tu propio corazón el que ha respondido y servido con devoción. Tú también vendrás un día a servir a mi lado en el reino eterno.

Y antes de separarse definitivamente del Maestro, David le confesó que había dado órdenes para que su madre y su familia se trasladasen a Jerusalén. Jesús no pareció muy sorprendido.

—Un mensajero me ha comunicado —concluyó— que esta misma noche han llegado a Jericó y que mañana temprano estarán aquí.

El Nazareno le miró y respondió:

—David, que así sea.

Y uniéndose a los tres apóstoles, que esperaban al pie del olivar, se perdió en la oscuridad de la noche.

La gran tragedia estaba a punto de comenzar...

7 DE ABRIL, VIERNES

Un silencio extraño había caído sobre el campamento. Yo sabía que aquélla no iba a ser una noche como las anteriores pero, a pesar de ello, noté en el ambiente una especie de pesada turbulencia. Como si miles de fantasmas —quizá esos «mensajeros invisibles» a los que se había referido Jesús— planeasen sobre las copas de los olivos, agitando, incluso, las menguadas lenguas de fuego frente a las que yo permanecía. Y un escalofrío agitó mi espalda.

El campamento dormía cuando, al filo de las doce de la noche, y una vez que Jesús y sus tres discípulos se perdieron entre las hileras del olivar, me levanté, advirtiendo a Eliseo que me dirigía al extremo norte del huerto. Con una rápida mirada recorrí las tiendas, la almazara y los cuerpos dormidos de los griegos y, una vez seguro de que todo se hallaba en calma, encaminé mis pasos hacia el muro que bordeaba el huerto por la cara Este y que yo había explorado ya en mi primera visita a la finca de Getsemaní. Antes de desaparecer monte arriba, David Zebedeo me había anunciado que, de mutuo acuerdo con Juan Marcos, llevarían a cabo una vigilancia extra. Él, en las proximidades de la cima del Olivete —cubriendo así el flanco oriental del campamento— y el muchacho, en el sendero que serpenteaba junto a la puerta de entrada al huerto y que moría en el puente sobre el barranco del Cedrón. De esta forma, si la policía del Templo intentaba asaltar el refugio del Nazareno —bien por el camino más corto: el del Cedrón o por la cumbre del Olivete—, Marcos o el Zebedeo podrían dar la alerta, respectivamente. Pero los acontecimientos iban a desarrollarse de otra forma...

Lentamente, procurando ocultarme entre la masa de árboles, fui avanzando hacia la gruta, sin perder contacto en ningún momento con el parapeto de piedra. De acuerdo con las consignas de Caballo de Troya, mi observación de la llamada por los cristianos «la oración del huerto» debía efectuarse sin que los protagonistas de la misma tuvieran conocimiento o sospecha de mi presencia. Para ello debía saber con precisión en qué lugar permanecerían los tres apóstoles y dónde pensaba orar el Maestro. Si Jesús, como suponía, elegía las proximidades de la cueva, mi escondite sería precisamente aquella pared que cercaba la propiedad de Simón, «el leproso».

Eliseo llevaba razón. Tal y como me había advertido horas antes, la fuerte perturbación en los altos niveles de la atmósfera —al este de Palestina— empezaba a notarse sobre Jerusalén. Un viento cada vez más insistente y bochornoso agitaba los árboles, silbando como un lúgubre presagio por entre las tortuosas ramas y raíces de los olivos. El cañafístula que crecía junto a la caverna castañeteaba cada vez con más fuerza, ayudándome a orientarme.

Al alcanzar el fondo del huerto descubrí enseguida la figura del Galileo, en pie y con la cabeza baja, casi clavada sobre el pecho. Se encontraba, en efecto, a cuatro o cinco metros de la entrada de la gruta, en mitad del reducido calvero existente entre el olivar y la peña. A los pies del Maestro se extendía una de aquellas costras de caliza, blanqueada por la luna llena.

Sin perder un minuto salté al otro lado del muro y, arrastrándome sobre la maleza, rodeé la caverna, apostándome a espaldas del corpulento cañafístula. Desde allí —perfectamente oculto—, pude seguir, paso a paso, todos los movimientos y palabras de Jesús de Nazaret.

La claridad derramada por la luna me permitía ver la figura del Maestro con comodidad. Sin embargo, necesité acostumbrar mis ojos a la oscuridad que dominaba la masa de los olivos para descubrir, al fin, las siluetas de Pedro, Juan y Santiago. Los discípulos se habían sentado en tierra, acomodándose con sus mantos entre los últimos árboles, a poco más de una treintena de pasos del punto donde permanecía el Nazareno. Desde aquella distancia, y a pesar de mis esfuerzos, no pude confirmar si se hallaban dormidos o no. A los quince o treinta minutos, deduje que, al menos dos ellos, debían haber caído en un profundo sueño, a juzgar por sus posturas —totalmente echados sobre el suelo— y por los inconfundibles ronquidos de Pedro. Un tercero, sin embargo, aparecía reclinado contra el tronco de uno de los olivos, aunque no podría jurar que estuviese dormido.

De pronto, cuando me encontraba atareado preparando la «vara de Moisés», un crujido de ramas me sobresaltó. Me volví y, a cosa de diez o quince metros, mis ojos quedaron fijos en un bulto blanco que se deslizaba entre las jaras, aproximándose. Tomé el cayado en actitud defensiva y, con las rodillas en tierra, me dispuse a rechazar el ataque de lo que, en un primer momento, identifiqué como un extraño animal. Pero, cuando aquella «cosa» estaba casi al alcance de mi vara, se detuvo. ¡Era el joven Juan Marcos!

Respiré profundamente haciéndole una señal para que continuara agachado. El muchacho llegó hasta mí, explicándome al oído que había abandonado su guardia porque quería estar cerca del Maestro. No me atreví a sugerirle que regresara al camino pero, dadas las circunstancias, le pedí que se mantuviera conmigo y en el más absoluto silencio. Al ver a Jesús en actitud orante, Marcos lo comprendió y me hizo un gesto de aprobación. A partir de esos momentos, y aunque procuré no perder de vista al impetuoso adolescente, mi atención quedó absorbida ya por el gigante de Galilea.

Y en ello estaba cuando, súbitamente, Eliseo —con gran excitación— abrió la conexión auditiva, informándome de algo que me dejó atónito ¡El radar del módulo estaba recibiendo información de un objeto que «volaba» sobre la zona!

—Pero, ¡no es posible! —le contesté, metiendo prácticamente la cabeza entre mis rodillas, de forma que el muchacho no pudiera oírme.

—... Jasón, te juro que he maniobrado la antena y la pantalla de aproximación del radar (1) está codificando un eco metálico. Ahí arriba, a unos 6 000 pies, se está moviendo algo... ¡Sí!, ahora lo veo mejor... Se encuentra en 360-30 millas (2)... ¡Dios santo! ¡Se ha parado!...

Levanté los ojos hacia el firmamento y en la dirección que había transmitido Eliseo, pero no observé nada anormal. La fuerte luminosidad de la Luna, cada vez más alta, dificultaba la visión de la estrellas.

Mi compañero en la «cuna», tan confundido y perplejo como yo, permaneció con los cinco sentidos sobre aquel insólito «visitante». Pero el objeto se había inmovilizado y así permanecería durante un buen rato.

Aún no me había recuperado de la sorpresa producida por la aproximación de aquel misterioso objeto volante cuando vi cómo Jesús se desplomaba, clavando sus rodillas en tierra. El golpe seco contra el suelo hizo estremecer a Juan Marcos. Ni el muchacho ni yo habíamos visto jamás al Galileo con un semblante tan pálido y abatido.

Durante varios minutos, permaneció con la barbilla enterrada entre los pliegues del manto que cubría sus hombros y pecho. Aquella profunda inclinación de su cabeza no me dejaba ver con claridad su rostro, aunque casi estoy seguro que mantenía los ojos cerrados.

(1) Caballo de Troya, gracias a un espléndido servicio de la Inteligencia norteamericana, había obtenido a finales de 1972 los planos del radar «Gun Dish», que sería utilizado meses después por los egipcios en la guerra del «Yom Kippur» (octubre de 1973), y cuya frecuencia era de unos 16 GHz. Es decir, 16 000 Mc/s. Este complejo radar había sido dispuesto a bordo del módulo.

(2) La situación del «objeto» era de 360 grados (al Norte) y a 30 millas de distancia del punto donde se hallaba posado el módulo. (*N. del m.*)

Sus brazos, inmóviles y derrotados a lo largo del cuerpo, acentuaban aún más aquel repentino decaimiento.

Después, muy lentamente, fue elevando la cabeza, hasta dejar sus ojos fijos en el cielo. El viento había empezado a enredar sus cabellos. Y levantando los brazos por encima del rostro, exclamó con voz apagada y suplicante: «¡Abbá!»... «¡Abbá!»

Quedé desconcertado. Aquella palabra aramea —que yo había escuchado en más de una ocasión, cuando los niños se dirigían a sus padres— venía a significar «papá». Era el familiar y conocido apelativo cariñoso que, por cierto, los judíos no empleaban jamás cuando se dirigían a Dios. ¿Por qué lo utilizaba Jesús?

Sus ojos me impresionaron igualmente: aquel brillo habitual se había difuminado. Ahora aparecían hundidos y sombreados por una tristeza que, de no haber conocido el probado temple de aquel Hombre, hubiera jurado que se hallaba muy cerca del miedo.

—¡Abbá! —murmuró de nuevo—. He venido a este mundo para cumplir tu voluntad y así lo he hecho... Sé que ha llegado la hora de sacrificar mi vida carnal... No lo rehúyo, pero desearía saber si es tu voluntad que beba esta copa...

Sus palabras retumbaron en el huerto como un timbal fúnebre. No podía dar crédito a lo que estaba oyendo: ¿Es que Jesús estaba atemorizado?

—... Dame la seguridad —prosiguió— de que con mi muerte te satisfago como lo he hecho en vida.

Sus manos, abiertas, tensas e implorantes, fueron descendiendo poco a poco. Pero su rostro —tenuemente iluminado por la Luna— no se movió. Y sin saber por qué, yo también miré hacia la legión de estrellas y luceros, esperando que se produjera alguna señal.

En ese instante, y como si Eliseo hubiera leído mis pensamientos, abrió la conexión, gritándome:

—¡Jasón, Jasón!... Se mueve otra vez. Ese objeto se está desplazando... ¡No puedo creerlo!... Ha cambiado el rumbo: ahora está siguiendo el radial 240 (1)... ¡Jasón, viene hacia aquí!... ¿Me oyes, Jasón?

—Te escucho «5 × 5» —le respondí como pude—. Pero, ¿no será algún meteoro?

Eliseo casi me manda al infierno por aquella pregunta, evidentemente estúpida.

—Esa «cosa», Jasón, ha hecho estacionario (2) durante más de veinte minutos... Ahora se mueve muy despacio.

Si aquel inexplicable objeto se hallaba aún a unas 30 millas de nuestra posición, era ridículo que siguiera escudriñando el espacio. Traté, pues, de calmar a mi hermano en el módulo, rogándole que me mantuviera puntualmente informado de las evoluciones del eco en el radar.

Mientras tanto, el Maestro se había levantado y, dando media vuelta, caminó hacia los discípulos. Dada la distancia no pude registrar sus palabras, pero sí observé cómo se inclinaba sobre sus

(1) El objeto, que había seguido una trayectoria Norte, empezaba a desplazarse en dirección Oeste-Suroeste. Justamente hacia el área de Jerusalén.

(2) Es decir, había permanecido estático o inmóvil. (*N. del m.*)

hombres, tocándoles con la mano izquierda. Los dos que yacían se despertaron y vi cómo se incorporaban parcialmente.

Al poco, Jesús retornó hasta el calvero. Los tres apóstoles le observaron durante breves minutos, terminando por recostarse nuevamente.

Conforme fue aproximándose aprecié algo extraño. El gigante se tambaleaba. Sus pasos eran indecisos, como si estuviera a punto de desplomarse...

Nada más llegar junto a la laja de piedra, cayó de bruces. Por un momento pensé que se había desmayado. Parte de su cuerpo había quedado sobre la plancha rocosa, boca abajo e inmóvil. Juan Marcos se incorporó, dispuesto a socorrerle. Pero, sujetándole por el brazo, le hice ver que no era conveniente molestarle. Supongo que si el Galileo no llega a moverse, el fogoso Marcos no habría seguido mis consejos y hubiera saltado en auxilio de su Maestro. Pero Jesús estaba plenamente consciente y el joven se tranquilizó.

Como si una fuerza invisible hubiera descargado sobre él un fardo de cien kilos, así fue incorporándose el Maestro. Muy lentamente, siempre con la cabeza hundida, el Galileo terminó por sentarse sobre sus talones. Y así permaneció un buen rato, de rodillas, en un angustioso silencio y sin levantar el rostro. Inconscientemente, Juan Marcos y yo cruzamos una mirada. ¿Qué estaba pasando? ¿A qué se debía aquel súbito hundimiento?

Jesús levantó el rostro hacia las estrellas y, gimiendo, llamó de nuevo a su Padre. Sus pómulos y nariz aparecían afilados. La expresión de su rostro me impresionó. Había una mezcla de angustia y pavor. Sus labios, entreabiertos, comenzaron a temblar y, casi inmediatamente, todo su cuerpo empezó a estremecerse. Eran convulsiones cortas. Muy rápidas y casi imperceptibles. Como si un viento helado estuviera azotando cada una de sus células.

El Nazareno cruzó sus brazos sobre el tórax, haciendo fuerza con sus manos sobre los costados, como tratando de dominar aquellas convulsiones.

Y, de pronto, su frente, cuello y sienes se humedecieron con un sudor frío. Los estremecimientos se hicieron entonces más intensos y continuados y Jesús se dobló materialmente por su cintura, tocando la superficie de piedra con la frente.

—¡Abbá!... ¡Abbá!...

Aquélla fue la única palabra que acertó a pronunciar. Pero, más que una llamada, era un grito contenido de angustia y terror.

Ahora estoy seguro que, en aquellos duros y cruciales momentos, el Galileo debió experimentar una punzante e indescriptible sensación de soledad, de aflicción y quizá, ¿por qué no?, de miedo ante lo que le reservaba el destino.

Su cuerpo siguió tiritando y, de pronto, en un arranque, el Maestro se echó atrás, elevando sus manos y rostro.

Al verle quedé petrificado...

Toda su cara, frente, cuello así como las palmas de las manos, habían enrojecido. La fina película inicial de sudor se había convertido en sangre... Juan Marcos ocultó el rostro entre sus manos.

Desde el cuero cabelludo, unas gruesas gotas sanguinolentas fueron resbalando sobre aquella extravasación, deslizándose por los ángulos internos de los ojos y rodando después por las mejillas, hasta perderse en el bigote y la barba. Algunos goterones permanecían segundos en las comisuras de la boca, convirtiéndose después en hilos de sangre que caían aparatosamente sobre los haces musculares del cuello.

En uno de aquellos temblores, Jesús inclinó un poco su cabeza y la luna arrancó varios destellos de su pelo. La sangre había inundado también sus cabellos.

Medio hipnotizado por aquella súbita reacción del organismo de Jesús, casi olvidé utilizar la «vara de Moisés».

Y, precipitadamente, la situé de forma que pudiera filmar la escena y, al mismo tiempo, iniciar una exploración de la piel y de algunos de los órganos internos de Jesús, mediante el rastreo ultrasónico. (Como ya comenté anteriormente, el «cayado» encerraba, entre otros dispositivos, un equipo miniaturizado, capaz de emitir este tipo de ondas mecánicas o ultrasonidos. La «cabeza emisora» dispuesta en la parte superior de la vara —a 1,70 metros de la base— había sido acondicionada para captar las ondas reflejadas, ampliándolas proporcionalmente y acumulando la información en la memoria de titanio del computador nuclear. Una vez en el módulo, los ultrasonidos —previamente codificados— podían ser convertidos en imágenes, analizando los órganos y las reacciones fisiológicas del Maestro, tratando así de encontrar explicaciones (1).)

El orificio común de salida y proyección de estos delicados sis-

(1) Dado que no podíamos tocar a Jesús, Caballo de Troya situó en el interior de la «vara de Moisés» un complejo entramado de equipos miniaturizados, destinados a explorar el cuerpo del Maestro, tanto en el singular fenómeno del sudor sanguinolento del huerto de Getsemaní como en la flagelación y en las largas horas de la crucifixión. Estos sistemas —que iré detallando paulatinamente— consistían fundamentalmente en un equipo de «tele-termografía» y en el ya referido de ultrasonidos.

Este último fue seleccionado por los expertos de Caballo de Troya por su naturaleza inofensiva y por sus características, que les hacían idóneo para la exploración, y posterior conversión en imágenes, de órganos internos tan importantes como páncreas, vejiga, hígado y abdomen en general, así como en el control del torrente sanguíneo a través de las grandes arterias y vasos intermedios, corazón, ojos y tejidos blandos en general. Caballo de Troya, en base al llamado «efecto piezoeléctrico», descrito ya por los hermanos Curie y según el cual la compresión de la superficie de un cristal de cuarzo crea en él una corriente (ultrasonidos), dispuso en la cabeza emisora una placa de cristal piezoeléctrico, formada por titanato de bario. Un generador de alta frecuencia alimentaba dicha placa, produciendo así las ondas ultrasónicas (en una frecuencia que oscilaba entre los 16 000 y los 10^{10} Herz). Estos ultrasonidos —con una velocidad de propagación en el cuerpo humano de 1 000 a 1 600 metros por segundo, con excepción de los huesos— permiten, como digo, una excelente exploración y posterior visualización de los órganos deseados, lográndose, incluso, la captación del sonido cardíaco y del flujo sanguíneo, a través de un sistema de adaptación denominado «efecto Doppler». Con intensidades que oscilan entre los 2,5 y los 2,8 miliwatios por centímetro cuadrado y con frecuencias aproximadas a los 2,25 megaciclos, el dispositivo de ultrasonidos transforma las ondas iniciales en otras audibles, mediante una compleja red de amplificadores, controles de sensibilidad, moduladores y filtros de bandas.

Con el fin de solventar el arduo problema del aire —enemigo vital de los ultrasonidos— y ya que las mediciones y rastreos sólo podían efectuarse a una cierta distancia de Jesús, los especialistas del proyecto idearon un re-

temas había sido igualmente camuflado con una banda de pintura negra. Y en el filo de dicha banda, Caballo de Troya había dispuesto otros dos clavos de cabeza de cobre. Al pulsar cada uno de ellos quedaba activado automáticamente el mecanismo correspondiente: bien el de ultrasonidos o el de «tele-termografía». Con el fin de orientar con precisión cada uno de estos flujos, la misión me había dotado de unas lentes de contacto a las que llamábamos «crótalos» (1). Estas «lentillas» especiales —del tipo duro— fueron fabricadas con un producto de una calidad muy superior al que normalmente utilizan los laboratorios de óptica y que, dado su carácter secreto, no puedo revelar (2). Lo ideal, por supuesto, hubiera sido el uso de unas gafas de «visión nocturna», con las que poder seguir la trayectoria del laser infrarrojo, así como los cambios de colores en el cuerpo del Nazareno (3), consecuencia de las variaciones de su temperatura corporal y de las distintas alteraciones fisiológicas provocadas por las torturas. Pero, obviamente, esto no era posible y Caballo de Troya diseñó estas «lentillas», totalmente transparentes, que, una vez ajustadas a los ojos, hacían factible el seguimiento, sin levantar peligrosas extrañezas entre los habitantes de la época.

Procurando dar la espalda a Juan Marcos, eché mano del pe-

---

volucionario sistema, capaz de «encarcelar» y guiar los citados ultrasonidos a través de un finísimo «cilindro» de luz laser de baja energía, cuyo flujo de electrones libres quedaba «congelado» en el mismísimo instante de su emisión. El procedimiento para «congelar» el laser, dando lugar a lo que podríamos calificar como «luz sólida» —cuyas aplicaciones en el futuro serán inimaginables— no me está permitido desvelar. Por supuesto, al conservar una longitud de onda superior a 8 000 armstrong (0,8 micras), el «tubo» laser seguía disfrutando de la propiedad esencial del infrarrojo, con lo que sólo podía ser visto mediante las lentes especiales de contacto que me había suministrado Caballo de Troya. De esta forma, las ondas ultrasónicas podían deslizarse por el interior de la «tubería» formada por la «luz sólida o coherente», pudiendo ser lanzadas a distancias que oscilaban entre los cinco y veinticinco metros. (*N. del m.*)

(1) Precisamente por su relativa semejanza con las fosas «infrarrojas» de estas serpientes, que les permiten la caza de sus presas a través de las emisiones de radiación infrarroja de los cuerpos de las víctimas.

(2) Generalmente, las lentes de contacto, del tipo duro, se basan en un producto llamado polimetil-metacrilato (PMMA) que constituye en realidad la base fundamental de la «lentilla».

(3) Como es sabido, cualquier cuerpo cuya temperatura sea superior al cero absoluto (menos 273 grados centígrados), emite energía IR o infrarroja. Esta emisión de rayos infrarrojos —invisibles para el ojo humano— está provocada por las oscilaciones atómicas en el interior de las moléculas y, en consecuencia, se halla estrechamente ligada a la temperatura de cada cuerpo. Pues bien, el ojo del hombre, como está demostrado, sólo ve una pequeña parcela del espectro electromagnético de la luz: la que se extiende desde los 400 a los 700 nanómetros. Por encima de esta última aparecen las gamas del infrarrojo. Pero, mediante el uso de «gafas» especiales, adecuadas a la emisión del infrarrojo, el hombre puede «ver» también en esa frecuencia. (A su vez, esta región del infrarrojo está subdividida en infrarrojo próximo, medio, lejano y extremo.) Los sensores IR o infrarrojos de las serpientes americanas —crótalos— están formados precisamente por una membrana dotada de abundantes terminaciones nerviosas, que le permiten detectar variaciones de temperatura del orden de una milésima de grado. (*N. del m.*)

queño estuche que contenía las «crótalos» adaptándolas a mis ojos. Aunque las «lentillas» habían sido perfeccionadas con sales monoiónicas (1), capaces de permitir una aceptable circulación de la lágrima en el ojo y una excelente oxigenación de la córnea, el general Curtiss me había advertido encarecidamente que no abusase de las mismas, limitando su uso a períodos máximos de 30 o 40 minutos (2).

Y rápidamente pulsé el clavo que accionaba la emisión de ultrasonidos (3).

El espectáculo que se ofreció a mis ojos (aunque en realidad debería decir «a mi cerebro») fue casi dantesco: el rostro, cuello y manos de Jesús se volvieron de un color azul verdoso, consecuencia del descenso de su temperatura corporal en dichas zonas (probablemente por el efecto refrigerante del sudor y de la sangre que manaban por sus poros).

La túnica emitía un blanco mucho más intenso, mientras el manto lucía una tonalidad más oscura, casi negra. El follaje verde del olivar estalló en un rojo indescriptible...

Al pulsar la cabeza del clavo a su segunda posición —la más profunda—, de la parte superior de la «vara de Moisés» surgió un finísimo rayo de luz rojiza: era el laser infrarrojo. Y sin perder un segundo lo dirigí hacia el rostro, cuello, cabellos y manos del Nazareno. Por supuesto, ni Juan Marcos ni nadie que hubiera podido presenciar aquella escena habría visto ni oído nada. Como ya dije, el laser trabajaba en la frecuencia del infrarrojo y, por tanto, resultaba invisible al ojo humano.

Después de un minucioso recorrido sobre las áreas ensangrentadas, cambié la frecuencia de los ultrasonidos (haciendo retornar el clavo a su primera posición), centrando el haz de luz en la parte superior del vientre del rabí. De esta forma, explorando el páncreas, quizá obtuviésemos una explicación satisfactoria sobre el origen de aquel sudor en forma de sangre. (Cuando, a nuestro regreso de este primer «gran viaje», Caballo de Troya pudo analizar el cúmulo de imágenes obtenidas por estos procedimientos, los especialistas en bioquímica y hematología llegaron a varias e interesantes conclusiones. Aquel sudor sanguinolento o «hematohidrosis» había sido provocado por un agudo stress. El Nazareno —tal y como yo había

(1) Los especialistas del proyecto habían logrado estas casi milagrosas lentes de contacto «infrarrojas», incorporando una serie de bandas periféricas a la superficie básica monocurva, dotadas de cientos de «micro-celdillas» que no eran otra cosa que otros tantos filtros «Wratten 89 B», que sólo dejaban pasar la radiación infrarroja. El peso específico logrado fue de 1,19. Su fuerza flexional (ppi) era de 10 000-15 000 y la dureza Rockwell de M85-M105.

(2) Aunque resultaba remota, la posibilidad de tropezar con una fuente energética natural de gran intensidad (caso de haber mirado al sol), podría haber provocado graves lesiones en mis ojos. Y aunque nada de esto sucediera, el contacto directo de la córnea con las «crótalos» no hacía aconsejable un uso excesivo.

(3) En el caso de los ultrasonidos, la cabeza de cobre —de color blanco— podía adoptar dos posiciones perfectamente diferenciadas: la primera, para activar el lanzamiento de ondas con una frecuencia de 3,5 MHZ (suficiente para explorar órganos internos) y la segunda, de 7,5 a 10 MHZ (para el rastreo de superficie y tejidos blandos). (*N. del m.*)

podido apreciar— se vio sometido a un profundo decaimiento, motivado, a su vez, por una explosiva mezcla de angustia, soledad, tristeza y, quizá, temor ante las durísimas pruebas que le aguardaban. Esta violenta tensión emocional, según los especialistas, había conducido a la liberación de determinados «elementos» existentes en el páncreas (1), que forzaron la ruptura de los capilares, encharcando las glándulas sudoríparas. Una vez rotos los poros subcutáneos, la sangre fluyó al exterior, mezclada con el sudor.

El fenómeno —tan aparatoso como raro— es, sin embargo, perfectamente posible desde el punto de vista médico. El evangelista Lucas, en este caso, sí había acertado. (Pierre Benoit cuenta en una de sus obras cómo en 1914, un soldado que estaba a punto de ser conducido ante un pelotón alemán de fusilamiento, sudó sangre, como consecuencia del pavor insuperable que le produjo aquella angustiosa situación.)

Y aunque esta expulsión sanguinolenta o extravasación —que no hemorragia— en el Hijo del Hombre no representó una pérdida importante de sangre, los informes de Caballo de Troya sí estimaron en cambio que dejó la piel de Jesús en un alarmante estado de fragilidad. Esta circunstancia resultaría determinante, de cara a la «carnicería», más que suplicio, a que sería sometido pocas horas después. Me refiero, naturalmente, al castigo de los azotes. Aquella ruptura generalizada de la red de capilares o finísimos vasos por los que circula la sangre bajo la piel convertiría la flagelación en un trágico baño de sangre...

Una de mis preocupaciones en aquellos primeros momentos del fuerte stress sufrido en el huerto fue el seguimiento del ritmo cardíaco y arterial de Jesús. Al dirigir los ultrasonidos sobre el corazón, el «efecto Doppler» arrojó un ritmo de 135 pulsaciones por minuto. En cuanto a la tensión arterial, la cifra se había elevado a 210 de máxima. (El ritmo cardíaco normal del Nazareno fue calculado en 60 latidos por minuto y su tensión arterial media en 130 máxima y 80 mínima. Aquello significaba, evidentemente, una profunda alteración orgánica. Los especialistas de Caballo de Troya estimaron asimismo que la descarga previa de adrenalina en el torrente sanguíneo de aquel Hombre —a la vista de la resistencia arterial periférica— pudo ser del orden de 10 microgramos por kilo y minuto.)

Poco a poco, al cabo de diez o quince minutos, conforme el rabí fue serenando su espíritu, el ritmo cardíaco y arterial fueron recobrando la normalidad. Sin embargo, aquella dura prueba —en opinión de los expertos en nutrición— significó, además, el total agotamiento de las 750 calorías suministradas al organismo en la reciente cena. El stress debió suponer un consumo de calorías sensiblemente superior a esa cantidad por lo que el Nazareno, en opi-

(1) Aunque en un pincipio se pensó que quiza la «hematohidrosis» había sido provocada por un exceso de histamina, liberada por el sistema nervioso como consecuencia de la gran tensión emocional, y lanzada al torrente sanguíneo, quebrando así los capilares, las investigaciones sobre el páncreas inclinaron a los expertos hacia la hipótesis de la llamada fibrinolisis, consistente en la activación patológica de un mecanismo normal. Un súbito aumento de plasmina (lisoquinasas) pudo originar un derramamiento generalizado en sangre, diluyendo el «cemento endotelial», que daría como resultado el paso de la sangre al exterior. (*N. del m.*)

nión de los médicos de Caballo de Troya, tuvo que empezar a tirar de sus reservas naturales posiblemente a partir de la una o las dos de la madrugada de este viernes. (Con aquel aporte energético, y suponiendo que Jesús se hubiera retirado a descansar inmediatamente, el organismo hubiera podido aguantar hasta las ocho de la mañana, aproximadamente. Pero, con la crisis iniciada en el huerto de Getsemaní, los especialistas, como digo, estimaron que el organismo del Hijo del Hombre tuvo que iniciar una «lipolisis» o disolución de la grasa del tejido adiposo, con el único fin de suminstrar ácido graso y sobrevivir. Las reservas de glucógeno o azúcar concentrada se agotarían en cuestión de horas, y la naturaleza del Galileo no tendría otra alternativa que «echar mano», repito, de sus grasas.)

La situación del Maestro, desde un punto de vista puramente médico, empezaba a ser delicada.

A los quince o veinte minutos de iniciado aquel primer «chequeo» —a base de ultrasonidos—, desconecté el laser, deshaciéndome de las «crótalos». Juan Marcos seguía con el rostro oculto por las manos, negándose a mirar a su Maestro. Pasé mi brazo por sus hombros y acaricié su cabeza. Poco a poco, fue descubriendo su cara. Estaba llorando.

En el calvero, el Galileo había ido bajando sus manos. Las convulsiones habían cesado y también el flujo de sangre. Algunos de los chorreones, más caudalosos que el resto de los reguerillos, habían coagulado ya. Muy pronto, si el Maestro no tenía la precaución de lavarse, la sangre seca convertiría su hermoso rostro en una máscara... Jesús levantó de nuevo los ojos hacia el firmamento y, con una voz algo más serena, repitió prácticamente su primera oración:

—Padre..., muy bien sé que es posible evitar esta copa. Todo es posible para ti... Pero he venido para cumplir tu voluntad y, no obstante ser tan amarga, la beberé si es tu deseo...

Entre esta segunda oración (no sé si debería calificarla así) y la primera, observé un notable cambio, tanto en el estado emocional del Maestro como en su postura frente a los ya inminentes acontecimientos. Mientras en sus primeras palabras flotaba la duda, en esta ocasión, el Galileo parecía haber superado parte de su inquietud, mostrándose definitivamente decidido a asumir su suerte. Es posible que este cambio mental fuera responsable, en buena medida, de su progresiva tranquilización. Pero todo esto, naturalmente, sólo son apreciaciones muy subjetivas.

El caso es que, enfrascado en mis primeras verificaciones médicas y pendiente de las palabras de Jesús, casi me había olvidado de Eliseo y de la aproximación de aquel enigmático objeto. Pero mi compañero no tardó en recordármelo:

—¡Atención, Jasón...! Esa «cosa» abandona el estacionario y se mueve de nuevo... ¡Por todos los...!

La transmisión de mi compañero se interrumpió breves segundos. Al fin, Eliseo —muy alterado— continuó:

—... ¡Ha caído como un cubo...! ¡Jasón, ese chisme ha descendido a nivel 30 en un segundo! (1) ¡No puede ser...! Si continúa bajando

(1) Nivel 30: 3 000 pies (unos mil metros).

lo perderé... ¡No! De momento se mantiene... Pero se dirige hacia nosotros...

Pegando materialmente mis labios al tronco del cañafístula le pregunté:

—Entendí 30...

—Afirmativo —respondió Eliseo—. Es 30... Y sigue aproximándose en radial 100 (1)... El radar estima su posición en 10 millas. Si no varía el rumbo pronto lo tendrás a la vista...

Pero, por más que miré no logré distinguirlo. Fue entonces, al levantar la vista hacia las estrellas cuando caí en la cuenta de otro extraño fenómeno: el ramaje del corpulento árbol tras el que me ocultaba había quedado súbitamente inmóvil. El viento había cesado. Tampoco aprecié movimiento alguno en las copas de los olivos ni en la maleza que nos rodeaba. Los cabellos de Jesús se hallaban igualmente en reposo.

Un tanto alarmado interrogué a Eliseo sobre la velocidad y dirección del viento...

—A 40 000 pies, 120 grados 50 (2) —respondió mi hermano—. Pero, espera... ¡A nivel 10 ha desaparecido...! No lo entiendo...

De pronto, por mi izquierda (aproximadamente con rumbo Este), distinguí un punto de luz que se desplazaba por encima de la cumbre del Olivete. Venía derecho hacia nuestra posición y con una trayectoria que, en principio, me pareció totalmente horizontal al suelo.

Atónito y medio tartamudeando presioné mi oído derecho:

—¡Eliseo...! ¡Lo estoy viendo...! ¡Hacia las nueve de mi posición! (3)... Trae rumbo Este... Pero, por todos los diablos, ¿qué es eso?

La respuesta del módulo serviría para confirmar que no era víctima de una alucinación...

—Afirmativo —exclamó Eliseo, tan desconcertado como yo—. La pantalla de altura sigue detectándolo a nivel 10... ¡Ahora acaba de sobrevolar la «cuna»!... Lo tengo «colimado» (4)... ¿Velocidad? ¡Es increíble!: no llega a las 60 millas por hora... Pero, ¿qué pasa?

La comunicación volvió a interrumpirse. Fueron segundos eternos...

Entretanto aquella «luz» había alcanzado nuestra vertical. ¡Y se detuvo!

—... ¡Jasón! —apareció al fin mi compañero—. Jasón, ¿me recibes?

—Afirmativo —me apresuré a responderle—. Y lo tenemos sobre nuestras cabezas...

(1) Radial 100: el objeto se aproximaba con rumbo 100 grados (aproximadamente, dirección Este-Sureste).

(2) A esa altura, el viento llevaba dirección 120 grados (Sureste) y unos 50 nudos de velocidad (alrededor de 100 kilómetros por hora) *(N. del m.)*

(3) En el argot aeronáutico, a la izquierda del observador, tomando siempre las 12 horas de un reloj como el punto frontal de observación. A las «tres» sería, por ejemplo, a la derecha.

(4) «Colimado»: Eliseo había localizado y centrado el objeto en su panel de instrumentos.

—Jasón, algo está ocurriendo en el radar. ¡Esa «cosa» está «blocándome» (1)!... ¿Se aprecia descenso de nivel?

—Negativo —contesté sin perder de vista la «luz»—. Parece que sigue en estacionario.

Apenas si había terminado de transmitir estas palabras a Eliseo cuando, en décimas de segundo, la «luz» efectuó una «caída» libre, inmovilizándose quizá a cincuenta o cien metros sobre el calvero. Todo fue tan vertiginoso que no tuve tiempo de nada. Quedé paralizado. Y, como yo, Juan Marcos y —supongo— todo cuanto se hallaba en derredor nuestro. Yo seguía absolutamente consciente: veía y escuchaba, pero no acertaba a mover mis músculos. Mi aparato locomotor no obedecía los impulsos de mi cerebro y de mi voluntad. Era inútil que tratase de forzarlos. La proximidad de aquella «luz» circular, de un blanco superior al de la soldadura autógena y potentísima, nos había inmovilizado. Durante los segundos que duró aquello, sí pude oír la voz de mi compañero en el módulo que —sumamente preocupado— no hacía otra cosa que llamarme... Pero, como digo, a pesar de mis esfuerzos, no podía articular palabra alguna.

Casi al mismo tiempo que aquella masa luminosa —de más de cincuenta metros de diámetro— hacía estacionario sobre el lugar, una especie de «cilindro» luminoso partió del centro del «disco», iluminando a Jesús, las lastras de piedra y el terreno, en un radio aproximado de cinco o seis metros. El Maestro, con la cara levantada, no parecía alarmado. Y siguió de rodillas...

Mi confusión no tenía límites. ¿Cómo era posible que el Nazareno no se sintiera tan aturdido y atemorizado como yo?

Aquel miedo que me había invadido era compartido plenamente por mi joven compañero, a juzgar por la postura en que había quedado. El fulminante descenso de la «luz» le había hecho llevar sus brazos sobre la cabeza, en un movimiento reflejo de protección. Y así seguía, con el cuerpo encogido y el rostro apuntando hacia la silenciosa masa luminosa...

No acierto a entender cómo llegó hasta allí, pero, casi en el instante mismo que el «cilindro» de luz blanca tocó el calvero, una figura humana —eso me pareció al menos— surgió sobre la laja de piedra, aproximándose inmediatamente al rabí. Estaba de espaldas a mí y, por supuesto, a pesar de la cegadora luz que inundaba la zona, su estructura física tenía que ser sólida y consistente. Una prueba de ello es que, al llegar a la altura del Maestro, lo ocultó con su cuerpo.

El pavor, posiblemente, agudizó aún más los escasos sentidos que seguía controlando. Y toda mi atención quedó polarizada en la figura de aquel ser. Era muy alto. Mucho más que Jesús. Posiblemente alcanzase los dos metros y pico. No vestía como nosotros. Al contrario, su indumentaria me recordó la de los pilotos de combate de la USAF, aunque con un buzo mucho más ajustado y de un brillo intensamente metalizado. (Aunque esta sensación bien podría haber estado mediatizada por la aguda claridad reinante.)

(1) El radar del módulo estaba siendo «silenciado» o inutilizado por otra posible emisión de radar o por alguna interferencia electrónica procedente del objeto. *(N. del m.)*

El «mono» parecía de una sola pieza, con un cinto relativamente ancho y de la misma tonalidad —similar a la del aluminio— que el resto del traje. Los pantalones (eso me llamó mucho la atención) se hallaban recogidos en el interior de unas botas de media caña y de un color dorado. En cuanto a su cabeza, sólo pude ver la zona occipital y la nuca. Tenía un cabello blanco, lacio y abundante, que caía hasta los hombros. Indudablemente se trataba de un individuo musculoso y ancho de hombros.

Aunque el silencio reinante era total, no alcancé a oír palabra alguna. Ignoro si hubo conversación. Lo único que pude percibir fue el movimiento del brazo derecho de aquel ser, dirigido hacia Jesús que, presumiblemente, debía continuar de rodillas...

De no haber sido por Eliseo, tampoco hubiera ido capaz de contabilizar el tiempo transcurrido. Según mi compañero, aquel «lapsus» —en el que la conexión auditiva con el módulo quedó «en blanco»— duró entre cuatro y cinco minutos, aproximadamente.

Al cabo de este «tiempo», la figura de aquel ser y el «cilindro» luminoso se extinguieron instantáneamente. Y he dicho bien: ¡instantáneamente! No hubo —o, al menos, yo no pude apreciarlo— elevación de aquel ser hacia el disco luminoso. Y tampoco lo vi alejarse o desaparecer por el olivar... Sencillamente, no tengo explicación. Acto seguido, la «luz» experimentó unos suaves balanceos, elevándose en vertical con una aceleración que me dio vértigo. En un abrir y cerrar de ojos (suponiendo que hubiera podido realizar dicho pestañeo), el objeto se convirtió en un punto insignificante, perdiéndose en el infinito. Casi al momento, tanto Juan Marcos como yo recuperamos nuestra movilidad. Y el viento volvió a soplar con fuerza entre las ramas de los árboles, mientras las cabras encerradas en la gruta balaban lastimeramente.

—... ¡Jasón...! ¿Me recibes...? ¡Jasón!, ¡por Dios!, ¡contesta...!

La voz de Eliseo seguía repicando en mi oído.

Inspiré con todas mis fuerzas, tratando de calmar mis nervios.

—A-fir-ma-ti-vo...— le respondí con lo poco que me quedaba de voz.

—¡Roger...! ¡Al fin...! Jasón, ¿estás bien...? ¿Qué ha pasado...?

Como pude tranquilicé a mi compañero, indicándole que procuraría explicárselo más adelante. La verdad es que mi confusión había aumentado. Por un instante pensé que todo había sido una pesadilla. Pero no. Al dirigir la vista hacia el Maestro mi perplejidad aumentó: ¡la película sanguinolenta y los reguerillos que cubrían su faz, cuello y manos habían desaparecido! Su semblante, todavía pálido y demacrado, no presentaba, sin embargo, señal alguna del reciente fenómeno de «hematohidrosis». Era imposible que Jesús hubiera tenido tiempo de acudir hasta algunos de los recipientes del campamento que contenían agua y proceder al lavado de su cara, cuello y manos. Además, aceptando este supuesto, yo le habría visto alejarse y, por supuesto, regresar junto a la roca. Por el contrario, estoy seguro —absolutamente seguro— que el Maestro no había abandonado en ningún momento su postura: arrodillado sobre el calvero.

Juan Marcos, incomprensiblemente, seguía agazapado detrás del muro de piedra, como si nada hubiera ocurrido. Más adelante, cuando le interrogué sobre lo sucedido aquella noche en el huerto, el muchacho respondió afirmativamente:

«Sí —me dijo sin darle excesiva importancia y como si hubiera sido testigo de otros sucesos similares—, el Padre hizo descender un ángel... Claro que lo vi...»

El Galileo, mucho más sereno, levantó nuevamente su vista hacia los cielos y sonrió. Después, con paso firme, se incorporó, dirigiéndose hacia el filo del olivar. No sé cómo pero la súbita presencia de aquel «ángel», «astronauta», «fantasma», o lo que fuera, había influido decisivamente en el ánimo del Hijo del Hombre. La expresión del evangelista— «y el ángel le reconfortó»— no podía ser más apropiada.

El Nazareno debió encontrar a sus discípulos nuevamente dormidos. Y tras gesticular con ellos, volvió sobre sus pasos, arrodillándose por tercera vez al borde de la piedra. Era asombroso. Ninguno de los discípulos parecía haberse dado cuenta de lo ocurrido. Probablemente, se hallaban dormidos.

Una vez allí, ya con su habitual tono de voz, el Maestro habló así, siempre con la mirada fija en lo alto:

—Padre, ves a mis apóstoles dormidos... Extiende sobre ellos tu misericordia. En verdad, el espíritu está presto, pero la carne es débil...

Jesús guardó silencio e inclinó su cabeza, cerrando los ojos. Después, a los pocos segundos, dirigió su rostro nuevamente a los cielos, exclamando:

—Y ahora, Padre mío, si esta copa no se puede apartar... la beberé. Que se haga tu voluntad y no la mía...

Debían ser casi la una de la madrugada de aquel viernes, 7 de abril, cuando el gigante —después de permanecer unos minutos en total recogimiento— se alzó por última vez, acudiendo al punto donde sus tres íntimos, por enésima vez, habían caído bajo un profundo sueño.

Pero, en esta ocasión, el Galileo no retornó al calvero. Despertó a sus hombres y, poco después, los cuatro se internaban en el olivar, perdiéndose de vista.

He meditado mucho sobre aquellas extrañas palabras de Jesús. ¿Qué pudo querer decir cuando habló de «apartar la copa»? ¿Se refería a la posibilidad de evitar los suplicios y su propia muerte? Durante algún tiempo así lo creí. Pero, después de ser testigo de su horrenda Pasión y de su increíble comportamiento, otra interpretación —más sutil si cabe— ha venido a sustituir a mi anterior hipótesis. Ahora he empezado a intuir la gran «tragedia» del Maestro en aquellos críticos momentos de la llamada «oración del huerto». No fue el miedo lo que posiblemente provocó su honda angustia y el posterior sudor sanguinolento. Él sabía lo que le reservaba el destino y, como demostró sobradamente, se enfrentó al dolor abierta y valientemente. Pero, de la mano de esas torturas, el Galileo sabía que llegarían también las humillaciones. Tuvo que ser la «contemplación» de esas ya inminentes vejaciones por parte de las criaturas que Él mismo había creado lo que, quizá, le sumió en un agudo estado de postración. Si realmente era el Hijo de Dios, la simple observación —y mucho más el padecimiento— de la barbarie y primitivismo de «sus hombres» para con Él mismo tenía que resultar insoportable. Salvando las distancias, imagino el brutal sufrimiento moral que podría significar para un padre el ver cómo sus hijos le abofetean, insultan, hieren e injurian...

Juan Marcos y yo nos apresuramos a salvar el muro que nos separaba del calvero donde había tenido lugar la triple oración del huerto y, con idéntica prudencia, penetramos en el olivar, siguiendo los pasos de Jesús y sus hombres. Conforme nos acercábamos a la explanada del campamento, un pensamiento —quizá tan absurdo como inoportuno— seguía martilleando en mi cerebro. No podía borrar de mi mente las imágenes de aquel ser de más de dos metros y del objeto —porque «aquello» tenía que ser un vehículo tripulado— que había sido capaz de desafiar tan elocuentemente las leyes de la gravedad. ¿Qué clase de artefacto era aquél? ¿Qué tecnología podía soslayar semejantes aceleraciones y deceleraciones? (1). Y, sobre todo, ¿qué relación guardaba todo aquello con Jesús y con la Divinidad?

Hubiera dado diez años de mi vida por haber registrado la conversación entre el Maestro y aquel misterioso ser y maldije mi mala estrella, que no me permitió contemplar los rostros de ambos personajes e interpretar al menos lo ocurrido entre los dos. Desde entonces, una afilada incertidumbre anida en mi corazón: ¿podía ser aquél un ángel? Si realmente era así, ¡qué lejos están los teólogos de la verdad...!

Cuando, al fin, nos asomamos al campamento, todo seguía más o menos igual. Los discípulos del Maestro, profundamente dormidos, permanecían ajenos a cuanto acababa de suceder a pocos metros de las carpas. Y digo que todo seguía más o menos igual porque, coincidiendo con nuestro retorno, dos de los agentes secretos de David Zebedeo entraban también en el huerto. Jadeantes y excitados preguntaron por su «jefe». Fue Juan Marcos quien les señaló el lugar donde montaba guardia.

El Maestro, entre tanto, había aconsejado a Pedro, Juan y Santiago que se retiraran a dormir. Pero los apóstoles, suficientemente despejados quizá con los cortos pero profundos sueños que habían disfrutado en las proximidades de la gruta, y cada vez más nerviosos ante la súbita llegada de los mensajeros, se resistieron. El fogoso Pedro, sin poder resistir la tentación, interrogó a uno de los agentes del Zebedeo. Y el hombre, acorralado por las preguntas de Simón, terminó por declararle que una partida de sicarios del Sanedrín y una escolta romana se dirigían hacia allí. Pedro retrocedió con el rostro descompuesto. Y, cuando intentó dirigirse a las tiendas, con ánimo de despertar a sus compañeros, Jesús se interpuso en su camino, ordenándole que guardara silencio. La recomendación del

(1) Como miembro de las Fuerzas Aéreas sé hasta dónde llega hoy la resistencia humana frente a la gravedad. Algunos astronautas, y con trajes muy especiales, han soportado hasta 11 «g» (el valor normal de la «aceleración de la gravedad» —es decir, de una «g»— es de 9,80665 metros por segundo cada segundo). Y según mi estimación, aquel objeto practicó una «caída» y un posterior «despegue» que debió someter a los posibles «pilotos» a 20 o 30 «g». (*N. del m.)*

Galileo fue tan rotunda que los discípulos, desconcertados, quedaron clavados en el suelo.

Los griegos, que acampaban al aire libre, fueron despertados también por la precipitada irrupción de los agentes del Zebedeo y no tardaron en rodear a Jesús y a los tres apóstoles, interrogándoles. Pero el Maestro, que había recobrado su habitual calma, les rogó que se tranquilizaran y que volvieran junto al molino de aceite. Fue inútil. Ninguno de los presentes se movió de donde estaba.

El Nazareno comprendió al instante la actitud de sus hombres y, sin mediar palabra, se alejó del grupo, abandonando el campamento a grandes zancadas.

Durante algunos segundos, los griegos y los apóstoles dudaron. Y una vez más fue el joven Juan Marcos quien tomó la iniciativa. En un santiamén escapó del huerto, perdiéndose colina abajo.

Aquella inesperada reacción de Jesús, saliendo de la finca de Getsemaní, me desconcertó. Según los evangelios canónicos, fuente informativa primordial, el llamado prendimiento debería llevarse a cabo en el referido huerto. Sin embargo, el Nazareno acababa de abandonarlo... Sin pensarlo dos veces seguí los pasos del muchacho, sin preocuparme de los tres apóstoles y de los griegos, que permanecían inmóviles en mitad del campamento.

Tanto Jesús como Juan Marcos habían tomado el conocido camino que discurría por la falda occidental del Olivete y que me había llevado en varias ocasiones hasta el puentecillo sobre la depresión del entonces seco torrente del Cedrón.

En ese momento, y justamente al otro lado del puente, me llamó la atención el movimiento de un nutrido grupo de antorchas. Al observar más detenidamente comprobé que se dirigía hacia este lado del monte. Aquéllos debían ser los hombres armados de los que había hablado el mensajero del Zebedeo. Desconcertado, continué bajando por la vereda hasta que, en uno de los recodos del camino, vi a Marcos —mejor debería decir que sólo distinguí su lienzo blanco— refugiándose a toda prisa en una pequeña barraca de madera que se levantaba al pie mismo del sendero. Me detuve sin saber qué hacer. Pero mis sorpresas en aquella madrugada del viernes no habían hecho más que empezar.

Junto a la mencionada casamata distinguí otra cuba —similar a la construida a la entrada del campamento de Getsemaní— que debía formar parte de uno de los lagares de aceite que tanto abundaban en el monte de las Aceitunas. El Maestro se había sentado sobre el murete de piedra de la prensa, a unos dos pasos de la pista y de cara a la dirección que traía el cada vez más cercano y oscilante enjambre de luces amarillentas.

En un primer momento pensé en ocultarme también en la barraca. Pero deseché la idea. Ignoraba absolutamente el curso que podían tomar los acontecimientos y preferí mantenerme en un lugar más abierto. A ambos lados del sendero se extendían sendas plantaciones de olivos. Aquél podía ser un buen observatorio. Y rápidamente abandoné la pista, internándome en el oscuro olivar situado a la izquierda del camino. Elegí uno de los árboles más gruesos, trepando a lo alto y camuflándome entre su ramaje. Desde allí, Jesús quedaba a poco más de cinco o seis metros. Pero, de pronto, me vi asaltado por una duda que casi me hizo descender del olivo: ¿Y si el Galileo regresaba al campamento? En ese caso no tendría más remedio que arriesgarme y seguir a la tropa...

Si no me equivocaba, la distancia recorrida por Jesús desde la puerta de entrada al huerto de Simón, «el leproso», hasta aquella curva del serpenteante camino de herradura, había sido de unos cien o ciento cincuenta pasos. Y al verle allí, tan extrañamente sereno, empecé a comprender. No hacía falta ser muy despierto para suponer que su rápido alejamiento de la zona donde permanecían sus hombres sólo podía estar motivado por el deseo de que su encuentro con Judas y la policía del Sanedrín no afectase a los discípulos. Él sabía que muchos de los discípulos y de los griegos disponían de armas y probablemente quiso evitar el más que seguro riesgo de un choque armado. Si la memoria no me fallaba, en el campamento debía haber en aquellos momentos alrededor de sesenta hombres. Habría sido suficiente que cualquiera de ellos —Pedro o Simón, el Zelotes, por ejemplo— hubieran sacado sus espadas para provocar un sangriento combate. Si la versión del agente secreto de Zebedeo era correcta, a los levitas del Templo había que añadir la patrulla romana. Y esto, indudablemente, complicaba las cosas. Los legionarios de la Fortaleza Antonia no se distinguían precisamente por sus dulces modales... Yo había sido testigo de su ferocidad en el apaleamiento de un compañero. ¿Qué podía esperarse entonces de aquellos aguerridos infantes, en el caso de que se llegara a un enfrentamiento? Lo más probable es que muchos de los discípulos del Maestro habrían resultado heridos o muertos y, en el mejor de los casos, hechos prisioneros. Y Jesús, a juzgar por sus oraciones en el olivar, quería evitarlo a toda costa. ¿Qué hubiera sido de su misión y de la futura propagación del evangelio del reino si los directamente encargados de esa predicación hubieran caído esa noche en Getsemaní?

Las antorchas aparecían y desaparecían entre la espesura, acercándose cada vez más. Pedí información a Eliseo sobre la hora exacta. Era la una y quince minutos de la madrugada.

La luna seguía brillando con todo su esplendor, proporcionándome una más que aceptable visibilidad.

De pronto, y cuando el racimo de antorchas se hallaba aún a cierta distancia de la almazara sobre la que aguardaba el Maestro, vi aparecer por la vereda a un individuo. Subía a la carrera, siguiendo la dirección del campamento. Jesús, al verle, se puso en pie, saliendo al centro del camino. El presuroso caminante —a quien en un primer momento no acerté a identificar— descubrió enseguida la alta figura del Galileo, con su blanca túnica bañada por la luna. La inesperada presencia del Maestro, cortándole el paso, debió desconcertarle porque se detuvo al momento. Pero, tras unos segundos de indecisión, prosiguió su avance, esta vez sin demasiadas prisas. El misterioso personaje, envuelto en un manto oscuro, debía hallarse a unos treinta o cuarenta metros del rabí cuando, por el fondo del sendero, irrumpió en escena el pelotón que portaba las antorchas. Venía en desorden, aunque formando una larga hilera de gente. A primera vista, el número de individuos rebasaba el medio centenar.

Conforme fueron acercándose pude distinguir, entre los hombres de cabeza, alrededor de treinta soldados romanos. Vestían la misma indumentaria que yo había visto entre los legionarios de la Torre Antonia e iban armados con espadas, algunas lanzas y escudos. Inmediatamente detrás —casi mezclados con los primeros—, un tropel de 40 o 50 levitas o policías del templo, armados en su mayoría con bastones y mazas con clavos.

Mi desconcierto llegó al máximo cuando, por mi derecha, surgieron otras antorchas, diseminadas entre los olivos. No eran muchas: quizá una decena. Pero zigzagueaban a gran velocidad, descendiendo hacia el punto donde se hallaba Jesús. Por la dirección que traían supuse que se trataba de los discípulos. Y un escalofrío volvió a recorrerme el cuerpo. Si ambos bandos llegaban a enfrentarse quién sabe lo que podía ocurrir.

El grupo de mi izquierda —el que procedía de Jerusalén— siguió avanzando en silencio hasta detenerse a un tiro de piedra del Galileo.

Por su parte, los que acababan de aparecer por la derecha terminaron por concentrarse en el sendero. Una vez reagrupados, continuaron bajando, pero con gran lentitud.

Cuando el tropel que llegaba con ánimo de prender al Nazareno se detuvo, los seguidores de Jesús hicieron otro tanto. Estos últimos quedaron bastante más cerca del Maestro. Quizá a veinte o veinticinco pasos.

A la luz de las teas distinguí en primera línea a Pedro. Y con él, Juan, Santiago y una veintena de griegos. Sin embargo, por más que forcé la vista, no vi a Simón, el Zelotes, ni tampoco al resto de los apóstoles y discípulos. Aquello significaba que no habían sido despertados.

Durante unos minutos que se me antojaron interminables, sólo el viento silbó entre los olivos, agitando las llamaradas de las hachas de ambos grupos.

Jesús —en medio— seguía pendiente de aquel hombre que se había destacado de la turba procedente de la ciudad santa.

Cuando faltaban apenas unos metros para que dicho personaje llegase a la altura del rabí, la luna hizo resaltar la palidez de su rostro: ¡Era Judas!

Pero, ¿por qué se había adelantado a la tropa?

Aquella incógnita sería resuelta a la mañana siguiente, poco antes del fatal e inesperado suceso que provocaría la muerte del Iscariote...

(Una vez más, Judas había maquinado sus planes con tanta astucia como ruindad.)

Y al fin, Jesús reaccionó. Con gran aplomo arrancó hacia Judas pero, al llegar a su altura, se desvió hacia la linde izquierda del camino, esquivando al traidor. El Iscariote, perplejo, se revolvió al momento. El Maestro había continuado en dirección a la soldadesca, deteniendo sus pasos a pocos metros del grupo. Y desde allí, con gran voz, interpeló al que parecía el jefe:

—¿Qué buscas aquí?

El soldado romano, que a juzgar por su casco con un penacho de plumas rojas y su espada (situada en el costado izquierdo), debía ser un oficial, se adelantó a su vez y, en griego, respondió:

—¡A Jesús de Nazaret!

El Maestro avanzó entonces hacia el posible centurión y con gran solemnidad exclamó:

—Soy yo...

Al escuchar las serenas y majestuosas palabras de aquel gigante, los cinco o seis legionarios que ocupaban la primera línea retrocedieron bruscamente. Este súbito movimiento hizo que algunos de ellos tropezaran con los compañeros situados inmediatamente detrás, provocando una serie de grotescas caídas. Entre los que dieron con sus huesos en tierra había también varios que portaban antorchas. Y éstas, al desparramarse sobre los caídos, contribuyeron a multiplicar la confusión. El oficial, indignado, retrocedió hasta el grupo de cabeza y comenzó a golpear a los torpes y vacilantes soldados con el bastón que llevaba en su mano derecha.

(Aquella escena me trajo a la memoria el relato evangélico de Juan: el único que habla de esta caída generalizada de parte de la tropa que había llegado para prender al Maestro. Pero, lejos del carácter milagroso que algunos teólogos y exégetas han querido ver en dicho suceso, la única verdad es que aquellos hombres rodaron por el suelo como consecuencia de un movimiento mal calculado. Otro asunto es por qué retrocedieron. En mi opinión, es posible que sintieran miedo. Casi todos habían visto a Jesús cuando predicaba en la explanada del templo y también era muy probable que hubieran sabido de sus prodigios y de su poder. Si unimos esto a la valentía con que el Galileo se presentó ante ellos, quizá ahí tengamos la respuesta...)

Mientras los infantes romanos se incorporaban y recomponían su maltrecha dignidad, Judas —cuyos planes no estaban saliendo tal y como él había previsto, según pude averiguar horas más tarde— se acercó al Nazareno, abrazándole. E inmediata y ostensiblemente —de forma que todos pudiéramos verle— se alzó sobre las puntas de sus sandalias, estampando un beso en la frente de Jesús, al tiempo que le decía:

—¡Salud, Maestro e Instructor!

Y el Galileo, sin perder la calma, le respondió:

—¡Amigo...!, no basta con hacer esto. ¿Es que, además, quieres traicionar al Hijo del Hombre con un beso?

Antes de que Judas pudiera reaccionar, el Maestro se zafó del abrazo del traidor, encarándose nuevamente con el oficial romano y con el resto de la tropa.

—¿Qué buscan?

—¡A Jesús de Nazaret! —repitió el oficial.

—Ya te he dicho que soy yo... Por tanto —prosiguió Jesús—, si al que buscas es a mí, deja a los demás que sigan su camino... Estoy dispuesto a seguirte...

El oficial encontró razonable la petición del Nazareno. Se situó a su lado y, cuando se disponía a regresar a Jerusalén, uno de los guardianes del Sanedrín salió del pelotón abalanzándose sobre Jesús. Llevaba en sus manos una cuerda. Y a pesar de que el jefe de la patrulla romana no había dado tal orden, aquel sirio, que respondía al nombre de Malchus o Malco, se apresuró a sujetar los brazos del rabí, tratando de atarlos por la espalda.

Al verlo, el oficial levantó su bastón, dispuesto sin duda a espantar a aquel intruso. Pero la fulminante entrada en acción de Pedro y sus compañeros arruinaría los propósitos del responsable del prendimiento.

Efectivamente, con una rapidez vertiginosa, Pedro y el resto —indignados por la acción de Malco— se precipitaron sobre él. Simón, Santiago y algunos de los griegos habían desenfundado sus espadas y, lanzando todo tipo de imprecaciones, se dispusieron al ataque.

Antes de que la escolta romana tuviera tiempo de proteger a Malco, Pedro —espada en alto— cayó sobre el aterrorizado siervo del sumo sacerdote, lanzando un violento mandoble sobre su cráneo. En el último segundo, Malco logró echarse a un lado, evitando así que la potente izquierda de Simón le abriera la cabeza. El filo de la espada, sin embargo, rozó la parte derecha de su cara, rebanándole la oreja e hiriéndole en el hombro.

Jesús levantó entonces su brazo hacia Pedro y con gran severidad recriminó su acción:

—¡Pedro, envaina tu espada...! Quienquiera que desenvaine la espada, morirá por la espada. ¿No comprendéis que es voluntad de mi Padre que beba esta copa? ¿No sabéis que ahora mismo podría mandar a docenas de legiones de ángeles y sus compañeros me librarían de las manos de los hombres?

Los discípulos —y especialmente Pedro— quedaron aturdidos. No entendían las palabras del Maestro y, mucho menos, su docilidad ante aquellos enemigos.

Malco seguía retorciéndose y aullando de dolor cuando Jesús se inclinó sobre él. Con una gran firmeza retiró la mano del sirio del ensangrentado oído, colocando la palma de su diestra sobre la herida. En cuestión de segundos, los quejidos disminuyeron, haciéndose cada vez más espaciados y débiles. Después, el rabí repitió la operación, depositando su mano sobre el hombro.

Desde lo alto del árbol no pude verificar qué clase de curación efectuó el Galileo. Sin embargo, lo que sí estaba claro es que había detenido la copiosa hemorragia y «congelado» prácticamente el dolor de aquel desdichado. (En el transcurso de las dos siguientes e intensas jornadas, antes de mi definitivo regreso al módulo, traté por todos los medios de localizar al mencionado sirio e inspeccionar el tajo que le había propinado Pedro. Sin embargo, mis esfuerzos resultaron baldíos.)

La belicosa actitud de Pedro y de sus compañeros sólo sirvió para empeorar las cosas. El oficial romano ignoró las pacíficas palabras y el gesto humanitario de Jesús para con Malco y ordenó a sus legionarios que sujetaran al Nazareno, amarrando sus muñecas a la espalda.

Mientras le maniataban, el Maestro, profundamente dolorido por aquella humillación, se dirigió a los levitas y soldados quienes, con las espadas y bastones dispuestos para repeler cualquier otro ataque, contemplaban la escena:

—¿Para qué sacan sus espadas y palos contra mí, como si fuera un ladrón? Todos los días he estado con vosotros en el templo, educando y enseñando públicamente al pueblo, sin que hicierais nada para detenerme...

Pero nadie respondió.

Una vez inmovilizado con gruesas cuerdas, el oficial se dirigió a sus hombres, ordenando que prendiesen también a aquel «grupo de fanáticos», según sus propias palabras. Pero la patrulla no reaccionó a tiempo y Pedro y sus compañeros huyeron del lugar, arrojando las antorchas contra los romanos. Este nuevo lapsus de la escolta fue más que suficiente como para que la veintena de seguidores del Maestro se desperdigara ladera arriba, entre los olivares. La casi totalidad de los legionarios salió en su persecución. Sin embargo, los discípulos —mejores conocedores del terreno y con un pánico lo suficientemente grande como para volar, más que correr— no tardaron en desaparecer. La prueba es que, a los cinco o diez minutos, la tropa regresó al camino, iniciando el retorno a Jerusalén. El Maestro, fuertemente escoltado, no tardó en desaparecer con el grupo en uno de los recodos del sendero.

Eran las dos menos diez de la madrugada...

El vocerío de los legionarios fue disipándose. Y allí quedé yo, con el corazón encogido y sumido en un silencio de muerte. Pero debía seguir mi misión. Así que, procurando no hacer excesivo ruido, descendí de la copa del olivo. Mis ideas —lo reconozco— no se hallaban muy claras. Durante varios segundos, y todavía al pie del árbol, dudé. ¿Qué camino debía tomar? Tratar de volver al campamento e incorporarme a lo que quedase del grupo de griegos y discípulos no me pareció lo mejor. Además, ¿quién sabe dónde podían haber ido a parar? Era mucho más lógico seguir las huellas del pelotón de soldados y policías del Templo. Pero, ¿cómo llegar hasta ellos sin levantar sospechas y, lo que era peor, sin que me detuviesen?

Cuando me disponía a dejar el olivar y encaminarme hacia la ciudad santa, las siluetas de dos legionarios rezagados aparecieron de improviso entre los olivos que se levantaban al otro lado del sendero. Me pegué como pude a uno de los troncos y esperé a que pasasen. Si descubrían mi presencia me hubiera visto en una delicada situación. Pero, en el momento en que los soldados entraban en la vereda, Juan Marcos —que había permanecido oculto durante todo el prendimiento— se asomó con gran sigilo a la puerta de la barraca. Aquello fue su perdición. Los romanos vieron al instante su escandalosa sábana blanca, precipitándose hacia el muchacho. Esta vez, la reacción de los infantes fue tan rápida que Marcos no tuvo tiempo de escapar.

Y uno de los legionarios hizo presa en el lienzo mientras el segundo, también a la carrera, cubría las espaldas de su compañero. Pero el ágil Marcos no se dio por vencido. Y sin pensarlo dos veces se desembarazó de la sábana, huyendo desnudo hacia la masa de olivos por donde habían irrumpido los inoportunos extranjeros. Aquella maniobra del joven pilló desprevenidos a los romanos que, para cuando salieron tras él, habían perdido unos segundos preciosos.

El que había logrado sujetarle arrojó el lienzo al suelo y, maldiciendo, desenvainó su espada, iniciando una atropellada carrera. El compañero hizo lo mismo, internándose de nuevo en el bosque. Pero la mala suerte parecía cebarse aquella noche sobre la tropa romana y el segundo legionario tropezó en una de las raíces del olivar, cayendo de bruces. Como consecuencia del golpe, el casco del romano salió despedido, rodando por la pendiente. Pero el enfurecido infante —cegado por el afán de capturar al emboscado— se olvidó de su yelmo.

Sabía que podía ser arriesgado pero, dejándome llevar por la intuición, abandoné mi escondrijo, aproximándome al lugar donde había quedado el casco. Lo recogí y, tratando de tranquilizarme, esperé. Era, en efecto, un yelmo de cuero, sin ningún tipo de adorno o distintivo.

No tuve que esperar mucho. A los pocos minutos, los legionarios regresaron a la linde del olivar. Sin embargo, enfrascados en la búsqueda del yelmo, no se percataron de mi presencia. Entonces, levantando la voz y el casco, me dirigí a éllos en griego.

Al verme, los soldados no reaccionaron. Y, poco a poco, fueron aproximándose. Un sudor frío empezó a empapar mi túnica. Si aquella estratagema no resultaba, mi seguridad podía verse seriamente amenazada.

El que había extraviado el yelmo llegó hasta mí y, deteniéndose a un par de metros, me inspeccionó de pies a cabeza. Se hallaba sudoroso y sin aliento. El segundo legionario no tardó en situarse a su lado.

Intenté sonreír pero, francamente, no sé si lo logré. El caso es que, procurando disimular el agudo temblor de mis manos, le tendí el casco. El romano se apresuró a tomarlo, arrebatándomelo con violencia. Y acto seguido se lo encasquetó.

—¿Quién eres? —habló al fin el segundo soldado.

Me llamo Jasón —respondí con el corazón en un puño—. Soy griego y me dirijo a Jerusalén...

Y, de pronto, recordé la autorización que me había extendido el procurador romano, con el fin de facilitar mi ingreso en la fortaleza Antonia. Sin dudarlo, eché mano de la bolsa de hule y les mostré el salvoconducto explicándoles que esa misma mañana del viernes debería visitar a Poncio Pilato.

Los legionarios desviaron la mirada hacia el rollo, aunque dudo que supieran leer. Sin embargo, sí debieron identificar la firma de Poncio porque su actitud se hizo más asequible y condescendiente.

—¿De dónde vienes?

—De Betania...

—Entonces —repuso el legionario que hablaba griego—, ¿no sabes lo que ha ocurrido aquí?

—¿Aquí? —pregunté adoptando un tono de total ignorancia—... No, ¿qué ha ocurrido?

—Es igual —concluyó el legionario—. Nosotros también vamos hacia Jerusalén. Si lo deseas podemos escoltarte...

Me sentí encantado con semejante proposición pero, cuando todo parecía solucionado, el soldado que había perdido el casco tomó la lanza del compañero y, sin más, la inclinó sobre mi pecho. Quedé paralizado. Y al mirar de nuevo al infante, aquel rostro se me hizo familiar. El soldado terminó por sonreír. «¡Claro! —recordé de pronto—. Aquel romano era el centinela de la Torre Antonia... El que me había apuntado con su *pilum* mientras José, el de Arimatea, y yo esperábamos a que regresara su compañero...»

Le devolví la sonrisa y el legionario —satisfecho al ver que le había reconocido— retiró la jabalina, explicándole al segundo e intrigado soldado que, en efecto, me había visto a las puertas de la Torre Antonia y que no mentía.

Aquel fortuito encuentro con mi «amigo», el legionario, iba a servirme de mucho...

Los soldados tenían prisa por alcanzar el pelotón que conducía al Nazareno y, al poco, divisamos las antorchas. Pero, ante mi sorpresa, el grupo se hallaba detenido en mitad del camino. Cuando la pareja de rezagados se reincorporó a la patrulla romana, yo insinué que quizá fuese más prudente que permaneciera en la cola o que siguiera mi camino hacia Jerusalén. Pero el centinela, que parecía muy honrado con mi amistad, me aconsejó que siguiera junto a él. Y así lo hice.

De esta forma, al aproximarme al oficial que mandaba el pelotón, comprendí por qué se habían detenido. El jefe de los levitas pugnaba por llevar al Nazareno a la residencia de Caifás. Sin embargo, el *optio* romano, una especie de lugarteniente de los centuriones (1), responsable de la captura y custodia del prisionero, se oponía a esta decisión, estimando que sus órdenes eran precisas: Jesús de Nazaret debía ser conducido a la presencia del ex sumo sacerdote Anás. (Al parecer, las relaciones entre el procurador romano y las castas sacerdotales judías seguían manteniéndose a través del poderoso e influyente suegro de Caifás.)

La policia levítica tuvo que ceder y Arsenius —el *optio* o suboficial romano— ordenó que la patrulla reanudara su camino hacia el barrio bajo de Jerusalén.

Durante la discusión, Jesús permaneció en silencio, con los ojos bajos y prácticamente ausente.

Judas, por su parte, se había situado entre los dos jefes —el romano y el levita— pero, por más que intentaba el diálogo con ellos, éstos evitaban sus preguntas, permaneciendo en un total y violento silencio. Cuando pregunté al legionario el por qué de aquella actitud del *optio* y del capitán de los policías del Templo hacia el Iscariote, mi amigo respondió con una afirmación contundente:

—Es un traidor...

Estábamos ya a pocos metros del puente que enlazaba la falda del Olivete con la explanada situada al pie de la muralla oriental del Templo cuando ocurrió algo desconcertante e imprevisto.

A la cabeza del cortejo marchaban ambos «capitanes». En medio de ambos, Judas, e inmediatamente detrás, la patrulla romana, rodeando estrechamente a Jesús. Por último, el tropel de levitas y siervos del Sanedrín, envueltos en sus mantos y rabiosos por la tajante decisión del suboficial romano de entregar al Galileo al ex

(1) La figura del *optio* representaba a un suboficial, directamente bajo el mando de un centurión. Generalmente mandaba pequeños grupos de tropa, descargando al oficial de sus funciones administrativas, disposición de las guardias, instrucción militar, etc. Se les dio el nombre de *optiones*, según Festo, porque, «desde el tiempo en que se permitió a los centuriones elegir u *optare* al que deseaban, se les aplicó también el nombre de *optio*, por el hecho de la elección.» *(N. del m.)*

sumo sacerdote. Yo caminaba a la izquierda del grupo, junto a los últimos legionarios.

Y, súbitamente, Juan, el Evangelista, apareció por la derecha, adelantándose hasta llegar a la altura del Maestro. Quedé estupefacto ante la valiente decisión del joven discípulo. Por lo que pude observar, Juan debía haber perdido el manto en la anárquica dispersión de los seguidores del rabí. Vestía únicamente su túnica corta —hasta las rodillas— y, en la faja, una espada.

Al verlo, los policías del Templo se alarmaron y advirtieron a su jefe la presencia del galileo. El pelotón se detuvo nuevamente y el capitán de los levitas ordenó a sus hombres que prendieran y ataran también a Juan. Pero, cuando los sicarios de Caifás se disponían a amarrarle, Arsenius intervino de nuevo. Aquel veterano suboficial, sagaz y de condición noble, se interpuso entre el apóstol y los levitas, exclamando:

—¡Alto! Este hombre no es un traidor, ni tampoco un cobarde...

Los hebreos no parecían muy dispuestos a perder también aquella oportunidad y protestaron enérgicamente. Los ojos del ayudante del centurión se clavaron en los del capitán de la guardia del Sanedrín. Bajo su rostro, pésimamente afeitado, sus mandíbulas crujieron y levantando el bastón hasta situarlo a un palmo de la frente del jefe de los levitas, repitió en tono amenazante:

—Te digo que este hombre no es un traidor ni un cobarde. Pude verle antes y no sacó su espada para resistir. Ahora ha tenido la valentía de llegar hasta aquí para estar con su Maestro.

Y haciendo silbar su vara con una serie de cortos y bruscos golpes de su muñeca, añadió, al tiempo que el responsable de los judíos retrocedía espantado:

—¡Que nadie ponga sus manos sobre él...! La ley romana concede a todos los prisioneros el privilegio de un amigo que le acompañe ante el tribunal. Nadie impedirá, por tanto, que este galileo permanezca al lado del reo.

El odio y el desprecio del *optio* romano por los judíos en general, y por aquéllos en particular, debían ser tan considerables que, en el fondo, la insólita decisión del suboficial pudo estar motivada, en mi opinión, no sólo por la admiración hacia el audaz gesto de Juan, sino también por el mero hecho de humillar y contradecir a aquellos «cobardes, incapaces de enfrentarse por sí mismos al Nazareno». (Al llegar al palacio de Anás, José de Arimatea me explicaría con todo lujo de detalles las tortuosas maniobras del Iscariote y de los levitas que llegaron, incluso, a solicitar de la guarnición romana que les acompañasen para prender al Maestro.)

Y debo añadir que, a mi regreso de este primer «gran viaje», consulté a destacados expertos en Derecho y Jurisprudencia romanos, tratando de averiguar si, efectivamente, había existido esa ley, invocada por el *optio*. Pero, hasta el momento, mis indagaciones han resultado infructuosas. Los antiguos romanos, como hoy los ingleses tradicionales, no eran muy amantes de leyes, tal y como nosotros las interpretamos. Su «derecho», afortunadamente para ellos, no se basaba precisamente en «leyes» (1). Según los especialistas a quienes pregunté, esa disposición del suboficial Arsenius no se hallaba reñida con las costumbres de la época y, sobre todo, de las autoridades que ocupaban aquella provincia romana. La discrecionalidad existente a la hora de impartir justicia o de tratar a un prisionero era tal que, al menos para los estudiosos del Derecho Romano, la conducta del suboficial resultaba perfectamente posible. No podemos olvidar que los dueños y señores de vidas y haciendas de aquel revolucionario país seguían siendo los romanos.

Esta providencial orden del *optio* de la Torre Antonia vino a despejar otra de mis interrogantes. ¿Cómo era posible que Juan Zebedeo fuera el único apóstol que declara en sus escritos haber sido «testigo presencial» de muchos de los sucesos que acontecieron a lo largo de aquel viernes? Por lógica, de no haber sido por esta inapreciable «ayuda» del suboficial Arsenius, el seguidor de Jesús habría tenido muchos problemas para poder asistir a los interrogatorios y a la crucifixión. Tal y como estaban las cosas, hubiera sido casi imposible que las castas sacerdotales —que odiaban al Maestro y a sus discípulos— cedieran y aceptasen la libre presencia de ninguno de los amigos del prisionero. Sólo una imposición superior, emanada en este caso de la autoridad romana, pudo permitir a Juan la asistencia a los restringidos prolegómenos de la muerte de Cristo.

Como medida precautoria, el suboficial romano ordenó a uno de sus hombres que desarmara a Juan. Y el pelotón continuó su camino.

El público reconocimiento de la valentía de Juan por parte del suboficial romano representó un duro golpe para la dignidad de Judas. Avergonzado, con la cabeza baja y el ceño contraído, fue aminorando el paso hasta quedarse solo y rezagado. Y así llegó a la casa de Anás.

Juan, prudentemente, no habló en ningún momento con su Maestro, ni éste hizo tampoco intención alguna de dirigirse al joven. Las circunstancias, además, no lo hacían aconsejable. Sin embargo, cuando enfilamos las desiertas calles de Jerusalén, me las ingenié para situarme al lado del Zebedeo y preguntarle por el resto de los hombres y, muy especialmente, por qué había tomado aquella arriesgada decisión de unirse a Jesús. El apóstol, con los ojos enrojecidos por el ininterrumpido llanto, pareció alegrarse un poco al comprobar que no se hallaba del todo solo y me confesó que, una vez que lograron despistar a los legionarios, Pedro y él habían decidido seguir a Jesús. Del resto sólo sabía que había huido en dirección al campamento. Durante el sigiloso seguimiento, Juan recordó las instrucciones que le diera el Maestro, en el sentido de que permaneciera a su lado, y se apresuró a alcanzarle. Mientras tanto, Pedro —si es que no había cambiado de parecer— debía encontrarse a cierta distancia, siguiéndonos y camuflado entre la maleza.

Hacia las dos y cuarto de la madrugada, la comitiva se detuvo ante la residencia de Anás, muy cerca de la Puerta de Sión, en el extremo oeste de la ciudad y a corta distancia, según mis cálculos, de la casa de Juan Marcos. Allí, frente a la cancela del espacioso

(1) Algunos especialistas apuntaron la posibilidad de que dicha «ley» se tratara en realidad de una «adaptación» muy particular del régimen de la garantía de presentación ante el juez, mediante los llamados *praedes vades*, que servía precisamente para evitar la prisión preventiva del reo, tal y como se hace en la actualidad con la abusivamente llamada «fianza» (ésta no es una garantía personal, sino un depósito de dinero). *(N. del m.)*

jardín que se abría frente al palacete, el suboficial romano cedió oficialmente al prisionero al jefe de los levitas. Pero antes, dirigiéndose a uno de los legionarios y de forma que todos pudiéramos oírle, ordenó:

—Acompaña al preso y vela para que estos miserables no le maten sin el consentimiento de Poncio. Evita que lo asesinen y guarda de que a este galileo —dijo refiriéndose a Juan— le esté permitido acompañarle en todo momento. Observa bien cuanto suceda...

Y dando media vuelta se alejó del lugar, en compañía del pelotón de legionarios. Al despedirme del soldado deposité disimuladamente una moneda de plata entre sus dedos, agradeciéndole su ayuda y rogándole que, antes de regresar a la fortaleza, le hablase al compañero que había sido designado por Arsenius para proteger a Jesús y a Juan y le suplicase que me permitiera hacerles compañía. El infante sonrió y, sin formular pregunta alguna, se entendió con el legionario para que mis deseos fuesen cumplidos. Otro discreto y oportuno denario de plata en el puño de este último terminó por disipar todas las suspicacias y recelos. De momento, mi presencia en la sede de Anás estaba garantizada.

Una vez en el patio, parte de la guardia del Templo se despidió, alejándose de la suntuosa residencia del ex sumo sacerdote. Y varios servidores de Anás acudieron precipitadamente hasta el jefe de los levitas. Éste les ordenó que avisaran a su amo:

«El prisionero ha llegado», les dijo, señalando al Nazareno, que seguía con las manos atadas a la espalda e inmóvil en mitad de aquel enlosado cuadrangular. Juan continuaba al lado del Maestro y el legionario, a su vez, procuraba no perder de vista a ninguno de los dos, así como a un reducido grupo de policías y sirvientes del Templo que se afanaban en la preparación de una fogata. Apilaron varios troncos en una de las esquinas del oscuro patio y después de rociarlos con aceite, inclinaron una de las teas sobre la leña, prendiéndole fuego. La temperatura había descendido algunos grados y casi todos los allí presentes fueron aproximándose a la improvisada hoguera. A los pocos minutos, en el centro del patio sólo quedábamos Jesús, el jefe de los levitas —que seguía sosteniendo la gruesa maroma con la que habían maniatado al Hijo del Hombre—, el joven discípulo, el soldado romano y yo. Frente a nosotros se levantaba una regia mansión de dos plantas, con una fachada enteramente de piedra labrada, y unas delicadas escalinatas semicirculares de mármol. En la puerta, débilmente iluminada por sendos faroles de aceite, se hallaba una mujer gruesa, de baja estatura, que sonreía sin cesar.

Pero aquella primera exploración del recinto se vio interrumpida por la repentina aparición de Judas. El traidor acababa de llegar a la casa de Anás. Pero, al ver a Jesús y a Juan, permaneció tras las altas rejas que se elevaban sobre el cercado de piedra. Y a los pocos minutos se alejó, siguiendo la misma calle que había tomado el grueso de la policía levítica. En su rostro, duro e impasible, no aprecié señal alguna de arrepentimiento. Al contrario. Tuve la sensación de que, durante aquellos instantes, el Iscariote disfrutó del «espectáculo». En el fondo, su venganza contra el Maestro y contra el discípulo amado de Jesús empezaba a fructificar.

Juan también vio a Judas. No así el Nazareno, que permanecía de espaldas a la puerta de entrada. El semblante del Galileo no había sufrido cambio alguno. Seguía ligeramente pálido y grave. Sus ojos apenas si se habían levantado en un par de ocasiones.

Y a los pocos minutos de la marcha del traidor, volví a sobresaltarme. Ahora era Pedro el que se hallaba detrás de los barrotes de la cerca. No entiendo cómo no se cruzó con Judas...

Nervioso, caminaba de un lado a otro de la verja, tratando de hacerse notar. Juan, al verlo, me hizo una señal con los ojos. Asentí con la cabeza, indicándole que ya me había dado cuenta.

Sinceramente, sentí lástima por aquel impetuoso pero cálido y bonachón apóstol.

Al cerciorarse de que tanto Juan como yo habíamos reparado en su presencia, Simón agarró los hierros con ambas manos y comenzó a gesticular con la boca. Juan y yo nos miramos sin terminar de comprender las intenciones de Pedro. Al fin, señalando con el dedo índice hacia su pecho, movió la cabeza, comunicándonos con aquella mímica labial que él también deseaba entrar en la casa. Yo le miré, encogiéndome de hombros. ¿Qué podía hacer?

En ese instante, uno de los sirvientes de Anás salió de la mansión, haciendo un gesto al jefe de los levitas para que entrase. Me volví hacia Pedro y leí en su rostro la más profunda de las desolaciones. Pero, al cruzar el umbral, Juan se dirigió a la mujer que permanecía en la puerta, rogándole que dejara pasar a su amigo. Y el apóstol señaló a Pedro con la mano.

Quedé desconcertado al oír cómo la gruesa matrona, sin pestañear siquiera y en un tono cordial, accedía a la petición del Zebedeo, llamándole, incluso, por su nombre de pila. (A lo largo de esa angustiosa madrugada, Juan me aclararía que no había ningún secreto en el amable comportamiento de la guardesa. Tanto él como su hermano Santiago eran viejos conocidos de aquella mujer y de los sirvientes de la casa. Juan y su familia —especialmente su madre, Salomé, pariente lejana de Anás— habían sido invitados en numerosas ocasiones al palacete del ex sumo sacerdote.)

Mientras el jefe de los levitas conducía al Nazareno al interior de la mansión, la portera descendió las escalinatas, procediendo a franquear la entrada al decaído y atemorizado Pedro.

Allí mismo fui presa de otra grave duda. Al ver entrar a Simón recordé que —si los Evangelios no erraban— las famosas negaciones del fogoso discípulo no tardarían en producirse. Y aunque los evangelistas Mateo, Marcos y Lucas situaban tales negaciones en la sede del sumo sacerdote Caifás, supuse que el testimonio de Juan —que menciona este suceso en el patio de Anás— debía ser el correcto.

El discípulo, al comprobar mi indecisión, me instó a que le acompañase. Pero elegí quedarme en el patio, junto a Pedro. Y así se lo dije. Después de todo, lo que pudiera ocurrir en el interior de la casa del suegro de Caifás se hallaba perfectamente «cubierto» con la presencia de Juan.

Estos razonamientos me tranquilizaron a medias y, sin perder un segundo, acudí al encuentro de Pedro.

El hombre, al verme, se abrazó a mí, sin poder contener las lágrimas. Estaba confuso. No acertaba a entender lo que estaba pasando y por qué Jesús se había dejado prender tan fácilmente. «Él, capaz de resucitar a los muertos —se lamentaba una y otra vez— no ha movido un sólo dedo para impedir que le capturasen... Y lo que es peor —añadía con una rabia sorda— es que ni siquiera nos ha dejado a nosotros la oportunidad de ayudarle... ¿Por qué? ¿Por qué?»

A duras penas traté de serenar sus ánimos. Pero su escasa inteligencia y su pasión por Jesús no le permitían razonar con claridad. Su mente era un torbellino donde se mezclaban por igual el odio hacia Judas y hacia los miembros del Sanedrín, el miedo por su propia seguridad y la del grupo y una inmensa incertidumbre por el rumbo que estaban tomando los acontecimientos. Es triste y casi increíble pero, no me cansaré de insistir en ello, ni Pedro ni el resto de los apóstoles habían entendido a aquellas alturas la verdadera misión del Hijo del Hombre...

Simón había empezado a temblar. No sé aún si de miedo y angustia o de frío. El caso es que, inconscientemente, nos fuimos aproximando a la fogata. Media docena de levitas y servidores de Anás se habían sentado «a la turca», calentándose muy cerca del fuego.

Yo hice otro tanto y Pedro siguió en pie, con los ojos perdidos en las llamas.

En eso, la mujer que le había abierto la cancela salió nuevamente de la casa, situándose bajo el dintel de la puerta. Los policías comentaban las incidencias del prendimiento, maldiciendo a los romanos. Uno de ellos, sin embargo, aludió al gesto del rabí, que había curado milagrosamente a Malco. Pero la tímida defensa del levita fue sofocada de inmediato por varios de los contertulios, que explicaron el suceso como «otra clara prueba del poder diabólico de Jesús». Uno de los acérrimos defensores de esta hipótesis recordó a sus compinches cómo los demonios eran en realidad ángeles caídos, invisibles o capaces de adoptar las más extrañas formas, dejando casi siempre unas huellas similares a las de los gallos. Otro de los servidores del Templo se opuso rotundamente a esta explicación, argumentando que los demonios eran en realidad los hijos que había engendrado Adán cuando tenía 130 años...

La discusión se hallaba en pleno hervor cuando, inesperadamente, la guardesa —sin perder aquella constante y maliciosa sonrisa— avanzó hacia el fuego, increpando a Pedro desde el extremo opuesto del círculo:

—¿No eres tú también uno de los discípulos de este hombre?

Los policías se volvieron hacia Simón con gesto amenazante y el apóstol, cuyos pensamientos se hallaban muy lejos de este súbito ataque, abrió los ojos desmesuradamente, sin poder dar crédito a lo que estaba sucediendo.

Aquella pregunta, en el fondo, era tan absurda como mal intencionada. Si Pedro hubiera reaccionado con un mínimo de frialdad y sentido común se habría dado cuenta que la matrona había sido la persona que, precisamente, le había abierto la cancela, a petición de Juan. Era obvio, por tanto, que la mujer estaba al tanto de la amistad existente entre ambos. Pero el miedo, una vez más, se apoderó de su cerebro y, casi tartamudeando, respondió:

—No lo soy...

La portera siguió impasible junto al fuego. Pero su atención se desvió pronto hacia la conversación de los sirvientes y levitas, que habían vuelto a enzarzarse en el asunto de los demonios. Ninguno de los allí presentes pareció dar demasiada importancia a la presencia de Pedro ni a su posible vinculación con el prisionero. Si el apóstol hubiera reparado en esta actitud generalizada de los levitas, probablemente habría logrado remontar su pánico.

Cuando dirigí los ojos hacia él, su rostro había enrojecido. Simón evitó mi mirada, mordiéndose los labios y arrugando nerviosamente los pliegues de su manto. En ese momento caí en la cuenta de que no llevaba su acostumbrada espada. Sin duda la había perdido en la huida o quizás se había desembarazado de ella antes de acercarse a la casa de Anás.

El policía cuya versión sobre los demonios había sido interrumpida por la llegada de la portera retomó el hilo de su exposición, haciendo ver a los presentes que el Galileo bien podía ser uno de esos «hijos» de Adán.

Pero la explicación del levita no satisfizo a la mayoría. Otro de los servidores del Sanedrín añadió que, generalmente, «estos diablos solían habitar en los pantanos, ruinas y a la sombra de determinados árboles...»

—Éste —apuntó— no es el caso de ese galileo. Todos lo hemos visto predicar abiertamente en mitad de la explanada de los Gentiles. ¿Qué clase de demonio actuaría así...?

—Y no olvidemos —terció otro de los presentes— que el rabí de Galilea ha curado a muchos lisiados... (1)

Ensimismado en aquella tertulia no reparé en la presencia, a mis espaldas, de una figura. Al sentir una mano sobre mi hombro izquierdo, me sobresalté. ¡Era José de Arimatea!

Me levanté de inmediato, separándome de la fogata y caminando con el anciano hacia el centro del patio.

Tanto él como yo ardíamos en deseos de interrogarnos mutuamente. Le anuncié que el Maestro había sido conducido a la presencia de Anás, poniéndole en antecedentes de cuanto había sucedido en la finca de Simón, «el leproso», y en el camino del Olivete.

José escuchó en silencio, moviendo de vez en cuando la cabeza en señal de preocupación. Por supuesto, estaba al corriente de las andanzas del Iscariote. El rápido aviso de Juan Marcos le había permitido trasladarse muy a tiempo al Templo, controlando los sucesivos pasos de Judas. Allí se encontró con Ismael, el saduceo, que contribuyó eficazmente en sus pesquisas.

El de Arimatea hizo ademán de entrar en la mansión pero le retuve, rogándole que me informase sobre la conducta del traidor. Y sin querer, empecé a bombardearle con todo tipo de preguntas. ¿Quién era aquel misterioso amigo que le acompañó hasta el Templo? ¿Qué había ocurrido en el interior del Santuario? ¿Por qué Judas había esperado hasta la medianoche para llevar a cabo la captura del Nazareno? ¿Por qué se adelantó al pelotón...?

(1) El argumento de aquel levita era correcto. La profunda superstición de aquellas gentes consideraba que los demonios atacaban principalmente a los lisiados, a los novios y a los muchachos «de honor», según información que me proporcionó Santa Claus. No era lógico, pues, que un supuesto «demonio» (Jesús) curase a los lisiados... *(N. del m.)*

José me pidió calma.

—En primer lugar —puntualizó el anciano—, ese acompañante al que te refieres, y que Judas recogió antes de su llegada al Templo, se llama también Anás. Es primo suyo. El mismo del que nos habló Ismael y que hizo la presentación del traidor a los sacerdotes en la mañana del miércoles.

»Cuando llegué al santuario, ambos se hallaban parlamentando con el portero-jefe de la correspondiente sección semanal (2). En esta ocasión, el turno había recaído en el levita Yojanán ben Gudgeda, un individuo especialmente brutal. Para que te hagas una idea de su calaña te diré que, no sólo golpea con su bastón a los guardianes que descubre dormidos, sino que, en ocasiones, ha llegado a prender fuego a sus vestidos...

»Pues bien, este "capitán" de la guardia nocturna escuchó atentamente la información de Judas. El traidor y su primo le explicaron que el Maestro se encontraba en aquellos momentos en una casa del barrio bajo —en la de Elías Marcos, como bien sabes— y que su prendimiento podía ser cómodo. Según el Iscariote, sólo dos de los once hombres que habían quedado en el cenáculo ceñían espadas: Pedro y Simón Zelotes. Pero Judas advirtió a Gudgeda que no convenía descuidarse. En el campamento de Getsemaní permanecían alrededor de sesenta discípulos y allí sí existía un respetable arsenal de armas.

»Gracias al cielo, los planes del traidor no salieron tal y como él había previsto.

—¿Por qué? —interrogué al anciano con gran curiosidad.

—Judas había llegado al Templo antes de lo previsto y fueron necesarias muchas idas y venidas del portero-jefe hasta la sede de Caifás y a las distintas dependencias del Templo para llegar a reunir un número apropiado de policías. Era imposible echar mano de los que montaban guardia en aquellos momentos en el exterior e interior del Santuario y eso, como te digo, retrasó considerablemente la salida del pelotón. Las dificultades para encontrar hombres francos de servicio fueron tales que, al final, desesperado, el sanguinario Yojanán se vio obligado a solicitar del sumo sacerdote en funciones el apoyo de los servidores y confidentes de Caifás. En total, si no

(1) Como creo que ya he explicado anteriormente, los levitas (unos 10 000) estaban repartidos, al igual que los sacerdotes, en 24 secciones semanales. Éstas se relevaban cada semana. Cada sección tenía un jefe. Además de los servicios «inferiores» —música y algo similar a los actuales «sacristanes»—, los levitas se encargaban de la vigilancia del Templo. Filón describe sus funciones detalladamente: «Unos, los porteros, estaban a las puertas. Otros en el interior de la explanada del Templo, en el pronaos o «terraza» y el resto, patrullando alrededor. Había, naturalmente, dos guardias: la de día y la nocturna.» La vigilancia, por tanto, estaba dividida en tres grupos: los porteros de las puertas exteriores del Templo, los guardianes de la «terraza» que separaba la explanada de los Gentiles del recinto sagrado del Santuario y las patrullas del citado atrio de los Gentiles. Durante el día vigilaban también el atrio de las Mujeres. Una vez cerradas las puertas del Santuario, a la caída del sol, los policías nocturnos ocupaban sus puestos: 21 en total. La zona sagrada —a la que no tenían acceso los levitas— era custodiada por los propios sacerdotes. Los jefes de estos levitas eran llamados «strategoi», tal y como cita San Lucas (22,4). Varios de ellos, en efecto, estaban presentes en la captura de Jesús. *(N. del m.)*

recuerdo mal, salieron del Templo unos treinta y cinco o cuarenta esbirros, armados con toda clase de mazas y palos...

—Pero, ¿y la escolta romana? —le interrumpí de nuevo, sin poder contenerme.

—Aguarda, Jasón. Como te he dicho, afortunadamente, las cosas no iban sucediendo como habían sido planeadas. El Sanedrín quería prender al Maestro cuando la ciudad quedase vacía. Y ésta era también la intención de Judas que, por lo que pude deducir, sentía miedo ante la posible reacción y represalias de los hombres de Jesús.

»Total, que Ismael se encargó de seguir al pelotón, mientras yo permanecía en el templo, en previsión de nuevos acontecimientos.

»Pero el traidor y su grupo rodearon la casa de Marcos cuando el Maestro y los once acababan prácticamente de salir hacia el huerto. Ésa fue la información que recibió Ismael de Elías.

—Entonces, Judas no llegó a ver a Jesús y a los once...

—No. Pero faltó muy poco. Si la patrulla no se hubiera demorado tanto, seguro que la captura del Maestro se produce allí mismo. Elías, al ver a Judas y a los hombres armados, se dio cuenta en seguida de sus funestas intenciones y se negó a hablar con el Iscariote, arrojándole de su casa a patadas.

—¿A patadas?

—Sí y me temo que esa ofensa puede costarle cara al pobre Elías...

Había algo que no terminaba de comprender. Y así se lo comenté a José:

—Si Judas conocía las costumbres del Maestro, ¿por qué no le siguió hasta Getsemaní?

El de Arimatea dibujó una triste sonrisa.

—Si conocieras a Judas lo entenderías. Humillado y temeroso ante la violenta reacción del propietario de la casa, el Iscariote debió comprender que, si la actuación de aquel seguidor del rabí había sido tan radical, la del grupo acampado en la finca de Simón no podía ser menor. Y, según Ismael, el traidor —cada vez más nervioso— explicó a los que le seguían que el Nazareno y sus íntimos podían haber tomado la dirección del Olivete. Cuando los levitas le apremiaron para salir en su persecución, el Iscariote les detuvo, asegurando que no era prudente enfrentarse a sesenta hombres armados con espadas. Aquel cambio de planes, además, significaba que la policía del Templo tendría que luchar y, posiblemente, capturar también a los apóstoles o, cuando menos, a los líderes del grupo de Getsemaní. Y las órdenes de Caifás no eran precisamente éstas. Para el sumo sacerdote, el único hombre importante era el Galileo. ¿Qué hacer entonces?

»El pelotón se encontró, pues, en una difícil encrucijada. Y antes de arriesgarse tomando, además, una iniciativa que no había sido contemplada por Caifás, decidieron regresar al templo.

»Aquello tranquilizó un poco a Judas, pero aumentó el nerviosismo de los jefes de los levitas. Tal y como suponía, la reunión secreta de Caifás con sus incondicionales del Sanedrín había sido fijada para la media noche. Y a eso de las once, cuando Judas y el grupo retornaron al templo, algunos de los fariseos, escribas y saduceos habían empezado a llegar hasta la sala de las «piedras talladas». El nerviosismo de los policías, al presentarse ante Caifás sin el prisionero, era más que comprensible. El tiempo se les echaba encima y, por un momento, tanto Judas como los sacerdotes llegaron a contemplar la idea de aplazar al prendimiento. No disponían de una fuerza lo suficientemente grande y poderosa como para arriesgarse a invadir el huerto y capturar al Maestro.

»Tanto Ismael como yo —dejó entrever José con una gran amargura— llegamos a creer que, de momento, toda estaba resuelto y que Jesús quedaría libre. Vana esperanza... Caifás no es hombre que se dé por vencido fácilmente y su odio hacia Jesús es tal que no dudó en proponer una solución que repugnó, incluso, a sus compinches: solicitar una escolta armada del procurador romano. «De esta forma —argumentó el astuto sumo sacerdote—, el apresamiento de ese impostor no será difícil y, de paso, la responsabilidad de la captura recaerá en las fuerzas extranjeras de ocupación...»

»Algunos de los miembros del Sanedrín trataron de que Caifás renunciara a este proyecto, aludiendo a las constantes manifestaciones de Jesús sobre la no violencia. Pensaban, con razón, que el Galileo no permitiría a sus hombres que desenvainaran sus armas. Pero Judas intervino nuevamente. Y su cobardía salió a flote una vez más. Se manifestó de acuerdo con los sacerdotes, pero no admitió que los discípulos llegaran a obedecer al Maestro. «La sugerencia de Caifás —añadió— me parece excelente. Acudamos cuanto antes a la Torre Antonia...»

»Y los sacerdotes designaron una representación del Sanedrín, que acudió de inmediato al cuartel general romano.

»Pero el centurión de guardia se negó a facilitarles una escolta. Era muy tarde y, por otra parte, «esa orden debe partir de Poncio Pilato», les explicó el oficial. Los sacerdotes insistieron y el centurión no tuvo más remedio que llamar a Civilis, el comandante en jefe de la guarnición destacada en Antonia, a quien tú conoces.

»Nuestro común amigo —muy molesto por aquella visita— les preguntó las razones por las que debía proporcionarles la escolta. Y Judas, antes de que los sacerdotes reaccionaran, se enfrentó a Civilis, advirtiéndole que Jesús formaba parte de un grupo de «zelotes», clandestinamente asentado en la finca de Getsemaní (1).

(1) Cuando consulté con el módulo sobre los «zelotes» o «zelotas», Santa Claus me facilitó la siguiente información: «Este movimiento revolucionario y clandestino —similar en alguna medida a los actuales grupos terroristas de Europa y América— empezó a desplegar su actividad guerrillera y de acoso al ejército romano en la época de Augusto y acaudillados, en un principio, por un tal Judas ben Ezequías, de Galilea, que ya se había destacado en tiempos de Herodes por el asalto a un arsenal del ejército real y por sus desmanes e incendios. Al tener noticia de estas bandas que asolaban al país, Varo se apresura a llegar desde Antioquía con dos legiones. Arrasa las ciudades de Zippora (Séforis) y Emmaús y los habitantes, partidarios del rebelde Judas ben Ezequías, son vendidos como esclavos. Varo ordena la captura y ejecución de todos los «partisanos» del galileo, crucificando a más de 2 000 guerrilleros. Pero el jefe, Judas «Galileo», logra escapar y, con la ayuda de otro extremista —un fariseo llamado Zadok— inicia un lento pero profundo movimiento de lucha clandestina contra el Imperio romano. Ya en tiempos de la infancia y juventud de Jesús de Nazaret, este movimiento —que adopta el nombre de «zelotas» o «celadores»— empieza a ganar adeptos, extendiéndose como una mancha de aceite por todo Israel.

»Aquella vil mentira del Iscariote hizo dudar al centurión. Los romanos, como sabes, persiguen con saña a los revolucionarios.

»No obstante, el oficial en jefe de la legión les ordenó que esperasen, mientras acudía a la residencia del procurador.

»Total, que entre unas cosas y otras, el Sanedrín perdió una hora.

»Pilato se había retirado a dormir y, en un primer momento, no quiso saber nada del tema. Pero los enviados de Caifás no cesaron en su empeño, obligando a Civilis a entrevistarse por segunda vez con Poncio, anunciándole que en el referido campamento se había descubierto un considerable arsenal de armas y que, si lograban capturar al «jefe» —a Jesús de Nazaret— el procurador se apuntaría un importante triunfo, de cara al César.

»Al final, y quizá para quitarse de encima a los odiosos sacerdotes, Pilato dio la autorización y el centurión de guardia encomendó el mando de un pelotón de 30 o 40 legionarios —no sabría precisarte el número exacto— a su *optio*: un tal Arsenius. Y de esta forma, con grandes prisas, aquella tropa salió de Jerusalén, guiada por Judas. El resto ya lo conoces...

Galilea, una vez más, fue la cuna y corazón de estos patriotas extremistas, que no cesan en sus hostigamientos contra la legión romana asentada en Cesárea y en el resto de la nación judía. Camuflados bajo un ardiente espíritu religioso, estos «terroristas» del siglo I empuñan las armas, bajo una doctrina que podría sintetizarse en los siguientes principios:

1. El Reinado de Dios sobre Israel es incompatible con cualquier dominación extranjera. Aceptar al César de Roma como rey es violar la ley divina. Dios es el único rey del pueblo.

2. El culto al emperador, en cualquiera de sus formas, es abominable. El celo de muchos de estos «zelotas» llegaba al extremo de no tocar siquiera las monedas romanas que llevasen la efigie del César. El pago de los impuestos a Roma era una idolatría y una apostasía, ya que implicaba un sometimiento a Roma y al Emperador. (Precisamente el nacionalismo «zelota» surge con Judas ben Ezequías a raíz de la orden de Augusto de que toda la nación hebrea se empadrone. Esta operación de censo tenía, en realidad, una motivación económica, más que de estadística. Y ello indignó a los judíos.)

3. Los judíos no debían esperar pasivamente la llegada del Reino de Dios. Era necesaria la colaboración con Dios, mediante la revolución y la guerra santa. Creían en los milagros de Dios y consideraban que éstos debían estar siempre al servicio de esa idea liberadora.

4. El objetivo principal de su lucha armada era conseguir la libertad e independencia política de Israel. Los «zelotas» habían tomado la liberación de Egipto por Yavé como un símbolo y modelo a imitar.

5. Según la filosofía «zelota», la conversión a Dios exigía necesariamente la desobediencia a la autoridad romana y estar dispuesto a sacrificar el dinero, la tranquilidad y hasta la vida en beneficio de estos principios «salvadores».

A la vista de todo esto, es fácil entender la confusión de algunos de los discípulos y apóstoles de Jesús —caso de Simón, el Zelotes, y del propio Judas Iscariote—, que creyeron desde un principio que la doctrina del Galileo tenía mucho que ver con todo este movimiento de liberación nacional.

Los «zelotas» fueron los causantes directos de las sangrientas revueltas contra Roma en los años 68 al 70 de nuestra Era, así como de la registrada en el año 135.

(N. del m.)

Sí, lo conocía, pero varios detalles seguían sin explicación. Por ejemplo: ¿por qué el Iscariote se despegó del pelotón? Lo lógico es que, si debía conducir a los soldados y a los levitas y sirvientes del Templo hasta la finca de Getsemaní y revelar a la turba la identidad del rabí, no se hubiese separado en ningún momento de sus secuaces. Además, si la intención del suboficial romano era capturar a un supuesto «jefe zelota» y a su grupo, ¿por qué Arsenius se contentó con prender a Jesús de Nazaret? ¿Por qué no asaltó el campamento?

(Como dije, en la mañana del sábado siguiente quedaría despejada la primera de las incógnitas. En cuanto a la segunda, el propio procurador me daría una explicación en mi próxima visita a la Torre Antonia.)

José, naturalmente, no puso aclararme estas dudas. Ni él ni Ismael se habían atrevido a unirse al pelotón que salió del Templo minutos después de la doce y media de la noche por la puerta Dorada. En cuanto a mi pregunta de por qué el Maestro había sido traído a la casa de Anás, en lugar de ser trasladado de inmediato ante la presencia de Caifás, el de Arimatea —evidentemente cansado— comentó:

—Feliz tú, Jasón, que no tienes que vivir las constantes intrigas de estos hombres impuros... No lo sé con certeza, pero tengo entendido que Anás y su yerno están de acuerdo para retener al Maestro en este lugar hasta que Caifás consiga reunir a un máximo de sacerdotes adictos. De esta forma, el juicio será implacable. La ley señala, además, que el Consejo del Sanedrín no puede reunirse antes de la primera ofrenda.

—¿Y a qué hora tiene lugar ese primer sacrificio?

—A las tres de la madrugada. Como ves, aún tenemos tiempo. Quizá se obre el milagro que tanto deseamos...

Y José concluyó su detallada exposición, afirmando que aquel reptil llamado Caifás, con el fin de no levantar sospechas —ni siquiera entre sus propios hombres y servidores—, había ordenado a dos de sus confidentes que pagaran espléndidamente al *optio* romano para que, en contra incluso de la opinión del jefe de los policías del templo, condujera a Jesús de Nazaret al palacete de su suegro, Anás.

El de Arimatea se despidió, indicándome que tenía intención de entrar en la residencia del ex sumo sacerdote y hacer cuanto estuviera en su mano —incluso sobornar al viejo Anás— para que Jesús fuera puesto en libertad. Al verlo desaparecer en el interior de la casa no pude reprimir un sentimiento de tristeza por aquel leal seguidor del Maestro. Estaba en su derecho de alentar la esperanza. Lo que él no podía saber es que esa esperanza había muerto mucho antes: en el huerto de Getsemaní...

Semioculto en la oscuridad del patio informé a Eliseo del curso de los acontecimientos, rogándole que me avisase poco antes del alba. En aquellos instantes eran las tres de la madrugada.

Volví al fuego. Pedro, encerrado en sus pensamientos, ni siquiera había advertido la llegada de José de Arimatea. Se había sentado detrás de los levitas, cubriendo su calvicie con el manto. Supongo que aquel gesto poco tenía que ver con el frío reinante y sí con su ardiente deseo de que nadie volviera a descubrirle y delatarle.

Los policías y sicarios del Sanedrín seguían dándole vueltas a las tradiciones y leyendas sobre los demonios. En la residencia de Anás, todo parecía tranquilo. No observé movimiento alguno ni señal de violencia o agitación. Y supuse —erróneamente— que el interrogatorio del ex sumo sacerdote se desarrollaba sin incidentes...

Debía llevar algo más de media hora sentado muy cerca de Pedro cuando se aproximó al corrillo una segunda mujer. Era más joven y, por la indumentaria, deduje que se trataba de otra sirvienta. Se colocó junto a la portera y ésta, al verla, se inclinó sobre su oído izquierdo, musitándole algo, al tiempo que señalaba a Pedro con la mano.

La recién llegada forzó la vista. Pero, por la forma de entornar los ojos, supuse que era miope. Entonces dio unos pasos, rodeando a los congregados al amor de la lumbre. Y al llegar junto al apóstol retiró de un manotazo el ropón que ocultaba la cabeza de Simón, gritándole:

—¿No eres tú uno de los fieles de ese galileo...?

La inesperada exclamación de la hebrea asustó por un igual a los levitas y a Pedro. Y el discípulo, pálido como la cal, se levantó a trompicones, encarándose con la muchacha.

—¡No conozco a ese hombre! —gritó con más fuerza que su inquisidora— ¡Y tampoco soy uno de sus discípulos...!

Pedro había puesto tanta vehemencia en sus frases que las arterias del cuello se hincharon y su rostro se tornó púrpura. Los ojos del aterrorizado amigo de Jesús se despegaron casi de sus órbitas, mientras un finísimo hilo de saliva se descolgaba por la comisura izquierda de sus labios.

La contundencia de Pedro fue tal que la sirvienta retrocedió asustada, escapando del lugar en dirección a la puerta de la casa.

Esta vez, los sirvientes y policías permanecieron unos segundos con la vista clavada en el desdichado pescador. Pedro, aturdido, dio media vuelta, separándose del fuego.

Creí que su intención era huir del recinto y poco me faltó para salir tras él. Pero no. Simón, a pesar de su debilidad, seguía amando al Maestro. ¡Qué poco y qué pobremente se ha escrito sobre la tortura interna de este primitivo galileo, consciente de sus errores, dominado por el instinto de la supervivencia y forzado por su temperamento a aquel trágico callejón sin salida!

Tuve que hacer denodados esfuerzos para no correr a su lado y consolarle. Sin embargo, el objetivo de mi misión logró imponerse y esperé.

Apoyado sobre las rejas del muro, Simón, encorvado y silencioso, golpeaba una y otra vez su cabeza contra los hierros. Temí por su integridad física. Aquellos cabezazos, secos y continuados, en lugar de lastimarle, parecieron devolverle una cierta serenidad. Y al rato, después de secarse las lágrimas con una de las mangas del manto, se reincorporó al grupo. (Sinceramente, aquella actitud del apóstol —volviendo al fuego— me hizo reflexionar, haciéndome olvidar incluso su detestable y hasta cierto punto comprensible conducta. Las iglesias —especialmente la Católica— han juzgado y clasificado este episodio de las negaciones como un suceso lamentable por parte de Simón Pedro. Pero muy pocos teólogos y moralistas parecen tener en consideración un «atenuante» que dice mucho en favor del «renegado». Pedro podría haber abandonado el patio de Anás después de su primera traición. Y no lo hizo. Y tampoco se retiró después de la segunda y de la tercera y de la cuarta... Porque, aunque los evangelistas citan tres negaciones, hubo en realidad una más, aunque también es cierto que esa negación «extra» no tuvo un carácter público. Quiero decir con todo esto que, si bien Pedro no se comportó dignamente, no es menos cierto que su sola presencia en el lugar le redime en buena medida de aquellos momentos de debilidad.)

El testarudo galileo no estaba dispuesto a imitar a los compañeros que habían huido monte a través y, remontando el miedo, se acomodó como pudo entre los sirvientes, los cuales —dicho sea de paso— en ningún momento se convirtieron en acusadores ni le molestaron. Al menos, los hombres que, hasta ese momento, se apretujaban en torno a las llamas.

Pero la mala suerte quiso que, al rato, el grupo se viera incrementado por media docena de sacerdotes, llegados, al parecer, de la residencia de Caifás y que traían la misión de coordinar y controlar el traslado del Nazareno. Después de solicitar información de los levitas allí reunidos, cuatro de estos sacerdotes se dirigieron al interior de la casa y los dos restantes permanecieron junto a la fogata. Desde un primer momento se sintieron atraídos por la animada conversación sobre las supersticiones del pueblo judío.

Alguien había mencionado a «Lilith» y la polémica se encendió de nuevo. Por lo visto, el tal «Lilith» era el sobrenombre que recibía uno de los diablos más famosos. La mayoría de los presentes aceptaba su existencia, clasificándolo como «demonio-mujer». Este curioso «espíritu» centraba sus ataques, como mujer que era, en los hombres. Y más concretamente, sobre aquellos varones que se atrevían a permanecer solos en una casa.

—... Y sólo el Divino, ¡bendito sea su nombre!, sabe cuándo puede presentarse —remachó otro de los servidores del Sanedrín.

La creencia en cuestión no fue muy bien recibida por uno de los sacerdotes, un tal Mardoqueo, más conocido en Jerusalén por «Petajía» (y al que ya me referí anteriormente), como consecuencia de su gran facilidad para las lenguas. (Conocía, según el pueblo, más de setenta idiomas y dialectos. De ahí su apodo: «Petajía», de la palabra *pataj:* «abría» las palabras al interpretarlas.)

Este sacerdote, responsable también de uno de los «cepillos» del Templo y hombre de gran cultura, se burló de tales patrañas. Las risotadas de «Petajía» indignaron a uno de los policías quien, señalando primero a Pedro y después al interior de la mansión, exclamó:

—Puedes reírte cuanto quieras, pero mira a ese galileo... Tú mismo asististe a su entrada triunfal en Jerusalén, a lomos de un jumento. No tuvo la precaución de colocar una cola de zorro o un trapo rojo entre los ojos del borriquillo y fíjate lo que le ha deparado la fortuna... (1)

(1) En la primera oportunidad que tuve solicité de Santa Claus información sobre las principales supersticiones de los judíos de aquella época.

En ese instante, Simón cometió un nuevo error. Irritado por aquella arraigada superstición hebrea, intervino en la discusión, intentando aclarar a los presentes que el rabí de Galilea no necesitaba protegerse con tan absurdas supercherías y que su poderío era tan grande que, si así lo deseaba, podía hacer bajar fuego de los cielos y arrasar al Sanedrín, sin tocar siquiera a los inocentes...

Los levitas y servidores del Templo no prestaron mucha atención a la valiente pero inoportuna defensa de Pedro. Sin embargo, «Petajía» —que había captado al instante el duro acento galileico del apóstol— se encaró con él, desviando el rumbo de la conversación hacia un derrotero que abrió de nuevo las carnes de Simón:

—Tú tienes que ser uno de los seguidores del detenido. Este Jesús es un galileo y tu forma de hablar te traiciona... Hablas como un verdadero galileo.

Antes de que Simón pudiera reaccionar, uno de los sicarios del Sanedrín —aquel que precisamente había hablado de la milagrosa curación de Malco— refrendó el descubrimiento de «Petajía», desvelando a todos un hecho que, hasta ese momento, había pasado inadvertido:

—... Tú, además,, —exclamó alarmado— estabas en el camino del Olivete... Yo vi cómo herías a mi pariente...

Aquello cambió las cosas. Ya no se trataba únicamente de unas más o menos veladas acusaciones por compartir la doctrina del Galileo. La última afirmación podía arrastrar al apóstol a un fulminante arresto, como culpable de agresión a uno de los esbirros del sumo sacerdote.

Y entiendo que fue esta circunstancia la que realmente hizo estallar los nervios de Pedro. No se trataba ya de negar a Jesús sino, sobre todo, de evitar tan peligrosa acusación.

Algunos de los levitas se pusieron en pie, blandiendo sus porras en actitud amenazante. Y posiblemente hubieran prendido a Pedro, de no haber sido por el torrente de juramentos que empezó a brotar de su boca. Aquella obscena y agria retahíla de imprecaciones —en la que el descompuesto amigo del Nazareno llegó a incluir a su propia madre y a sus hijos (1)— frenó los ímpetus de los policías. Y cuando, finalmente, el acorralado galileo juró por el oro del tesoro del Templo, abriendo su manto en forma que todos pudieran comprobar que no ceñía espada, aquellos serviles personajes terminaron por dejarle en paz. (Jurar y poner por testigo al Templo era importante, pero, hacerlo por el oro de dicho santuario lo era mucho más...)

Y entre otras figuraba, en efecto, la de no emprender viaje alguno —por corto que fuese— sin antes haber colocado esa cola de zorro o un trapo rojo entre los ojos de la caballería. Si dos convidados a un banquete, por ejemplo, se arrojaban sendas bolitas de pan, era seguro que caían enfermos. Otra de las supersticiones, relacionada con la presencia de los demonios en las letrinas, llegaba a sugerir que se acudiera a dicho lugar en compañía de un cordero. De esta forma, el judío podía hacer sus necesidades sin problemas. *(N. del m.)*

(1) La ley judía permitía este tipo de maldiciones —contra el padre y la madre—, en tanto la maldición no fuera nominal. En este sentido, Pedro tuvo especial cuidado de no citar los nombres de pila de sus progenitores. *(N. del m.)*

Cuando Pedro vio alejarse el fantasma de su arresto dio media vuelta y muy despacio —procurando no levantar nuevas sospechas— se distanció de la hoguera. Arrastrando los pies, sin fuerzas y con el ánimo duramente castigado, fue a sentarse en las escalinatas de mármol de la puerta. Durante unos minutos no me atreví a moverme del fuego. El desdichado discípulo había enterrado el rostro entre sus pequeñas y callosas manos, acompañando su evidente desesperación con una ininterrumpida y rítmica oscilación frontal de su cuerpo.

Eran las cuatro de la madrugada. La penúltima y tercera negación pública se había consumado...

El silencio seguía dominando a Jerusalén. A lo lejos, muy de tarde en tarde, se escuchaban algunos de los numerosos perros callejeros que yo había visto a mi paso por la ciudad santa. Fueron aquellos casi siempre lastimeros aullidos los que trajeron a mi memoria otro hecho que, precisamente, aún no se había registrado. Pedro había negado a su Maestro por tres veces y, sin embargo, yo no había oído el famoso canto del gallo.

No es que esta anécdota me preocupara excesivamente. Y mucho menos cuando estaba viviendo —y sufriendo— las angustias de Simón, totalmente deshecho y abatido junto al portón de entrada a la residencia de Anás. Sin embargo, y mientras esperaba la llegada del alba, procuré afinar mis oídos. Meditando sobre este particular comprendí que los gallos de Jerusalén no podían haber iniciado sus característicos cantos por la sencilla razón de que aún faltaba más de una hora para el amanecer (aquel viernes, 7 de abril, como ya he citado en otras ocasiones, la salida del sol se produjo a las 5.42 horas). En algún momento llegué a creer que los evangelistas habían vuelto a equivocarse. Las tres negaciones, como digo, ya se habían producido y los cronómetros «monoiónico» (1) del módulo marcaban las cuatro de la madrugada. Pero no. Esta vez no hubo error, aunque las versiones de los escritores sagrados tampoco coinciden al cien por cien...

Pero debo ajustarme a un estricto orden de los acontecimientos.

Cuando estimé que Pedro podía haberse tranquilizado, yo también me retiré del grupo de los levitas. Me dejé caer junto al discí-

(1) Caballo de Troya dotó al módulo de un sistema múltiple de relojes, cuyo fundamento no era ya el sistema tradicional de radiación del Cesio 133 de los relojes «atómicos», sino la «manipulación» o «aprisionamiento» de un ion —un solo ion— en un campo magnético, mediante el uso de un finísimo haz de luz laser. Es casi seguro que este nuevo sistema de medición del tiempo —con una precisión 100 000 veces superior a la de los relojes «atómicos»— se incorpore definitivamente a la vida del hombre en los próximos años. Merced a este delicado instrumental, el orto o aparición sobre el horizonte del limbo superior del Sol —para Jerusalén: latitud aproximada 32 grados N— fue estimado a las 5 horas y 42 minutos en aquel 7 de abril del año 30 (siempre tiempo local). En cuanto al ocaso o desaparición bajo el horizonte del citado limbo superior del Sol, fue calculado a las 18 horas y 22 minutos (se tuvo en cuenta la refracción que en dichos acontecimientos eleva al astro aproximadamente 34 segundos de arco). Para esta latitud, la variación de las horas de orto y ocaso es aproximadamente de cuatro minutos por cada cinco grados de separación en latitud. *(N. del m.)*

pulo y acerqué mi mano a su hombro izquierdo. Pedro se sobresaltó de nuevo. Interrumpió aquel movimiento, casi catatónico, y, al comprobar que era yo, suspiró aliviado. Durante un buen rato casi no hablamos. ¿Qué podía decirle?

Al poco, Pedro —que había ido recuperando la normalidad— me miró fijamente, expresando una idea que aún me dejó más confuso:

—¿Has observado, Jasón, con qué habilidad he destruido las acusaciones de esos serviles esclavos del Templo?

Una sonrisa mecánica acompañó las inesperadas palabras de Simón. Entonces comprendí que su máxima preocupación en aquellos momentos no era, como yo había creído, el innoble hecho de haber renegado de su amigo. Nada de eso. Pedro, en mi opinión, no tenía una conciencia muy clara de que había traicionado a su Maestro. Lo que le había angustiado y aterrorizado era la amenaza de un posible encarcelamiento.

Esta sospecha, que fue ganando terreno en mi corazón, se vio confirmada por los sucesivos comentarios del apóstol, felicitándose a sí mismo por haber sido capaz de evitar su identificación.

—... Esas mujeres, además —añadió Pedro, que prácticamente expresaba en voz alta sus pensamientos— no tienen autoridad moral. No pueden interrogarme. No tienen derecho... No, no lo tienen... No lo tienen...

El galileo repitió aquella monótona cantilena, como si necesitara justificar su actitud. Y en ningún momento recordó o se refirió a Jesús. No creo equivocarme si digo que el pescador no cayó verdadera y definitivamente en la cuenta de su sucio gesto hasta que no escuchó el canto de los gallos de la ciudad. Sólo entonces recordó la profecía del Maestro y asumió todo el peso de su infidelidad.

Cuando le interrogué sobre la suerte que habían corrido sus compañeros, Pedro no supo darme razón. Lo ignoraba todo. Sólo recordaba que, cuando se hallaba a escasos metros de la empalizada de piedra del huerto de Simón, algo le obligó a detener su huida. Y ciego de rabia se ocultó entre los olivos, dispuestos a seguir a la chusma que había capturado al rabí.

Y allí continuamos hasta que, pocos minutos antes del alba, la portera y la sirvienta que habían comprometido la seguridad del apóstol con sus preguntas, volvieron a la carga. Se acercaron sin previo aviso hasta nosotros y, sin levantar apenas la voz, la guardesa le comentó en tono sereno y desprovisto de aquella malicia inicial:

—Estoy segura de que eres uno de los discípulos de este Jesús. No sólo porque uno de sus fieles me pidió que te dejara pasar al patio, sino también porque mi hermano te ha visto en el Templo con ese hombre... ¿A qué negarlo?

Y por cuarta vez, Pedro volvió a negar cualquier conexión con el Nazareno. Pero, en esta oportunidad, su negativa fue mucho más fría y calculada. Sus anteriores razonamientos sobre la falta de autoridad legal por parte de las mujeres para acusarle y la circunstancia de que este nuevo ataque no hubiera sido hecho en público, fueron, a mi entender, decisivos.

Pero ni Pedro ni yo contábamos con que, justo en esos momentos, cuando la claridad del nuevo día apuntaba ya por el Este, en el interior de la mansión empezaran a escucharse algunas voces. Nos pusimos en pie, al tiempo que uno de los domésticos de Anás salía precipitadamente, alertando a los policías.

Todo sucedió tan rápidamente que apenas si pudimos reaccionar. De pronto, en el umbral de la puerta apareció el Maestro. Seguía atado. Junto a él, Juan, el legionario y otros dos sirvientes de Anás.

Por espacio de un minuto, mientras los levitas del templo se organizaban para conducir al preso, Jesús levantó lentamente la cabeza, girando su rostro hacia nosotros, que seguíamos a su derecha y a poco más de dos metros. A la luz parpadeante y rojiza de las antorchas, la mirada del Galileo se clavó única y exclusivamente en la de su amigo Pedro. Jesús no sonrió, pero de sus ojos partió un profundo y escalofriante mensaje de amor y piedad. Con aquel gesto, el gigante llegó como nunca hasta el aturdido corazón del renegado. Las palabras sobraban. El Maestro parecía saber lo ocurrido durante aquellas casi tres horas en el patio del ex sumo sacerdote. Y Pedro, al recoger aquel intenso mensaje, empezó a valorar en profundidad la gravedad de su culpa.

En esos momentos, cuando el soldado romano situado a espaldas del Nazareno le empujó violentamente, obligándole a descender las escalinatas, un gallo de las proximidades rasgó el silencio del alba con un canto largo y estridente.

Y el amigo del Maestro palideció.

La portera, que permanecía a nuestro lado, se dirigió velozmente hacia la cancela, procediendo a abrir la chirriante puerta de hierro. Y el grupo de levitas, rodeando siempre al Maestro, salió del palacete de Anás.

Desde ese instante, y durante un buen rato, otros gallos llenaron con sus cantos las primeras luces de aquel viernes, 7 de abril, que jamás podré olvidar... (1)

Hubiera dado cualquier cosa por seguir al lado de Pedro. Creo que, a partir del canto de aquel gallo, el apóstol ya no fue el mismo. Es cierto que el inexplicable portento de la resurrección del Maestro le afectó decisivamente. Sin embargo, aquellas negaciones pesarían ya para siempre en su alma. Allí, estoy convencido, murió, si no toda, sí buena parte del Simón asustadizo, torpe y engreído. Su espíritu, como digo, había recibido el más duro de los golpes...

Pero la misión me exigía permanecer lo más cerca posible del Nazareno. Y con una breve carrera me uní a Juan y al soldado romano. Al cruzar la puerta de entrada al palacete del ex sumo sacer-

(1) No era cierto, como han pretendido algunos exegetas que se apoyan en los escritos rabínicos *Baba qamma* (VII, 7 - VIII, 10 y 82b), que la cría de gallinas estuviese prohibida en Jerusalén. (Se pensaba que, al escarbar, podían sacar cosas impuras.) Según la *Misná*, el canto del gallo servía precisamente como señal para el toque de las trompetas. Así lo confirman los textos de la *Sukka* V,4, el *Tamid* I,2 y el *Yoma* I,8. Entre las informaciones facilitadas por el ordenador del módulo se aseguraba que la referida *Misná* menciona un gallo de Jerusalén que, según Yuda ben Baba, «había sido lapidado por haber matado a un hombre». Al parecer, dicho gallo había traspasado con su pico el cráneo de un niño. También en *Tos. B.Q.* VIII, 10 (361,29) se dice que la cría de estas aves domésticas estaba permitida en la ciudad santa, siempre y cuando se dispusiera de un huerto o estercolero donde pudieran escarbar. *(N. del m.)*

dote me sorprendió ver a Juan Marcos, cubierto esta vez por un manto. ¿Cómo había llegado hasta allí? No pude detenerme a preguntárselo, pero deduje que, después de escapar de los legionarios, se habría hecho con aquella prenda, siguiendo a la escolta romana, al igual que Juan Zebedeo y Pedro.

La comitiva enfiló las desnudas calles de Jerusalén en el momento en que las trompetas del Templo procedían a despertar a la población. Pregunté a Juan si sabía a dónde nos dirigíamos.

—Los sacerdotes enviados por Caifás —me dijo— anunciaron al suegro de esa rata que el tribunal del Sanedrín estaba dispuesto. Me temo que pronto lo sabremos...

En ese momento, Eliseo abrió de nuevo su conexión, advirtiéndome que eran las cinco horas y cuarenta y dos minutos. Su nuevo «parte» meteorológico vino a confirmar lo que ya me había adelantado el día anterior: constante subida de los barómetros e incremento de la velocidad del viento, con riesgo de «siroco».

Aquel amanecer, efectivamente, no fue tan fresco como los anteriores.

El pelotón tiraba con prisas del Maestro. Así que me apresuré a interrogar a Juan, el de Zebedeo, sobre lo ocurrido en el interior de la casa del poderoso e influyente Anás.

Tal y como sospechaba —siempre según el testimonio de Juan, que no se apartó un momento de Jesús—, Anás se tomó el encuentro con el Galileo con una lentitud muy extraña. La presencia del rabí ante el ex sumo sacerdote carecía prácticamente de sentido, de no haber sido por la estratagema urdida entre Caifás y su suegro, a fin de retenerle en un lugar seguro hasta que los saduceos, escribas y fariseos comprometidos en la trampa terminaran de comparecer ante el sumo sacerdote.

José de Arimatea, que asistió a parte del interrogatorio y que había preferido quedarse con Anás, completaría horas más tarde la narración de Juan, explicándome que el hábil suegro de Caifás tenía, desde un primer momento, la secreta intención de liquidar allí mismo aquel enojoso asunto. Por lo visto, conociendo el carácter violento e impulsivo de su yerno, no deseaba que la causa contra el Maestro cayera en sus manos. Pero la inesperada postura de Jesús de Nazaret abortó sus planes...

—... Anás —me informó el discípulo amado del rabí— conocía al Maestro desde hacía varios años. Como todo el mundo en Israel, también él había oído hablar de las señales, prodigios y enseñanzas de Jesús.

»Al recibirnos en sus estancias privadas, Anás quiso prescindir del representante del *optio* y de mí mismo, pero el legionario se opuso, advirtiéndole que se trataba de una orden del procurador. Como sabes, las relaciones de ese corrompido sacerdote con los romanos son excelentes y, finalmente, tuvo que resignarse.

»Se sentó en una de las sillas y permaneció un buen rato sin pronunciar palabra, observando al Maestro con gran curiosidad.

»Después, con su habitual presunción y autosuficiencia, se dirigió a Jesús en los siguientes términos:

»—Ya sabes que tengo que hacer algo en cuanto a tus enseñanzas... Estás perturbando la paz y el orden de nuestro país.

»El Maestro levantó la cabeza y le miró fijamente. Pero no abrió los labios.

»Aquello no le gustó a Anás. Sus nervios empezaron a fallar y sin poder ocultar la rabia le exigió:

»—¡Dime los nombres de tus discípulos...!

»Pero el Maestro siguió callado. Y, sin pestañear, continuó con sus ojos fijos en los del viejo reptil.

»Te juro, Jasón, que muy pocas veces había visto tanta majestuosidad en el rostro de nuestro Maestro. Mientras Anás se encolerizaba por momentos, Jesús, en pie y a pesar de estar amarrado, le demostraba a ese bastardo su verdadera grandeza...

A pesar de las circunstancias, Juan hablaba del Galileo con el mismo o mayor entusiasmo, si cabe, que lo había hecho en ocasiones como la de su entrada triunfal en Jerusalén.

—Entonces, ante mi sorpresa, y supongo que la de Jesús —prosiguió el joven Zebedeo—, Anás cambió de táctica. Llegó a sugerir al Maestro que estaba dispuesto a olvidarlo todo, con una condición.

Aquello también era nuevo para mí y, mientras ascendíamos por las callejas de la ciudad baja, ya con el claro propósito de llegar hasta la sede del Sanedrín —ubicado en la zona exterior y suroccidental del Templo (muy cerca de lo que hoy se conserva y denomina como «muro de las Lamentaciones»)— presté toda mi atención a las palabras del discípulo.

—¿Sabes de qué fue capaz...? Anás le propuso perdonarle la vida si salía inmediatamente de Palestina... Pero el Maestro no se inmutó siquiera.

»Aquel nuevo silencio exasperó aún más al ex sumo sacerdote. Y golpeando los brazos de la silla, le gritó a Jesús:

»—¿No estimas que soy muy bondadoso contigo...? ¿No te das cuenta de cuál es mi poder? Yo puedo determinar el resultado final de tu próximo juicio...

»Jesús, por primera vez, habló y, dirigiéndose a Anás, le dijo:

»—Ya sabes que jamás podrás tener poder sobre mí sin permiso de mi Padre. Algunos querrían matar al Hijo del Hombre porque son unos ignorantes y no saben hacer otra cosa. Pero tú, amigo, sí tienes idea de lo que haces. Entonces, ¿cómo puedo rechazar la luz de Dios?

»La inesperada amabilidad del Maestro para con aquella serpiente derrotó a Anás y me desconcertó.

»Y el viejo se puso a cavilar buscando, supongo —interpretó Juan—, alguna nueva maquinación para perder a Jesús.

»Al rato le preguntó de nuevo:

»—¿Qué intentas enseñar al pueblo? ¿Quién pretendes ser?

»El Maestro no eludió ninguna de las cuestiones. Y se dirigió a Anás con gran firmeza:

»—Muy bien sabes que he hablado claramente al mundo. He enseñado en las sinagogas muchas veces y también en el templo, donde judíos y gentiles me han escuchado. No he dicho nada en secreto. ¿Cuál es entonces la razón por la que me interrogas sobre mis enseñanzas? ¿Por qué no convocas a mis oyentes y te informas por ellos? Todo Jerusalén me ha oído. Y tú tambien, aunque no hayas entendido mis enseñanzas.

»Antes de que Anás pudiera responderle, uno de los siervos de la casa se volvió hacia el Maestro y le abofeteó violentamente, diciéndole:

»—¿Cómo te atreves a contestar así al sumo sacerdote?

»¡Ah, Jasón!, ¡cómo me ardía la sangre...!

Cuando me interesé por la reacción de Jesús, Juan se encogió de hombros y señalando al Maestro, que caminaba a escasos metros por delante nuestro, comentó:

—No vi sombra alguna de odio o resentimiento en sus ojos. Simplemente, se puso frente al lameculos de los betusianos y con la misma transparencia y docilidad con que se había dirigido a Anás le manifestó:

»—Amigo mío, si he hablado mal, testifica contra mí. Pero, si es verdad, ¿por qué me maltratas?

Pregunté entonces al discípulo si aquella bofetada había ocasionado alguna hemorragia nasal a Jesús. Juan lo negó. Evidentemente, cuando vi aparecer al Galileo en la puerta del caserón de Anás, su rostro no presentaba señales de violencia. Al menos, yo no llegué a distinguirlas.

Hacía un buen rato que venía observando cómo Pedro nos seguía a corta distancia. Pero, al aproximarnos al arco de Robinson, y en una de las ocasiones en que giré la cabeza para comprobar si el solitario y desdichado Simón continuaba allí, le vi sentarse al pie de la muralla meridional que separaba los dos grandes barrios de Jerusalén. Por su forma de dejarse caer sobre los adoquines y de cogerse la cabeza entre las manos intuí que el apóstol se había dado por vencido. Su derrota en aquellas horas era total. De no haber conocido el final de aquellos sucesos, no hubiera puesto mi mano en el fuego respecto a su su suerte...

Desgraciadamente, ya no volvería a verle.

Juan, que en esos momentos no estaba al corriente de las negaciones de su amigo, finalizó así su relato:

—Anás hizo un gesto de desaprobación por el brutal golpe de su siervo al Maestro, pero su orgullo es tal que no le hizo ninguna observación. Se limitó a levantarse de su asiento y salió de la estancia. No le volvimos a ver hasta pasadas dos horas...

—¿Jesús te dijo algo en ese tiempo?

—No —respondió Juan—. El Maestro, los sirvientes, el soldado y yo continuamos allí, sin movernos y en silencio. Al cabo de este tiempo, Anás regresó a la sala y aproximándose a Jesús reanudó el interrogatorio:

»—¿Te consideras el Mesías, el libertador de Israel?

»Jesús levantó nuevamente el rostro y con idéntica calma le dijo:

»—Anás, me conoces desde mi juventud y sabes que no pretendo ser nada más y nada menos que el delegado de mi Padre. He sido enviado para todos los hombres: tanto gentiles como judíos.

»Pero el ex sumo sacerdote no quedó satisfecho y repitió la pregunta:

»—He oído comentar que pretendes ser el Mesías. ¿Es cierto?

»El Maestro esperó un poco antes de contestar. Por un momento creí que no deseaba hablar. Pero ya lo creo que lo hizo. ¡Y con qué seguridad, Jasón!

»—¡Tú lo has dicho! —le dijo al fin.

»Entonces fue cuando entraron esos sacerdotes. Venían de parte de Caifás. Y acercándose a Anás le murmuraron algo al oído. No puedo decirte el qué, aunque supongo que tiene mucho que ver con el Consejo del Sanedrín. Como te decía, no tardaremos en saberlo.

»El resto ya lo sabes: Anás ordenó que condujeran a Jesús a la presencia de su yerno y abandonamos la casa...

Poco antes de las seis de la mañana el pelotón que conducía a Jesús se detuvo frente a un caserón muy rústico, situado a escasa distancia del gran rectángulo del Templo. Concretamente, junto a la esquina suroccidental, en una reducida zona ajardinada, perfectamente aislada de aquel sector de la ciudad baja por los arcos de Wilson y Robinson al norte y sur y por la muralla meridional y el muro del Templo, al este y oeste, respectivamente.

Unas madrugadoras golondrinas aleteaban juguetonas entre los aleros del segundo piso de aquella casona de algo más de 50 metros de largo por unos 34 o 35 de ancho. Los trinos de estos negros emigrantes y el sordo y rítmico rugido de la molienda del grano, levantándose desde todas las casas de Jerusalén, fueron los últimos y agradables sonidos que escuchamos antes de penetrar en aquel «antro».

Durante esta nueva conducción de Jesús, la posibilidad de que nos dirigiéramos a la tradicional sede del Sanedrín, en el interior del Santuario, me hizo temblar. De haber sido así, ni el legionario que custodiaba al Maestro ni yo hubiéramos podido tener acceso al mismo. Afortunadamente —tal y como había sabido por los textos del historiador Flavio Josefo—, pocos meses antes de iniciarse el año 30, las castas sacerdotales habían «descongestionado» la célebre sala de las «piedras talladas» (emplazada en uno de los ángulos suroccidentales del atrio de los Sacerdotes), trasladando el lugar de reunión del Sanedrín a este edificio de gruesas piedras grises y apenas desbastadas (1). El juicio que Caifás había planeado —como iremos viendo— no era muy ortodoxo y, aunque el Consejo Supremo israelita seguía reuniéndose en ocasiones en el santuario, en esta ocasión —y con gran contento por mi parte—, el sumo sacerdote y sus correligionarios habían preferido liquidar el asunto en la nueva sede, mucho más discreta que la cámara de las «piedras talladas».

Los levitas atravesaron un angosto y oscuro pasillo, desembocando en el reducido patio central del *bouleytērion* o «cuartel general» del Sanedrín. Desde allí, y sin pérdida de tiempo, penetramos en una sala cuadrada, bastante espaciosa y de alto techo, situada —a juzgar por el camino que habíamos recorrido— en el ala más occidental del edificio. La escasa claridad que entraba por las troneras obligaba a mantener encendidas las lucernas de aceite.

Tal y como me temía, nada más pisar la estancia donde debía celebrarse el «juicio» contra el Galileo, uno de los criados del sumo

(1) Tanto Josefo en su obra *Guerras de los Judíos* (V.4,2 y VI.6,3) como la *Misná (Mid.* V.5; *Sanb.* XI.2 y *Tamid* II.5, entre otros documentos) aseguran de forma muy precisa que el Sanedrín se «trasladó» 40 años antes de la destrucción del templo, de la sala de las «piedras talladas» a una especie de «bazar», adosado prácticamente al santuario por su cara oeste. Así lo deja entrever también *Hechos* (23,10). *(N. del m.)*

sacerdote se interpuso en mi camino, exigiendo que me identificara. Fueron segundos de gran tensión. En mi condición de simple mercader griego, yo no tenía por qué asistir a dicha asamblea. De cara a aquellos hebreos, mi presencia no era justificable desde ningún punto de vista. Y cuando creía que todo estaba perdido, el legionario, que se hallaba aún a mi lado, cortó el suspense, con una oportunísima respuesta:

—¡Alto...! Este hombre viene conmigo. Como yo, representa al procurador romano.

Aquella mentira —consecuencia del denario de plata que había entregado al legado del suboficial Arsenius— fue determinante. Y sin más explicaciones nos dirigimos al centro de la cámara.

Algo más de la mitad de aquella sala (de unos 10 metros de lado) se hallaba ocupada por un banco corrido de madera en forma semicircular o de media luna. Este asiento común, sin brazos y dotado de altos respaldos, minuciosa y primorosamente labrados, había sido dispuesto sobre un entarimado de unos 40 centímetros, de tal forma que sus ocupantes pudieran dominar la estancia.

Frente a estos asientos —cerrando el semicírculo—, observé tres filas de bancos, igualmente de madera, pero sobre el enlosado del piso y, por tanto, en un nivel mucho más bajo.

Cuando entramos, el asiento en forma de media luna estaba ya ocupado por un total de 23 sacerdotes. Otros seis o siete se habían acomodado en la primera de las tres hileras de bancos ya mencionadas. Las otras dos filas permanecían vacías. (Posteriormente al contrastar estas informaciones con las del ordenador central de la «cuna» pude sacar en conclusión que aquella media docena de saduceos y fariseos que se sentaba fuera del semicírculo había obrado así, simplemente porque aquel lugar era la sede del llamado «Sanedrín menor» (1), formado única y exclusivamente por 23 miembros. Caifás había logrado reunir a una treintena de «adeptos» y, en consecuencia, no todos pudieron tomar asiento en el tribunal oficial.)

Sentados en el filo del entarimado, y frente a cada uno de los dos extremos del semicírculo, se hallaban dos escribas «judiciales». Vestían sus tradicionales túnicas de lino blanco, portando en sendas fajas unas cajitas de madera de las que empezaron a extraer sus útiles de escritorio: plumas de caña, dos reducidos frascos que hacían las veces de tinteros y varios rollos de cuero.

A decir verdad, aquellos dos escribas fueron lo único legal y correcto en todo aquel simulacro de juicio. (Uno, según la *Misná*, se encargaba de ir recogiendo las alegaciones en favor de la absolución

(1) Santa Claus aportó los siguientes datos sobre la composición oficial del Sanedrín en aquellos tiempos: una institución superior o «Sanedrín mayor», formado por 72 miembros y un «Sanedrín menor», constituido por 23 miembros. Ambos tribunales eran competentes en casos criminales. Los dos miembros más destacados del «gran Sanedrín» eran el *nasí* o presidente y el *ab bet din* o «padre del tribunal», títulos, al parecer, puramente honoríficos. Las tres hileras de bancos del «Sanedrín menor» eran destinadas a los discípulos de los sabios. Dadas las características de aquel «juicio» y lo irregular de la hora, era lógico que los «alumnos» de los jueces no estuvieran presentes. *(N. del m.)*

del detenido o detenidos, y el segundo escribía las propuestas de condenación.)

Jesús, siempre en compañía del legionario que controlaba la cuerda que amarraba sus muñecas, fue obligado a situarse al pie mismo del entarimado, de cara a los jueces y dando la espalda a las tres filas de bancos.

Juan y yo, en compañía de otros levitas y domésticos del Sanedrín, tomamos posiciones por detrás de esas hileras de asientos y a la izquierda del Maestro. Al fondo de la sala, a través de una puerta situada a nuestras espaldas y que permanecía entreabierta, descubrí un grupo de hebreos. Pero, a juzgar por su indumentaria, no parecían sacerdotes ni miembros del Sanedrín. (La incógnita no tardaría en despejarse.)

Desde un primer momento me llamó la atención un personaje que ocupaba el centro de aquel tribunal. Debía rondar los cincuenta años. No era muy alto y en su cuerpo sobraba grasa por todas partes. Su obesidad destacaba especialmente en su cara, redonda y congestionada, y en una gran papada, sobre la que descansaba una barba canosa. La cabeza, sin el turbante que lucían algunos de sus compañeros de banco, estaba rematada por un cabello negro y muy corto, al estilo «juliano».

Su gran humanidad se veía notablemente multiplicada por unas vestiduras muy distintas a las del resto de los jueces. Mostraba una túnica y unos calzones, todo ello de seda y en una tonalidad leonada. Su pecho aparecía ceñido por cinco bandas o hazalejas, cada una de un color: oro, carmesí, grana, cárdeno y leonado.

Aquel individuo era José ben Caifás, sumo sacerdote desde el año 18, por designación del procurador romano Valerio Grato, antecesor de Pilato.

A derecha e izquierda del yerno de Anás, como digo, se sentaban otros 22 miembros del Sanedrín, casi todos cubiertos por amplios mantos multicolores. Juan, en voz baja, me fue señalando a los más venenosos e intrigantes: Semes, Dothaim, Leví, Gamaliel, Jairo, Neftalí y un tal Alejandro, en su mayoría saduceos.

En los rostros de aquellos individuos —casi todos con edades que oscilaban alrededor de los 60 años— había perplejidad. El porte majestuoso y calmado del Nazareno debió causarles una honda impresión. Desde el momento en que Jesús fue situado frente a ellos no cesaron en sus cuchicheos.

Pero Caifás parecía tener prisa, y a una orden suya, algunos de los policías invitaron al grupo de judíos que aguardaba en la sala contigua a que se aproximara al consejo.

Ante la sorpresa primero, y la indignación después, de Juan, aquellos «testigos» comenzaron a declarar contra las enseñanzas y la persona del Galileo. Sus ataques, tan exaltados como desordenados, se centraron fundamentalmente en las numerosas violaciones del sábado y de las leyes mosaicas que —según ellos— habían cometido Jesús y su «grupo de desharrapados galileos». Los perjuros, a todas luces comprados de forma precipitada por el Sanedrín, se contradecían incesantemente, convirtiendo la sesión en una farsa. El desfile de falsos testigos llegó a ser tan lamentable que algunos de los jueces, avergonzados, bajaban la cabeza o se revolvían nerviosos y violentos en sus asientos.

El Maestro, que en esta ocasión sí había levantado su rostro, permanecía impasible, sobresaliendo sobre sus acusadores, no sólo por su talla sino, sobre todo, por su porte majestuoso. Aquel talante sereno, sin la más débil sombra de orgullo o engreimiento, exasperó aún más a Caifás y a sus cómplices, que no entendían cómo un hombre podía guardar semejante calma cuando todo apuntaba hacia una posible sentencia de muerte.

—Este profanador del sábado —afirmó uno de los testigos— es reincidente, ya que consta que fue amonestado por los sacerdotes en varias ocasiones. Por tanto, es reo de exterminio...

(De acuerdo con la *Misná* —capítulo «Sanedrín-Makkot»— el que profanaba el sábado con premeditación y de forma reincidente debía ser muerto por lapidación.)

Otro de los falsos testigos tomó la palabra y señalando al Galileo recordó a la sala la multiplicación de los panes y peces.

—... De acuerdo con nuestra leyes —aseguró—, este hombre es un mago que engaña al pueblo con sus actos. Aquiba dice en nombre de Yehosúa: «Si dos reúnen pepinos sirviéndose de la magia, uno de los colectores no es culpable y el otro sí. El que realiza el acto es culpable y el que sólo engaña la vista no es culpable.» Muchos pudimos ver entonces cómo este enviado del Príncipe de los demonios llevaba a cabo el acto y sus discípulos le secundaban...

Un murmullo de aprobación se extendió entre los jueces. Pero el Maestro seguía mudo.

—Según el Levítico —argumentó otro de los hebreos—, el reo adquirió impureza por contacto con cadáveres. Y, por si no fuera culpa suficiente, se atrevió a violar la sagrada creencia de la resurreción de los muertos, sacando de la tumba a Lázaro...

Algunos de los saduceos, cuya filosofía rechazaba de plano la resurrección de los muertos, movieron la cabeza negativamente, sonriendo sin disimulo. Caifás, que pertenecía a esta casta, pasó por alto la impertinencia de los saduceos. No era aquél el momento de entrar en polémicas con los fariseos, que habían fruncido el ceño con claro disgusto por las irónicas y silenciosas manifestaciones del resto del tribunal. La momentánea tensión entre los jueces se vio disipada cuando aquel testigo desvió su acusación hacia el nuevo «hecho mágico» de haber levantado a Lázaro del sepulcro en un tiempo «inferior al toque del sofar». (Aquel dato me hizo pensar que, puesto que cada uno de estos toques de cuerno de los levitas del templo nunca se prolongaba más allá de los 15 segundos, la resurrección de Lázaro —desde que Jesús le llamó hasta que aquél volvió a la vida— pudo suceder en un tiempo de 12 a 15 segundos.

La acusación, como casi todas, resultaba tan pueril y falta de base que el sumo sacerdote —cada vez más descompuesto— apremió a los siguientes testigos para que continuaran. Pero las siguientes alegaciones no fueron más brillantes...

Varios de los judíos, acompañando sus palabras con grandes aspavientos, recordaron al tribunal otro de los «delitos» de Jesús: «No haber comido el obligado cordero pascual...»

Aquella información sólo podía haber sido suministrada por Judas. El Iscariote, que había llegado al edificio del Sanedrín mucho antes que nosotros, permanecía detrás del grupo de testigos, aunque en ningún momento llegó a testificar. (Las normas de aquellas gentes prohibían que un traidor se dirigiera públicamente al Consejo.) La ley mosaica, efectivamente, establecía que todos los israelitas estaban obligados a comer cordero o cabrito en la fiesta de la Pascua. Sólo años más tarde, después de la destrucción del Templo, la *Misná*, en su capítulo IV («pesahim») (1) suaviza las normas, diciendo textualmente que «en el lugar donde no sea costumbre comer carne, no se coma».

Uno de los últimos acusadores llegó a rizar el rizo en aquella sarta de incongruencias y despropósitos. Aludiendo a otra de las leyes judías, llego a acusar al Nazareno de «homicidio frustrado». Su endeble e irrisorio argumento se basaba en otra norma que decretaba la culpabilidad de aquel que golpease a su prójimo con una piedra, de manera tal que resultase muerto.

El aleccionado testigo expuso entonces el incidente protagonizado por una adúltera, salvada del apedreamiento popular cuando Jesús, dirigiéndose a la muchedumbre, invitó a que «aquel que estuviera libre de pecado arrojase la primera piedra».

Para el retorcido hebreo, aquel gesto constituía delito, ya que incitaba al asesinato...

La grotesca escena se vio un tanto distendida cuando, súbitamente, los 23 jueces y el resto de los miembros del Sanedrín se pusieron en pie. En la sala se hizo un espeso silencio y uno de los saduceos —el que se sentaba a la derecha de Caifás— se retiró de su puesto, cediendo el lugar a un individuo menudo y encorvado que acababa de irrumpir en la sala.

—Es Anás —me susurró Juan.

Durante mi estancia en el palacete del ex sumo sacerdote no había tenido oportunidad de conocerle. Ahora, al verle subir al estrado ayudado por dos de sus siervos, sentí cierta decepción. El poderoso suegro de Caifás y padre de la influyente familia sacerdotal era en realidad un viejo decrépito, muy próximo a los 70 años y aquejado de una avanzada dolencia de Parkinson. Como *sâgan* o presidente de la cámara de los «ancianos» ocupó el asiento ubicado a la derecha del sumo sacerdote en funciones aquel año. Inmediatamente, el resto de los jueces volvió a acomodarse y Caifás, con un displicente gesto de sus regordetas manos, indicó a los testigos que prosiguieran.

A pesar de su más que probable esclerosis cerebral, Anás o Anano —como lo llama Josefo— conservaba unos ojos de rapaz nocturna, grandes y vertiginosos. Nada más sentarse recorrieron la sala, yendo a posarse en los del Maestro. Y el temblor de sus manos se acentuó.

Jesús sostuvo su mirada y Anás, indeciso, trató de esconder las apergaminadas manos bajo el ropón de púrpura que le cubría. Después, desviando su atención hacia el inquisidor de turno, pareció olvidarse del Galileo.

—... Este hombre —había empezado a proclamar el testigo— afirmó que destruiría el templo y que en tres días edificaría otro, pero sin la ayuda de la mano del hombre.

(1) Tras la destrucción del Templo, algunos no comían carne asada para evitar la apariencia de que fuera carne de sacrificio pascual, prohibido tras la referida destrucción. *(N. del m.)*

Los *archontes* o jefes del templo habían encontrado, al fin, un argumento condenatorio lo suficientemente sólido. Por supuesto, aquello no era lo que había dicho Jesús. Además, ni este testigo ni el siguiente, que ratificó cuanto había dicho su compañero, hicieron alusión alguna al decisivo gesto del rabí cuando, al tiempo que pronunciaba aquellas proféticas palabras, señalaba hacia su cuerpo con el dedo.

Si no recuerdo mal, aquél fue el único testimonio en el que dos sujetos lograron ponerse de acuerdo.

Antes de que concluyeran los testigos, el clamor de los *archiereīs* o sacerdotes jefes fue general, turbando el orden de la sala con exageradas muestras de desagrado e incredulidad.

Caifás levantó sus brazos pidiendo calma, mientras una cínica sonrisa se dibujaba en su rostro. Y el silencio se restableció poco a poco. En esos momentos, Anás hizo una señal a su yerno. Éste se inclinó y el ex sumo sacerdote le comentó algo al oído. Al terminar, ambos tenían los ojos fijos en Jesús. Éste seguía imperturbable. Ninguna de las alegaciones había logrado alterar su ánimo.

—¿No contestas a ninguna de las acusaciones? —le gritó de pronto Caifás, con aquella voz chillona y desagradable.

Los jueces, testigos, levitas y el resto de los asistentes, incluido Judas, esperaron la respuesta del Galileo. Fue inútil. El Maestro, con los ojos puestos en Caifás, no despegó sus labios.

Aquel silencio del acusado, unido a su gran entereza, hizo enrojecer a Caifás. Sus párpados empezaron a cerrarse y abrirse rítmicamente, presa de un «tic» nervioso. Es muy posible que el odio de aquel hebreo hacia Jesús de Nazaret alcanzase en aquellos minutos unas cimas extremas. Y estoy casi seguro también que, por encima de las enseñanzas y milagros del Cristo, lo que verdaderamente alimentaba la venganza del sumo sacerdote era el dominio de que hacía constante gala el Maestro. Si Jesús se hubiera humillado o adoptado una postura conciliadora, quizá el simulacro de proceso no hubiera arrastrado tan dolorosas consecuencias para la persona del rabí de Galilea.

Cuando todo parecía indicar que Caifás estaba a punto de estallar, Anás se incorporó. Extrajo un rollo de pergamino del interior de su manga derecha y, mientras procedía a desplegarlo, anunció al tribunal que «aquella amenaza del Galileo de destruir el Templo era razón más que suficiente como para considerar las siguientes acusaciones...»

Y con voz premiosa y vacilante, pegando casi el documento a los ojos, dio lectura a los cargos que, obviamente, habían sido fijados antes, incluso, de la sesión del Sanedrín:

«... El acusado desvía peligrosamente a las gentes del pueblo y, además, les enseña.

»... El acusado es un revolucionario fanático que aconseja la violencia contra el Templo sagrado y, además, puede destruirlo.

»... El acusado enseña y practica la magia y la astrología (1). La

(1) La astrología estaba entonces severamente penada. Rops asegura que era una «ciencia funesta» que engendraba todas las maldades. *(N. de J. J. Benítez.)*

prueba de que prometa edificar un nuevo santuario en tres días y sin ayuda de las manos es concluyente.»

Juan, estupefacto, me hizo ver algo que estaba claro como la luz: la redacción de semejantes acusaciones tenía que haber sido hecha de mutuo acuerdo con los falsos testigos.

Pero las indignidades de aquel consejo no habían hecho más que empezar.

Anás volvió a enrollar el pergamino y aguardó, en pie, la respuesta del reo. Sin embargo, Jesús no movió un solo músculo.

El anciano, visiblemente contrariado, se dejó caer sobre el banco y aquel denso y amenazante silencio inundó de nuevo la cámara.

En un acceso de ira, Caifás saltó de su puesto y llegando frente al Maestro le conminó con el dedo, gritándole:

—En nombre de Dios vivo —¡bendito sea!— te ordeno que me digas si eres el liberador, el Hijo de Dios..., ¡bendito sea su nombre!

Esta vez, Jesús, bajando sus ojos hacia el menguado y colérico sumo sacerdote, sí dejó oír su potente voz:

—Lo soy... Y pronto iré junto al Padre. En breve, el Hijo del Hombre será revestido de poder y reinará de nuevo sobre los ejércitos celestiales.

Las palabras del Nazareno, rotundas, retumbaron en la sala como un mazazo. Caifás retrocedió dos pasos. Tenía la boca abierta y temblorosa y sus ojos aparecían inyectados de sangre, al igual que su cara y cuello. Sin dejar de mirar a Jesús echó mano de las cinco hazalejas que rodeaban su pecho y, con un tirón, hizo saltar los pasadores que sujetaban dichas bandas por la espalda (1).

La sagrada ornamentación del sumo sacerdote cayó sobre el piso, con un casi imperceptible chasquido de las agujas de marfil al estrellarse contra el enlosado.

Y Caifás, fuera de sí, exclamó con voz quebrada por la congestión, al tiempo que una involuntaria «lluvia» de gotitas de saliva saltaba por los aires:

—¿Qué necesidad tenemos de testigos...? ¡Ya han oído la blasfemia de este hombre...! ¿Qué creen y cómo hemos de proceder con este violador?

La treintena de saduceos, fariseos y escribas se puso de pie como uno solo hombre, vociferando a coro:

—¡Merece la muerte...! ¡Crucifixión...! ¡Crucifixión!

La acelerada palpitación de las arterias del cuello de Caifás demostraban muy a las claras que su organismo estaba experimentando una importante descarga de adrenalina. Y con la misma furia con que había desgarrado parte de sus vestiduras volvió a encararse con el Maestro, lanzando un violento revés a la mejilla izquierda de Jesús. Los sellos de la mano izquierda del sumo sacerdote (llegué a identificar una piedra de jaspe, un sardio y una cornerina) hirieron el pómulo y dos finísimos reguerillos de sangre se abrieron paso hacia la barba.

(1) En aquel tiempo, ni los hombres ni las mujeres usaban botones. En Israel no eran conocidos. En su lugar utilizaban pasadores: una especie de aguja grande con un orificio en el centro al que se aseguraba un cordón. Se usaba insertándolo en la tela y pasando el cordón por detrás de la punta y la cabeza. *(N. del m.)*

Pero el Galileo no dejó escapar un solo lamento. Bajó los ojos y ya no volvería a levantarlos hasta que la policía del Templo le condujo a la sala donde había visto congregados a los testigos.

El yerno de Anás se retiró a su puesto, mientras el coro de jueces seguía vociferando: «¡Muerte...! ¡Muerte...!»

Juan se aferró a mi brazo, mordiendo el manto en un ataque de impotencia y desesperación. Pero nadie, ni siquiera el legionario, movió un solo dedo en defensa de Jesús.

El suegro del sumo sacerdote, que fue el único que permaneció sentado y en silencio, solicitó calma. Y cuando el último de los sanedritas había obedecido la orden de Anás, éste se dirigió al alterado Consejo sugiriendo que se buscaran nuevas acusaciones. Especialmente, cargos que pudieran comprometer al Nazareno frente a la autoridad romana. Con una inteligencia mucho más sutil que la del resto de los allí congregados, el veterano ex sumo sacerdote les dio a entender que aquellas alegaciones podían no satisfacer a Poncio Pilato.

Pero los sacerdotes, con Caifás a la cabeza, se opusieron rotundamente. Y durante un buen rato, los jefes del templo, escribas y fariseos discutieron acaloradamente, pisándose la palabra unos a otros. De aquella agria polémica deduje que los *archiereīs* —tal y como ya había demostrado Caifás— no deseaban demorar el proceso por dos razones básicas:

Primera, porque era el día de la «preparación» de la Pascua y, según la Ley, todos los trabajos debían concluir antes del mediodía.

Segunda, porque el temor general apuntaba hacia la posibilidad de que el procurador dejara Jerusalén, regresando a su base: Cesárea.

Este último extremo pesó mucho más que el primero. Si Poncio dejaba la ciudad santa, las maniobras del Sanedrín habrían resultado estériles.

Anás no pudo controlar la situación y los jueces, imitando al sumo sacerdote, se levantaron, abandonando la sala. Pero antes, uno tras otro, pasaron por delante del Maestro, escupiéndole en el rostro. Si no recuerdo mal fueron treinta salivazos. Mejor dicho, esputos y salivazos, quizá a partes iguales.

Cuando el Maestro pasó a nuestro lado, camino de la estancia donde iba a tener lugar una de las más salvajes y denigrantes afrentas de aquella jornada, el joven discípulo volvió su cara, impresionado por las repugnantes expectoraciones que ocultaban casi el rostro y barba del dócil Jesús. Juan fue presa de una serie de fuertes arcadas, terminando por vomitar en uno de los rincones de la sala.

De esta forma, en mitad de una gran confusión, se dio por concluida la primera parte de aquel «juicio». Eran las seis y media de la madrugada...

Aquel alto en el proceso judío a Jesús de Nazaret iba a ser en realidad una nueva y grotesca caricatura de lo que debería haber ocurrido en un juicio objetivo. Las normas hebreas —como iré desmenuzando al final de esta doble comparecencia del rabí de Galilea ante el irregular Consejo del Sanedrín— eran muy estrictas en todo lo relativo a causas «de sangre». En su «orden cuarto» (Capítulo V), la *Misná* israelita establece con gran rigor y meticulosidad que, «si el reo es encontrado inocente, es despedido. En caso contrario, los jueces aplazan la sentencia para el día siguiente...»

Pues bien, esta importantísima prescripción jurídica no sólo no fue tenida en cuenta por aquellos treinta secuaces del sumo sacerdote, sino que, además, resultó vilmente manipulada.

De mutuo acuerdo, Caifás y sus partidarios se retiraron de la sala del tribunal, reduciendo las 24 obligadas horas de reflexión y ayuno, previas a la emisión definitiva de la sentencia, a 30 escasos minutos. Una media hora que, en mi opinión, alcanzó una de las más altas cotas de salvajismo a que pueda llegar un grupo que se autocalifica de «civilizado»...

Es posible que por ignorancia, o por un respeto muy humano, los evangelistas no nos digan prácticamente nada de lo que padeció el Maestro en aquellos momentos y en aquel lugar. Personalmente me inclino por la primera razón: la falta de información. Como detallaré de inmediato, el joven Juan no pudo estar presente en aquella espeluznante media hora. Los escritores sagrados hacen algunas alusiones —siempre muy superficiales y como no queriendo entrar en detalles— sobre una bofetada, algunos salivazos y golpes propinados por los siervos del Sanedrín...

Creo, honestamente, que los evangelistas —quizá en un afán de no mortificar a sus lectores con los sufrimientos del Cristo— hicieron un flaco servicio a la Verdad no exponiendo con mayor minuciosidad ese amargo trance del Nazareno. Precisamente al conocer con exactitud lo sucedido aquella mañana en una de las cámaras del Sanedrín, uno puede llegar a intuir que aquél fue, quizá, el momento más amargo y humillante de toda la Pasión. Mucho más, por supuesto, que la flagelación o que la terrorífica escena del enclavamiento... Entiendo que, para cualquier persona normal— y mucho más, lógicamente, si ese hombre «es» la propia Divinidad—, los ultrajes y ataques a su dignidad pueden resultar más dolorosos que los golpes o torturas propiamente dichos. Y esto fue lo que aconteció, mientras los jueces deliberaban en el jardín central del edificio.

Sin dudarlo un instante me fui detrás del soldado que custodiaba a Jesús, mientras Juan, muy afectado por aquella repulsiva deshonra de la persona de su Maestro, salía al exterior, tratando de respirar aire puro y de recuperarse física y emocionalmente.

Pero, a los pocos minutos, lo vi entrar en la sala donde los levitas habían conducido a Jesús. Nos encontrábamos en un cubículo de reducidas dimensiones, totalmente vacío, desnudo de muebles y sin ventilación alguna. Dos de los domésticos del Sanedrín sostenían sendas antorchas que, juntamente con tres pequeñas lucernas de aceite colgadas en los muros de ladrillo, iluminaban el rectángulo con una luz rojiza y fantasmagórica.

El Nazareno fue situado en el centro del húmedo y maloliente aposento, mientras los policías y criados del templo —una docena, más o menos— tomaban posiciones, bien recostándose sobre las paredes o sentándose en el duro suelo.

Mi primera impresión, al comprobar el silencio y total indiferencia de aquellos individuos, fue relativamente tranquilizadora. Estaba claro que los sicarios de Caifás habían recibido órdenes de custodiar al reo y esperar la reanudación del proceso. Pero, cuando apenas habían transcurrido un par de minutos, uno de los levitas que había acompañado al Consejo se asomó a la puerta, llamando por señas a uno de los que portaban una tea. Después de un breve cuchicheo, el recién llegado desapareció y el de la antorcha dio unos pasos hacia sus compañeros de habitación, transmitiéndoles la orden que, sin duda, acababa de traer aquel policía.

Los criados y levitas formaron un corrillo, dialogando en voz baja y dirigiendo continuas ojeadas al preso. Algo tramaban...

En esos críticos momentos, Jesús volvió a levantar el rostro, buscando con la mirada. Al fin, se detuvo en Juan, que seguía muy cerca de la puerta. Y sin pronunciar una sola palabra le hizo un gesto con la cabeza, ordenándole que saliera de la habitación. Aquella señal fue tajante. Pero el discípulo dudó, respondiéndole con una negativa. El Maestro, por segunda y última vez, echó su cabeza hacia la derecha, indicándole la puerta. En los ojos del Nazareno había una fuerza y una seguridad tales que, al final, Juan terminó por ceder, saliendo del lugar.

El legionario, testigo, como yo, de la silenciosa orden del reo, me interrogó con su mirada. Pero sólo pude encogerme de hombros. En ese instante no podía entender por qué Jesús de Nazaret había obligado a su inseparable amigo a que nos abandonase. Lamentablemente, no tardaría en averiguarlo...

Una vez que Juan hubo salido, el Maestro se limitó a observarme durante escasos segundos. En aquellos ojos, semi entornados como consecuencia de los salivazos —ya resecos—, adiviné una mezcla de infinita tristeza y resignación. A continuación, el gigante bajó nuevamente la cabeza, hundiéndose en sus pensamientos.

Aquella tensa calma no tardó en estallar. El grupo de asesinos a sueldo fue rodeando al Maestro. Los de las hachas se situaron uno a cada lado de Jesús y, sin previo aviso, el criado que había recibido la misteriosa orden se deshizo de su manto, arrojándolo a un extremo de la cámara. A continuación, situándose a cuatro dedos del pecho del rabí, levantó sus ojos y comenzó a interrogarle:

—Di, «príncipe de Belcebú»... ¿cómo se llaman tus cómplices?

Pero Jesús no levantó siquiera el rostro.

En ese momento empecé a intuir en qué podía haber consistido aquella orden que acababan de recibir los policías y servidores del Sanedrín. Si no recordaba mal, Anás le había formulado esa misma pregunta. Era más que probable que el Consejo de los saduceos, escribas y fariseos, que se había tomado un receso en el juicio, hubiera decretado que los guardianes del Maestro trataran de aprovechar aquellos minutos para seguir interrogando y sonsacando al impostor.

—... Conocemos a Judas —añadió el lacayo con una sonrisa que me hizo temer lo peor—, también a Simón, el Zelota y a ese Juan Zebedeo... Pero, ¿quiénes son los demás...? ¡Contesta!

El Galileo no parpadeó. Su cara, fija en las losas grises del pavimento, estaba ausente.

—... Así que te niegas a responder.

Y el criado le dio la espalda, avanzando un corto paso. Pero, instantáneamente, se volvió, abofeteándole con la izquierda. El golpe fue tan duro como inesperado. Y el cuerpo entero de Jesús se tambaleó.

Los restos de los esputos de la mejilla derecha del rabí quedaron adheridos a la palma de la mano del esbirro quien, con una mueca de repugnancia, sacudió sus dedos una y otra vez, tratando de liberarse de aquellas inmundicias. Finalmente aproximó su mano al manto del Nazareno, restregándola sobre la tela.

Cuando el legionario intentó cortar aquel súbito y salvaje ataque, uno de los guardianes del Templo le tomó por el hombro y, apartándole del rabí, le entregó una pequeña bolsa de cuero, susurrándole que no interviniese y que repartiese aquellas monedas conmigo. El soborno volvió mudo y sordo al soldado, quien, a partir de ese momento, no se movió ya de uno de los ángulos de la sala. Su satisfacción creció cuando me negué a aceptar mi parte.

A pesar del resentimiento que había empezado a quemar mis entrañas, no pude hacer otra cosa que observar y tratar de no alterar los acontecimientos, tal y como marcaba el código de Caballo de Troya...

Y desde ese instante, una lluvia de puñetazos y bofetadas empezó a caer sobre el cuerpo del Maestro.

De vez en cuando, entre golpe y golpe, algunos de los levitas volvían a interrogarle...

—¡Responde...! ¿Cuántos sois...? ¿Cómo se llaman tus seguidores...? ¿Quién ha tomado el mando...?

Jesús, con los labios rotos por los impactos, no cedía. Algunos de los puñetazos habían ido a estrellarse contra sus ojos, provocando una lenta pero alarmante hinchazón.

En medio de aquella iniquidad quedé maravillado una vez más ante la serenidad y fortaleza física de aquel galileo. Muchos de aquellos golpes, lanzados con frialdad sobre puntos tan delicados y vulnerables como ojos, labios, oídos, riñones y estómago, hubieran tumbado a un hombre normal. Sin embargo, el Nazareno —aunque llegó a tambalearse en varias ocasiones— no dejó escapar un solo lamento, conservando siempre el equilibrio.

El hermético silencio del reo fue avivando el furor de los levitas, que arreciaron en sus agresiones.

Sudorosos, jadeantes y arrastrados por el paroxismo, aquellos energúmenos, no satisfechos con el violento castigo que estaban infligiéndole, fueron en busca de una cántara de agua, sometiendo a Jesús a uno de los suplicios más angustiosos que haya podido inventar el ser humano.

Uno de los sicarios se situó a espaldas del Galileo, tirando violentamente de sus cabellos. Automáticamente, el fornido cuerpo se dobló hacia atrás. Y un segundo policía procedió a abrir los labios de Jesús mientras un tercero, que cargaba el cántaro, comenzaba a vaciar el agua en la boca del Nazareno. El líquido fue penetrando a borbotones durante varios e interminables segundos, hasta que, finalmente, el rabí se vio atacado por un seco e intenso golpe de tos que puso punto final a la tortura. Sin saberlo, aquellas bestias humanas habían aliviado —¡y de qué forma!— el castigado organismo del prisionero. (A raíz del «stress» registrado en el huerto de Getsemaní, el Maestro de Galilea había empezado a experimentar un grave y determinante proceso de deshidratación, que se vería sensiblemente incrementado después de los azotes.)

El doméstico que sostenía el recipiente de barro se echó a un lado y, mientras el levita seguía tirando del pelo del reo, otro de los esbirros levantó su pierna izquierda, lanzando un puntapié contra el bajo vientre del indefenso prisionero.

Fue una de las pocas veces que escuché un gemido en boca de Jesús. El dolor tuvo que ser tan lacerante que, a pesar de hallarse doblado hacia atrás, el tronco y la cabeza del Galileo se enderezaron en un movimiento reflejo, al tiempo que sus rodillas se doblaban. Y en décimas de segundo, el Cristo cayó sobre el piso, golpeándose el rostro contra las losas.

—¡Estúpidos! —intervino el legionario, acudiendo en socorro del inmóvil cuerpo del preso—. ¿Es que pretendéis acabar con él...?

El policía que había estado tirando de sus cabellos soltó el mechón de pelo que había quedado entre sus dedos y arrebatándole el cántaro a su compinche arrojó el contenido sobre la nuca del Nazareno.

Sinceramente, y puesto que Jesús había caído de bruces, no pude comprobar si —como me temía— había perdido el conocimiento. Al seguir con las muñecas atadas a la espalda, tuvieron que ser los criados y levitas quienes, ayudados por el centinela romano, le incorporasen. Cuando, al fin, acerté a ver su rostro un escalofrío me recorrió el vientre: Jesús había palidecido en extremo y una de sus cejas (la izquierda) se había abierto, posiblemente como consecuencia del encontronazo con el suelo. Su nariz, aunque con algunos hematomas, no parecía gravemente lastimada por la caída. Ello me hizo pensar que el Maestro aún se hallaba consciente en el instante del choque con el pavimento, pudiendo, quizá, «amortiguar» el violento impacto con un giro de la cabeza. La sangre, sin embargo, había empezado a manar en abundancia, cubriendo en seguida la mitad izquierda de la cara.

Instintivamente, el Nazareno comenzó a inspirar profundamente. Poco a poco fue recuperándose, aunque su rostro no guardaba semejanza alguna con aquel semblante majestuoso y sereno que presentaba al entrar en la sede del Sanedrín.

La sangre había empezado a gotear desde su barba, manchando el manto y parte de la túnica.

Los secuaces de Caifás, algo más apaciguados, se aislaron en uno de los ángulos de la estancia, iniciando otro cambio de impresiones. Y al poco, el que se había desembarazado de su ropón, lo recogió del suelo, lanzándolo sobre la cabeza del rabí. Una vez cubierto, otro de los levitas se aproximó a Jesús, gritándole entre fuertes risotadas:

—¡Profetiza, liberador...! Dinos, ¿quién te ha pegado?

Y blandiendo un bastón de unos cuatro centímetros de diámetro con la mano izquierda descargó un porrazo seco y aterrador sobre el rostro del silencioso Maestro. Éste retrocedió unos pasos como consecuencia del golpe, pero, antes de que pudiera desplomarse, otro de los criados lo abrazó por la espalda, sosteniéndole.

Las carcajadas se contagiaron rápidamente y, uno tras otro, aquella chusma fue participando en aquel juego despiadado (1).

(1) En los antiguos textos griegos se describe un juego, denominado «muïnda», que consistía en tapar los ojos de uno de los jugadores (bien con

Las bofetadas y bastonazos se sucedieron durante los últimos diez minutos. Y a cada golpe, el agresor entonaba la misma y cínica pregunta:

—¡Profetiza...! ¿Quién te ha pegado...? ¡Profetiza, bastardo! (1).

Hacia las siete de la mañana, cuando el Nazareno, encorvado y apoyado contra uno de los muros, parecía a punto de desfallecer, entraron en la estancia varios levitas, ordenando a sus colegas que trasladasen al detenido ante el Consejo.

Cuando aquellos salvajes retiraron el manto de la cabeza del Maestro la sangre se me heló en las venas. De no haber sabido previamente que aquél era Jesús, creo que no hubiera podido reconocerle. El bastonazo —supongo que el primero—, y a pesar de que el tejido había «acolchado» el golpe, había caído sobre el pómulo derecho y parte de la nariz, provocando la hinchazón de ambas zonas. Este garrotazo o quizás los restantes puñetazos y bofetadas habían ocasionado una aparatosa hemorragia nasal. Los regueros de sangre, ya reseca, salían de ambas fosas, corriendo sobre los labios y empapando el bigote y la barba.

Los hematomas en ambos ojos eran tan acusados que el rabí apenas si podía abrirlos.

Aquel rostro roto, inflamado y con la mitad izquierda ensangrentada, dejó sin habla a algunos de los criados y sicarios del Sanedrín. Evidentemente, el castigo había sido brutal. Y ante mi sorpresa, varios de los levitas, nerviosos, empezaron a discutir sobre la conveniencia de lavar y adecentar un poco la faz del Maestro. No por misericordia, por supuesto, sino por temor a posibles represalias o recriminaciones de los jueces y, quizá, de los seguidores del Nazareno. Y, al fin, uno de los sirvientes apuró el agua de la cántara, empapando un extremo del ropón o manto con el que le habían cubierto.

En un arranque que nunca he logrado explicarme satisfactoriamente, me adelanté hacia el policía, identificándome como médico y rogándole que me permitiera proceder al lavado del rostro del Galileo y, de paso —les dije—, examinar las posibles fracturas.

Los policías accedieron un tanto aliviados, pero sugirieron que fuera diligente en el «arreglo». El Consejo esperaba.

Obviamente, dentro de los planes de Caballo de Troya no se contemplaba la posibilidad de que yo «reparase», ni mucho menos, las heridas que pudiera sufrir Jesús de Nazaret. Tal y como ya he citado, ello estaba rigurosamente prohibido. Sin embargo, y puesto

---

un lienzo o con la propia mano). Este debía adivinar el objeto que se le presentaba o a la persona que le tocaba. Si acertaba, ocupaba su puesto aquel que había perdido.

(1) El «bastardo», aunque existían diferentes interpretaciones, era, en líneas generales, el hijo nacido del adulterio. No eran admitidos en la asamblea de Israel y tampoco sus descendientes, «hasta la décima generación». No podían contraer matrimonio con ningún miembro legítimo de la comunidad judía, discutiéndose vivamente, incluso, si las familias de bastardos podrían participar en la liberación final de Israel. Este insulto era considerado como una de las peores injurias. Aquel que lo empleaba podía ser condenado a 39 azotes. *(N. del m.)*

que los levitas se disponían a asear la machacada faz del prisionero, consideré que aquélla era una irrepetible ocasión de comprobar de cerca y personalmente los daños exteriores y visibles más graves. Sin embargo, y a pesar de esta justificación, también hubo «algo» interno que me empujo a tomar semejante decisión...

Tomé, pues, el pico del tosco manto y con toda la delicadeza de que fui capaz, comencé a limpiar los grumos de sangre que se habían adherido al pómulo y mejilla izquierdos. Las hemorragias, tanto la producida por la rotura de la ceja izquierda como la nasal, habían sido espectaculares, aunque tuve la impresión de que la pérdida de sangre no era importante. A juzgar por los reguerillos, plastones y sangre acumulada en barba, manto y túnica, no creo que fuera superior a los 200 o 300 centímetros cúbicos.

Pude deducir igualmente que la capacidad de coagulabilidad de la sangre de Cristo era normal. Tanto la brecha de la ceja como los cortes de los labios y los dos riachuelos que nacían en los orificios de la nariz habían coagulado muy rápidamente.

Cuando aquella mitad del rostro quedó prudentemente limpia me deshice del manto y, antes de que los domésticos de Caifás pudieran reaccionar, introduje mis dedos en el desgarrón que había ocasionado la daga del bandido que había tratado de asaltarme en la noche del pasado jueves y, con dos fuertes tirones, conseguí un reducido trozo de mi túnica. Lo introduje en la boca del cántaro, humedeciéndolo cuanto me fue posible. Y acto seguido regresé a la pared sobre la que seguía apoyado Jesús, pasando el suave lienzo color hueso sobre la deformada nariz, labios, cejas y párpados (1).

Al tentar la hinchazón del pómulo derecho deduje que el bastonazo había interesado una amplia área del hueso malar, alcanzando parte de ese ojo derecho. Si aquel hematoma seguía prosperando,

(1) Gracias a aquel gesto, Caballo de Troya pudo hacerse con una inestimable muestra de la sangre de Jesús de Nazaret. Y aunque los análisis practicados sobre los coágulos que pasaron al trozo de mi túnica no pudieron efectuarse con la velocidad aconsejada en estos casos, sí pudimos averiguar, entre otras cosas, que el volumen de eritrocitos por milímetro cúbico de sangre en aquellos momentos (siete de la mañana) era, aproximadamente, de 4 900 000 (algo menos de lo normal, posiblemente como consecuencia de las pérdidas que había empezado a registrar). También observamos algunos leucocitos (muy pocos). A través de análisis comparativos se estableció que, tanto el número de estas células (7 000 por milímetro cúbico), como los tipos examinados (neutrófilos, eosinófilos, basófilos, linfocitos y monocitos) correspondían a lo normalmente exigido en un individuo sano. Y aunque el primer análisis fue hecho antes de las 36 horas, no fue posible encontrar plaquetas. Todas habían desaparecido. Sin embargo, sí encontramos restos de trombina y algunos productos propios de la degradación de la fibrina. En uno de los coágulos —que conservaba leves restos de humedad— fue posible detectar algunas proteínas del plasma (fundamentalmente albúminas y globulinas), así como ligeros indicios de glucosa, vitaminas, hormonas y diversos aminoácidos. No pudimos descubrir restos de colesterol. En cuanto a la coagulación, y sólo a través de la observación personal de las heridas, pudimos establecer que era normal. Esta deducción se vio reforzada por el análisis de una de las proteínas del plasma —el fibrinógeno—, que, tras convertirse en fibrina, había quedado degradada. *(N. del m.)*

lo más probable es que el Nazareno terminase por experimentar serias dificultades a la hora de mantener abierto dicho ojo.

En cuanto a la nariz, la lógica imposibilidad de no poder practicar una radiografía me dejó con la duda de si aquel impacto había fracturado los huesecillos «propios» o nasales. Estos dos huesos, como saben todos los médicos, son frágiles, pudiendo ser hundidos con un puñetazo.

En mi opinión, y después de aquella exploración, los trece huesos de la cara de Jesús parecían intactos. Insisto, sin embargo, en mis serias dudas sobre la pareja de nasales. Dada la violencia del golpe, cabía la posibilidad de que hubieran sido dañados. (Entiendo, además, que la famosa profecía en la que se recoge que «ninguno de los huesos del Mesías sería fracturado» bien pudo referirse a los huesos «largos».) Hubo un especial detalle que, con la debida reserva, me inclinó a creer desde el primer momento que dichos huesecillos nasales podían hallarse hundidos.

A lo largo de esta segunda limpieza, y cuando toqué la inflamada masa muscular de la nariz («piramidal» y «transverso», fundamentalmente), al palpar el área del cartílago nasal, el rabí retrocedió levemente. A pesar de mi extrema suavidad, el simple roce del tejido con aquel punto de su nariz multiplicó su dolor.

En ese momento, el gigante —que seguía silencioso— entreabrió como pudo sus ojos, fijando su mirada en mí. Traté de sonreírle y creo que lo conseguí. Era cuanto podía darle. Jesús captó mi pobre pero sincera muestra de amistad y sus labios se estremecieron. Y, de pronto, ante mi desconsuelo, una lágrima resbaló por su ojo izquierdo, hundiéndome aún más en la impotencia...

El sicario que había advertido a los verdugos volvió a asomarse a la puerta y, con un gesto de impaciencia, se abrió paso hasta el reo. Y tomándole por uno de los brazos le empujó hacia la salida.

El Maestro, con paso vacilante, entró de nuevo en la sala del Sanedrín. La falta de sueño, el dolor y el cansancio después de aquella paliza habían empezado a hacer mella en su organismo.

Fui el último en abandonar aquel trágico lugar. Intencionadamente esperé a que hubiera salido el último de los levitas para, agachándome, recoger el mechón de pelo que uno de los policías había arrancado involuntariamente del cráneo de Jesús. Lo oculté en mi bolsa junto al jirón ensangrentado de mi túnica y me apresuré a reincorporarme al Consejo del Sanedrín.

Los jueces habían ocupado los mismos puestos y el Nazareno, escoltado por el legionario y otros dos sirvientes, trataba de mantenerse en pie frente al semicírculo. Su aspecto, a pesar del rápido lavado de su rostro, era tan lamentable que aquella treintena de judíos no pudo reprimir la sorpresa. Durante algunos minutos intercambiaron algunas sarcásticas miradas, imaginando el suplicio a que había sido sometido el impostor y regocijándose, supongo, por el súbito cambio de aquel majestuoso y sereno rostro.

Juan, que se había unido a mí, no acertaba a pronunciar palabra alguna. Sus ojos, espantados, miraban y remiraban el semblante de su Maestro, sin poder dar crédito a lo que, desgraciadamente, sólo era el principio del fin...

Cuando los escribas judiciales tomaron asiento en sus puestos,

Anás hizo uso de la palabra y señalando un pergamino que sostenía su yerno entre las manos incidió nuevamente en la idea que ya había expuesto en la primera parte de aquella reunión. Para el ex sumo sacerdote, la acusación de blasfemia carecía de fuerza, al menos de cara al procurador romano. E insistió en la necesidad de redactar una serie de alegaciones que comprometiera al rabí de Galilea con la justicia que representaba Pilato.

Al escuchar al suegro de Caifás imaginé que aquel rollo al que había hecho alusión debía contener la sentencia definitiva contra Jesús. Y, sin poder reprimir la curiosidad, le pregunté a Juan qué era lo que había sucedido en la deliberación de los jueces.

El cada vez más desmoralizado discípulo ni siquiera me escuchó. Tuve que zarandearle ligeramente para que, al fin, atendiera mi pregunta. Y con los ojos húmedos me explicó que, durante la improvisada reunión de los saduceos y fariseos en el patio central del edificio, «aquellos indignos sacerdotes sólo habían llegado a un acuerdo: ejecutar a Jesús».

Juan, a pesar de haber permanecido muy cerca de los jueces, no llegó a conocer el texto de la sentencia, redactado por el propio Caifás y después de no pocas discusiones.

Por un momento creí que el sumo sacerdote leería la acusación o acusaciones. Pero no fue así. Después de varios rodeos y divagaciones por parte de los allí congregados, tres de los fariseos se levantaron de sus asientos, renunciando a seguir en aquel «proceso». Aunque se mostraron conformes con dar muerte al rabí, su tradicional sentido de la «pureza» les aconsejaba —según manifestaron públicamente— no formar parte de aquella flagrante ilegalidad, «a menos que el Nazareno fuera conducido ante Poncio, una vez se le hiciera saber por qué había sido condenado».

Caifás no se conmovió por este desaire de los llamados «santos» o «separados» y, después de consultar con el resto del tribunal, dio por aplazada la vista.

Y a las siete y media de la mañana, los saduceos, escribas y los escasos fariseos que se habían mantenido fieles a Caifás desfilaron por segunda vez ante la maltrecha figura de Jesús de Nazaret.

El Maestro no tardó en seguir los pasos de sus jueces. Fuertemente escoltado, el Galileo permaneció unos minutos en el jardín interior del edificio del Sanedrín. En una de las esquinas, Caifás y sus hombres siguieron discutiendo acaloradamente. Volvieron a entrar en el hemiciclo y, al cabo de un rato, reaparecieron en el patio central. El voluminoso sumo sacerdote llevaba dos pergaminos en su mano izquierda. Aquello me extrañó.

Acto seguido, Caifás se puso a la cabeza de los levitas y siervos, ordenando que extremaran el cerco en torno al blasfemo mientras se dirigían al cuartel general romano. Anás y la mayor parte de los jueces se despidieron de Caifás, regresando al interior de la estancia donde se había celebrado aquella primera parte del proceso.

Judas Iscariote, que no había cruzado una sola palabra con nosotros, se unió también a la comitiva.

El sumo sacerdote en funciones, la media docena de saduceos y el pelotón que rodeaba al Maestro, se adentraron en las calles de la ciudad alta, en dirección a la Puerta de los Peces. Al cruzar frente a los bazares, las gentes se levantaban, saludando reverencialmente al sumo sacerdote. En mi opinión, ninguno de los asombrados testigos llegó a reconocer a Jesús. Los hematomas de sus ojos, nariz y pómulo derecho habían deformado su rostro hasta hacerle casi irreconocible.

Mientras marchábamos a toda prisa hacia la fortaleza reparé de nuevo en los dos rollos que portaba Caifás. ¿Qué podían contener? ¿Se trataría de la sentencia que debía mostrar a Poncio Pilato?

En mi mente giraba sin cesar aquel anuncio del tribunal, prometiendo una segunda parte en el proceso. Si mis informaciones eran correctas, Jesús no volvería a pisar el Sanedrín. ¿Qué iba a suceder entonces?

Aunque, bien mirado, y ante el récord de irregularidades que se había alcanzado en aquel «simulacro» de juicio, ¿qué podía esperarse de una segunda y supuesta vista?

Haciendo un somero estudio del referido juicio, los sanedritas habían infringido, al menos, doce de las normas básicas que marcaban las leyes hebreas para procesos relacionados con la pena capital. Veamos algunas de las más irritantes:

1.ª Para empezar, y según la *Misná* (Orden Cuarto, Sanedrín), los procesos llamados de pena capital debían abrirse alegando la inocencia del reo y no su culpabilidad.

2.ª Los procesos de sangre —o donde se presume que puede estar en juego la vida del acusado— debían celebrarse de día y la sentencia, si era condenatoria, jamás podía pronunciarse durante la misma jornada. «Por eso —dice la ley judía— no puede realizarse un proceso de sangre en la vigilia del sábado de un día festivo» (1).

El «pequeño Sanedrín», al reunirse, por tanto, el viernes, 7 de abril, víspera del sábado y de la Pascua, cometió un doble delito.

3.ª En estos procesos capitales, el juicio debía ser abierto siempre por uno de los jueces que se sentaba al lado del más anciano, «a fin de que los jueces de menor autoridad no fuesen influenciados por los ancianos» (en el juicio contra el Maestro fueron los falsos testigos los que iniciaron la causa).

4.ª Y hablando de los falsos testigos, sólo la actuación de este grupo habría invalidado ya cualquier otra vista similar. La ley judía era y es sumamente rigurosa en este sentido. Antes de iniciarse el proceso, los testigos debían ser amonestados severamente: Se les introducía en el interior de un recinto —dice la *Misná*— y se les infundía temor, diciéndoles: que no hablaran por mera suposición, por oídas, por la deposición de otro testigo, por la declaración de un hombre digno de fe que hubieren oído o que no fueran a creer que en último término no sería examinada y analizada su deposición. «Habéis de saber —se les decía a los testigos— que en los procesos de sangre, la sangre del reo y la sangre de toda su descendencia penderá sobre el falso testimonio hasta el fin del mundo...»

Nada de esto sucedió en la sede del Sanedrín. Es más: los sobor-

(1) Así lo dice la ley (*Misch.*, tratado «Sanedrín», capítulo IV, n.º 1). *(N. del m.)*

nados testigos cayeron en continuas y abrumadoras contradicciones. La misma ley aclaraba que los falsos testigos debían ser flagelados o, incluso, condenados a muerte. Es obvio, por tanto, que aquellos individuos se prestaron a semejante riesgo porque, previamente, se les había garantizado su inmunidad y, naturalmente, alguna sustanciosa cantidad de dinero.

5.ª «Si el reo era encontrado culpable —sigue diciendo la ley mosaica— la sentencia debía ser aplazada para el día siguiente.» Como ya he mencionado, nada de esto se respetó. A lo sumo, el tribunal levantó la sesión durante media hora, regresando a la sala de inmediato. «En el entretanto —prosigue la ley—, los jueces se reúnen de dos en dos, comen muy frugalmente, no beben vino durante todo el día, pasan discutiendo y deliberando toda la noche y, por la mañana, se levantan temprano y van al tribunal.»

6.ª Si después de todo esto siguen considerando al prisionero culpable de la pena capital, la sentencia definitiva debía emitirse mediante votación. «Si doce lo declaraban inocente y doce lo declaraban culpable, era declarado inocente. Si doce lo declaraban culpable y once inocente o, incluso, once lo declaraban inocente y otros once culpable y uno decía "no sé", o incluso si veintidós lo declaran inocente o culpable y uno dice "no sé", se han de añadir más jueces.»

¿Hasta cuántos habían de añadirse?

«Siempre de dos en dos hasta alcanzar los 71.»

En el proceso presidido por Anás y Caifás no se produjo ninguna votación.

7.ª La ley hebrea prohibía que una misma persona fuera juez y acusador. En nuestro caso, Caifás acaparó ambos puestos.

8.ª Tampoco fue anunciada la sentencia, tal y como prescribía la ley: «... Se escribe (la sentencia) y se envían mensajeros a todos los lugares, diciendo fulanito de tal, hijo de fulanito de tal, ha sido condenado a muerte por el tribunal.»

Ésta fue una de las razones por la que los tres fariseos que formaban parte del Consejo decidieron retirarse. Y en el colmo de la irregularidad jurídica, ni siquiera el propio procesado conoció el texto definitivo de dicha sentencia a muerte. (Tal y como veremos más adelante, Jesús de Nazaret murió sin saber «oficialmente» su culpa...)

9.ª Incluso la respuesta dada por el Maestro a Caifás, cuando éste le conjuró a que declarase si era el Mesías, no fue motivo de blasfemia, tal y como señalaba la ley. Según la *Misná,* «el blasfemo no es culpable en tanto no mencione explícitamente el Nombre». En la contestación de Jesús, como se recordará, no se citaba el «Nombre»; es decir, Yavé, Dios o el Divino. Jesús dijo: «Lo soy... Y pronto iré junto al Padre. En breve, el Hijo del Hombre será revestido de poder y reinará de nuevo sobre los ejércitos celestiales.» ¿Dónde aparece en estas frases el «Nombre» explícito de Dios?

10.ª Y en el caso de que así hubiera sido, la ley especificaba que, «una vez concluido el juicio, no lo sentenciarán a muerte usando la circunlocución, sino que echarán a todo el público fuera de la sala del juicio y preguntarán al testigo de más dignidad: "Di, ¿qué oíste de modo explícito?" Aquél lo dice. Entonces los jueces se ponían en pie, rasgando sus vestiduras que no podían volver a unir.

El segundo testigo decía: "También yo oí lo que él" y el tercero afirmaba: "También yo (oí) como él"».

¿Es que en el juicio contra el Nazareno sucedió algo de esto? Ni siquiera Caifás llegó a rasgarse verdaderamente las vestiduras...

11.ª Si el Tribunal consideró que Jesús era un falso profeta —como así ocurrió—, la ley tampoco autorizaba su juicio, a no ser por el «gran Sanedrín», formado siempre por 71 miembros. Y aquél, como ya dije, sólo constaba, oficialmente, de 23.

12.ª Por último, aunque, como digo, el rosario de fallos e irregularidades en esta causa podría ser muy extenso, los jueces no respetaron tampoco las normas legales, que señalaban los lunes y jueves, como fechas oficiales para las distintas comisiones y asambleas de los tribunales de justicia (así lo marca la *Misná* en su Orden Tercero, capítulo 1).

Mientras duró mi entrenamiento para esta misión, tuve la oportunidad de investigar en numerosas fuentes, observando cómo, hasta hoy, entre los exegetas y demás autores y estudiosos de esta parte de la Biblia no existe acuerdo sobre quiénes fueron los responsables del juicio y posterior condena a muerte del Nazareno. Para muchos (fundamentalmente autores judíos), el Sanedrín de aquella época gozaba de la prerrogativa de la pena capital. «Y si Jesús de Nazaret —dicen— fue ejecutado al estilo romano es porque el conflicto no iba con ellos» (1).

Para otros, el Consejo Supremo de la comunidad israelita —el Sanedrín— podía juzgar, pero nunca aplicar y ejecutar la pena máxima. En este supuesto, las castas sacerdotales no tuvieron más remedio que acudir ante Poncio Pilato, para que confirmase la sentencia (2).

Nunca he podido comprender el porqué de estas diferencias de criterios, al menos entre los exegetas y escritores católicos. La mayoría se manifiesta conforme con el misterioso y difícilmente comprobable suceso de la resurrección de Jesús (siempre desde un punto de vista histórico-científico) y, sin embargo, corren ríos de tinta a favor y en contra de la jurisdicción penal del Sanedrín. Si profundizasen de verdad en el asunto —amén de las numerosas referencias históricas sobre la potestad de Roma y de sus procuradores— observarían que, teniendo en cuenta el odio de Caifás y sus correligionarios hacia Jesús, lo fácil hubiera sido dictar esa pena capital y ejecutarla sin más. El hecho incuestionable de su visita a la fortaleza Antonia y el sometimiento general judío al juicio de Poncio están gritando un hecho objetivo: era Roma quien, en definitiva, tenía la última palabra. En los casos de las muertes de Esteban (año 36 de nuestra Era) y de Santiago, uno de los hermanos

(1) Así piensan y escriben, entre otros, autores como S. Zeitlin *(The crucifixion of Jesus reexamined»)*, H. Mantel *(Studies in the Story of the Sanhedrin)*, P. Winter *(On the trial of Jesus)*, J. Carmichael *(The death of Jesus)*, D. Flusser, J. Isaac, H. Cohn, W. R. Wilson, Catchpole y un largo etcétera. *(N. del m.)*

(2) Entre los defensores de esta segunda hipótesis se hallan, por ejemplo, Blinzler *(El proceso de Jesús)*, Jeremías, E. Lohse *(Sunedrion)*, Strack-Billerbeck, Mommsen *(Römische Strafrecht)*, Sherwin-White *(Roman Society and Roman Law in the New Testament)*, A. Strobel *(Die Stunde der Wharheit)*, E. Schurer, etcétera. *(N. del m.)*

de Jesús de Nazaret (año 62 después de Cristo), muchos de los defensores de la «culpabilidad romana» en la ejecución del Maestro de Galilea han pretendido ver dos muestras decisivas de esa capacidad legal del Sanedrín para dictar y ejecutar sentencias máximas. Entiendo, no obstante, que ambas lapidaciones o apedreamientos —llevados a cabo, efectivamente, por el Sanedrín— ocurrieron en sendos períodos en los que la provincia romana de Judea se encontraba temporalmente sin procurador. En el año 36, Vitelio envió a Pilato a Roma para rendir cuentas ante el emperador Tiberio y en el 62, según narra Flavio Josefo *(Antigüedades*, XX,197 y ss.), el procurador romano Festo acababa de morir y su sustituto, Albino, no había llegado aún a Judea.

Existe, además, otro contrasentido. Si el Sanedrín hubiera gozado verdaderamente de esa capacidad legal para aplicar y consumar la pena de muerte, ¿por qué Jesús no fue ajusticiado al «estilo judío»?

La ley judía, una vez más, era sumamente cuidadosa en este aspecto. En el Orden Cuarto (capítulo VII), la *Misná* dice textualmente: «El tribunal podía infligir cuatro tipos de penas de muerte: la lapidación, el abrasamiento, la decapitación y el estrangulamiento.»

Generalmente, la lapidación o apedreamiento era la pena más dura. Era aplicada —y sigo citando la ley hebrea— a los siguientes: «al que tiene relación sexual con su madre o con la mujer de su padre o con la nuera o con un varón o con una bestia; la mujer que trae a sí una bestia (para copular con ella); el blasfemo; el idólatra; el que ofrece sus hijos a Molok (un ídolo); el nigromántico; el adivino; el profanador del sábado; el maldecidor del padre o de la madre; el que copula con una joven prometida; el inductor, que induce a un particular a la idolatría; el seductor, que lleva a toda una ciudad a la idolatría; el hechicero y el hijo obstinado y rebelde».

En cuanto al «abrasamiento» —que tuve la oportunidad de contemplar en mi segundo «gran viaje»—, la ley establecía que eran reos de semejante ejecución «el que tenía relación sexual con una mujer y con su hija y la hija del sacerdote que había fornicado (después de haber contraído matrimonio)».

Morían decapitados «el homicida y los habitantes de una ciudad apóstata».

Por último, la pena de estrangulamiento recaía en los siguientes: «En el que hiere a su padre o a su madre; en el que rapta a una persona en Israel; en el anciano que se rebela contra la sentencia del tribunal; en el falso profeta; en el que profetiza en nombre de un ídolo; en el que tiene relación sexual con la mujer de otro; en el que levante falso testimonio contra la hija de un sacerdote o se acueste con ella.»

Admitiendo, en consecuencia, que el Sanedrín hubiese tenido la potestad para ejecutar a Jesús, y si los cargos más importantes eran los de «blasfemo», «falso profeta», «mago» y «profanador del sábado», lo lógico hubiera sido que los hebreos lo hubiesen lapidado o estrangulado. ¿Por qué pidieron entonces su muerte por crucifixión?

En mi opinión sólo puede obedecer a una doble razón: primera, porque el tribunal sabía que era el procurador romano quien debía decidir. Y segunda, porque en aquel simulacro de juicio, la mayor parte de los jueces fueron saduceos. En otras palabras, la rama «dura» de las castas sacerdotales. Caifás era uno de ellos y supo ganarse a un importante grupo, que fue el que asistió a la sesión matinal del «pequeño Sanedrín». Como ya cité, los saduceos —calificados en los *Hechos de los Apóstoles* (5,17) como «el cerco del sumo sacerdote Caifás»— estaban en abierta oposición a los fariseos, disfrutando de una «teología» y «código penal» propios. Si el Tribunal hubiera estado constituido por una mayoría de fariseos, posiblemente las cosas habrían sido muy distintas y Jesús habría terminado su vida apedreado o estrangulado. Pero la muerte por crucifixión era mucho más vil y humillante que las dictadas por la ley mosaica y es casi seguro que la mayoría saducea se inclinara por aquélla, apurando hasta el límite su odio contra el impostor. Sin embargo, la duda seguía llameando en mi cerebro. ¿Por qué los inquisidores sanedritas habían gritado y volverían a gritar frente a Poncio Pilato la pena de crucifixión?

Sólo al tener cumplido conocimiento de las acusaciones que, en efecto, figuraban en uno de los pergaminos que llevaba Caifás pude despejar la incógnita.

Antes, un hecho totalmente imprevisto me obligaría a cambiar los planes de Caballo de Troya...

Faltaban pocos minutos para las ocho de la mañana cuando la reducida comitiva dejó atrás el barrio alto de Jerusalén. Caballo de Troya había creído desde un principio que el encuentro de los sanedritas con el procurador romano tendría lugar precisamente por el portalón y túnel de la fachada oeste de la Torre Antonia (aquella por la que yo había tenido acceso en compañía de José, el de Arimatea). Pero no fue así. Caifás y los saduceos cruzaron ante el muro de protección situado frente al foso y, sin dudarlo, doblaron la esquina noroeste, en dirección a otra de las puertas de entrada al cuartel general de Poncio en la ciudad santa. Yo había convenido con Pilato y su primer centurión, Civilis, que mi ingreso en la fortaleza se produciría por el puesto de guardia ya mencionado. Y durante algunos segundos, mientras mi cerebro buscaba una solución, me dejé arrastrar —casi por inercia— por el pelotón. Al doblar aquella esquina de Antonia, la súbita presencia del anciano José de Arimatea y otro joven hebreo hizo que olvidara momentáneamente mis dudas. José, lógicamente, estaba al tanto de los pasos de Jesús y del sumo sacerdote. Aunque no lo había visto en el juicio, deduje que sus «contactos» le mantenían puntualmente informado. El hecho de estar allí era una prueba.

Caifás tuvo que ver a José. Pasó prácticamente a su lado. Sin embargo, ni siquiera le saludó. El anciano, al descubrir al Maestro, se sobrecogió. Aunque posiblemente estaba informado también de la tortura a que había sido sometido, al comprobarlo por sí mismo palideció. Sin levantar demasiadas sospechas fui quedándome atrás, hasta unirme a él y a su compañero. Y así seguimos al pelotón.

El de Arimatea, que parecía haber perdido las esperanzas que había tratado de contagiarme en el patio del palacete de Anás, al captar mi desconfianza por la presencia de aquel joven desconocido me insinuó que hablase abiertamente. Su acompañante era uno de los «correos» de David Zebedeo. Estaba allí, según me explicó, para transmitir las últimas noticias al cuerpo de emisarios que había sido centralizado por David en el campamento de Getsemaní.

De esta forma, conforme nos aproximábamos a la puerta norte de la Torre Antonia, José y el emisario me pusieron en antecedentes de la suerte que habían corrido los restantes discípulos y de los que no tenía noticia alguna desde el prendimiento.

La mayor parte de los griegos y discípulos que fueron testigos de la captura del Maestro en el camino que discurre por la falda del Olivete terminó por volver al huerto de Simón, «el leproso», despertando a los ocho apóstoles y demás seguidores, que permanecían ajenos a lo que estaba ocurriendo.

Minutos más tarde, era el jovencísimo Juan Marcos quien corría hasta la cima del Monte de las Aceitunas, poniendo sobre aviso a David Zebedeo, que seguía montando guardia y al margen de los últimos sucesos.

Tras unos primeros momentos de lógica confusión, el grupo se concentró en torno al molino de piedra situado a la entrada de la finca, iniciándose una viva polémica. Andrés, como jefe de los apóstoles, se hallaba tan confuso que no pudo pronunciar palabra alguna. Y fue Simón, el Zelote, quien, por último, terminó por encaramarse al muro de la almazara, arengando a sus compañeros para que tomaran las armas y se lanzaran en persecución de los guardias, liberando a Jesús.

Según el «correo» —testigo presencial de aquellos acontecimientos—, casi todos los presentes en aquella madrugada en el huerto (alrededor de medio centenar) respondieron con vehemencia a la invitación del «revolucionario» Simón, miembro activo —como ya he insinuado en alguna ocasión— del grupo clandestino y terrorista de los «Zelota».

Y es muy posible que se hubiesen lanzado monte abajo en busca del Maestro, de no haber sido por la oportunísima mediación de Bartolomé. Una vez que Simón el Zelote hubo hablado, Bartolomé pidió calma y recordó a sus amigos las continuas enseñanzas sobre la no violencia que les había impartido Jesús. El apóstol, con una gran cordura, refrescó la memoria de los excitados discípulos, hablándoles de las palabras que había pronunciado el rabí aquella misma noche y a través de las cuales había ordenado que protegieran y conservaran sus vidas, en espera del momento crucial de la dispersión y de la propagación del reino de los cielos.

La tesis de Bartolomé fue apoyada vivamente por Santiago, el hermano de Juan Zebedeo, quien explicó también a sus compañeros cómo Pedro, algunos de los griegos y él mismo habían desenvainado sus espadas en el momento de la captura de Jesús y cómo el Maestro les había invitado a que guardaran las armas.

Los ánimos, al parecer, fueron apaciguándose. Después intervinieron también Felipe y Mateo y por último Tomás, que insistió —con su característico sentido práctico— en la necesidad de «no exponerse a peligros mortales», tal y como Jesús había sugerido a su amigo Lázaro. Los razonamientos de Tomás —rogando a los discípulos que se dispersasen en espera de nuevos acontecimientos— terminaron por doblegar el ansia de lucha de los seguidores del Cristo y los discípulos desaparecieron definitivamente.

Hacia las dos y media o tres menos cuarto de esa madrugada, el huerto quedó desierto. Sólo David Zebedeo y un reducido grupo de mensajeros continuaron en el campamento, preparándose para una misión que, como ya insinué, resultaría vital. El intrépido discípulo supo organizarse de tal forma que, bien a través de Juan Zebedeo, de José de Arimatea y de otros «agentes», pudo disponer de una notable y precisa información sobre el discurrir de los acontecimientos. Cada hora, aproximadamente, uno de sus veloces mensajeros se entrevistaba con los anteriormente citados, trasladando las noticias al improvisado «cuartel general» de Getsemaní. Desde allí, a su vez, David enviaba a otros «correos» a los puntos donde habían acordado ocultarse los apóstoles: cinco de ellos —Bartolomé, Felipe, los dos gemelos y Tomás— en las aldeas de Betfagé y Betania. Los cuatro restantes —Simón Zelote, Santiago, Tomás y Andrés— en Jerusalén.

Cuando pregunté al emisario por Pedro, el joven me tranquilizó. Poco después del amanecer, David lo había encontrado en los alrededores del campamento, sin rumbo fijo y lleno de tristeza. Es posible que en aquellos momentos, ni David Zebedeo ni el emisario ni ninguno de los discípulos supieran la verdadera razón de aquella inmensa angustia del fogoso Simón. El caso es que David ordenó a uno de los «correos» que le acompañase hasta la casa de Nicodemo, en la ciudad santa, lugar de concentración de su hermano Andrés y de los otros tres apóstoles.

Aquel mismo emisario que acompañaba a José de Arimatea me informó también que, poco después de la partida de Pedro, llegó al huerto Judas, uno de los hermanos carnales del Maestro. Se había anticipado al resto de su familia y allí supo del trágico arresto de Jesús. A petición de David Zebedeo, regresó a la carrera por el sendero que atraviesa el Olivete, reuniéndose con María, su madre, y con los demás componentes de su familia. Las órdenes de David eran que la familia del Maestro permaneciese, de momento, en la casa de Marta y María, en Betania. Y así se hizo.

Esto significaba que María, la madre de Jesús de Nazaret, se hallaba ya en las proximidades de Jerusalén..., y que, por supuesto, debía estar advertida de cuanto ocurría con su hijo.

La posibilidad de ese encuentro con María me estremeció...

El viento soplaba con mayor fuerza. Cuando alcanzamos a Caifás y a sus huestes, uno de los dos legionarios que montaban guardia en la cara norte del muro exterior que rodeaba la fortaleza había acudido al interior del cuartel, con el anuncio de la presencia de aquel destacado grupo de sacerdotes. Al parecer, el sumo sacerdote había advertido al centinela que el procurador sabía ya de aquella temprana visita. José y yo nos miramos, deduciendo que Poncio Pilato podía haber tenido conocimiento de este hecho por los judíos que le habían solicitado una escolta la noche anterior.

Sea como fuere, el caso es que Poncio hacía rato que aguardaba la llegada de esta representación del Sanedrín.

Mientras esperábamos a las puertas del parapeto de piedra, anuncié al de Arimatea que, aprovechando la orden que me había extendido el propio procurador, intentaría adelantarme a Caifás y a su pelotón. José asintió, añadiendo que él tenía intención de seguir al lado del Maestro y que, presumiblemente, nos volveríamos a ver en el interior de la residencia del procurador.

Así que, olvidando mi proyectada entrada en la Torre Antonia por el túnel del ala oeste, extraje el salvoconducto, mostrándoselo al legionario. Éste, al leer la autorización y escuchar el nombre de Civilis, me franqueó el paso, señalándome a varios soldados que montaban guardia al otro lado del foso, junto a una gran puerta practicada en la muralla y flanqueada por dos torretas de vigilancia.

Al cruzar el puente levadizo, similar al que facilitaba el acceso por el túnel, uno de los guardias me salió al paso. Tuve que repetir la operación. El centinela revisó la orden del procurador y me ordenó que esperase. Después salió del puesto de guardia, adentrándose en el interior de la fortaleza. Aquella monumental puerta, coronada por un arco de medio punto, estaba provista de dos grandes batientes de madera, asegurados a unos postes verticales, susceptibles de girar en cajas de piedra. Supuse que, de esta manera, en momentos de peligro o ataque, los batientes podían cerrarse, siendo atrancados desde el interior.

Pocos minutos después, el legionario me llamaba desde unas escalinatas de piedra existentes al fondo. Caminé en solitario hacia el centinela, salvando un ancho patio, perfectamente adoquinado con cantos rodados. Al pie de las escalinatas, el soldado me indicó a un oficial, comentando:

—Éste te conducirá hasta Civilis...

Y así fue. Al final de aquellos quince peldaños me aguardaba un centurión.

La escalinata permitía el acceso a una especie de terraza rectangular, cuidadosamente embaldosada y cercada por ambos flancos con una serie de balaustres de mármol de un metro de altura.

Aquélla era la entrada principal de lo que podríamos denominar la residencia privada del procurador: un edificio suntuoso y relativamente apartado del conjunto, aunque dentro de la fortaleza.

El oficial me condujo al interior: un «hall» de extraordinarias dimensiones del que arrancaban tres escalinatas, todas de mármol blanco.

—Espera aquí —me dijo mientras se dirigía a las escaleras situadas frente a la puerta de doble hoja del vestíbulo. Al pie de dicha escalinata montaban guardia otros dos soldados, con sus lanzas y cotas de malla.

Obedecí, contemplando con admiración la serie de grandes vidrieras multicolores que se alineaban a lo largo de los muros, proporcionando a la estancia una abundante luz natural. En las paredes, revestidas de granitos procedentes de Siena, habían sido abiertos numerosos nichos en los que reposaban bustos del emperador, jarrones griegos decorados con escenas mitológicas y candelabros de plata.

El piso del «hall» había sido recubierto con un extenso mosaico, que nada tenía que envidiar a los que yo había visto en las ruinas de Pompeya.

Ensimismado con aquella exquisita decoración no me percaté de la llegada de Civilis.

El centurión y comandante de la legión me saludó sonriente. En esta ocasión se tocaba con un casco de metal sumamente pulido y rematado por un penacho de plumas rojas.

Antes de que pudiera explicarle que deseaba cambiar mis planes, Civilis se adelantó hasta la puerta del «hall» y señalando el portalón de la muralla me anunció que «el día acababa de complicarse».

—Poncio deberá recibir esta mañana —me dijo con un gesto de disgusto— a varios representantes del Consejo de Justicia de los judíos...

—Lo sé —repuse— y precisamente quería hablarte de ello...

El centurión me miró sorprendido.

—... He oído que los judíos tratan de juzgar a un mago. Lo he visto al pasar. Sabes que me intereso por los astros y sus designios y quisiera pedirte y pedirle al procurador un pequeño cambio de planes.

Civilis siguió escuchándome con atención.

—Tengo entendido —proseguí— que ese hombre al que llaman Jesús de Nazaret ha obrado grandes portentos y, abusando de vuestra hospitalidad, desearía estar presente cuando sea presentado a Poncio.

Y antes de que el centurión pudiera responder, remaché mis palabras con una afirmación que, tal y como esperaba, sólo a medias prendió la curiosidad del romano:

—... He sabido que hoy mismo, tú, el procurador, yo y toda la ciudad tendremos la oportunidad de asistir a un extraño suceso celeste...

El pragmático e incrédulo oficial sonrió burlonamente, limitándose a contestar:

—Está bien, Jasón. Se lo diré a Poncio...

Civilis desapareció por la escalinata central, en busca del procurador, no sin antes advertirme que no me moviera de allí.

—Esas ratas —me comentó refiriéndose a los sacerdotes que aguardaban junto al parapeto exterior— no tienen escrúpulos para pedirnos que se ejecute a uno de los suyos y, sin embargo, no quieren entrar en el pretorio por miedo a contaminarse y no poder celebrar su maldita Pascua...

Civilis llevaba razón. Los judíos —y muy especialmente los miembros de las diferentes castas sacerdotales— tenían prohibido entrar durante la celebración de la fiesta anual de la Pascua en las casas de los gentiles (todas ellas eran sospechosas de albergar alimentos que pudieran contener levadura, y este contacto con sustancias fermentadas estaba rigurosamente prohibido) (1).

Esto me hizo pensar que el procurador y sus hombres no tendrían más remedio que escuchar a Caifás y a los saduceos «a las puertas» del pretorio. (Casi seguro —deduje— muy cerca de esas escalinatas que acabo de subir.) Y dispuse mi «vara de Moisés» para el que iba a ser el primer encuentro oficial de Poncio con los miembros del Sanedrín.

En efecto, hacia las ocho y quince minutos de aquella mañana del viernes, 7 de abril, el obeso procurador apareció en lo alto de la escalera central del «hall» donde yo esperaba. Venía acompañado de Civilis y de tres o cuatro centuriones más.

Al verme se apresuró a bajar las escalinatas, saludándome con el brazo en alto. Poncio había cambiado la indumentaria. En esta ocasión, y dada su calidad de representante del César, se había enfundado en una coraza de metal, corta y «musculada», bellamente trabajada y brillante como un espejo, al estilo de los mejores blindajes griegos de la época. Bajo la armadura lucía una túnica corta de seda, de media manga, de color hueso, meticulosamente plan-

(1) En su Orden Segundo, la *Misná* establece que en la noche del 14 del mes de Nisán (vigilia de la fiesta de Pascua) «debía rebuscarse toda sustancia con levadura (generalmente cereales) a la luz de una vela». *(N. del m.)*

chada y rematada por flecos de oro. El voluminoso vientre del procurador sobresalía por debajo de la coraza, proporcionándole un perfil muy poco caballeresco.

Alrededor de su cuello y colgando por la espalda traía un manto o *sagum* de una tonalidad «burdeos» muy apagada. Pero lo que más me llamó la atención fueron sus piernas: aparecían totalmente ceñidas con bandas de lino. Aquello me hizo sospechar que el procurador padecía de varices.

El centurión jefe le había puesto en antecedentes de mis deseos y de ese «presagio» celeste que había adelantado a Civilis y, sin poder contener su morbosidad, me interrogó, al tiempo que me invitaba a caminar junto a él hacia la puerta de entrada a su residencia.

Le expliqué como pude que «los astros habían anunciado para esa misma mañana un funesto augurio y que, por el bien de todos, extremase sus precauciones...».

No hubo tiempo para más. Poncio Pilato y sus oficiales se detuvieron en la «terraza», mientras uno de los centuriones descendía las escaleras, en busca, sin duda, de Caifás y de aquel galileo que había empezado a estropear la apacible jornada del procurador. El viento despeinó a Poncio, poniendo en dificultades su postizo. Aquello debió acrecentar su ya evidente malhumor. El hecho de tener que salir a las puertas del pretorio para recibir al sumo sacerdote y a los miembros del Sanedrín no le había hecho muy feliz...

Al poco vi aparecer por el arco de la muralla al grupo que encabezaba Caifás. Imediatamente detrás de éste, Jesús, el legionario romano que le había custodiado durante toda la noche, Juan Zebedeo y los levitas y criados del Sanedrín.

Al llegar al pie de la escalinata, los saduceos se detuvieron, advirtiendo al procurador que su religión les impedía dar un solo paso más. Poncio miró a Civilis y con un gesto de disgusto avanzó hasta situarse en el filo mismo de los peldaños. Una vez allí, y en tono desabrido, les preguntó:

—¿Cuáles son las acusaciones que tenéis contra este hombre?

Los jueces intercambiaron una mirada y, a una orden de Caifás, uno de los saduceos respondió:

—Si este hombre no fuera un malhechor no te lo hubiéramos traído...

Poncio guardó silencio. Sujetó su manto y comenzó a descender las escaleras. Inmediatamente, Civilis y los centuriones se apresuraron a seguirle, rodeándole.

El romano, siempre en silencio, se aproximó a Jesús, observándole con curiosidad. El Maestro permanecía con la cabeza baja y las manos atadas a la espalda. Sus cabellos, revueltos por el fuerte viento, ocultaban en parte las excoriaciones de su rostro.

Poncio dio una vuelta completa en torno al Nazareno. Después, sin hacer comentario alguno, pero con una evidente mueca de repugnancia en sus labios, volvió a subir los peldaños. Sin lugar a dudas —y Civilis me confirmaría esta sospecha poco después—, el procurador había sido previamente informado de la sesión matinal del Sanedrín, así como de las discrepancias surgidas entre los jueces a la hora de fijar las acusaciones. (Según Civilis, una de las sirvientas y el intérprete de la esposa de Pilato, Claudia Prócula, conocían las enseñanzas de Jesús de Nazaret, habiendo informado al procurador de los prodigios y de las predicaciones del rabí.)

Cuando se encontraba en mitad de la escalinata, Pilato se detuvo y, girando sobre sus talones, se encaró de nuevo con los hebreos, diciéndoles:

—Dado que no estáis de acuerdo en las acusaciones, ¿por qué no lleváis a este hombre para que sea juzgado de conformidad con vuestras propias leyes?

Aquellas frases del procurador cayeron como un jarro de agua fría sobre los sanedritas, que no esperaban semejante resistencia por parte de Poncio. Y, visiblemente nerviosos, respondieron:

—No tenemos derecho a condenar a un hombre a muerte. Y este perturbador de nuestra nación merece la muerte por cuanto ha dicho y hecho. Ésta es la razón por la que venimos ante ti: para que ratifiques esta decisión.

Pilato sonrió maliciosamente. Aquel público reconocimiento de la impotencia judía para pronunciar y ejecutar una sentencia de muerte, ni siquiera contra uno de los suyos, le había llenado de satisfacción. Su odio por los judíos era mucho más profundo de lo que podía suponer.

—Yo no condenaré a este hombre —intervino el romano, señalando a Jesús con su mano derecha— sin un juicio. Y nunca consentiré que le interroguen hasta no recibir, por escrito —recalcó Poncio con énfasis—, las acusaciones...

Sin embargo, el procurador había subestimado a los sanedritas. Y cuando Pilato consideraba que el asunto había quedado zanjado, suspendiendo así el enojoso asunto, Caifás entregó uno de los dos rollos que portaba a un escriba judicial que los acompañaba, rogando al procurador que escuchase las «acusaciones que había solicitado».

Aquella maniobra sorprendió a Poncio, que no tuvo más remedio que detener sus pasos cuando estaba a punto de entrar en su residencia. Cada vez más irritado por la tenaz insistencia de Caifás y los saduceos, se dispuso a escuchar el contenido de aquel pergamino.

El escriba lo desenrolló y, adoptando un tono solemne, procedió a su lectura:

—El tribunal sanedrita estima que este hombre es un malhechor y un perturbador de nuestra nación, en base a las siguientes acusaciones:

»1.ª Por pervertir a nuestro pueblo e incitarle a la rebelión.

»2.ª Por impedir el pago del tributo al César.

»3.ª Por considerarse a sí mismo como rey de los judíos y propagar la creación de un nuevo reino.

Al conocer aquellas acusaciones oficiales comprendí que dicho texto —que nada tenía que ver con lo discutido en el juicio— había sido amañado por Anás y el resto de los miembros del Consejo en su segunda entrada en la sala del Tribunal, mientras el Maestro y todos los demás esperábamos en el patio central del edificio del Sanedrín. Ahora me explicaba el porqué de aquellas agrias discusiones entre Caifás, Anás y los jueces y la súbita aparición de un segundo pergamino en las manos del sumo sacerdote, momentos antes de salir hacia la Torre Antonia.

Muy astutamente, los saduceos habían preparado aquellas tres acusaciones, de forma que el procurador romano se viera inevitablemente involucrado en el proceso.

Poncio pidió a Civilis que se aproximara y le susurró algo al oído. El centurión asintió con la cabeza. (Aquella consulta confidencial —según supe por el comandante en jefe de la legión— se había centrado en las informaciones que obraban en poder del procurador y que, tal y como todos sabíamos, señalaban que el complot contra el Nazareno tenía unas raíces pura y estrictamente religiosas.)

Pilato comprendió al momento que aquel «cambio» en la estrategia de los sacerdotes obedecía únicamente a su fanatismo y ciego odio hacia aquel visionario, que había sido capaz de desafiar la autoridad del sumo pontífice, ridiculizando a las castas sacerdotales. Sin proponérselo, Caifás y sus esbirros habían conseguido con aquel engaño que Poncio Pilato se inclinase ya, desde un principio, no en favor de Jesús —a quien prácticamente ignoraba— sino en contra de aquella «ralea de mala madre», según palabras del propio romano. (Era sumamente importante tener en cuenta estos hechos, de cara a la conducta y a los sucesivos intentos del representante del emperador por liberar al Maestro. Nada hubiera satisfecho más su desprecio hacia la suprema autoridad judía que hacerles morder el polvo, poniendo en libertad al prisionero.)

Pero los acontecimientos —a pesar del procurador— iban a tomar caminos insospechados...

Poncio guardó silencio. Dirigió una mirada de desprecio a los jueces y descendiendo los escalones por segunda vez se abrió paso hasta el Galileo. Una vez allí, ante la expectación general, preguntó al Maestro qué tenía que alegar en su defensa. Jesús no levantó el rostro.

Civilis, que había seguido los pasos de su jefe, levantó el bastón de vid, dispuesto a golpear al Galileo por lo que consideró una falta de respeto. Pero el procurador le detuvo. Aunque su confusión y disgusto eran cada vez mayores, el romano comprendió que aquél no era el escenario más idóneo para interrogar al prisionero. La sola presencia de los sanedritas podía suponer un freno, tanto para él como para el reo. Y volviéndose hacia el primer centurión dio las órdenes para que condujeran al gigante al interior de su residencia.

Civilis hizo una señal al soldado que custodiaba al rabí y ambos, en compañía de Juan Zebedeo y de algunos de los domésticos del Sanedrín, siguieron a Pilato y a los oficiales.

Caifás y los jueces permanecieron en el patio. La contrariedad reflejada en sus rostros ponía de manifiesto su frustrado deseo de acompañar a Jesús de Nazaret y asistir al interrogatorio privado. Pero su propio fanatismo religioso acababa de jugarles una mala pasada (por supuesto, dudo mucho que Pilato hubiera autorizado su presencia en el citado interrogatorio).

Al cruzar junto a mí, el procurador me hizo un gesto, invitándome a que le acompañase.

—Dime, Jasón —me preguntó Poncio mientras atravesábamos

el «hall» en dirección a la escalinata frontal—, ¿conoces a este mago?... ¿Crees que puede resultar un «zelota»?

Aquél fue un momento especialmente delicado para mí. Hubieran sido suficientes unas pocas explicaciones para inclinar definitivamente la balanza del inestable procurador a favor del Maestro. Pero aquél no era mi cometido. Y respondí a su pregunta con otra pregunta:

—Tengo entendido que tus hombres fueron destacados anoche hasta una finca en Getsemaní y con el propósito de registrar un posible campamento «zelota». ¿Encontraron a esos guerrilleros?

El procurador, a quien le costaba trabajo subir las 28 escaleras, se detuvo jadeante.

—Y tú, ¿cómo sabes eso?

Mientras Civilis dirigía al Nazareno y al reducido grupo por un luminoso corredor de mármol númida, sembrado a derecha e izquierda de estatuas que descansaban sobre pedestales de Carrara, tranquilicé a Poncio, narrándole mi «casual» encuentro con los dos legionarios que perseguían a uno de los simpatizantes del «mago».

El procurador me confesó entonces que sus informes sobre el tal Jesús de Nazaret se remontaban a años atrás, especialmente desde que uno de sus centuriones le confesó cómo aquel mago había curado a uno de sus sirvientes más queridos, en Cafarnaúm. Poco a poco, Poncio Pilato había ido reuniendo datos y confidencias suficientes como para saber si aquel grupo que encabezaba el rabí era o no peligroso desde el único punto que podía interesarle: el de la rebelión contra Roma.

Los agentes del procurador cerca del Sanedrín le habían advertido de las numerosas reuniones celebradas para tratar de prender y perder al Nazareno. Pilato, por tanto, estaba al corriente de las intenciones de los que esperaban en el patio y del carácter «místico y visionario» —según expresión propia— del movimiento que encabezaba Jesús.

—¿Por qué iba a satisfacer a esos envidiosos —concluyó Pilato—, deteniendo a unos pobres diablos cuyo único mal es creer en fantasías y sortilegios?...

Aquellas revelaciones del gobernador de la Judea me abrieron definitivamente los ojos. Estaba claro que, por mi parte, también había subestimado el poder de Poncio. Era lógico que en una provincia como aquélla, tan levantisca y difícil, el poder de Roma tuviera los suficientes resortes y tentáculos como para saber quién era quién. Y, evidentemente, Poncio sabía quién era el Maestro.

—Sin embargo —tercié con curiosidad—, ¿por qué accediste a enviar un pelotón de soldados a Getsemaní?

El procurador volvió a sonreír maliciosamente.

—Tú no conoces aún a esta gente. Son testarudos como mulas. Además, mis relaciones..., digamos «comerciales», con Anás, siempre han sido excelentes. No voy a negarte que la procuraduría recibe importantes sumas de dinero, a cambio de ciertos favores...

No me atreví a indagar sobre la clase de «favores» que prestaba aquel corrupto representante del César, pero el propio Poncio me facilitó una pista:

—Anás y ese carroñero que tiene por yerno han hecho grandes riquezas a expensas del pueblo y del tráfico de monedas y de animales para los sacrificios... Te supongo enterado del descalabro sufrido por los cambistas e intermediarios de la explanada del Templo, precisamente a causa de ese Jesús. Pues bien, mis «intereses» en ese negocio me obligaban en parte a salvar las apariencias y ayudar al ex sumo sacerdote en su pretensión de capturar al mago...

Aquel descarado nepotismo de la familia Anás —situando a los miembros de su «clan» en los puestos clave del Templo— era un secreto a voces. La actuación del procurador, por tanto, me pareció totalmente verosímil.

Al llegar al final del corredor, Civilis abrió una puerta, dando paso a Pilato. Detrás, y por orden del centurión, entraron Jesús, Juan Zebedeo, otros dos oficiales y yo. El legionario y los criados permanecieron fuera.

Al irrumpir en aquella estancia reconocí al instante el despacho oval donde había celebrado mi primera entrevista con el procurador. El ala norte de la fortaleza se hallaba, pues, perfectamente conectada con la sala de audiencias de Poncio. Ahora comprendía por qué no había visto guardias en aquella puerta: era la que comunicaba posiblemente con las habitaciones privadas y por la que había visto aparecer, en la mañana del miércoles, al sirviente que nos anunció la comida.

Poncio Pilato fue directamente a su mesa, invitando al Nazareno a que se sentara en la silla que había ocupado José de Arimatea. Juan, tímidamente, hizo otro tanto en la que yo había utilizado. Los oficiales se situaron uno a cada lado del rabí, mientras Civilis ocupaba su habitual posición, en el extremo de la mesa, a la izquierda del procurador. Yo, discretamente, procuré unirme al jefe de los centuriones.

La luz que irradiaba por el gran ventanal situado a espaldas del romano me permitió explorar con detenimiento el rostro del Maestro. Jesús había abandonado en parte aquella actitud de permanente ausencia. Su cabeza aparecía ahora levantada. La nariz y el arco zigomático derecho (zona malar o del pómulo) seguían muy hinchados, habiendo afectado, como temía, al ojo. En cuanto a la ceja izquierda, parecía bastante bien cerrada. Los coágulos de sangre de las fosas nasales y labios se habían secado, ennegreciendo parte del bigote y de la barba.

Pilato retomó el hilo de la conversación, indicando al rabí que, para empezar y para su propia tranquilidad, «no creía en la primera de las acusaciones».

—Sé de tus pasos —le dijo con aire conciliador— y me cuesta trabajo creer que seas un instigador político.

Jesús le observó con aire cansado.

—En cuanto a la segunda acusación, ¿has manifestado alguna vez que no debe pagarse el tributo al César?

El Maestro señaló con la cabeza a Juan y respondió:

—Pregúntaselo a éste o a cualquiera que me haya oído.

El procurador interrogó al joven Zebedeo con la mirada y Juan, atropelladamente, le explicó que tanto su Maestro como el resto del grupo pagaban siempre los impuestos del Templo y los del César.

Cuando el discípulo se disponía a extenderse sobre otras enseñanzas, Pilato hizo un gesto con la mano, ordenándole que guardara silencio.

—Es suficiente —le dijo—. ¡Y cuidado con informar a nadie de lo que has hablado conmigo!

Y así fue. Ni siquiera en el texto evangélico escrito por Juan muchos años más tarde se recoge esta parte de la entrevista del procurador romano con Jesús. (Es más, el escritor sagrado no hace siquiera mención de su presencia en dicho diálogo. Si esta parte del interrogatorio —tal y como se desprende del Evangelio de San Juan— tuvo lugar en el interior del pretorio y, por tanto, en privado, ¿cómo es posible que el Zebedeo la describa, refiriéndose a los ya conocidos temas del «reino» y de la «verdad»? (*Juan* 18, 28-38). Sólo podía haber una explicación: que él, precisamente, hubiera sido testigo de excepción.)

Pilato se dirigió nuevamente al Galileo:

—En lo que se refiere a la tercera de las acusaciones, dime, ¿eres tú el rey de los judíos?

El tono del procurador era sincero. Ésa, al menos, fue mi impresión. Y el Maestro esbozó una débil sonrisa. Al hacerlo, una de las grietas del labio inferior volvió a abrirse y un finísimo reguerillo de sangre se precipitó entre los pelos de la barba.

—Pilato —repuso el rabí—, ¿haces esa pregunta por ti mismo o la has recogido de los acusadores?

El procurador abrió sus ojos indignado.

—¿Es que soy un judío? Tu propio pueblo te ha entregado y los principales sacerdotes me han pedido tu pena de muerte...

Poncio trató de recobrar la calma y mostrando sus dientes de oro añadió:

—Dudo de la validez de estas acusaciones y sólo trato de descubrir por mí mismo qué es lo que has hecho. Por eso te preguntaré por segunda vez: ¿has dicho que eres el rey de los judíos y que intentas formar un nuevo reino?

El Galileo no se demoró en su respuesta:

—¿No ves que mi reino no está en este mundo? Si así fuera, mis discípulos hubieran luchado para que no me entregaran a los judíos. Mi presencia aquí, ante ti y atado, demuestra a todos los hombres que mi reino es una dominación espiritual: la de la confraternidad de los hombres que, por amor y fe, han pasado a ser hijos de Dios. Este ofrecimiento es igual para gentiles que para judíos.

Pilato se levantó y golpeando la mesa con la palma de su mano, exclamó sin poder reprimir su sorpresa:

—¡Por consiguiente, tú eres rey!

—Sí —contestó el prisionero, mirando cara a cara al procurador—, soy un rey de este género y mi reino es la familia de los que creen en mi Padre que está en los cielos. He nacido para revelar a mi Padre a todos los hombres y testimoniar la verdad de Dios. Y ahora mismo declaro que el amante de la verdad me oye.

El procurador dio un pequeño rodeo en torno a la mesa y. situándose entre Juan y el prisionero, comentó para sí mismo:

—¡La Verdad!... ¿Qué es la Verdad?... ¿Quién la conoce?...

Y antes de que Jesús llegara a responder, hizo una señal a Civilis, dando por concluido el interrogatorio.

Los oficiales obligaron al rabí a incorporarse y Poncio abrió la puerta, ordenando a sus hombres que llevaran al Nazareno a la presencia de Caifás. Cuando avanzábamos nuevamente por el corredor, Pilato se situó a mi altura, haciendo un solo pero elocuente comentario:

—Este hombre es un estoico. Conozco sus enseñanzas y sé lo que predican: «el hombre sabio es siempre un rey».

Después de aquel razonamiento, deduje que el romano estaba dispuesto a liberar a Jesús. Al presentarse por segunda vez ante los judíos, su actitud me confirmó aquel presentimiento.

Poco antes de las nueve de la mañana, Poncio se asomaba a la terraza y, adoptando un tono autoritario, sentenció:

—He interrogado a este hombre y no veo culpabilidad alguna. No le considero culpable de las acusaciones formuladas contra él. Por esta causa, pienso que debe ser puesto en libertad.

Caifás y los saduceos quedaron desconcertados. Pero, al instante, reaccionaron, gritando y haciendo mil aspavientos. Civilis interrogó a Poncio con la mirada, al tiempo que echaba mano de su espada. Pero el procurador volvió a pedirle calma. Uno de los oficiales regresó precipitadamente al interior del pretorio, posiblemente en busca de refuerzos.

Muy alterado, uno de los sanedritas se destacó del grupo y ascendiendo tres o cuatro escalones, increpó a Pilato con las siguientes frases:

—¡Este hombre incita al pueblo!... Empezó por Galilea y ha continuado hasta Judea. Es autor de desórdenes y un malhechor. Si dejas libre a este hombre lo lamentarás mucho tiempo...

Sin pretenderlo, aquel saduceo acababa de proporcionar a Pilato un motivo para esquivar el desagradable tema, al menos temporalmente. El procurador se acercó entonces a su centurión-jefe, comunicándole:

—Este hombre es un galileo. Condúzcanle inmediatamente ante Herodes...

Civilis se dispuso a cumplir la voluntad de Poncio y, cuando se dirigía hacia el legionario encargado de la custodia del Maestro, Pilato se volvió desde lo alto de la plataforma, añadiendo:

—¡Ah!, y en cuanto le haya interrogado, traedme sus conclusiones.

En esta ocasión fue el propio Civilis quien se responsabilizó de la custodia del Maestro. Los ánimos de los judíos se hallaban tan alterados que, con muy buen criterio, el centurión se rodeó de una pequeña escolta de diez legionarios, emprendiendo el camino hacia la residencia de Herodes Antipas, tetrarca de Galilea y, como Pilato, visitante en aquellas fechas en Jerusalén. Este Herodes era hijo del tristemente célebre Herodes el Grande, el que había ordenado la matanza de los niños menores de dos años en Belén y su entorno. Una masacre muy propia del carácter y trayectoria de aquel rey, odiado por el pueblo y al que llamaban con el despreciativo de «criado edomita». A través de numerosas pesquisas, Caballo de Troya pudo averiguar que la sanguinaria matanza de los «inocentes» alcanzó a una treintena de niños (1).

(1) Antes de iniciar la misión, yo había recibido una completa información sobre quién era este tetrarca o gobernador de Galilea: Herodes, por sobrenombre Antipas o «igual a su padre». Y la verdad es que dicho apodo

Civilis, a la cabeza, cruzó el puente levadizo. Detrás, los soldados, arropando al Maestro y formados en dos hileras. Y a escasa distancia, el resto del grupo: Caifás, el puñado de jueces, Judas Iscariote, Juan Zebedeo, el anciano José de Arimatea y yo.

Mientras salíamos de la fortaleza me volví hacia el portalón abierto en la muralla norte y la confusión reinó de nuevo en mi cerebro. Según los textos evangélicos, «una gran muchedumbre» debía acudir hasta las mismísimas puertas del pretorio. Pero, ¿cómo podía ser esto? De momento, las entrevistas con Poncio Pilato se habían celebrado poco menos que de forma privada. Sólo aquella reducida representación del Sanedrín había tenido acceso al interior de la Torre Antonia...

«Además —seguí reflexionando mientras descendíamos en dirección al barrio alto de la ciudad—, sin el expreso consentimiento del procurador o de sus oficiales, ningún hebreo podía traspasar el muro o parapeto exterior y, mucho menos, el foso que rodeaba aquella zona del cuartel general romano.»

¿Qué iba a ocurrir, por tanto, para que la multitud judía pudiera llegar hasta las escalinatas de la residencia privada de Poncio?

Juan, el discípulo amado de Jesús, informó inmediatamente a José y al mensajero de cuanto había sucedido al pie del pretorio y en el interrogatorio privado del procurador, evitando, eso sí, su conversación con el romano. El joven Zebedeo había recobrado las esperanzas. Le vi optimista ante las declaraciones de Pilato. Verdaderamente llevaba razón. Si el proceso se hubiera mantenido dentro de aquella línea, prácticamente circunscrito al pequeño círculo de los sanedritas y del gobernador extranjero, quizá la suerte del Maestro hubiera sido otra. Pero las maquinaciones de Caifás y sus hombres no cesaban...

El «correo», una vez recogidas las últimas noticias sobre Jesús, se despidió de los amigos del rabí, desapareciendo a la carrera hacia el campamento de Getsemaní.

Fue al cruzar bajo la puerta de los Peces cuando el de Arimatea, al ver cómo un nutrido grupo de hebreos, presidido por varios jefes del Templo y otros fariseos, se unía al sumo sacerdote y a los saduceos, expresó su desaliento. Mientras aguardaba frente al parapeto de piedra de Antonia, José había recibido una información que venía a complicarlo todo: Anás, de mutuo acuerdo con los jueces, había empezado a repartir secretamente monedas de oro pertenecientes al tesoro del Templo. Después de anotar los nombres de cada uno de los sobornados, los tres *gizbarîm* o tesoreros oficiales habían

---

encajaba a la perfección. Herodes Antipas había heredado el gobierno de las tierras del norte (Galilea) a la muerte de su funesto padre, Herodes el Grande, en el año menos 4 de nuestra Era. Tenía 17 años. Según el primer testamento de su padre, Antipas debería de haber recibido el reino de Judea. Pero Herodes el Grande cambió de idea y sustituyó a Antipas por su otro hijo Arquelao, que se hizo cargo del citado reino de la Judea. Y Herodes Antipas recibió, como digo, Galilea. Un tercer hijo, Filipo, fue designado también tetrarca de la Perea. Fue precisamente a este último a quien Herodes Antipas le quitaría su mujer, la no menos célebre Herodías, responsable, al parecer, del asesinato del primo hermano de Jesús de Nazaret, Juan el Bautista. (*N. del m.*)

impartido una consigna común: «clamar ante Poncio Pilato la muerte del impostor de Galilea».

Al ver cómo el grupo inicial de saduceos aumentaba sensiblemente, pregunté al de Arimatea cómo pensaba Caifás introducir aquella muchedumbre en el recinto de la fortaleza.

—Dudo mucho —le dije— que Pilato y sus tropas lo autoricen.

José despejó mis dudas en un segundo. Casualmente aquella misma mañana del viernes, víspera de la Pascua, los judíos disfrutaban de una antigua prerrogativa. Cientos de hebreos tenían por costumbre subir hasta las inmediaciones del Pretorio y asistir a la liberación de un preso. Esa gracia, potestad que recaía en el procurador, constituía uno de los gestos de amistad y simpatía de Roma hacia sus súbditos. Encerraba, en consecuencia, un eminente carácter festivo y, durante los días precedentes, tanto los vecinos de Jerusalén como los miles de peregrinos se hacían lenguas, apostando por uno u otro candidato. En esta ocasión, el nombre que sonaba con más fuerza entre los hebreos era el de «Barrabás». Según José de Arimatea, un miembro activo del grupo revolucionario «zelota», un «fulano de padre desconocido, vil y sanguinario, capturado por las fuerzas romanas en una revuelta» (1).

Aquella aclaración del anciano amigo de Jesús me hizo comprender muchas cosas. En primer lugar, y en pura lógica, la ciudad santa había despertado aquella mañana del viernes, 7 de abril, sin la menor noticia del prendimiento de su ídolo: Jesús de Nazaret. Sólo unos pocos lo sabían. En segundo término, la próxima e inminente manifestación de judíos ante la residencia de Pilato no tenía nada que ver con el Maestro de Galilea. Aunque Jesús no hubiera sido hecho preso, se habría celebrado de igual forma.

Fueron, como digo, las malas artes del Sanedrín y la casi total ausencia de amigos y partidarios del Nazareno en dicha reunión multitudinaria, para pedir la liberación de un reo, lo que desembocó en lo que todos ya conocemos.

El palacio de los antiguos Asmoneos —residencia provisional de Herodes Antipas durante sus breves estancias en Jerusalén— se hallaba muy cerca de la muralla que corría desde el soberbio conjunto palaciego de Herodes el Grande (en el extremo occidental de la ciudad) al Templo. Se trataba de una vetusta construcción, a base de enormes sillares de 20 codos de largo por 10 de ancho que, en palabras de Josefo, «no podían ser cavadas ni rotas con hierro, ni movidas con todas las máquinas del mundo».

A las puertas del palacio nos salió al paso una parte de la guardia personal de Antipas, integrada en su mayoría por mercenarios tracios, germanos y galos. Muchos de ellos habían servido primero con el padre del actual Herodes (2). Vestían largas túnicas verdes —de

(1) Al consultar los archivos de Santa Claus, el ordenador central confirmó que el nombre de «Barrabás» era de origen semítico (más exactamente arameo). Podía tener varios significados: Bar, que significa «hijo» en arameo y «Rabba» o maestro y rabí. También cabía la explicación de «Bar Abba» o «hijo de su padre», que era un modo de llamar a cualquiera cuyo padre resultaba desconocido. (*N. del m.*)

(2) Algunos de aquellos galos habían formado parte de la guardia de Cleopatra, reina de Egipto, cifrándose su número en más de 400. (*N. del m.*)

media manga— con el trono y vientre cubiertos por una especie de «camisa» o coraza trenzada a base de escamas metálicas. Casi todos portaban a la espalda sendos carcajes de cuero, repletos de flechas. (Herodes, a la vista del considerable número de soldados que llegué a detectar en el interior del palacio, debía temer por su seguridad personal.)

Civilis intercambió algunas palabras con los porteros y la guardia abrió paso a la escolta romana y a un reducido grupo de sacerdotes. El resto, incluido José de Arimatea, tuvo que esperar frente al edificio.

Una vez más, la fortuna se puso de mi lado. Antes de emprender el camino hacia el interior del palacio, el centurión me tomó por el brazo, anunciándome que el tetrarca era un entusiasta de Grecia y que, si lo estimaba oportuno, él tendría sumo placer en presentarme a Herodes y hablarle de mis virtudes como astrólogo al servicio del Emperador. En principio acepté encantado, aunque en los planes de Caballo de Troya no figuraba precisamente ningún tipo de entrevista con aquel personaje.

Lógicamente, el centurión no podía imaginar que el interrogatorio de Antipas a Jesús de Nazaret resultaría tan breve como estéril.

A pesar de lo antiguo de aquel palacio, Herodes se había encargado de embellecerlo hasta límites insospechados. Desde el patio central, ocupado por un estanque rectangular y sobre cuyo enlosado picoteaba un sinfín de palomas, varios de los criados, conducidos siempre por un *sōmatophylax* o «guardaespaldas» de la corte herodiana (que respondía al nombre de Corinto), nos fueron guiando hasta el piso superior. En aquella primera planta del palacio, abierta en su totalidad hacia el jardín interior y cubierta por un artístico claustro de mármol, se hallaba la sala de audiencias de Antipas.

Lo primero que me llamó la atención de aquella espaciosa sala, perfectamente iluminada por tres grandes ventanales orientados hacia el norte, fue un sillón de madera negra, magistralmente tallado y situado a la derecha de la cámara. Se trataba, sin duda, de un trono. Había sido elevado sobre un entarimado, también de oscura madera. A corta distancia, y ocupando el centro de la sala, se abría una piscina circular de cuatro o cinco metros de diámetro y una profundidad difícil de precisar, a causa del líquido blanco que la llenaba. A los pies del trono, una veintena de individuos aparecían recostados en voluminosos y blancos almohadones de plumas. Al vernos se hizo un gran silencio.

Pero, por más que traté de identificar a Antipas, no lo logré. El Maestro fue situado por el centurión frente al sillón de madera, entre la piscina y aquella pléyade de acicalados «primos y amigos» del tetrarca, que miraban estupefactos al galileo y a los legionarios romanos.

Caifás rompió al fin aquel violento silencio. Se adelantó hacia el grupo de cortesanos y extendió el pergamino de las acusaciones a un individuo extremadamente flaco, igualmente recostado y semioculto entre los cojines.

Al ponerse en pie apareció ante mí un Herodes difícil de imaginar. A pesar de sus 55 años, su aspecto era el de un viejo. Bajo una túnica prácticamente transparente se adivinaba un pellejo esquelético, sembrado de costras cenicientas y sucias, que los romanos denominaban la enfermedad de «mentagra» (1).

Aquellas úlceras —que hoy nos harían pensar en una posible sífilis— se habían hecho especialmente prolíficas en sus manos, cuello y rostro. Para colmo, Antipas lucía un cabello largo y recortado en la frente, teñido de un rubio aparatoso.

Después de examinar el pergamino, Herodes fijó su mirada en Jesús, al tiempo que el sumo sacerdote se deshacía en todo tipo de explicaciones sobre el proceso que se había seguido contra aquel impostor y sobre los deseos del procurador romano de que el tetrarca procediera al interrogatorio del galileo.

Antipas arrojó el rollo a los pies de Caifás. Éste, confundido por la inesperada reacción del gobernador de Galilea, enmudeció, mientras uno de sus levitas se apresuraba a recoger el pergamino.

Y sin pronunciar una sola palabra, el enjuto tetrarca comenzó a dar vueltas en torno al Nazareno. Al final se detuvo frente a Jesús, estallando en sonoras carcajadas. Los cortesanos no tardaron en imitarle y las risas terminaron por retumbar en los muros de mármol de la estancia.

Herodes levantó entonces sus brazos y las carcajadas cesaron al instante.

Después, bajando sus manos lentamente, comentó divertido:

—Así que, al final, este milagrero presuntuoso ha terminado por visitar a la vieja zorra...

El tetrarca, evidentemente, conocía al Maestro y estaba enterado de aquellas frases pronunciadas por Jesús y en las que le había calificado de «zorra».

Antipas esperó la respuesta del prisionero. Pero el rabí, con la cabeza hundida sobre el pecho, no se dignó mirarle. Durante algo más de un cuarto de hora, el hijo de Herodes el Grande acosó a preguntas al prisionero. Pero no obtuvo ni una sola respuesta. Una de las principales preocupaciones de Antipas —a juzgar por sus preguntas— se centraba en la posibilidad de que aquel galileo fuera la reencarnación de Juan el Bautista, a quien él había ejecutado tres años antes (2). Saltaba a la vista que los remordimientos y el miedo habían hecho presa en el alma de aquel gobernante despótico y cruel.

(1) Plinio el Viejo, en su *Historia Natural*, describe esta enfermedad asegurando que las citadas úlceras empezaban siempre por el mentón. De ahí el nombre de «mentagra». Según nuestro computador, aquella dolencia fue importada desde Asia por un ciudadano de Perusa. (*N. del m.*)

(2) Cuando Herodes Antipas se enamoró de la mujer de su hermano Filipo, tetrarca como él de la región de Perea, al este del Jordán, aprovechó un viaje a Roma para unirse a Herodías. Su esposa legítima, hija del jeque árabe Areta, cuarto rey de los nabateos, tuvo que salir de Israel, regresando con su familia. Desde entonces, Juan el Bautista aprovechó cuantas oportunidades tuvo para reprochar a Herodes y a su amante, Herodías, su adulterio permanente. Las críticas del primo hermano de Jesús fueron tan duras que Antipas, posiblemente por consejo de Herodías, mandó encarcelar al Bautista en una apartada fortaleza situada en la orilla oriental del Mar Muerto y que los beduinos llaman aún el Mashnaka o «Palacio Colgado». Allí sería decapitado poco después. Desde entonces, Antipas vivió consu-

Decepcionado por el silencio del Galileo, Herodes cambió de táctica. Y señalando a uno de sus leales, exclamó:

—¡Manaén!... ¡Llama a Herodías!

Y el viejo *syntrophos* o preceptor de Herodes Antipas se apresuró a salir del salón de audiencias, en busca de la amante de su señor.

Herodes, lejos de irritarse por el mutismo del Galileo, parecía íntimamente complacido. Aquella actitud resultaba muy extraña y, disimuladamente, fui bordeando el filo de la piscina, procurando no resbalar sobre el pulido pavimento de mármol con incrustaciones de coral rosa. Su pasión por el helenismo, tal y como me había adelantado el centurión, se notaba, no sólo en su atuendo y en los hombres que le rodeaban, sino también en la decoración del palacio. Aquel piso, por ejemplo, primorosamente trabajado a base de diminutas porciones del uniforme y brillante coral llamado «piel de ángel» —extraído posiblemente del Mediterráneo— era una de las pruebas más elocuentes del refinamiento de que hacía gala aquel personaje. Los artesanos fenicios al servicio de Antipas habían logrado formar un gigantesco y hermosísimo «cuadro» de la legendaria Medusa y de Teseo, su asesino (1), embutiendo en las planchas de mármol miles de gránulos de coral que daban forma a la citada escena mitológica.

De esta forma me aproximé a un costado de Civilis y, en voz baja, le pregunté por qué el tetrarca adoptaba aquella actitud. El centurión —que conocía bien la desordenada vida de Antipas— me sugirió una explicación nada despreciable:

—Todo Israel sabe que Herodes temía y respetaba al fogoso profeta que llamaban el Bautista. En alguna ocasión, este loco llegó a comentar que Jesús de Galilea podía ser Juan. No sería de extrañar que, al comprobar el silencio del prisionero, su desequilibrada razón haya recobrado la calma.

De pronto, Antipas salió de sus pensamientos y tomando una copa de cristal se aproximó al estanque. Se inclinó y la llenó con

---

mido por el miedo, creyendo que el fantasma de Juan el Bautista regresaría algún día para hacer justicia. Según nuestras investigaciones, era muy improbable que Antipas hubiera accedido a degollar al Bautista a raíz de la famosa danza de Salomé, la hija de Herodías. En aquella época, Salomé debía ser una adolescente. El verdadero nombre de la hijastra de Herodes nos es conocido gracias al testimonio de F. Josefo y a la inscripción de una moneda en la que aparece junto a su marido Aristóbulo. Según los historiadores, la versión más racional y verosímil es que Juan el Bautista fuera encarcelado y ejecutado como consecuencia de sus agrias críticas contra el tetrarca y contra la esposa de Filipo. (*N. del m.*)

(1) La leyenda griega relata que existían tres hermanas —las Gorgonas— que disponían de un solo ojo y de un solo diente para las tres, pasándoselo una a otras, cuando querían ver o comer. Esto, según la leyenda, simbolizaba que la envidia, la calumnia y el odio veían con un solo ojo y se alimentaban con el mismo diente. Una de estas terribles hermanas, viejas como la Humanidad y con serpientes en lugar de cabellos (Medusa), tenía el poder de convertir en piedra todo lo que miraba. Pero fue muerta por Teseo, que le cortó la cabeza. Y según la mitología, una parte de su sangre fue a caer al mar, convirtiéndose en coral. De ahí que el coral haya tenido siempre una gran aceptación entre estos pueblos, como valiosos amuletos contra el «mal de ojo» y la envidia. (*N. del m.*)

aquel líquido blanco. Después, situándola a la altura del rostro del Nazareno, le preguntó con sorna:

—Dime, galileo, ¿podrías convertir la leche en vino?

Jesús, inmóvil, no pestañeó. Su cara seguía baja.

Herodes se encogió de hombros y regresó a su colchón de plumas. Uno de los criados, posiblemente un eunuco, a juzgar por sus anillos en las orejas y sus caderas y ademanes feminoides, se arrodilló ante el tetrarca, procediendo a calzarle. Aquellas sandalias con cintas doradas me llamaron la atención. Ambas plantas aparecían cubiertas con una serie de finísimas almohadillas. Una vez ajustadas, Antipas se puso nuevamente en pie y, ante mi sorpresa, bajo el peso de su cuerpo, aquellas bolsitas empezaron a rezumar un líquido transparente y oloroso. ¡Eran «vaporizadores»! (una especie de desodorante que había empezado a hacer furor entre las clases adineradas de Roma y Grecia y que eliminaba en buena medida los desagradables olores de la transpiración).

Antipas no se rendía y trató de que el Maestro le divirtiera con alguno de sus prodigios. Tomó una bandeja de plata en la que se alineaban unas pequeñas tiras de carne y presentándosela a Jesús, le increpó en los siguientes términos:

—Si tú has sido capaz de multiplicar panes y peces, supongo que no te resultará muy difícil hacer otro tanto con estas lenguas de flamenco... ¿Serías tan amable?

El silencio fue la única respuesta. Y Herodes, que había pasado de la burla a la cólera, levantó la pieza de metal, dejando caer su manjar favorito sobre la cabeza y hombros del rabí.

La ocurrencia fue respaldada al momento por las risas de sus acólitos. Pero el Maestro no se conmovió.

La grotesca escena se vio interrumpida por la súbita llegada de una mujer. Antipas, al verla, se apresuró a acudir a su encuentro, tomándola por una mano y conduciéndola frente a Jesús. A pesar de haber cruzado la barrera de los cuarenta, la belleza de Herodías, la amante de Antipas, resultaba excitante. Su vestimenta constaba únicamente de una serie de gasas de Malta que formaban una doble túnica y que transparentaban una piel aceitunada. Su cabeza presentaba una cinta blanca que aprisionaba las sienes y sobre las que se alzaban tres pisos de trenzas tan negras como sus ojos. Aquel complicado peinado estaba rematado en su cúspide por pequeñas caracolas, hechas de rizos cilíndricos.

Civilis, al verla, fijó sus ojos en los pequeños pechos, perfectamente visibles a través de los lienzos. Y volviéndose hacia mí, me guiñó un ojo.

Antipas se aproximó a Jesús y sacudiendo con sus dedos algunas de las lenguas de flamenco que habían quedado enredadas en sus cabellos, tranquilizó a la mujer, asegurándole que aquel mago no era siquiera la sombra del aborrecido Juan el Bautista. Herodías, con las cejas y pestañas teñidas con brillantina y los párpados sombreados por alguna mezcla de lapislázuli molido, observó detenidamente al reo. Después, contoneándose sin el menor pudor, se alejó del Maestro, buscando acomodo en el trono de madera. Una vez allí, y ante la expectación general, le hizo una señal a Antipas, indicándole que se aproximara. Herodes obedeció al instante. Y tras susurrarle algo, el tetrarca, sonriendo maliciosamente, descendió del entarimado hasta situarse a espaldas del rabí. Acto seguido tomó el filo de la túnica de Jesús, levantándola lentamente, de forma que Herodías y sus cortesanos pudieran contemplar las piernas del Nazareno. Antipas prosiguió hasta descubrir la totalidad de los musculosos muslos del prisionero, así como el taparrabo que le cubría. Los labios de Herodías, de un rojo carmesí, se abrieron con palpable admiración, al tiempo que un oleada de indignación empezaba a quemarme las entrañas.

Civilis notó mi creciente cólera e, inclinándose hacia mí, comentó:

—No te alarmes. La ley judía le concede a ese puerco hasta un total de 18 mujeres, pero su impotencia es tan pública y notoria que esa ramera busca consuelo hasta en los esclavos de las caballerizas... Y Herodes lo sabe. Herodías lo tiene cogido por el trono y por los testículos...

Las palabras del oficial fueron tan acertadas como proféticas. ¡Qué poco sospechaba Antipas que, precisamente aquella mujer, sería la causa de su desgracia final...! (1).

La humillante escena fue zanjada por el centurión. El tiempo apremiaba y con amables pero firmes palabras rogó al tetrarca que le comunicara su veredicto respecto al prisionero.

—¿Veredicto? —argumentó Antipas, que hacía tiempo que había comprendido que el Galileo no deseaba abrir la boca—. Dile a Poncio que agradezco su gentileza, pero que Judea no entra dentro de mi jurisdicción. Que sea él quien decida.

Y dando media vuelta se encaminó hacia uno de sus amigos. Le arrebató un costoso manto de púrpura con que se cubría y, sin más explicaciones, lo depositó sobre los hombros del Maestro, soltando una larga y estridente carcajada, que fue aplaudida por sus amigos y parientes.

Caifás y los sacerdotes, tan decepcionados como Antipas, se encaminaron hacia la puerta, mientras Civilis, tras saludar brazo en alto al tetrarca y a Herodías, empujó a Jesús, indicándole que la visita había terminado.

(1) Esta fulminante afirmación del mayor me llevó a revisar cuantos documentos me fue posible, en busca del desgraciado final de Herodes Antipas. Con gran sorpresa por mi parte descubrí que el hijo de Herodes el Grande había sido víctima, finalmente, de la ambición y del dominio de su amante: Herodías. Tras la muerte del emperador Tiberio, en el año 37 de nuestra Era, otro miembro de la numerosa familia de los Herodes, hermano precisamente de Herodías, fue sacado de la cárcel de Roma por el nuevo César, Cayo, alias «Calígula» o «Botita». Y ante la desesperación de Antipas y de su amante, Herodes Agripa fue designado rey de todo Israel. Antipas se dejó influir por Herodías y acudió a Roma, dispuesto a pedir para sí el título de rey. Pero «Calígula», que se encontraba en aquellas fechas —año 39 de nuestra Era— en plena campaña militar en las Galias, no sólo no accedió a los deseos del tetrarca de Galilea, sino que, ante el desconcierto del «viejo zorro», le desposeyó de su título, desterrándole. Flavio Josefo y Tilemont coinciden en que Herodes Antipas y su mujer, Herodías, se vieron obligados a peregrinar a España, donde posiblemente se establecieron y murieron. (En aquellas fechas había ya en la península ibérica siete ciudades mediterráneas con importantes colonias judías, así como otras zonas de Andalucía donde Herodes pudo fijar su residencia.) (*N. de J. J. Benítez.*)

Al abandonar la sala aún resonaban los aplausos de la camarilla de Herodes, sumamente complacida por aquel último gesto de burla y escarnio del edomita.

(Una vez más, el testimonio de algunos exegetas no coincidía con la realidad. Jesús no fue cubierto con un manto blanco, en señal de demencia, tal y como señalan estos comentaristas bíblicos, sino con uno rojo brillante, que reflejaba la mofa de Herodes Antipas, considerándole como un «libertador» o un «rey» de pacotilla. Un manto que acompañaría ya a Jesús de Nazaret hasta el momento crítico de la flagelación y que, como veremos más adelante, fue el mismo con el que le cubrieron los legionarios romanos.)

A las diez de la mañana, la escolta se retiró del palacio de los Asmoneos, reemprendiendo el retorno a la fortaleza Antonia. Al igual que en el camino de ida, un cerrado grupo de hebreos siguió silencioso y vigilante a los legionarios que protegían al rabí.

En esos momentos, inesperadamente, Judas Iscariote se desligó de la turba que encabezaba Caifás y me sorprendió con una pregunta...

Al principio titubeó. Miró a su alrededor con desconfianza y, finalmente, se decidió a hablarme. Judas debía pensar que mi constante presencia cerca del Maestro me había convertido en uno de sus seguidores. Sin embargo, terminó por vencer su recelo y apartándome del pelotón de escolta me interrogó sobre el desarrollo del interrogatorio en el palacio de Antipas. Le relaté lo sucedido y el Iscariote, por todo comentario, lamentó el silencio de Jesús, añadiendo:

—¡Qué nueva oportunidad perdida...!

Le dije que no comprendía y el Iscariote, evitando mi mirada, me habló de sus tiempos como discípulo del Bautista y de cómo jamás había perdonado al Maestro que no intercediera en favor de la vida de Juan. Ahora —según el traidor—, Jesús tampoco había hecho nada por reivindicar la memoria de su amigo y primo hermano. Aquella confesión me sorprendió. Por lo visto, el Iscariote se había unido al Nazareno a raíz del encarcelamiento del Bautista y llegué a pensar que buena parte de su odio hacia el rabí venía arrastrado precisamente por aquellas circunstancias.

Ambos continuamos en silencio. Yo ardía en deseos de preguntarle la razón de su traición, pero no tuve valor. Y sólo me atreví a interrogarle sobre la causa por la que se había adelantado al grupo de soldados en la noche del prendimiento. Judas, aislado y humillado por unos y otros, sentía la necesidad de sincerarse. Pero su respuesta fue una verdad a medias...

—Sé que nadie me cree —se lamentó—, pero mi intención fue buena. Si me adelanté a los soldados y levitas del templo fue para advertir al Maestro y a mis compañeros del campamento de la proximidad de la tropa que venía a prenderle.

Guardé silencio. Aquella manifestación, en efecto, resultaba difícil de aceptar. Es posible que Judas, dada su cobardía, hubiera podido maquinar semejante «arreglo». De esta forma, los discípulos quizá no habrían llegado a desconfiar de su presencia. Pero sus intenciones, si es que realmente fueron éstas, se vieron truncadas ante la inesperada presencia del Nazareno en mitad del camino que conducía al huerto.

No hubo tiempo para más. Civilis y sus hombres penetraron de nuevo por la muralla norte de la Torre Antonia, dirigiéndose hacia las escalinatas del pretorio.

Al llegar a la terraza donde se había celebrado aquella primera parte del interrogatorio, me desconcertó la presencia de una tarima semicircular sobre la que había sido dispuesta una silla «curul», destinada generalmente para impartir justicia. El centurión dejó a Jesús al cuidado de sus hombres y entró en la residencia.

El resto de los hebreos, con el sumo sacerdote en primera línea, aguardó, como de costumbre, al pie de las escaleras. Esta vez, José de Arimatea sí había entrado en el recinto de la Torre.

Pilato no tardó en aparecer y tomando asiento en la silla transportable se dirigió a Caifás y a los saduceos:

—Habéis traído a este hombre a mi presencia acusándole de pervertir al pueblo, de impedir el pago del tributo al César y de pretender ser el rey de los judíos. Le he interrogado y no le creo culpable de tales imputaciones. En realidad no veo falta alguna... Le he enviado a Herodes y el tetrarca ha debido llegar a las mismas conclusiones, ya que me lo ha enviado nuevamente. Con toda seguridad, este hombre no ha cometido ningún delito que justifique su muerte. Si consideráis que debe ser castigado estoy dispuesto a imponerle una sanción antes de soltarle.

Juan, sin poder contener su alegría, dio un brinco, abrazándose a José de Arimatea.

Pero, cuando todo parecía inclinarse a favor del Nazareno, el patio existente entre la escalinata y el portalón de la muralla se vio súbitamente invadido por cientos de judíos. Irrumpieron tranquila y silenciosamente, con un grupo de soldados romanos a la cabeza.

Tal y como me había advertido el anciano de Arimatea, aquella muchedumbre había acudido hasta la casa del procurador, deseosa de asistir al indulto de un reo. Y es de gran importancia resaltar que, en el momento en que dicha masa humana llegó frente a la residencia de Poncio —previa autorización de la guardia—, ninguno de aquellos israelitas sabía lo que estaba ocurriendo. Fue allí, a la vista de Jesús y de los sacerdotes, donde se dejaron arrastrar por la hábil y oportuna intervención de Caifás y los saduceos. Si el juicio contra Jesús se hubiera producido en otro momento o en otra jornada, sin la presencia de aquella turba, es posible que el Sanedrín no se hubiera salido con la suya.

Pilato sabía de la llegada de aquel gentío. De hecho, la colocación de la tarima y de la silla sobre el embaldosado de la terraza obedecían única y exclusivamente a la ceremonia de la tradicional amnistía. Pero Poncio, dejándose llevar de su buena fe, cometió un grave error. Tras evacuar una serie de consultas con sus centuriones se levantó de la silla y, elevando la voz, preguntó a la multitud el nombre del preso elegido.

«¡Barrabás!», respondió el pueblo como un solo hombre.

Hasta ese momento, ni Pilato ni los jueces habían pronunciado el nombre de Jesús. Aquello significaba, tal y como suponía, que los hebreos habían llegado hasta el pretorio con la intención premeditada de solicitar la liberación del terrorista y así lo manifestaron antes de que el procurador les pidiera silencio y les explicara cómo los sacerdotes habían llevado a Jesús a su presencia y de qué le acusaban. En suma: aquel gentío —aun no estando presente el rabí de Galilea— hubiera clamado por Barrabás, el «zelota». Pero, como ya anuncié, la oportuna intervención de Caifás y sus secuaces y el oro que había sido repartido entre un puñado de judíos, mezclado estratégicamente entre aquella multitud, terminaron por inclinar la balanza hacia el Sanedrín.

Cuando Poncio terminó de explicar a la muchedumbre la presencia de Jesús en aquel tribunal, dejando bien claro que «él no veía en aquel hombre razones que justificaran dicha sentencia», formuló una segunda pregunta:

—¿A quién queréis que libere? ¿A Barrabás, el asesino, o a este Jesús de Galilea?

Por un instante, los cientos de hebreos quedaron atónitos. No se produjo una respuesta fulminante. Aquella gente, eso fue evidente, dudó.

Caifás y los saduceos se dieron cuenta del grave riesgo que suponía aquel silencio y, adelantándose hacia Pilato, gritaron con fuerza:

—¡Barrabás...! ¡Barrabás!

La iniciativa de los sanedritas tuvo un rápido eco. Desde diferentes puntos del atestado patio se levantaron otras voces, pertenecientes sin duda a los judíos sobornados, que clamaron también por la liberación del revolucionario. Y en cuestión de segundos, la masa entera imitó a los sacerdotes, uniéndose al coro de Caifás.

Fue inútil que Juan Zebedeo se quebrara casi la garganta, gritando el nombre de su Maestro. Su voz quedó sepultada por un «¡Barrabás!» rotundo y generalizado, repetido una y otra vez hasta que el procurador, levantando los brazos, pidió silencio.

En los ojos de Poncio había una llamarada de odio hacia aquellos saduceos, flagrantes inductores de una masa amorfa e ignorante. Como dije, la irritación del procurador romano no tenía su origen en el hecho circunstancial de que aquel galileo pudiera ser o no sentenciado. Lo que le encolerizaba era, precisamente, que su decisión de poner en libertad al Maestro se viera olímpicamente despreciada por la casta sacerdotal.

Pero el error de Pilato, ofreciendo a Jesús como posible candidato a la liberación, aún era susceptible de rectificación. Y tomando nuevamente la palabra les recriminó su alevosa conducta:

—¿Cómo es posible escoger la vida de un asesino —dijo señalando directamente a Caifás— contra la de este galileo cuyo peor crimen es creerse rey de los judíos?

El resultado de aquellas palabras fue totalmente contrario a lo que podía esperar Pilato. Los jueces se mostraron sumamente ofendidos por lo que consideraron un insulto a su soberanía nacional, instigando a la muchedumbre a que clamara con mayor fuerza por la libertad del «zelota». Y así ocurrió. Aquellos hebreos, en su mayoría gente inculta, bataneros, cargadores, mendigos, peregrinos desocupados y, por supuesto, levitas libres de servicio en el templo, levantaron de nuevo sus voces, exigiendo a Barrabás.

Aquella súbita explosión popular hizo dudar al procurador, quien, acompañado de sus oficiales, se retiró a deliberar.

Ahora estoy convencido que si Poncio no hubiera mezclado al

Nazareno en aquella elección, seguramente no se habría visto comprometido ante los dignatarios sacerdotales.

Jesús, entretanto, permanecía tranquilo, de cara a la multitud. Aquellos minutos de espera —y los que siguieron— fueron decisivos para Caifás. Aprovechando la momentánea ausencia del procurador se las ingenió para que sus compañeros de complot se desparramaran entre los allí congregados, incitándoles sin cesar a pedir la suelta del popular Barrabás. Era triste y decepcionante observar a aquellas gentes, muchos de los cuales conocían y habían admirado las palabras y valor del Galileo «limpiando», por ejemplo, la explanada de los Gentiles del sacrílego comercio de los cambistas e intermediarios. En un instante y, sin el menor criterio personal, se habían vuelto contra el indefenso Jesús.

Poncio retornó a su silla y observó al gentío. Había apoyado los codos en los brazos del asiento, sosteniendo la cabeza sobre sus manos entrelazadas, en actitud reflexiva. Como medida de precaución, Civilis había dado la orden de que la puerta de la muralla fuera cerrada, desplegando varias unidades armadas en torno a la muchedumbre. Fue una lástima que los judíos no se percataran a tiempo de esta maniobra de los romanos. Conociendo como conocían la crueldad de Pilato, quizá al observar cómo eran sigilosamente cercados se hubieran preocupado más por su seguridad que por la liberación de nadie.

El comandante en jefe de la legión acababa de cursar órdenes precisas a sus legionarios. Si el orden se veía amenazado tenían autorización para desenvainar sus espadas.

Durante algunos minutos, el gobernador romano guardó silencio. La multitud le imitó, en espera de una decisión. Y en eso estábamos cuando uno de los sirvientes del pretorio apareció en la terraza, entregando una misiva lacrada a Civilis, al tiempo que le comunicaba algo. El centurión inspeccionó la pequeña hoja de pergamino y avanzó hacia la silla, sacando a Poncio de sus pensamientos. El procurador abrió la nota y, tras leerla detenidamente, se puso en pie. Caifás, los jueces y todos los allí reunidos quedamos intrigados. Poncio parecía dudar. Dio un par de cortos paseos por la terraza y, al fin, parándose ante la multitud, anunció que había recibido una carta de su esposa, Claudia Prócula, y que deseaba leerla en público. El viento le obligó a sujetar el pergamino con ambas manos. Y con voz clara y potente procedió a su lectura:

—Te ruego no intervengas para nada —decía la misiva— en la condena del hombre íntegro e inocente que se llama Jesús. Esta noche, durante mi sueño, he sufrido mucho por él.

Al conocer el contenido de la carta, José de Arimatea pareció alegrarse sobremanera. Aunque el anciano no llegó a confesármelo abiertamente, todos los indicios apuntaban hacia el importante hecho de que la esposa de Poncio conocía y aceptaba las enseñanzas del Maestro de Galilea (según pude entender, algunos de sus sirvientes formaban parte del primigenio grupo de seguidores de Jesús) (1).

(1) Aunque en el aquel primer «gran viaje» de Caballo de Troya no llegué a coincidir con Claudia Prócula o Procla, todas nuestras informaciones señalaban el origen de esta mujer como «distinguido» y, posiblemente,

Al principio, al notar la intensa mirada de Civilis, no asocié el texto de la misiva de Prócula con la aguda superstición que dominaba al procurador y con el augurio que yo me había atrevido a formular en presencia del centurión. Fue poco después, cuando nos dirigíamos al patio central de la fortaleza para asistir a la flagelación del Maestro, cuando el oficial-jefe recordó mis palabras sobre el extraño suceso celeste que yo había pronosticado para aquella mañana, vinculándolo al misterioso «sueño» de la mujer del procurador. Todo aquello, al parecer, había influido —y no poco— en Poncio. Quizá por ello, tras la lectura del mensaje de su esposa, el gobernador, con voz temblorosa, se dirigió nuevamente a la multitud, preguntándole:

—¿Por qué queréis crucificarle...? ¿Qué daño os ha causado?

Los sacerdotes percibieron inmediatamente la creciente debilidad del representante del César y se ensañaron con él, vociferando sin descanso:

—¡Crucifícale...! ¡Crucifícale...!

El paroxismo de los judíos llegó a tal extremo que la siguiente pregunta de Poncio apenas si fue oída:

—¿Quién quiere testimoniar contra él?

La muchedumbre sólo sabía repetir una única palabra:

—¡Crucifícale!

En vista de aquel tumulto, Civilis desenvainó su espada y, levantándola por encima de su casco, se dispuso a dar la señal para que sus hombres entraran en acción. Pero Pilato obligó al centurión a envainar su arma. Y agitando las palmas de sus manos pidió silencio. Poco a poco, aquellos fanáticos fueron recobrando la calma. Y el procurador, haciendo caso omiso de las anteriores peticiones del populacho, repitió su pregunta:

—Os pido una vez más que me digáis qué preso deseáis que liberemos en este día de Pascua.

La respuesta fue igualmente monolítica y contundente:

—¡Entréganos a Barrabás!

Pilato quedó silencioso y moviendo la cabeza en señal de desaprobación insistió:

—Si suelto a Barrabás, el asesino, ¿qué hago con Jesús?

Aquel nuevo signo de debilidad por parte del gobernador fue acogido con un brutal estallido de violencia. Y la palabra «¡Crucifícale!» se levantó como un trueno.

La turba, con los puños en alto, siguió clamando, cada vez con más fuerza:

—¡Crucifícale...! ¡Crucifícale...! ¡Crucifícale!

El vocerío impresionó tanto a Poncio que, asustado, se retiró de

---

entroncado —según Tácito— en la rama de los Próculos, pertenecientes como Poncio al orden ecuestre. Fueron muy conocidos Ticio Próculo, amigo de Sila; Cervario Próculo, que conspiró contra Nerón; Licinio Próculo, servidor de Otón y prefecto del Pretorio y Volusio Próculo, que mandó la flota de Mesina. Una de las tradiciones hacía a Prócula descendiente de los «Claudios», oriundos a su vez de las Galias, y quizá emparentada lejanamente con Tiberio. Si esto fuera cierto, quizá pudiera explicarse por qué Poncio Pilato fue desterrado a las Galias por Calígula después del fallecimiento de Tiberio. *(N. del m.)*

la terraza, perdiéndose en el interior de su residencia. Uno de los oficiales, siguiendo las instrucciones de Civilis, se apresuró a seguir al procurador. Y al rato, mientras la multitud, poseída por la idea de matar al Maestro, continuaba con su funesta petición de crucifixión, aquel centurión que había acudido en pos de Pilato reapareció en la entrada del pretorio, cursando una trágica orden a Civilis.

El centurión jefe asintió con la cabeza y alzando sus brazos en un gesto autoritario ordenó silencio. La multitud obedeció, consciente del poder y de la extrema dureza de aquel extranjero. Una vez hecho el silencio, Civilis pronunció unas breves pero dramáticas palabras, que helaron el corazón de José y Juan:

—La orden del procurador es ésta: el prisionero será azotado...

Y con el más absoluto de los desprecios giró sobre sus talones, haciendo un gesto a sus hombres para que condujeran al reo al interior del pretorio.

Sin pararme a pensarlo me lancé tras Civilis, uniéndome a la escolta que cruzaba ya el «hall» de la residencia.

Eran las diez y media de la mañana...

Aquella vez, Juan Zebedeo no acompañó al Maestro. Y me alegré profundamente. El espectáculo que estaba a punto de presenciar hubiera terminado con su decaída moral.

Giramos por la escalinata de la derecha, adentrándonos en un largo y húmedo pasadizo, apenas iluminado por algunas lámparas de aceite, cuyas llamas oscilaron al paso de la escolta.

El centurión, visiblemente disgustado por el curso que estaban tomando los acontecimientos, se lamentó de la debilidad del procurador. Si de él hubiera dependido, el proceso contra aquel galileo habría concluido sin contemplaciones...

—Entre este visionario y un «zelota» asesino —me aseguró mientras salvábamos los últimos metros del pasadizo—, Roma no hubiera dudado. Y mucho menos cuando ese manojo de serpientes tiene el atrevimiento de desafiar la autoridad del César...

Al salir de aquel túnel reconocí en seguida el patio porticado que había cruzado en la mañana del miércoles, cuando José y yo nos disponíamos a entrevistarnos con Poncio. Desde el «hall» del Pretorio podía accederse, por tanto, al mencionado patio y al túnel abovedado de la entrada oeste de la fortaleza, recorriendo simplemente aquel pasadizo de cincuenta escasos metros. La salida se hallaba exactamente en la esquina nororiental del patio, a la derecha de las escaleras de mármol que llevaban al despacho oval de Pilato.

Siguiendo, al parecer, una costumbre harto frecuente, los soldados llegaron al centro del patio, deteniéndose junto a la fuente circular de la diosa Roma. El centurión advirtió que retiraran los caballos que estaban siendo cepillados y, mientras los jinetes procedían a desatar las riendas, varias decenas de legionarios libres de servicio fueron aproximándose. La noticia de la inminente flagelación de aquel judío —que se autocalificaba como «rey» de los hebreos— se había extendido rápidamente entre la guarnición, que, lógicamente, no quiso perderse el acontecimiento.

Civilis me sugirió que me apartase.

—Poncio quiere un castigo... especial —añadió el centurión con una sarcástica sonrisa—. ¡Y por Zeus que lo va a tener!

Las palabras del oficial me hicieron temblar. Miré a Jesús, pero el gigante seguía ausente e inmóvil, con los ojos fijos en el chorro de agua que saltaba de la pequeña esfera que sostenía la diosa en su mano izquierda.

Los cascos de los caballos, alejándose hacia una de las esquinas del recinto, marcaron el principio de aquella tortura. De entre los legionarios se habían destacado dos, especialmente fornidos. Ambos sostenían en sus manos sendos *flagrum* o látigos cortos, formados por mangos de cuero y metal de apenas 30 centímetros de longitud. De uno de ellos partían tres correas de unos 40 o 50 centímetros cada una, armadas en sus extremos de sendos pares de astrágalos *(tali)* o tabas de carnero. El otro verdugo acariciaba los anillos de hierro de su *plumbata,* del que salían dos tiras de cuero, provistas de un par de bolitas de metal (posiblemente plomo) en cada punta.

A una señal del oficial en jefe, dos de los soldados de la escolta situaron al Maestro frente a uno de los cuatro mojones o pequeñas mugas de cuarenta centímetros de altura, que rodeaban la fuente y que eran utilizados para amarrar las riendas de las caballerías.

Uno de los legionarios intentó soltar las ligaduras de las muñecas, pero habían sido dispuestas de tal forma que, tras varios e inútiles intentos, tuvo que echar mano de su espada, cortándolas de un tajo. Después de casi ocho horas con los brazos atados a la espalda, las manos de Jesús aparecían tumefactas y con un tinte violáceo.

Una vez desatado, los legionarios le desposeyeron del manto púrpura que había amarrado Herodes Antipas en torno a su cuello, retirando a continuación su amplio ropón. Con la misma violencia le despojaron de la túnica. Las ropas del Maestro cayeron sobre uno de los charcos de orín de las caballerías. Por último, le desataron las sandalias, descalzándole.

Y acto seguido, el mismo soldado que había cortado las ligaduras se colocó frente al prisionero, anudando sus muñecas por delante con los restos de la maroma que acababa de sajar.

Jesús, con una total y absoluta docilidad, se dejó hacer. Su cuerpo había empezado a sudar. Aquella reacción de su organismo me puso en alerta. La temperatura ambiente no era, ni mucho menos, tan alta como para provocar aquella súbita transpiración. Di un pequeño rodeo a la fuente, situándome frente a él y comprobé, efectivamente, cómo su rostro, cuello y costados habían empezado a humedecerse. En ese momento lamenté no haberme encajado las lentes de visión infrarroja. A juzgar por las cada vez más aceleradas pulsaciones de sus arterias carótidas y por las sucesivas y profundas inspiraciones que estaba practicando, el rabí había empezado a experimentar una nueva elevación de su tono cardíaco.

El Nazareno era perfectamente consciente de lo que le aguardaba y su organismo reaccionó como el de cualquier individuo.

De un tirón, el legionario le obligó a inclinarse hacia el mojón de piedra, procediendo a sujetar la cuerda en la argolla metálica que coronaba la pequeña columna. La gran altura del Galileo y lo reducido del mojón le obligaron desde un primer momento a separar las piernas, adoptando una postura muy forzada. Los cabellos habían caído sobre su rostro, ocultando sus facciones por completo. Por un lado me alegré de no poder ver su cara...

El sudor se fue haciendo más intenso, convirtiendo sus anchas espaldas y torso en una superficie brillante.

De pronto, uno de los sayones se adelantó y agarrando el taparrabo de Jesús se lo arrebató con un golpe brusco, dejándole totalmente desnudo.

La rotura de las cintas que sujetaban el taparrabo provocó un súbito e intenso dolor en los genitales de Jesús. Su cuerpo se estremeció y sus rodillas se doblaron por primera vez.

Al verle desnudo, los legionarios estallaron en una carcajada general. Pero las burlas de la soldadesca fueron zanjadas por la llegada de Poncio. Y sin más preámbulos, el procurador ordenó a los verdugos que procedieran. En mitad de un silencio expectante, el legionario más alto, situado a la derecha del Maestro, levantó su *flagrum* de triple cola, lanzando un terrorífico latigazo sobre la espalda de Jesús, al tiempo que cantaba el primero de los golpes:

—¡Unus!

La descarga fue tan brutal que las rodillas del reo se doblaron, clavándose en el enlosado de caliza con un sonido seco. Pero, en un movimiento reflejo, el Galileo volvió a incorporarse, al tiempo que el segundo verdugo descargaba un nuevo golpe con su bífido *flagrum*.

—¡Duo...!

—¡Tres...!

—¡Quattour...!

Aquellos soldados, consumados profesionales, manejaban los látigos haciendo girar simplemente sus muñecas. De esta forma, las correas se rizaban, consiguiendo un máximo efecto con un mínimo de esfuerzo.

—¡Quinque!

El entrechocar de los huesecillos y de las bolas de metal fueron el único sonido perceptible durante los primeros minutos. Jesús, totalmente encorvado, no había dejado escapar aún un solo gemido. Los astrágalos y las piezas de plomo caían sobre la espalda, arrastrando en cada retirada algunas porciones de piel. Desde el primer latigazo, varios regueros de sangre habían empezado a correr por el cuerpo, deslizándose hacia los costados y goteando sobre el pavimento.

Tal y como sospechaba, después del fenómeno del sudor sanguinolento, la piel del Maestro había quedado en un estado de extrema fragilidad. Y aquella lluvia de golpes múltiples no tardó en abrirla, convirtiendo los hombros, espalda y cintura en una carnicería. Poco a poco, a cada silbido del «flagrum», las tabas y bolas penetraban en la piel, provocando su ablación o separación, desgarrando los tejidos musculares y arrastrando vasos y nervios.

—¡Triginta!

Al llegar al golpe número treinta, el reo se desplomó, manteniéndose de rodillas y con los dedos fuertemente sujetos al aro de metal de la columna.

La espalda, hombros y zonas lumbares aparecían ya encharcadas en sangre, con un sinfín de hematomas, azulados y gruesos como huevos de gallina. Las correas, por su parte, habían ido dibujando decenas de estrías —similares a arañazos— de una tonalidad vinosa. La presencia de aquella multitud de hematomas —algunos de los cuales habían empezado a estallar—, me hizo sospechar que el dolor que soportó Jesús de Nazaret en aquellos primeros minutos tuvo que ser de auténtico paroxismo.

Pero, afortunadamente para él, los golpes, descargados con tanta saña como precisión, fueron abriendo muchos de los hematomas, convirtiendo la espalda en un río de sangre y, consecuentemente, disminuyendo el dolor en cierta medida.

—¡Quadraginta!

El latigazo número cuarenta llegó a los cuatro o cinco minutos de haberse iniciado el suplicio. Pero, lejos de estremecerse, como había ocurrido con los anteriores golpes, el cuerpo del Nazareno no reaccionó. Civilis levantó su vara de vid, interrumpiendo la flagelación. Y uno de los sudorosos verdugos se echó sobre el reo, tirando de sus cabellos. Tras comprobar que se hallaba inerme, soltó la cabeza, que cayó desmayada entre el hueco de los brazos.

El centurión apremió a sus hombres. Uno de los legionarios llenó un cubo con el agua de la fuente, arrojándolo sobre la nuca del Nazareno. Al contacto con el líquido, la cabeza de Jesús se movió ligeramente, mientras parte de la sangre escurría hasta el suelo, arrastrada por el agua.

Desde hacía rato, la columna, una amplia franja de la pared circular de la fuente y los rostros, brazos y túnicas de los verdugos aparecían teñidos de rojo. La hemorragia, generalizada ya en espalda y zona de riñones, había empezado a ser preocupante.

Aunque el suplicio había sido detenido en el golpe número 40, coincidiendo así casualmente con la fórmula judía de flagelación (1), la intención de Pilato —que seguía impasible y silencioso el desarrollo de la tortura— era que aquella masacre continuase.

Los verdugos aprovecharon el breve descanso para inclinarse sobre el estanque y refrescar sus caras, al tiempo que refregaban los brazos, tratando de limpiar los lamparones de sangre. Aunque los legionarios encargados del tormento conocían el latín, estoy casi seguro que —a tenor de sus barbas ralas y abundantes— eran mercenarios sirios o samaritanos. Generalmente, los romanos designaban a éstos cuando el condenado era un judío. El odio ancestral de aquéllos contra los hebreos les convertía en ejecutores ejemplares...

El Maestro había ido recobrándose. Uno de los verdugos le tomó entonces por las axilas, tirando de él hacia arriba. Pero el peso era excesivo y tuvo que pedir ayuda. Cuando, al fin, lograron incorporarlo, otro soldado —con un cazo de latón entre las manos— se situó

(1) La ley judía establecía para el castigo de la flagelación un total de 40 azotes menos uno. Así estaba escrito: «en número de cuarenta» (El añadido, según R. Yehudá, sería el cuarenta). El reo era azotado con las manos atadas a una columna. El servidor de la sinagoga le agarraba los vestidos y si se desgarraban, se desgarraban y si se destrozaban, se destrozaban, hasta que le quedaba el pecho descubierto. Tras él había colocada una piedra y sobre ella se subía el servidor de la sinagoga teniendo en su mano una correa de ternero. Ésta estaba primeramente doblada en dos y las dos en cuatro; otras dos correas subían y bajaban en ella. *(N. del m.)*

frente al destrozado Nazareno, mientras los sayones, sin ningún tipo de contemplaciones, jalaban de sus cabellos, obligando a Jesús a levantar el rostro. Y así lo mantuvieron hasta que el romano que portaba el cazo vació el contenido del mismo en la boca del Galileo. Al preguntar a Civilis de qué se trataba, me explicó que aquel cazo contenía agua con sal.

Por supuesto, el ejército romano conocía muy bien los graves problemas que podían derivarse de un castigo como aquél. En especial, el referido a la deshidratación. Aunque Jesús había sido obligado en la sede del Sanedrín a ingerir una considerable cantidad de agua, sus profusas sudoraciones en el huerto de Getsemaní y ahora, durante la flagelación, unidas a las importantes hemorragias que llevaba experimentadas tenían que haber mermado sus reservas o balance hídrico corporal, tanto intracelular como extracelular. Aquella agua con sal, por tanto, constituía un refuerzo decisivo, si es que Poncio deseaba realmente que el prisionero no muriese durante los azotes. (También existía el peligro de que la excesiva concentración de cloruro sódico en el agua —lo ideal hubiera sido una proporción del 0,85 por 100— pudiera acarrear la aparición de edemas o hinchazones blandas en diversas partes del cuerpo.)

Pero, tal y como había sentenciado Civilis, las pretensiones del procurador eran machacar hasta el límite al reo, de tal forma que su lamentable estado pudiera satisfacer y conmover los agresivos ánimos de los saduceos.

Así que, una vez apurado el contenido del cazo, el centurión levantó su bastón y los legionarios recogieron los *flagrum*, prosiguiendo el castigo.

—¡Unus!

Aquel nuevo golpe y los que siguieron fueron dirigidos especialmente a los muslos, piernas, nalgas, vientre y parte de los brazos y pecho. La espalda y cintura quedaron en esta ocasión al margen.

Las descargas de las correas, enroscándose en las piernas del Maestro, obligaron a éste a una suprema contracción de los paquetes musculares, en especial de los situados en las caras posteriores de los muslos, que quedaron así sujetos a una mayor vulnerabilidad. Muy pronto, la piel fue abriéndose, provocando una hemorragia mucho más intensa que la de la espalda.

—¡Decem!

En un titánico esfuerzo por soportar el dolor, Jesús de Nazaret se había aferrado a la argolla de la columna, levantando el rostro hasta donde le era posible. Los músculos de su cuello, tensos como la cuerda de un arco, contrastaban con las fosas supraclaviculares, inundadas por un sudor frío que chorreaba sin cesar y que iba destiñendo el rojo encendido de la sangre.

—«¡Duo-de-viginti!

El verdugo cantó el golpe número 18, lanzando su látigo sobre el pecho del reo. Y una de las parejas de huesecillos de carnero debió herir el pezón izquierdo de Jesús. El intentísimo dolor provocó un vertiginoso movimiento reflejo y el gigante se incorporó con todas sus fuerzas, al tiempo que sus dientes —sólidamente apretados unos contra otros— se abrían, emitiendo un desgarrador gemido. Era el primer lamento del rabí.

El tirón fue tan súbito y potente que las cuerdas que le sujetaban a la argolla se rompieron y el cuerpo del Maestro se precipitó hacia atrás violentamente. Aquello pilló desprevenidos a los verdugos y al resto de la tropa, que retrocedieron asustados.

El Nazareno cayó pesadamente sobre sus espaldas, resbalando sobre el enlosado y dejando un ancho reguero de sangre. Cuando los legionarios se precipitaron sobre él, levantándole pesadamente, la respiración de Jesús se había hecho sumamente agitada.

Yo aproveché aquel momento de confusión para ajustarme las «crótalos» e iniciar una exhaustiva exploración de los destrozos ocasionados por la flagelación. Pulsé el clavo de los ultrasonidos a su posición más profunda (7,5 MHZ o megaerz) y me dispuse a rastrear, en primer lugar, los tejidos superficiales.

Los soldados habían arrastrado al reo hasta la pequeña columna, sujetándolo nuevamente a la argolla. Y los verdugos reanudaron los azotes, sumamente irritados por aquel contratiempo.

Los golpes, cada vez más implacables, fueron humillando poco a poco el cuerpo del Maestro, que terminó por doblar las rodillas, mientras sus dedos, chorreando sangre, se crispaban por el dolor. A cada latigazo, Jesús había empezado a responder con un corto y apagado gemido.

Una vez «traducidas» las ondas ultrasónicas a imágenes, el resultado de la flagelación apareció ante nosotros en todo su dramatismo. Los verdugos, consumados «especialistas», sabían muy bien qué zonas podían tocar y cuáles no. Desde un primer momento nos llamó la atención el hecho increíble de que ninguna de las costillas hubiera sido fracturada. La precisión de los latigazos, en cambio, había ido abriendo los costados de Jesús, hasta dejar al descubierto las bandas fibrosas o aponeurosis de los músculos serratos. El dolor al lastimar estas últimas protecciones de las costillas tuvo que alcanzar umbrales difíciles de imaginar. En opinión de los expertos de Caballo de Troya, superiores, incluso, a los 22 «JND» (1).

Por supuesto, amplias áreas de los músculos de la espalda —dorsales, infraespinosos y deltoides— aparecieron rasgadas y sembradas de hematomas que, al no reventar, tensaron extraordinariamente lo que le quedaba de piel, multiplicando la sensación de dolor.

En aquel examen de los tejidos superficiales, los investigadores quedaron sobrecogidos al comprobar cómo los legionarios habían elegido las zonas más dolorosas, pero menos comprometidas, de cara a una posible parada cardíaca, que hubiera fulminado quizá al Nazareno. Eligieron principalmente las partes delanteras de los muslos, pectorales y zonas internas de los músculos, evitando corazón, hígado, páncreas, bazo y arterias principales, como las del cuello.

Al cambiar la frecuencia de los ultrasonidos, pasando a 3,5 MHZ, el análisis de los órganos internos puso de manifiesto, desde el pri-

(1) Un aumento en la intensidad de un estímulo que origina una diferencia perceptible en el grado de dolor recibe la designación de «diferencia apenas perceptible» o «just noticeable difference» (JND). Aplicando todas las intensidades de estímulos entre el nivel en que no hay dolor y el nivel del dolor más intenso se ha comprobado que el paciente medio puede distinguir unos 22 «JND». *(N. del m.)*

mer momento, una considerable pérdida de sangre. La volemia de Jesús (o volumen total de sangre) fue fijado entre seis y seis litros y medio. Pues bien, después del durísimo castigo de la flagelación, esa volemia había descendido en un 27 por 100. Eso significaba que el Galileo había derramado en total, desde los ultrajes en la sede del Sanedrín, alrededor de 1,6 litros de sangre. Una cantidad importante, aunque no lo suficiente como para alterar de forma definitiva —física y psíquicamente— a una persona normal. Y una prueba de ello es que Jesús de Nazaret aún tuvo fuerzas y claridad de mente para responder a las preguntas que se le formularon después de los azotes. Sin embargo, aquel derrame circulatorio tuvo que provocar en él una creciente angustia, palpitaciones esporádicas, debilidad y, sobre todo, una sed sofocante.

En cuanto a su frecuencia cardíaca, las oscilaciones fueron continuas. En algunos de los golpes —especialmente en uno de los últimos, que caería directamente sobre los testículos—, el pico alcanzó las 170 pulsaciones por minuto, cayendo rápidamente a 90 y provocando el segundo desvanecimiento.

La tensión arterial, por la intensa descarga de adrenalina, se elevó también algunos momentos hasta 210 mm H_2O de máxima, si bien luego el progresivo agotamiento de la adrenalina fue dando lugar a un dominio del sistema vago y su intermediario, la acetilcolina, que se acompañó de un descenso de la tensión arterial que ya al final del suplicio se tradujo en un casi total estado de postración.

El análisis del torrente sanguíneo nos permitió también la confirmación de un hecho que resultaba evidente: el sucesivo aumento de los índices de sodio, cloro y de la presión osmótica eran señales inequívocas de la importante deshidratación que había empezado a experimentar el organismo del Hijo del Hombre.

—¡Quadraginta!

El golpe 40, que en realidad hacía el número 80, si tenemos en cuenta los 40 primeros, cayó sobre un hombre prácticamente derrotado. El Maestro, con el cuerpo deformado por los hematomas y materialmente bañado en sangre, apenas si se movía. Sus imperceptibles lamentos se habían ido apagando y sólo resonaba ya en el patio el chasquido de los látigos al clavarse en su carne y el cada vez más agitado resoplar de los verdugos, visiblemente agotados.

Hacía tiempo que el Nazareno se había hecho prácticamente un ovillo, con la cabeza y parte del tórax reclinados sobre los brazos, en posición fetal. Los golpes, cada vez más lentos y espaciados, seguían desgarrando sus nalgas, vientre, costados y zonas laterales de las piernas, hiriendo, incluso, las plantas de los pies.

Algunos de los legionarios, aburridos o conmovidos por aquella salvaje paliza, habían empezado a abandonar el lugar, ocupándose en sus quehaceres habituales.

Civilis, que venía observando el progresivo agotamiento de los verdugos, dirigió una significativa mirada a Lucilio, el gigantesco centurión que yo había visto en el apaleamiento del soldado romano. El de Pannonia comprendió las intenciones del *primus prior* y, abriéndose paso a empujones entre los miembros de la cohorte, levantó su brazo capturando al vuelo el *flagrum* del legionario situado a la derecha del Maestro, cuando aquél se disponía a descargar un nuevo golpe.

La súbita presencia de aquella torre humana, empuñando el látigo de triple cola, fue suficiente para que ambos verdugos se retiraran, dejándose caer —casi sin respiración— sobre las losas del patio.

Y la soldadesca, conocedora de la fuerza y crueldad del oficial, guardó silencio, pendiente de todos y cada uno de los movimientos de aquel oso.

Lucilio acarició las correas, limpiando la sangre con sus dedos. Después, colocándose a un metro del costado izquierdo del prisionero, levantó su brazo derecho, lanzando un preciso y feroz latigazo sobre la parte baja de las nalgas de Jesús. El zurriagazo debió tocar el coxis y el afilado dolor reactivó el sistema nervioso del rabí, que llegó a incorporarse durante algunos segundos. Pero, en medio de grandes temblores, sus músculos fallaron, hincándose de rodillas.

Los legionarios acogieron aquel estudiado ataque con una exclamación que iría repitiéndose a cada latigazo:

—*¡Cedo alteram!*

Un segundo golpe, dirigido esta vez a la corva izquierda, hizo gemir al Maestro, al tiempo que la soldadesca repetía entusiasmada:

—*¡Cedo alteram!*

El tercer, cuarto y quinto latigazos cayeron sobre los riñones...

—*¡Cedo alteram...! ¡Cedo alteram...! ¡Cedo alteram...!*

La violencia de Lucilio era tal que los astrágalos de carnero quedaban incrustados en la carne, provocando en cada golpe una copiosa hemorragia.

—*¡Cedo alteram...! ¡Cedo alteram...!*

Las descargas sexta y séptima se centraron en cada uno de los pabellones auditivos de Jesús. Y casi instantáneamente, por ambos lados del cuello corrieron unos gruesos goterones de sangre. El Maestro inclinó su cabeza sobre el aro de metal y el centurión buscó el costado derecho, vaciando toda su furia sobre el ombligo de Cristo.

—*¡Cedo alteram!*

El salvaje impacto sobre el vientre del reo afectó decisivamente a su ya castigado diafragma, cortando prácticamente su penosa respiración. Aquel, probablemente, fue uno de los momentos más delicados del castigo. Durante unos segundos que me parecieron interminables, la caja torácica del Galileo permaneció inmóvil. Pero, al fin, los músculos intercostales reaccionaron, aliviando la tensión pulmonar.

—*¡Cedo alteram!*

El noveno latigazo, propinado por el coloso en el desgarrado costado derecho de Jesús —y pienso que lanzado con toda intención sobre los abiertos músculos serratos para disparar así la congelada respiración del reo— emitió un sonido hueco; como si las tabas hubieran golpeado directamente sobre las costillas.

El ímpetu del oficial, que había empezado a sudar copiosamente por su frente, fue tal que el cuerpo del Nazareno se desequilibró, cayendo sobre el lado izquierdo.

Es muy posible que en aquellos instantes, otro dolor —difuminado por el atroz calvario de la flagelación— estuviera golpeando el organismo del Galileo. Me refiero a la vejiga urinaria de Jesús. Su rebosamiento debía ser tal que, involuntariamente, los esfínteres de los uréteres se abrieron, provocando una abundante micción. (Aproximadamente, a juzgar por el tiempo que duró el derrame urinario, la vejiga debía albergar entre 350 y 400 centímetros cúbicos.) Por fortuna, la orina —aunque sumamente amarilla— no arrastraba sangre.

Pero aquella descarga involuntaria de orina sólo sirvió para provocar las risotadas de los romanos y un ataque mucho más violento de ira en Lucilio, que tomó aquel gesto como un insulto personal.

Y levantando el látigo, lo dirigió con rabia hacia los testículos del Maestro. Una de las puntas del *flagrum* tocó la piel del escroto y las otras dos cayeron sobre la bolsa testicular.

Jesús reaccionó ante el lacerante golpe encogiéndose, al tiempo que sus pulsaciones se aceleraban y un gemido desgarrador se confundía con el último: *¡Cedo alteram!*

Inmediatamente, su pulso bajó a 90 y el Maestro, palideciendo, perdió el conocimiento.

Civilis levantó su vara nuevamente, ordenando a los soldados que inspeccionaran al reo. Después, aproximándose al procurador, le pidió instrucciones. ¿Debía continuar el castigo?

Y antes de que Poncio tomara una decisión, el brutal Lucilio insinuó al gobernador que, dada la situación del prisionero, lo mejor sería rematarle allí mismo.

Pilato dirigió su mirada al cuerpo agarrotado y sanguinolento del rabí, dudando. Y el oficial que había ejecutado aquella última parte de la flagelación echó mano de su espada, convencido de que el buen sentido de Poncio se inclinaría por la solución que acababa de proponer. Pero el agua que había sido baldeada nuevamente sobre la cabeza y nuca del prisionero estimuló el precario estado de Jesús, que, lentamente, fue recobrando el sentido.

Aquella progresiva recuperación del Nazareno inclinó a Pilato a seguir con su plan y antes de retirarse del patio porticado indicó a Civilis que atendiera al galileo, llevándole a su presencia en cuanto fuera posible.

Eran las once de la mañana. Los legionarios soltaron las cuerdas y a duras penas apoyaron la espalda del prisionero contra la columna que había servido para la flagelación. Uno de los soldados se colocó en cuclillas por detrás del mojón, procurando sostener por los hombros el maltrecho cuerpo de Jesús. El gigante, con las piernas extendidas sobre el pavimento, respiraba aún con dificultades, acusando con esporádicos estremecimientos el sinfín de puntos dolorosos. Aquellos temblores fueron haciéndose cada vez más intensos y continuados y temí que la fiebre hubiera hecho presa en el Maestro. No me equivocaba...

Otro legionario, siempre bajo la atenta vigilancia de Civilis, acercó un segundo cazo a los labios del rabí, obligándole a beber una nueva dosis de agua con sal.

Algunas de las heridas habían empezado a coagular y muchos de los reguerillos comenzaron a secarse. Las brechas de los costados, sin embargo, seguían manando sangre, que caía a intervalos sobre las losas, impulsada por cada uno de los movimientos respiratorios, cada vez más cortos y rápidos.

El centurión movió la cabeza en señal de desaprobación. No hacía falta ser médico para darse cuenta que el castigo había sido tan desproporcionado como para temer por la vida del reo.

Y antes de que fuera demasiado tarde, desconecté el sistema ultrasónico, pulsando el segundo clavo. Al activarlo, el minicomputador alojado en la «vara de Moisés» dio paso al flujo de rayos infrarrojos, dispuestos para los análisis de tele-termografía dinámica (1).

(1) La detección de la temperatura cutánea a distancia —base de nuestras experiencias de tele-termografía— se realizaron gracias a la propiedad de la piel humana, capaz de comportarse como un emisor natural de radiación infrarroja o «RI». Tal y como se sabe por la fórmula de la ley de Stephan-Boltzmann (W = ε JT4), la emisión es proporcional a la temperatura cutánea, y debido a que T se halla elevada a la cuarta potencia, pequeñas variaciones en su valor provocan aumentos o disminuciones marcados en la emisión infrarroja. (W: energía emitida por unidad de superficie; ε.: factor de emisión del cuerpo considerado; J: constante de Stephan-Boltzmann y T: temperatura absoluta.)

En numerosas experiencias, iniciadas por Hardy en 1934, se había podido comprobar que la piel humana se comporta como un emisor infrarrojo, similar al «cuerpo negro» y, en consecuencia, no emite radiación infrarroja reflejada del entorno. (Este espectro de radiación infrarroja emitido por la piel humana es amplio, con un pico máximo de intensidad fijado en 9,6 μ.)

Nuestro dispositivo de tele-termografía consistía, por tanto, en un aparato capaz de detectar a distancia mínimas intensidades de radiación infrarroja. Básicamente constaba de un sistema óptico que focalizaba la «RI» sobre un detector. Éste se hallaba formado por sustancias semiconductoras (principalmente SbIn y Ge-Hg) capaces de emitir una mínima señal eléctrica cada vez que un fotón infrarrojo de un intervalo de longitudes de onda determinado incidía en su superficie. Y aunque el detector era de tipo «puntual» —capaz de detectar la «RI» procedente de un único punto geométrico—, Caballo de Troya había logrado ampliar su radio de acción mediante un complejo sistema de barrido, formado por miniespejos rotatorios y oscilantes. La alta velocidad del barrido permitía analizar la totalidad del cuerpo de Jesús varias veces por segundo. Esto, a su vez, posibilitaba la obtención de imágenes dinámicas (de ahí el nombre de tele-termografía dinámica). Seguidamente a la emisión, la señal eléctrica correspondiente a la presencia de fotones infrarrojos era amplificada y filtrada, siendo conducida posteriormente a un osciloscopio miniaturizado. En él, gracias al alto voltaje existente y a un barrido sincrónico con el del detector, se obtenía la imagen correspondiente, que quedaba almacenada en la memoria de cristal de titanio del ordenador. Por supuesto, nuestro tele-termógrafo disponía de una escala de sensibilidad térmica (0,1 0,2 o 0,5 grados centígrados, etc.) y de una serie de dispositivos técnicos adicionales que facilitaban la medida de gradientes térmicos diferenciales entre zonas del termograma (isotermas, análisis lineal, etc.).

Las imágenes así obtenidas podían ser de dos tipos:

En escala de grises, muy adecuadas para el estudio morfológico de los vasos.

Y en escala de color, entre ocho y dieciséis colores, muy útil para efectuar mediciones térmicas diferenciales con precisión.

Ambos sistemas, naturalmente, podían ser usados de forma complementaria. Caballo de Troya, después de numerosas pruebas, seleccionó los equipos AGA-661, así como una asociación del Barnes-Pyroscan y los del sistema CSF-IR-815 como los más adecuados para nuestra misión. *(N. del m.)*

Como ya señalé anteriormente, las «crótalos», o lentes especiales de contacto, me permitían dirigir el sistema de tele-termografía hacia las áreas deseadas, pudiendo ordenar así el cúmulo de exploraciones.

Las imágenes obtenidas por este procedimiento fueron sencillamente dramáticas. La mayor parte del cuerpo de Jesús, bañado con sangre venosa, ofrecía una tonalidad roja-parduzca, mientras los hematomas (mucho más calientes) arrojaron un color azul intenso.

El rastreo nos permitió observar cómo la red arterial principal no había sido dañada, aunque la vascularización cutánea y el sistema venoso superficial (especialmente en extensas zonas dorsales) presentaban numerosos destrozos. Según los médicos del proyecto, en el supuesto de que el Maestro hubiera conservado la vida, su recuperación —con las técnicas y fórmulas de aquella época— se hubiera prolongado por espacio de más de tres meses.

El análisis de las retinas fue satisfactorio. El color amarillento-rojizo de las mismas vino a demostrarnos que la visión era correcta. No pudo decirse lo mismo de algunas de las articulaciones —en especial la de la pierna izquierda (hueco poplíteo) y las de los hombros—, seriamente afectadas por las bolas de plomo y los astrágalos de carnero. La temperatura dérmica de estas articulaciones, extraordinariamente inflamadas, había aumentado su temperatura hasta tres grados centígrados.

En cuanto a la alta temperatura general (oscilante entre los 39 y 40 grados), vino a ratificar mi impresión personal: Jesús había sido presa de la calentura, que ya no le abandonaría hasta el momento de la muerte.

El minucioso recorrido sobre el cuerpo del Galileo nos permitió distinguir, al menos, 225 puntos «calientes», correspondientes a otros tantos impactos, provocados por los *flagrum*. Las excoriaciones, hematomas y desgarros habían originado otras tantas áreas inflamatorias, generalmente circulares, que marcaban con su alta temperatura el trágico «mapa» de los azotes.

Esta fue la «guía» de la flagelación, pormenorizada por el ordenador central del módulo: espalda y hombros: 54 impactos; cintura y riñones: 29; vientre: 6; pecho: 14; pierna derecha (zona dorsal): 18; pierna izquierda (dorsal): 22; pierna derecha (zona frontal): 19; pierna izquierda (frontal): 11 impactos; brazo derecho (ambas caras): 20; brazo izquierdo (ambas caras): 14; oídos: un impacto en cada uno; testículos: 2 y nalgas: 14 impactos. A estos destrozos hubo que añadir un sinfín de estrías o «arañazos», producidos por las correas de los látigos. La inmensa mayoría de estas lesiones tenía una longitud de tres centímetros, con la típica forma de «pesas de gimnasia», ocasionadas por los «escorpiones» de las puntas: bolas de metal y tabas.

En síntesis, un castigo tan brutal que ninguno de los especialistas del proyecto llegó a comprender jamás cómo aquel hombre pudo resistirlo.

—¡Basta ya...! Ponedle en pie y vestidle.

La voz del oficial-jefe resonó cargada de impaciencia. Y mientras los infantes tiraban de Jesús, yo desconecté los circuitos de la «vara de Moisés», guardando las lentes de contacto.

Fue menester que dos legionarios apuntalaran el maltrecho cuerpo del Maestro al recuperar la posición vertical. Su extrema debilidad hizo que sus rodillas se doblasen, obligando a los soldados a sujetarle por las axilas. Otros romanos, a una orden de Civilis, acudieron en ayuda de sus compañeros, procurando que el prisionero no se desplomase sobre el enlosado.

Al ser izado, algunas de las heridas —especialmente las de los costados— volvieron a sangrar a borbotones y los riachuelos de sangre recorrieron rápidamente su vientre, ingles, muslos y piernas, hasta derramarse sobre las losas.

Alguien recogió sus ropas y, tras enfundarle la túnica, dispuso el manto sobre el hombro izquierdo, fajando después el tórax. El ropón quedó firmemente sujeto sobre el pecho y espalda de Jesús, de forma que, juntamente con la túnica, hicieron las veces de vendaje. Aquellos romanos sabían que aquél era un excelente procedimiento para taponar muchas de las brechas, cortando así parte de las hemorragias. Sentí un estremecimiento al imaginar lo que podía ocurrir en el momento en que el Galileo fuera desposeído de sus ropas. Si los coágulos quedaban encolados al tejido —como así debía ser—, la retirada de la túnica significaría un nuevo y doloroso suplicio, con la consiguiente apertura de las llagas.

La sangre empapó inmediatamente la túnica blanca, que comenzó a gotear por las mangas y por el borde interior. Y el esponjoso tejido se vio teñido con innumerables y anárquicos corros rojizos.

Los soldados obligaron al Nazareno a dar algunos pasos, pero, cuando apenas había arrastrado sus pies descalzos sobre el pavimento, las fuerzas le abandonaron, desmoronándose. La rápida intervención de los legionarios de Civilis evitó que cayera al suelo. El grupo interrogó al centurión con la mirada y éste, desalentado, indicó a sus hombres que le sentaran en uno de los bancos de madera del pórtico.

Civilis comprendió que, de momento, era inútil conducir al reo hasta la terraza donde debía esperar el procurador. Hubiera sido absolutamente necesario que varios infantes le acompañasen y sostuviesen.

Los temblores febriles seguían sacudiendo el cuerpo del Nazareno que, poco a poco, paso a paso, fue conducido por los romanos hasta uno de los asientos situado en el lado oriental del patio. Mientras, otros legionarios habían iniciado la limpieza del enlosado y de la columna sobre los que había tenido lugar la flagelación. Los caballos volvieron junto a la fuente y sus cuidadores siguieron cepillándoles y restregando los lomos con manojos de poleo, cuyo olor —según la creencia popular— mataba los piojos.

El centurión se quitó el casco y, tras meditar unos segundos, se alejó del pórtico, en dirección al túnel que llevaba al pretorio.

Debo señalar que, conforme observaba el renqueante caminar del Maestro, una visible cojera en la pierna izquierda me llevó a la conclusión de que el latigazo de Lucilio en plena corva había alterado la articulación de dicha rodilla. (Este extremo sería posteriormente ratificado, como ya indiqué, por el examen «tele-termográfico».)

Jesús fue sentado, al fin, sobre uno de los bancos. Y al hacerlo, un rictus de dolor se dibujó nuevamente en su rostro. Era muy posible que aquel gesto estuviera provocado por los golpes en el coxis o en los riñones. Al apoyarse en la madera, el hueso inferior de la columna y las zonas lumbares debieron acusar el contacto con el asiento y el respaldo, respectivamente.

Durante algunos minutos, la actitud de los legionarios fue tranquila; incluso, correcta. Dos siguieron junto al Nazareno, pendientes de su recuperación y el resto se dirigió a uno de los corrillos que vociferaba desde una de las esquinas del patio. Al ver que el Maestro se encontraba algo más tranquilo no pude resistir la tentación y me aproximé también al círculo de legionarios que, sentados o en cuclillas, centraban su atención en una de las losas del pavimento.

Al asomarse por encima de las cabezas de los soldados comprobé que se trataba de un juego (una especie de «tres en raya», descrito ya por Plutarco). Usando sus espadas, los miembros de la guarnición habían trazado un círculo sobre una de aquellas losas, grabando también en el interior de dicho círculo una serie de toscas figuras y letras. Pude distinguir una «B» —que servía, al parecer, para la llamada «jugada del Rey» o de «Basileus», en griego— y una corona real. Todas estas figuras aparecían separadas unas de otras mediante una línea que zigzagueaba por el interior del círculo. Los participantes utilizaban cuatro tabas, previamente marcadas con letras y cifras, que eran lanzadas sobre el círculo, cantando las diferentes jugadas, según las figuras o letras donde acertaran a caer.

El juego fue animándose paulatinamente y varios de los legionarios cantaron jugadas como la de «Alejandro», «Darío» y el «Efebo».

Por último, uno de los jugadores tuvo la fortuna de que uno de sus huesecillos fuera a rodar hasta la corona, gritando la «jugada del rey», que equivalía a nuestro «jaque mate» y, por tanto, al final del entretenimiento.

Los soldados recogieron las tabas y el que había ganado, influido seguramente por aquel último golpe de suerte, reparó en el Galileo, animando a sus colegas a proseguir el juego, «pero esta vez con un rey de verdad...» La idea fue acogida con entusiasmo y el grupo se dirigió hacia el banco, dispuesto a divertirse a costa del que se había autoproclamado «rey de los malditos y odiados hebreos».

La ausencia de Civilis hizo dudar a los que custodiaban a Jesús pero pronto se unieron a las chanzas y groserías de sus compañeros.

De pronto, aquella decena de legionarios aburridos y desocupados se hizo a un lado, dando paso a otros dos infantes.

Con aire marcial y conteniendo la risa, aquellos dos soldados fueron aproximándose al Nazareno, que había vuelto a inclinar la cabeza, soportando con su habitual mutismo aquel nuevo y amargo trance.

Uno de los que había comenzado a desfilar hacia el prisionero traía en sus manos lo que, en un primer momento, me pareció una cesta de mimbre al revés. Pero cuando llegó a la altura del Galileo comprendí. No se trataba de una cesta, sino de un complicado «yelmo», trenzado a base de zarzas espinosas. Tenía forma de media naranja, con un aro o soporte en su base, formado por un manojo de juncos verdes, perfectamente ligados por otras fibras igualmente de junco.

Según pude apreciar, el casquete espinoso había sido entretejido con media docena de ramas muy flexibles, en las que apuntaba un terrorífico enjambre de púas rectas y en forma de «pico de loro», con dimensiones que oscilaban entre los 20 milímetros y los 6 centímetros, aproximadamente (1).

Estaba claro que, mientras el grueso de los legionarios centraba sus burlas en Jesús, aquellos dos individuos habían entrado en alguno de los almacenes de leña de la fortaleza, ocupándose en la siniestra idea de trenzar una «corona» para el «rey de los judíos».

La ocurrencia fue recibida con aplausos y risotadas. Y el que portaba aquel peligroso «casco» de delgadas y parduzcas ramas se inclinó, simulando una reverencia. Después levantó la «corona» a medio metro sobre el cráneo del Maestro, bajándola violentamente e incrustándola en la cabeza del rabí. Un alarido de satisfacción se escapó de las gargantas de la soldadesca, ahogando el gemido de Jesús, que, al contacto con las espinas, levantó la cabeza, golpeándose involuntariamente la región occipital contra el muro sobre el que se hallaba adosado el banco. Aquel encontronazo con la pared debió hundir aún más las púas situadas en la zona posterior del cráneo.

El «yelmo», brutalmente encajado, cubrió casi la totalidad de la cabeza del reo. El aro sobre el que se sustentaba la red espinosa quedó a la altura de la punta de la nariz, dificultando, incluso, la visión del Maestro.

El agudo dolor de las 20 o 30 espinas que perforaron el cuero cabelludo, frente, sienes, orejas y parte de las mejillas conmocionó de nuevo al Hijo del Hombre, quien, con los ojos cerrados en un

(1) En un primer examen ocular, creí identificar aquellas zarzas con las plantas denominadas *Poterium spinosum*, muy común en Palestina y usada habitualmente como provisión para el fuego. Ello ratificaba la hipótesis del doctor Ha Reubeni, director del Museo Botánico de la Universidad Hebrea de Jerusalén, descalificando otras muchas teorías sobre el posible origen de la planta utilizada para el trenzado del «casco» de espinas. (La más conocida y popular señalaba al «ziziphus» o *Spina Christi (Palinurus Aculeatus)* como la zarza utilizada en esta «coronación». *(N. del m.)*

movimiento reflejo de protección, permaneció durante varios segundos con la boca entreabierta, intentando inhalar un máximo de aire.

Al ver aparecer seis copiosos regueros de sangre por su frente y sienes temí que aquellas púas hubieran perforado la vena facial (que discurre desde la barbilla a la zona ocular). Me aproximé cuanto pude al rostro, pero no llegué a distinguir espina alguna clavada en el sector que cruza dicha vena. Otras, en cambio, habían perforado la frente y región malar derecha. Una de aquellas púas, en forma de gancho, había penetrado a escasos centímetros de la ceja izquierda (en el músculo orbicular), dando lugar a una intensa hemorragia, que cubrió rápidamente el arco superciliar, inundando de sangre el ojo, mejilla y barba.

La profusa emisión de sangre indicaba que las espinas habían afectado gravemente la aponeurosis epicraneal (situada inmediatamente debajo del cuero cabelludo). La retracción de los vasos rotos por las espinas en esta área —extremadamente vascularizada— se hizo notar, como digo, de inmediato. La sangre comenzó a fluir en abundancia, goteando sin cesar desde la barba al pecho.

Pero los soldados, no contentos con este bárbaro atentado, fueron en busca del manto púrpura que había quedado sobre el enlosado, echándoselo sobre los hombros. Otro de los legionarios puso una caña entre sus manos y arrodillándose exclamó entre el regocijo general:

—¡Salve, rey de los judíos!

Las reverencias, imprecaciones, salivazos y patadas en las espinillas del Nazareno menudearon entre aquella chusma, cada vez más divertida con sus ultrajes. Uno de los soldados pidió paso y colocando sus nalgas a escasos centímetros del rostro de Jesús se levantó la túnica, comenzando a ventosear con gran estrépito, provocando nuevas e hirientes risotadas.

El jolgorio de la soldadesca se vio súbitamente cortado por la presencia del gigantesco Lucilio, atraído sin duda por el constante alboroto de sus hombres. Observó la escena en silencio y, con una sonrisa de complicidad, se situó frente al reo. Los legionarios, intrigados, guardaron silencio. Y el centurión, levantando su faldellín, comenzó a orinarse sobre las piernas, pecho y rostro de Jesús de Nazaret.

Aquella nueva injuria arrastró a los romanos a una estrepitosa y colectiva carcajada, que se prolongaría, incluso, hasta después que el oficial hubiera concluido su micción.

Mi corazón se sintió entonces tan abrumado y herido como si aquellas ofensas hubieran sido hechas a mi propia persona. Abatido me recosté sobre la pared del pórtico, con un solo deseo: ver aparecer a Civilis.

Por una vez mis deseos se vieron cumplidos. El comandante de las fuerzas legionarias hizo su entrada en el patio central de la fortaleza Antonia en el momento en que uno de aquellos desalmados arrancaba la caña de entre las manos del Nazareno, asestándole un fuerte golpe sobre el «yelmo» de espinas.

Las risotadas y los legionarios desaparecieron al instante, ante la súbita llegada de Civilis. Cuando el centurión interrogó a los guardianes sobre aquel nuevo escarnio, los soldados se encogieron de hombros, haciendo responsables a sus compañeros. Pero éstos, como digo, se habían desperdigado entre las columnas y el patio.

Visiblemente disgustado por la indisciplina de sus hombres, el oficial ordenó a los infantes que pusieran en pie al condenado y que le siguieran. Así lo hicieron y Jesús de Nazaret, algo más repuesto aunque sometido a constantes escalofríos, comenzó a caminar hacia el túnel, arrastrando prácticamente su pierna izquierda.

A su lado, y pendientes del Galileo, avanzaron también otros tres soldados, que no se separarían ya del reo hasta el momento de su retorno al escenario de la flagelación.

Eran las 11.15 de la mañana...

El sol, cada vez más alto, iluminó la gigantesca figura de Jesús al salir del Pretorio. Al verle, la multitud que aguardaba frente a las escalinatas dejó escapar un murmullo, inevitablemente sorprendida por el lamentable aspecto del reo.

La escolta se detuvo en mitad de la terraza, a la izquierda de la silla en la que esperaba Poncio. Éste, al ver el casco de espinas sobre el cráneo del Maestro, se revolvió nervioso e indignado hacia Civilis, interrogándole mientras señalaba con su dedo índice hacia la cabeza del rabí. Ignoro qué pudo decirle el centurión. Mi atención había quedado prendida en el Galileo. Al detenerse frente a la multitud, Jesús —encorvado y con los dedos entrelazados, intentando dominar así la intensa tiritona que le consumía— percibió en seguida la cálida presencia del sol. Y muy despacio, como tratando de absorber la dulce caricia de los rayos, fue levantando el rostro, hasta situarlo frente al disco solar. Durante escasos segundos, sus profundas ojeras y la catarata de sangre que ocultaba su cara, se hicieron perfectamente visibles a todo el gentío. Pero, al alzar la cabeza, las púas tropezaron en el arranque de la espalda, perforando la nuca nuevamente. Y el dolor le obligó a bajar el rostro.

Juan Zebedeo, paralizado ante aquel trágico cambio de su Maestro, reaccionó al fin y soltando el brazo de José de Arimatea se precipitó hacia Jesús, arrodillándose y llorando a los pies del rabí. Los legionarios interrogaron al centurión con la mirada, dispuestos a retirar al joven amigo del prisionero, pero Civilis, extendiendo su mano izquierda, indicó que le dejaran.

Durante algunos minutos, tanto Pilato como la muchedumbre se vieron sobrecogidos por el desconsolado llanto del muchacho. Y un respetuoso silencio reinó en el patio.

El Maestro intentó por dos veces inclinarse hacia Juan, tratando de aproximar sus temblorosas y ensangrentadas manos hacia el discípulo más amado, pero la trampa de espinos y la rigidez del improvisado vendaje se lo impidieron.

Aquel nuevo gesto de valentía del discípulo y el derrotado semblante del Nazareno conmovieron sin duda al procurador. Y levantándose de su silla, dio unos cortos pasos hacia el filo de la escalinata. Después, señalando a Jesús y sin perder de vista a Caifás y a los saduceos, exclamó, tratando de mover la piedad de los acusadores:

—¡Aquí tenéis al hombre...! De nuevo os declaro que no le encuentro culpable de ningún crimen... Después de castigarle, quiero darle la libertad.

Pilato, una vez más, se equivocaba. Y aunque la muchedumbre no se atrevió a replicar, el sumo sacerdote y sus hombres sí respondieron, entonando el conocido «¡crucifícale!».

Y poco a poco, la multitud fue uniéndose a las manifestaciones de los sanedritas, coreando sin piedad:

—¡Crucifícale...! ¡Crucifícale!

Poncio, decepcionado, regresó al tribunal y esperó a que el gentío se apaciguara. El viento, cada vez más cálido y molesto, había empezado a levantar grandes torbellinos de polvo que eran arrastrados desde el Este, azotando cada vez con mayor dureza aquella ala norte de la Torre Antonia. Civilis captó de inmediato aquel cambio atmosférico y, tras comprobar cómo los centinelas de vigilancia en los torreones de la muralla procuraban refugiarse del viento racheado, me miró fijamente, recordándome con su rostro grave el presagio que le había hecho esa misma mañana. Yo asentí con un movimiento de cabeza.

Pero nuestro silencioso «diálogo» se vio interrumpido por la voz del procurador. Una vez calmada la turba, Poncio, con su mano derecha aplastando el peluquín (gravemente comprometido por el incipiente «siroco»), habló a los hebreos, con un inconfundible tinte de desaliento en sus palabras:

—Reconozco perfectamente que os habéis decidido por la muerte de este hombre. Pero, ¿qué ha hecho para merecer su condena...? ¿Quién quiere declarar su crimen?

Caifás, congestionado por la ira, subió las escaleras y, tras escupir sobre Jesús, se encaró con el gobernador, gritándole:

—Tenemos una ley sagrada por la que este hombre debe morir. Él mismo ha declarado ser el Hijo de Dios..., ¡bendito sea su nombre!

Y girando la cabeza hacia el cabizbajo reo volvió a lanzarle otro salivazo.

El procurador miró a Jesús con un súbito miedo. La sangre seguía goteando desde su frente, manchando el manto de Juan, quien, arrodillado y abrazado a los pies de su Maestro, no parecía prestar atención alguna a lo que estaba ocurriendo.

Caifás retornó con paso decidido a la cabeza de la multitud y Poncio, con la faz pálida y los cabellos en desorden, golpeó los brazos de la silla con ambas palmas, ordenando a Civilis que llevara al galileo al interior de su residencia.

Los legionarios hicieron girar al rabí, conduciéndole nuevamente al «hall». Siguiendo un impulso me agaché sobre Juan, animándole a que se incorporarse y a que cesase en su llanto. Después, pasando mi brazo sobre sus hombros y apretando su cara contra mi pecho, le llevé al interior del Pretorio.

Pilato, con las manos a la espalda, había empezado a dar cortos paseos por el centro del «vestíbulo». Mientras tanto, Civilis y los soldados aguardaban a escasa distancia de la puerta.

Al verme, el procurador interrumpió sus nerviosos pasos y dirigiéndose hacia mí me interrogó en voz baja, como si temiera que pudieran oírle:

—Jasón, ¿tú crees de verdad que este galileo puede ser un dios, descendido a la Tierra como las divinidades del Olimpo?

Los ojos claros del romano chispeaban y se agitaban, presa de un miedo supersticioso y, en mi opinión, cada vez más profundo. Pero Poncio no esperó mi posible respuesta. Después de alisarse el postizo dio media vuelta, acercándose al Maestro.

Y con voz temblorosa le formuló las siguientes preguntas:

—¿De dónde vienes...? ¿Quién eres en realidad? ¿Por qué dicen que eres el Hijo de Dios...?

El Nazareno levantó su rostro levemente, posando una mirada llena de piedad sobre aquel juez débil y acorralado por sus propias dudas. Pero los temblorosos labios de Jesús no llegaron a articular palabra alguna.

Pilato, cada vez más descompuesto, insistió:

—¿Es que te niegas a responder? ¿No comprendes que todavía tengo poder suficiente para liberarte o crucificarte?

Al escuchar aquellas amenazantes advertencias, el Galileo repuso al fin con un hilo de voz:

—No tendrías poder sobre mí sin el permiso de arriba...

La extrema debilidad del Maestro hizo que sus palabras llegaran muy mermadas hasta los oídos del procurador. Y éste, aproximándose cuanto le fue posible hasta los plastones rojizos que habían quedado prendidos en su barba y bigote, le pidió que repitiese.

—¿Cómo dices?

—No puedes ejercer ninguna autoridad sobre el Hijo del Hombre —añadió Jesús haciendo un esfuerzo—, a menos que el Padre celestial te lo consienta...

Poncio se echó atrás, con los ojos desencajados por el desconcierto. Pero el Nazareno no había terminado.

—... Pero tú no eres totalmente culpable, ya que ignoras el evangelio. Aquel que me ha traicionado y entregado a ti ha cometido el mayor de los pecados.

El romano sabía de sobra a quién se refería el prisionero y aquella inesperada confesión, descargando en parte a Poncio de su responsabilidad, pareció aliviarle sobremanera. El gobernador se olvidó de sus preguntas y esbozando una sonrisa de agradecimiento salió a la terraza. La escolta se dispuso a seguirle pero el Nazareno, dirigiéndose a Juan, colocó su mano sobre la cabeza del discípulo, haciéndole un último ruego:

—Juan, no puedes hacer nada por mí... Vete con mi madre y tráela para que me vea antes de que muera.

Civilis escuchó también aquellas dolorosas palabras, e intuyendo el fatal desenlace, animó a Juan Zebedeo para que cumpliera aquella última voluntad del Galileo sin pérdida de tiempo. Solté al muchacho y disimulando mi angustia asentí con la cabeza, ratificando la noble intención del centurión. Juan cruzó el umbral del Pretorio, perdiéndose entre la multitud. Previamente, el oficial ordenó a uno de sus hombres que acompañara al apóstol hasta las puertas de la muralla, ayudándole a franquear el paso.

Al regresar a la terraza, Poncio —mucho más animado por las recientes frases del reo— había empezado a hablar a la muchedumbre. El tono de su voz denotaba un firme deseo de liberar a Jesús. El rostro de José de Arimatea volvió a iluminarse por la esperanza e, incluso Judas, que había sido uno de los pocos que no se había unido a los gritos de crucifixión, pareció aliviado por la decidida actitud del procurador.

—... Estoy convencido que este hombre —anunció Pilato— ha faltado solamente a la religión, por lo que debe ser detenido y sometido a vuestras propias leyes... ¿Por qué esperáis que le condene a muerte, por estar en conflicto con vuestras tradiciones?

El inesperado cambio del gobernador de Roma exasperó los ánimos de los saduceos, que formaron un corro, discutiendo acaloradamente. Pilato, sumamente complacido ante la crispación general de los sacerdotes, se sentó en la silla transportable, haciendo un guiño a Civilis. Pero, antes de que el procurador pudiera terminar de saborear aquel efímero triunfo, Caifás, pálido y con los ojos inyectados en sangre, volvió a subir las escaleras y amenazando a Poncio con su mano izquierda, le soltó a quemarropa:

—¡Si sueltas a este hombre, tú no eres amigo del César...!

La cólera del sumo sacerdote era tal que su voluminoso vientre comenzó a subir y bajar, arrastrado por su agitada respiración. Aquella sentencia de Caifás hizo palidecer a Poncio.

—... Y trataré por todos los medios —remachó el astuto yerno de Anás— de que el emperador tenga conocimiento de ello.

Conociendo como conocía el procurador la oleada de delaciones, arrestos y ejecuciones que se había cernido en aquellos últimos meses sobre el imperio, el fulminante ultimátum de Caifás terminó por desarmarle. Aquello, indudablemente, fue un golpe bajo. Tiberio, y más concretamente el temido Sejano, ya habían tenido noticia de las dos revueltas provocadas por la intransigente postura de Pilato (una motivada por la colocación de los emblemas e insignias del emperador en mitad de Jerusalén y la segunda, por la expropiación indebida del tesoro del templo para la construcción de un acueducto) y ambos sucesos le habían valido sendas amonestaciones. Si el inflexible general de la guardia pretoriana, que ocupaba el puesto del César, volvía a recibir inquietantes noticias sobre la conducta de su hombre de confianza en aquella provincia, la carrera política de Poncio podía verse seriamente alterada. De hecho, poco tiempo después de la muerte de Jesús de Nazaret, el procurador caería en un nuevo error político que precipitó su fin (1).

El sumo sacerdote, además, se había referido intencionadamente a su título de «amigo del César». Y aquella referencia humilló aún más la voluntad del juez romano. (Aunque Poncio Pilato, indudablemente, era conocido y amigo de Tiberio, la alusión de Caifás

(1) Pocos años después de la muerte de Cristo, numerosos samaritanos se congregaron en torno a un supuesto Mesías, que les prometió descubrir los vasos sagrados enterrados por Moisés en uno de los montes de Samaria. Pilato supo de esta multitudinaria manifestación en el monte Garizim y, rodeando con sus tropas a los samaritanos, dio la orden de cargar sobre ellos, dando lugar a una gran mortandad. Samaritanos y judíos se dirigieron entonces a Vitelio, supremo gobernador de la provincia de Siria, acusando a Pilato del horrible asesinato de miles de samaritanos. Vitelio no tenía autoridad para juzgar al procurador de Israel y le envió a Roma, con el fin de que compareciese ante el emperador. Pero, durante el viaje, Tiberio murió, haciéndose cargo del imperio Cayo, alias «Calígula». Éste, al conocer los hechos, desterró a Poncio y a su familia a las Galias donde, al parecer, murió. (Algunas tradiciones apuntan hacia el hecho de que Pilato terminó por refugiarse en lo que hoy conocemos por Lausanne, en Suiza, suicidándose.) *(N. del m.)*

llevaba dinamita. El jefe de los sacerdotes sabía que el gobernador era miembro del «orden ecuestre», ostentando el título de *aeques illustrior* y la dignidad de «amigo del César»; es decir, una muy especial distinción. Aquel privilegio, precisamente, hacía aún más delicada su situación, de cara a la cúpula del Imperio. El Sanedrín tenía medios para hacer llegar a Sejano y a Tiberio, en la isla de Capri, sus quejas sobre lo que consideraban una nueva irregularidad del procurador. Y Poncio lo sabía.)

En mi opinión, esta astuta maniobra final desmoralizó a Poncio, quien, vacío de un estricto sentido de la justicia y sin tiempo para reflexionar fríamente, cedió. Confundido y sin control se incorporó de la silla curul y señalando a Jesús, dijo sarcásticamente:

—¡He aquí vuestro rey...!

Caifás y los jueces hebreos sabían que acababan de herir de muerte los propósitos del romano y, animando nuevamente a la multitud, respondieron a Pilato:

—¡Acaba con él...! ¡Crucifícale...! ¡Crucifícale!

El gobernador se dejó caer sobre su asiento y prácticamente sin fuerzas exclamó:

—¿Voy a crucificar a vuestro rey?

Uno de los saduceos se situó sobre el segundo escalón y gritó, señalando la fachada del Pretorio:

—¡No tenemos más rey que a César!

Pilato era consciente de aquella hipócrita afirmación, pero no se atrevió a replicar. Llamó a Civilis y, después de intercambiar unas frases con su primer oficial, anunció a los judíos su intención de soltar a Barrabás.

El populacho aplaudió la decisión del gobernador. Pero Poncio, ajeno a este reconocimiento, pidió que le trajeran una jofaina con agua. El centurión, al oír a Poncio, mostró su extrañeza. Pero obedeció, ordenando a uno de los legionarios que se diera prisa en cumplir los deseos del procurador. Creo que, salvo Pilato y yo mismo, ninguno de los presentes sabía con qué intención había solicitado el romano aquel recipiente.

Jesús, con la cabeza inclinada y víctima de la calentura, asistió en silencio a aquella última parte del debate dialéctico entre los judíos y el representante del César.

Cuando el soldado regresó a la terraza, portando una ancha vasija de barro, rebosante de agua, se situó frente a Poncio y esperó. El procurador introdujo sus regordetas manos en el recipiente, frotándolas durante unos segundos. A continuación, ante la atónita mirada del centurión, de sus legionarios y de la multitud, ordenó al soldado que se retirara. Y levantando los brazos por encima de su cabeza, gritó de forma que todos pudieran oírle con nitidez:

—¡Soy inocente de la sangre de este hombre! ¿Estáis decididos a que muera...? Pues bien, por mi parte no le encuentro culpable...

El gentío volvió a aplaudir, al tiempo que se escuchaba la voz de otro de los sanedritas:

—¡Que su sangre caiga en nosotros y sobre nuestros hijos!

Y la multitud, como un solo hombre, coreó aquella trágica sentencia, ignorante de las gravísimas horas que viviría la ciudad santa 40 años más tarde y en las que, justamente, la sangre de muchos de aquellos hebreos y la de sus hijos sería derramada por las legiones de Tito. Aunque a primera vista, la autojustificación del saduceo y del populacho pudieran parecer una simple manifestación emocional, propia de aquellos momentos de odio y ceguera, la verdad es que la citada afirmación encerraba un significado mucho más profundo y trascendental. Los jueces —ignoro si sucedía lo mismo con aquella masa humana, inculta y vociferante— conocían muy bien lo que decía la ley mosaica a este respecto. La *Misná*, en su «Orden Cuarto», especifica textualmente que «en los procesos de pena capital, la sangre del reo y la sangre de toda su descendencia penderá sobre el falso testigo hasta el fin del mundo».

Otra de las tradiciones judías afirma también «que todo aquel que destruyere una sola vida en Israel, la Escritura se lo computa como si hubiera destruido todo un mundo y todo aquel que deja subsistir a una persona en Israel, la Escritura se lo computa como si dejara subsistir a un mundo entero».

Los sanedritas, por tanto, eran plenamente conscientes del valor y de la gravedad de su sentencia, pidiendo que la sangre de Jesús cayera sobre ellos y sobre su descendencia.

Pilato secó sus manos con la parte inferior del manto y, dando la espalda a Caifás y a la muchedumbre, saludó al Nazareno con el brazo en alto. Inmediatamente, al tiempo que se encaminaba hacia la puerta del Pretorio, volvió su rostro hacia Civilis, diciéndole:

—Ocupaos de él.

Y los legionarios, con el centurión a la cabeza, siguieron los pasos del procurador, retirándose de la terraza.

La suerte había sido echada.

A partir de aquellos momentos, los hechos se sucedieron en mitad de una gran confusión. Por un lado, yo perdí de vista a Juan Zebedeo y a José de Arimatea y, por supuesto, a todos los seguidores y simpatizantes del Maestro. Sólo después de abandonar la fortaleza Antonia lograría entrevistarme de nuevo con el anciano José y animarle a que siguiera de cerca la decisiva visita de Judas Iscariote a la sede del Sanedrín. Y digo «decisiva» porque, como tendré oportunidad de relatar, las circunstancias que rodearon y acorralaron al traidor fueron más complejas y extensas de como fueron descritas por los evangelistas.

La escolta que rodeaba a Jesús tomó el camino del túnel, desembocando nuevamente en el patio porticado. Pilato, ante mi sorpresa, se hallaba presente cuando los legionarios se detuvieron junto a la fuente. El procurador tenía prisa por acabar con aquel fastidioso asunto y urgió a Civilis para que el reo fuera trasladado de inmediato al lugar de la ejecución. Al parecer, y después de la pública derrota sufrida por el gobernador frente a los dignatarios del Sanedrín, su propósito de regresar a Cesarea se había convertido poco menos que en una obsesión. Poncio era consciente de que acababa de cometer un atropello y no tuvo valor para mirar siquiera a Jesús.

El centurión cambió impresiones con varios de sus oficiales y, finalmente, fue designado un tal Longino, un veterano soldado, natural de Túsculo, ciudad enclavada en los montes Albanos y paisano y amigo del que fuera senador del emperador Augusto, Sulpicius

Quirinius (1). Junto a este legado, Longino había combatido precisamente en la guerra contra los homonadenses, una tribu levantisca que habitaba en la cordillera del Tauro, en la actual Asia Menor. Era, a juzgar por sus modales, hombre parco en palabras, de mirada cálida y directa y buen conocedor de aquellas gentes y de la tierra. En aquellos momentos —gracias a su valor y probada honestidad— había alcanzado el grado de *quartus princeps posterior* o centurión de la segunda centuria, del segundo manípulo, de la cuarta cohorte. Por su edad —posiblemente rondaría los 55 o 60 años— debía estar a punto de cesar en el servicio. Sus cabellos apuntaban ya numerosas canas y sobre su pómulo y ceja derecha discurría una profunda cicatriz, fruto, sin duda, de alguna de las contiendas en las que se había visto envuelto desde su juventud.

Civilis, en mi opinión, estuvo sumamente acertado al elegir a Longino como capitán y responsable de la escolta que debía acompañar al Maestro hasta el Gólgota. Por un momento temblé ante la posibilidad de que dicha designación hubiera recaído, por ejemplo, en el cruel Lucilio, alias *Cedo alteram*.

En total fueron nombrados cuatro legionarios y un *optio*, o suboficial como patrulla encargada de la custodia y posterior ejecución. Mi sorpresa fue considerable al comprobar que el *optio* o lugarteniente de Longino era precisamente Arsenius, el romano que había dirigido el apresamiento del Nazareno en la falda del Olivete.

Todo parecía decidido. Longino encomendó a uno de sus hombres que procediera a la medición de la envergadura del reo, mientras otro soldado se encaminó al puesto de guardia de la entrada oeste, en busca de un objeto cuyo nombre no acerté a escuchar.

Pilato estaba ya a punto de retirarse cuando Civilis, tras consultar con el responsable del pelotón que debía conducir a Jesús, le sugirió algo que, en principio, no estaba previsto: ¿por qué no aprovechar aquella oportunidad para crucificar también a los dos terroristas, compañeros de Barrabás?

El procurador dudó. Al parecer, la ejecución de aquellos asesinos había sido fijada inicialmente para los días siguientes a la celebración de la Pascua.

Poncio hizo un mohín de desagrado, pero el centurión-jefe insistió, haciéndole ver que —tal y como estaban las cosas—, aquella crucifixión colectiva simplificaría los posibles riesgos que arrastraba siempre la muerte de unos «zelotas». Buena parte del pueblo judío protegía y animaba a estos revolucionarios y era muy posible que la condena de tales guerrilleros pudiera significar la alteración del orden público. Después de la implacable insistencia de los sacerdotes en la promulgación de la pena capital para el Galileo, era dudoso que se registraran protestas si la ejecución de los miembros

(1) El famoso gobernador «Cirino», como se le conoce a través de los escritos romanos, desempeñó un papel destacado a las órdenes de Augusto, siendo el responsable de los dos censos efectuados bajo el mandato del citado César en la entonces provincia romana de Siria. El primero de estos censos tuvo lugar entre los años 10 y 7 antes de Cristo, y fue, precisamente, el que movilizó a José y María en dirección a Belén. El segundo censo ocurrió entre los años 6 y 7 de nuestra Era. En esta segunda ocasión, Sulpicius Quirinius o «Cirino» fue enviado por Roma en compañía de Coponio, primer procurador de Judea. *(N. del m.)*

del movimiento independentista tenía lugar al mismo tiempo que la del supuesto «rey de los judíos».

El procurador escuchó en silencio los razonamientos de su comandante y, moviendo las manos displicentemente, dio a entender a Civilis que tenía su aprobación, pero que actuara con rapidez.

Con un simple movimiento de cabeza, el centurión indicó a Arsenius que se ocupara del traslado de los «zelotas». En ese momento, Pilato reparó en mi presencia y, mientras los oficiales esperaban la llegada de los nuevos reos, el voluminoso procurador me tomó aparte, diciéndome:

—Jasón, ¿qué dice tu ciencia de todo esto...? No he tenido tiempo de preguntarte con detenimiento sobre ese augurio que pronosticabas para hoy... Háblame con claridad... ¡Te lo ordeno!

La curiosidad y el miedo consumían a Poncio a partes iguales. Así que no tuve más remedio que improvisar.

—Esta medianoche pasada —le mentí—, cuando me encontraba en el monte de las Aceitunas presentí algo... Y tras buscar un lugar puro, un «augurale», me volví hacia el septentrión, trazando en tierra con mi cayado el *templum* o cuadrado. Después, como sabes, tomé este *lituus* —señalándole mi «vara de Moisés»— e hice el ritual de la descripción de las regiones (1). Y una vez situada imploré a los dioses una señal...

Pilato, conteniendo la respiración, me animó a que prosiguiera.

—... El cielo, estimado procurador, se había vuelto sereno y transparente como los ojos de una diosa. Afortunadamente —volví a mentirle—, el viento se había detenido. Todo hacía presagiar una respuesta... Y súbitamente, las infernales aves «inferae» surgieron por mi izquierda. Su vuelo rasante y la dirección de las mismas fueron determinantes...

—Pero, ¿qué? —estalló Poncio—. ¿Qué quieres decir con esto?

Adopté una falsa calma y mirándole fijamente, le respondí, haciendo mía una sentencia de Ennio:

—Entonces, en el colmo del infortunio, tronó a la izquierda, estando el cielo enteramente sereno.

Pilato abrió sus grandes ojos, espantado. Él sabía bien el significado de aquellas patrañas, maravillosamente criticadas en su día por el propio Cicerón. Y con la faz pálida me suplicó que le descifrara el augurio.

—En mi humilde opinión —rematé—, Júpiter, y por razones que no alcanzo a comprender —le mentí por tercera vez—, está desolado. Y es posible que manifieste su ira sin demasiada tardanza. El cielo será testigo de cuanto te he revelado...

—¿Hoy mismo?

(1) Afortunadamente para mí, yo había sido instruido en el arte de los antiguos augures y arúspices griegos y romanos. Una vez en el *templum* o espacio del cielo que debía observarse, el augur tomaba su *lituus* y se volvía hacia el sur, trazando una línea sobre el cielo —de norte a sur—, llamada *cardo*. Después hacía otro tanto de este a oeste *(decumanus)*, repartiendo así en cuatro áreas la parte visible del cielo. Enseguida, tirando dos líneas paralelas a las dos trazadas anteriormente, formaba un cuadrado que, proyectado sobre la tierra, constituía el citado prisma o *templum*. La zona que quedaba delante de él se denominaba *antica* y la que quedaba atrás, *postica*. *(N. del m.)*

Asentí con rostro grave, al tiempo que desviaba mi mirada hacia el Nazareno. Poncio giró también su cabeza, conmoviéndose. Después, olvidando la conversación y a mí mismo, regresó junto a sus centuriones.

Me disponía a solicitar de Civilis que me autorizase a seguir a la comitiva y a presenciar las ejecuciones cuando irrumpió en el patio, procedente de una de las múltiples puertas que se abrían bajo las columnatas, el legionario que había medido la envergadura de Jesús. Para ello, el soldado, muy acostumbrado a este menester a juzgar por su soltura, había tomado una de las lanzas y, mientras otro compañero sostenía los brazos del Galileo en posición de cruz, el portador del *pilum* se colocó a espaldas del reo, midiendo la distancia total entre las puntas de ambas manos.

Ahora, una vez realizada la macabra medición, el romano había vuelto al patio central, cargando un pesado madero; un tronco sumamente tosco, sin cepillar, con un grosero vaciado u orificio en su mitad. Este burdo agujero, de unos 10 centímetros de diámetro, cruzaba el madero de parte a parte, siguiendo el sentido de su espesor.

El legionario, que venía provisto de una larga y gruesa cuerda, hizo descansar el *patibulum* (1), apoyando una de sus caras —perfectamente aserrada— sobre el enlosado. Y esperó.

Al situar el madero en esta posición vertical pude comprobar que su longitud era casi de dos metros (posiblemente, 1,90). En cuanto a su espesor, calculo que rondaría los 25 centímetros. Era, en definitiva, un sólido leño, con un peso que no creo que bajase de los 30 kilos. Simulando una gran curiosidad me aproximé al legionario, preguntándole para qué servía aquel tronco. El soldado sonrió irónicamente y señalando primero a Jesús, me hizo después un significativo signo con su dedo pulgar. Lo colocó hacia abajo, a la manera de los Césares cuando decretaban el remate de los gladiadores.

Acaricié la rugosa superficie del *patibulum* y deduje que se trataba de una sección de un árbol, de alguna de las especies de pino, tan frecuentes en Palestina o quizá importado de los bosques del Líbano. (No estoy seguro, pero quizá fuese el denominado *Pinus halepensis*, de una madera casi incorruptible.)

Ensimismado en el análisis no me percaté de la llegada de los dos «zelotas». El *optio* y los legionarios los habían conducido, maniatados, hasta el procurador y los restantes centuriones. Nada más verlos, Civilis ordenó que les arrancaran las mugrientas túnicas y que iniciaran el obligado castigo previo a la crucifixión. Y cuatro legionarios se hicieron con otros tantos *flagrum*, procediendo a azotar a los guerrilleros. Uno de ellos, casi un muchacho, se clavó de rodillas frente a Poncio, gimiendo e implorando piedad. Pero el gobernador se apresuró a dar media vuelta, alejándose del prisionero. En ese instante, mientras los látigos chasqueaban nuevamente en mitad del recinto, el legionario que había desaparecido en el túnel abovedado de la puerta Oeste de Antonia regresó a la carrera, en-

(1) El origen del *patibulum* se remonta a la viga que servía para atrancar las puertas en Roma. Al quitarse, se abría dicha puerta. De ahí el nombre. *(N. del m.)*

tregando a Longino una tablilla de madera de unos 60 × 20 centímetros, totalmente blanqueada a base de yeso o albayalde. El centurión tomó la tablilla y una especie de pequeño tizón, pidiendo al soldado que consiguiera dos nuevas planchas.

A continuación llamó la atención del gobernador, mostrándole la tablilla y el afilado trozo de carbón, recordándole que la escolta debería situar sobre las cruces la identidad de cada uno de los condenados y la naturaleza de sus crímenes.

La emoción volvió a sacudirme. Estaba a punto de asistir a la redacción del llamado «INRI». También en este asunto, y aunque sólo fuera en el aspecto circunstancial de la redacción, los cuatro evangelistas se habían manifestado discrepantes. ¿Cuál de ellos había acertado en el texto?

Marcos había dicho: «el Rey de los Judíos» (*Mc.* 15,26). Mateo, por su parte, añade: «Este es Jesús, el Rey de los Judíos» (*Mt.* 27,37). En cuanto a Lucas, su «INRI» dice así: «Este es el Rey de los Judíos» (*Lc.* 23,38). Por último, Juan Zebedeo, llamado «El Evangelista», reprodujo el siguiente texto: «Jesús Nazareno el Rey de los Judíos» (*Jn.* 19,19).

¿Quién tenía la razón?

Discretamente me asomé por encima del hombro del procurador y noté cómo su mano temblaba. Tenía la tablilla en posición horizontal y firmemente apoyada sobre la reluciente coraza. Había tomado el carboncillo con la derecha pero su rostro se había desviado de la superficie del encalado rectángulo de madera. Me di cuenta que miraba a Jesús por el rabillo del ojo. El Maestro, que no despegó los labios en todo el tiempo, había conseguido regularizar su ritmo respiratorio, pero continuaba encorvado y tembloroso. La sangre, aunque en menor proporción, seguía goteando por los bajos de su túnica, formando un cerco alrededor de sus pies.

Uno de los guerrilleros —el más adulto— se retorcía sobre las losas, aullando a cada latigazo. Los legionarios habían desgarrado su túnica, dejando al descubierto la totalidad del tronco. Y a pesar de hallarse con las manos amarradas a la espalda y controlado por otro soldado, que sostenía entre sus manos el extremo de la maroma con la que había sido maniatado, el «zelota», en su desesperación y dolor, se revolcaba sobre el pavimento, poniendo en apuros a este último infante.

El más joven, con las vestiduras igualmente rasgadas, se había enroscado sobre sí mismo, tratando de cubrir la cabeza entre sus piernas. Pero los golpes eran tan violentos y seguidos que no tardó en situarse de rodillas, ofreciendo la espalda a los verdugos y emitiendo unos alaridos que hicieron asomarse al cuerpo de guardia a numerosos legionarios.

De pronto, Pilato —cada vez más nervioso— comenzó a escribir con su característica letra cuadrada...

«Jesús de Nazaret...»

Aquellas primeras palabras fueron trazadas en arameo, de derecha a izquierda. Tenían unos 30 milímetros de altura y ocupaban toda la parte superior de la tablilla.

Poncio volvió a dudar. Parecía no saber qué añadir. En realidad, él era consciente de la falsedad de aquellas acusaciones y, lógicamente, acababa de tropezar con un serio problema.

El «zelota» más joven levantó la cabeza y con el rostro sudoroso y descompuesto buscó a Jesús. Después, a pesar de los tirones de su guardián, se arrastró sobre sus rodillas hasta el rabí. Y al llegar a sus pies, en medio de una lluvia de furiosos latigazos, hundió la cara en los goterones de sangre que se escapaban por el filo de la túnica del rabí, exclamando entre sollozos:

—¡Maestro...! ¡Ten misericordia de nosotros...! ¡No nos dejes morir!

Jesús entreabrió sus inflamados y amoratados ojos, mirando a aquel desdichado con una infinita ternura. Pero, antes de que pudiera responderle, el soldado que sujetaba la cuerda de este reo, propinó al Maestro un violento empujón, haciéndole retroceder y tambalearse. Uno de los sayones dirigió entonces su *flagrum* hacia Cristo, dispuesto a herirle, pero Civilis, atento a cuanto ocurría, se interpuso, sosteniendo al Nazareno por las axilas y evitando que se desplomase.

A continuación se volvió hacia el pelotón, ordenándoles que no flagelasen al «rey de los judíos».

—Éste ha recibido ya su castigo —manifestó.

Los verdugos prosiguieron su despiadado ataque, abriendo nuevas heridas sobre las espaldas, piernas y costados de los «zelotas». Mientras el que se había aproximado al Galileo seguía de rodillas, con la cabeza clavada sobre las losas, su compañero, en un arranque de desesperación, se incorporó lanzando un frenético puntapié contra el bajo vientre de uno de sus fustigadores. El romano se dobló como un muñeco, cayendo al suelo entre aullidos de dolor.

Poncio, de espaldas a aquella sanguinaria escena, volvió a escribir:

«... Rey de los Judíos».

Juan, por tanto, era el único evangelista que había sido absolutamente fiel en la transcripción del INRI («Jesus Nazarenus Rex Judaeorum»).

E inmediatamente, de forma casi mecánica, el procurador repitió la frase «Jesús de Nazaret, Rey de los Judíos» en griego y, por último, en latín. Y devolviendo la tablilla a Longino se sacudió las palmas de las manos, haciendo una ostensible mueca de repugnancia.

Pero el legionario enviado por el centurión en busca de otras dos planchas de madera regresó al punto. Y Poncio, muy a pesar suyo, tuvo que repetir la operación. Esta vez fue mucho más breve. Tras preguntar los nombres de los condenados, escribió sobre los blancos tableros: «Gistas. Bandido» y «Dismas. Bandido». Todo ello, por supuesto, en las tres lenguas de uso común en aquellos tiempos en Palestina: arameo en primer lugar, griego (el idioma «universal», como lo podrían ser hoy el inglés o el español) y latín, lengua natal de Pilato.

El procurador dio unos pasos hacia el estanque circular y se enjuagó las manos. Cuando se disponía a retirarse me adelanté y le supliqué que me permitiera asistir a las ejecuciones.

«Si en verdad debe ocurrir algo sobrenatural —argumenté—, quiero estar presente...»

Pilato se encogió de hombros y, mecánicamente, como sumido

en otros pensamientos, transmitió mi ruego a Civilis. Éste se encargó de presentarme a Longino, anunciándome como un augur, amigo de Tiberio. Estimo que la primera calificación no debió impresionar excesivamente al veterano centurión. Pero la segunda fue distinta. En ese instante, la intervención de Arsenius, participándole al capitán de la escolta que me había conocido en la noche anterior, revistió también su importancia.

Y Poncio, levantando el brazo con desgana, saludó a sus oficiales, retirándose.

Civilis no tardaría mucho en seguirle.

Cuando los restantes legionarios vieron cómo su compañero caía víctima de la patada proporcionada por el terrorista, los *flagrum* no fueron ya los únicos instrumentos de tortura. Con una rabia inusitada, los restantes sayones, a los que se habían unido otros curiosos, acompañaron los latigazos con un sin fin de puntapiés, que terminaron por doblegar al revolucionario. Una vez en tierra, las suelas claveteadas de los romanos se incrustaron una y otra vez sobre el cuerpo del reo y a los pocos segundos, un hilo de sangre brotó por entre las comisuras de sus labios.

La llegada de dos nuevos maderos, algo más cortos que el destinado a la cruz del Nazareno, interrumpió la flagelación.

Pero aquel momentáneo respiro sólo fue el prólogo de una angustiosa «peregrinación»...

Sin ningún tipo de contemplación o miramiento, los soldados, bajo la atenta vigilancia de Longino y de su *optio,* situaron los dos troncos sobre los hombros y últimas vertebras cervicales de los «zelotas», al tiempo que otros legionarios obligaban a los prisioneros a extender sus brazos hasta pegar las caras dorsales de sus manos a la áspera superficie de los maderos. El revolucionario más joven siguió de rodillas, mientras su compañero, semiinconsciente, era atado al *patibulum* en la misma postura en que había quedado: tendido y boca abajo.

Ninguno de los dos tuvo fuerzas suficientes para resistirse. El que había pedido clemencia siguió sollozando lastimeramente, mientras una larga y gruesa maroma inmovilizaba sus muñecas, brazos y axilas. Los romanos iniciaron la sujeción del primer reo por el extremo derecho del *patibulum.* Después fueron aprisionando los brazos hasta concluir en la muñeca izquierda. Y desde allí, la cuerda cayó hacia el pie izquierdo del condenado, siendo anudada alrededor del tobillo. Con esta misma cuerda, y una vez rematada la colocación de aquel primer madero, los verdugos incorporaron al segundo guerrillero, repitiendo la maniobra.

Finalmente, los soldados, portando unos cuatro metros de soga (los últimos de la larga maroma), se dirigieron al Maestro. Jesús los vio llegar y mansamente, antes de que los legionarios le golpearan o tiraran de sus cabellos para que se inclinase, echó el cuerpo hacia adelante, ofreciendo sus destrozados hombros. Pero la estatura del rabí rebasaba con mucho la de los verdugos y su voluntaria inclinación del tórax no fue suficiente. Así que uno de los infantes, ante la imposibilidad de empujar su cabeza, agarró sus barbas, tirando de ellas hacia el suelo. Y así lo mantuvo, en espera de que sus compañeros de armas depositaran el *patibulum* sobre sus espaldas.

Otros dos legionarios extendieron los brazos del rabí y un tercer y cuarto soldados se hicieron con el grueso tronco. Lo izaron por ambos extremos y lo encajaron de golpe sobre la nuca del Galileo. Pero las múltiples ramificaciones del casco de espinas constituyeron un obstáculo: el espeso cilindro de madera no se ajustaba con precisión sobre los músculos trapecios, rodando por la espalda. Por tres veces, los romanos— cada vez más sofocados— golpearon el cuello de Jesús hasta que, al fin, presa de nuevos dolores, el propio reo se inclinó aún más, facilitando el depósito del *patibulum* sobre las áreas altas de las paletillas. En cada uno de aquellos salvajes intentos de colocación del madero experimenté una especie de latigazo que me recorrió las entrañas. Las púas situadas en la nuca y región occipital se clavaron un poco más en cada empeño, desgarrando el cuero cabelludo y, posiblemente, hundiéndose en el periostio craneal (lámina que envuelve a los huesos). (Los traumatólogos saben muy bien qué clase de dolor produce la perforación de dicha lámina.)

El intenso y mantenido dolor hizo que Jesús gimiera en cada uno de los tres impactos. Y en cuestión de segundos, su cabellos y cuello volvieron a brillar, profusamente ensangrentados.

Los verdugos tensaron los brazos bajo la zona inferior del tronco y procedieron a su anclaje, anudando la cuerda —de derecha a izquierda—, rematando la sujeción en el tobillo izquierdo.

El notable peso del *patibulum* —al menos para un hombre tan sumamente castigado—, hizo que el cuerpo del rabí se inclinara peligrosamente, obligándole a flexionar las piernas. Jesús trató de elevar la cabeza. Sus músculos y arterias parecían a punto de estallar bajo la piel enrojecida del cuello. Pero, a cada intento de remontar y vencer el peso del leño, su nuca se emparedaba con la corteza rugosa del *patibulum* y el dolor de las espinas, entrando sin piedad en la cabeza, le vencía, humillando el rostro.

Comprendiendo que todo esfuerzo por recobrar la verticalidad era inútil, el Maestro pareció resignado. Su respiración se había hecho nuevamente agitada y temí que, en cualquier momento, aquel esfuerzo desembocara en un nuevo desfallecimiento. (Los evangelistas, lógicamente, ya que ninguno se encontraba presente en aquel dramático momento de la carga del *patibulum,* no reflejaron jamás en sus escritos lo duro y crítico de aquel instante. El mermado organismo de Jesús de Nazaret se vio aplastado súbitamente por un madero, dejando a sus músculos en la posición en que se encontraban en el momento de la descarga sobre sus hombros y nuca. No hubo «pre-calentamiento» ni posibilidad alguna de que los principales paquetes musculares pudieran reaccionar convenientemente. Ello, en suma, precipitó las frecuencias cardíacas y arterial, disparándolas por enésima vez. En cuestión de tres a cinco minutos —desde el momento en que los soldados lograron amarrar el tronco a sus brazos—, su corazón pudo latir a razón de 170 pulsaciones por minuto, elevándose la tensión arterial máxima alrededor de 190. En mi opinión, aquel fue un golpe que consumió las escasas energías que aún podían quedarle.)

Al verle en aquel lamentable estado me pregunté cuánto podría resistir con el *patibulum* a cuestas...

Pero un nuevo hecho estaba a punto de provocar otro desgarrador sufrimiento en el organismo del gigante de Galilea.

Mientras Arsenius procedía a clavetear las tres tablillas sobre el fuste de madera de uno de los *pilum,* otro legionario reparó en las sandalias del Maestro. Se las mostró a Longino y éste, en un gesto de honradez y conmiseración hacia el reo, ordenó al soldado que le calzara. El infante se situó en cuclillas ante el rabí y, al obligarle con ambas manos a levantar el pie izquierdo, con el fin de depositar la planta sobre la sandalia, el cuerpo del Nazareno se desequilibró hacia el lado contrario, provocando una aparatosa caída de Jesús. El incidente fue tan rápido como inesperado. El Galileo, con los brazos amarrados, no pudo evitar que el *patibulum* se venciera y, tras golpear las losas con el extremo derecho, fue a estrellarse de bruces contra el pavimento, quedando aplastado bajo el travesaño de la cruz.

Al ver y escuchar el violento choque contra las losas temí lo peor. Cuando los soldados se apresuraron a levantarle observé que, afortunadamente, el «yelmo» de espinas había actuado como protector, evitando que los huesos de la cara se astillasen. A cambio, las púas de la frente, sienes y mejillas habían perforado un poco más la carne, dejando al descubierto en algunas áreas parte del tejido celular subcutáneo y dando lugar a nuevas e intensas hemorragias.

A pesar de la violencia de la caída, el Nazareno no llegó a perder el sentido. Dos verdugos izaron el *patibulum,* apuntalándolo con sus hombros, mientras el torpe legionario terminaba de calzar a Jesús.

Una vez concluida la desgraciada operación, los verdugos soltaron el madero y el rabí volvió a acusar el peso, inclinándose por segunda vez. La imposibilidad de que pudiera echar atrás la cabeza mermó notablemente su campo visual, limitándolo prácticamente al terreno que pisaba. En varias ocasiones, mientras duró aquella corta pero accidentada caminata hasta el Calvario, observé cómo el Maestro forzaba la vista hacia lo alto. Pero, al arrugar la frente, las púas desgarraban las heridas y el intenso dolor le obligaba a bajar los ojos.

Hacia la hora sexta, Longino dio la orden de emprender la marcha. La escolta había sido incrementada con otros legionarios, todos ellos fuertemente armados. Ocho se situaron en ambos flancos de los prisioneros y el resto, hasta un total de doce, se repartió en la cabeza de la comitiva, inmediatamente detrás del centurión y de su lugarteniente y en la cola. A cada reo, por tanto, le había sido asignado un contingente de cuatro soldados, expresamente encargados de su vigilancia y posterior crucifixión. Uno de estos infantes cargaba, además, con un mugriento saco de cuero que colgaba de un palo acabado en forma de horca y que se apresuró a echar sobre el hombro. Cerraba el cortejo una pareja de romanos que sostenía una escalera de mano de unos cinco metros.

Cuatro de los infantes situados a derecha e izquierda de los «zelotas» desenroscaron sus látigos, reanudando la flagelación de aquellos desdichados, tal y como tenían por costumbre antes de la ejecución. Entre gemidos y con el cuerpo ensangrentado, los dos primeros reos comenzaron a caminar, tambaleándose bajo el peso de los troncos. Siguiendo unas rígidas normas de seguridad, los tres prisioneros, como digo, habían sido atados por los tobillos a una misma cuerda. De esta forma, cualquier posible intento de fuga resultaba extremadamente problemático.

Al ponerse en marcha, el condenado situado en el centro dio un tirón de la maroma, obligando al Nazareno —que ocupaba el tercer y último lugar— a seguirle. Las pronunciadas oscilaciones del leño que cargaba el rabí y sus pasos vacilantes, inseguros, con aquel penoso arrastre de su pierna izquierda, nos hicieron temer a todos una nueva e inmediata caída y, lo que era mucho peor, una posible parada cardíaca. Y digo «a todos» porque, desde el principio, los cuatro legionarios que cerraban conmigo la escolta cruzaron algunas miradas de preocupación, confirmando con significativos movimientos de cabeza que aquel prisionero no estaba en condiciones de llegar al Gólgota. Pero, de momento, nadie dijo nada.

Los reos salvaron los 25 primeros metros y el pelotón entró en el túnel abovedado de la puerta Oeste; aquél por el que yo había accedido a Antonia en la compañía del anciano de Arimatea. Allí, desafortunadamente, se produciría un nuevo problema...

Algunos de los centinelas se habían asomado con curiosidad a la puerta del cuerpo de guardia, asistiendo entre risitas al paso de los condenados. Cuando el guerrillero que marchaba en medio llegó a la altura de los guardianes, aprovechando que los legionarios habían cesado en sus azotes a causa de la penumbra y de lo angosto del pasadizo, el tal Gistas se volvió hacia la izquierda, lanzando un salivazo sobre el romano más próximo. Y antes de que sus verdugos pudieran ponerle la mano encima arremetió con el filo del *patibulum* contra el legionario que caminaba a su derecha, dirigiendo el tronco hacia su rostro. El soldado cayó hacia atrás, precipitándose sobre Jesús. Ambos rodaron sobre el oscuro y húmedo empedrado del túnel. En esta ocasión, el impacto hizo que el Galileo se desplomara de espaldas. El revuelo fue indescriptible. Varios miembros del cuerpo de guardia y algunos de los romanos de escolta se ensañaron con el guerrillero, hundiendo las astas de sus lanzas en el vientre, costillas y dientes del provocador, hasta hacerle caer de rodillas.

Longino y Arsenius acudieron de inmediato al centro del pasadizo, tratando de poner orden en aquel revuelo. Otros soldados ayudaron al compañero que había sido golpeado con el madero. Una de las aristas le había abierto el pómulo izquierdo, provocando una aparatosa hemorragia. El centurión examinó la brecha, ordenando que fuera relevado de inmediato. Su puesto fue ocupado por otro de los centinelas. Mientras tanto, Jesús permanecía inmóvil, boca arriba e impotente para levantarse. Las espinas habían vuelto a herir la nuca y el Maestro, con un rictus de dolor, intentaba adelantar la cabeza, evitando así el contacto con la madera.

Algunos de los legionarios que portaban los *flagrum*, cegados por la ira, se revolvieron también hacia el rabí y comenzaron a golpearle, insultándole y exigiéndole que se incorporase. Pero aquellas demandas fueron tan inútiles como absurdas. Nadie, en aquella posición, hubiera podido elevar el tronco por sus propios medios. En un desesperado intento por obedecer, el Nazareno llegó a doblar las piernas, tensando sus músculos. Pero, a los pocos segundos, vencido y agotado, desistió. Antes de que la lógica y el buen juicio se impusieran entre la confusa soldadesca, otro de los romanos se inclinó sobre el Maestro y agarrándole por la barba comenzó a tirar de él, en medio de un torrente de imprecaciones y blasfemias. La rabia del verdugo era tal que, en uno de aquellos salvajes tirones, los crispados dedos del legionario se despegaron del rostro de Jesús, llevándose un mechón de pelo. Con aquella porción de la barba, el soldado arrancó también parte de la epidermis y del corión o capa interna de la piel, dejando al descubierto —entre borbotones de sangre— las bandas fibrosas del músculo cuadrado (en su zona derecha). Con un fuerte lamento, el Galileo dejó caer su cabeza sobre el *patibulum,* presa del insoportable dolor que suponía el desgarro de un sinnúmero de papilas nerviosas. (Resulta importante anotar que, entre los minúsculos órganos violentamente desprendidos, se hallaban los conocidos como intérpretes de la «sensibilidad dolorosa»: unos receptores específicos para el dolor y que se ramifican en terminaciones nerviosas libres, que se arborizan en los intersticios del epitelio cutáneo.)

La sorpresa o el susto del centinela fue tal que no volvió a agredir a Jesús. El *optio,* con más sentido común que sus hombres, dispuso que se le incorporase. Y la comitiva prosiguió su marcha, con dos revolucionarios masacrados a latigazos y golpes y con un Jesús de Nazaret irreconocible, consumido por la fiebre y con una debilidad galopante.

Al pisar la cubierta metálica del puente levadizo, el sol, casi en el cenit, iluminó de lleno la figura del Maestro. Las caídas habían abierto algunas de sus heridas, empapando nuevamente la túnica, que había perdido su color original. Varios regueros de sangre corrían sin descanso por sus tendones de Aquiles, encharcando las sandalias.

Arrastrando los pies, el Maestro fue aproximándose al parapeto exterior de la Torre Antonia. Su respiración era cada vez más fatigosa y su cabeza y tronco iban inclinándose centímetro a centímetro.

En la boca del muro, cuando llevábamos recorridos algo más de 45 metros desde el centro del patio porticado, el pelotón se detuvo nuevamente. Lo estrecho del acceso obligó a los legionarios a inclinar los troncos de los reos, de forma que pudieran cruzar el recinto exterior del cuartel general.

A partir de allí, las cosas podían complicarse y los soldados cerraron filas, guardando una mínima distancia entre sí y con los condenados. Longino hizo una señal a su lugarteniente y éste se puso a la cabeza de la comitiva, enarbolando con ambas manos el *pilum* sobre el que habían sido dispuestas las tres tablillas con los nombres y crímenes de los que eran llevados al patíbulo.

Nada más abandonar la fortaleza fuimos sorprendidos por un viento racheado, mucho más intenso que el que yo había percibido durante los debates de Poncio en la terraza del Pretorio. Aquel viento, procedente del Este, llegaba cargado de polvo y arena. Intrigado por el súbito empeoramiento del tiempo pulsé la conexión auditiva y pregunté a Eliseo qué noticias tenía sobre la anunciada inestabilidad en los altos niveles de la atmósfera, en las proximidades de la frontera del actual Irak con la Arabia Saudí. Mi compañero —a quien tenía poco menos que abandonado desde hacía horas— me reprochó este silencio, aunque comprendió que las circunstancias no habían sido óptimas como para mantenerle informado.

E inmediatamente pasó a explicarme que la turbulencia se había convertido en un «haboob» (1) o tempestad con un viento violento, alimentado por el contacto entre una corriente «en chorro» y otro sistema de presión barométrica distinto. La tempestad había ido aumentado, especialmente en la periferia occidental de la depresión bárica, localizada, como dije, al sur del Irak. Los sistemas electrónicos de la «cuna» habían detectado corrientes cónicas de partículas suspendidas en el aire, moviéndose hacia el Oeste-Noroeste y en frentes que oscilaban alrededor de los 100 kilómetros. Las bandas de este «haboob» se habían ido enroscando y ensanchándose, hasta alcanzar los 500 kilómetros, levantando a su paso gigantescas nubes de arena, procedentes de los desiertos arábigos de Nafud y Dahna. Las rachas, según los detectores del módulo, alcanzaban los 25 y 30 nudos por hora. En contra de lo que presumía Eliseo, la llegada de aquella tormenta había elevado la humedad relativa, estimándose también un ligero descenso de la temperatura.

—... La visibilidad en el interior del polverío —añadió mi hermano— ha sido estimada por Santa Claus en unos 300 metros. Tiempo previsto para el barrido de la ciudad por el lóbulo central del «haboob»..., entre 30 y 45 minutos, a partir de ahora mismo.

Aquello significaba que, si la comitiva conseguía alcanzar el lugar de la crucifixión antes de la entrada de la tormenta en el área de Jerusalén, las «tinieblas» —provocadas por las bancos de arena en suspensión— se echarían sobre nosotros en plena ejecución. Qué poco podía imaginar en aquellos instantes que las famosas «tinieblas» descritas por los evangelistas poco tenían que ver con el oscurecimiento del sol por el polvo...

A corta distancia del parapeto de piedra que rodeaba aquella zona de la Torre Antonia esperaba un grupo de judíos (calculé unos doscientos), entre los que se hallaban unos pocos saduceos —los mismos que habían asistido a la condena de Jesús frente al Pretorio— y, por supuesto, José de Arimatea, en compañía de otro joven emisario de David Zebedeo. Este último acababa de comunicar al anciano que María, la madre del Maestro y otros familiares venían ya hacia Jerusalén y que, probablemente, se encontrarían con Juan en el camino de Betania.

Caifás y el resto de los sanedritas —según José— se habían dirigido al templo, dispuestos a dar cuenta al resto del Sanedrín de lo acontecido aquella mañana y de la inminente muerte del rabí de Galilea. Pero la máxima preocupación del de Arimatea no era la suerte de su Maestro. Él sabía que la sentencia del procurador era ya inapelable y que sólo los poderes divinos de Jesús podrían librarle de una muerte segura. Sus pensamientos estaban ocupados, como digo, por otro problema. Una vez logrado el pronunciamiento de Poncio contra el Galileo, los sacerdotes salieron de la fortaleza, discutiendo y preparando su próxima acción: el apresamiento y

(1) Se denomina «haboob», en términos meteorológicos, a una tempestad de polvo que se forma sobre los desiertos durante un período de inestabilidad convectiva. El término «haboob» se deriva de otro árabe que significa «viento violento». Son notables y famosos los «haboobs» del Sudán, con velocidades de hasta 85 kilómetros por hora. *(N. del m.)*

aniquilación de los discípulos de Jesús. José había advertido al «correo» sobre dicha maniobra y le urgió para que saliera hacia Getsemaní y pusiera sobre aviso a David y a cuantos seguidores y amigos pudiera localizar. Y así lo hizo.

Yo me atreví a insinuarle que su presencia cerca del sumo sacerdote y de los saduceos podía resultar mucho más útil que en aquel trágico cortejo. Y José, sin poder contener las lágrimas, asintió con la cabeza, mientras observaba atónito el rostro ensangrentado del Nazareno y su cuerpo, cada vez más agotado y flexionado bajo el peso del tronco.

Los dirigentes judíos, al leer el «INRI» de Jesús se interpusieron en el camino del *optio* y del pelotón y, airadamente, protestaron por la inscripción. Longino trató de calmar los exaltados ánimos de los hebreos, haciéndoles ver que aquellas tablillas habían sido escritas de puño y letra por el propio procurador.

Fue inútil. Los saduceos exigieron que el centurión cambiase el texto, retirando la expresión «rey de los judíos». La tensión llegó al máximo cuando algunos de aquellos desarrapados tomaron piedras, arrojándolas contra los soldados. Varios legionarios se adelantaron, cubriendo a Longino y al *optio* con sus escudos. El centurión, sin perder los nervios, apartó al infante que le protegía y levantando la voz advirtió al grupo que se disolviera. Después, señalando el tercer tablero —el correspondiente a Jesús Nazareno— recordó a los sanedritas que, si deseaban cambiar la inscripción, volvieran a Antonia y discutieran el asunto con Poncio. Aquellas palabras de Longino apaciguaron la cólera de los judíos y tres de los jueces se retiraron apresuradamente en dirección al Pretorio, dispuestos a negociar lo que consideraban un insulto a su nacionalismo.

Yo no volvería a ver a Pilato en aquel primer «gran viaje». Sin embargo —y adelantando acontecimientos— puedo señalar que en nuestra segunda «aventura», Civilis me relató aquel nuevo encuentro con los «despreciables sacerdotes», congratulándose de la actitud de Poncio. Por una vez, el gobernador se mostró inflexible, recordando a los hebreos que dicha acusación había formado parte de las inculpaciones que habían motivado la condena. Al parecer, cuando los saduceos se convencieron de la dura e intransigente postura del romano, le sugirieron que, al menos, modificase el texto, cambiándolo por otro que dijese: «Ha dicho: soy el Rey de los Judíos.» La respuesta de Poncio fue idéntica a las anteriores: «Lo que he escrito, escrito está por mí.» Y la representación del Sanedrín no tuvo más remedio que retirarse, no sin antes amenazar al gobernador con un sinfín de maldiciones y castigos divinos...

Una vez cancelado el incidente, el centurión dio orden de proseguir. Desenvainó su espada y sin titubeo alguno se abrió paso entre la turba. Aquellos cientos de fanáticos, en su mayoría desocupados, gente comprada por el Sanedrín o, simplemente, morbosos sedientos de sangre, se echaron atrás al momento, abriendo un pasillo por el que desfiló el pelotón con los condenados. Por más que miré no pude descubrir a uno solo de los amigos o discípulos de Jesús. En cuanto a la muchedumbre que había gritado la liberación de Barrabás y la crucifixión del Galileo, ¿dónde estaba? Aquellos hebreos constituían una mínima parte de los dos mil o tres mil que podían haberse congregado minutos antes frente a las escalinatas de la residencia del procurador. Este súbito desinterés por el final del «odiado rey de los judíos» confirmó mi hipótesis. La inmensa mayoría de los judíos que subió esa mañana hasta el Pretorio sólo llevaba una intención: solicitar la tradicional liberación de un preso. En el fondo les daba igual en quién recaía la gracia. Si los jueces hubiesen clamado por la libertad de Jesús, el gentío, probablemente, hubiera coreado el nombre del Nazareno. Una vez satisfecha su curiosidad, los miles de peregrinos y vecinos de Jerusalén se retiraron, olvidándose prácticamente del condenado.

Pero el tropiezo con aquellos doscientos cobardes sí influyó en algo. Longino, hombre de gran experiencia, pensó sin duda que la conducción de los «zelotas» y del «rey» a través de las calles de la ciudad alta de Jerusalén podía revestir complicaciones para sus hombres y para él y con buen criterio varió el camino que tradicionalmente venían siguiendo este tipo de procesiones. En general, los futuros ajusticiados eran paseados por las intrincadas callejuelas de la ciudad, tratando así de ejemplarizar a las masas. En esta ocasión, insisto, el centurión se decidió por un camino mucho más corto. Siento defraudar a cuantos han creído y creen en una «vía dolorosa» a través de las estrechas calles del barrio alto. Nada de eso. El centurión y los soldados se desviaron hacia el norte, entrando en el polvoriento camino que conducía a Cesarea y que discurría casi paralelamente al valle del Tyropeón. (Hoy, esa misma vía atraviesa —algo más al norte— la Puerta de Damasco, en la muralla septentrional.)

Los primeros sorprendidos por este cambio en el itinerario fueron los hebreos que habían arrojado las piedras contra la escolta romana. Al poco, encabezados por los saduceos, comenzaron a seguir a Longino y a los legionarios. Supongo que aquella extraña variación en la ruta tradicional de los reos movió aún más su curiosidad.

Según mis cálculos, Jesús llevaba caminados unos 100 metros desde el patio de la Torre Antonia cuando el centurión, de improviso, salió de la calzada, echándose a la izquierda e iniciando el descenso por la mencionada quebrada del Tyropeón, en dirección a una de las esquinas de la muralla norte de la ciudad. El viento levantaba en aquella zona exterior de Jerusalén grandes masas de polvo y tierra, dificultando el ya penoso caminar del Maestro y de los «bandidos». Éstos habían vuelto a ser azotados, aunque aquella pendiente y lo irregular del terreno restaban precisión a los golpes de los verdugos.

Fue precisamente al bajar por aquella corta ladera, sembrada de cardos y abrojos espinosos, cuando el renqueante y humillado cuerpo del Nazareno perdió nuevamente el equilibrio, cayendo en tierra entre una nube de polvo. Esta vez, Jesús logró adelantar sus rodillas, que fueron a estrellarse entre las piedras.

La tercera caída del prisionero obligó a detener la comitiva. Dos de los verdugos retrocedieron y, a latigazos, intentaron que el Maestro se incorporase. Con la boca abierta, resoplando y en mitad de una nueva elevación del ritmo cardíaco, el gigante —que había quedado de rodillas— logró al fin elevar la pierna derecha. Pero la izquierda, destrozada por el *flagrum*, no respondió. El Hijo del Hombre apretó los dientes con todas sus fuerzas. Los músculos del cuello volvieron a tensarse, produciéndose una peligrosa contractura del esternocleidomastoideo. Sus ojos cerrados reflejaban un firme deseo de vencer el peso del madero, pero el agotamiento, la sed y el cada vez más preocupante descenso de la volemia (en aquellos momentos era muy posible que el rabí hubiera perdido unos dos litros de sangre), pudieron más que su voluntad y, a pesar de los latigazos, el cuerpo del reo, lejos de recuperarse, fue inclinándose más y más, hasta que la barbilla tocó la rodilla derecha. En ese crítico instante, la voz del centurión detuvo a los legionarios. Y el propio Longino, ayudado por otros dos soldados, se encargó de empujar el *patibulum*, aliviando así la recuperación del prisionero. Una vez en pie, la comitiva continuó el descenso hasta llegar al fondo de la vaguada. A partir de allí, y hasta el Gólgota, el camino fue mucho más dramático. Según mis cálculos, la depresión del Tyropeón se hallaba en la cota 745. Habíamos descendido cinco metros (la cota de la fortaleza Antonia y de la pista de Cesarea era de 750 metros) y el Calvario se encontraba a 755 metros de altitud sobre el nivel del mar. Eso significaba, a partir de esos instantes, un camino en continua pendiente...

Pero, ante mi sorpresa, el Nazareno logró descender por el repecho con menos dificultades de lo que imaginaba. Tambaleándose y respirando por la boca, consiguió cubrir otro centenar de metros. Aquello sumaba alrededor de 250 desde nuestra salida de Antonia.

Sin embargo, yo mismo me estaba engañando. La triste realidad no tardó en imponerse. De pronto se detuvo. El leño osciló nerviosamente a uno y otro lado y Jesús cayó sobre sus rodillas, presa de convulsiones más intensas. Esta vez, afortunadamente para él, la comitiva apenas si se detuvo unos segundos. El rabí prosiguió el avance, arrastrando las rodillas sobre la áspera pendiente.

No pude evitar un sentimiento de admiración. Aquel hombre, en el declive de su vida, era capaz de continuar —del modo que fuera— hacia su propio fin...

Longino había elegido el perímetro exterior de la muralla norte, evitando así las multitudinarias calles de Jerusalén y, al mismo tiempo, acortando el camino.

A pesar de ello, el agotamiento físico, y estimo que mental, de Jesús estaba rozando nuevamente el estado de shock. Las puntas de sus dedos habían empezado a teñirse con una tonalidad violácea, señal inequívoca de una pésima circulación en sus extremidades superiores, fruto del agarrotamiento prolongado. Aunque fue imposible verificarlo en aquellos angustiosos momentos, era más que seguro que sus brazos y hombros hubieran iniciado una tetanización, sumando con ello un nuevo y punzante dolor, consecuencia de la progresiva cristalización de los microscópicos cristales de ácido láctico de sus músculos. (Este proceso de tetanización sería uno de los más arduos suplicios a que debería enfrentarse el Maestro durante los primeros minutos de la crucifixión.)

Con la cabeza y el tronco flexionados, el Galileo fue ganando cada palmo de terreno, envuelto en oleadas de arena y levantando en cada arrastre de sus rodillas pequeñas columnas de polvo. La sangre que empapaba su túnica fue cargándose de tierra, así como sus cabellos, barba y rostro.

La respiración fue haciéndose más y más rápida y, cuando había ganado otros cincuenta escasos metros, un sudor frío bañó las sienes y cuello. Jesús avanzaba ya con movimientos muy bruscos, casi a sacudidas, con una típica marcha «espástica», consecuencia de la rigidez muscular.

De pronto le vi levantar el rostro por dos veces, procurando inhalar un máximo de aire. Y sin que nadie pudiera evitarlo se desplomó, estrellándose contra el terreno.

Los soldados no lo dudaron. Y antes de que el centurión tuviera tiempo de intervenir la emprendieron a patadas con el inerme cuerpo del Nazareno. Los catorce clavos en forma de «S» de las suelas fueron abriendo nuevas heridas en las piernas y, supongo, en casi todas las áreas donde descargaron los puntapiés: riñones, costillas y espalda. El pie izquierdo había quedado orientado hacia la derecha y uno de los furiosos verdugos lo pisoteó por dos veces. En el segundo impacto, la uña del dedo grueso saltó limpiamente.

Allí, cuando faltaban escasos metros para coronar la pendiente, las fuerzas habían abandonado definitivamente al reo.

La llegada de Longino zanjó aquella estéril paliza. Y digo estéril porque el Maestro había perdido el conocimiento.

El oficial, que estaba enterado de la dura intervención de los legionarios en la flagelación, reprochó a los soldados aquel absurdo comportamiento. Se agachó y colocando sus dedos en la arteria carótida comprobó el pulso.

—Aún vive —exclamó aliviado.

Los cuatro guardianes que le habían sido adjudicados procedieron a levantar el *patibulum*. Pero Jesús quedó materialmente colgado del leño, con la cabeza hundida sobre el pecho.

Uno de los soldados sugirió al centurión que soltaran el tronco Longino dirigió su mirada hacia el polvoriento horizonte y al comprobar que nos hallábamos muy cerca de la puerta de Efraím, rechazó la idea, ordenando que transportaran al reo y al *patibulum* hasta el pie mismo de la muralla. Así se hizo. Sin pararse en contemplaciones de ningún tipo, el pelotón reanudó la marcha, remontando el repecho en dirección a la citada entrada noroeste de la ciudad. Dos de los verdugos depositaron los extremos del madero en sus respectivos hombros, cargando así con el cuerpo desmayado del prisionero. Los pies de Jesús, durante estos nuevos 80 o 100 metros, fueron arrastrando sin piedad por entre la maleza y las pequeñas formaciones rocosas, ulcerando aún más los tejidos.

Una vez junto a la muralla, al pie mismo de la referida puerta y del sendero que partía desde aquel ángulo hacia Jaffa, los soldados sentaron al Maestro, recostándolo sobre los bloques del alto muro. Mientras dos de ellos sostenían el tronco, otro soltó la maroma, desatando a Jesús. Sus brazos, exánimes, cayeron sobre sus costados. Y otro tanto ocurrió con su cabeza, que quedó inclinada sobre el tórax.

Los verdugos que habían venido azotando a los «zelotas» aprovecharon aquel descanso para sentarse al filo del camino, mientras los guerrilleros, exhaustos, se derrumbaban igualmente.

El tropel de curiosos no tardó en asomar por el repecho. Pero, al ver que el pelotón se había detenido, se mantuvo a una prudencial distancia, pendiente de todos y cada uno de los movimientos de los romanos.

El tránsito de caminantes por aquella calzada era intenso. Nos encontrábamos muy cerca de la tradicional celebración de la cena pascual y los peregrinos apresuraban el paso, arreando las caballerías y los rebaños de corderos. Mucho de ellos se detenían bajo el arco de la puerta de Efraím, sorprendidos por el espectáculo de aquellos hombres ensangrentados, medio desnudos y hundidos bajo el peso de los troncos. Pero la tormenta de polvo y arena seguía arreciando y la mayor parte, tras echar un vistazo, se retiraban de inmediato. Supongo que muy pocos llegaron a reconocer al Nazareno.

El centurión y su lugarteniente volvieron a examinar a Jesús. Ambos se mostraban seriamente preocupados. No deseaban que el reo perdiera la vida en el traslado. Aquello les hubiera complicado las cosas. A petición de Longino, el legionario que había cargado el saco de cuero extrajo de éste un cántaro de barro envuelto en una redecilla trenzada a base de cuerdas y, protegiéndolo del polvo con su propio cuerpo, llenó una cazoleta de metal, de un remoto color verdoso, con un líquido incoloro. El centurión aproximó el recipiente a los labios de Jesús que, al contacto con lo que en un principio identifiqué con agua, reaccionó favorablemente. Al fijarme aprecié cómo los labios se hallaban agrietados, con las típicas manchas amarillentas en sus bordes, propias de la deshidratación. Lentamente, el Galileo fue apurando el brebaje. Al terminar, su boca quedó entreabierta, con el cuerpo estremecido por la fiebre y la consiguiente sensación de frío. Entonces, al reparar en su boca, comprobé con espanto que la hermosa dentadura del rabí aparecía rota. Me situé en cuclillas, al lado de Longino y tocando con mis dedos el labio inferior descubrí la dentadura. Uno de los incisivos inferiores había desaparecido y el segundo presentaba sólo una parte de la corona. Aquellas pérdidas sólo podían haber ocurrido en alguna de las cuatro caídas. En mi opinión, en la primera o en la cuarta y última.

Al notar la suave presión de unos dedos, bajando su labio inferior, Jesús abrió como pudo sus ojos. El izquierdo se hallaba prácticamente cerrado por los hematomas y la rotura de la ceja. Mi mirada debió ser tan intensa y compasiva que adiviné una chispa de agradecimiento en aquella pupila. La «hipotonía» o blandura del globo ocular era tan evidente que me reafirmé en la gravísima deshidratación que padecía.

La temperatura del labio era muy alta y, sin poder remediarlo, comenté con el oficial el delicado estado del reo. Longino se incorporó y con un gesto de preocupación se dirigió al camino, observando a los transeúntes. Al principio me extrañó aquella reacción del capitán de la escolta. Después comprendí por qué se había alejado del pelotón.

Mientras observaba cómo el Galileo iba recobrando el aliento, un grupo de veinte o treinta mujeres apareció bajo el arco de Efraím. Indudablemente venían al encuentro del Maestro porque, al descubrirlo al pie de la muralla, se detuvieron. Avanzaron tímidamente y, cuando se hallaban a tres metros, uno de los legionarios les cortó el paso con su lanza.

Me puse en pie y busqué con ansiedad a la madre del Maestro, pero pronto caí en la cuenta que aquel intento de identificación era ridículo. Yo no conocía a María. Las mujeres rompieron a llorar. Fueron unas lágrimas amargas y silenciosas.

El Galileo giró entonces su cabeza y al contemplar al grupo de judías inspiró profundamente. Después, ante la sorpresa general, exclamó con una voz ronca.

—¡Hijas de Jerusalén...! No lloréis por mí. Llorad más bien por vosotras mismas y los vuestros...

El viento golpeaba los mantos de las hebreas, que no cesaban de sollozar. Y Jesús, tras una breve pausa, añadió:

—Mi misión está casi cumplida. Muy pronto me iré con mi Padre... pero la época de terribles males para Jerusalén no ha hecho más que empezar...

Los escalofríos arreciaron y, haciendo un último esfuerzo, concluyó:

—Veréis llegar días en los que digáis: «Benditas las estériles y aquellas cuyos senos no amamantaron a sus pequeños...» En esos días pediréis a las rocas que caigan sobre vosotras para libraros del terror de vuestras tribulaciones.

Aquellas mujeres habían sido valientes. Mucho más que los discípulos y amigos del Maestro. A excepción de Juan Zebedeo, de José de Arimatea y del joven Marcos —a quien encontraría pocos minutos después—, el resto no había tenido el coraje suficiente para seguir a su Maestro, ni siquiera de lejos. El Nazareno, en mitad de su turbación, tuvo que darse cuenta y quizá por ello dirigió aquellas palabras al puñado de seguidoras.

El soldado, sujetando el *pilum* con ambas manos, obligó a retroceder a las judías. Pero una de ellas, en lugar de obedecer, se adelantó hasta el infante, mostrándole una moneda. Después susurró algo al oído del verdugo. Éste aceptó el dinero y tras comprobar lo que encerraba la mujer en su otra mano la dejó pasar. La hebrea, a quien yo había visto en las faenas domésticas del campamento de Getsemaní, corrió hacia el rabí y, clavando sus rodillas en el suelo, extendió su mano izquierda, depositando algo en los labios del Nazareno. ¡Eran pasas! ¡Pasas de Corinto! Uno de los frutos preferidos de Jesús...

La buena mujer logró introducir hasta tres pasas en la boca del Maestro. No hubo tiempo para más. El mismo legionario que le había dejado pasar, una vez apartado el grupo, volvió sobre sus pasos, forzando a la hebrea a abandonar el lugar.

Conmovido por aquel postrer gesto de amor hacia el Hijo del Hombre no vi llegar a Longino. Junto a él se hallaba un hombre corpulento, de unos 50 años y de piel blanca, aunque ligeramente cetrina. Se tocaba con un turbante y sus ropajes se diferenciaban del común de los hebreos por unos pantalones de color verdoso brillante, muy holgados y recogidos en la mitad de la pierna.

Por lo que pude apreciar hablaba sólo griego y con evidentes dificultades. A una orden del centurión cargó el *patibulum* de Jesús y los legionarios se incorporaron, reanudando sus latigazos sobre las espaldas de los «zelotas». El *optio* volvió a la cabeza del pelotón mientras Longino señalaba a dos de sus hombres que se ocuparan del tercer prisionero. Los infantes colgaron sus escudos en bandolera y auparon al Galileo, sujetándole por las axilas.

La comitiva se dividió entonces en dos partes. En primer lugar, los rebeldes, con Arsenius abriendo el cortejo. Detrás, a cosa de cinco o diez metros, otros cuatro verdugos; dos de ellos, sosteniendo al rabí. E inmediatamente, cerrando el pelotón, el llamado Simón, natural de Cirene, un país situado entonces en el norte de África, entre Egipto y Tripolitania.

Durante el tiempo en que el Cristo permaneció colgado de la cruz, tuve ocasión de intercambiar algunas palabras con aquel cireneo, elegido por el centurión por su fuerza física. Según me relató, Longino se fijó en él cuando, en compañía de otros amigos y peregrinos como él desde Cirene, se dirigía por la ruta de Jaffa, desde el campamento que les servía de provisional refugio, hacia el Templo. Como judío tenía intención de asistir a los oficios rituales de aquel viernes. Pero sus propósitos se vieron arruinados por la inesperada llamada del oficial romano.

No venía, por tanto, de ninguna heredad, como han explicado numerosos comentaristas bíblicos. Aquel Simón, como otros muchos peregrinos, había acudido a la fiesta de la Pascua y, al no disponer de un mejor albergue, había montado su tienda muy cerca de las murallas. De ahí el error de Marcos (15,21), cuando afirma que «volvía del campo».

Por supuesto, en aquel tiempo, Simón de Cirene no conocía prácticamente a Jesús. Algo había oído, sí, sobre sus prodigios y curaciones, pero, al menos en aquellos históricos momentos, la tragedia del Hijo del Hombre no le afectó lo más mínimo. Cumplió con lo que le habían ordenado, permaneciendo después durante algún tiempo cerca de las cruces por pura curiosidad.

Años más tarde, sin embargo, tanto él como sus hijos Alejandro y Rufus se convertirían en eficaces propagadores del evangelio en el norte de África.

Envueltos en la silbante tempestad de arena, los soldados cruzaron el camino, dispuestos a salvar los últimos metros que nos separaban del lugar de ejecución.

Los hombres que ayudaban al Nazareno habían pasado los brazos de éste por encima de sus respectivos hombros, sujetando al reo por la cintura y por ambas muñecas.

Y así, inválido, arqueando la pierna derecha con dificultades y con la izquierda inutilizada, aquel despojo humano fue socorrido y trasladado hasta el pie del Gólgota. De acuerdo con mi cómputo, la «vía dolorosa» —nunca mejor empleado el calificativo— había supuesto un total de 480 metros, aproximadamente.

Eran las 12.30 horas del viernes, 7 de abril.

Medio cegado por las partículas de polvo y tierra, a punto estuve de tropezar con las rocas calcáreas que se derramaban en aquel paraje, al noroeste de la ciudad. Sin saberlo me encontraba ya al pie del «Râs» o «Cabeza», también conocido por Calvario y Gólgota (1).

(1) El término *Gulgultha* es la forma aramea del hebreo *Gulgoleth*, que quiere decir «cráneo». Por eliminación de una de las «l» aparece la expresión griega *Gólgotha* y la siríaca. *Gugultha*. La versión latina se lee *Calvarium*. De ahí la denominación final de Calvario. *(N. del m.)*

Aunque la visibilidad era aún aceptable, los remolinos de arena dificultaron mi primera exploración de aquel lugar. Sólo después del fallecimiento del Nazareno —una vez calmada la tormenta y «libre» el sol del singular fenómeno que se registraría pasadas las 13.30 horas— pude analizar con un cierto sosiego el punto donde realmente me hallaba.

El centurión y sus hombres conocían bien aquel cerro rocoso —porque de eso se trataba en realidad— y se apresuraron a alcanzar la cima. El primero y más grande de los peñascos (puesto que la formación abarcaba dos moles prácticamente contiguas) tenía una altura máxima de seis o siete metros, tomando como referencia el nivel del sendero que lamía casi las bases de ambos promontorios.

Al ir ascendiendo por las erosionadas costras de carbonato de cal, lo primero que me llamó la atención fue la escasísima vegetación existente en el lugar y lo redondeado del cerro en cuestión. Era muy probable que aquella desnudez de la roca —observada desde una cierta distancia— hiciera volar la imaginación de los habitantes de Jerusalén, denominando a aquel peñón con el referido nombre de «cráneo» (1).

El lugar, por supuesto, resultaba ideal para este tipo de ejecuciones públicas. Se levantaba a un centenar de metros de la mencionada puerta occidental de Efraím y, como digo, al pie mismo del transitado camino hacia Jaffa. Si realmente se pretendía impresionar a los habitantes y peregrinos de la ciudad santa, aquél constituía un punto de notable interés.

En lo que concierne a las dimensiones del Gólgota o «Cabeza»

(1) De las diversas interpretaciones que yo había estudiado durante mi entrenamiento para la misión Caballo de Troya sobre este lugar, sólo la que asociaba la forma del peñasco con la palabra «cráneo» me pareció la más verosímil. Y no estaba equivocado. Para algunos, entre los que se encontraba san Jerónimo, el Gólgota tomaba aquel nombre por ser éste el lugar donde se ajusticiaba y sepultaba a los criminales. Craso error, ya que los judíos tenían por costumbre enterrar a los ejecutados en una fosa común o, incluso, arrojarlos a las barrancas de la Gehenne o Hinnom, al sur de Jerusalén, donde eran devorados por los perros, ratas y otros animales. Una segunda teoría —más peregrina que la anterior— alude a una vieja leyenda, según la cual, aquel promontorio fue denominado así porque en una caverna inferior se hallaba el cráneo de Adán. Así lo creyeron, por ejemplo, personajes tan relevantes como Orígenes, san Atanasio, san Ambrosio, santa Paula, etc. En este sentido, una vidente llamada Ana Emmerich llegó a escribir lo siguiente en su obra *La dolorosa Pasión de Nuestro Señor Jesucristo:* «En cuanto al origen del nombre calvario, he aquí lo que sé. La montaña que tiene ese nombre, se me apareció en tiempo del profeta Eliseo. Entonces no estaba como en el tiempo de Jesús; era una altura con muchas murallas y grutas que parecían sepulcros. Vi al profeta Eliseo bajar a esas grutas (no sé si lo hizo realmente o si era simplemente una visión). Lo vi sacar un cráneo de un sepulcro de piedra, donde reposaban huesos. Uno que estaba a su lado, yo creo que era un ángel, le dijo: "Es el cráneo de Adam". El profeta quiso llevárselo, mas el que estaba con él, no se lo permitió. Vi sobre el cráneo algunos pelos rubios esparcidos. Supe también que el profeta, habiendo contado lo que le había sucedido, el sitio recibió el nombre de "Calvario". En fin, yo vi que la cruz de Jesús estaba puesta verticalmente sobre el cráneo de Adam.» Con todos mis respetos para la citada vidente, sus «informaciones» no concuerdan con los estudios arqueológicos ni con la propia naturaleza de la humilde roca. *(N. del m.)*

(y hago referencia a esta denominación —«Râs»— porque se trata de la última explicación ofrecida por el prestigioso arqueólogo Vicent, en base a lo que pudo escuchar de un viejo habitante del barrio del actual Santo Sepulcro), el cabezo más voluminoso, sobre el que iban a practicarse las crucifixiones, estimo que sumaría entre 20 y 30 metros de diámetro en la base, con una corona o cima redondeada de otros 12 a 15 metros, aproximadamente. En cuanto al peñasco situado inmediatamente y hacia el norte, sus dimensiones eran sensiblemente menores.

Aquél, en definitiva, iba a ser el escenario de toda una serie de trágicos y desconcertantes sucesos.

¿Cómo describir aquel lugar y aquel momento? ¿Cómo transmitir la inmensa soledad de Jesús de Nazaret al pisar la calva pedregosa del Gólgota?

Hoy, al enfrentarme a esta parte de mi diario, he estado a punto de abandonar. A mí también me fallan las fuerzas, estremecido por los recuerdos. Y si he vuelto al relato de este primer «gran viaje» ha sido por respeto a la promesa hecha a mi hermano Eliseo... Espero que aquellos que lleguen a leer este testimonio sepan perdonar la pobreza de mi lenguaje.

La ascensión hasta la redondeada plataforma que coronaba el peñasco —que creo haber anotado ya como de unos 12 a 15 metros de diámetro— fue muy breve. Los soldados tomaron una especie de canal situado en el lado este y que, en realidad, no era otra cosa que una hendedura natural, consecuencia de algún remoto agrietamiento de la enorme masa pétrea. Fueron suficientes veinte pasos para tomar posesión de la zona superior, a la que me resisto a dar el calificativo de cima.

Al pisar aquel lugar, mi espíritu se encogió. Las ráfagas de viento, más que silbar, ululaban entre media docena de altos postes, firmemente hundidos en las fisuras de la roca. ¡Eran los *stipes, palus* o *staticulum,* como se designaba a los maderos verticales de las cruces!

¿Fue miedo lo que experimenté al ver aquellos rugosos troncos? Ahora, en la distancia, supongo que tuvo que ser una mezcla de terror y decepción. Terror por su negro y puntiagudo perfil y decepción porque, influenciado quizá por las incontables tradiciones e imágenes sobre la Cruz bíblica por excelencia, en mi mente se había fraguado una estampa muy distinta a la que tenía ante mis ojos. Aquello no tenía nada que ver con las majestuosas, pulidas y hasta esmeradas cruces que han sido y son representadas por las iglesias o por casi todos los maestros universales de la pintura y de la imaginería.

Frente a mí, en el centro casi del lomo convexo del Gólgota, sólo había seis «árboles» mutilados, desnudos, mostrando aquí y allá las «cicatrices» circulares y blanquecinas donde antaño habían florecido otras tantas ramas. Aún conservaban la cenicienta y áspera corteza propia de las coníferas, con algunos reguerillos resinosos, solidificados entre los vericuetos de sus superficies.

Casi todos presentaban en su parte baja un sinfín de muescas, que permitían ver la sólida cara de la madera. Pero, en aquellos instantes no supe adivinar a qué se debían.

En sus extremos, los *stipes* —cuyas alturas oscilaban entre los tres y cuatro metros— aparecían afilados muy toscamente. Como si los responsables del patíbulo hubieran pretendido «sacarles punta» a base de machetazos... Eran las únicas zonas claras de aquellos siniestros fantasmas, alineados en dos filas casi paralelas. En las puntas, los seis árboles presentaban sendas hendeduras, a la manera de horquillas. La separación entre poste y poste —en la primera hilera— no llegaba a los tres metros. En cuanto a los otros palos, habían sido clavados cuatro o cinco metros más atrás y uno de ellos, el situado hacia el Oeste, se hallaba inclinado. Sin duda, las cuñas de madera que servían para estaquillar el árbol habían cedido.

Dos de ellos —y esto me extrañó también— habían sido perforados, como a un metro del suelo, por sendas barras de hierro, que quedaban al descubierto por uno y otro lado de los cilíndricos postes.

Los «sediles» en cuestión (fue la única identificación que me vino a la memoria) habían sido dispuestos en el madero central de la primera hilera y en el que se levantaba a la izquierda de éste; es decir, en el que ocupaba el extremo este de la citada primera fila de *stipes*. Yo no podía saberlo entonces, pero la presencia de aquel último «sedile» (1), resultaría de cierta trascendencia en lo que podría calificar de «diálogo» entre el Galileo y uno de los «zelotas».

Durante unos minutos que me parecieron interminables, tanto los «bandidos» como Jesús permanecieron con la vista fija en aquellos troncos. El silencio, quebrado por la tempestad, fue dramáticamente significativo.

Pero aquella tensa situación duraría poco. Siete de los soldados tomaron posiciones, rodeando los tres primeros árboles, mientras el que había cargado con el saco de cuero se apresuraba a revolver en su interior, rescatando una serie de herramientas. La sangre se me heló en las venas al ver un manojo de clavos (creo recordar que conté 15), dos martillos provistos de grandes cabezas cuadrangulares de madera, unas tenazas de mugrientos mangos de cuero, una cadena de un metro de longitud y un machete de cortas dimensiones y ancha hoja.

Los terroristas, hipnotizados al pie de los *stipes*, salieron pronto de su mutismo. Dos miembros de la patrulla habían empezado a soltar la maroma que amarraba al *patibulum* al más viejo de los «zelotas». Aquella fue la chispa que encendió uno de sus últimos ataques de histerismo y desesperación. Al intuir que él había sido elegido como primera víctima, comenzó a aullar, sacudiendo el madero con sus brazos y propinando patadas a los legionarios. Longino, que parecía esperar aquella reacción, ordenó algo a un tercer soldado. Éste se situó por detrás del reo y agarrándole por el pelo

(1) El «sedile» venía a ser una pieza de madera o de metal —generalmente de hierro— que se colocaba en ocasiones en las zonas bajas de la *stipe*. Era usado cuando se deseaba prolongar la agonía del crucificado. En esta pieza, que adoptaba formas diversas —desde una simple barra hasta un taco de madera, pasando por una estructura similar a un cuerno—, el reo podía apoyar los pies y, en consecuencia, el peso de su cuerpo. Tertuliano lo cita en una ocasión, llamándolo *sedilis excelsus* o asiento elevado. *(N. del m.)*

dio un fuerte tirón, inmovilizándole. Sin perder un segundo, el centurión se hizo con una de las lanzas y tras apuntar con la base del fuste a la cabeza del prisionero, le propinó un golpe seco que le hizo perder la conciencia.

Una vez liberado de las ataduras, y mientras era sostenido por los dos infantes, el que le había inmovilizado terminó de desgarrarle la maltrecha túnica, respetando, sin embargo, el taparrabo. Con una precisión y soltura que me dejó perplejo, aquellos romanos tumbaron boca arriba al inconsciente guerrillero, extendiendo (la expresión más exacta sería tensando) sus brazos sobre el madero. Al tratarse de un *patibulum* perfectamente cilíndrico, cada uno de los legionarios encargados de tirar de los brazos se arrodilló frente a ambos extremos del leño, sujetándolo con sus rodillas y muslos. De esta forma se lograba una aceptable estabilidad durante el proceso de enclavamiento.

Cuando los verdugos consideraron que el *patibulum* se hallaba perfectamente retenido, hicieron una señal con la cabeza y el soldado responsable de la impedimenta acudió hasta la cabecera, arrodillándose también sobre la blanca roca. Sus musculosas rodillas hicieron presa en la cabeza del reo, aplastando prácticamente sus oídos. Simultáneamente, aunque aquella última medida de seguridad no parecía necesaria en el caso del inerme «bandido», un cuarto legionario unió los tobillos, rodeándolos con la cadena.

El soldado que se había apostado por detrás del reo, controlando su cabeza, extrajo uno de los dos largos clavos que había dispuesto en el interior de su cinturón. A su derecha, sobre la costra del Gólgota, descansaba uno de los voluminosos mazos.

El Maestro, que al verse desasistido había caído de rodillas sobre el Calvario, continuaba en la misma postura, dentro del círculo que formaba el pelotón y de frente a los *stipes*. Sin embargo, no creo que llegase a contemplar aquella escena. Su cabeza y su vista estaban dirigidas hacia tierra y así continuó hasta que fue reclamado por los hombres de Longino.

Con una minuciosidad propia de un profesional de dilatada experiencia en aquel funesto menester, el ejecutor romano tomó el clavo en su mano derecha y fue palpando con la afilada punta los diversos huesecillos del carpo o muñeca izquierda por su cara palmar. Noté cómo localizaba las arterias radial y cubital, presionando suavemente la vena que lleva este último nombre. Después, una vez seguro, hizo un pequeño rasguño en la piel. Cambió el clavo de mano y lo situó verticalmente sobre el punto elegido. Acto seguido agarró el martillo y levantó la vista, esperando que el oficial le autorizase a golpear. Longino asintió con una leve inclinación de cabeza y el legionario aproximó la maza hasta tocar suavemente la base de cobre. Izó a continuación el martillo por encima de su oreja derecha, lanzándolo con fuerza sobre el clavo.

La sección cuadrada —de unos ocho milímetros— penetró limpiamente, atravesando la muñeca y abriendo también la madera del *patibulum*. El clavo —de unos 20 o 25 centímetros de longitud—, se había inclinado ligeramente, al enterrarse en el carpo. Su cabeza aparecía ahora en dirección a los dedos. En aquel momento, con el corazón bombeando aceleradamente, no reparé en un detalle que decía mucho en favor de la pericia del verdugo...

Con una segunda descarga —mucho menos violenta que la primera—, el clavo entró un poco más. La base del mismo había quedado a unos 10 centímetros de la piel. La sangre tardó dos o tres segundos en brotar.

El guerrillero, que seguía inconsciente, no reaccionó. Y el verdugo se dio prisa en repetir la operación sobre la muñeca derecha. En esta ocasión no miró siquiera al centurión. Con otros dos martillazos fue suficiente para fijar al reo al madero. Curiosamente, la base del clavo volvió a situarse oblicuamente. Entonces caí en la cuenta de cómo ambos pulgares se habían doblado bruscamente hacia el centro de la palma de las manos. Los restantes dedos, en cambio, apenas si habían quedado flexionados. (Al dirigir los ultrasonidos sobre las muñecas del Maestro se pudo formular una hipótesis —confirmada por estudios anatómicos posteriores— sobre la causa de este fenómeno.)

Al perforar las muñecas del «zelota», dos borbotones de sangre emergieron lentamente, rodando por la corteza del leño y formando sendos charcos sobre la roca. Aunque las hemorragias no fueron preocupantes, la visión de la sangre y el enclavamiento de su compañero provocaron el estallido del mermado sistema nervioso del joven terrorista. Con el rostro suplicante logró arrastrarse de rodillas hasta Longino. Una vez a sus pies hundió la cabeza en el suelo, pidiendo a gritos que tuviera compasión de él. Durante décimas de segundo, los ojos del centurión se empañaron con una sombra de piedad. Alzó las manos en señal de impotencia y, procurando que el reo no se percibiera de ello, pidió su *pilum* al legionario más cercano. Longino no podía evitar la crucifixión del muchacho, pero sí que sufriera las dolorosas acometidas de los clavos en sus muñecas. Y levantando la lanza con ambas manos se dispuso a aporrear el cráneo del aterrorizado prisionero.

—¡Alto...! ¿Qué buscáis aquí?

Los gritos de uno de los centinelas segó los propósitos del oficial. Al volverse vio a un grupo de seis o siete mujeres que ascendía con paso decidido por la grieta del montículo. Longino se olvidó del reo, adelantándose hacia las hebreas. Las mujeres intercambiaron algunas frases con el centurión, mostrándole una pequeña cántara de barro rojo.

El jefe de la patrulla tranquilizó a sus hombres, permitiendo que las judías llegaran a lo alto del Calvario. Una vez arriba, la que cargaba la vasija se dirigió hacia el guerrillero que acababa de ser atravesado. Le siguió una segunda mujer y el resto permaneció en silencio en el filo del patíbulo, protegiéndose de las aceradas rachas del viento con sus amplios mantos negros y verdes.

Al darse cuenta que aquel hombre yacía inconsciente, las decididas mujeres se volvieron hacia Longino. El centurión, adelantándose a sus pensamientos, les señaló al segundo reo, que continuaba bajo el peso del *patibulum*, desangrándose y llorando desesperadamente.

Pero antes de que las hijas de Jerusalén abrieran la cántara y cumplieran con el viejo consejo del libro de los Proverbios —«dad bebidas fuertes al que va a perecer y vino al alma amargada»—, el oficial indicó a los legionarios que concluyeran el levantamiento del primer «bandido». La escalera fue apoyada contra una de las *stipes* de la primera hilera (la situada al Oeste), mientras otros dos infantes levantaban, no sin dificultades, el leño al que había sido clavado el condenado. Sin pérdida de tiempo, el verdugo responsable de las perforaciones amarró una maroma alrededor del tórax, practicando a continuación dos rápidos nudos en cada uno de los extremos del *patibulum*. Por último, haciendo gala de una gran destreza, remató el amarre con una lazada central.

Un cuarto soldado se situó en lo alto de la escalera y los que sostenían al guerrillero lo transportaron hasta el pie del madero vertical. El autor del anclaje tendió la soga al compañero situado sobre la escalera y éste la introdujo en la ranura superior del árbol. Inmediatamente, el legionario comenzó a tirar de la gruesa cuerda, ayudado desde tierra por el *optio*. A cada tirón, la maroma, al contacto con la *stipe*, emitió un agudo chirrido que vino a confundirse con los desgarradores alaridos del segundo «zelota».

En cuestión de minuto y medio, el *patibulum* fue izado hasta lo más alto. El lugarteniente de Longino tensó al máximo la cuerda y antes de que el romano que se había encaramado a la escalera soltase la maroma, los tres infantes que vigilaban la ascensión del reo acudieron en ayuda de Arsenius, sosteniendo en el aire al preso y su *patibulum*.

Al deshacerse de la soga, el legionario de la parte superior hizo presa en los dos ramales de la lazada central, arrastrando el orificio del tronco hacia la punta de la *stipe*. Una vez ensartado el *patibulum*, el infante dio un grito y los cuatro romanos dejaron en libertad el largo cabo. Con un crujido, el leño se deslizó hacia abajo hasta quedar encajado en el palo vertical.

El cuerpo del «bandido» cayó también a peso, produciéndose un estiramiento máximo de sus brazos, que quedaron formando un ángulo de 65 grados con la *stipe*. Este terrorífico frenazo hizo que las heridas de las muñecas se desbocaran, provocando también la distensión de los ligamentos de las articulaciones de los hombros y codos.

El dolor tuvo que ser tan insoportable que el infeliz reaccionó, recobrando el sentido. Sus ojos querían salirse de las órbitas. Pero lo forzado de la posición había bloqueado casi su aparato respiratorio y la boca, desencajada, no acertó a emitir sonido alguno. Sin embargo, los soldados no parecían tener ya unas excesivas prisas. Antes de descender de la escalera, el legionario tomó el mazo y asestó varios martillazos al *patibulum*, asegurándolo. A continuación recogió de manos del *optio* la tablilla en la que se leía el nombre de Gistas y procedió a clavarla sobre el tramo superior de la recién formada cruz, a una cuarta por encima del madero transversal.

Los doscientos curiosos que habían seguido a la patrulla, y que ahora habían ido tomando posiciones alrededor de la roca, prorrumpieron en gritos y exclamaciones de protesta al ver cómo el soldado terminaba de clavetear el «inri» del «zelota». Efectivamente, Longino llevaba razón. Si la comitiva se hubiera aventurado por las calles de Jerusalén con los dos «partisanos», quién sabe de lo que hubiera sido capaz el populacho.

Poco a poco, el grupo inicial de observadores judíos fue multiplicándose con otros peregrinos que iban y venían por la ruta de Jaffa. Muy cerca, en primera fila —como a 10 metros en línea recta— distinguí a varios de los saduceos. Y entre éstos, a Judas Iscariote, con la cabeza cubierta con el manto. (Ignoro si por miedo a las posibles represalias de los amigos y seguidores del Maestro o para protegerse, como otros muchos testigos, de los torbellinos arenosos que barrían aquellos extramuros de la ciudad.)

Sinceramente, al ver al traidor, mi deseo fue bajar del Gólgota y unirme a él. Su extraño suicidio era uno de los sucesos que me hubiera gustado aclarar. Pero la misión especificaba con claridad que no debería separarme de Jesús en aquellos críticos momentos.

El encargado del enclavamiento recibió al vuelo el martillo y, situándose frente al condenado, hincó la rodilla derecha en tierra. Extrajo otro clavo de su cinto e hizo una señal a sus compañeros. Uno de ellos tomó el pie derecho del reo, estirando la pierna y acoplando la planta a la superficie de la *stipe*. Esta maniobra dejó a ras de piel uno de los huesos del tarso —el astrágalo—, que sirvió de referencia al hábil verdugo. Situó el clavo sobre dicho hueso y de un solo martillazo lo cosió a la madera. El dolor ascendió por el cuerpo de Gistas, transformándose al instante en un aullido. Y antes de que otro de los romanos flexionase la pierna izquierda del «zelota», aplastando la planta del pie contra el palo vertical, un chorro de sangre asomó por debajo del pie recién clavado, precipitándose por el árbol hacia las cuñas que lo apuntalaban.

Al aullido siguieron una serie de berreos entrecortados. El diafragma del «zelota» había empezado a resentirse y su respiración entró en una angustiosa decadencia. A los pocos minutos, entre berrido y berrido, el desesperado reo comenzó a jadear, multiplicando sus cortas y dramáticas inspiraciones de aire.

Aquellos gritos —mezcla de espanto, dolor y rabia— sacaron de su aislamiento al joven terrorista. Levantó penosamente la cabeza y al ver a su compañero palideció, comenzando a sudar.

Los legionarios terminaron el enclavamiento del prisionero, cuyo pie izquierdo quedó a unos 10 o 15 centímetros por encima del derecho.

La sangre, corriendo en abundancia por la *stipe*, terminó por provocar intensas arcadas en el segundo guerrillero, que no tardó en vomitar.

Longino apremió a sus hombres para que desataran a Dismas. El infeliz, aturdido y temblando de miedo, no opuso resistencia. Una vez desnudo, bañado en un sudor frío, las mujeres recibieron del centurión la señal para que le suministraran aquella pócima. Pero antes, cuatro legionarios rodearon al reo, clavando casi las puntas de sus lanzas en sus riñones, espalda y vientre. Los temblores del «bandido» fueron en aumento y sus rodillas comenzaron a oscilar.

Contagiadas del pavor del prisionero, las judías llenaron con manos temblorosas un hondo tazón de madera con el líquido amarillento-verdoso contenido en la cántara. Al acercarme llegué a oler el brebaje, identificando entre sus ingredientes el olor particular de la hiel o bilis de toro. Al interesarme por la naturaleza de la mezcla, la que sostenía la jarra me indicó con cierto temor —confundiéndome posiblemente con algún alto personaje extranjero— que consistía básicamente en un vino aguardentoso al que se le añadía el contenido de una o varias vejigas biliares de buey recién sacrificado. Lejos de contener algún tipo de droga o somnífero, los hebreos utilizaban para estos menesteres un procedimiento mucho más corriente y natural. Preparaban primeramente un extracto de la hiel, echando sobre un filtro de bayeta el contenido de las mencionadas vejigas. Después lo hacían evaporar al baño de maría, sin dejar de agitarlo. De esta forma se obtenía el extracto deseado, que podía conservarse indefinidamente. Cuando aquella piadosa «asociación» de mujeres recibía la noticia de una ejecución, vertían el extracto de hiel de buey en un vino o aguardiente de elevada graduación alcohólica. La fulminante acción metabólica de la bilis «liberaba» el alcohol del vino, provocando así en el reo una rápida y notable embriaguez que embotaba su cerebro, aliviando en cierta medida sus sufrimientos y enervando o debilitando sobre todo su consciencia.

Mateo, por tanto, fue el único acertado al relatar este pasaje evangélico. Marcos (15,23) asegura que las mujeres dieron a probar a Jesús «vino con mirra». Esto es inexacto. Entre otras razones, porque la mirra, por su naturaleza excitante, tónica y emenagoga, probablemente hubiera actuado de forma contraria al fin deseado. (En aquel tiempo era empleada generalmente como bálsamo, como pomada para ciertos tumores articulares, como elemento dentífrico y, sobre todo, como perfume.)

Aquella hebrea puso la mano derecha sobre el cuenco de madera, procurando que el polvo y la tierra arrastrados por el viento no contaminasen el vino. Miró a Longino y éste volvió a señalar al prisionero, autorizándole a que se acercase. La mujer llegó hasta Dismas y le tendió el brebaje. Acosado por el terror, el muchacho no reaccionó. Sus ojos, enrojecidos por el llanto, se desviaron hacia el centurión, interrogándole con la mirada.

—¡Bebe! —le ordenó Longino.

Y el «zelota» alzó los brazos, asiendo el tazón. Pero sus convulsiones eran ya tan acusadas que una parte del líquido se derramó. Al fin consiguió llevar el cuenco hasta sus labios, apurando los 250 o 300 centímetros cúbicos que contenía.

Las hebreas se retiraron, incorporándose al resto del grupo y el reo fue conducido a empellones frente a las dos *stipes* que quedaban libres en la primera hilera y a cuyos pies había sido transportado el *patibulum.*

Dismas fue colocado de espaldas a los tres árboles y, mientras dos de los legionarios tiraban de sus brazos hacia atrás, un tercero le zancadilleó, derribándole de espaldas. El centurión, situado por detrás del reo, dispuso una lanza, dispuesto a golpear el cráneo del prisionero en caso de necesidad. Levantó la contera del *pilum* y esperó.

Sin embargo, el terrorista apenas si ofreció resistencia. Aparentemente parecía haber asumido su suerte. El miedo, además, había agarrotado sus músculos. Al reclinarlo sobre el leño levantó la cabeza y con un hilo de voz empezó a clamar por su madre. Pero sus incesantes llamadas desaparecieron cuando el verdugo le asestó el primer martillazo. Un chillido se elevó desde la roca. Y la multitud acogió el nuevo enclavamiento con fuertes pitidos y protestas.

El prisionero, con los ojos desencajados y los músculos anteriores y posteriores del cuello tensos como cuerdas de violín, se estremeció, dejando caer su cabeza por detrás del tronco. En ese instante, un fuerte hedor fue arrastrado por el viento. El legionario que sujetaba los pies del reo con la cadena estalló en mil imprecaciones e insultos contra el «zelota». Presa de un pánico insuperable, los esfínteres del muchacho se habían abierto, dejando libres sus excrementos.

Al perforar su muñeca derecha, el joven perdió el sentido. Y los verdugos aprovecharon su inconsciencia para acelerar su levantamiento sobre la *stipe*. Cuando se disponían a izar el *patibulum* surgió una duda. ¿En cuál de los dos maderos libres debían crucificarlo? Los legionarios preguntaron al oficial y éste se encogió de hombros. Fue el encargado de los clavos quien aportó una solución, bien recibida por todos.

—Dejemos al «rey» en el centro... —comentó divertido.

Y así se hizo. Fue ésta la razón por la que los llamados «ladrones» quedaron a derecha e izquierda del Maestro.

Cuando le tocó el turno al pie izquierdo del guerrillero, el verdugo lo atravesó de tal forma que los dedos quedaron sobre uno de los brazos del *sedile* de hierro que, como dije, atravesaba el árbol de parte a parte. Esta circunstancia proporcionaría a Dismas un cierto alivio a la hora de luchar por unas más profundas bocanadas de aire. El pie derecho, en cambio, fue fijado algo más bajo y sobre la cara frontal de la *stipe*. El segundo «brazo» del *sedile* —que quedaría paralelo al *patibulum*, como en la cruz de Jesús— no fue utilizado. Es mi opinión que este relativo «descanso» pudo influir decisivamente en este crucificado, hasta el punto que le permitió una mejor oxigenación y, en consecuencia, una mayor claridad de ideas.

Concluida la crucifixión de Dismas, los soldados, sudorosos y manchados de sangre, recuperaron la cuerda que había servido para el izado del reo y clavaron sus ojos en Jesús de Nazaret. Mi corazón volvió a estremecerse al distinguir unas sarcásticas sonrisas en algunos de los rostros de los romanos.

Eran las 13 horas...

La súbita intervención de Eliseo me distrajo momentáneamente. El módulo detectaba el «ojo» del «siroco» a poco más de 15 minutos de Jerusalén. La velocidad de «haboob» había descendido ligeramente, pero el arrastre de arena era muy considerable, levantando lenguas de partículas hasta 2 000 y 2 500 metros del suelo. Para mi compañero, lo más preocupante de aquella tormenta seca era la posibilidad de que el viento arrastrase agentes biológicamente activos que podrían afectarme.

Sinceramente, la advertencia de Eliseo no me preocupó. Mi corazón y mis cinco sentidos se hallaban a cuatro metros de mí mismo: en la figura de aquel hombre de 1,81 metros de estatura, ahora encorvado y maltrecho.

El Maestro fue levantado sin más dilaciones. Le fue retirado el manto púrpura que aún conservaba sobre los hombros, amarrado a la altura del cuello, tocándole después el turno al ropón. Al desenrollarlo quedó al descubierto la parte superior de la túnica. Y al verla cerré los ojos. Era una mancha informe, sanguinolenta y encolada al cuerpo sobre las heridas de la flagelación. Tragué saliva. ¿Qué ocurriría en el momento de desnudarle?

Pero ese angustioso trance se vio retardado por un problema con el que nadie había contado: el casco espinoso.

Cuando uno de los soldados se disponía a retirar la túnica, otro de los guardianes reparó en el trenzado de púas, haciendo notar que, o desgarraban la prenda o había que retirar primero el yelmo.

Los infantes se enzarzaron en una discusión. Supongo que aquello se habría prolongado indefinidamente de no haber sido por el *optio*. Con un sentido práctico bastante más acusado que el de sus hombres se limitó a tocar el tejido y, al apreciar que se trataba de una túnica inconsútil o sin costura, ordenó a los verdugos que le despojaran de la «corona». Al principio me pareció absurdo que los legionarios discutieran por algo que podía haber tenido una fácil y drástica solución: sencillamente, romper la vestidura. Después comprendí. Al parecer era costumbre «no oficial» que los verdugos se repartieran la ropa del ajusticiado (1).

Así que uno de los romanos se situó frente a Jesús, introduciendo lentamente sus dedos por dos de los huecos del casco. Cuando las manos habían agarrado el haz de juncos a la altura de las orejas dio un violento tirón hacia arriba.

El Galileo se estremeció. Pero el yelmo de espinas no terminó de desprenderse. Algunas de las largas y afiladas púas estaban sólidamente incrustadas en la carne y aquel primer intento sólo consiguió desgarrar aún más los tejidos, provocando el nacimiento de nuevos hilos de sangre.

Arsenius movió la cabeza con impaciencia, recordando al infante que primero debería estirar horizontalmente y después tirar hacia lo alto. El Nazareno apretó los labios y esperó el segundo tirón.

Al jalar hacia los lados, en efecto, muchas de las espinas de las áreas parietales y frontal se desprendieron. Y el verdugo repitió la maniobra. El empuje vertical fue tan violento que el yelmo saltó, pero las púas ubicadas sobre las mejillas y nuca arañaron la piel y dos de las espinas —clavadas en el tumefacto pómulo derecho y en el músculo elevador izquierdo— se partieron, quedando alojadas en ambas regiones del rostro.

Un gemido acompañó aquella brutal retirada y los saduceos, pendientes del Maestro, acogieron la maniobra con aplausos y aclamaciones.

Antes de que el rabí tuviera ocasión de recuperarse de los nuevos y agudos dolores, dos de los soldados levantaron sus brazos, mientras un tercero procedía a desnudarle, recogiendo la túnica desde el filo inferior.

Al descubrir las piernas sentí cómo mi corazón aceleraba su ritmo. Se hallaban cruzadas y recorridas en todos los sentidos por regueros de sangre, coágulos, hematomas azulados o reventados y una miríada de pequeños círculos, la mayoría abiertos por los clavos de las sandalias romanas. En cuanto a las rodillas, la izquierda presentaba una considerable hinchazón. La derecha, aunque menos deformada, se hallaba abierta en la cara anterior de la rótula, con

(1) A partir del emperador Adriano (117-138) se hace oficial esta costumbre, denominada *pannicularia* o «propina», por decreto recogido en el Digesto. *(N. del m.)*

desgarros múltiples y pérdida del tejido celular subcutáneo, pudiendo apreciarse incluso, parte del periostio del hueso. Era incomprensible cómo aquel ser humano había conseguido caminar y arrastrarse sobre sus rodillas hasta la muralla. Las fuerzas —lo confieso— empezaron a fallarme de nuevo.

Pero aquel martirio no había empezado siquiera...

El crujido de la túnica al ser despegada del tronco de Jesús me hizo palidecer.

El legionario, al comprobar que el tejido se hallaba pegado a las brechas, no lo dudó. Giró la cabeza y, sonriendo maliciosamente a sus compañeros, fue elevando la túnica con lentitud. El lino fue desgajándose de las heridas, arrastrando grandes plastones de sangre. Enrojecí de ira. Y me aferré a la «vara de Moisés» hasta casi estrujarla. Unas gruesas gotas de sudor empezaron a rodar por mis sienes y tuve que morder una de las mangas de mi manto para no saltar sobre aquellos sádicos.

Al fin, cuando la túnica estuvo replegada a la altura de la cara del Nazareno, los soldados bajaron los brazos y la cabeza del rabí, retirando su última vestimenta.

Y el Hijo del Hombre quedó totalmente desnudo, ligeramente inclinado y bañado por nuevas hemorragias. Al ver aquella espalda abrasada por los hematomas y desgarros, Longino quedó perplejo. El refinado desencolamiento de la túnica había abierto muchas de las heridas, haciendo estallar otra aparatosa sangría. A pesar de la indudable protección de los dos mantos y de la túnica, el madero había erosionado la zona superior de la espalda, ulcerando las áreas de la paletilla derecha y la piel situada sobre el paquete muscular izquierdo del «trapecio». En esta última región observé un abrasamiento de unos nueve por seis centímetros, con bordes irregulares y arrollamiento de la piel, producido posiblemente en alguna de las violentas caídas (quizás en la segunda, al desplomarse de espaldas en el túnel de la fortaleza Antonia).

Los codos se hallaban también prácticamente destruidos por los golpes y caídas. En cuanto al antebrazo izquierdo, la fricción con la corteza del *patibulum* había deshilachado el plano muscular, con pérdida de sustancia y amplias áreas amoratadas.

Pero la visión más terrorífica la ofrecían los costados. Las patadas habían reventado algunos de los hematomas y masacrado muchas de las fibras musculares vitales en la función respiratoria.

La sangre corría de nuevo por aquella piltrafa humana, que, al ser desposeída de sus ropas, había empezado a tiritar, acusando los duros embates del viento y del polvo.

La indefensión, abandono y amargura de aquel hombre alcanzaron en aquellos instantes uno de sus puntos culminantes.

Los curiosos y transeúntes que habían ido engordando el grupo inicial de testigos rompieron aquellos dramáticos momentos, burlándose y acogiendo con largas risotadas la desnudez del Galileo. Los sacerdotes, sobre todo, fueron los más corrosivos. Algunos, incluso, llegaron a saltar sobre las peñas inferiores del Gólgota, gesticulando e imitando a Jesús, quien, humillado y con la cabeza baja, ocultaba con ambas manos su región pubiana.

Libres de la tenaza del yelmo de espinas, sus cabellos empezaron a flotar al viento, descubriendo las huellas de los latigazos de Lucilio sobre sus orejas. A pesar de los 17,5 grados centígrados que registraba el módulo en aquella hora en Jerusalén, el Maestro seguía temblando de frío. Al quedar sin la protección de sus ropas, amplias zonas de sus brazos, tórax, vientre y piernas ofrecían el conocido aspecto de «piel de gallina». La fiebre, en lugar de ceder, seguía acosándole.

¡Qué lejos había quedado la majestuosa figura del Galileo! Aunque sus discípulos y amigos no se hallaban presentes, estoy convencido que muy pocos le habrían reconocido. Los dolores, el agotamiento y la sed debían ser insufribles; sin embargo, al contemplarle allí, solo, ultrajado y sin el más fugaz respiro o muestra de amistad o aliento, estimo que su verdadera y más profunda tortura no eran los padecimientos físicos, sino, como digo, esa sensación de aniquilamiento moral que invade siempre a un hombre injustamente condenado. Pero éstas sólo son reflexiones personales de un mero observador. ¿Quién hubiera podido adivinar los pensamientos de Jesús de Nazaret en aquellas circunstancias? Lo cierto es que su fin se hallaba muy próximo.

Mientras los soldados disponían el *patibulum* cerca de la *stipe* central, Longino se dirigió al grupo de mujeres y les invitó a que repitieran con el rabí el suministro de hiel y vino. Y las mismas hebreas, con paso presuroso, se dirigieron hacia el Maestro. Al despegarse del resto de sus compañeras, justo detrás de las encargadas de la bebida, había aparecido el joven Juan Marcos. Ignoro cómo pudo llegar hasta allí pero, antes de que cometiera alguna locura, le hice señas para que se acercara.

Las judías colmaron por segunda vez la taza de madera, ofreciendo a Jesús el apestoso líquido. El Nazareno levantó la cabeza y miró a las mujeres. Éstas, extrañadas por el silencio del reo, hicieron un ligero movimiento con el cuenco, animándole para que bebiera. Pero el encorvado gigante no se decidía. Sus manos no se habían movido de sus genitales. Y respetando el pudor del Galileo, la que sostenía el brebaje lo situó entre sus labios, inclinando el recipiente de forma que pudiera apurarlo sin necesidad de utilizar las manos. El Maestro entreabrió la boca, probando apenas el mejunje. Nada más gustarlo y percatarse de su naturaleza, Jesús retiró la cara, negando con la cabeza. La actitud del prisionero dejó atónitas a las hebreas y al centurión. Aquéllas miraron a Longino y éste volvió a encogerse de hombros, dando por finalizado el asunto.

Al verme, el rostro de Juan Marcos se iluminó. Cruzó a la carrera los escasos metros que le separaban de mí, abrazándome. Tenía las mejillas marcadas por sendos churretes, señal inequívoca de su llanto. El pequeño, gimoteando y con un ataque de hipo, me rogó que salvara a su Maestro. No pude hacer otra cosa que sonreírle. ¿Cómo podía explicarle quién era y en qué consistía mi misión? No voy a ocultarlo pero, a lo largo de aquel viernes, llegué a pensar en esa posibilidad. ¿Qué hubiera sucedido si, en mitad de aquel promontorio, yo hubiera dado la orden a Eliseo de movilizar el módulo y de que pusiera rumbo al Gólgota? Hubiera sido sencillísimo descender sobre la roca y arrebatar al Galileo de las garras de aquella patrulla. Pero éstos sólo fueron sueños imposibles...

Antes de que los legionarios llamaran la atención del muchacho me las arreglé para persuadirle de que se alejara de allí, responsabilizándole de un trabajo que —pocas horas después— resultaría altamente importante para mí. Juan Marcos no lo entendió, pero obedeció. El *optio*, alertado por uno de los soldados que montaba guardia alrededor del patíbulo, se acercó hasta nosotros, aconsejándome con cortesía pero con una firmeza que no dejaba lugar a dudas que echara de allí al niño. No fue necesario que lo repitiera. Juan Marcos se escabulló, mezclándose entre las mujeres que descendían ya del Gólgota. Al poco le vi junto a Judas Iscariote, tal y como yo le había pedido.

Aquel gesto de Jesús, rechazando el aguardiente bilioso me desconcertó. Al abrir la boca, su lengua, con las mucosas secas como estropajo, estaba pregonando a gritos el angustioso suplicio de la deshidratación. Sus labios, agrietados como el casco de un viejo barco varado, debían soportar una sed sofocante. No pude entender que el Maestro volviera la cara ante el cuenco de vino. Si realmente lo hizo —como sospecho— para sostener al máximo su amenazada lucidez mental, sólo puedo descubrirme, por enésima vez, ante su coraje.

—Es la hora —advirtió el centurión.

Y sumiso, con sus manos ocultando los testículos, el Nazareno empezó a arrastrarse —más que caminar— en dirección a las cruces. Longino y otro legionario le escoltaron, tomándole por los brazos.

Un sudor frío empezó a envolverme. El guerrillero que había sido clavado en primer lugar seguía aullando, convulsionándose a ratos. Pero los soldados no le prestaban la menor atención. Arrodillado frente al *patibulum*, el verdugo responsable del enclavamiento esperaba con uno de aquellos terroríficos clavos de herrero en su mano derecha. Era prácticamente similar a los utilizados anteriormente: de unos veinte centímetros de longitud —quizá un poco más— y con la punta afilada, aunque no tanto como sus «hermanos». Hubo otro detalle que lo distinguía también de los precedentes: aunque la sección era cuadrangular, las aristas se hallaban notablemente deterioradas, formando ligerísimas rebabas y dientes.

Los soldados colocaron al Maestro de espaldas al leño y separando sus brazos le empujaron hacia tierra, al tiempo que un tercer legionario repetía la zancadilla. En esta ocasión, la extrema debilidad del reo fue más que suficiente para acelerar su caída.

Una vez con las paletillas sobre el madero, los verdugos apoyaron los brazos del Maestro sobre el *patibulum*, al tiempo que sujetaban los extremos del rugoso cilindro con las rodillas. Las palmas quedaron hacia arriba, con las puntas de los dedos levemente flexionadas, temblorosas y —como el resto de los brazos y antebrazos— salpicadas de sangre reseca.

La pierna izquierda, inflamada a la altura de la rodilla, había quedado doblada. Pero el encargado de la cadena se preocupó de estirarla, abajándola con un seco palmetazo sobre la rótula. El Galileo acusó el dolor, abriendo la boca. Pero no emitió gemido alguno. Longino, en su rutinario puesto —junto a la vencida cabeza del reo, que tocaba la roca con sus cabellos— se preparó, apuntando con el asta del *pilum* hacia la frente de Jesús.

Los ayudantes del verdugo principal tensaron los brazos y el que se hallaba sobre la punta izquierda del tronco, desenvainando la espada, aplastó la hoja sobre los cuatro dedos largos del Maestro. Aquella «novedad», al parecer, facilitaba la labor de fijación de la extremidad superior al *patibulum*. Si el prisionero intentaba forcejear, al aferrarse al filo se hubiera cortado irremisiblemente. El grado de crueldad y pericia de aquellos legionarios parecía no tener límites...

Los numerosos regueros de sangre que bañaban los gruesos antebrazos del Nazareno dificultaron en cierta medida la exploración de los vasos. Finalmente, el verdugo pareció distinguir las líneas azuladas de las arterias y venas, señalando el punto escogido para la perforación.

Antes de levantar la vista hacia el centurión, el soldado que se disponía a martillear el clavo —sumamente extrañado ante la docilidad del «rey de los judíos»— miró a sus compañeros, rubricando su sorpresa con un significativo levantamiento de cejas. Los otros, igualmente atónitos, respondieron con idéntica mueca.

Longino, cansado de sostener la lanza, había bajado el arma, autorizando el primer golpe con otro leve movimiento de cabeza.

Y el verdugo, sosteniendo el clavo totalmente perpendicular en el centro de la muñeca (a la altura del conglomerado de huesecillos del carpo), lanzó el mazo sobre la redonda cabeza. La punta, algo roma, se perdió al instante en el interior de los tejidos. La piel que rodeaba el metal estalló como una flor, brotando al instante una densa corona de sangre.

La punta del clavo, al abrirse paso entre los tendones, huesos y vasos, debió rozar el nervio mediano, uno de los más sensibles del cuerpo, provocando una descarga dolorosa difícil de comprender. Instantáneamente, los brazos se contrajeron y la cabeza de Jesús se disparó hacia lo alto, permaneciendo tensa y oscilante, paralela al suelo. Los dientes, apretados durante escasos segundos, se abrieron y el reo, cuando todos esperábamos un lógico y agudo chillido, se limitó a inhalar aire con una respiración corta y anhelante.

Los legionarios, que esperaban una reacción violenta, no salían de su asombro.

Al fin, derrotado por el dolor, el Maestro dejó caer su cabeza hacia atrás, golpeándose con la roca. Todos creímos que había perdido la conciencia. Pero, a los pocos segundos, abrió su ojo derecho, acelerando el ritmo respiratorio.

¡Cómo no me había dado cuenta mucho antes! Jesús sólo tomaba aire por la boca. Aquello me hizo sospechar que su tabique debía presentar alguna complicación —fruto de los golpes—, dificultando la inspiración por vía nasal.

El verdugo cambió de posición, inclinándose esta vez frente al brazo derecho. Pero esta segunda perforación iba a presentar complicaciones...

La sangre había empezado a brotar con extrema lentitud, formando un brazalete rojizo alrededor de la muñeca izquierda del Nazareno. Evidentemente, el clavo estaba sirviendo como tapón, dando lugar a la hemostasis o estancamiento del derrame sanguíneo. Pero la escasa hemorragia constituía un arma de doble filo. Los médicos saben que, en estas situaciones, el dolor aumenta.

Arsenius y el oficial se miraron, sin comprender la ausencia de gritos y del pataleo clásico de todo hombre que se sabe al borde de la muerte. Por el contrario, aquel reo, lejos de ocasionar problemas, había empezado a despertar una profunda admiración en Longino y en su lugarteniente. El contraste con aquel «zelota» que colgaba de la cruz y que desgarraba el aire con sus berridos y juramentos era tan extraordinario que el oficial, al caer en la cuenta que aún sostenía entre sus manos la lanza, la arrojó violentamente contra la base de las cruces, súbitamente indignado consigo mismo.

El segundo mazazo fue tan preciso como el primero. El clavo se inclinó igualmente, apuntando con su cabeza hacia los dedos del Maestro. Pero, en lugar de penetrar en la madera del *patibulum*, siguiendo la dirección del codo, la pieza apenas si arañó el tronco.

En este segundo enclavamiento, el rabí no levantó siquiera la cabeza. Gruesas gotas de sudor habían empezado a resbalar por las sienes, tropezando aquí y allá con los coágulos. Se limitó a abrir la boca al máximo, emitiendo un ahogado e indescifrable sonido gutural.

—¿Qué sucede? —preguntó el centurión al ver cómo el clavo sobresalía más de 14 centímetros por encima de la muñeca derecha.

El verdugo despegó el brazo y examinó la cóncava superficie del leño. Al pasar las yemas de los dedos sobre la corteza movió la cabeza contrariado. Y dirigiéndose a Longino le explicó que había dado con un nudo.

Sentí cómo me ardían las entrañas.

Sin perder la calma, el legionario depositó nuevamente la taladrada muñeca sobre el *patibulum* y sujetando las aristas del clavo entre sus dedos índice y pulgar se dispuso a vencer la resistencia del inoportuno obstáculo con un nuevo golpe.

El impacto fue tan terrorífico que la sección piramidal del clavo se quebró a escasos centímetros de la ensangrentada piel del reo.

El nuevo contratiempo llegó aparejado con una soez imprecación del legionario.

Arrojó el mazo a un lado y ordenó a sus compañeros que sujetaran el antebrazo. Después, aprisionando como pudo el extremo del metal, hizo fuerza, intentando sacar lo que quedaba del clavo. Fue en vano. La punta había conseguido perforar el nudo y el metal se resistió.

Entre nuevas maldiciones, el enojado infante se incorporó. Pisó la zona cúbito-radial de Jesús con su sandalia izquierda y comenzó a remover el clavo, haciéndolo oscilar a un lado y a otro. Hasta Longino palideció a la vista de aquella nueva masacre. Los bruscos tirones del verdugo, buscando la liberación del metal, ensancharon el orificio de la muñeca, desgarrando tejidos e inundando de sangre sus propios dedos, el *patibulum* y la roca.

Es muy probable que el dolor se viera difuminado en parte por la profusa hemorragia. De lo contrario, no puedo explicar el comportamiento del Galileo. A cada movimiento pendular del soldado, en su afán por extraer la pieza, Jesús de Nazaret respondió con un lamento. Cinco, seis..., ocho sacudidas y otros tantos gemidos, acompañados de algunos resoplidos y de varios movimientos de cabeza. Pero aquel gigante no estalló; no protestó...

Al fin, después de una eternidad, el verdugo separó la punta del tronco. Y tras sacar la enrojecida y goteante barrita metálica del carpo, se dirigió al saco de cuero, enredando en su interior. Al volver junto al Nazareno observé que traía una especie de barrena corta, con una manija de madera.

Retiró el brazo del Galileo y tras escupir sobre la mancha de sangre que cubría el madero, limpió con la mano la zona donde se ubicaba el nudo. Tomó la herramienta e introdujo la rosca en espiral en el orificio practicado por el clavo. Y apoyando todo el peso de su cuerpo sobre la manija, hizo girar el vástago de hierro, taladrando la casi pétrea rugosidad con movimientos lentos pero firmes.

La operación fue laboriosa. Mientras, la sangre del rabí siguió corriendo, formando un extenso charco sobre la blanca superficie del Gólgota. A juzgar por la velocidad de escape del torrente, no creo que las aristas en sierra del clavo llegaran a rasgar ninguna de las arterias o venas principales. Sin embargo, aquella pérdida empezaba a ser dramática. Jesús palidecía por minutos y temí que entrara en un nuevo estado de shock.

Cuando el soldado consideró que había barrenado el *patibulum* suficientemente, buscó en su cinto y se hizo con otro clavo. Antes examinó la punta y la cabeza. Una vez satisfecho llevó el antebrazo del reo a la posición inicial. Sin embargo, en contra de lo que suponía, antes de tomar el mazo, atravesó la muñeca por el holgado orificio. Cuando la punta amaneció por la cara dorsal, el verdugo la introdujo en el agujero que acababa de formar y sólo entonces repitió el martillazo. Salvado el nudo, el clavo ingresó sin problemas en el leño. Con un segundo golpe, el brazo derecho del Maestro quedó definitivamente fijado. La base del clavo, al igual que había ocurrido con la de la muñeca izquierda, no llegó a tocar la carne. Ambas cabezas —horas después comprendería por qué— sobresalían entre 8 y 10 centímetros.

Al igual que había sucedido con los guerrilleros, al registrarse el enclavamiento de las muñecas, los pulgares del Cristo se doblaron, saltando y colocándose hacia el centro de las palmas de las manos, en dirección opuesta a la de los cuatro dedos, ligeramente flexionados.

Mientras la herida de la muñeca izquierda —de forma oval— apenas si alcanzaba los 15 × 19 milímetros, la de la derecha era mucho más espectacular, con casi 25 milímetros de longitud, en el sentido del eje del antebrazo.

Aquella holgura me hizo temer incluso por la estabilidad del Maestro una vez que fuera levantado sobre la *stipe*. ¿Se produciría un desgarramiento de los tejidos?

Los soldados obedecieron al oficial. Aquello se estaba demorando en exceso. Así que, ayudados por el *optio*, izaron el *patibulum* al crucificado con él, actuando con ligereza a la hora de enroscar al prisionero en la soga que debería servir para auparlo hasta lo alto del árbol.

Al pasar la maroma por la ranura del extremo de la *stipe* y empezar a tensarla, el madero —controlado por los legionarios para que no perdiera su posición horizontal— inició un lento y exasperante ascenso. Pero las fuertes ráfagas de viento, acuchillando el cuerpo del Nazareno con sucesivas cargas de polvo y tierra, empezó a poner en dificultades el levantamiento.

El centurión reclamó a gritos la presencia de dos de los hombres que mantenían la seguridad del Gólgota, distribuyéndolos al pie de la escalera de mano en apoyo del soldado que tiraba desde lo alto.

Mientras el Galileo conservó sus pies sobre la roca, la posición de sus brazos pudo mantenerse más o menos en el eje del *patibulum*. Poco a poco, su cabeza recuperó la verticalidad, cayendo en ocasiones sobre el mango o extremo superior del esternón.

En uno de aquellos tirones, tras inhalar una fuerte bocanada de aire, Jesús levantó fugazmente la cabeza y dirigiendo la mirada hacia el turbulento cielo, exclamó:

—¡Padre!..., ¡perdónales!... ¡No saben lo que hacen!

Los infantes, al escuchar la quebrantada voz, se detuvieron. El Maestro había hablado en arameo. Creo que, salvo uno o dos legionarios, el resto no le entendió. Pero, lamentablemente, preguntaron el significado. La pareja que sí había comprendido se miró de hito en hito y antes de que tradujeran las frases del reo, uno de los soldados cruzó el rostro de Jesús con una bofetada.

—¡Maldito hebreo! —masculló el que le había abofeteado—... ¡Ni muertos ni vivos son dignos de piedad!

La versión del traductor fue correcta, pero los incultos legionarios interpretaron sus frases erróneamente.

—Así que no sabemos lo que hacemos... —le gritó el que había practicado las perforaciones—. ¡Pues espera y verás!

Y dirigiéndose al centro del Calvario recogió del suelo el yelmo de espinas, regresando en el acto ante el Galileo.

El centurión tampoco había acertado a comprender el sentido de la expresión y vaciló ante la irritada postura de sus hombres. Supongo que no se atrevió a intervenir. En el fondo, él también se sintió ofendido por lo que parecía una burla hacia su profesionalidad.

El verdugo separó el cráneo del Maestro del *patibulum* y de un golpe le encasquetó el capacete de púas en la cabeza. El ajuste, quizás por temor a herirse con las espinas, no fue excesivamente violento, y la masa espinosa quedó medio bailando sobre las sienes del prisionero.

La multitud, que en aquellos momentos debía oscilar alrededor de las 2 000 o 3 000 personas, aulló de placer al ver el gesto del romano.

El Maestro permaneció con la cabeza baja y sus torturadores continuaron con el izado del tronco.

La gran estatura y el peso de Jesús —posiblemente alrededor de los 80 kilos— fueron otro «handicap» para los sudorosos verdugos, que no tardaron en animarse mutuamente, acompasando cada tirón a otros tantos «¡ey!»...

Palmo a palmo, la soga fue jalando del crucificado, en un ascenso interminable y sobrecogedor. Para colmo, el gentío —cada vez más excitado— se unió a las interjecciones de los legionarios, animándoles con sus «¡ey!».

Pero los poderosos brazos de los tres soldados que tiraban desde el suelo y en lo alto de la escalera no eran suficientes. Temiendo que reo y madero se precipitaran a tierra, Longino y Arsenius no tuvieron otra opción que formar con los soldados, añadiendo sus fuerzas al levantamiento.

«¡Ey!... ¡ey!...»

El cuerpo del Galileo se despegó finalmente de la roca y ahí dio comienzo la demoledora «cuenta atrás» hacia una escalofriante agonía.

Al perder el apoyo de sus pies, los brazos del gigante se tensaron y los crujidos de sus huesos se unieron durante algunos segundos al chirriar de la maroma sobre la horquilla del palo vertical.

Al momento, las clavículas, esternón y costillas se dibujaron bajo la piel y regueros de sangre, mientras los músculos pectorales, de los hombros, cuello y brazos se esculpían embravecidos, a un paso de la dislocación. Pero la fortaleza de aquellos paquetes musculares era aún grande y evitaron la luxación de los hombros y codos. Las fibras de los antebrazos, especialmente los músculos extensores de las manos y de los dedos, se afilaron como sables y cerré los ojos, temiendo que saltaran en alguno de aquellos tirones.

«¡Ey!...»

Jesús colgaba ya a medio metro del suelo. La fuerza de la gravedad hizo que, desde el primer momento de la suspensión absoluta, los brazos girasen y, arrastrados por el peso del cuerpo, se deslizaron hasta formar un ángulo de unos 65 grados con la *stipe* (1).

El formidable peso que soportó el Nazareno en cada una de las grietas de las muñecas, unido al desbocamiento de las heridas y a la suprema tensión de los ligamentos de hombros y codos tuvo que multiplicar sus dolores (suponiendo que le quedara capacidad para ello) hasta el enloquecimiento.

En varias ocasiones, acorralado por el sufrimiento, echó la cabeza atrás, buscando aire y, sobre todo, un punto de apoyo. Pero esos puntos sólo podía encontrarlos en un lugar. Mejor dicho, en dos: en los clavos que le atravesaban los carpos. Pero, ¿cómo elevarse sobre unas piezas de metal, estando suspendido?

Las púas, en cada retroceso del cráneo, se incrustaban más y más en la región occipital, haciendo desistir al Maestro. Estas sucesivas derrotas por ganar unos gramos de oxígeno fueron transformando su respiración en un desacompasado y agitado tableteo del tórax, cada vez menos efectivo. El fantasma de la asfixia había empezado a planear sobre el Hijo del Hombre...

«¡Ey!... ¡ey!»

Cuando los soldados detuvieron el pesado avance de la cuerda, el cuerpo de Jesús se balanceaba a unos 90 o 100 centímetros de tierra. Sus pies, chorreando sangre, palparon la corteza del tronco vertical y se pegaron a él desesperadamente. Pero las hemorragias le hicieron resbalar una y otra vez. Y en cuestión de minutos, la cara

(1) Un sencillo cálculo matemático nos proporciona la terrorífica imagen del peso que tuvo que soportar Jesús de Nazaret durante este angustioso elevamiento. Repartiendo el peso total del Maestro entre ambos brazos (unos 40 kilos para cada uno) la fuerza de tracción ejercida sobre cada uno de ellos es igual a 40/coseno de 65° = 40 : 0,4226 = 95 kilos, aproximadamente. (*N. del m.*)

frontal del árbol se tiñó de rojo, impregnada desde la zona de los omoplatos hasta los talones.

El legionario situado en el extremo superior de la *stipe* apretó los dientes y comenzó a jalar de la lazada central. Pero el *patibulum* no se movió un solo centímetro. El peso del madero y del reo (algo más de 110 kilos) era excesivo para el agotado infante. El centurión y Arsenius, casi al unísono, le gritaron para que forzara el izado final. Fue inútil. El romano, jadeante, hizo una señal de impotencia con su mano derecha, dejándose caer sobre la horquilla de la *stipe*.

Miré a Jesús y conté la frecuencia respiratoria: ¡Treinta y cinco cortísimas inspiraciones por minuto! Las puntas de sus dedos habían empezado a tomar una coloración azulada. La cianosis o deficiente oxigenación de la sangre había hecho acto de presencia. Examiné alarmado sus labios. Pero la hipoxia (disminución de la cantidad normal de oxígeno en sangre) no se manifestaba aún en la mucosa labial ni en las orejas.

El bombeo del cansado corazón del Maestro aumentó su ritmo, pero dudo que fuera suficiente para irrigar las partes más periféricas del cuerpo. Si Longino y sus hombres no actuaban con rapidez, la falta de riego y el consiguiente déficit de oxígeno en el cerebro podían desembocar en la pérdida primero de la razón de Jesús y su fulminante fallecimiento. Y, honestamente, en algunos de aquellos críticos segundos llegué a desearlo con todas mis fuerzas. Aquella hubiera sido una forma de segar de plano sus torturas.

Pero el oficial, sin perder los nervios, ordenó a los que permanecían al pie de la *stipe* que colaborasen con el legionario encargado de encajar el *patibulum*. «Pero, ¿cómo? —pensé—, si sólo hay una escalera de mano...» La solución llegó al momento.

Dos de aquellos diestros soldados, ágiles y entrenados, se aferraron con sus manos al palo vertical mientras otros dos se encaramaban a sus respectivos hombros, alcanzando así los extremos del madero transversal. A una señal del que había vuelto a sujetar el nudo central, empujaron el leño hasta que la afilada punta del árbol entró en el agujero central del *patibulum*.

—¡Ahora! —gritó el infante situado en lo alto de la escalera. Los soldados saltaron sobre la roca, al tiempo que el centurión y el resto de los verdugos soltaban de golpe la maroma.

Y el palo horizontal se precipitó hacia tierra. Pero, a unos cuarenta centímetros de la horquilla, quedó encajado en el grueso perímetro de la *stipe*.

El frenazo fue recibido por la muchedumbre con grandes vítores y aplausos. El Maestro acusó el impacto con un lamento más fuerte. Su respiración se detuvo algunos segundos y las brechas de las muñecas se hicieron ostensiblemente más grandes. Los dedos, agarrotados, apenas si reaccionaron ante la bárbara tracción.

Longino alargó la tablilla al infante y éste procedió a clavarla por encima del *patibulum*.

Mientras remataba el ajuste del palo transversal, otro de los romanos tiró con fuerza de la pierna derecha de Jesús, forzando el abajamiento del hombro y de toda esa mitad del cuerpo del Nazareno. Jesús, al sentir el tirón, inclinó aún más la cabeza, separando el tronco y las nalgas del madero. Su rodilla derecha se dobló involuntariamente, pero el verdugo que se disponía a clavar el pie se la aplastó con un súbito mazazo. El compañero que había jalado de la pierna obligó la superficie de la planta hasta que ésta —completamente plana— tocó la *stipe*. Y un tercer clavo taladró el pie del Nazareno, entrando en el dorso por un punto próximo al pliegue de flexión. (Al examinar de cerca la entrada y salida del clavo estimé que el legionario había perforado el ligamento anular anterior del tarso. De esta forma, la pieza se deslizó entre el tendón del músculo extensor propio del dedo grueso y los del extensor común de los dedos, penetrando por fuerza entre los huesos calcáneo y cuboides y el astrágalo y escafoides por dentro. Los cuatro huesos quedaron hábilmente separados y el clavo se dirigió hacia atrás y hacia abajo, quedando más cerca del talón que de los dedos.)

En esta ocasión, a pesar de la destreza del verdugo, la punta o las aristas del clavo desplazaron o aplastaron algunos de los ramales de las arterias digitales o de la vena safena externa, causando una hemorragia que me atemorizó. La sangre brotó a borbotones, anegando materialmente el metro escaso existente entre el citado pie derecho y el suelo del Gólgota. Es de suponer que aquel destrozo pudo afectar también al nervio tibial anterior, lacerando pierna y muslo, y provocando un insoportable dolor reflejo en las ramificaciones y de los nervios denominados plexo sacro y lumbar, en pleno vientre.

A pesar de los horribles dolores, el Galileo siguió consciente. ¡No podía explicármelo!

El enclavamiento del pie derecho, aunque parezca mentira, alivió el ritmo respiratorio del Nazareno, al menos durante los primeros minutos de su crucifixión. Al apoyar el peso del cuerpo sobre el clavo, repartiendo así los puntos de sustentación, sus pulmones lograron capturar un volumen mayor de aire, ventilando algo más los alvéolos. Pero, ¿a costa de qué índice de sufrimiento se consiguió esta momentánea regularización respiratoria?

Aquella inspiración más profunda duró unas décimas de segundo. Casi instantáneamente, el cuerpo del Galileo volvió a caer, hundiendo el diafragma y entrando en una nueva y angustiosa fase de progresiva asfixia. Sus inhalaciones, siempre por la boca, se hicieron vertiginosas, cortas y a todas luces insuficientes para llenar y ventilar los pulmones.

Algo más tranquilo, el verdugo situó el cuarto clavo sobre la zona delantera del pie izquierdo. El golpe en los ligamentos posteriores de la rodilla, como dije, había hinchado y amoratado toda la región donde se insertan el fémur, la tibia y el peroné. Y a pesar de la rigidez de dicha pierna, el legionario la dobló violentamente, haciendo chasquear las masas óseas.

El clavo entró sin problemas, resaltando —como en el caso del pie derecho— entre cinco y seis centímetros por encima del dorso. La sangre fluyó en menor cantidad, bien porque el metal no llegó a tocar vasos importantes o porque, sencillamente, la volemia del Nazareno había descendido notablemente.

La pierna izquierda había quedado flexionada, formando con el palo vertical un ángulo de unos 120 grados y abierta hacia la izquierda de la cruz.

Aunque el árbol disponía, como ya adelanté, de una barra de hierro o *sedile*, atravesada a cosa de 1,20 metros del extremo inferior de la *stipe* y paralela al *patibulum*, en esta ocasión resultó ineficaz. La considerable talla del reo hizo que los pies de éste quedaran por debajo del apoyo que quizá —en el supuesto de haber coincidido— sólo hubiera servido para dilatar su agonía.

Al ver consumada la crucifixión del rabí, la muchedumbre comenzó a gesticular, subrayando la macabra labor de los legionarios con una cerrada salva de aplausos. Los sacerdotes, sobre todo, mostraban una especial satisfacción. Toda su anterior cólera se había convertido en júbilo. Su venganza estaba casi saciada. Y digo «casi» porque, incluso después de muerto, el cadáver del Hijo del Hombre se vería amenazado por aquella perturbada ralea sacerdotal...

Mi atención quedó fija en el Iscariote. Nada más ver cómo atravesaban el segundo pie del Maestro, el traidor se alejó del gentío, perdiéndose por el polvoriento camino, rumbo a Jerusalén. Juan Marcos también desapareció de mi vista, por lo que supuse que habría seguido los pasos de Judas.

El triste espectáculo había entrado en su último acto. Los curiosos comenzaron a desfilar, retirándose hacia la ciudad santa. Jesús de Nazaret y los «zelotas» —clavados en dirección Sur— eran sólo un despojo...

A las 13.30 horas de aquel viernes, 7 de abril, comuniqué a Eliseo el final del duro enclavamiento. Y tanto mi hermano como yo guardamos silencio. Un doloroso silencio.

Si el texto que figuraba en la tablilla de Jesús Nazareno hubiera sido otro —a gusto de los sacerdotes judíos—, la mofa hacia el recién crucificado quizá hubiese sido menor. Cuento esto porque, a partir de la elevación del Maestro sobre la *stipe*, las risas y sarcasmos de la concurrencia menudearon durante un buen rato y, al parecer, según averiguaciones posteriores, como vengativa contrapartida por el conocido «inri». Al fracasar ante Pilato, los jueces tuvieron especial cuidado de intoxicar a la multitud, ridiculizando al Maestro y, de esta sutil forma, quitándole seriedad a las tres inscripciones, evitar que los testigos pudieran tomar en serio lo de «rey de los judíos».

Así que, volviéndose hacia la cada vez menos numerosa masa humana, algunos de los saduceos comenzaron a señalar la cruz del Galileo, exclamando a voz en grito:

—¡Ha salvado a los demás, pero no puede salvarse a sí mismo!

Y el gentío aprobó esta nueva manifestación de burla con fuertes y repartidos aplausos. Al poco, otra voz se destacaba entre la turba, preguntando al Nazareno:

—Si eres el Hijo de Dios, ¡bendito sea su nombre!, ¿por qué no desciendes de tu cruz?

Jesús, al igual que la patrulla y que yo mismo, pudo escuchar estas exclamaciones, teñidas de la más cruel y mordaz ironía. Al encontrarse a un metro escaso del suelo y a poco más de diez de la primera fila de judíos no era muy difícil retener estos gritos e, incluso, las conversaciones que sostenían los legionarios en el menguado círculo de piedra del Gólgota. Éstos, finalizada la laboriosa crucifixión, se tomaron un respiro. El *optio* levantó el cordón inicial de seguridad que bordeaba la circunferencia del promontorio, formado como dije por seis infantes, reduciendo la vigilancia a un primer turno de cuatro soldados. Cada uno se situó en los puntos cardinales, rodeando a los tres condenados y al resto del pelotón. Los demás —excepto dos— se apresuraron a sentarse a unos tres metros de las cruces. Y contemplaron con desgana cómo sus dos compañeros procedían a retirar la escalera de mano, enrollando minuciosamente la maroma y recogiendo las diversas herramientas utilizadas en el enclavamiento. A la vista de aquellos preparativos, todo apuntaba hacia una larga espera. Eso, al menos, creían Longino y sus hombres. En realidad, según me informó el centurión, el relevo no llegaría hasta el ocaso.

—¿Distingues ya desde tu posición los primeros frentes del «haboob»?

Las palabras de Eliseo me recordaron la inminente proximidad del «ojo» del «siroco». Protegí la vista con la mano izquierda, en forma de visera, y, efectivamente, en la lejanía —por detrás del Olivete— descubrí unas masas negruzcas y oscilantes que se abatían sobre un extenso frente.

El oficial también reparó en aquellas amenazantes nubes de polvo y, como buen conocedor de este tipo de fenómeno meteorológico, alertó a los legionarios. La primera medida precautoria fue comprobar la estabilidad de las cruces. Las *stipes*, en principio, parecían sólidamente plantadas en las grietas de la roca. Sin embargo, Arsenius ordenó que las cuñas de madera fueran incrustadas al máximo. Después, los soldados rasgaron los restos de las túnicas de los «zelotas», convirtiéndolas en estrechas tiras. Y sin pérdida de tiempo, el oficial fue distribuyéndolas equitativamente entre los doce infantes. Hasta que no vi a uno de ellos cubriéndose las desnudas piernas con aquellas bandas de tela no comprendí el sentido de la operación. Prudentemente, los romanos trataban de proteger su piel del azote de aquel viento terroso. Por último, la media docena de escudos de los hombres libres del servicio de vigilancia del Calvario fue tumbada en el suelo, uno junto a otro, formando una hilera y con la cara cóncava hacia arriba.

Alguien recordó al pelotón las vestiduras del Nazareno, que yacían aún en el extremo sur del gran peñasco. Pero, cuando los soldados las recogieron, dispuestos a trocearlas, los cuatro legionarios, responsables de la custodia y enclavamiento de Jesús, protestaron, aludiendo —con toda razón— que aquellas prendas les pertenecían y que, dado su buen estado, las reclamaban para sí.

El resto de la tropa cedió y, precipitadamente, antes de que la tempestad de arena cayera sobre Jerusalén, el oficial hizo inventario, repartiendo las vestimentas entre el «cuaternio». A uno le correspondía la capa de púrpura que le diera Antipas; a otro, el cinto. Al tercero el par de sandalias y el último se vio recompensado con el espléndido manto. Pero quedaba la túnica. ¿Qué hacer con ella? Algunos insistieron en la primitiva idea de romperla, pero el suboficial se opuso. A pesar de su deplorable aspecto —cuajada de sangre seca, mojada por el agua y la orina de Lucilio, sucia del polvo del camino y con algunos deshilachados a la altura de las rodillas—, aquella prenda, tejida a mano, merecía un final más honorable que el de fajar las piernas de los romanos. La solución fueron los dados.

El soldado responsable del saco de cuero no tardó en regresar junto al grupo, haciendo tamborilear en una de sus manos un trío de dados. Formaron un cerrado círculo y, uno tras otro, fueron arrojando los pequeños cubos de madera de dos centímetros de lado sobre el suelo del patíbulo. Del uso, las piezas habían perdido su primitivo color blanco, así como el filo de sus aristas. La mugre había terminado por darles un lustre característico. Los valores de cada cara —perforados mediante alguna herramienta o instrumento al rojo— se hallaban repartidos de forma que, siempre la suma de los dos lados opuestos diera siete.

Y como digo, se produjo el lanzamiento: 1-5-3 (en la primera caída de los dados); 6-3-4 (para el segundo jugador); 1-3-5- (en el tercero) y 1-5-3 en la última jugada (1).

El ganador plegó cuidadosamente «su» túnica mientras, entre la multitud, se escuchaban frases hirientes contra el Maestro:

—Tú, que querías destruir el Templo y reconstruirlo en tres días..., ¡sálvate a ti mismo!

—Si tú eres el Rey de los Judíos —interrogaban otros—, baja de la cruz y te creeremos...

—Se ha confiado a Dios —bendito sea— para que le liberara y ha llegado a pretender ser su Hijo... ¡Miradle ahora!: crucificado entre dos bandidos.

El autor de aquella última frase —otro de los sacerdotes de Caifás— no consiguió el efecto apetecido. La muchedumbre, por supuesto, no consideraba a Gistas y Dismas como ladrones y apenas si coreó al malintencionado saduceo.

Mientras los soldados guardaban las prendas del Maestro, me asaltó un pensamiento: ¿Qué ocurriría con aquellas vestiduras? ¿Dónde irían a parar?

De algo sí estoy seguro: que los legionarios no regalarían ni se

(1) Aunque no soy entendido en los misterios de la llamada Cábala o *Qábbalah* (vocablo hebreo equivalente a «conocimiento» o «tradición»), invito a quien pueda leer este diario a someter las sucesivas numeraciones aparecidas en los dados al método de conversión utilizado por Cagliostro y que supone una pretendida correspondencia entre los números y las letras, según los alfabetos hebreo y latino. Yo lo he hecho y he quedado sorprendido ante las palabras que parecen formar los números «153-634-135-153»... No sólo aparece el nombre «cósmico» de Jesús —siempre según el Esoterismo—, sino que, sobre todo, cuando esa secuencia numérica es «traducida» o «convertida» en letras (las del alfabeto hebreo), los expertos en Cábala descubrieron con asombro todo un «mensaje». A través de este sistema —conocido en la ciencia cabalística como «gueematria»—, estos números (en el mismo orden que aparecen en el texto) fueron «descifrados» e interpretados, obteniendo, como digo, un «mensaje múltiple». No voy a desvelar aquí y ahora este increíble «mensaje». Prefiero que sea el lector quien trabaje sobre este apasionante enigma y descubra por sí mismo el «secreto» de dicha numeración. Sólo añadiré algo: en mi deseo de comprobar y analizar cuantos datos aparecen en este Diario, sometí las referidas tiradas de los dados a un frío y riguroso examen, por parte del catedrático de Ciencias Matemáticas y Estadísticas, J. A. Viedma, y de un grupo de especialistas en Informática, encabezados por mi buen amigo José Mora, todos ellos residentes en Palma de Mallorca. Pues bien, según estos expertos, el cálulo de probabilidad matemática de que puedan salir dichos números, y en ese orden, es de $\frac{1}{1.679.616} = 0{,}0000059537$. Es decir, la probabilidad resulta bajísima. (*N. del m.*)

desprenderían así como así de lo que, según la costumbre, les pertenecía. Por otro lado, además, seguir la pista de dichos vestidos no era cosa fácil para los discípulos de Jesús. La mayoría de aquellos romanos regresarían pronto a su campamento-base, en la ciudad de Cesarea y, con el paso de los meses, muchos cambiarían de destino o serían licenciados. Todo esto me hizo sospechar que —al contrario de lo que ocurriría con el lienzo que sirvió para su enterramiento—, Jesús de Nazaret no era muy partidario de que sus discípulos guardaran estas reliquias, susceptibles siempre de convertirse en motivos de adoración supersticiosa, con el consiguiente riesgo de olvidar o relegar a segundo plano su verdadero mensaje... (1)

(1) Como saben bien los seguidores de las iglesias —especialmente de la Católica—, el número actual de reliquias, supuestamente relacionadas o pertenecientes a la Pasión del Galileo, supera el millar. Esto, desde un punto de vista objetivo, arqueológico y científico, es tan absurdo como imposible. En la basílica de Saint-Denis, en Argenteuil, al norte de París, se conserva, por ejemplo, una supuesta «túnica sagrada». Y otro tanto ocurre en la catedral de Tréveris. Con los debidos respetos a los que creen en ambas «túnicas», ninguna de las dos puede ser la que lució el Maestro de Galilea. En la primera, aunque las dimensiones son aproximadas a las reales (1,45 metros de longitud por 1,15 de anchura), careciendo incluso de costuras, el tejido, en cambio, lo constituye un burdo entramado de hilos de estopa de cáñamo, que nada tiene que ver con la naturaleza de las prendas utilizadas habitualmente por los hebreos en aquella época: algodón, lana y lino. (Por una túnica confeccionada con una tela tan rala como tosca, los legionarios no hubieran perdido el tiempo sorteándola.) En cuanto a la segunda, aún resulta más difícil de identificar. Se trata de una serie de trozos de un tejido muy fino y pardusco, envueltos y protegidos contra la polilla entre dos telas. Una de éstas es de seda adamascada, fabricada posiblemente en Oriente entre los siglos VI y IX. Con los clavos y la cruz de Cristo ocurre algo parecido. Según la tradición, la piadosa emperatriz santa Elena los desenterró en el siglo IV. (Para empezar, dudo que las fuerzas romanas perdieran el tiempo y el dinero sepultando las *stipes* y *patibulum*, así como los clavos, después de cada ejecución, como pretenden algunos exegetas, en defensa de la tradición de la mencionada madre del emperador Constantino.) Según estas mismas leyendas, santa Elena mandó hacer un freno con uno de los clavos para el caballo de su hijo (hoy se conserva en Carpentras). Con otro formó un círculo para el casco de Constantino y se dice que aquel círculo forma ahora parte de la corona de hierro de los reyes lombardos, conservada en Monza. Con el tercer clavo dícese que sirvió para apaciguar una tempestad en el Adriático... El caso es que, en la actualidad, en varias iglesias de Europa se veneran supuestos clavos de la Pasión, hasta un total de ¡diez!: dos en Roma, uno en Santa Cruz de Jerusalén, en Santa María del Capitolio, en Venecia, en Tréveris, en Florencia, en Sena, en París y en Arras.

Respecto a los maderos de la cruz de Jesús, el asunto se complica mucho más. El mundo de los cristianos está materialmente sembrado de astillas de todos los tamaños, todas ellas supuestamente extraídas de la verdadera Cruz. Como decían Breckhenridge y Salmasio, entre otros, «si se juntasen estas reliquias podríamos plantar un bosque...» Quizá el trozo más voluminoso es el que se venera en España: en Santo Toribio de Liébana, en la provincia norteña de Santander. La tradición asegura que este *lignum crucis* fue traído desde Jerusalén por santo Toribio, obispo de Astorga, en España, y contemporáneo de san León I el Grande. Uno de los datos a favor de este supuesto resto de la cruz en la que fue colgado el Maestro es el tipo de madera: pino. Pero, desde un punto de vista científico, las dudas siguen envolviendo su origen. (*N. del m.*)

Concluido el reparto de las vestiduras, Longino pidió a su lugarteniente que examinara también las fijaciones de los reos. El *optio* se aproximó primero a la cruz de la derecha y tocó la cabeza del clavo del pie izquierdo del guerrillero. Parecía sólidamente clavado. El «zelota», con el cuerpo desmayado y violentamente encorvado hacia adelante, no había parado un momento de aullar y retorcerse, intentando sobrevivir. Pero las penosas, cada vez más duras, condiciones para robar algunas bocanadas de aire, sólo habían añadido nuevos dolores y mayores hemorragias a su organismo.

Al ver a Arsenius al pie de su cruz, Gistas hizo un supremo esfuerzo y tensando los músculos de sus hombros logró elevar los brazos. Inspiró y, al momento, mientras expulsaba el escaso aire conseguido, lanzó un salivazo, mezclado con sangre, contra el suboficial, insultándole. Indignado, el ayudante del centurión se hizo con una lanza, replicando con el fuste de madera en plena boca del estómago del «zelota». El castigado diafragma se resintió aún más. hundiendo al condenado en un proceso más acelerado de asfixia. Sin dejar de mirar hacia arriba, desconfiando, el *optio* repitió la comprobación en los pies de Jesús y, finalmente, con los clavos del tercer crucificado. Éste había ido recobrando el sentido, aunque su mirada —consecuencia posiblemente del aguardiente— se había tornado opaca y extraviada. El dolor le había sacado de su inconsciencia y los gemidos no cesarían ya.

De pronto, entre berrido y berrido, Gistas, con el rostro bañado por un sudor frío, giró su cabeza hacia la izquierda, gritándole al Maestro:

—Si eres el Hijo de Dios... ¿por qué no aseguras tu salvación y la nuestra?

Al instante, sofocado por el esfuerzo, cayó sobre los puntos de apoyo inferiores, jadeante y empeñado en nuevas y rapidísimas inspiraciones.

Pero el Maestro no respondió. Sí lo hizo en cambio el otro guerrillero. Apoyado como estaba con la punta de su pie izquierdo sobre la mitad del *sedile,* su mecánica respiratoria no resultaba tan fatigosa como la de sus compañeros de cruz. Y con voz balbuceante le reprochó a su amigo:

—¿No temes tú mismo a Dios?... ¿No ves que nuestros sufrimientos... son por nuestros actos?...

Dismas hizo una pausa, luchando por una nueva inhalación y, al fin, continuó:

—... ¡Pero... este hombre sufre injustamente!... ¿No sería preferible que buscáramos el perdón de nuestros pecados... y la salvación... de nuestras... almas?

Los músculos de sus brazos se relajaron y el vientre volvió a inflarse como un globo.

Jesús de Nazaret, que había escuchado las palabras de ambos «zelotas», abrió los labios unos milímetros, con evidente deseo de responder. Pero su cuerpo, despegado de la *stipe* y muy caído sobre las extremidades inferiores, no le obedeció. Sin embargo, el gigante no se rindió. Aceleró el número de inspiraciones bucales —llegué a sumar 40 por minuto, cuando el ritmo normal e inconsciente de respiraciones de un ser humano es de 16— e intentó contraer los potentes músculos de los muslos, en su afán de elevarse unos centímetros y hacer entrar aire en los pulmones. Sin embargo, aquellos cinco o diez primeros minutos en la cruz habían ido quemando el escaso potencial de todos los paquetes musculares de muslos y piernas —utilizados por el Señor en el imprescindible apoyo sobre los clavos de los pies para tomar oxígeno— y los bíceps, sartorios, rectos anteriores, vastos y gemelos se negaron a funcionar. La rigidez de todas estas fibras musculares me llevó al convencimiento de que la temida tetanización se había iniciado antes de lo previsto. (Este dolorosísimo cuadro —la tetanización— se registra siempre al entrar los músculos en un proceso anaerobio o de falta de oxígeno. En estas condiciones, el ácido láctico existente en las fibras musculares no puede metabolizarse, cristalizando. El organismo se ve sometido entonces a un dolor lacerante, bien conocido por los atletas.)

Al comprender que sus piernas habían empezado a fallar, el Maestro —presa de las primeras convulsiones y espasmos musculares, propios de la incipiente pero irreversible tetanización— forzó las articulaciones de los codos, al tiempo que, ¡buscando apoyo!, en los clavos de las muñecas, pedía a la musculatura de sus antebrazos que le sirviera de «puente» para elevar, a su vez, la de los hombros.

Entre jadeos, inspiraciones y lamentos entrecortados —provocados por el roce o aplastamiento de los nervios medianos de las muñecas con el metal que perforaba sus carpos—, aquel ejemplar humano venció al fin la fuerza de la gravedad, izándose sobre sí mismo y relajando el diafragma. Los deltoides, duros como piedras, transformaron sus hombros en «manos» y la boca del Nazareno se abrió temblorosa, ganando a medias la batalla de la inspiración del aire polvoriento que nos azotaba.

Al observar el titánico esfuerzo de Jesús, el «zelota» que le había defendido volvió a hablarle:

—¡Señor! —le dijo con voz suplicante—. ¡Acuérdate de mí... cuando entres en tu reino!

Y al tiempo que expulsaba parte del aire robado en la última inhalación, el Galileo, con las arterias del cuello tensas como tablas, acertó a responderle:

—De verdad... hoy te digo... que algún día estarás junto a mí... en el paraíso...

Los músculos de los hombros, brazos y antebrazos se vinieron abajo y con ellos, toda la masa corporal del Nazareno que quedó nuevamente doblado «en sierra» y sin esperanzas inmediatas de repetir semejante y agotador «trabajo» (1).

(1) Los hombres de Caballo de Troya, en un informe posterior a este primer «gran viaje» y en base al peso de Jesús, a las longitudes de sus brazos, a las distancias hombro-clavo y al ángulo de 30 grados que formaban sus miembros superiores con la horizontal, expusieron, entre otras, las siguientes consideraciones teóricas: la distancia entre los clavos de las muñecas y una línea horizontal (imaginaria) que pasara por el centro de ambas articulaciones de los hombros, era de 26,5 centímetros, aproximadamente. Esta era, en suma, la escalofriante altura a la que debía elevarse el Maestro cada vez que practicaba una de estas inspiraciones algo más profundas. Pensando que el músculo deltoides (que se extiende desde la clavícula y el omoplato al húmero) está diseñado para elevar el citado miembro superior, cuyo peso es de un kilo y pico, el esfuerzo a que se vio sometido en el caso del Galileo es sencillamente excepcional. Si hacemos actuar el citado deltoides en

Por mi parte, en vista de la acelerada degradación del organismo del gigante, me dispuse a acoplar sobre mis ojos las «crótalos» e iniciar una de las más delicadas y vitales operaciones de seguimiento médico de aquella misión.

Pero dos hechos —uno de ellos absolutamente imprevisto y desconcertante— retrasarían esta nueva exploración del cuerpo del Galileo...

Hacia las 13.40 horas, la voz de Eliseo se escuchó "5 × 5" en mi oído. Con una cierta excitación me adelantó algo que, tanto los hebreos como el pelotón de vigilancia en el Gólgota y yo mismo, teníamos a la vista y que no tardaría en convertir la ciudad santa y aquel paraje en un infierno. El primer frente del «haboob» acababa de caer como una negra y tenebrosa niebla sobre la falda oriental del monte Olivete. La «cuna», como medida precautoria, había activado su «cinturón» de defensa. Las rachas de viento, a su paso sobre el módulo, alcanzaban los 35 nudos.

El gentío, al distinguir los sucios lóbulos de la tempestad, avanzando por el Este como una «ola» y gigantesca, empezó a movilizarse, huyendo precipitadamente hacia la muralla. Muchos de ellos se perdieron por la puerta de Efraím y otros, buenos conocedores de esta especie de «siroco», buscaron refugio al pie del alto muro que cercaba Jerusalén por aquel punto. El sol seguía brillando en lo alto, en mitad de un cielo azul y transparente. Creo que esta matización resulta sumamente interesante: en contra de lo que di-

---

forma inversa —haciendo fijas sus inserciones en el húmero, tirando hacia arriba de los hombros para elevar el peso del cuerpo— comprobaremos las enormes dificultades que ello supone, perfectamente patentes en ese ejercicio gimnástico, único, que se lleva a cabo con las anillas y que, popularmente, es conocido como «hacer el Cristo». Al no contar con la ayuda de los músculos de las extremidades inferiores, la musculatura del hombro tenía que elevar el peso correspondiente a la cabeza, tronco y vientre, hasta la raíz de los miembros inferiores. Es decir, suponiendo que la masa total de Cristo fuera de unos 82 kilos, la mencionada musculatura debía correr con la elevación de los 2/3 del peso corporal. En otras palabras: con unos 54,6 kilos. De acuerdo con la expresión peso = masa × gravedad, se obtuvo que 54,6 × 9,8 = 535,73 julios. Al cronometrar el referido ascenso de 26,5 centímetros (0,265 metros) en unos 1,5 segundos, Caballo de Troya dedujo que la aceleración sufrida por Jesús de Nazaret fue de aproximadamente, 0,2355 metros por segundo en cada segundo. (Se tuvo en cuenta, obviamente, los siguientes parámetros: «e» = espacio o distancia recorrida; «V_o» = velocidad inicial, en este caso cero; «a» = aceleración y «t» = tiempo invertido. O, lo que es lo mismo: $e = V_o \pm 1/2\ .a.t^2$. Esto significaba lo siguiente: 0,265 = 1/2 a. $1{,}5^2$.)

También fue calculada la fuerza que tuvo que hacer el Maestro en cada una de estas violentas elevaciones en vertical: peso-fuerza = masa × aceleración. Es decir, 535,73 − F = 54,6 × 0,2355. El resultado fue de F = 522,87 julios.

En cuanto al «trabajo» desarrollado, he aquí la escalofriante cifra: trabajo = fuerza × distancia (T = 522,87 × 0,265 = 138,56 newtons). Ello arrojó una potencia de ¡92,37 watios! (potencia = trabajo/tiempo o 138,56/1,5).

Si comparamos esos 92,37 watios con los 2,5 que normalmente realiza la misma musculatura para elevar simplemente el brazo, empezaremos a intuir el gigantesco y dolorosísimo esfuerzo que, como digo, desarrolló Jesús de Nazaret en la cruz. (*N. del m.*)

cen los evangelistas, aquella muchedumbre no se retiró de las proximidades del Calvario como consecuencia de las «tinieblas» a las que aluden los escritores sagrados. Éstas, sencillamente, aún no se habían producido. Y hay más: en aquellos momentos tampoco detecté miedo. El fenómeno —no me cansaré de insistir en ello— era molesto, incluso peligroso, pero frecuente en aquellas latitudes. Los judíos, por tanto, estaban acostumbrados a tales tormentas de polvo y arena. En principio no era lógico que cundiera el pánico. Sin embargo, ese terror que citan Mateo, Marcos y Lucas se produjo. Pero, tal y como pasaré a narrar seguidamente, el origen de dicho miedo no estuvo, repito, en el «siroco»...

A los pocos minutos, de aquellos cientos de personas que contemplaban a los crucificados sólo quedó un mínimo contingente de sacerdotes y curiosos. Quizá medio centenar. La mayoría, como si se tratase de una medida habitual de protección, empezó a sentarse sobre el terreno, cubriendo sus cabezas con los pesados y multicolores mantos. Aquel pequeño grupo, en definitiva, era una prueba más de lo que afirmo. Sabían que se echaba encima una tempestad seca y, sin embargo, se tomaron el asunto con filosofía. Por supuesto, eligieron y apostaron por el macabro espectáculo de los reos, debatiéndose entre la vida y la muerte.

Tentado estuve de aprovechar aquellos instantes para extraer mis lentes especiales de contacto y proceder al chequeo del cuerpo del Maestro. Pero la inminente llegada de los densos y negruzcos penachos me hizo desistir. A semejante velocidad —unos 70 kilómetros a la hora—, las partículas de tierra y los gránulos de arena hubieran dañado la delicada superficie de las «crótalos», arruinando aquella fase de la misión e, incluso, poniendo en peligro la integridad física de mis ojos. Así que opté por aplazar el registro ultrasónico y tele-termográfico. Según Eliseo, el hocico del «haboob» y los dos o tres lóbulos que corrían detrás no eran muy profundos, estimándose su duración en unos 15 a 20 minutos.

No fue necesario que el centurión diera demasiadas indicaciones. Cada hombre sabía cómo debía comportarse ante aquella contingencia. Al comprobar la masiva retirada de los judíos, Longino permitió a los centinelas que se agrupasen en el extremo sureste de la cima del Gólgota, de cara a la tormenta. Juntaron los cuatro escudos, formando un parapeto, y clavaron sus rodillas en la roca, sujetando esta impovisada defensa mediante las abrazaderas interiores de cada escudo. El resto de la patrulla levantó la hilera de escudos que había sido dispuesta sobre la superficie del patíbulo, formando un segundo «muro» defensivo. Y la totalidad del pelotón —incluidos el oficial y Arsenius— se agazaparon dando la cara al cada vez más próximo temporal.

Longino, al verme en pie e indeciso, me hizo una señal con la mano para que buscara refugio junto a la piña que formaban sus hombres. Así lo hice sin pérdida de tiempo. Pero, en lugar de acurrucarme como los legionarios, en dirección al «sirocco», me senté de espaldas a la patrulla, sin perder de vista a los crucificados.

El viento, de pronto, se volvió más cálido y silbante. El primer torbellino del «haboob» se precipitó sobre Jerusalén, y sobre el peñasco donde nos encontrábamos, con una estimable violencia. En cuestión de segundos, una masa deshilachada y blanquecina, formada por toneladas de arena y polvo en suspensión, arrasó el lugar, repiqueteando en su choque contra las partes convexas de los escudos.

A pesar del manto que cubría mi cabeza, una miríada de granos de una arena fina empezó a acosarme, penetrando por todos los huecos de mis vestiduras e hiriendo la piel —especialmente las piernas— como alfileres. El bramido de aquel tornado fue incrementándose con su velocidad. Al poco, tanto los soldados como yo, nos vimos obligados casi con desesperación a cerrar los ojos y proteger la boca, oídos y fosas nasales de aquella angustiosa polvareda.

Conforme el «siroco» fue arreciando, los gritos de los «zelotas» —encarados al viento y casi desnudos— se hicieron más y más estentóreos. Las rachas habían empezado a ensañarse con sus cuerpos indefensos, asaeteándoles con millones de partículas de tierra, añadiendo así un nuevo e insoportable suplicio. Levanté la cabeza como pude y, entre las columnas de polvo, más que ver, escuché a uno de los guerrilleros, pidiendo entre aullidos que le rematasen. En cuanto a Jesús, casi no pude distinguir su figura, pero imaginé el sofocante tormento que estaba soportando.

Dudo mucho que nadie en el Gólgota ni en sus alrededores, ni tampoco en la ciudad, pudiera levantar la vista durante aquella pesadilla. Los sucesivos frentes del «haboob», cuyo «techo» resultaba poco menos que imposible de fijar en semejantes condiciones, se elevaban —eso sí— a una altitud suficiente como para difuminar el disco solar, al menos para cualquier observador que se encontrase inmerso en el tornado. Sin embargo, yo no aprecié una oscuridad o debilitamiento de la luz diurna suficiente como para clasificarlo de «tinieblas». Hubo, naturalmente, un descenso de la visibilidad, como consecuencia del arrastre de arena y polvo, pero no esa cerrada negrura que parece desprenderse de los textos evangélicos. Cualquiera que haya vivido una de estas experiencias sabe que, por muy espeso que sea el fenómeno meteorológico en cuestión, difícilmente desemboca en tinieblas. Fue después cuando ocurrió «aquello» que sí «oscureció» un amplio radio...

Una vez alejados los tres o cuatro lóbulos «de cabeza», Eliseo abrió de nuevo la conexión auditiva, anunciándome que la «cola» del «siroco», muy debilitada ya, necesitaría otros cinco o diez minutos para cruzar la región. Las masas de tierra en suspensión eran menos consistentes, aunque los vientos en superficie mantenían velocidades no inferiores a los 20 o 25 nudos.

El centurión, al notar cómo el torbellino principal parecía decrecer, se incorporó parcialmente, inspeccionando a los cuatro soldados que se resguardaban a escasos metros de nuestra «empalizada». No debió observar demasiadas anomalías porque volvió a acurrucarse de inmediato, en espera de los últimos coletazos del «haboob». Eliseo no estaba equivocado. Alrededor de las 14 horas, la fuerza del tornado disminuyó, así como el polverío. Afortunadamente el cuerpo principal del «siroco» había ido despedazándose desde su nacimiento en los desiertos arábigos, alcanzando las tierras de Palestina con una «cabeza» cuya longitud fue valorada por los instrumentos del módulo en unos 20 kilómetros y un frente de casi 125. Las ráfagas, sin embargo, no cesarían hasta bien entrada la tarde.

Cuando la tormenta cesó, el espectáculo que se ofreció a mi alrededor era sencillamente dantesco. Todos los legionarios, y yo mismo, naturalmente, aparecíamos cubiertos de arena. El polvo había blanqueado las cejas, cabellos y ropajes de los soldados, así como los mantos de los cincuenta escasos judíos que habían preferido aguantar el azote del viento al pie del Gólgota.

En cuanto a los crucificados, al verlos mudos y con las cabezas inmóviles sobre el pecho, lo primero que pensé es que habían perecido por asfixia. Longino debió imaginar lo mismo porque se precipitó hacia las cruces, palmoteando sobre sus ropas y sacudiéndose la tierra acumulada.

Sin embargo, al situarnos bajo los condenados, comprobamos —yo, al menos, con alivio— cómo seguían vivos. Las costillas flotantes de Jesús registraban esporádicas oscilaciones, señal de una débil ventilación pulmonar. Las heridas y regueros de sangre se hallaban acribillados por infinidad de partículas de tierra y arena, llegando a taponar las profundas brechas de los costados y el desgarro de la rótula. Los cabellos de su cabeza, axilas y pubis, así como el del pecho, eran irreconocibles. Se habían convertido en masas encanecidas. Su cabellera, sobre todo, encharcada por las hemorragias, era ahora, con el polvo, un viscoso y ceniciento colgajo. Quedé aturdido al ver su barba y bigote cargados de polvo y sus labios, con una costra terrosa que desdibujaba las mucosas e, incluso, las profundas fisuras.

Las heridas de los clavos, tanto en el Maestro como en los «zelotas», habían sido poco menos que taponadas por el «haboob». Aquel viento infernal, que acababa de atentar contra el hilo de vida que aún flotaba en lo alto de aquellos árboles, había logrado lo que parecía un milagro: detener la pérdida de sangre del Nazareno (aunque, sinceramente, a aquellas alturas de la crucifixión ya no sé qué hubiera sido mejor). De todas formas, el destino es muy extraño...

Los guerrilleros y Jesús de Nazaret se hallaban sin conocimiento. En el fondo era lo mejor que les podía haber ocurrido.

Y sucedió. A las 14.05 horas, mi compañero en el módulo —con una excitación similar a la que había experimentado durante mi permanencia en la finca de Getsemaní— abrió súbitamente la conexión, anunciándome algo que hizo tambalear mis esquemas mentales.

—... ¡Ahí está otra vez...! ¡Jasón, lo tengo en pantalla...! El radar registra un eco... ¿Dirección...?, afirmativo: procede del Este. ¡Esto es de locos!

Me volví hacia el lugar, pero, una vez más, no observé nada anormal. Era lógico. Aunque la «ola» de polvo se había extinguido, aquel objeto se hallaba aún, según el «Gun Dish» de a bordo, a 135 millas del «punto de contacto» donde reposaba la «cuna».

—... No viene muy fuerte —prosiguió Eliseo, que debía tener la nariz pegada a la pantalla del radar—. Calculo que a unos 400 nudos... ¡Oh...!

La voz de mi hermano se cortó. Rodeado como estaba por los 12 legionarios y los dos jefes no pude pulsar mi conexión y dirigirme a él. ¿Qué demonios pasaba en el módulo?

—... ¡Jasón, nunca nos creerán...! El eco acaba de hacer una ruptura de casi 90 grados... Lo tengo en rumbo 190... Si sigue así pasará casi sobre tu vertical... Pero, ¿cómo ha podido...?, ¿qué clase de «cosa» puede hacer un giro así...? Jasón, entiendo que no puedes hablarme. Seguiré informando... ¡Reduce, afirmativo, reduce su velocidad! ¡Y también el nivel...! A ver..., en efecto... ¡Roger!, pasa de 400 nudos a 275... ¿Nivel...? 300 y sigue bajando... Te doy «pegeons» (1) al módulo: 90 millas y mantenido en 190... ¡Un instante...! ¡Acelera...! Afirmativo, está acelerando: ¡400..., 700..., 900 nudos...! ¡No es posible...! Se ha estabilizado en nivel 120 (cuatro mil metros)... Lo tendrás a la vista en seguida si mantiene esa velocidad... Entiendo que a las «dos» de tu posición...

Efectivamente, a los cinco minutos y seis segundos, la voz de Eliseo irrumpió de nuevo en mi cabeza. Pero, esta vez sí lo tenía a la vista: al principio como un punto brillante. Después, conforme fue aproximándose, perdió luminosidad, convirtiéndose en una especie de «luna llena», de un color mate.

Los soldados no tardaron mucho en verlo. Y el centurión, levantando la vista, quedó tan perplejo como yo.

—... ¡Jasón...! ¿lo tienes? Yo lo veo casi a mis «12» y alto... Sigue a 12 000 pies. ¡Se detiene...! ¡Afirmativo!, ¡ha hecho estacionario...!

Las últimas palabras desde el módulo, cargadas de emoción, terminaron por contagiarme. Me restregué los ojos, pensando en una posible alucinación... Pero pronto caí en la cuenta que aquella hipotética explicación era ridícula: Longino, los legionarios y yo podíamos sufrir algún tipo de trastorno pero, ¿y el radar?

Aquella «cosa», según Eliseo, se había estabilizado a unos 4 000 metros sobre la vertical de Jerusalén. Y así permaneció por espacio de dos o tres minutos. A juzgar por la altura a la que se encontraba y por su tamaño aparente —superior al de diez lunas— sus dimensiones eran enormes.

Mientras observaba boquiabierto aquel fenómeno pasaron por mi mente un sinfín de posibles explicaciones, que, por supuesto, no terminaron de satisfacerme. Era el segundo objeto volante que veía en las últimas 14 horas. ¿Cómo podía ser? ¿Qué significaba aquello? Y, sobre todo, ¿quién o quiénes lo tripulaban?

Pero mis elucubraciones se vieron definitivamente pulverizadas cuando mi hermano, después de verificar hasta tres veces el diámetro de aquel artefacto, me anunció sus dimensiones: ¡1 757, 9 096 metros! ¡Casi un kilómetro y ochocientos metros! Es decir, una superficie ligeramente superior a la de toda la ciudad santa...

La presencia de aquel monstruoso disco, totalmente silencioso y flotando en el cielo como una frágil pluma, hizo pasar a la escolta y a los hebreos de la estupefacción al miedo. En un movimiento reflejo, el centurión y algunos de sus hombres desenfundaron sus espadas, replegándose hacia la base de las cruces. Pero ninguno acertó a expresarse. Un pánico irracional se había enroscado en sus corazones y lo mismo ocurría entre el medio centenar de curiosos que permanecía junto al Gólgota. Las miradas de todos estaban fijas en aquella «luna» misteriosa.

(1) «Pegeons»: entre pilotos y astronautas, proporcionar distancia y rumbo. *(N. del m.)*

A las 14 horas y 8 minutos, según los cronómetros del módulo, el objeto osciló ligeramente —como si «temblase»— y, despacio, en un ascenso que me atrevería a calificar de majestuoso, se dirigió hacia el sol. Al alcanzar el nivel 180 (18 000 pies) volvió a hacer estacionario.

Un alarido colectivo se escapó de las gargantas de los judíos cuando vieron cómo aquel artefacto empezaba a interponerse entre el disco solar y la Tierra. Y lo hizo de Este a Oeste (siempre considerada la observación desde el Calvario y sus inmediaciones).

En segundos, con una precisión que me secó la garganta, el formidable objeto tapó el ardiente círculo, dando lugar a un progresivo oscurecimiento de Jerusalén y de un dilatado radio en el que, naturalmente, me encontraba.

Esta interposición con el sol, milimétrica y magistralmente desarrollada por quienes gobernaban aquel inmenso aparato, se produjo con cierta lentitud, pero sin titubeos. Hoy, al recordarlo, tengo la sensación de que los responsables de dicha operación quisieron que el «eclipse» pudiera ser observado paso a paso.

En menos de 120 segundos, el astro rey desapareció y, con él, la claridad. Mejor dicho, un ochenta por ciento de la fuente luminosa. Obviamente, aunque la gran masa metálica —confirmada por el radar— proyectó al instante un gigantesco cono de sombra sobre la ciudad santa y sus alrededores, las radiaciones solares siguieron presentes, formando una «corona» o «aura» luminosa que abarcaba toda la curvatura del enigmático objeto. Las «tinieblas», en efecto, se hicieron sobre Jerusalén, aunque no con el carácter absoluto de una noche cerrada, por ejemplo. La claridad existente alrededor del disco era suficiente como para que pudiéramos distinguir el entorno con un índice de luminosidad muy similar al que suele seguir a una puesta de sol. Y así se mantuvo hasta que llegó el momento fatídico...

(No creo necesario extenderme en profundidad sobre esa ilógica explicación científica, que trata de resolver este fenómeno de las «tinieblas» con ayuda de un eclipse total de sol. Basta recordar que en aquellas fechas se registraba precisamente el plenilunio y, en consecuencia, tal eclipse de sol era imposible. La luna, a las 14 horas del 7 de abril del año 30 se hallaba aún oculta por debajo del horizonte oriental. Los astrónomos saben, además, que un eclipse de esta naturaleza siempre se inicia por la cara Oeste del disco solar. Aquí, en cambio, ocurrió al revés. El oscurecimiento del sol se inició por el Este.)

Eliseo, una vez consumado el ocultamiento solar, verificó los parámetros de a bordo, confirmando que aquella especie de «superfortaleza» volante había quedado «anclada» a 18 000 pies de altura, manteniendo una velocidad de desplazamiento de 1 431,055 km/hora. En los 45 minutos que duró el fenómeno de las «tinieblas», aquel objeto cubrió un total de 1 073,2912 kilómetros, siempre a una altitud de 6 000 metros. (El diámetro solar aparente correspondía a un arco cuyo valor aproximado era de 33 minutos y 10 segundos.) (1).

(1) No puedo resistir la tentación de recordar al lector otro suceso que parece guardar una estrecha relación con éste: el sol que «bailó» en Fátima

Al consumarse el «eclipse», que insisto, sólo pudo tener una proyección puramente local, muchos de los judíos —espantados— cayeron rostro en tierra, golpeándose el pecho con ambas manos y profiriendo alaridos de terror. Los saduceos, desconcertados, no sabían cómo reaccionar. Al fin, la mayoría de los hebreos escapó hacia la puerta de Efraím, mientras los dirigentes judíos —no demasiado convencidos— intentaban retenerles, gritándoles que «todo aquello sólo podía obedecer a algún encantamiento del crucificado o a un fenómeno celeste...»

Fue inútil. La turbación de los incultos y supersticiosos enemigos de Jesús era tal que ni siquiera escucharon los razonamientos de los sacerdotes. Y allí permaneció el desamparado puñado de jueces, mucho más pendiente de lo que ocurría en los cielos que en el patíbulo. Supongo que, si siguieron al pie del Gólgota no fue porque les sobrara valentía, sino por obediencia a Caifás y al resto del Consejo.

El oficial romano tuvo que hacer un supremo esfuerzo para calmar su nerviosismo y el de sus hombres. Si los hebreos eran temerosos de este tipo de manifestaciones, los romanos aún lo eran mucho más. A fuerza de imperiosos gritos, Longino logró finalmente que sus soldados ocuparan los puestos de vigilancia asignados por el *optio* antes de la tormenta de arena. A juzgar por el vocerío que se levantaba más allá de la muralla, la confusión y el miedo entre los peregrinos y habitantes de Jerusalén tenían que ser extremos. Mientras aquella área permaneció en la penumbra, muchos curiosos llegaron a asomarse bajo el arco del portalón de Efraím, intrigados y, supongo, ansiosos por saber si todo «aquello» tenía alguna vinculación con el prodigioso Maestro de Galilea. Pero ninguno tuvo valor para aproximarse. Mejor dicho, hubo un grupo que sí lo hizo...

A los pocos minutos de iniciarse las «tinieblas», por el camino que partía de Jerusalén se destacó una veintena de personas. Con paso ligero y decidido fue acercándose al filo de la gran roca. A causa de las sombras no pude distinguir al joven apóstol Juan hasta que se detuvo a escasos metros de donde me encontraba. Al fin había vuelto. Le acompañaba otro hombre y unas 18 mujeres, todas ellas semiocultas por sus ropones. Pero no supe reconocer a ninguno de los amigos del Zebedeo.

Era sumamente extraño. En realidad, todo lo era desde la aproximación de aquel objeto, que seguía fijo e imperturbable sobre nuestras cabezas. Precisamente a raíz de su aparición en el espacio —aunque no me percaté de ello hasta la llegada de Juan y su grupo—, el viento había cesado. Y con él, todos los sonidos propios y naturales del campo. Al menos, los que habitualmente venía percibiendo. Incluso, los fugaces trinos de las golondrinas y demás aves y el zumbido de los insectos y de aquellas nubes de moscas verdes

---

en 1917. En cuanto al objeto que provocó las «tinieblas» sobre Jerusalén y su entorno, el computador del módulo estimó que giraba geosincrónicamente sobre la ciudad santa (paralelo estimado para Jerusalén: 5 463 kilómetros). *(N. del m.)*

y gruesas como monedas de un centavo que, antes del paso del «haboob», habían empezado a posarse a decenas sobre la sangre de los crucificados.

Cuando estaba a punto de descender por el canal, a fin de reunirme con Juan, un súbito gemido del Galileo me detuvo. El Maestro parecía haber recobrado la conciencia. El centurión y yo caminamos unos pasos y, efectivamente, comprobamos cómo el crucificado se esforzaba nuevamente en sostener un acelerado ritmo respiratorio. La forzada caída del diafragma había hinchado su vientre y su tórax aparecía rígido como el madero del que colgaba. A pesar del polvo y la tierra que le cubrían —casi como un fatídico adelanto de su sepultura—, los signos de la cianosis eran cada vez más palpables. Las escasas uñas de sus pies que no se hallaban bañadas por la sangre habían empezado a tornarse de una típica coloración azulada. Otro tanto ocurría con las puntas de sus dedos. La tetanización de los miembros inferiores era ya galopante. Los músculos de los muslos y piernas seguían registrando espasmos, aunque cada vez más espaciados. Los dedos gruesos de ambos pies habían entrado ya en aducción, desviándose hacia el plano central del cuerpo del Nazareno.

De pronto, una mano se posó sobre mi hombro izquierdo. Era Juan. Con su coraje habitual había ascendido hasta lo alto del Calvario. Venía solo. La verdad es que ni siquiera se entretuvo en contemplar a su Maestro. Sus ojos se hallaban hundidos y el rostro, marcado por las largas horas de insomnio y sufrimiento. Parecía un viejo...

Con voz temblorosa se dirigió a Longino, suplicándole que, aunque sólo fuera un instante, permitiera a la madre de Jesús de Nazaret aproximarse a la cruz y dar el último adiós a su hijo primogénito. Juan acompañó su petición dirigiendo su brazo derecho hacia el reducido número de mujeres que esperaba a escasa distancia de los saduceos.

A pesar de cuanto llevaba vivido y sufrido en aquella misión, al oír al Zebedeo mis rodillas temblaron. ¡María estaba allí!

Longino no tuvo valor para negarse. Y autorizó al discípulo a que acompañara a la madre del Maestro hasta lo alto del patíbulo, con la condición de que el resto siguiera donde estaba y de que la permanencia al pie de la cruz fuera lo más breve posible.

Juan agradeció el humanitario gesto del centurión y se apresuró a volver junto al grupo. Intercambió unas palabras con las mujeres y, seguidamente, una de las hebreas comenzó a subir por entre las rocas, asistida por Juan y el otro hombre.

Conforme se aproximaban, mi pulso se aceleró. A los pocos segundos tuve ante mí a la madre terrenal de aquel gigante...

Los legionarios, algo más tranquilos, habían descendido por el segundo peñasco, entregándose a la búsqueda de leña seca con la que poder encender una fogata. Ellos, lógicamente, no podían prever la duración de la oscuridad y Arsenius, prudentemente, ordenó a los infantes que se hicieran con una buena provisión de combustible. Faltaban cuatro horas para el ocaso y la custodia de los condenados podía ser larga.

En el instante en que María llegaba al pie de la cruz central, dos de los soldados depositaron sobre la roca sendos haces de ramas de la llamada retama «de escobas», muy ligera y de excelente calidad para sus propósitos.

Apoyándose en los antebrazos de Juan y del segundo hombre (que resultó llamarse Jude o Judas y que, según pude averiguar al día siguiente, era hermano carnal de Jesús), aquella hebrea de rostro extremadamente pálido se detuvo a un metro del árbol en el que se hallaba clavado su hijo. No era muy alta. Su cabeza, levantada hacia el Maestro, había quedado poco más o menos a la altura de las rodillas del Nazareno. Posiblemente mediría entre 1,60 y 1,65 metros. Contaba alrededor de 50 años, aunque su figura frágil, algo encorvada y las arrugas que nacían de sus hermosos ojos almendrados la hacían más venerable. A pesar de la oscuridad me llamó la atención su frente alta y despejada, rematando un rostro ovalado en el que apenas despuntaba una nariz pequeña y recta. Cubría su cabeza con un manto marrón claro que no me permitió ver sus cabellos. Sin embargo, a juzgar por el color de sus cejas —finas y ligeramente arqueadas—, debían ser de un negro azabache. La túnica, de una tonalidad similar a la del manto, aunque algo más apagada, rozaba casi la superficie del Gólgota.

Nadie dijo nada. Juan rompió a llorar, aferrándose al brazo de la Señora. Longino, conmovido, se retiró.

Sin embargo, ante mi sorpresa, María no derramó una sola lágrima. Sólo el temblor de sus largas y encallecidas manos, bajo cuya piel serpenteaba una maraña de venas azules y pronunciadas, reflejaba su aflicción.

Mis problemas se vieron aliviados cuando el oficial, en otro gesto que decía mucho en su favor, regresó hasta nosotros, portando una tea recién encendida.

Cuando Longino aproximó la improvisada antorcha al cuerpo del Maestro, con el fin de que su madre pudiera contemplarle mejor, el Galileo, alertado quizá por el resplandor rojizo del fuego, despegó la barbilla del pecho, descubriendo a su familia. Su respiración volvió a agitarse y su ojo derecho se abrió al máximo.

La mujer, al igual que Juan y el hermano de Jesús, no despegaron ya sus miradas del rostro del crucificado.

La boca del gigante se abrió ligeramente, intentando hablar, pero sus pulmones —disminuidos en su capacidad vital por las múltiples lesiones de los músculos respiratorios y por la angustiosa falta de apoyo— se hallaban ante una gravísima insuficiencia ventilatoria restrictiva. (Pocos minutos más tarde, al ajustar los ultrasonidos a su tórax, Caballo de Troya recibiría información sobre esa delicada situación, certificando mis sospechas: la capacidad vital de Jesús se hallaba muy por debajo del 80 por 100 del valor teórico normal, estimado —como se sabe— en 5,50 litros.)

A pesar de ello, el Nazareno, en un titánico esfuerzo, contrajo los músculos abdominales y, casi al unísono, la agotada musculatura de los antebrazos y hombros comenzó a palpitar, buscando la energía necesaria para elevar la parte superior del cuerpo esos imprescindibles y kilométricos 26,5 centímetros. Pero las reservas del Cristo estaban casi agotadas y su voluntad no fue suficiente. En esos dramáticos momentos sucedió algo casi insignificante, poco menos que imperceptible para los que se hallaban al pie de la cruz, pero que para mí, como médico, me heló el corazón. Jesús arqueó el diafragma por segunda vez y tensó de nuevo los músculos elevadores y extensores, haciéndolos vibrar. Al mismo tiempo, su muñeca izquierda giró apenas un centímetro sobre el eje del antebrazo. Aquel movimiento del carpo sobre el clavo colaboró decisivamente en la elevación de los hombros. La cabeza del rabí se clavó en el *patibulum* y su barba apuntó hacia el cielo, mientras el violento dolor provocado por el mínimo giro de la muñeca izquierda hacía latir con precipitación las paredes de la vena yugular externa, marcando las fosas supraclaviculares y los músculos del cuello como jamás he visto en ser humano. Al instante, de la semicegada herida de la muñeca izquierda surgieron dos reguerillos de sangre, finísimos y divergentes, que corrieron hacia el codo.

El Maestro —a qué precio— había logrado su propósito. Al elevarse, su boca se abrió al máximo y una bocanada de aire fresco penetró en sus pulmones, al tiempo que el hundimiento del vientre dejaba al descubierto la cresta ilíaca de la cadera derecha.

El cuerpo del crucificado volvió a caer y Jesús, bajando el rostro, esbozó una sonrisa extraña. Aquel rictus me alarmó: no se trataba en realidad de una sonrisa, sino de otro síntoma de la tetanización que le acosaba y que en Medicina se conoce por «sonrisa sardónica»: labios apretados, con las comisuras hacia afuera y hacia abajo.

María, al contemplar el desesperado esfuerzo de su hijo, bajó la cara y sus piernas flaquearon. Pero Juan y Judas la sostuvieron. Sus labios, apenas sombreados por la luz de la antorcha, empezaron a aletear y las profundas ojeras que corrían por encima de sus altos y afilados pómulos se confundieron con la oscura e insondable amargura de unos ojos que, a pesar de todo, conservaban una singular belleza.

—¡Mujer...!

La renqueante voz del Maestro hizo que María y todos los demás levantaran el rostro. Y el semblante de aquella hebrea se iluminó.

—¡Mujer —repitió Jesús—, he aquí a tu hijo!

Juan se secó las lágrimas con la palma de su mano derecha, mirando a su Maestro sin acertar a comprender.

Después, desviando el rostro hacia el apóstol exclamó, casi sin fuerzas:

—¡Hijo mío..., he aquí a tu madre!

La menguada inhalación del crucificado estaba casi agotada. Su respiración entró en déficit y apurando sus últimas posibilidades, ordenó entre jadeos:

—Deseo..., que abandonéis este... lugar.

Su abdomen había vuelto a deformarse y su cabeza, al igual que los músculos de los brazos y hombros, se desplomaron.

Los hombres hicieron intención de dar media vuelta y retirarse, pero María, siempre en silencio, avanzó un paso hacia el crucificado. Se inclinó muy lentamente y besó la rodilla derecha de Jesús. Después, ocultando su rostro entre las manos, abandonó el peñasco, prácticamente sostenida por Juan y su hijo.

Creo que, tanto el centurión como yo quedamos impresionados por la entereza de aquella mujer. Una hebrea a la que tendría oportunidad de volver a ver y de cuya conversación obtendría una magnífica y sensacional información.

La pequeña, casi insignificante, sombra de María, la madre del Maestro, no tardó en difuminarse en la penumbra. Juan y Jude la acompañaron en su camino de regreso a Jerusalén. Pero el resto de las mujeres continuó a corta distancia, pendiente del agonizante crucificado. Allí estaban, entre otras seguidoras y creyentes, Ruth, también hermana carnal del Nazareno; Salomé, la madre de Juan; Mirián, esposa de Cleopás y hermana de la madre de Jesús; Rebeca y María, la de Magdala, más conocida hoy por «Magdalena».

Hacia las 14.25, el *optio* autorizó al que hacía las veces de intendente a que repartiera la cena entre los hombres de la patrulla: cerdo salado, queso, pan y una ración de agua con vinagre, conocido por el nombre de «posca». Todos los soldados, a excepción de los que montaban guardia, se reunieron en torno a la hoguera, dando buena cuenta de las viandas.

Durante aquellos breves momentos de distensión pregunté al oficial por qué los legionarios habían apilado sendos montones de ramas en la base de cada una de las cruces. Longino, invitándome a degustar aquel vino fermentado, me explicó que consistía en una simple medida de gracia. En caso necesario, si así se ordenaba o si la agonía de los reos se prolongaba en demasía, deberían prender fuego a la leña. El humo remataba a los crucificados, asfixiándoles en cuestión de minutos.

Algunos de los infantes, tratando de apaciguar el miedo que, sin duda, aún les atormentaba, empezaron a gastar bromas a cuenta de los prisioneros. Uno de ellos, más osado que el resto, se volvió hacia Jesús, brindando con su jarra de latón:

—¡Salud y suerte al rey de los judíos!

La ocurrencia contagió al resto, que también levantó su «posca» hacia la cruz del Galileo.

Jesús, interrumpiendo su jadeante respiración, exclamó:

—¡Tengo sed!

El *optio* consultó al centurión y éste le autorizó a que acercara al Galileo el tapón que cerraba la cántara con el agua avinagrada. Arsenius tomó el cierre y después de clavarlo en la punta de una de las azagayas de la escolta llegó al pie del madero, levantando la lanza de forma que el tapón, previamente empapado en la «posca», tocara los polvorientos labios del Maestro. Naturalmente, no desperdicié aquella ocasión. Jesús abrió la boca, mordiendo ansiosamente el corcho. El líquido limpió la tierra pero, al penetrar en las grietas, el ácido hirió nuevamente la carne del Nazareno, que retiró en seguida la cabeza. Arsenius bajó el *pilum* y, al observar que el prisionero no hacía intención de repetir el humedecimiento de su boca, se retiró.

Los labios del rabí acusaban con sus temblores un incremento de la crisis febril. Tomé entonces una antorcha y, al aproximarla al rostro de Jesús, descubrí cómo la tetanización había empezado a reducir el brillo del esmalte dentario, aumentando en cambio la opacificación del cristalino. Su ojo izquierdo seguía cerrado por los hematomas. (La insuficiencia paratiroidea, provocada por la tetanización, debía ser ya alarmante, con un acusado descenso de la concentración de calcio en sangre.)

No había tiempo que perder. Me alejé unos pasos, hasta llegar al filo sur del promontorio y, de espaldas a los legionarios, ajusté las «crótalos» a mis ojos. Segundos antes, cuando extraía las lentes de contacto de la bolsa de hule, vi cómo Juan y su compañero regresaban de la ciudad, uniéndose a las mujeres.

Advertí a Eliseo del inminente chequeo, anunciándole que, si no me equivocaba, Jesús de Nazaret estaba entrando en pleno proceso pre-agónico y que, a fin de sincronizar la exploración médica con el tiempo real, ajustara los cronómetros del módulo con la activación del circuito ultrasónico, recordándome la hora cada cinco minutos.

Retrocedí de nuevo, plantándome a tres metros de la cruz central y activé las ondas ultrasónicas.

Eran las 14.30 horas...

Mi primera preocupación fue averiguar la pérdida general de sangre. Las constantes hemorragias —en especial después del enclavamiento— me hacían sospechar un grave descenso de la volemia. Las ondas de 3,5 MHZ buscaron las principales arterias y el «efecto Doppler» en las cavas y aorta confirmaron mis temores: en aquellos momentos, el volumen total de sangre fue estimado en un 47 por 100. Jesús, por tanto, a las 14.30 horas había experimentado una pérdida de 2,82 litros. (Estos datos, y otros más complejos que he preferido ahorrar en mi diario, fueron obtenidos, como ya apunté en su momento, después de la culminación de aquella primera parte del «gran viaje».)

El Nazareno, por tanto, había perdido casi la mitad de su volemia. Si seguía desangrándose y sin posibilidad de reponer, al menos, parte del plasma perdido —hecho éste francamente difícil—, la anemia galopante terminaría por provocar un desfallecimiento del que no podría recuperarse. En aquellos momentos, suponiendo que esto hubiera sido posible, el cuerpo del Maestro debería haber sido colocado en posición horizontal.

—14.35 horas...

El inmediato «rastreo» del bazo sólo vino a ratificar el prácticamente mermado circuito generador de glóbulos rojos o eritrocitos. Al descender éstos a la alarmante cifra de 2 700 000 por milímetro cúbico de sangre, el bazo había ido liberando sus reservas, pero pronto quedó agotado. En cuanto a la aceleración de la eritropoyesis en la médula ósea y la estimulación de la síntesis proteica, hacía tiempo que habían quedado «bajo mínimos».

Estas pérdidas en el torrente sanguíneo y la no ingestión de líquidos compensadores desde que fuera izado sobre el madero vertical estaban originando una sed aplastante —quizá uno de los peores sufrimientos— y, consecuentemente, un desmesurado y casi sostenido gasto cardíaco. La rudimentaria ventilación pulmonar, cada vez más degradada, había hecho saltar todas las «alarmas» y el corazón, en un esfuerzo supremo, luchaba por bombear sangre a las musculaturas de hombros, brazos e intercostales. Estos últimos, sobre todo, se habían hecho cargo prácticamente del 90 y, a veces, del 100 por 100 de la responsabilidad respiratoria.

El músculo cardíaco, en definitiva, que en una persona normal trabaja a razón de 60 a 70 pulsaciones por minuto, golpeaba la caja torácica de Jesús a un promedio de 120-130 latidos, agobiado ante la dramática solicitud de oxígeno y de fuerza por parte de las áreas nobles del organismo: cerebro, riñones y, en estas circunstancias, de la musculatura que peleaba por la entrada de aire en los pulmones. El instinto de supervivencia estaba imprimiendo al corazón un gasto que Caballo de Troya estimó entre 30 y 40 litros por minuto. Sin embargo, conforme iba corriendo el tiempo, las formidables palpitaciones del Nazareno fueron oscilando, con sensibles descensos, consecuencia de la menor actividad del bulbo raquídeo, que empezaba también a flaquear, enviando muchos menos impulsos nerviosos al corazón. Esto, en suma, provocaría un círculo vicioso de carácter irreversible.

—14.40 horas...

El Maestro, con las costillas tensas como ballestas y las arterias pulsando sin descanso, despegó la barbilla del tórax. Su ojo derecho empezaba a apuntar un ligero estrabismo o desviación divergente. Frunció las cejas y con un gemido suplicante exclamó:

—¡Tengo sed!

Longino repitió la maniobra pero, en esta ocasión, los apergaminados labios apenas rozaron el cierre esponjoso de la cántara. El centurión hizo oscilar la antorcha a la altura de la cara del Galileo, con lentos movimientos de derecha a izquierda. Pero la pupila, muy dilatada, no llegó a moverse. ¡Jesús había empezado a perder visión! La mirada vidriosa me hizo pensar en la posible formación de un edema papilar o hinchazón del nervio óptico en el fondo de aquel ojo, seguramente como consecuencia de la hipertensión intracraneal o por el menor flujo sanguíneo en aquella región de la cabeza.

El oficial examinó detenidamente el rostro del rabí. Su nariz, a pesar del hematoma y la posible desviación o fractura de los huesos propios, había empezado a adquirir un sombreado afilado (signo inequívoco de la fase premortal). También sus cuencas orbitales se hallaban más acusadas, registrándose un hundimiento de la bolsa adiposa del pómulo derecho. El izquierdo se hallaba tan tumefacto y ensangrentado que resultaba imposible distinguir señal alguna.

—... Éste —comentó Longino— está listo.

Y retornó junto a sus hombres, moviendo la cabeza con un cierto desaliento.

Me situé en cuclillas y dirigí el finísimo laser rojizo por debajo del último segmento del esternón o apéndice xifoides, procurando evitar así el choque de los ultrasonidos con las costillas falsas y flotantes. Al encontrar la masa esponjosa y elástica de los pulmones, la catástrofe respiratoria apareció en todo su dramatismo. El pulmón izquierdo se hallaba casi colapsado, a causa de un derrame pleural. Los latigazos y sucesivos golpes y patadas en los costados —y concretamente en el izquierdo— habían originado, sin duda, la acumulación de líquido en la parte inferior del «saco» pleural que envuelve al pulmón.

Al medir los más importantes parámetros de la respiración (1) de Jesús de Nazaret, la computadora encargada de las valoraciones

(1) Utilizando el llamado «Sistema 1», basado en tablas francesas elaboradas en Nancy, fueron desarrollados alrededor de 40 parámetros. Por ejemplo, la «VC» o capacidad vital; «VT» o volumen corriente; «RV» o volumen residual; «TLC» o capacidad pulmonar total; «MV» o volumen minuto; transferencia o difusión pulmonar del oxígeno; «RAW» o resistencia de vías aéreas; distensibilidad pulmonar y torácica, y «PST» o presión de retracción elástico-pulmonar. *(N. del m.)*

y registros —una Dataspir, sistema «on line, EDV 70»— estimó que, en aquellos momentos (14.40 horas), tal y como suponía, la capacidad vital del Galileo se hallaba en fase crítica: con un déficit superior al 70 por 100.

Esta disminución generalizada de las funciones respiratorias había ocasionado igualmente un descenso en el volumen residual de aire, estimado en condiciones normales en 1,67 litros. En definitiva, las mermas en la capacidad vital, volumen residual y «TLC» o capacidad pulmonar total habían provocado en Jesús la formación del llamado «pulmón pequeño». Por descontado, el incremento de la frecuencia respiratoria —por encima, incluso, de las 40 respiraciones por minuto— sólo permitía una pobre aireación de los llamados «espacios muertos»: boca, tráquea, etc., resultando muy poco efectiva a la hora de transportar oxígeno a los alvéolos pulmonares. Y, consecuentemente, la hipoventilación que se derivaba de la existencia del «pulmón pequeño» arrastró de inmediato el incremento del CO_2 o anhídrido carbónico, que contribuyó a un progresivo envenenamiento e intoxicación del rabí. Esta alta dosificación de CO_2 no tardaría en deprimir el sistema nervioso central. Caballo de Troya estimó que el aumento de anhídrido carbónico había alcanzado valores superiores a los 50-60 mmg de presión a los 30 minutos de haber sido colgado en la cruz. El aumento del $PaCO_2$ o presión arterial del anhídrido carbónico tuvo, sin embargo, una repercusión que podríamos calificar como «relativamente beneficiosa» para el Nazareno: al multiplicarse la presencia de este tóxico, el organismo de Jesús entró en una fase de adormecimiento que, sin duda, hizo más «llevadero» el tormento.

—14.45 horas...

La baja saturación de oxígeno en hemoglobina estimuló una vez más el instinto de supervivencia del Maestro. E izándose de nuevo sobre los clavos de las muñecas aspiró la que sería su penúltima bocanada de aire. A partir de esos instantes, presa de una taquicardia mucho más agresiva, el Galileo —consciente de sus escasos minutos de vida— comenzó a recitar lo que me parecieron pasajes de las Sagradas Escrituras. El centurión y varios legionarios se aproximaron, intrigados. Pero su lenguaje era casi ininteligible. Las fuerzas se le escapaban a borbollones y sólo de vez en cuando sus palabras llegaban con un mínimo de nitidez a mis oídos. Al retener algunas de aquella frases caí en la cuenta de que el Maestro no trataba de decirnos nada. Simplemente, ¡estaba rezando!

Así pude escuchar, por ejemplo: «Sé que el Señor salvará su unción...» o «Tu mano descubrirá a todos mis enemigos» y, sobre todo, la impresionante y polémica «¡Dios mío, Dios mío!, ¿por qué me has abandonado?»

Al retornar al módulo consulté el libro de los Salmos y, efectivamente, comprobé cómo el Maestro había estado recitando algunos de los pasajes de este texto sagrado. Entre los que yo acerté a identificar se hallaban párrafos de los salmos XX, XXI, y XXII. Este último (salmo 22,2) dice exactamente: «¡Dios mío, Dios mío! ¿Por qué me has desamparado? Lejos están de la salvación mis rugidos.»

No pude por menos que sonreír. Los teólogos, exegetas y moralistas de todas las Iglesias han escrito durante siglos ríos de tinta, tratando de interpretar y acomodar estas últimas palabras de Jesús.

Para algunos, sobre todo para los Padres latinos, este supuesto lamento del Nazareno era sólo una expresión metafórica: «Jesús —dicen— habla en nombre de la Humanidad pecadora y en su persona, los pecadores son abandonados de Dios.» Así pensaban, por ejemplo, Orígenes, Atanasio, Gregorio Nazianzeno, Cirilo de Alejandría y Agustín, entre otros.

Una segunda hipótesis —defendida por Eusebio y Epifanio— llegó a proponer lo siguiente: «La naturaleza de Jesús habla a su naturaleza divina, quejándose al Verbo de que vaya a abandonar a la naturaleza humana en el sepulcro por algún tiempo.»

Por último, una tercera teoría apunta hacia el hecho de que el Cristo llegó a sentirse verdaderamente abandonado por el Padre. Así dicen, al menos, hombres tan prestigiosos como Tertuliano, Teodoreto, Ambrosio, Jerónimo, santo Tomás y un sinfín de teólogos modernos.

En mi opinión, el Maestro, angustiado por la sombra de la muerte, se refugió en algo que resulta común a muchos humanos cuando se ven en un trance semejante: la oración.

—14.50 horas...

El fulminante ascenso de la acidosis fue otro anuncio del inminente final del Nazareno. Al revisar el torrente sanguíneo observamos un alarmante descenso del pH. De 7,20-7,30 en el momento de la crucifixión había bajado a 7,15. El riñón aún seguía fabricando angiotensina, luchando por subir la tensión, pero todo era poco menos que inútil. En realidad aquellas últimas respiraciones de Jesús de Nazaret, cada vez más breves y aceleradas, estaban sostenidas ya por la hipoxia o baja carga de oxígeno en la hemoglobina de la sangre. Pero este último y sabio estímulo de la naturaleza humana tenía los minutos contados.

La cianosis dominaba ya todas las mucosas y partes «acras»: puntas de los dedos de las manos y de los pies, lengua, labios e, incluso, algunas áreas de la piel.

De pronto, el ritmo galopante del corazón se encrespó aún más, pulsando a razón de 169 latidos por minuto. El Cristo, con los dedos agarrotados, había iniciado la que sería su última elevación muscular. La muñeca izquierda giró por segunda vez pero, en esta oportunidad, el golpe de sangre fue mucho más viscoso y amoratado. A pesar de ello, los regueros escaparon por el antebrazo, goteando hasta la roca del Calvario cuando toparon con el codo. El cuello se hinchó y los músculos intercostales experimentaron nuevos espasmos, mientras el rostro ganaba altura, milímetro a milímetro. Con el ojo y la boca muy abiertos, el Maestro parecía querer atrapar la vida, que ya se le iba...

La caja torácica, a punto de estallar, inhaló el aire suficiente para que Jesús de Nazaret, con una potencia que hizo volver la cabeza a todos los legionarios, exclamase:

—¡He terminado! ¡Padre, pongo en tus manos mi espíritu!

Al instante, su cuerpo se desplomó, haciendo crujir todas las articulaciones.

La voz de Eliseo me anunció las 14.55 horas...

Al escuchar la retumbante frase del reo, el oficial se precipitó hacia el pie de la *stipe*. Y antes de que me olvide de ello, deseo precisar que, tal y como señala Juan en su Evangelio (único testigo de entre los cuatro escritores sagrados), no hubo grito, en el sentido literal de la palabra. Su voz se propagó estentórea, eso sí, y quizá por ello, con el paso de los años, las mujeres y el propio centurión pudieron confundir esta postrera manifestación del Maestro con un grito. Tal y como dice San Juan, Jesús no profirió semejante grito. Dicho esto, prosigamos.

Longino acercó de nuevo la tea al rostro del Nazareno. Tenía el ojo abierto y la pupila dilatada. En la revisión de las filmaciones se pudo precisar cómo minutos antes de esta última pérdida de conciencia, la córnea del ojo se había vuelto opaca. Fue una lástima que el ojo derecho se hallara cerrado. Muy probablemente, los analistas de Caballo de Troya habrían detectado el llamado signo de Larcher (1).

Externamente había cesado toda evidencia respiratoria. El Maestro, con la barbilla hundida sobre el esternón, permanecía con la boca entreabierta.

Me apresuré a dirigir los ultrasonidos sobre la región cardíaca. Caballo de Troya estimó que, a partir de las 14.54 horas —cuando el tableteo del corazón llevaba unos tres minutos, aproximadamente, con una frecuencia vertiginosa (que alcanzó su pico máximo en las ya mencionadas 169 pulsaciones-minuto)—, el pulso bajó en picado. El nódulo senoauricular (que late normalmente a razón de 72 veces por minuto) se colocó muy por debajo de los 60 impulsos y, en cuestión de segundos, todo el miocardio entró en una fibrilación ventricular. A los 30 segundos de arritmia, el Maestro cayó fulminado, aunque la parada cardíaca final no se produjo hasta dos minutos y medio después. Según estas apreciaciones, el fallecimiento de Jesús de Nazaret pudo ocurrir a las 14.57 horas y 30 segundos, aproximadamente, del viernes, 7 de abril del año 30.

A pesar del gasto cardíaco, el riego sanguíneo que llegaba al cerebro fue insuficiente, provocando, entre otros efectos, el referido desmayo o pérdida de conciencia del que no habría retorno.

—Ha muerto...

El centurión pronunció aquellas dos palabras con una cierta piedad. Como si la desaparición de aquel ajusticiado hubiera representado algo para él... En realidad, como he dicho, la muerte clínica del Nazareno no se produciría hasta pocos segundos más tarde. Pero esto no podía saberlo Longino.

El Maestro no tardaría en entrar en la muerte biológica. Suspendido por los clavos de las muñecas, su vientre aparecía muy hinchado. El tórax había quedado hundido y los músculos pectorales —que no habían cesado de oscilar y convulsionarse— yacían rígidos, desmayados. Entre las ramas y púas del casco se apreciaba ya, cada vez más marcado, un círculo violado alrededor de la deformada nariz. Las sienes, semiocultas por los cabellos, se hallaban hundidas y la oreja derecha, algo visible, se había retraído. La piel situada inmediatamente por encima de la barba se arrugó y el globo ocular se fue oscureciendo, como si lo cubriera una especie de tela

(1) Esta «señal», que suele preceder a la muerte, bien conocida de los médicos, presenta generalmente en el ojo derecho una opacidad de la esclerótica algo más pálida que en la del izquierdo. Casi siempre se registra esta «mancha ocular» con cierta antelación en un ojo que en el otro. *(N. del m.)*

viscosa. Por las heridas de los clavos —especialmente en la del pie derecho— seguía manando sangre, aunque la coloración era ya mucho más rosada. (La volemia en el instante del fallecimiento había rebasado la barrera del 50 por 100. Es decir, el Cristo había derramado más de la mitad de su volumen sanguíneo.)

Justo en aquellos momentos se registró la relajación de sus esfínteres, que añadieron al ya tétrico aspecto de Jesús el fétido olor de unos excrementos casi líquidos y amarillentos que se deslizaron por las caras interiores de sus piernas.

Dudé a la hora de utilizar el circuito «tele-termográfico». Sin embargo, a pesar de mi aturdimiento, cumplí lo establecido por el proyecto. De aquel último y rápido examen pudo deducirse, por ejemplo, que la acumulación de sangre en las extremidades inferiores —a pesar de la ruptura de una de las arterias del pie derecho— había sido considerable. A los pocos segundos de la muerte, la temperatura de dichas extremidades inferiores como consecuencia de la sobrecarga sanguínea, era de un grado centígrado por encima de lo normal.

Al chequear los tejidos superficiales se comprobó también que el agudo y decisivo proceso de tetanización había inutilizado las piernas y muslos del Nazareno a los 12 minutos de su elevación y enclavamiento en el árbol. Esto confirmaba mis impresiones sobre los titánicos esfuerzos que tuvo que desarrollar el rabí de Galilea cada vez que luchaba por una bocanada de aire. Al fallar los hipotéticos puntos de apoyo de los clavos de los pies, como dije, fue la musculatura superior (hombros, antebrazos y músculos intercostales) los que corrieron con el gasto energético. Pero estas fibras se verían bloqueadas también por la tetanización pocos minutos después: a los 18, los deltoides, vastos externos de los brazos y supinadores, palmares mayores, cubitales y ancóneos de los antebrazos. A los 20 minutos, aproximadamente, quedaron diezmados los grandes pectorales y la potente red muscular de la zona superior de la espalda: los trapecios. Esta casi «congelación» de la formidable musculatura del Galileo precipitó su muerte, bajo el signo principal y horrible de la asfixia. Entre la pléyade de déficits circulatorios, ventilatorios, renales y del sistema nervioso central que confluyeron y le empujaron hacia el fin, Caballo de Troya consideró siempre que la raíz y causa básica del óbito (si es que a esta muerte se le puede dar el calificativo de «natural») del Maestro fue la asfixia. Hacia las 14.55 horas, el cerebro de Jesús ingresó en el coma «Depasé», con las trágicas consecuencias que ello significa...

Las áreas de las perforaciones de los carpos y pies arrojaron un color azul intenso, señal evidente del importante proceso inflamatorio que habían padecido y, consecuentemente, de una mayor temperatura.

Para cuando situé el láser en el ojo de Jesús, la dilatación de la pupila ofreció únicamente una mancha oscura, signo claro de una pérdida de visión. La temperatura de las estrechas zonas periféricas de la córnea, sin embargo, aún conservaban calor y fue posible registrar unos breves «anillos» azules. El cristalino, en definitiva, aparecía opacificado, y el iris asimétrico.

En realidad, poco más se podía hacer. El general Curtiss luchó para que los técnicos perfeccionasen el sistema de «resonancia magnética nuclear», que nos hubiera permitido rastrear los movimientos atómicos de algunas zonas claves del cerebro del Nazareno, pero los trabajos no llegaron a tiempo.

Tristemente, aquel Hombre, a quien yo había empezado a admirar y querer, había muerto. A pesar de todo mi entrenamiento, al despojarme de las «crótalos», me dejé caer sobre la dura superficie del Gólgota. La melancolía fue germinando en lo más intrincado de mi alma y sentí cómo parte de mí mismo se iba con aquel ser. Una melancolía sin horizontes que, lo sé, no se desprenderá de mi angustiado corazón hasta que la muerte cierre definitivamente mi pobre existencia. Mientras, como aquel día junto a las cruces, sigo llorando.

Ni Eliseo ni nadie del proyecto lo supo jamás. A partir de aquel fatídico momento de la muerte de Jesús, algo se hundió en lo más profundo de mi ser. Mis últimas horas en Palestina no tuvieron casi sentido. Cumplí con lo programado por Caballo de Troya, pero casi como un autómata. Y lo peor es que jamás pude rehacerme...

A las 14 horas, 57 minutos y 30 segundos —justamente cuando el corazón del Nazareno se detuvo para siempre—, ocurrió lo inesperado. Con una sincronización que aún me aterra, y que sólo puede tener una explicación, aquella «luna» gigantesca comenzó a moverse. Y con la misma lentitud con que había cubierto el sol, así fue desplazándose hacia el Este, devolviéndonos la transparente luminosidad de aquel viernes.

Mi compañero en el módulo se apresuró a confirmar lo que yo estaba viendo. Poco a poco, sin prisas, como dejándose ver, el objeto se dirigió hacia Levante, desapareciendo por detrás del monte de las Aceitunas.

Aquel singular «amanecer» fue acogido por los legionarios y por el escaso grupo de mujeres y saduceos que seguían junto al peñasco con vivas muestras de alegría y asombro. Otro tanto ocurrió en la ciudad. Sus habitantes estimaron esta «liberación» del sol como un signo de buen augurio.

Fue entonces, mientras el gigantesco disco rompía su estacionario, alejándose, cuando el centurión, volviéndose hacia la cruz en la que colgaba el Maestro, golpeó la coraza que protegía su tórax con el puño derecho y, sosteniendo esta actitud de saludo, sentenció:

—¡Ciertamente era un hombre íntegro...! Realmente ha debido ser el Hijo de Dios...

Los soldados, inquietos, pidieron instrucciones al *optio* y al oficial. Pero ni Arsenius ni Longino supieron qué hacer. Sencillamente, como medida de seguridad, doblaron la guardia. Algo intuían aquellos hombres cuando actuaron así. Y no se equivocaban...

Al desaparecer la penumbra, la luz del sol iluminó a los crucificados, desvelando todo el horror de aquellos cuerpos desangrados, grotescamente convulsionados y cubiertos de arena. Los «zelotas» continuaban inconscientes y así siguieron —afortunadamente para ellos— hasta que llegaron aquellos tres nuevos legionarios...

La piel del Galileo, a pesar de la gruesa película de polvo que se había adherido a sus desgarros, cabellos, coágulos y manchas de sangre, pronto empezaría a resaltar con la típica tonalidad marmórea de los cadáveres. El olor de las heces hacía insoportable la estancia junto a la cruz y los infantes que no montaban guardia se retiraron hasta el filo del patíbulo. La situación se hizo algo más llevadera cuando, nada más «salir» el sol, el viento volvió a soplar desde el Este, aunque mucho más debilitado que en las horas precedentes. Es ahora, con la perspectiva del tiempo, cuando me he hecho una pregunta que entonces no llegué a intuir siquiera: ¿Tuvo algo que ver la presencia de aquel formidable objeto con la extraña quietud que sobrevino al mismo tiempo que las «tinieblas» y con el posterior recrudecimiento del viento? El científico no tiene respuesta pero el hombre intuitivo que también llevo dentro me dice que sí...

Noté una lógica alarma entre las mujeres y en Juan y el hermano de Jesús. La absoluta inmovilidad de su Maestro empezaba a extrañarles. Mi estado de ánimo era tan menguado que me volví de espaldas, no deseando tropezar con la mirada del joven Zebedeo. Entonces, hacia el Oeste, percibí una curiosa agitación entre las bandadas de pájaros que anidaban generalmente en los muros de la ciudad. A pesar del viento, habían remontado el vuelo, dispersándose en total desorden. Me encogí de hombros. Sin embargo, casi a la par, una confusa algarabía me hizo volver la cabeza hacia la muralla. Lo que vi me dejó perplejo. Por la puerta de Efraím había empezado a salir un tropel de perros, ladrando lastimeramente. Yo sabía que había canes en Jerusalén, pero nunca creí que fueran tantos. Parecían nerviosos, muy excitados y, sobre todo, atemorizados. Como si algo o alguien les hubiera puesto en fuga repentinamente. Pero ¿quién?

Longino y yo nos miramos sin comprender e igualmente alarmados. ¿Qué estaba ocurriendo en Jerusalén?

Los chuchos cruzaron a la carrera por delante del peñasco, en dirección a los campos del norte y noroeste. Algunos, jadeantes y husmeando el terreno sin cesar, treparon a lo alto del Gólgota, pero fueron rápidamente expulsados por los legionarios.

A los pocos segundos, una comunicación desde la «cuna» me estremecía, explicando en parte el anómalo comportamiento de aquellos animales: los sensores de a bordo habían empezado a detectar una serie de gases, con alto contenido de azufre, así como un ligero incremento de la temperatura a nivel del suelo.

Eliseo no estaba seguro pero era posible que se avecinara un movimiento sísmico. Aquella hipótesis sí podía aclarar en parte la inquietud de las aves y perros. (Los animales, y también el hombre, aunque en una proporción menor, tienen capacidad para inhalar los gases que frecuentemente preceden al estallido de un terremoto. Al registrarse las primeras perturbaciones en el interior de la Tierra, los gases son expulsados a través de las estrechas fisuras del suelo y los animales pueden inhalarlos. Éstos segregan al instante en sus cerebros un volumen de serotoninas muy superior al normal y las citadas hormonas disparan los mecanismos de excitabilidad del individuo. En el caso de los perros, habían salido huyendo, retirándose de las peligrosas áreas de edificios de Jerusalén.)

Sin embargo, los dos sismógrafos «Teledyne» y «Geotech», instalados por Caballo de Troya para medir y valorar el terremoto a que hace alusión el evangelista Mateo en su texto sagrado (27,51) —y del que yo, sinceramente, me había olvidado por completo— no registraban señal alguna. Ambos, especialmente diseñados por los especialistas del Centro Nacional de Terremotos y Meteorología de Tokio —y en los que colaboró decisivamente el profesor Nagamune, jefe de Información de Pronósticos de Terremotos—, fueron ubicados por los expertos en dos de los soportes o «trenes» de aterrizaje de la «cuna». En el delicado proceso de miniaturización y adaptación a nuestra nave, uno de los aparatos fue convertido en sismógrafo «horizontal», y el segundo en «vertical». Los pesados péndulos fueron sustituidos por sendos haces de luz láser, capaces de registrar las ondas de sismos profundos (hasta 720 kilómetros) y, naturalmente, las procedentes de movimientos intermedios o someros, con una profundidad límite de 7 kilómetros bajo la superficie. En el «horizontal» —especialmente programado para los movimientos de vaivén o de «rodillo» del terreno—, el espejo tradicional que sirve como registro fotográfico había sido eliminado. Los impulsos del láser quedaban codificados al instante sobre un papel especial, pudiendo ampliar las vibraciones por encima de las 100 000 veces. En cuanto al de «péndulo-láser» de conformación vertical, preparado para los movimientos de comprensión, se hallaba en contacto con un papel térmico y un registro tradicional de cinta magnética.

Fue poco después —a las 15.01 horas— cuando sentimos aquella primera sacudida. Recuerdo un pequeño detalle que, en las primeras décimas de segundo, contribuyó aún más a duplicar mi confusión. Uno de los legionarios, por orden del *optio*, había tomado entre sus manos la vasija encerrada en la malla de cuerdas y se disponía a arrojar parte del agua de la misma sobre las llamas de la hoguera. Y así lo hizo. Pero, en el instante en que vertía el líquido sobre la fogata, el primer «tirón» del terreno le desequilibró y el chorro de agua fue a estrellarse sobre el rostro de otro compañero, que permanecía sentado muy cerca del fuego.

El legionario cayó sobre la roca y también la cántara, que se quebró en pedazos.

Aquella oscilación del suelo produjo la fulminante incorporación de los soldados que se hallaban sentados, quienes, aturdidos, no tuvieron tiempo ni de mirarse unos a otros. Aunque en las comprobaciones posteriores se estimó que la primera onda sísmica apenas si tuvo una duración de 16 segundos, el desplazamiento horizontal de los estratos —en forma de vaivén—, llevaba una potencia suficiente como para derribar a varios de los infantes. En mi caso, lo que más me consternó en aquellos segundos iniciales fue el agobiante mareo que empecé a experimentar. Parecía como si una fuerza invisible estuviera agitando mi cerebro...

Al notar la sacudida, las mujeres rompieron a chillar, víctimas del mismo pánico que nos inundaba a todos.

Pero, súbitamente, de la misma forma que había llegado, así desapareció aquel movimiento.

Longino y el suboficial, pálidos como la piel de Jesús, esperaron unos segundos. Sus miradas estaban fijas en los extremos superiores de las cruces. Pero las *stipes*, al cesar el temblor, habían quedado tan inmóviles como antes del sismo. Y el oficial, con muy buen criterio, se dirigió a sus hombres, gritándoles:

—¡Abajo...! ¡Vamos, todos abajo...!

La patrulla, incluidos los centinelas, obedeció al momento, precipitándose por el canalillo de acceso al Gólgota. En la atropellada huida del patíbulo, algunos de los soldados olvidaron sus escudos y cascos. Cuando el oficial estaba a punto de descender hacia el camino, se detuvo, y, girando sobre sus talones, regresó hasta la hoguera, apagándola a base de pisotones. En ese momento, mi corazón se astilló por el miedo: un bramido sordo y lejano comenzó a levantarse por el Este. Casi simultáneamente se dejó sentir la segunda y más vigorosa sacudida. Todo el peñasco tembló y osciló —no estoy muy seguro de si sólo fue uno de estos movimientos o los dos a un mismo tiempo— y me sentí violentamente desplazado, cayendo sobre la vibrante superficie del Calvario. (Es curioso pero, al ver y sentir aquellas vibraciones de la roca, me vino a la memoria la escena de los espasmos de la carne de vaca recién sacrificada...)

Desde el suelo, impotente para levantarme, distinguí cómo el centurión había caído también y cómo las cruces acusaban aquella segunda réplica con una especie de traqueteo rapidísimo que hizo estremecer los cuerpos de los judíos. Una de las *stipes* situada por detrás de los crucificados —la que se hallaba ligeramente inclinada— se bamboleó como un junco agitado por el viento, desplomándose.

El pánico y el sofocante mareo fueron tales que —a pesar de necesitarlo— no supe o no pude gritar ni pronunciar palabra alguna. Tumbado boca abajo y aferrado a las irregularidades de la roca, sólo fui capaz de formular un pensamiento: ¡sobrevivir! Las sucesivas convulsiones del terreno me golpeaban sin cesar, llegando, incluso, a levantarme en vilo a varios centímetros del suelo.

Hoy, después de la amarga experiencia, recuerdo muy bien cómo las piedras sueltas del peñasco saltaban como pelotas de goma, se desplazaban horizontalmente como proyectiles y chocaban violentamente contra las bases de las cruces y contra mi cuerpo y el del oficial.

Sumergido en un pavor incontrolable e irracional, aquellos segundos no tuvieron tiempo ni medida. Fueron, sencillamente, eternos. El trueno que parecía nacer de cada centímetro cuadrado del suelo y la violenta agitación de la Naturaleza tuvieron, sin embargo, una duración relativamente corta: 47 segundos, según el instrumental del módulo. A mí, aquellos 47 segundos se me antojaron siglos...

Al cabo de ese tiempo, todo volvió a serenarse. Y un silencio de muerte cayó sobre la peña y sus alrededores.

Cuando acerté a levantarme tuve que apoyarme en la «vara de Moisés». Ahora era el estómago el que me daba vueltas, con una angustiosa necesidad de arrojar. Un sudor frío llenó mi cuerpo casi simultáneamente. Hoy sé que buena parte de ese malestar era consecuencia del miedo...

Longino permaneció unos instantes de rodillas, con la vista fija en el suelo de la roca, como esperando una tercera sacudida. Pero el sismo no se repetiría.

Al observar cómo el nuevo temblor no terminaba de llegar, el oficial se incorporó, haciéndome un gesto con el brazo para que le siguiera. Creo que jamás he obedecido tan ciegamente a una persona. A los pocos segundos, el centurión y yo, más que correr, volábamos por el callejón del Calvario, saliendo a campo abierto y uniéndonos al pelotón. La casi totalidad de las mujeres se hallaba caída en tierra, gimiendo y profiriendo unos gritos que terminaron de erizarme los vellos.

Juan y Jude, tan aterrados como el resto, no sabían si correr hacia la campiña o regresar a la ciudad. Pero, poco a poco, conforme el terremoto se fue distanciando en la memoria, los ánimos empezaron a recobrarse y se impuso el sentido común. Al menos, por parte de los oficiales romanos y del joven Zebedeo. La trágica realidad de los crucificados —olvidada durante los temblores— se presentó en seguida a los ojos de los amigos y familiares del Maestro.

Pero, antes de seguir adelante, quiero reseñar un hecho, altamente misterioso, detectado desde el módulo.

Según los datos recogidos en los registros permanentes o «sismogramas» de la «cuna», los dos temblores habían sumado un total de 63 segundos. La primera onda, mucho más débil que la segunda, correspondía al tipo «L», también llamadas «largas» o «superficiales». Los sismógrafos detectaron un predominio de la variante «Love», más de acuerdo con la naturaleza uniforme de los estratos superficiales de aquella zona geológica. La velocidad estimada fue de 3.3 kilómetros por segundo. Sin embargo, en este primer sismo —cuya magnitud no fue excesivamente importante: 4,1 en la escala de Richter—, los aparatos no recibieron, como hubiera sido de esperar, las series de culebreos de las ondas «P» o «primarias» ni tampoco el zizgagueo posterior de las ondas «S», más lentas que las «P» (1).

(1) La energía liberada en un terremoto se desplaza por la roca en forma de ondas. Dicha roca actúa como un cuerpo elástico. Las partículas individuales en los estratos rocosos vibran de una parte a otra con gran rapidez,.a medida que se transmite el movimiento ondulatorio. Aunque sus patrones resultan sumamente complejos, constantemente modificados por las propiedades de reflexión, difracción, refracción y dispersión de las ondas, internacionalmente han sido divididas en tres grandes grupos: Onda «P» o «primaria», «de empuje», «compresional» o «longitudinal», que viaja por el interior de la Tierra a gran velocidad (entre 6 y 11,3 kilómetros por segundo), siendo la primera en llegar a la estación registradora. Se transmite, como las ondas sonoras, por compresión y expansión alternas del volumen de la roca a lo largo de la dirección de viaje de las ondas. Puede atravesar sólidos, líquidos y gases. Onda «S» o «secundaria», «de sacudida», «de esfuerzo cortante», «distorsionales» o «transversales». Forman un cuerpo de ondas más lento que las «P», viajando entre 3,5 y 7,3 kilómetros por segundo. Son las segundas en llegar a los sismógrafos. Viajan también a través del interior de la Tierra, siendo transmitidas —al igual que las ondas de luz— por vibraciones perpendiculares a la trayectoria en que viajan las ondas en las rocas. Su velocidad es proporcional a la rigidez del material que atraviesan, no pudiendo cruzar los líquidos.

Por último, las ondas «L», también conocidas por los nombres de «largas o superficiales». Son lentas —alrededor de 3,5 kilómetros por segundo—, variando su desplazamiento con la elasticidad de la roca. Tienen una naturaleza ondulante, moviéndose fundamentalmente bajo la superficie terrestre. Se conocen dos clases principales: las ondas «Love», en sólidos uniformes, y las «Raleigh», en sólidos no uniformes. *(N. del m.)*

Ante el desconcierto general, solamente surgieron las ondulantes, lentas y superficiales «Love» (que de «amorosas» no tuvieron nada).

En la segunda sacudida, en cambio, sí aparecieron las ondas «P» y «S» y, por último, las «L». Los científicos, a la vista de los datos acumulados por los sismógrafos, cifraron este segundo y más intenso sismo en una magnitud de 6,8 (1).

Hasta aquí, todo casi «normal», dentro de lo que es y supone un cuadro sísmico, excepción hecha de la ya mencionada ausencia de las ondas «de empuje» y de las «secundarias». Pero el desconcierto de los hombres de Caballo de Troya llegó al límite cuando, muy por detrás del segundo temblor y de los correspondiente «paquetes» de ondas, el módulo entero se estremeció y crujió por tercera vez. En esta ocasión, sin embargo, los sismógrafos ya habían enmudecido. Lo que hizo vibrar la «cuna» —según los datos del instrumental de a bordo— fue ¡una onda expansiva! Y lo más increíble es que aquella onda expansiva —viajando a razón de 300 metros por segundo— tenía su «nacimiento» en la misma área donde los expertos en Sismología habían ubicado el epicentro del terremoto: a unos 750 kilómetros al sur-sureste de Jerusalén, en pleno desierto, muy cerca del actual límite entre Jordania y Arabia y al sur de la actual población de Sakaka.

Cuando se ultimaron las comprobaciones, el general Curtiss y todos nosotros nos vimos desbordados por los resultados: aquel tipo de onda expansiva y parte de las ondas sísmicas obedecían a los efectos de una explosión nuclear subterránea. Sinceramente, quedamos mudos por la sorpresa...

Al hecho incuestionable de la escasa sismicidad de Palestina —muy inferior a las de Grecia, Italia y España, por poner algunas comparaciones (en el período comprendido entre 1901 y 1955, por ejemplo, se registraron en Israel y zonas limítrofes del actual Líbano y Siria un total de 13 seísmos (2). Según Karnik, que hizo públicos los datos en 1971, de éstos, 10 fueron de una magnitud comprendida entre 4,1 y 5,1, siempre según la escala de Richter.

(1) Como base puramente comparativa, el famoso terremoto de 1755 en Lisboa, cuya magnitud fue estimada en 9, provocó una ola sísmica o maremoto denominada «tsunami», que arrasó la capital portuguesa y sus alrededores, ocasionando 60 000 muertos. Se trata del seísmo más fuerte de la Historia Moderna. Hasta lago Lomond, Escocia, se balanceó a causa del temblor. *(N. del m.)*

(2) Uno de los testimonios más antiguos de que se dispone en la actualidad sobre seísmos en Israel procede de Flavio Josefo. En su libro I, capítulo XIV, de la *Guerra de los Judíos* y bajo el título «De las asechanzas de Cleopatra contra Herodes, y de la guerra de Herodes contra los Árabes, y un muy grande temblor de la tierra que entonces aconteció», el historiador dice: «... Persiguiendo (Herodes el Grande) a los enemigos le sucedió por voluntad de Dios otra desdicha a los siete años de su reinado, y en tiempo que hervía la guerra Acciaca, porque al principio de la primavera hubo un temblor de tierra, con el cual murió infinito ganado y perecieron treinta mil hombres, quedando salvo y entero todo su ejército porque estaba en el campo.» El terremoto ocurrió, por tanto, hacia el año 35 antes de Cristo, justamente 64 o 65 años antes del seísmo que mencionan los Evangelios. *(N. del m.)*

Dos oscilaron entre 5,2 y 5,6 y sólo uno rozó los 6,2 grados de intensidad)— tuvimos que añadir este nuevo e inesperado factor. Si ya resultaba improbable que un seísmo «coincidiera» casi con la muerte de Jesús de Nazaret, el problema se agudizó cuando, como digo, los instrumentos captaron la enigmática explosión nuclear subterránea. (No quiero, ni debo extenderme más en este fascinante suceso por la sencilla razón de que éste, justamente, fue otro de los motivos que impulsó a Caballo de Troya a programar y ejecutar el segundo «gran viaje».)

A los diez o quince minutos del seísmo, Longino y los soldados regresaron a lo alto del Gólgota, reanudando la custodia de los crucificados. Minutos antes, el joven Juan se había aproximado al centurión, interrogándole acerca de la suerte de su Maestro. Al verle mover la cabeza negativamente y bajar los ojos, el apóstol comprendió que no había nada que hacer. Pero en su corazón no quedaban lágrimas y, simplemente, se limitó a rogar a las mujeres que se retiraran de aquel lugar. En medio de un estallido de dolor, la mayor parte del grupo —que creía firmemente que Jesús obraría un prodigio y se salvaría— obedeció al Zebedeo, retirándose en compañía de Judas hacia la casa de Elías Marcos, «cuartel general» de los más allegados al Maestro desde la definitiva dispersión de David Zebedeo y sus «correos» ante la llegada de los levitas del Templo. Pero trataré de no adelantar acontecimientos, ajustándome al más estricto orden cronológico de los hechos.

Juan siguió a la sombra del Gólgota, en unión de cuatro o cinco hebreas que se negaron a regresar a Jerusalén.

Mientras ascendía nuevamente a lo alto del peñasco, me fijé en los saduceos. El pánico les había paralizado. Pensé que, una vez consumada la muerte del «odiado impostor», se retirarían. ¡Qué equivocado estaba...!

Cuando Jude y las mujeres se alejaban por el polvoriento sendero, Longino y Arsenius, que se ocupaban con varios hombres en la comprobación de daños y en la estabilidad de las cruces, se sobresaltaron nuevamente. La puerta de Efraím había empezado a vomitar un río de gente, enloquecida y vociferante que, al parecer, huía de la ciudad. Ante la terrible posibilidad de un nuevo seísmo, miles de ciudadanos y peregrinos, a quienes las dos sacudidas habían sorprendido en Jerusalén, eligieron el inmediato abandono de las callejuelas de la ciudad santa, en busca de terreno abierto. Cientos de hombres, mujeres y niños —muchos de ellos cargando voluminosos bultos o tirando de caballerías y rebaños— empezaron a desfilar apresurada e ininterrumpidamente junto al Calvario, rumbo a las cercanas lomas de Gareb. Los soldados interrumpieron su inspección, reforzando la vigilancia periférica del peñasco. Pero, a decir verdad, aquellos rostros desencajados por el miedo no repararon siquiera en Jesús y en los «zelotas». Su verdadero problema era escapar, retirarse lo más rápido posible de los muros de la ciudad. Poco antes de la puesta del sol, cuando, al fin, tuve oportunidad de entrar en Jerusalén, consulté sobre los posibles daños ocasionados por los temblores. Según Elías Marcos y José de Arimatea, las sacudidas habían provocado mucho más miedo que destrozos materiales. Las edificaciones, casi todas de una o dos plantas y de materiales ligeros, habían aguantado las acometidas. Se produjeron algunos pequeños derrumbes pero, afortunadamente, los lesionados no eran muchos ni de consideración. Uno de los hechos que sí provocaría un sinfín de comentarios —llegando a ser registrado, incluso, por los evangelistas— fue la ruptura de uno de los dos grandes velos o cortinajes situados frente al *Debir* o «lugar santísimo» (también llamado «oráculo») y al *Hekal* o «lugar santo», que precedía al primero. Al hallarse ambos en el interior del Santuario me fue imposible verificar los rumores, aunque todas las noticias —pronunciadas por los hebreos en voz baja y con una alta carga de superstición— hacían referencia al primero y más importante (1): el que cerraba el paso hacia la siempre misteriosa estancia cúbica de 9 metros de lado, considerada la «morada de Dios» y en la que se levantaban los dos querubines de 4,50 metros de altura, bellamente esculpidos en madera de olivo y chapados en oro. ¡Cuánto hubiera dado por poder penetrar en dicho recinto y examinar el interior del arca de la «alianza», depositada en el centro del piso y bajo las alas extendidas de los «ángeles»! Pero éste también era un sueño imposible...

Cuando la patrulla se convenció que aquella multitud sólo intentaba poner tierra de por medio y que ni siquiera se detenía a su paso junto a los jueces, el oficial y sus infantes reanudaron la inspección ocular del patíbulo, tratando de hacer inventario de los posibles daños originados por el terremoto.

Yo me uní a ellos, centrando mi atención en los crucificados. Las *stipes* habían soportado bien las convulsiones de la roca, salvo la plantada hacia el Oeste y por detrás de los reos. Los legionarios la apuntalaron de nuevo. Al concluir, el que se había responsabilizado de la recogida de los trozos de la cántara de agua se fijó en algo y llamó a Longino. A pocos pasos de las cruces, en dirección Sur, el peñasco aparecía abierto. Se trataba de una hendidura no muy larga —de unos 25 centímetros— pero sí bastante profunda. Quizá de dos o más metros. No obstante, ninguno de los soldados pudo certificar si aquella brecha estaba allí antes del seísmo o de si, por el contrario, se acababa de abrir. Ni el centurión ni el resto de los romanos le concedieron demasiada importancia. Y cada cual volvió a lo suyo. Por mi parte, tampoco puedo dar fe de que la resquebrajadura en lo alto del Gólgota fuera consecuencia del temblor. Lo que sí es cierto es que la pequeña sima no seguía la dirección de la estratificación natural del promontorio. Al contrario: cortaba la superficie de la roca transversalmente.

Hacia las 15.35, la salida de hebreos de la ciudad santa empezó a menguar considerablemente. La calma fue restableciéndose y aquellas gentes, acampadas en los alrededores de Jerusalén, empezaron a deambular, indecisas y acosándose mutuamente a preguntas. Entiendo que el paulatino regreso de las aves a las murallas del Templo y de la ciudad contribuyó decisivamente a sosegar los temblorosos ánimos. Muchos recibieron con alborozo este masivo retorno de palomas y golondrinas a Jerusalén y se animaron a cruzar

(1) De las dimensiones de este gran velo nos da idea el siguiente dato del escrito rabínico *Middot* (III, 8): «si el velo del Templo ha sido manchado, se debe arrojar en un baño que necesita la presencia de 300 sacerdotes». *(N. del m.)*

de nuevo el umbral del portalón de Efraím. El centurión, Arsenius, sus hombres y yo mismo respiramos también con alivio cuando, de repente, un puñado de aquellas palomas gris-azuladas hizo un alto en su vuelo hacia la ciudad santa, posándose en los maderos transversales de las cruces. ¡Qué triste y significativa me pareció aquella imagen! Tres o cuatro pacíficas aves descansaron sobre el *patibulum* de Jesús de Nazaret, remontando el vuelo segundos más tarde.

La vuelta de la espantada muchedumbre a Jerusalén fue mucho más tranquila. En esta ocasión sí llegaron a detenerse frente al patíbulo, observando en silencio o interrogando a los saduceos. Éstos aprovecharon la oportunidad para anunciar a los cuatro vientos que el Galileo había muerto y que, «casi con seguridad, el responsable de aquel terremoto era Jesús, aliado de Belcebú...» La mayoría no prestó demasiada atención a semejante palabrería, pero algunos —arrastrados por la vehemencia de los sacerdotes— volvieron a insultar al Maestro, engrosando el número de los curiosos que permanecía al borde de la gran roca.

La atención del oficial y de los legionarios se vio súbitamente desviada por la llegada al patíbulo de tres soldados procedentes de la fortaleza Antonia. Después de saludar a Longino le explicaron el motivo de su presencia en la roca: traían órdenes expresas del procurador de rematar a los condenados y trasladar los cuerpos a la fosa común abierta en el valle de la Géhenne, al sur de la ciudad.

El oficial interrogó a los legionarios sobre la razón que había impulsado a Poncio a tomar una decisión tan aparentemente precipitada. Según explicaron, poco antes del seísmo, un grupo de sanedritas había visitado de nuevo al gobernador, exponiéndole lo que ellos denominaron «el deseo del pueblo de Jerusalén»; a saber: que los cuerpos de los ejecutados fueran descolgados antes de la caída del sol, tal y como ordenaba la Ley, ya que aquél, como es sabido, era el día de la Preparación. Pilato —cuyo estado de ánimo se hallaba fuertemente impactado por las «tinieblas»— accedió, cursando las órdenes oportunas a Civilis para que enviara algunos hombres.

Longino no disimuló su extrañeza. Si aquellos mensajeros, en lugar de ser legionarios, hubieran sido sanedritas, probablemente no habría aceptado. A él, en el fondo, las costumbres judías le traían sin cuidado. Por un lado, aquel cambio de planes le molestaba profundamente. Apenas habían transcurrido dos horas y media desde que iniciaron los laboriosos trabajos de izado y enclavamiento de los «zelotas» y se le exigía la no menos engorrosa y desagradable tarea de desclavarlos y transportarlos a la tumba común de los criminales...

Claro que, por otra parte, aquella contraorden también presentaba un cierto atractivo. Si las operaciones se desarrollaban con presteza, aquella noche no transcurriría al raso, expuestos a nuevas tormentas ni al rigor de la vigilancia.

Así que, dispuestos a terminar con el caso, el oficial y Arsenius ordenaron el descendimiento de los «zelotas» y del Galileo. Longino advirtió a los recién llegados que el prisionero del centro ya había muerto. Y los tres legionarios, que venían provistos de sendos bastones, idénticos a los que yo había visto utilizar en el apaleamiento del soldado romano, tomaron posiciones. Dos frente a Dismas y el tercero a la derecha del segundo guerrillero, también, como sus compañeros, a medio metro escaso de las extremidades inferiores de Gistas. Un cuarto legionario, espada en mano, completó el cuadro, apostándose frente a la pierna izquierda del «zelota» más viejo.

No hubo señal alguna. Los cuatro romanos asentaron bien sus sandalias en la dura costra de la roca y, blandiendo los bastones y la espada, descargaron cuatro secos y tremendos golpes sobre las piernas de los infelices. El crujido de las tibias, pulverizadas a la altura del tercio inferior, fue seguido de una serie de cortas y violentas convulsiones. Los «zelotas» habían sido «despertados» por el dolor. Probablemente, los mazazos habían afectado también al peroné porque, al instante, las piernas se inflamaron y los cuerpos, sin el arduo consuelo siquiera del apoyo de los clavos de los pies, se desplomaron unos centímetros, mientras los desgraciados, entre aullidos, abrían sus bocas desesperadamente, en pleno e irreversible proceso de asfixia. Gistas, en esta ocasión, había llevado la peor parte. La espada del soldado le había seccionado la pierna. En cuestión de segundos el shock traumático y una posible embolia aceleraron la muerte por asfixia.

A las 15.45, ambos dejaban de existir.

A pesar de la advertencia del centurión, uno de los soldados, encargado de rematar a los condenados, se situó bajo el cadáver del Maestro, examinándolo detenidamente. La verdad es que, ni Longino ni el resto de la tropa se percataron de las intenciones de aquel infante. El grueso de los romanos se afanaba en los preparativos del descenso de los ajusticiados. Supongo que tratando de salvar toda responsabilidad, el romano recogió un *pilum* y, sin pensarlo dos veces, picó el costado derecho del Maestro, hundiendo la lanza entre 15 y 20 centímetros. Pero el cuerpo del Nazareno, como era de esperar, no experimentó reacción alguna. El soldado, convencido del fallecimiento del reo, trató de retirar el arma. Sin embargo, la punta en flecha del *pilum* tropezó o se enganchó en los tejidos, resistiéndose. Al segundo intento, el costado cedió y el ensangrentado hierro quedó libre. Por la herida, de unos cuatro centímetros y medio de longitud, brotaron mansamente unos 10 centímetros cúbicos de sangre y, a continuación, una pequeña cantidad de un líquido seroso. Al aproximarme y examinar la lanzada noté que había entrado entre la quinta y sexta costillas, con una trayectoria lógicamente ascendente y que, presumiblemente, había traspasado el plano muscular intercostal, las pleuras parietal y visceral, el pulmón y el pericardio, entrando de lleno en la aurícula derecha. Esta zona del corazón conserva precisamente una cierta cantidad de sangre líquida, una vez producido el óbito. En mi opinión, ésa fue la sangre que se derramó. En cuanto al «agua» que dice haber visto Juan el Evangelista, y que surgió inmediatamente detrás del derrame sanguíneo, es muy posible que se tratase del referido licor de carácter seroso que rellena la cavidad virtual existente entre las hojas de cada una de las mencionadas pleuras pulmonares. (La visceral, como se sabe, se adhiere íntimamente al pulmón y la parietal tapiza las paredes del tórax; por debajo cubre el pulmón y por debajo, el diafragma, excepto su centro. Por dentro protege la cara mediastínica y por fuera, la cara interna de las costillas.)

Cuando la lanza desgarró estas pleuras, el citado líquido, al variar la presión, terminó por escapar, derramándose inmediatamente detrás de la hemorragia sanguinolenta. A su manera, el joven Juan había dicho la verdad...

Pero las afrentas al cuerpo de Cristo no habían concluido.

Al ceder la oscuridad y el fuerte viento, las moscas y los insectos cayeron sobre los cuerpos de los crucificados, convirtiendo sus heridas en coronas negruzcas y palpitantes. Con una dilatada experiencia en este tipo de ejecuciones, el verdugo encargado de los enclavamientos sugirió al oficial que se iniciase la operación del descendimiento por el reo que llevaba más tiempo muerto. Longino asintió. También él sabía que la rigidez cadavérica no tardaría en empezar, dificultando los trabajos propios del traslado a la Géhenne.

Era sencillamente asombroso. En aquellos momentos —casi las cuatro de la tarde—, ninguno de los discípulos o amigos del Maestro había reclamado aún el cuerpo del Señor. La idea del centurión, tal y como había dejado entrever el procurador, era retirar los cuerpos de las cruces y transportarlos a la fosa común. Juan, que seguía atentamente los movimientos de los soldados, no se había movido de las proximidades del patíbulo. Atendió durante breves minutos a otro de los «correos» de David Zebedeo —informándole del fallecimiento del Maestro— y, una vez alejado el mensajero, continuó al pie del cabezo, visiblemente desmoralizado.

Cuando el oficial romano se situó bajo la cruz de Jesús, supervisando los preparativos del descendimiento, reparó en seguida en la nueva y aparatosa herida del costado. La sangre había empezado a formar gruesos grumos sobre el desflecado labio inferior de la brecha. Comprendió al momento que el cadáver había sido alanceado y con gran irritación se enfrentó a sus hombres, reprendiéndoles por aquella desobediencia. Pero ninguno dijo nada.

El verdugo, sin pérdida de tiempo, empezó a manipular la cabeza del clavo que atravesaba el pie derecho del Maestro, mientras otros soldados situaban la escalera de mano por detrás de la *stipe*, preparando de nuevo la larga soga que habían utilizado en los levantamientos.

Con una estudiada precisión, el legionario aprisionó la base del clavo con ambas manos, haciéndolo oscilar arriba y abajo. Sabiamente, el responsable del enclavamiento había dejado dicha cabeza a unos ocho o diez centímetros por encima de la piel. De esta forma disponía de espacio suficiente para manejarlo. A los pocos segundos, con un fuerte tirón, la punta metálica quedaba fuera de la madera y la extremidad inferior del Galileo se relajó totalmente, oscilando ligeramente en el vacío. El infante sujetó entonces el talón con su mano izquierda, rescatando el clavo con la derecha. Al desenterrarlo del empeine, la sangre brotó de nuevo, formando una enorme rosa rojiza sobre la citada cara del pie.

Antes de situarse frente al izquierdo, el verdugo comprobó si su compañero, encaramado en lo alto de la escalera, había anudado la maroma al *patibulum*. Esperó a que rematara la lazada central y, acto seguido, repitió la extracción del segundo clavo. Tampoco en esta ocasión se registró problema alguno. El cuerpo del Maestro colgaba ya, inerme, escurriendo sangre desde las puntas de los pies.

Los dedos gruesos, como dije, se hallaban visiblemente separados del resto, muy forzados hacia el eje central del cadáver. Buena parte del volumen sanguíneo acumulado en las piernas, y que había quedado relativamente represado por los propios clavos, al desaparecer el efecto hemostático comenzó a fluir, convirtiendo aquella parte de la roca en un extenso charco en el que los legionarios resbalaron varias veces.

Libres ya los pies, otros dos soldados se aferraron a ambos lados del árbol y un tercer y cuarto legionarios, saltando sobre los hombros de aquéllos, se dispusieron a repetir la operación de izado del madero transversal.

Pendiente de aquellas maniobras no caí en la cuenta de que la minúscula representación del Sanedrín se había visto incrementada por otro grupo de sacerdotes, recién llegados a la base del Gólgota. Aquellos sanedritas estaban a punto de protagonizar otro lamentable suceso...

Al unísono, los infantes situados por debajo de cada uno de los extremos del *patibulum* y el que sujetaba la cuerda desde lo alto de la escalera hicieron fuerza, elevando el leño hasta que la afilada punta de la *stipe* quedó fuera del orificio central del referido *patibulum.*

En ese preciso instante, el soldado de la escalera dio un grito, advirtiendo a los que controlaban la maroma desde el suelo y a espaldas de la cruz que podían ir aflojando. Y así lo hicieron. Jesús y el madero fueron bajando lentamente, palmo a palmo. Unos centímetros antes de que los pies tocaran la roca, el verdugo agarró los tobillos del Maestro, echándose atrás, de forma que el cadáver llegó al suelo totalmente horizontal.

Al retroceder tropecé sin querer con alguien. Cuando me disponía a disculparme, descubrí al anciano José, el de Arimatea, a quien acompañaba otro judío de apenas 1,50 metros de estatura.

José se alegró al verme. Esbozó una triste sonrisa y me presentó a su compañero: Nicodemo, miembro como él del Consejo del Sanedrín y de la llamada «nobleza laica» de Jerusalén. Aquellos dos hombres, con un coraje que, en mi humilde opinión, no ha sido nunca suficientemente valorado, traían una orden firmada por el propio Poncio, autorizando el traslado del cadáver del Nazareno a una tumba privada. José, conociendo la triste suerte reservada siempre a los ajusticiados —cuyos cuerpos eran devorados generalmente por las ratas y las alimañas en la fosa de Géhenne— se había apresurado a visitar al procurador, suplicándole la custodia de su Maestro. Por lo visto, este tipo de peticiones no era infrecuente. Muchos de los familiares y amigos de los ejecutados tenían por costumbre recurrir a la máxima autoridad romana y, a cambio de dinero o regalos, conseguían sus propósitos. José también había llevado una fuerte suma al Pretorio. Pero, cuando Pilato conoció las intenciones de su viejo amigo, rechazó el dinero, firmando en el acto la autorización.

Lo malo fue que José y Nicodemo llegaron al patíbulo poco después que sus fanáticos compañeros del Sanedrín...

El centurión desenrolló el papiro y, tras leer atentamente el texto, asintió, dando su conformidad.

Pero la inesperada presencia de los dimitidos miembros del Consejo de Justicia Judío al pie de las cruces movilizó de inmediato a los saduceos. Los sacerdotes vieron perfectamente cómo José entregaba el rollo al oficial y sospecharon que los discípulos del Galileo trataban de apoderarse del cadáver.

Entretanto, el verdugo había logrado desclavar la muñeca izquierda de Jesús. Y cuando se disponía a hacer otro tanto con el último clavo, un súbito griterío le detuvo. La patrulla y todos nosotros vimos entonces cómo varios de los jueces, rojos de ira, se precipitaban hacia lo alto del Gólgota, exigiendo el derecho a disponer de los cuerpos de los tres ajusticiados.

Longino hizo una señal a sus hombres y los 15 legionarios, con Arsenius en primera fila, cubrieron el borde este de la peña, cerrando el paso a los furiosos sacerdotes. Éstos, al alcanzar el final del callejón que conducía al promontorio, se detuvieron en seco, estupefactos ante los reflejos de las amenazantes espadas.

Pero, lejos de retroceder se encararon con la escolta, reclamando el cuerpo del Maestro. Parte de los curiosos que se habían unido a los jueces, instigados y alentados por éstos, clamaron también, insultando a los romanos y arrojándoles piedras. Los amotinados, embravecidos, empezaron a avanzar hacia el Calvario. Pero el centurión, desenvainando su espada, se colocó a la cabeza de los legionarios y dio la orden de cargar. En formación cerrada, protegiéndose de los proyectiles con los escudos, los romanos comenzaron a caminar con paso firme y decidido hacia los sanedritas que habían trepado hasta el peñasco. Sus rostros tensos, rezumando una rabia mal contenida, me hicieron temblar. Aquellos legionarios parecían dispuestos a todo. Pero los sacerdotes, intuyendo el peligro, dieron media vuelta, huyendo atropelladamente. Uno o dos, en su precipitación, rodaron por el canal, siendo pisoteados sin piedad por la patrulla que, en hilera, corría ya en dirección a los irritados hebreos.

La carga no tardó en surtir efecto. Cuando el populacho vio a los soldados con las espadas en alto, dispuestos a masacrarlos si fuera preciso, retrocedieron, dispersándose en todas direcciones.

Una vez restablecido el orden, el pelotón retornó a lo alto de la roca, formando un nuevo y más numeroso cinturón de seguridad en torno a las cruces.

Juan y las mujeres, que se habían visto obligados a correr, huyendo de la furiosa carga, contemplaron de lejos cómo el verdugo concluía su labor de desenclavamiento de Jesús. El resto de los sacerdotes y judíos que se había rebelado desapareció por los campos o en el interior de la ciudad. Sólo unos pocos, lejos y dispersos, se atrevieron a espiar los movimientos de la guardia. Pero en ningún momento tuvieron valor para aproximarse a menos de cien metros del patíbulo.

A pesar del forzado aislamiento del Calvario, Longino —tratando de obrar siempre con un mínimo de justicia— se destacó hasta el borde del promontorio y, levantando la voz, dio lectura a la orden de Poncio. Dudo mucho que los rabiosos jueces llegaran a escuchar al oficial.

A continuación, avanzando hacia José de Arimatea, le comunicó solemnemente:

—Este cuerpo te pertenece. Haz lo que consideres oportuno. Mis soldados te ayudarán para que nadie se oponga a tu deseo.

El anciano, pálido aún por el susto, agradeció las palabras de Longino y, en compañía de Nicodemo, se dirigió al lugar donde descansaba el cadáver de su Maestro. El *patibulum* había sido retirado y también el yelmo espinoso, que fue arrojado con fuerza por el verdugo hacia el pequeño peñasco situado al Oeste. Ni José ni su amigo, ni tampoco los soldados prestaron la menor atención al citado casco de púas. Sencillamente, lo vi perderse entre las retamas del accidentado terreno.

Mientras los soldados iniciaban el segundo descendimiento, el anciano José se arrodilló junto a la maltrecha cabeza de Jesús y, tras contemplarle en silencio, extendió su mano, bajando el párpado derecho del Señor. Al cabo de veinte o treinta segundos retiró los dedos, pero el ojo del Galileo volvió a abrirse. José posó de nuevo la mano sobre el párpado, sujetándolo durante casi dos minutos. En este tiempo, una solitaria lágrima resbaló por la mejilla del amigo del Nazareno.

Aunque el *rigor mortis* —que se vería indudablemente acelerado por la tetanización— no empezaría hasta unas seis horas después del fallecimiento, lo cierto es que la caída del maxilar inferior me hizo sospechar que los músculos de la boca, que había quedado abierta, no tardarían en entrar en rigidez. Por otra parte, la pierna izquierda del Maestro se hallaba flexionada, posiblemente por la forzada y sostenida postura de la cruz. Sus dedos —en garra— y con los pulgares disparados hacia el centro de las palmas, se habían vuelto mucho más azulados.

Una vez cerrado el ojo de Jesús, Nicodemo descargó en el suelo el par de saquetes que, unidos por un cordel, colgaban de su hombro izquierdo y de los que no se había desembarazado en todo el tiempo. Con la ayuda de José desplegó sobre la zona seca de la roca un lienzo blanco que traía plegado bajo el brazo. (Según me confesaría esa misma noche en el domicilio de Elías Marcos, el de Arimatea había adquirido aquellas seis varas de tela a un comerciante de la vecina localidad de Palmira, al norte.)

Examiné el tejido y comprobé que se trataba de un paño de lino. Lo medí disimuladamente con la ayuda de la «vara de Moisés» y deduje que tenía unos 4,30 metros de longitud por algo más de un metro. (En nuestra segunda «aventura», los análisis verificados en el interior del módulo sobre dicho paño arrojarían asombrosos y desconcertantes datos sobre lo que pudo acontecer en el sepulcro y que, sin lugar a dudas, coronaron nuestra misión. En dicho análisis comprobamos, por ejemplo, que las dimensiones exactas de la tela eran 4,36 × 1,10 metros, con un peso de 234 gramos por metro cuadrado. Es decir, el peso total de aquellos 4,80 metros cuadrados se elevaba a 1 123 gramos. La fibra, en efecto, era de lino y en las ampliaciones de hasta 5 000 veces apareció una estructura denominada «4 en espiga» o en «cola de pescado». Este tejido en sarga, tal y como me había dicho Nicodemo, procedía de los telares de Palmira. Curiosamente, este tipo de confección no irrumpiría en Europa hasta bien entrado el siglo XIV. Pero no deseo extenderme ahora sobre nuestros fascinantes descubrimientos en la sábana que cubrió el cadáver del Cristo durante aquellas históricas 36 horas...)

José de Arimatea comprobó la posición del sol y apremió a Nicodemo para que le ayudara a trasladar el cadáver hasta el recién extendido lienzo. El anciano se situó a la cabeza del Maestro y el amigo, a su vez, a los pies. Ambos se inclinaron a un mismo tiempo. José introdujo sus manos por debajo de los hombros del Galileo, sujetándolo por las axilas. Nicodemo hizo otro tanto, haciendo presa por los tobillos del gigante. Intercambiaron una mirada y, cuando consideraron que se hallaban dispuestos, trataron de levantar el pesado cuerpo. Y digo que «trataron» porque, por supuesto, sólo el de Arimatea consiguió levantarlo unos centímetros.

Lo intentaron por segunda vez, pero resultó igualmente estéril. Los forenses y aquellas personas que se han visto alguna vez en la obligación de mover un cadáver saben por experiencia que no resulta nada fácil. Y, mucho menos, si los puntos de sustentación no son los adecuados. Éste era el caso de Nicodemo...

Absolutamente impotentes para levantar al Nazareno, José no tuvo más remedio que solicitar el concurso del oficial. Longino, comprendiendo la delicada situación de los hebreos, suspendió el desclavamiento de Dismas, que quedó colgado del *patibulum*. Uno de los legionarios, más joven y robusto que José, se hizo cargo de la parte superior del Maestro. Pasó sus brazos por las axilas, levantando el tronco del cadáver. Al mismo tiempo, otro soldado flexionó al máximo las rodillas del rabí, abrazando ambas piernas a la altura de las corvas. El cuerpo del Galileo formó entonces una «V» y, con la ayuda de otros dos infantes —que situaron sus manos en los riñones y espalda de Jesús— los ochenta u ochenta y dos kilos del Hijo del Hombre pudieron ser izados y trasvasados al lienzo.

El cuerpo fue depositado a unos 20 centímetros del extremo de la sábana más cercano a las cruces, con la cabeza casi en el centro del lienzo. En aquel traslado, de apenas cinco metros, la intensa flexión del tronco comprimió las vísceras torácicas y abdominales, dando lugar a una nueva hemorragia. Sin duda, la presión vació una de las venas cavas (posiblemente la inferior), y un ancho reguero de sangre brotó por la herida de la lanza, chorreando por el costado derecho y deslizándose a lo largo de toda la espalda, a la altura de la cintura.

Nicodemo intentó bajar la rodilla izquierda del Maestro pero, aunque la hizo descender unos centímetros, los hematomas, desgarros de las articulaciones y la rigidez de la pierna hicieron imposible su abajamiento total. El de Arimatea puso fin a los esfuerzos de su compañero, cubriendo el cadáver con los dos metros largos de lino que habían quedado libres.

El oficial, que seguía atentamente la maniobra, comprendió de inmediato que los apuros de aquella voluntariosa pareja de sanedritas no terminaban ahí. Nicodemo y José, aturdidos al darse cuenta que el traslado de Jesús requería la colaboración de, al menos, cuatro hombres, se volvieron implorando hacia Longino. Y éste, sonriendo, encomendó a su lugarteniente el remate del descendimiento de los «zelotas», señalando seguidamente a cuatro de sus hombres más fornidos para que acompañaran a él y a los «propietarios» del cadáver hasta la tumba elegida.

Nicodemo y José rogaron al oficial que les permitiera ayudar en el traslado del improvisado féretro. Y así se hizo. A las 16.30 horas, el propio centurión, otro legionario y los dos amigos de Jesús despegaron el lienzo del frío suelo del patíbulo, cargando los restos mortales del Hijo del Hombre. Detrás, los tres soldados restantes, con las espadas desenvainadas y yo, con el alma tan descarnada como aquella funesta roca que nunca olvidaré.

Debí suponerlo. Aunque Juan habla en su relato de un sepulcro situado en el mismo lugar donde su Maestro había sido crucificado, por más que miré durante mi permanencia en lo alto del Gólgota no logré descubrir un solo punto —próximo al peñasco— que reuniera las principales características señaladas por los evangelistas; es decir, un huerto y alguna peña en la que poder excavar la tumba. Pero pronto quedaría despejada esta nueva incógnita.

Nada más bajar del macizo rocoso, el joven Zebedeo y las mujeres nos salieron al paso. José tranquilizó al centurión quien, al ver aproximarse al reducido grupo, se puso en guardia. Casi de rodillas, el apóstol suplicó al legionario que sujetaba uno de los extremos de la sábana que le cediera su puesto. Longino respondió a la dudita- tiva mirada de su soldado con un afirmativo movimiento de cabeza y Juan le sustituyó en el traslado.

Ningún crucificado podía ser enterrado en un cementerio judío. Así lo establecía la Ley. José y Nicodemo lo sabían y, antes incluso de visitar a Poncio, ya tenían previsto dar sepultura al Maestro en una de las propiedades del anciano de Arimatea. Pero el final de aquel trágico viernes se acercaba a pasos agigantados. Las trompetas del Templo no tardarían en anunciar el ocaso y, con él, la entrada del sábado y de la solemne fiesta de la Pascua. Era preciso darse prisa. Y los ex miembros del Sanedrín, que sostenían la sábana por la parte de los pies, aceleraron el paso. Por detrás, a cuatro o cinco metros, nos seguían María, la de Magdala; María, la esposa de Cleopás; Marta, otra de las hermanas de la madre de Jesús, y Rebeca de Séforis. Los legionarios, a su vez, se habían dividido, cubriendo los flancos del cadáver.

Al contemplar aquel silencioso y huidizo cortejo fúnebre, no pude reprimir una tristísima sensación de soledad. Abandonado de la mayoría de sus amigos y fieles seguidores, ultrajado casi después del descendimiento por aquella turba de fanáticos, ahora —camino del sepulcro— ni siquiera podía recibir enterramiento con un mínimo de dignidad y reposo. Hasta el más pobre y miserable de los judíos, según la Ley, tenía derecho, cuando menos, a un sepelio con dos músicos de flauta y una plañidera. Para el Nazareno no quedaban ya lágrimas. Los corazones de las mujeres y de sus tres amigos se habían secado. En cuanto al acompañamiento, el único que recuerdo fue el de los presurosos pasos de la escolta y de los que cargaban su cadáver, tronchando cardos y abrojos.

El de Arimatea y Nicodemo dirigieron el traslado, bordeando la muralla norte de Jerusalén y siguiendo prácticamente el mismo itinerario de la «vía dolorosa». Cruzamos la carretera de Samaria y a los diez o quince minutos de haber abandonado el patíbulo, sudorosa y con los dedos lastimados por el peso del cuerpo, la comitiva se detuvo frente a un huerto. Nos hallábamos al norte del Gólgota y relativamente cerca de la Torre Antonia, aproximadamente a unos 100 o 150 metros. (Era lógico que los ricos hacendados de Jerusalén no dispusieran sus fincas y plantaciones o huertos de recreo cerca del peñasco donde se ajusticiaba a los ladrones y criminales. Aquél, en cambio, parecía un lugar tranquilo y hermoso.)

Una de las mujeres, creo recordar que la Magdalena, se adelantó y soltó la cuerda que, a manera de lazo, sujetaba una puerta de madera, de un metro de altura, a una cerca de estacas meticulosamente blanqueadas con cal. Aquel vallado, de una altura similar a la de la cancela de entrada, se perdía a derecha e izquierda, entre el enramado de un sinfín de árboles frutales.

Al girar, los herrajes articulados de los goznes chirriaron como un animal herido. El grupo se precipitó hacia el interior de la finca. Caminamos alrededor de cincuenta pasos, siempre entre una frondosa plantación de pequeños árboles selectos, hasta llegar a una bifurcación del estrecho sendero que arrancaba en el umbral mismo de la puerta del huerto. Tras una breve pausa, suficiente para recobrar el aliento perdido, José y Nicodemo hicieron una indicación a los soldados y tomamos el ramal de la derecha. El de la izquierda llevaba a una casita situada a cosa de un centenar de metros y que, a juzgar por la cimbreante y espigada columna de humo que escapaba por la chimenea, debía estar habitada. Dos pequeños perros salieron de entre los árboles, saltando y ladrando alegremente entre las piernas de José de Arimatea. Pero el anciano, con un autoritario grito, les obligó a retirarse.

A cosa de 20 metros de la bifurcación apareció ante mí una suave elevación del terreno. Era una formación calcárea que no sobresaldría más allá de metro y medio sobre el nivel del suelo.

Nos detuvimos y el de Arimatea anunció al oficial que ya podían depositar el cuerpo de Jesús sobre el terreno.

A cosa de dos pasos de donde reposaba el cadáver del Nazareno, el suelo arcilloso que rodeaba aquella cuña rocosa había sido removido. José, propietario del lugar, había mandado construir unas rústicas escaleras que descendían hasta un estrecho callejón de apenas dos metros de anchura. Al bajar los cinco peldaños se encontraba uno en la mencionada galería y frente a una fachada, perfectamente trabajada sobre la roca viva. *Groso modo* calculé la altura de aquella pared rocosa en unos tres metros. En el centro había una diminuta puerta cuadrangular de 90 centímetros de lado. José nos rogó que le disculpáramos y se alejó a la carrera en dirección a la casita.

Mientras los soldados aprovechaban aquel respiro para sentarse y descansar, me agaché y traté de echar una ojeada al interior de la cripta. Una piedra redonda, muy parecida a una muela de molino y de un metro de diámetro, reposaba a la izquierda de la boca de entrada al sepulcro. Al pie mismo de la fachada había sido practicado un canalillo de unos 20 centímetros de profundidad por otros 30 de anchura que corría a todo lo ancho. La piedra, tan toscamente pulida como la fachada, cuyo peso debía ser superior a los 500 kilos, se hallaba dispuesta de tal guisa que —para tapar el angosto orificio que hacía las veces de puerta— bastaba con hacerla rodar sobre el mencionado canalillo, al que se ajustaba casi matemáticamente. Al pasar mi mano sobre aquella mole redonda imaginé el enorme esfuerzo que tenía que haber supuesto a los operarios su traslado hasta el fondo del callejón y, por supuesto, el que exigiría cada cierre y apertura de la tumba.

Pero, al introducir mi cabeza en el interior de la cripta, la oscuridad era tal que no acerté a distinguir ni su profundidad, ni la altura de las paredes ni ningún otro detalle.

Me incorporé y, mientras aguardaba a José, me dediqué a medir aquella especie de antesala o callejón: desde la fachada hasta el peldaño más bajo había 2,20 metros. Las paredes de la galería, a cielo abierto, iban descendiendo desde los 3 metros (altura máxima que correspondía a la fachada de la tumba) hasta poco más o menos un metro, al nivel del escalón más alto.

Aquellas mediciones se vieron interrumpidas por la llegada del anciano. Le acompañaba un hebreo de unos cincuenta años, con una barba corta y cuidada y de una corpulencia que, instintivamente, me recordó al fallecido Maestro. Se tocaba con un ancho sombrero de paja y cargaba una voluminosa y pesada ánfora. José portaba dos teas de mango corto y una especie de hatillo.

Hacia las cinco de la tarde, el dueño del huerto se arrodilló frente a la cámara sepulcral y, con sumo cuidado, alargó la mano izquierda, depositando una de las antorchas en el interior de la cripta. A continuación entregó la segunda tea a su siervo y jardinero, quien, hierático y mudo como una estatua, no se movería ya del callejón.

José, siempre en aquella forzada postura, se arrastró, penetrando en la cueva.

El relampagueo rojizo del hacha dentro de la tumba desapareció a los pocos segundos. Y el anciano, asomando la cabeza por la abertura, reclamó la segunda antorcha. Su ayudante se apresuró a entregársela, haciendo otro tanto con el hato.

Cuando José consideró que todo estaba dispuesto salió del panteón, indicando a Nicodemo que bajasen el cuerpo del Maestro.

Los soldados cumplieron la orden, situando los restos sobre la tierra rojiza y apisonada del callejón. El cadáver fue orientado de forma que la cabeza quedara frente al angosto portillo. El anciano retornó entonces al interior, seguido del centurión. Una vez dentro, ambos comenzaron a tirar de la sábana, siendo ayudados desde el exterior por otros tres legionarios.

Cuando, al fin, el cuerpo fue introducido en la tumba, Nicodemo fue pasando a José la pareja de sacos que aún colgaba de su hombro y el ánfora. Satisfecha esta última parte del laborioso traslado, aquél se inclinó también y, en cuclillas, se perdió entre la mortecina claridad del sepulcro seguido de Juan.

Ignorando si disponía de sitio, me aventuré a seguir a Nicodemo. Mi metro y ochenta centímetros de talla me obligaron a doblar el espinazo y arrastrarme sobre un piso tan rugoso como ingrato.

Al levantar la vista me encontré en una estancia cuadrada, de unos tres metros de lado y de 1,70 de altura aproximadamente. (De esta última cifra estoy bastante seguro porque, durante el tiempo que permanecí en el interior de la cripta, no tuve más remedio que inclinar la cabeza para no tropezar con aquel techo rocoso, duramente ganado a base de escoplo de cantería, a juzgar por los cortes a bisel de la citada bóveda y del resto de las paredes.)

Mi intromisión fue bien recibida. Cuando me incorporé los cuatro hombres pujaban por levantar el cadáver hasta un simulacro de banco de 0,65 metros de altura, igualmente robado a la masa pétrea y ubicado en el muro derecho (tomando siempre como referencia el hueco de entrada).

Me apresuré a unirme a ellos, colaborando en el definitivo y último izado del Nazareno. Sé que aquel insignificante y pobre gesto no hubiera sido aprobado por el estricto código del proyecto, pero eso qué puede importar ya...

Los restos de Jesús reposaban finalmente sobre un lecho de piedra de 1,89 metros de largo por 0,93 de ancho. A decir verdad, aquel pilón parecía excavado a la medida del gigantesco Galileo.

José se apresuró a destapar el cadáver, mientras Nicodemo abría el hatillo de tela, extrayendo en primer lugar dos plumones totalmente blancos que, a primera vista, podrían ser de algún tipo de ave doméstica.

A la luz tambaleante de las teas —reclinadas por José sobre cada una de las esquinas del ara o poyo de roca— apareció de nuevo ante todos el ensangrentado, sucio y maloliente cuerpo del hasta hacía unas horas majestuoso Hijo del Hombre. Las costras de excrementos habían terminado por secarse sobre la piel de muslos y piernas, exhalando una fetidez insoportable. Aunque sólo habían transcurrido dos horas desde el instante de su muerte clínica, los pies, con las uñas azuladas, presentaban ya una contractura *postmortem*, con predominio extensor de los dedos. La rigidez, tal y como me temía, avanzaba ya sin remedio. La cabeza, caída hacia el lado derecho, conservaba abierta la boca, presentando un tinte lívido y un acusado amoratamiento de los labios. El tórax, totalmente relajado, aparecía cubierto por una mezcla de tierra y sangre reseca, con una miríada de coágulos que no obedecía ya la ley de la gravedad y que despuntaba sobre toda la caja torácica. Observé el hundimiento del epigastrio y, con él, los pliegues del abdomen, especialmente en su mitad inferior.

Pero lo que más me llamó la atención fue la mano derecha. Su dorso y borde cubital se hallaban prácticamente ocultos por una gran mancha de sangre coagulada y los cuatro dedos largos, con una marcada cianosis y unas dimensiones ligeramente superiores a los de la izquierda, que conservaban el referido agarrotamiento en forma de «garra». Aquella hiperextensión de los cuatro dedos largos de la mano derecha, en mi opinión, sólo podía estar originada por alguna de las terroríficas lesiones, en los correspondientes músculos extensores, derivadas de la extracción del clavo y de la segunda perforación del carpo.

La rodilla izquierda seguía doblada y ambos codos, rígidos ya, mantenían los antebrazos en flexión.

Cuando vi cómo Nicodemo introducía las pequeñas plumas en las fosas nasales de Jesús comprendí sus intenciones. Si el presunto fallecido conservaba un mínimo de vida, el roce de los plumones irritaba las mucosas, excitando así la respiración. Era, tal y como ha escrito el rabino A. Levy, la «certificación de la muerte».

Ni qué decir tiene que el Galileo no experimentó reacción alguna. Cumplido el «trámite», José volvió a asomarse a la entrada de la tumba, retornando al instante.

—Hay que darse prisa —expresó en voz baja—. El sábado no tardará en apuntar.

Y abriendo el ánfora, vertió parte del agua en un trozo de esponja, ceniciento y perforado por cientos de minúsculos orificios. Nicodemo se situó a los pies del Maestro, levantando la extremidad inferior izquierda hasta donde fue posible. El de Arimatea se despojó del manto y, arremangándose la túnica, comenzó a frotar y limpiar la cara posterior del muslo y pierna. Después repitió el lavado en la pierna derecha, concluyendo con una serie de deficientes restregones sobre las nalgas, testículos y ano de Jesús.

—Dejémoslo así... —puntualizó Nicodemo, cada vez más nervioso ante el cercano final del viernes.

El de Arimatea arrojó la esponja al suelo y comenzó a desatar los saquetes de harpillera, mientras su compañero buscaba en el fondo del hatillo. Una de las sacas contenía entre 15 y 20 kilos de un polvo granulado, de un color amarillo-oro, sumamente aromático y que, nada más abrirlo, esparció una deliciosa fragancia por toda la cripta. Longino y yo nos miramos, agradeciendo aquel súbito cambio en el cerrado ambiente de la tumba.

En el segundo sacó distinguí un campanudo jarro de cobre, perfectamente lacrado con un tapón de tela. José, una vez descubierto, se volvió hacia Nicodemo, reprendiéndole por su lentitud. Al fin, entre las peludas manos del ex sanedrita vi aparecer unos retazos de tela. Eran unas tiras estrechas, desflecadas y que, por las irregularidades de sus filos, debían haber sido desgajadas a mano y con prisas de algún viejo paño de tela.

Nicodemo seleccionó una de aquellas «vendas» (de algo más de un metro de longitud) y tirando de ambos extremos la tensó, estabilizándola a un par de cuartas por encima del saquete que albergaba el dorado polvillo. Sin perder un instante, el de Arimatea enterró su mano izquierda en la saca, tomando un puñado de aquella especie de árido. Y lo dejó escapar por la parte inferior del puño, cubriendo más que generosamente la superficie de la tela. El tembloroso pulso del anciano hizo que buena parte del acíbar o áloe —porque de esto se trataba— cayera al saco o se derramara sobre el abrupto pavimento de la cámara mortuoria. Sin demasiado disimulo recogí un pellizco de aquel polvo, guardándomelo. Una vez de regreso al módulo, y sometido al correspondiente análisis microscópico, Caballo de Troya supo que aquella sustancia era en realidad una de las variantes del acíbar: el llamado «sucotrino», que debe su nombre a la isla de Socotora, a la entrada del golfo Arábigo. Generalmente se presenta en masas de fractura brillante y como vítrea, rojas, verdosas o amarillentas y que, sometidas a pulverización, proporcionan un producto granulado, idéntico al que yo tenía ante mis ojos. En el caso del áloe originario de Socotora, su origen, como en otros tipos de acíbar —«hepático o de las Barbadas», «caballuno», etc.—, está en el zumo que se extrae de diferentes especies botánicas. Se trata de grandes y hermosas plantas de la familia de la Liliáceas (tribu de las Asfodeleas), que crecen en las regiones cálidas de Asia, África y América. Del centro de un conjunto de hojas grandes y carnosas, con bordes armados de puntas, arranca un tallo o escapo vigoroso que lleva en su ápice una larga espiga de flores tubulosas, generalmente bilabiadas y rojas. El mencionado zumo es producido por las hojas.

José se incorporó y acercándose a los pies del Maestro, procuró juntarlos, levantándolos de forma que su compañero pudiera pasar la pieza de tela, impregnada de acíbar, a la altura de los tobillos. A continuación, Nicodemo fue arrojando su aliento sobre el áloe y, ante mi sorpresa, su particular olor se hizo más intenso y penetrante.

Anudó la «venda» en el nacimiento de los pies y, regresando a la saca, repitió la operación con una segunda tira. En esta ocasión, antes de anudar las manos del Galileo, José tuvo la precaución de depositarlas reverencial y púdicamente sobre el pubis del cadáver. La izquierda sobre la derecha. Aquélla, como esta última, mostraba un rosetón de sangre coagulada sobre la parte superior de la muñeca. La forma triangular de la herida, con sus bordes negros y descarnados, me hizo estremecer.

Una vez atado, tal y como marcaba la Ley judía, los amigos del rabí se inclinaron nuevamente sobre los saquetes. Nicodemo removió el contenido del jarro, mientras José llenaba ambas manos con un apreciable volumen de acíbar.

En la palma izquierda del primero surgió una sustancia pastosa, de aspecto gomo-resinoso, que destelleó a la luz de las antorchas como un millar de lágrimas rojizas. Era mirra. Su fuerte olor, mucho menos agradable que el del áloe, se mezcló en seguida con el del polvo granulado, sofocándome.

Nicodemo se plantó frente a la mitad superior del cadáver, mientras el anciano José hacía otro tanto junto a las extremidades inferiores de Jesús de Nazaret. El de Arimatea permaneció unos segundos con las manos firmemente cerradas, aprisionando el polvo dorado. Cuando las separó, el acíbar se había transformado en una pasta blanduzca, casi plástica.

Y ambos, a un mismo tiempo, se dedicaron a pellizcar las masas de mirra y áloe, embadurnando y cegando las brechas y orificios naturales del cuerpo. Nicodemo se ocupó de las fosas nasales, oídos y de las grandes heridas de los costados. José, de los profundos desgarros de las rodillas, clavos de manos y pies y de la maraña de agujeros provocados por las tachuelas de las sandalias de los soldados (paradójicamente, de aquellos mismos que le habían defendido después de muerto...).

Saltaba a la vista la precipitación de aquellos hombres. De haber actuado con menor premura, lo más probable es que el taponamiento no habría sido practicado en el último lugar. Una prueba de lo que digo surgió cuando José recordó que faltaba el recto. Pero las extremidades inferiores de Jesús se hallaban anudadas y fue precisa la ayuda de Nicodemo quien, refunfuñando, levantó nuevamente las piernas del Galileo, haciendo posible que el anciano taponara el ano. Lógicamente, al llevar a cabo esta maniobra, gran parte del polvo dorado depositado en la cinta que mantenía unidos los pies se deslizó, cayendo sobre el lienzo de lino.

Al terminar, José, agobiado por la llegada del crepúsculo, se dirigió nuevamente a la puertecilla. Pero, en su atolondramiento, tropezó con el ánfora y poco faltó para que cayera de bruces. Una vez comprobada la situación del sol, retornó hasta el banco de piedra, mascullando algo por lo bajo.

Para entonces, Nicodemo —más sereno que José— había soltado de su brazo derecho un largo pañuelo granate, utilizado habitualmente por aquellas gentes para enjugar el sudor. Lo retorció hábilmente, rodeando con él la cabeza de Jesús. El pañolón, fuertemente anudado sobre la coronilla, levantó el maxilar inferior, cerrando así la boca del Cristo.

Todo estaba consumado en aquel acelerado y provisional sepelio. Antes de abandonar la cripta, mientras Nicodemo recogía y sacaba al exterior los diversos útiles, José echó mano de su bolsa y, al azar, extrajo un par de moneditas de bronce de unos 16 milímetros de diámetro cada una. Siguiendo una remota costumbre, el de Arimatea las depositó sobre los párpados del Nazareno. Pero la gran inflamación del ojo izquierdo hizo resbalar el «leptón» (1).

Aunque la cabeza del Maestro había sido apuntalada —a la altura de los oídos— por sendos mazacotes de mirra, la tremenda deformación de la región malar mantenía sepultado el ojo, haciendo difícil el depósito de la moneda sobre el casi irreconocible párpado. Pero José insistió, consiguiendo un precario equilibrio de la moneda sobre los hematomas.

Las teas, con su centelleo, pusieron una chispa de vida en las brillantes superficies de los «leptones».

Al inclinarme comprobé que el troquelado de ambas era sumamente rudimentario, con una efigie descentrada y numerosas imperfecciones. Las dos procedían seguramente de la misma emisión, a juzgar por las idénticas inscripciones y *lituus* o cayado central (2) y, sobre todo, por la misma falta ortográfica, en las letras que ceñían en círculo la referida efigie del *lituus* o cayado mágico (3). La leyenda en cuestión decía así: «TIBEPIOY CAICAPOC». Es decir, *Tiberiou Káisaris* o «de Tiberio César».

Levanté con curiosidad la monedita del párpado derecho y en el reverso descubrí la no menos desgastada silueta de un *simpulum* o

(1) Esta moneda, similar a la «perutah» de Agripa I, era acuñada en Jerusalén. Se han encontrado ejemplares emitidos bajo Coponio, Valerio Grato, Poncio Pilato y Antonio Félix. Su valor era mínimo: un denario de plata equivalía a 192 «perutah», aproximadamente. *(N. del m.)*

(2) Al consultar los principales catálogos mundiales de monedas judías del tiempo de Cristo —especialmente el de monedas antiguas del Museo Británico y el libro de Madden sobre monedas judías, publicado en 1864 y reimpreso en 1967—, los especialistas de Caballo de Troya comprobaron que la mayor parte de las monedas acuñadas por Poncio Pilato (del 26 al 36 de nuestra Era) se distinguían precisamente por signos como el *lituus, simpulum,* etc., que, por su carácter pagano, ofendían los sentimientos religiosos del pueblo hebreo. En el caso del *lituus* o cayado del augur o adivino, es de suponer que esta osadía de Poncio —único gobernador romano que se atrevió a herir así la fibra religiosa de Judea— encerrase también un alto grado de adulación hacia Tiberio, gran entusiasta, como ya hemos visto, de los astrólogos. *(N. del m.)*

(3) Una de las faltas de ortografía más llamativas era la «C» inicial de la palabra «CAICAPOC». Lo lógico es que el responsable del troquelado hubiera acuñado dicho título con la «K» griega: «KAICAPOC» o «Káisaris» («de César»). Pero, por otra parte, conocida la pésima reputación del procurador romano como acuñador de monedas, tampoco me extrañó excesivamente. Otro de los errores, consecuencia de la «comodidad» de los acuñadores, aparece en las dos últimas «C» de «CAICAPOC». En realidad, la mencionada palabra griega debería de haber sido escrita con sendas «Σ» (letra «sigma»). Probablemente, los artesanos prefirieron ahorrarse el engorroso signo, dejándolo reducido a su mitad: «<» o «C». *(N. del m.)*

catavinos, utilizado en las ofrendas rituales de las libaciones paganas. En el centro, junto a este cazo o cucharón, se leía el número 16, formado por una «iota» (equivalente al «10») y el llamado «episemon», que correspondía al «6». En otras palabras, la fecha «16», año del reinado de Tiberio César o 29 de la Era Cristiana.

Antes de cubrirle definitivamente con la mitad del lienzo, el buen amigo de Jesús se arrodilló frente al cadáver y, bajando la cabeza, guardó unos minutos de silencio. El Zebedeo le imitó. Fueron instantes especialmente intensos y emotivos. Comprendí con desolación que aquélla era la última vez que vería el cuerpo sin vida del Maestro. No debo ocultar que, al posar mi mirada en sus machacados restos, me asaltó una duda densa y agobiante como aquella cámara funeraria: ¿resucitaría, tal y como había anunciado? Pero, ¿cómo? Aquella devastadora catástrofe había reducido su organismo a una piltrafa...

Lo confieso con toda sinceridad. Mi espíritu científico se rebeló. Nadie, que se sepa, lo había logrado en toda la Historia de la Humanidad. ¿Por qué iba a conseguirlo aquel Galileo, tan humano como los demás? Si realmente gozaba de poderes tan extraordinarios, ¿por qué no había evitado tanto suplicio y, sobre todo, una muerte tan cruel y humillante?

Nicodemo y la casi totalidad de sus amigos y discípulos tampoco estaban muy seguros de la anunciada resurrección de su Maestro. José, incluso, dudaba. Un signo palpable de lo que digo se hallaba justamente en aquel rápido y provisional adecentamiento del cadáver. Las intenciones del anciano de Arimatea, de su compañero y de las mujeres que esperaban fuera de la cripta, no tenían nada que ver con esa supuesta resurrección del rabí. Si de verdad hubieran creído en un suceso tan prodigioso, ¿por qué posponer el definitivo embalsamamiento del cuerpo de Jesús hasta después de la fiesta del sábado? Lo lógico hubiera sido no taponar siquiera sus heridas ni cubrirle con aquellos productos aromáticos, destinados únicamente a contrarrestar el cercano hedor de la putrefacción.

Encorvado, aturdido y extremadamente cansado por tantas emociones y por la falta de sueño, no fui capaz de formular un solo pensamiento o una fugaz oración ante el Hijo del Hombre. Con gran desolación por mi parte descubrí que no recordaba ninguna de las escasas plegarias que aprendí en mi niñez. Sin embargo, yo también me uní, simbólicamente, a José de Arimatea cuando, incorporándose, se inclinó sobre la fruncida frente del amigo, depositando en ella un cálido y prolongado beso.

Después cubrió el cuerpo de Jesús con la sábana, tomando las antorchas. Me apresuré a recoger su manto y en ese momento, al agacharme, descubrí en uno de los rincones de la cámara —semiocultos en la penumbra—, un par de capazos de mimbre, repletos de escombros y un pequeño pico. José se percató de mi observación, excusándose por el desorden del lugar. Según comentó, el sepulcro se hallaba aún en obras...

Hacia las 17.45 horas, Juan, Longino, José y yo salíamos al callejón. El resto fue relativamente cómodo. Mientras el de Arimatea sostenía las hachas, el centurión, sus cuatro soldados y el hortelano procedieron a empujar la roca circular, haciéndola rodar por la profunda ranura hasta que tapó totalmente la pequeña abertura de la fachada. E insisto en lo de «relativamente cómodo» porque, de no haber sido por la presencia de los seis hombres, no sé cómo se las hubieran ingeniado José y Nicodemo para mover aquella media tonelada...

El crujido siniestro y escalofriante de la peña, en su último roce con la pared principal del panteón, puso punto final a muchas de las esperanzas de aquellos hombres y mujeres. ¿Cómo podía suponer en semejantes momentos que dicho cierre del sepulcro no era otra cosa que un corto paréntesis en esta increíble y desconcertante historia?

Antes de partir hacia Jerusalén, José agradeció la decisiva e inestimable ayuda de los legionarios entregando a cada uno de ellos una generosa cantidad de dinero. Creo no equivocarme pero, a partir de aquel viernes, la amistad entre Longino y el de Arimatea germinó firme y sincera.

Al abandonar el huerto, las mujeres, que se habían mantenido alejadas del sepulcro, tal y como especificaba la Ley judía, se unieron al cansino paso de José, manifestando sus dudas sobre la pulcritud desplegada en aquel vertiginoso enterramiento del Maestro. Tanto Nicodemo como el anciano coincidieron en las apreciaciones de las hebreas, autorizando a éstas para que, nada más despuntar el domingo, procedieran a un embalsamamiento más correcto. Nicodemo, incluso, les entregó los restos de acíbar y mirra, comentando que, aunque ellos procurarían estar presentes, no olvidasen recortar el pelo y la barba de Jesús, lavarlo esmeradamente y colocar sobre su cuerpo la pluma o la llave, símbolo de su celibato, tal y como se hacía desde tiempo inmemorial.

Frente a la puerta de los Peces, el oficial y sus hombres se despidieron, dirigiéndose nuevamente hacia el Gólgota, con la expresa misión de trasladar los cuerpos de los «zelotas» a la fosa de la Géhenne.

A las seis de aquella tarde, cuando nos hallábamos a pocos pasos de la casa de Elías Marcos, tres clarinazos se levantaron desde la cúpula del templo, anunciando a la ciudad el final de la jornada. A partir de esos momentos, en plena festividad ya de la Pascua, la actividad en Jerusalén fue decreciendo. Las gentes, alegres y recuperadas del susto provocado por los temblores de tierra, corrían presurosas hacia sus hogares, dispuestas a festejar y dar cumplida cuenta de la cena pascual. No sé por qué pero aquella excitación y los constantes saludos de los hebreos, deseándose paz cuando se cruzaban en las angostas callejas, me trajo a la memoria el ambiente festivo y tan especial de los atardeceres que precedían a la Navidad y que yo había vivido en mi país. Curiosamente, salvo Nicodemo, el joven Juan, José y el grupo de mujeres, que avanzaban cabizbajos, el resto de los peregrinos y habitantes de la ciudad santa no se hallaba afligido —ni muchísimo menos— por lo que acababa de acontecer en el peñasco de la Calavera. Estoy convencido que una inmensa mayoría, incluso, no conocía aún la trágica muerte del profeta de Galilea. Y si lo sabían, evidentemente lo habían olvidado o les traía sin cuidado... Éste era el triste pero auténtico y real panorama de aquella Jerusalén en el 7 de abril del año 30. Un día que, durante mucho tiempo, sería recordado, no por la crucifixión de Jesús de Nazaret, sino por el «nefasto augurio» del oscurecimiento del sol y el posterior seísmo.

Nicodemo y Juan se despidieron a las puertas del domicilio de Marcos. El primero, dispuesto a reunirse con los apóstoles que se habían refugiado en su casa y a celebrar con ellos la obligatoria Pascua. El joven Zebedeo, a su vez, descorazonado y sumido en una tristeza infinita, se alejó hacia su residencia, donde aguardaba María, la madre del Nazareno.

José aceptó acompañar a las mujeres hasta el interior de la mansión de los Marcos, donde se hallaban las compañeras que Jude había conducido desde el patíbulo.

La familia, desolada por los acontecimientos, acogió al anciano y a las hebreas con gran solicitud, rogándoles que les pusieran al corriente de todo lo sucedido a partir de la muerte del Maestro. El eficacísimo servicio de mensajeros de David Zebedeo había mantenido informados puntualmente a los núcleos principales de amigos y seguidores del rabí. Por medio de estos «correos», Elías Marcos y el resto de los apóstoles, repartidos en Jerusalén, Betania y Betfagé, supieron del fallecimiento del Galileo entre una y dos horas después de ocurrido el óbito.

Cuando el anciano hubo concluido su relato, la esposa de Elías volvió a llenar nuestros vasos con aquel vino caliente y reconfortante. Y antes de que José tomara la decisión de abandonar a los Marcos, le rogué me informara sobre lo ocurrido desde que le vi alejarse hacia el templo, en pleno incidente con los jueces y judíos que intentaban variar el texto del «inri» del Nazareno.

José me miró con un profundo cansancio.

—¿Para qué recordar esa triste historia? —comentó sin entusiasmo.

Pero yo necesitaba averiguar lo sucedido en el interior del Santuario. ¿Qué había pasado en la reunión del Sanedrín? ¿Qué había sido de Judas Iscariote? El hijo de Elías Marcos no se hallaba en la casa o, al menos, yo no había acertado a verle y eso me preocupaba.

Le supliqué con una ansiedad tal que el bueno de José terminó por ceder.

—Desde los muros de la Torre Antonia —comenzó el anciano— me dirigí al Templo. Tal y como comentamos, en mi corazón había una sospecha: los ciegos saduceos, leales al clan de Caifás y de su suegro, podían conspirar también contra los íntimos del Maestro. Su temor a un levantamiento por parte de los seguidores y amigos de Jesús no se había disipado con la condena a muerte aprobada por Pilato. Todo lo contrario. Precisamente a partir de esos momentos —según ellos— la situación se hacía mucho más delicada. Y de la misma forma que habían intentado capturar a Lázaro, adoptaron las medidas oportunas para prender y encarcelar a los discípulos.

—¿Medidas?, ¿qué medidas? —le interrumpí.

—Nada más regresar a su cuartel general en el Santuario, los levitas, siguiendo instrucciones del sumo sacerdote, formaron una escolta y salieron hacia la finca de Simón, «el leproso», en Getsemaní. Gracias a la bondad infinita de Dios —¡bendito sea su nombre!—, poco antes de la partida pude establecer contacto con uno de los emisarios de David Zebedeo. Al informarle de lo que se proponía el Sanedrín corrió hasta el Olivete, dando la alerta. Pero, sobre la suerte de los allí acampados no puedo añadir gran cosa. Sólo sé que a su regreso, el capitán de la guardia del templo se mostró furioso: «Los seguidores del impostor —explicó a Caifás— han huido como cobardes, pero hemos incendiado su campamento...»

»El sumo sacerdote y la mayoría de los miembros del Sanedrín se tranquilizaron, estimando que la desbandada de los hombres del Nazareno reducía considerablemente el riesgo de un motín. Y Caifás, reunido con el Consejo en la sala de las «piedras talladas», prosiguió su informe sobre todo lo ocurrido en la noche y madrugada, hasta el momento en que nuestro Maestro fue introducido definitivamente en el Pretorio.

»El cúmulo de mentiras, injurias y arbitrariedades esgrimidas por el yerno de Anás fue tal que, asqueado, me retiré del tribunal.

»Pero, cuando me disponía a salir del Templo, apareció Judas. Nos miramos en silencio y el traidor entró en la sala del Sanedrín. Regresé de nuevo al interior de la sede del Consejo, dispuesto a hundir a aquel miserable. Pero no fue preciso. Al ver al Iscariote, Caifás y sus hombres comenzaron a murmurar entre sí. Pero ninguno le dirigió la palabra. Al parecer, Judas esperaba un recibimiento triunfal. Pensó, equivocadamente, que aquella ralea le colmaría de honores, ensalzando su «gran servicio a la nación». ¡Pobre desdichado!

»A una señal del sumo sacerdote, uno de los servidores se dirigió a Judas y, tocándole la espalda, le invitó a que le siguiera. Visiblemente confundido y decepcionado, el traidor obedeció y ambos salieron de la sala.

»Entonces, el siervo, entregándole un bolsa, le dijo:

»—Judas, he sido encargado de pagarte por traicionar a Jesús, el Galileo. He aquí tu recompensa.

»El Iscariote, pálido, abrió la bolsa y con una sangre fría que aún me aterra, contó las monedas...

José hizo una pausa y, cuando daba por sentado que aclararía el importe de la citada recompensa, esquivó el asunto. Me vi en la obligación de interrumpirle otra vez e interesarme por la suma.

—Treinta monedas... —replicó el anciano con repugnancia.

—¿Denarios de plata? —presioné.

José, molesto por mi insistencia, aclaró:

—No, 30 «seqel».

(Esta moneda de plata, conocida popularmente como «siclo de Tiro», constituía, como ya dije, el dinero habitual en el pago de los tributos del Templo. Era, en definitiva, una pieza usada comúnmente por los sacerdotes en la mayor parte de sus transacciones comerciales. Su equivalencia, en aquella época, era de unos cuatro denarios de plata por «seqel». Una suma, por tanto, «moderada». Hay que tener en cuenta que, según el testimonio evangélico de Mateo (27,9), los sacerdotes compraron un campo con el dinero que había rechazado Judas. Hoy, esos 120 denarios de plata podrían equipararse a unos 200 dólares.) (1).

(1) Doscientos dólares de 1973, claro. *(N. de J. J. Benítez.)*

El de Arimatea prosiguió:

—Cuando el traidor se cercioró del valor de la bolsa, lívido y mudo de estupor se lanzó hacia la puerta del Consejo, dispuesto —supongo— a protestar. Pero el portero le cortó el paso, prohibiéndole la entrada.

»Derrotado, Judas pasó de la cólera a su habitual frialdad. Dejó caer la bolsa en su bolsillo, alejándose de la sala de las «piedras talladas». Desde entonces no he vuelto a verle...

Fue inútil que insistiera. José de Arimatea, en efecto, había perdido la pista del traidor. Ignoraba su suerte y, por supuesto, no podía conocer el incidente del Templo y el gesto desesperado del Iscariote, arrojando las monedas al tesoro del Santuario. Yo estaba al tanto de esta última acción de Judas por la lectura previa de Mateo, pero ¿habían sucedido las cosas tal y como lo describe el autor sagrado?

La fortuna quiso que pudiera desvelar esta incógnita poco después de la marcha del anciano de la casa de Elías Marcos. Había dos asuntos que me obligaban a permanecer en aquel domicilio y que, sin proponérmelo, fueron una magnífica excusa para averiguar otro dato.

Caballo de Troya me había asignado la ineludible misión de rescatar el micrófono que había camuflado en el farol situado en la sala donde había tenido lugar la última cena de Jesús. Una de las normas básicas del proyecto especificaba que los «astronautas» no podían dejar en el área de exploración ningún resto, señal o indicio de su paso. Tampoco era lícito trasladar a «nuestro tiempo real» nada que pudiera pertenecer a dicha época. La recuperación de esta pieza, en consecuencia, era obligatoria.

Por otra parte, resultaba imprescindible que hablase con el joven Juan Marcos. Pero el adolescente no terminaba de comparecer. Así que, invocando un sentimental deseo de ver por última vez el cenáculo, convencí a la esposa de Elías para que me acompañara al piso superior.

Cuando entramos en la estancia, mi corazón casi se detuvo: ¡El farol había desaparecido!

La hebrea notó mi palidez, confundiendo mi angustia con una supuesta y honrosa emoción al pisar de nuevo el recinto donde había cenado el Maestro. Tratando de no perder los nervios paseé la mirada por la sala, buscando afanosamente el maldito farol. Pero, evidentemente, alguien lo había sacado de la habitación.

Al borde del colapso, interrogué a la señora de la casa sobre el paradero de la hermosa pieza. La mujer, desconcertada, me explicó sin conceder importancia al asunto que se había hecho añicos durante el temblor. Uno de los sirvientes lo había llevado a un taller de Jerusalén con el propósito de que fuera reparado.

Agradecí su gentileza por permitirme ver el cenáculo y, desarbolado, regresé a la planta baja. Yo sabía que, a partir del toque de las trompetas, y tratándose de una fiesta tan solemne como aquélla, las actividades artesanales y de cualquier otro tipo cesaban automáticamente. Y ya no se reanudarían hasta finalizada la Pascua. ¿Cómo podía recuperar el micrófono si el retorno del módulo había sido establecido a las 7 de la mañana del domingo? Como creo haber insinuado, este contratiempo vino a sumarse a la serie de «razones» que aconsejaron a Caballo de Troya la repetición del gran «salto» al año 30.

Absorto por este inesperado incidente, casi no me di cuenta del paso del tiempo. La familia de Marcos, ocupada en los preparativos de la cena pascual, apenas si reparó en mí.

Hacia las ocho de la noche, cuando el sueño empezaba a vencerme, alguien me sacó de mis confusos pensamientos. Al levantar la vista encontré ante mí dos rostros bien conocidos. Uno, sonriente —el del activo David Zebedeo— y otro, por el contrario, demacrado y afligido: el del joven hijo de mis hospitalarios anfitriones.

Aquello me despejó momentáneamente.

David, con una alegría que no terminaba de entender, puso en mis manos el manto de lino blanco que yo había adquirido en la tarde del pasado jueves en la tintorería de Malkiyías y del que, honestamente, me había olvidado.

—Te supongo enterado de todo lo ocurrido —habló al fin el jefe de los emisarios.

Asentí en silencio.

Al advertir mi decaimiento, David me zarandeó cariñosamente, exclamando con un convencimiento que me dejó atónito:

—¡Resucitará! Lo prometió...

Escruté los cansados ojos de aquel hebreo y quedé maravillado. David Zebedeo creía realmente lo que estaba diciendo. Era asombroso. Tenía ante mí al único que creía ciega y firmemente en la promesa del Maestro. Ni en el audaz Juan, el Evangelista, ni en José de Arimatea ni en ningún otro discípulo o amigo de Jesús había observado una fe como la de aquel hombre. Y, paradójicamente, apenas si es citado en los textos evangélicos...

Ahora sí estaba clara la razón de su alegría.

Antes de su partida hacia la casa de Nicodemo, donde había trasladado su «centro» de «correos», David me informó sobre sus últimas peripecias en el campamento de Getsemaní. Efectivamente, al recibir el aviso de José, desmontó velozmente las tiendas de campaña, trasladando su «puesto de mando» a lo más alto del Olivete. Desde allí, una vez superada la amenaza de los levitas, siguió enviando mensajeros a todos los puntos donde él sabía que se hallaban los apóstoles, amigos y familiares del Nazareno.

Nada más conocer por uno de sus agentes la orden de crucifixión, otros tantos y veloces mensajeros corrieron hacia Pella, Bethsaïde, Filadelfia, Sidón, Damasco y Alejandría, con la noticia de la inminente muerte de Jesús, por orden del procurador romano.

Durante buena parte de aquella jornada, David no cesó de mandar «correos» a Jerusalén y a Betania, informando puntualmente a los discípulos y a la familia de Jesús de cuanto estaba ocurriendo. De no haber sido por la pericia y valentía de este judío, la mayor parte de los apóstoles, escondidos y temerosos, hubieran tardado algún tiempo en conocer el triste final de su Maestro.

Por último, con el ocaso, este Zebedeo suspendió los «correos», permitiendo a sus mensajeros que se retiraran a descansar y a celebrar la obligada fiesta pascual. Sin embargo, su convencimiento sobre la resurrección del rabí era tan sólido que, antes de que partieran, les comunicó en secreto la obligación de concentrarse en la casa de Nicodemo, a primeras horas de la mañana del domingo. Su intención era transmitir la buena nueva en cuanto se produjese.

Mi admiración por aquel hombre no tuvo límites...

Y antes de que el hijo de los Marcos se uniera a su familia en el banquete de Pascua, mi curiosidad se vio satisfecha al desvelar, al fin, la suerte del Iscariote.

Me costó trabajo persuadir al joven Juan Marcos de que hablase. En aquellas últimas diez horas, su alma de niño se había consumido entre el dolor, la rabia y la impotencia. Jamás olvidaría la ensangrentada figura de su ídolo y amigo: Jesús de Nazaret. Como tampoco podría borrar la imagen de unos sacerdotes fanatizados y la de un populacho que, poco antes, había aclamado las valientes y lúcidas intervenciones de su Maestro en la explanada del atrio de los Gentiles y que, ahora, hubiese lapidado al Galileo en la mismísima fachada del Pretorio romano.

Intenté calmarle, recordándole las palabras que acababa de pronunciar David Zebedeo sobre la resurrección. Pero Juan me miró sin comprender. Aquella expresión —«y resucitaré al tercer día»— rebasaba su capacidad infantil.

Tanto Juan Marcos como su familia sabían que yo había permanecido al pie de la cruz y, como reconocimiento a lo que ellos consideraron un gesto de amor y valentía hacia el rabí, el muchacho terminó por narrarme lo que había visto y oído desde que yo le encomendase el seguimiento de Judas.

Éste fue su entrecortado y ceñido relato:

—Cuando el traidor vio cómo los legionarios terminaban de atravesar los pies de Jesús, con la cabeza cubierta por el manto se alejó del patíbulo. Tú lo viste...

Le animé a continuar.

—Entonces, Judas fue directamente al Templo. No pude verle la cara porque siempre fui detrás de él pero, viendo sus grandes zancadas y los empujones con que se abrió paso en la explanada del Santuario, yo diría que estaba furioso.

»Caminó hasta las puertas de la Sala del Consejo de Justicia pero, al intentar abrirlas, el portero se le interpuso. Judas, con una maldición que no me atrevo a repetir, le golpeó en pleno rostro, derribándole y dejándole como muerto.

(Aquella reacción encajaba, desde luego, en la violencia que, en ocasiones, estalla en los grandes tímidos. Y el Iscariote lo era.)

—... Abrió la gran puerta de la sala de las «piedras talladas» y, descubriéndose, irrumpió en el Tribunal. Yo no me atreví a moverme del quicio de la puerta. Si alguien me hubiera puesto la mano encima, seguro que me azotan...

Correspondí con una sonrisa de gratitud y Juan Marcos prosiguió:

—Sólo pude ver a Caifás y a alguno de los saduceos, escribas y fariseos, sentados en sus bancas de madera. Cuando el Iscariote avanzó hasta las gradas, los jueces enmudecieron. En sus rostros había sorpresa. Por lo visto no esperaban al traidor. Y Judas, jadeando y en un tono que casi me dio lástima, les dijo:

»—He pecado en el sentido de haber traicionado una sangre

inocente... Me ofrecisteis dinero por este servicio —el precio de un esclavo— y, con ello, me habéis insultado...

»Los sanedritas, atónitos, parecían no dar crédito a lo que estaban viendo. Y Judas concluyó así:

»—... Me arrepiento de mi acto. He aquí vuestro dinero.

»Entonces sacó una bolsa de su faja y la mostró al Consejo. Por último, exclamó con voz imperiosa:

»—¡Quiero liberarme de esta culpa!

»Las carcajadas no tardaron en llenar la gran sala. Aquellos hipócritas, dando fuertes palmadas sobre los asientos, se mofaron y le ridiculizaron cruelmente. Uno de los que ocupaba un puesto cercano a Judas se levantó y acercándose a él le invitó con la mano a que se retirara. Pero antes manifestó en alta voz:

»—Tu Maestro ha sido condenado por los romanos. En cuanto a tu culpabilidad, ¿en qué nos concierne? ¡Ocúpate tú de ello y vete!

»El Iscariote dio media vuelta y con la cabeza baja se alejó del Tribunal, mientras las risotadas e insultos arreciaban de nuevo.

»Cuando pasó a mi lado, su cara me dio miedo. Llevaba la bolsa en su mano izquierda y los ojos fijos en el suelo. Creo que ni siquiera me vio.

»A grandes pasos se perdió en dirección al atrio de las Mujeres, entrando en la sala de los «cepillos». Con gran calma tomó un puñado de monedas, lanzándolas a boleo. Después volvió a meter la mano en la bolsa, estrellando el resto de los siclos contra las baldosas. Cuando comprobó que ya no quedaban monedas, arrojó la bolsa sobre el pavimento pisoteándola con furia.

»Entonces, abriéndose paso violentamente entre los atónitos hombres que allí se encontraban, salió en dirección al atrio de los Gentiles.

Estimo que esta aparentemente insólita acción de Judas Iscariote, desembarazándose de las 30 monedas de plata, merece un comentario. Las palabras del traidor ante el Tribunal —«he aquí vuestro dinero» y «quiero liberarme de esta culpa»— no fueron una simple y humana reacción de arrepentimiento. Judas sabía, como todos los judíos, que la Ley protegía a los «vendedores» de algo o de alguien. La *Misná*, en su Orden Quinto: «Votos de Evaluación» *(arajin)*, establece en un total de nueve capítulos las disposiciones en torno a los llamados votos de evaluación; es decir, aquellos por los que una persona se compromete a entregar al Templo el valor de una determinada persona, tal y como viene determinado en el *Levítico* (27, 1-8) en relación con la edad y sexo. Además abarca una minuciosa normativa sobre la compra y dedicación de tierras heredadas y de casas como, asimismo, sobre su rescate y los votos de «exterminio». Pues bien, en vista de la actuación del Iscariote, entiendo que éste consideró —o trató de considerar ante los sanedritas— que la entrega de su Maestro encajaba de lleno en lo que podríamos denominar una «venta» o «transacción comercial» por la que, incluso, había percibido una compensación económica. En este sentido, al menos en lo que concierne a bienes puramente materiales —casas, campos, etc.—, si el vendedor, una vez efectuada la operación, no la consideraba justa o, sencillamente, decidía echarse atrás, podía recurrir dentro de un plazo de 12 meses, a contar a partir del día de la venta. La mencionada *Misná*, en el capítulo IX

(4) del citado apartado sobre «Votos de Evaluación» reza textualmente en este sentido:

«Si llegó el último día de los doce meses y no ha sido redimida (la casa, por ejemplo), se hace definitivamente suya (es decir, del comprador), indiferentemente que la hubiera comprado o que la hubiera recibido en regalo, puesto que está escrito en el *Levítico* (25,30): "a perpetuidad". Antiguamente (el comprador) se escondía cuando llegaba el último día de los doce meses a fin de que se hiciera definitivamente suya (la casa). Pero Hilel, «el viejo», dispuso que (el vendedor) pudiera echar el dinero en la cámara del Templo, pudiera romper la puerta y entrar (en la casa) y que el otro pudiera venir cuando quisiera y recoger su dinero.»

Judas, en consecuencia, había obrado de acuerdo con la Ley. No estaba conforme con la «venta» de Jesús de Nazaret e hizo uso de su derecho, en el mismo día del pago de dicha «transacción». Y aunque el Iscariote debía saber también que en el capítulo primero (apartado 3) del referido asunto de los Votos se aclara que «el moribundo y el que es conducido a la muerte (por veredicto de un tribunal judío que no admite gracia) no pueden ser objeto de voto ni pueden ser evaluados», forzó sus derechos al máximo, creyendo ingenuamente que aquel gesto anularía dicha «venta». Hay que reconocer, en descargo de la culpabilidad del Iscariote, que, por lo menos, apuró todas las posibilidades jurídicas, en beneficio del Maestro. De poco sirvió, por supuesto, pero creo que es de justicia esclarecer este hecho, tan parcamente contado por el escritor sagrado. Muchas personas podrán preguntarse —yo también lo hice— por qué Judas accedió a esta «venta», si sabía que su traición desembocaría en el ajusticiamiento del Nazareno. Personalmente, a la vista del mencionado comportamiento del Iscariote en la sala del Sanedrín y, posteriormente, en la del tesoro, creo que Judas jamás llegó a pensar que su Maestro sería condenado a muerte. Él lo había entregado a los dignatarios de las castas sacerdotales, convencido de que éstos se limitarían a «custodiarle» e interrogarle y, a lo sumo, encarcelarle o desterrarle. No trato de hacer una defensa extrema del traidor, pero su fría venganza contra el Galileo y su movimiento se hubiera visto sobradamente colmada con la vergonzosa captura y el posible desmembramiento de los discípulos. Pero los acontecimientos, como sabemos, tomaron otros derroteros.

De lo que ya no puedo estar seguro es de cuál fue la razón que pesó más en el agitado corazón del Iscariote: la inminente muerte del rabí o el ridículo a que se vio sometido por los sanedritas. Como ya he repetido, no era dinero lo que perseguía Judas. Su obsesión era el reconocimiento público y los honores prometidos y soñados y que, desgraciadamente para él, jamás llegaron. Por lógica, si sus maquinaciones hubieran tenido como base y objetivo final la obtención de dinero, ¿por qué iba a prescindir de aquellas 30 monedas de plata? En todo caso, se las hubiera llevado a la tumba con él. La lucha interna del traidor en aquellas horas debió ser tan afilada que no tengo valor para juzgarle ni para juzgar su trágica decisión última...

Es curioso pero, si Jesús no hubiera sido condenado a muerte, quizá Judas hubiera tenido éxito en su intento de anulación de la «venta». La Ley, al menos, preveía un plazo de un año para que el «comprador» —en este caso los sanedritas— se retractaran y devolvieran la «mercancía».

Juan Marcos, medio dormido, remató su testimonio con una noticia que cambiaba —en parte— lo que afirma Mateo en su evangelio:

—Judas descendió por el barrio bajo. Al principio creí que se dirigía a mi casa o a Betania. Llevaba mucha prisa. No saludaba a nadie. Salió de la ciudad por la puerta de la Fuente y, ante mi desconcierto, torció a la derecha, en dirección a la garganta del Hinnom. Empezó a trepar entre los peñascos y al llegar a una de las rocas más altas y puntiagudas se deshizo del manto y del cinto. Yo estaba tan asustado que me pegué al terreno, temblando de miedo. Entonces vi a Judas, al borde del precipicio, amarrando uno de los extremos del ceñidor a la rama de una pequeña higuera que crecía entre las grietas de la roca. Cuando comprendí lo que quería hacer me incorporé, dispuesto a pedirle que no lo hiciera. Pero no tuve tiempo siquiera de abrir la boca. El Iscariote hizo otro nudo alrededor de su cuello y, en silencio, se lanzó al vacío...

El muchacho, con una extrema palidez, se tapó la cara con las manos y comenzó a sollozar.

Tuve que esperar a que se calmara. Al rato, gimoteando, concluyó:

—... ¡Fue espantoso, Jasón...! Corrí hacia la higuera. En aquellos momentos sólo tuve un pensamiento: cortar, morder, arañar el cinto... Todo menos dejar que se ahorcase.

»Cuando llegué al filo del abismo, el cuerpo del pobre Judas se balanceaba en el aire, pateando y girando sobre sí mismo como un «zevivon» (1)...

»Tenía las manos aferradas al cuello como tratando de luchar contra la asfixia, y los ojos muy abiertos, casi fuera de las órbitas.

»Las rodillas me temblaban y mi garganta se secó, como si hubiera tragado un puñado de arena. Pero, cuando me disponía a trepar al arbolillo y quebrar la higuera, el nudo de la rama se soltó y Judas cayó al precipicio, estrellándose contra las piedras.

»Fue todo tan rápido que no pude hacer absolutamente nada. Me quedé allí arriba, como un poste, contemplando el cuerpo inmóvil de Judas. Después, sin fuerzas ni para llorar, regresé a la ciudad y, cuando trataba de volver al Gólgota, ocurrió el temblor... Mi terror fue tan grande que volví a la puerta de la Fuente, huyendo hacia el campamento. Allí fue donde me encontró David...

Al preguntarle si el cuerpo del Iscariote seguía aún en el fondo del barranco, Juan Marcos se encogió de hombros. Al parecer no había comentado el suceso con nadie. Yo era el primero en saberlo. Agradecí su información, rogándole que se retirara a descansar.

(1) En los relatos tradicionales de la festividad judía de las luminarias o «Januká» (que suele coincidir con las Navidades), se cuenta que, durante la ocupación romana en el siglo I, estaba prohibido reunirse en grupos para estudiar la Torá. Cuando un vigía alertaba al grupo de estudiosos sobre la proximidad de los legionarios, alguien sacaba un «zevivon» o pequeño dado, con una base puntiaguda y un asa superior para hacerlo girar. De esta forma disimulaban, apostando sobre qué cara del dado caería hacia arriba. Incluso en la actualidad es frecuente ver a los niños israelitas jugando con uno de estos «zevivon» durante los días de la «Januká». *(N. del m.)*

—Mañana, a primera hora, si no tienes inconveniente —le dije— quiero que me acompañes hasta esa garganta...

Juan Marcos asintió como un autómata, desapareciendo en el patio donde estaba a punto de comenzar la cena pascual.

La versión del muchacho variaba ligeramente la siempre trágica suerte del traidor. Era preciso que confirmase si Judas había fallecido por ahorcamiento o por precipitación. Aunque sus intenciones, en el fondo, estaban claras —suicidarse—, quizá la forma definitiva de su muerte (suponiendo que hubiera muerto) no había sido la que siempre hemos conocido y aceptado.

Y abusando de la generosidad de aquella familia, escogí uno de los rincones de la planta baja, envolviéndome en el manto. Al quedarme solo establecí una última conexión con el módulo, anunciando a Eliseo mi intención de visitar el Hinnom y, suponiendo que aún estuviese allí, examinar el cadáver de Judas.

Hacia las 21.30 horas, el sueño disipó mi fatiga y mis angustias. Me pareció extraño, muy extraño, que Jesús de Nazaret no estuviera vivo y cercano. Sin querer me había acostumbrado a su majestuosa presencia...

8 DE ABRIL, SÁBADO

Poco antes del amanecer, Eliseo me sacó de un profundo sueño, plagado de pesadillas en las que, curiosamente, se mezclaban las más absurdas situaciones y vivencias, tanto del «tiempo» real en que me movía como de mi verdadero siglo.

La meteorología había cambiado. El día prometía serenidad: viento en calma, excelente visibilidad, baja humedad relativa y una temperatura de 10 grados centígrados, en ascenso. Desde el módulo, los radares de largo alcance dibujaban con toda nitidez los perfiles del árido Negev.

Juan Marcos no tardó en presentarse. Traía un gran cuenco de leche de cabra y algo de pan, fabricado durante la mañana del viernes. Mi agotamiento había desaparecido y devoré prácticamente el frugal desayuno.

Con las primeras luces y el trompeteo del Santuario, anunciando el nuevo día, mi joven amigo y yo cruzamos las solitarias calles de Jerusalén. El habitual ruido de la molienda había desaparecido. Nadie parecía tener prisa por levantarse. Por un lado me alegré. Si el cuerpo de Judas continuaba entre las peñas, prefería que nadie nos viera junto a él. Así era mucho más seguro.

Una vez fuera de la murallas, el muchacho me condujo hacia el Oeste, siguiendo casi en paralelo el muro meridional de la ciudad. A escasos metros de la puerta de la Fuente, por la que habíamos salido, el terreno cambió. Entramos en lo que los judíos llamaban la Géhenne o «infierno». Supongo que por lo atormentado de la depresión y por las numerosas hogueras que se levantaban aquí y allá en una permanente quema de basuras. En efecto, conforme caminábamos observé cómo aquel tétrico paraje había sido convertido en un inmenso estercolero en el que merodeaban un sinfín de perros vagabundos y ratas enormes como liebres.

Juan Marcos se detuvo. Observó el paisaje y, a los pocos segundos, reanudó la marcha. A los cinco minutos de camino, la Géhenne se convirtió en un laberinto de peñascos, barrancas estériles y pequeños pero agudos precipicios. De acuerdo con las cotas de nuestras cartas, aquel extremo sur de Jerusalén oscilaba entre los 612 y 630 metros, en las proximidades del portalón de la Fuente y los 685, en las cercanías de la puerta de los Esenios. Entre ambos puntos, el perfil del terreno sufría bruscas variaciones, con desniveles de 20, 30 y hasta 40 metros.

Al ir salvando aquel «infierno» supuse que si el Iscariote había caído desde cualquiera de aquellos barrancos, lo más probable es que se hubiera destrozado contra las cortantes aristas de las peñas.

Al fin, Juan Marcos se detuvo. Nos encontrábamos a unos 200 metros en línea recta de la muralla y sobre uno de aquellos pelados promontorios. Me señaló una joven higuera, nacida milagrosamente entre los vericuetos y fisuras de la roca y que, tal y como me había explicado, crecía con la mitad de su ramaje hacia el Oeste y sobre el vacío.

Lentamente me aproximé al filo del precipicio. El muchacho, inquieto y tembloroso, se aferró a mi brazo. Al principio no distinguí nada anormal. La barranca presentaba una caída casi en vertical de unos 35 o 40 metros. Pero la semiclaridad del alba no era suficiente para distinguir el fondo con precisión.

Tras un par de minutos de tensa búsqueda, Juan Marcos dio un grito que a punto estuvo de hacerme perder el equilibrio.

—¡Allí!... ¡Mira, allí está!

Seguí la dirección de su dedo y, en efecto, confundido entre las piedras, aprecié un bulto lechoso, inmóvil y que, desde mi punto de observación, parecía un hombre envuelto en algo similar a una túnica o una manta blanca.

Ordené a Juan Marcos que no se moviera y elegí uno de los terraplenes, iniciando el descenso.

Después de no pocos rodeos, rasponazos y sobresaltos entre las resbaladizas paredes del precipicio, me vi al fin en el fondo de la barranca, a poco más de cuatro metros del cuerpo. Lo observé sin mover un solo músculo. Parecía desmayado o muerto. Evidentemente era un hombre, enfundado en una túnica marfileña, similar a la que usaba Judas. Se hallaba boca abajo, con la pierna izquierda violentamente flexionada bajo el abdomen.

Cuando, finalmente, me decidí a avanzar hacia él, algo negro, grande y peludo como un conejo salió de debajo, huyendo hacia las zarzas próximas. Me detuve. Un escalofrío recorrió mis entrañas. Las ratas habían empezado a devorarlo...

Me apresuré a darle la vuelta y el rostro imberbe, puntiagudo y pálido del Iscariote apareció ante mí. Tenía los ojos abiertos, con el sello del espanto en sus pupilas. Uno de los globos oculares había desaparecido prácticamente, ante las acometidas de los roedores.

Por más que repasé su cuerpo no advertí señal alguna de sangre. Sólo un finísimo hilo, ya seco, brotaba de la comisura derecha de su boca.

Llevaba el cinto anudado al cuello. Al examinarlo me di cuenta que no estaba roto o desgarrado. Sencillamente, como dijo Juan Marcos, se había desanudado. Presionaba la garganta de Judas pero, ante mi sorpresa, la conjuntiva o membrana mucosa que tapiza el dorso de los párpados y la zona anterior del ojo no presentaba las típicas manchas rojas de los ahorcados. Retiré el pelo negro y fino pero tampoco observé este tipo de «ronchas» por detrás de las orejas.

La lengua no se hallaba presa entre los dientes ni lucía la habitual tonalidad azul, signos característicos entre los ahorcados.

Si verdaderamente se hubiera registrado el cierre completo de todo el riego y desagüe cerebral, la cara de Judas aparecería embotada. Sin embargo, su aspecto —a pesar de las 15 horas transcurridas desde el hipotético óbito— era casi normal. Las pupilas, dilatadas en un principio, habían empezado a empequeñecer, entrando en fase de «miosis» (posiblemente a partir de las nueve de la noche del viernes).

Presentaba también las livideces propias de un estado *post-mortem* pero, insisto, las venas yugulares y arterias carótidas no mostraban señales de estrangulamiento, habituales en los ahorcados (1).

Ante aquel cúmulo de pruebas negativas, mi impresión personal fue la siguiente: Judas Iscariote no había fallecido por ahorcamiento, sino por precipitación.

Esta teoría se vio fortalecida al palpar las extremidades y el resto del cuerpo. Las piernas y uno de los brazos sufrían fracturas cuádruples y las roturas internas eran generalizadas.

Pero lo que terminó de convencerme fue el sonido del cráneo, al agitarlo entre mis manos. Aquel ruido —similar al de un «saco de nueces»— era típico de las personas que han sufrido una de estas precipitaciones o caídas desde gran altura.

Aunque resultaba verosímil que el traidor, en su desesperación, no ajustara el nudo del cinto convenientemente, cayendo al vacío antes de perecer por ahorcamiento, nunca pude comprender cómo este sujeto —generalmente meticuloso— pudo cometer un error semejante.

Volví a depositar el cuerpo sobre las piedras y, tras cerrar sus ojos (o lo que quedaba de ellos), permanecí unos minutos en pie y en silencio, contemplando a aquel desdichado. Me pregunté si aquel Iscariote u «hombre de Carioth», hijo de Simón, un hombre ilustre y adinerado de Judea, discípulo de Juan el Bautista y atormentado buscador de la Verdad, merecía realmente un fin tan desolador...

Regresé junto a mi amigo, confirmándole la muerte de Judas. Juan Marcos había recuperado el manto del renegado y, lentamente, en silencio, volvimos a Jerusalén.

Una vez en la ciudad, tras rogarle que me condujera hasta la casa de Juan Zebedeo, le pedí que se pusiera en contacto con la familia de Judas, a fin de que levantaran sus restos antes de que las ratas y las alimañas de la Géhenne terminaran por desfigurarle.

Con gran diligencia, como era su costumbre, el hijo de los Marcos cumplió mi nuevo encargo.

Juan Zebedeo no me esperaba. Pero me recibió con un entrañable abrazo. Disponía de una casita de una planta, muy humilde y

(1) En Medicina Legal está perfectamente estudiado que, para producir el cierre total de las yugulares, se necesitan unos cinco kilos de fuerza. En el caso de las carótidas, entre diez y quince kilos. (*N. del m.*)

casi vacía, en la zona norte de la ciudad. En un barrio que, por aquel entonces, empezaba a crecer y que era conocido por «Beza'tha».

Sorteé un caldero en el que ardían algunos pequeños troncos, y que se destinaba generalmente para ahuyentar a los insectos y mosquitos, y crucé el umbral de la puerta. En el interior de la única estancia, penosamente alumbrada por un lámpara de aceite, distinguí en seguida a cuatro mujeres. Eran María, la madre de Jesús; su hermana Mirián; Salomé, madre de Juan y la joven Ruth, hermana del Nazareno.

No había sillas ni taburetes y el Zebedeo me invitó a tomar asiento sobre una de las esteras esparcidas sobre la tierra apisonada que formaba el pavimento. Me extrañó la singular austeridad de aquella casa, con un liviano terrado a base de ramas cubiertas de tierra y arcilla y sin una sola ventana o tronera. Después supe que aquélla no era la residencia habitual de los Zebedeo. Ésta se hallaba al norte, en Galilea.

Juan no me presentó a las mujeres. No era costumbre pero, además, tampoco lo necesitaba. Todas las hebreas se mostraban especialmente solícitas con María. Una de ellas acababa de ofrecerle un cuenco de madera con leche. Pero la madre del Galileo se resistía a tomarlo. Cuando mis ojos fueron acostumbrándose a la penumbra, comprobé que la Señora tenía la cabeza descubierta. Sus cabellos eran mucho más negros de lo que había supuesto. Se peinaba con raya en el centro, recogiendo en la nuca una sedosa y azabache mata de pelo. Sus ojeras, mucho más marcadas que en el momento de su encuentro con el crucificado, reflejaban una noche de vigilia y sufrimiento. Se hallaba sentada sobre una de aquellas gruesas esterillas de palma y junco, con el cuerpo y la cabeza reclinados sobre el muro de adobe y los ojos semicerrados. De vez en cuando, un profundo suspiro agitaba todo su ser y los hermosos ojos rasgados se entreabrían. Por un momento, al captar la resignada amargura de aquella hebrea, me sentí desfallecer. No tenía valor para interrogarla. Las fuerzas y el coraje parecían escapar de mí, anonadado ante la angustia de una madre que acababa de perder a su hijo primogénito. ¿Cómo podía iniciar la conversación? ¿Con qué valor me enfrentaba a aquella mujer, rota por el dolor, para pedirle que me hablara de su Hijo, de su infancia y de su no menos ignorada juventud?

Fue Juan quien, sin proponérselo, alisó tan arduo trabajo, previsto por Caballo de Troya como uno de los últimos objetivos de aquella misión.

Después de sacudir un viejo y renegrido pellejo de cabra, el discípulo llenó otro cuenco de madera con una leche espesa y agria, rogándome que aceptase aquel humilde refrigerio.

—No te inquietes por el olor —me dijo—. Sacia mejor la sed...

No quise desairarle y apuré el pestilente cuenco, procurando cerrar los ojos y contener la respiración.

Al terminar, el Zebedeo recogió el recipiente y señalando el manto de lino blanco que colgaba de mi ceñidor, exclamó:

—Veo que no has olvidado tu regalo...

Bajé la vista y comprendí. Y aunque aquella especie de «chal» había sido comprado para Marta, la hermana de Lázaro, la genial sugerencia del discípulo hizo variar mis planes. En efecto: aquél podía ser el medio ideal para ganarme la estima y confianza de María... ¿Cómo no se me había ocurrido antes?

Lo tomé en mis manos y, levantándome, me acerqué al rincón donde descansaba la Señora. Me arrodillé frente a ella y extendiendo el rico presente le rogué que se dignara aceptarlo.

María y las mujeres que le rodeaban me miraron y se miraron entre sí. Pero, al fin, la madre del rabí, apartándose de la pared, tomó el manto, llenándome con una mirada intensa. Una mirada que me recordó la de su Hijo.

Juan, atento y solícito, aproximó la lucerna de barro, con el fin de que María pudiera contemplar mejor la finísima textura del lino. Entonces, a la luz de la lámpara de aceite, los ojos de aquella mujer surgieron ante mí en toda su hermosura: ¡eran verdes!

Después de acariciar el tejido, María levantó de nuevo sus ojos hacia mí, y mostrándome una dentadura blanca y perfecta, exclamó:

—¡Gracias, hijo!

Era la primera vez que escuchaba aquella voz gruesa y, sin embargo, cálida y segura.

A partir de aquellos instantes —las ocho de la mañana, aproximadamente— y después que Juan Zebedeo le explicara quién era y por qué estaba allí, María accedió gustosa a hablarme de Jesús, de sus primeros años en Nazaret, de sus viajes por el Mediterráneo y, de la muerte en accidente de trabajo de su esposo, el constructor y carpintero llamado José.

Intentando poner orden en mis ideas y en los miles de temas que se agitaban en mi mente, empecé por preguntarle sobre el nacimiento del gigante... (1).

Hacia las 11.30 horas, nuestra conversación se vio interrumpida con la llegada de Jude y José de Arimatea. Traían noticias de última hora.

Una vez finalizada la cena de Pascua, los sanedritas habían vuelto a reunirse, esta vez en la casa de Caifás. Según el anciano, el único tema debatido fue la profecía hecha por Jesús de resucitar al tercer día. Los sacerdotes, en especial los seduceos, no concedían demasiado crédito a las palabras del ajusticiado. Pero los intrigantes miembros del Sanedrín estimaron que lo más prudente sería vigilar la tumba. «Según afirmaron —prosiguió José—, cabía la posibilidad de que los amigos y creyentes de Jesús robaran el cadáver, propagando después la mentira de su resurrección.» Con el fin de abortar cualquier intento de robo, el sumo sacerdote designó una comisión, encargada de visitar al procurador romano a primera hora de la mañana del sábado. Pues bien, ese grupo de sanedritas acababa de entrevistarse con Poncio.

(1) *Nota de J. J. Benítez:* El extenso relato del mayor sobre esta apasionante conversación con la madre de Jesús de Nazaret, en la que aparecen infinidad de datos nuevos y fascinantes sobre la infancia, juventud y edad adulta del Galileo, ha sido desgajado del mencionado diario e incluido —por razones de su extensión— en un próximo volumen. Siento, de verdad, dejar al lector con la miel en los labios...

José, alertado por uno de sus confidentes, se había apresurado a acudir al Templo. Allí, después de no pocas burlas e hirientes indirectas por parte de esta comisión —conocedora de su vinculación con el Nazareno—, el propietario del huerto donde había sido sepultado el Maestro conoció finalmente los pormenores de la conversación entre los sacerdotes y Pilato.

—Señor —manifestaron los jueces al gobernador—, te recordamos que Jesús de Nazaret, ese falsario, dijo en vida: «Pasados tres días resucitaré.» Por consiguiente, nos presentamos ante ti para rogarte que des las instrucciones necesarias para que el sepulcro sea debidamente protegido contra sus discípulos hasta que hayan transcurrido esos tres días. Nos tememos que sus fieles intenten robar el cuerpo durante la noche y, acto seguido, proclamen al pueblo que ha resucitado de entre los muertos. Si lo consintiéramos, sería una falta mayor que si le hubiéramos dejado con vida.

Y Poncio, después de escuchar este ruego, respondió:

—Os daré una escolta de diez soldados. Vayan y monten la guardia ante la tumba.

Prosiguió el de Arimatea:

—Esa escolta romana y otros diez levitas más, reclutados de entre una de las secciones semanales del Templo, se encuentran ya frente a la tumba, tal y como he podido verificar antes de venir a veros. Esas hipócritas bestias que rodean y adulan a Caifás no han tenido el menor escrúpulo de violar el sagrado sábado y han invadido mi propiedad. Cuando intenté bajar hasta la cripta, algunos de los guardianes del Santuario me salieron al paso, obligándome a salir del huerto. ¡Es indigno!...

—Entonces —insinué—, nadie puede acercarse a la tumba.

—Nadie que no sea de la guarnición de Antonia o del cuerpo de levitas. Incluso, los muy salvajes, han retirado la losa que cubría el pozo del hortelano, uniéndola a la roca que cierra la cámara sepulcral. Después han estampado el sello de Pilato para que nadie pueda removerlas.

Aquella noticia me dejó francamente preocupado. Los últimos minutos de mi misión en Jerusalén debían transcurrir precisamente lo más cerca posible del sepulcro. Caballo de Troya tenía especial interés, como es lógico, en averiguar si la pretendida resurrección del Maestro de Galilea era o no una realidad objetiva o, por el contrario, una leyenda. ¿Cómo podía llevar a cabo mi observación si el paso al sepulcro se hallaba prohibido por aquellos 20 centinelas?

Aún quedaban muchas horas y preferí no atormentarme con semejante dilema. Algo se me ocurriría...

El cambio de conversación de José me ayudó a olvidar temporalmente el asunto.

Con gran desconcierto por mi parte, una de las máximas preocupaciones del anciano judío era acertar con el epitafio que debía grabarse en la fachada rocosa del sepulcro donde reposaba el cuerpo de su Maestro. José traía escritas, incluso, algunas frases, que dio a leer a Jude y a Juan, respectivamente.

Con gesto grave, los tres hombres discutieron sobre el posible texto, llegando a la conclusión de que la última era quizás la más adecuada. Le rogué a Juan que me pasara el trozo de pergamino y, en arameo, leí lo siguiente:

Éste es Jesús, el Mesías.
No hay aquí oro ni plata,
sino sus huesos.
Maldito sea el hombre
que lo abra.

Yo sabía que el saqueo de tumbas estaba a la orden del día en Israel, pero no podía encajar la falta de fe de aquellos íntimos de Jesús de Nazaret, que no dudaban en calificar al Galileo de Mesías, renunciando por completo a la idea de su resurrección. Era tan triste como anacrónico...

Una vez decidido el epitafio, José mostró la frase elegida a la madre de Jesús. Pero María se negó a leerlo. Y clavando sus ojos en cada uno de los presentes, les reprochó su desconfianza con un lapidario comentario:

—El Mesías escribirá su epitafio con una sola palabra: ¡Resucitó!

Un silencio violento nos cubrió a todos durante algunos minutos. El de Arimatea movió la cabeza negativamente y Jude y Juan se limitaron a bajar el rostro, manifestando así sus dudas.

Pero la Señora no insistió. Se recostó de nuevo sobre la pared y entornó los ojos.

El de Arimatea rasgó la embarazosa situación, intentando convencernos y convencerse a sí mismo de que no nos hiciéramos falsas ilusiones...

—La noticia de la promesa de su resurrección —comentó— ha terminado por saltar a la calle y toda Jerusalén se hace lenguas sobre el particular. Si el Maestro no cumple lo que prometió, ¿en qué situación quedarán sus discípulos y él mismo?

Desgraciadamente, aquella postura, propia de un hombre racional y con un probado sentido común, era compartida por la casi totalidad de sus apóstoles, enclaustrados desde la noche del jueves en diversas casas de Jerusalén y Betania, muertos de miedo y sin la menor esperanza respecto a su futuro. Si aquellos rudos galileos hubieran disfrutado de la fe de David Zebedeo, por poner un ejemplo, las cosas habrían sido muy distintas...

Aun a riesgo de repetirme, creo de suma importancia recalcar esta ingrata pero muy humana disposición de los apóstoles y seguidores del Hijo del Hombre, en relación con el tema de la resurrección. Están equivocados quienes puedan pensar que los discípulos esperaban ilusionados el amanecer del tercer día. Nadie en su sano juicio podía aceptar que un cadáver, después de 36 horas de su fallecimiento, fuera capaz de levantarse y vivir. Pero el sorprendente rabí jamás hablaba en vano...

Media hora antes del ocaso —hacia las seis—, Jude y su hermana Ruth se pusieron en camino, acompañando a su madre hacia la residencia de Lázaro, en Betania. Juan, obedeciendo la consigna dada por Andrés, acudió hasta la casa de Elías Marcos, donde había sido prevista una reunión de urgencia de todos los discípulos y fieles de Jesús que se hallaban en la ciudad santa.

Me brindé a acompañar a la familia del Nazareno y, de esta forma, pude ampliar mis conocimientos sobre la vida de Jesús.

A las 19.30 horas, las hermanas del resucitado nos recibieron en su hogar, colmándonos con sus atenciones.

Pero la noche empezaba a menguar y, tras despedirme de mis nuevos amigos, agradecí a Marta y a María su generosa hospitalidad, anunciándoles que debía emprender un largo viaje y que, casi con seguridad, regresaría pronto. Aquella piadosa mentira, que alivió quizás el afligido corazón de Marta, llegaría a ser realidad. Una realidad que culminó las aspiraciones de este cada vez menos incrédulo y escéptico oficial de las Fuerzas Aéreas Norteamericanas.

La hermana mayor de Lázaro, con los ojos arrasados en lágrimas, me confió en secreto que su hermano había tenido que refugiarse en Filadelfia y que ellas, en cuanto pudieran vender sus tierras y hacienda, seguirían sus pasos. Yo conocía la primera parte de su información, pero —¡torpe de mí!—, en aquellos instantes, mientras le decía adiós, no supe adivinar lo que verdaderamente encerraba su confesión...

Poco antes de las doce de la noche, preocupado por lo avanzado de la hora y por encontrar alguna fórmula que me permitiera observar la boca del sepulcro con un máximo de nitidez y seguridad, inicié la ascensión del Olivete.

¿De verdad se produciría la gran «hazaña»? ¿De verdad tendría la grandiosa oportunidad de comprobar con mis propios ojos el anunciado prodigio de la resurrección?

9 DE ABRIL, DOMINGO

Hacia la una de la madrugada, sin aire en los pulmones y chorreando sudor por los cuatro costados, divisé al fin la cerca de madera de la finca de José de Arimatea. Todo se hallaba en silencio. Solitario. Caminé nerviosamente arriba y abajo del vallado, buscando alguna fórmula que me condujera, sano y salvo, al interior del huerto. Pero mi cerebro, encharcado por las prisas, se negaba a trabajar. Eliseo, a mi paso sobre la cima del Monte de las Aceitunas, me había recordado la imperiosa necesidad de contar con mi presencia antes de las 5.00 horas. Los preparativos para el retorno exigían un mínimo de comprobaciones y al definitivo ajuste del ordenador. Supongo que le prometí regresar mucho antes de esa hora. No lo recuerdo bien. Mi ánimo se había ido excitando conforme corría ladera abajo, en dirección a la zona norte de la ciudad.

Ahora, con la misión casi concluida, me sentía incapaz de coronar con éxito la que, sin duda, podía ser la fase decisiva de todo el proyecto.

Inspiré profundamente y, sin meditarlo más, brinqué al otro lado de la propiedad. Podía haber abierto la cancela pero lo pensé mejor. Aquellos oxidados e impertinentes goznes podían delatarme.

Una vez entre los árboles frutales permanecí unos minutos en cuclillas, pendiente del más mínimo ruido. Todo seguía en calma. Y animándome a mí mismo, fui arrastrándome sobre el seco terreno arcilloso, ayudándome en cada tramo con los antebrazos y codos. Había saltado por la izquierda de la puerta, con una intención inicial: tratar de alcanzar la parte posterior de la casita del hortelano.

Una vez allí, si los guardias no me descubrían mucho antes, ya pensaría algo...

Fui haciendo pequeñas pausas, ocultándome tras los endebles troncos de los frutales e intentando perforar el bosquecillo con la vista. La luna, prácticamente llena, irradiaba una claridad que, en aquellos decisivos minutos, podía traicionarme.

«Unos metros más —me dije— y casi lo habré logrado».

Resoplando y con la túnica enrojecida por la arcilla me oculté al fin detrás del muro de piedra del pozo, situado a una decena de pasos de la casa del jardinero. Asomé lentamente la cabeza por encima del brocal y comprobé con alivio que la puerta se hallaba, cerrada. No había luz alguna en el interior y la chimenea aparecía inactiva.

«Quizá los soldados le hayan obligado a desalojar su vivienda», pensé. Y en ese instante, una duda mortal me secó la garganta:

«¿Y si hubiera llegado demasiado tarde? ¿Y si la supuesta resurrección hubiera ocurrido ya...?

El único indicio en este sentido aparece en el texto evangélico de Mateo (28,1-8). Si el autor sagrado llevaba razón y el prodigio tenía lugar «al alborear del primer día» —es decir, del domingo—, todo estaba perdido. El orto o aparición del limbo superior del sol sobre el horizonte había sido fijado por Santa Claus con una precisión matemática: dada la latitud aproximada de Jerusalén —32 grados Norte—, ese instante ocurriría a la 5 horas y 42 minutos. El ocaso, como ya cité en su momento, se registraría, en consecuencia, a las 18 horas y 22 minutos.

Los planes del general Curtiss, al menos en este sentido, hubieran fallado. Mi reingreso en la «cuna», como mencioné anteriormente, debía producirse, como muy tarde, hacia las cinco de esa madrugada.

Pero un inesperado acontecimiento me sacó de estas elucubraciones, haciéndome temblar de pies a cabeza. De pronto, los perros de José de Arimatea empezaron a ladrar furiosamente.

¡No había contado con aquel nuevo problema!

Me pegué a la pared del pozo, tratando de adivinar la posición de los canes. No tardaría en averiguarlo. A los dos o tres minutos sentí a mis espaldas los gruñidos de los animales. Me habían detectado, permaneciendo a dos o tres metros, con sus fauces abiertas y amenazantes. Me revolví, dispuesto a golpearles y dejarles fuera de combate si era preciso. Se trataba en realidad de dos pequeños ejemplares y supuse que no resultaría difícil amedrentarles o golpearles con la «vara de Moisés». Lo que más me preocupaba es que la escolta romana o levítica pudiera reaccionar y descubrirme.

Me preparé e, incorporándome, me dispuse a ahuyentarlos. Pero la sangre se congeló en mis arterias: una mano ruda y pesada cayó sobre mi hombro derecho...

Al volverme, cuando consideraba que todo se hallaba perdido, encontré ante mí la silueta inmensa del hortelano.

Antes de que pudiera explicarle se llevó el dedo índice a los labios, indicándome que guardara silencio.

Acto seguido me hizo señas para que le acompañara. Desconcertado obedecí como un autómata. Los perros, al ver al inquilino de la casa, guardaron silencio, siguiéndonos dócilmente hasta el interior de la vivienda.

Una vez allí, el hortelano supo de mis intenciones. Me había reconocido y, como seguidor de las enseñanzas del Maestro, se mostró complacido ante mi supuesta fe, prometiendo ayudarme a encontrar el sitio adecuado y satisfacer así mi aparentemente insólito y loco deseo.

Muy despacio, midiendo cada paso, aquel hombre rodeó la casa, entrando en un pequeño viñedo al oeste de la cripta y que yo había visto fugazmente durante mi primera visita al huerto. En la linde más próxima al suave promontorio donde había sido sepultado el cuerpo del Nazareno se levantaba una especie de enorme cajón, de unos dos metros de altura. Aquel gigante se ocultó tras uno de los muros de tablas del misterioso «cubo» y yo hice lo propio.

—Desde aquí podrás observar sin peligro...

Y acto seguido entreabrió una trampilla existente al pie de aquel lado del cajón, haciéndome señas para que me agachara y entrara.

Sin saber lo que me aguardaba, me puse de rodillas, penetrando en el interior. En mi precipitación olvidé la «vara de Moisés» en el suelo. Para cuando quise retroceder, el hortelano había bajado la trampilla. Empujé pero... ¡estaba cerrada por fuera! Desesperado, escuché los pasos del jardinero, alejándose en dirección a la casita.

¿Qué podía hacer? Si gritaba, reclamando la presencia del guarda, los soldados se darían cuenta. «Además —pensé con un nerviosismo desbocado—, ¿cómo voy a salir?»

Una serie de aleteos me devolvió al presente. Levanté el rostro, tratando de identificar aquellos sonidos y, al incorporarme, las tinieblas de aquel cajón se convirtieron en un bombardeo de pequeños cuerpos blancos, chocando entre sí, contra mi cabeza y contra las paredes del cubículo. Instintivamente me cubrí con ambos brazos. Pero el aterrador y aterrado ir y venir de aquellos seres prosiguió por espacio de varios minutos. Me agaché de nuevo y, poco a poco, todo fue apaciguándose. El suelo de tierra se hallaba alfombrado de plumas. Al examinarlas comprendí: ¡estaba en un palomar!

A pesar del susto no pude evitar una apagada carcajada. El bueno del hortelano me había metido en un palomar...

Si he de contar toda la verdad, durante más de media hora, mi preparación de años como astronauta, mis estudios, investigaciones y aprendizaje para tan importante proyecto, no me sirvieron de nada. Sencillamente, el general Curtiss no había previsto esta ridícula escena y, por supuesto, yo no tenía ni la menor idea de cómo apaciguar a una treintena de palomas y palomos, lógicamente asustados antes la súbita irrupción de un intruso en su morada.

Si no acertaba a tranquilizarlas sería muy difícil asomarse a la rejilla metálica existente en la zona superior del cajón.

Por dos veces lo intenté, pero el resultado fue igualmente caótico. A pesar de mis dulces silbidos, de la tiernas palabras y de mis gestos apaciguadores, las inquietas aves se alborotaron en ambas ocasiones.

Rendido me dejé caer en el fondo del palomar. Llegué a pensar en matarlas. Pero la sola idea me repugnó. Durante varios minutos, con la cabeza hundida sobre las rodillas, intenté recordar cuanto sabía o había visto en relación con aquellos animales. En el escaso caudal de recuerdos me vino a la memoria la figura de mi abuelo, viejo cazador de patos en las lagunas de Baton Rouge, en Louisiana. Rememoré algunos amaneceres en su compañía durante mis añoradas vacaciones de juventud, en las orillas de Lake Pontchartrain. Recordé las garzas y —¡cielo santo!—, de pronto, como un milagro, en mi cerebro surgió la cara de mi abuelo, con una ramita entre los dientes, chasqueando las mandíbulas y moviendo la cabeza de arriba abajo, imitando a las garzas en celo. Aquella escena, que siempre me había divertido, podía encerrar la solución...

Busqué pero no hallé una sola rama. Sin desanimarme, tomé la pluma más larga que había en el suelo del cajón y, colocándola entre mis dientes, empecé a oscilar la cabeza, a razón de ocho a diez veces por minuto. Muy despacio, con una lentitud que se me antojó desesperante, fui elevándome hacia los travesaños y celdillas, procurando emitir algo parecido a un arrullo.

A medio camino me detuve, observándolas sin dejar de mover la cabeza. Aquel viejo sistema para atraer la atención de las garzas hembras en América parecía bueno. Algunas aletearon inquietas pero la mayoría siguió impasible. (Ignoro si absortas o desconcertadas —o ambas cosas a un mismo tiempo— ante aquel pobre estúpido que pretendía hacerse pasar por un palomo más.)

A los diez o quince minutos, Caballo de Troya entraba en deuda con mi desaparecido y ocurrente abuelo: la palomas, sosegadas, terminaron por aceptarme u olvidarme. (Porque este detalle nunca lo he tenido muy claro...)

Sin dejar de mover la cabeza, con el cañón de la pluma entre los dientes, me asomé al fin a la red de metal.

Mi posición, tal y como había sentenciado el hortelano, era privilegiada. Me hallaba a unos ocho o diez metros del final del estrecho sendero que conducía a las escalinatas del sepulcro. La luna iluminaba sobradamente la parte superior de la peña, así como a los soldados que montaban guardia en el filo mismo del callejón o antesala de la cripta. Habían encendido una hoguera, formando dos grupos perfectamente diferenciados y distanciados entre sí unos tres o cuatro metros. Poco a poco fui reconociendo a los centinelas. Los que se reunían alrededor de la fogata eran legionarios romanos. Pero no vi a ningún oficial. El segundo pelotón, también de 10 hombres, estaba integrado por levitas. Era curioso: durante más de media hora, ninguno de los guardianes del Templo se dirigió a sus supuestos compañeros de servicio. O mucho me equivocaba o se ignoraban mutuamente. Aquella situación era perfectamente verosímil, teniendo en cuenta el odio compartido de ambos pueblos...

A pesar de mi proximidad, la boca de la cámara funeraria no era visible desde aquel improvisado observatorio. Al encontrarse por debajo del nivel del terreno, resultaba poco menos que imposible divisarla. A lo sumo, e incorporándome hasta el techo del palomar, alcanzaba a ver un trecho de la zona superior de la fachada sepulcral.

Aquello me inquietó. Pero opté por serenarme. Después de todo, si ocurría «algo», los primeros en advertirlo serían los propios guardianes. Bastaba con no perderles de vista. El hecho de que estuvieran allí, apaciblemente sentados o tumbados sobre el terreno, era señal de que, de momento, nada extraño había ocurrido.

Y a las 02.30 horas, tal y como había programado Caballo de Troya, Eliseo efectuó la primera de las llamadas «conexiones en cadena». Hasta las 03.30 horas de esa madrugada, mi compañero en el módulo iría recordándome el horario cada media hora. A partir de ese momento —y hasta las 05.00 horas—, las «llamadas», porque de eso se trataba, se efectuarían cada 15 minutos. El proyecto había previsto —y así fue aceptado por todos los componentes de la misión— que, en caso de «alta emergencia», el módulo despegaría, incluso, con uno solo de los astronautas. (A estas alturas de la operación, «alta emergencia» sólo significaba una cosa: que yo no hubiera podido acudir a la cita con la «cuna» antes del despegue automático.)

Por supuesto, no quise intranquilizar a mi hermano, explicándole que me hallaba encerrado en un palomar...

Y a las 2.40 horas ocurrió lo inexplicable.

Cuando vigilaba los movimientos de la guardia, noté algo raro... No sabría cómo explicarlo. Fue como una sacudida. No, quizá la palabra más exacta sería «vibración»... Pero una vibración seca. Casi instantánea. Sin ruido.

Cesó en cuestión de décimas de segundo.

Mi primera impresión fue confusa. Pensé que quizá el palomar había oscilado como consecuencia de alguna racha de viento. Pero en seguida caí en la cuenta de dos hechos importantes. En primer lugar, no había viento. Y, segundo, las palomas también habían acusado aquella especie de descarga eléctrica... por llamarlo de alguna manera. Esta vez, estoy seguro, no fui yo el causante del revuelo de las palomas, que abrieron sus alas y empezaron a emitir un sonido parecido al glugluteo de los pavos.

Si se trataba de un nuevo seísmo, Eliseo lo registraría al instante y me daría aviso de inmediato. Pero la voz de mi compañero siguió muda.

Me aferré con fuerza a la reja metálica y concentré mis cinco sentidos en los soldados. Dos o tres de los legionarios se habían levantado, pero, a excepción de esto, todo parecía tranquilo.

No habían transcurrido ni dos minutos cuando una nueva sacudida o vibración o descarga —juro que no sé cómo calificarla—, azotó el palomar y, a juzgar por el desconcierto de los centinelas, el entorno del sepulcro. Las aves comenzaron a revolotear. Las vibraciones parecían encadenadas. Se sucedían casi sin interrupción y con una fuerza que hizo temblar la frágil estructura de tablas en la que me hallaba prisionero. Al mismo tiempo, y creo que esto fue lo peor, un zumbido agudísimo —infinitamente más potente y afilado que el de un generador— me taladró los oídos, perforando mis tímpanos.

Creí enloquecer. Traté de proteger los oídos con las manos, pero fue inútil. Aquel pitido seguía clavado en mi cerebro con una frecuencia muy próxima a los 16 000 Herz.

Caí al suelo, medio inconsciente y, cuando pensaba que mi cabeza iba a estallar, todo cesó. Las vibraciones y el zumbido desaparecieron drásticamente. Al levantar el rostro vi algunas palomas en el suelo, muertas o con los espasmos de la agonía.

Me incorporé como impulsado por un resorte. ¿Qué era aquello? ¿Qué estaba pasando?...

Al asomarme al exterior vi a los soldados medio tumbados en tierra, gritando y sujetándose el cráneo con las manos. El zumbido, indudablemente, también les había afectado.

Llamé a Eliseo, pidiéndole información sobre la hora y un posible registro en los sismógrafos. Eran los 2.44. Y, tal y como sospechaba, el instrumental de a bordo no detectaba oscilación alguna del terreno. Sin poder contenerme relaté a Eliseo lo ocurrido, manifestándole mi preocupación por lo que estaba sucediendo.

Durante los minutos siguientes, la calma fue completa. Los soldados fueron recuperándose, entablando una encendida polémica sobre lo ocurrido. Unos los atribuían a un nuevo terremoto. Otros, en cambio, hablaron de una tormenta eléctrica. «¿Tormenta?», me pregunté a mí mismo. Observé el cielo, pero seguía transparente, sin el menor asomo de nubes. «¡Imposible!», comenté para mí. «No conozco una tormenta que sea capaz de desarrollar un zumbido como aquél. Además, ¿cómo explicar las sacudidas?»

Algunos levitas insinuaron que debían avisar a sus jefes, pero, finalmente, ante la falta de argumentos, desistieron y volvieron a sentarse.

A las 03.00 horas Eliseo efectuó la segunda llamada. Me preguntó si todo seguía en orden y, al responderle afirmativamente, me sugirió que no me descuidara. «A las cinco —comentó— tomaremos el té...»

Agradecí la broma de mi hermano. Lo necesitaba. Aquella tensión me estaba destrozando.

Cuando empezaba a creer que todo aquello podía haber sido fruto de mi imaginación, un nuevo suceso vino a empañar este paréntesis.

A los siete u ocho minutos desde la última conexión con el módulo, un silencio extraño y anormal —muy similar al que ya había sentido en Getsemaní— cayó sobre la zona. Observé a las palomas. Inexplicablemente se habían acurrucado en el fondo de las pequeñas celdas del palomar, visiblemente asustadas.

Agucé los oídos. Nada. No se percibía ni el más leve ruido.

Los soldados romanos, intrigados por el silencio, se habían puesto en pie.

A las 03.10 horas, en mitad de aquel espeso silencio, un calambre me recorrió de pies a cabeza. Como un rugido, como una mano de hierro que se arrastrase sobre una roca, así empecé a oír el lento, muy lento, deslizamiento de una piedra sobre otra.

De no haber asistido al cierre de la enorme losa que taponaba la tumba del Nazareno, supongo que no habría asociado aquel bramido con el ruido de la muela al rodar por el fondo de la ranura. Mi presentimiento se vio confirmado cuando, súbitamente, uno de los levitas se asomó al callejón del sepulcro, lanzando un alarido estremecedor. Sus compañeros y también los legionarios acudieron a su lado. A los pocos segundos empezaron a retroceder, gimiendo y tropezando los unos con los otros.

—¡Las piedras! —gritaban en plena confusión—. ¡Las piedras se están moviendo solas!... ¡Las piedras!

Los guardianes del Templo, sobrecogidos por un pánico indescriptible, salieron huyendo en todas direcciones, aullando y chocando contra las ramas más bajas de los árboles frutales. En cuanto a la escolta romana, algunos retrocedieron hasta la fogata, desenfundando las espadas. Dos de ellos, no sé si paralizados por el terror o más audaces que sus compañeros, aguantaron al borde de los escalones que conducían al panteón. Durante segundos que me parecieron siglos, el rugido de la piedra circular, rodando y arañando la fachada del sepulcro, lo llenó todo. Los levitas habían desaparecido del huerto. En cuanto a los legionarios, aunque seguían a escasos metros de la boca de la tumba, sus rostros se hallaban bañados por un sudor frío.

De pronto, el ruido de la losa cesó. Y casi simultáneamente, del callejón brotó una llamarada de luz. No fue fuego. Y tampoco podría definirlo como una explosión. Entre otras razones porque no escuché estampido alguno. Sólo puedo decir que se trató de luz. Una lengua o burbuja o radiación luminosa, de un blanco azulado inenarrable.

Aquella «explosión» lumínica —no encuentro palabras para describirlo— salió del sepulcro. De eso sí estoy seguro. Y se prolongó instantáneamente hasta los árboles más cercanos, situados a poco más de cuatro metros de los peldaños de acceso al panteón. Su trayectoria fue oblicua, siguiendo una lógica vía de escape. En cierto modo me recordó una onda expansiva, pero luminosa.

En décimas de segundo desapareció y todo quedó en el más absoluto silencio. Los soldados yacían por tierra, como muertos.

Me revolví inquieto, intentando ver a alguien. Allí, por supuesto, había ocurrido algo anormal e inexplicable a la luz de toda razón. Pero, por más que rastreé el lugar con la vista, el sepulcro y su entorno seguían solitarios. La hoguera continuaba flameando y de la tumba —de eso doy fe— no salió persona alguna. Pero, ¿quién podía aparecer por aquellos escalones, de no haber sido el propio Jesús de Nazaret?

«¿Jesús de Nazaret?»

Sin saber cómo ni por qué, me senté en el suelo del palomar, pateando furiosamente la trampilla. Tenía que salir. Tenía que entrar en el sepulcro y desvelar la tremenda duda que acababa de asaltarme.

«¿Seguía allí el cadáver de Jesús de Nazaret?»

«¡Maldita puerta!... ¡Ábrete!»

Y en uno de aquellos violentos puntapiés, la trampilla saltó por los aires.

Me deslicé como un loco por la portezuela, seguido de un no menos enloquecido torbellino de palomas. Recuperé mi vara y corrí, corrí sin aliento hasta el borde de los escalones. Los legionarios, con los ojos muy abiertos, continuaban en tierra.

Y comencé a bajar los peldaños. Pero, hacia la mitad, de pronto, sentí miedo. Un pánico irracional que me erizó los cabellos. Di media vuelta y salí de allí a la carrera, sofocado y con la lengua endurecida como el cartón.

Pero, cuando me disponía a aventurarme por entre los árboles, sin rumbo fijo, algo me detuvo. Es posible que fuera el bamboleo de mi corazón, acelerado por encima de las 180 pulsaciones por minuto. Tomé aliento, me recliné sobre el tronco de uno de los frutales y traté de pensar. ¡Tenía que volver! ¡Era preciso!...

Pulsé la conexión auditiva y le rogué a Eliseo que no preguntara nada:

—Sólo háblame, háblame sin parar hasta que yo te avise.

Eliseo, bendito sea, no hizo preguntas pero, consciente de que algo grave me sucedía, trató de animarme...

—Tengo un libro entre mis manos —comenzó— y quiero leerte algo: Mira al Oriente... Mira al oriente de tu corazón... Está saliendo un nuevo sol...

Mientras aquellos versos sonaban en mi cerebro como una mano mágica (nunca supe quién era el autor), desandé el camino, acercándome entre temblores al foso de la cripta.

—... Dicen que deja estelas de libertad... Dicen que es la esperanza... La esperanza dormida hasta hoy en la otra orilla...

Uno, dos, tres, cuatro escalones... Sólo me faltaba uno. Inspiré varias veces y, a la luz de la luna, me aproximé a la fachada de la tumba. Las dos piedras, efectivamente, habían sido removidas hacia la izquierda, dejando al descubierto el oscuro hueco de la cueva. «Pero, si los 20 guardianes estaban allí arriba —me dije—, ¿quién ha hecho rodar estas moles?» El peso total de las mismas tenía que ser superior a los 700 kilos...

Los sellos del procurador aparecían desgajados y tirados en el callejón. Empecé a sudar. «¿Me asomaba?... ¿Y si no estuviera?...»

—... Mira al Oriente... Hacia el oriente de ti mismo...

«¡Tengo que hacerlo!» Y colocándome en cuclillas, asomé la cabeza. Pero la oscuridad en el interior de la cripta era total; cerrada como boca de lobo.

«Es imposible —me dije—. Necesito una antorcha.»

Regresé a lo alto, tomando uno de los leños llameantes de la fogata. Los soldados, aunque paralizados, vivían. Su pulso no ofrecía dudas.

—... Está amaneciendo en la costa de tu mirada... Ya brilla una nueva estrella...

Bajé las escalinatas y con el corazón al borde de la fibrilación introduje la tea por el hueco de entrada. La luz rojiza del hacha inundó al instante la cámara sepulcral. Gateé un poco más y, al levantar la mirada, una sacudida desintegró mi alma. La tea cayó al suelo y yo quedé allí, de rodillas, con la boca abierta y los ojos fijos en aquel banco de piedra... ¡vacío!

—... Ya llega... Ya tienes mi señal entre tus manos...

Y sin poder contenerme, las lágrimas empezaron a rodar por mis mejillas. El miedo había desaparecido. ¡Jesús de Nazaret no estaba!... Pero en mis oídos seguían repicando los últimos versos de Eliseo:

—... Ya llega... Ya tienes mi señal...

Dejé que el llanto cayera sobre el suelo de aquel lugar, mientras una paz infinita aliviaba mi torturado corazón.

Sin pestañear, sin moverme, examiné los lienzos. La sábana mortuoria estaba en el lugar que había ocupado el Nazareno. Y entre ambas caras del lienzo, en el lugar donde había reposado la cabeza del Maestro, se distinguía el bulto del sudario o pañolón con el que Nicodemo había sujetado su maxilar inferior. ¡Era como si el cadáver hubiera sido absorbido con una jeringuilla! ¡Como si aquel cuerpo de 1,81 metros se hubiera evaporado! La posición de la sábana —«deshinchada» sobre sí misma— no admitía lugar a dudas. Si alguien hubiera robado o trasladado el cadáver, los lienzos jamás hubieran quedado en aquella impresionante posición.

«Pero ¿cómo?, ¿cómo?...», me repetía sin descanso.

Primero fueron las trepidaciones. Después las piedras que ruedan, empujadas por una fuerza invisible y, por último, aquel «fuego» luminoso...

«¿Cómo?...»

Y ahora, como el más grande prodigio de todos los tiempos, una tumba vacía.

Sería preciso esperar a mi segundo «gran viaje» a la Palestina del año 30 para empezar a intuir lo que había sucedido en el interior de aquel sepulcro. Fue el análisis de aquellos lienzos lo que nos dio una pista. Como anticipo puedo decir que la resurrección del Galileo —el hecho físico y milagroso de su resurrección— se produjo pocos minutos ANTES de la «desintegración» de sus restos mortales. Nada tuvo que ver una cosa con la otra. El cadáver se había esfumado, sí, pero ANTES, insisto, Jesús había hecho el gran prodigio.

Finalmente advertí a mi compañero que me disponía a emprender el camino de retorno a la nave.

Y a las 03.30 horas, después de besar el suelo rocoso de la cripta, abandoné el huerto de José de Arimatea. Los soldados de la fortaleza Antonia continuaban allí, desmayados, como mudos testigos de la más sensacional noticia: la resurrección del Hijo del Hombre.

Y a las 05.42 horas de aquel domingo «de gloria», 9 de abril del año 30 de nuestra Era, el módulo despegó con el sol. Y al elevarnos hacia el futuro, una parte de mi corazón quedó para siempre en aquel «tiempo» y en aquel Hombre a quien llaman Jesús de Nazaret.

Enero de 1984.

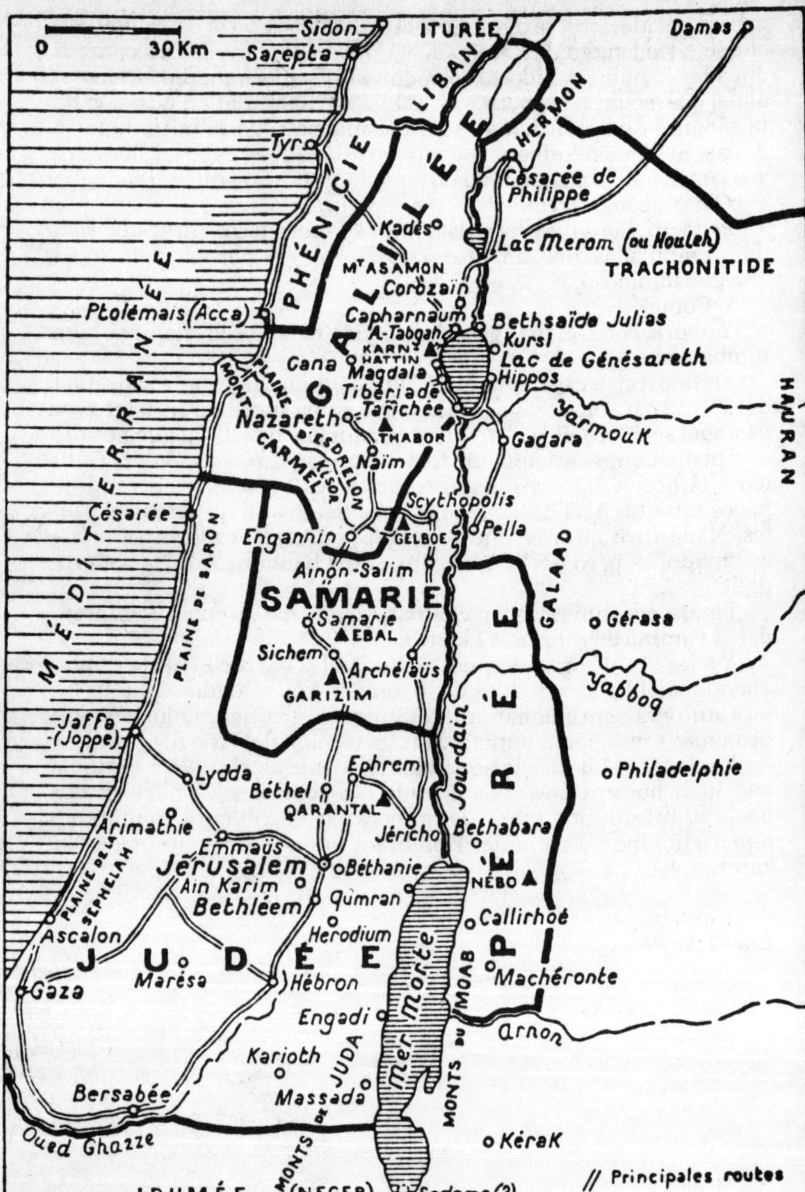

Israel en el año 30 de nuestra Era.

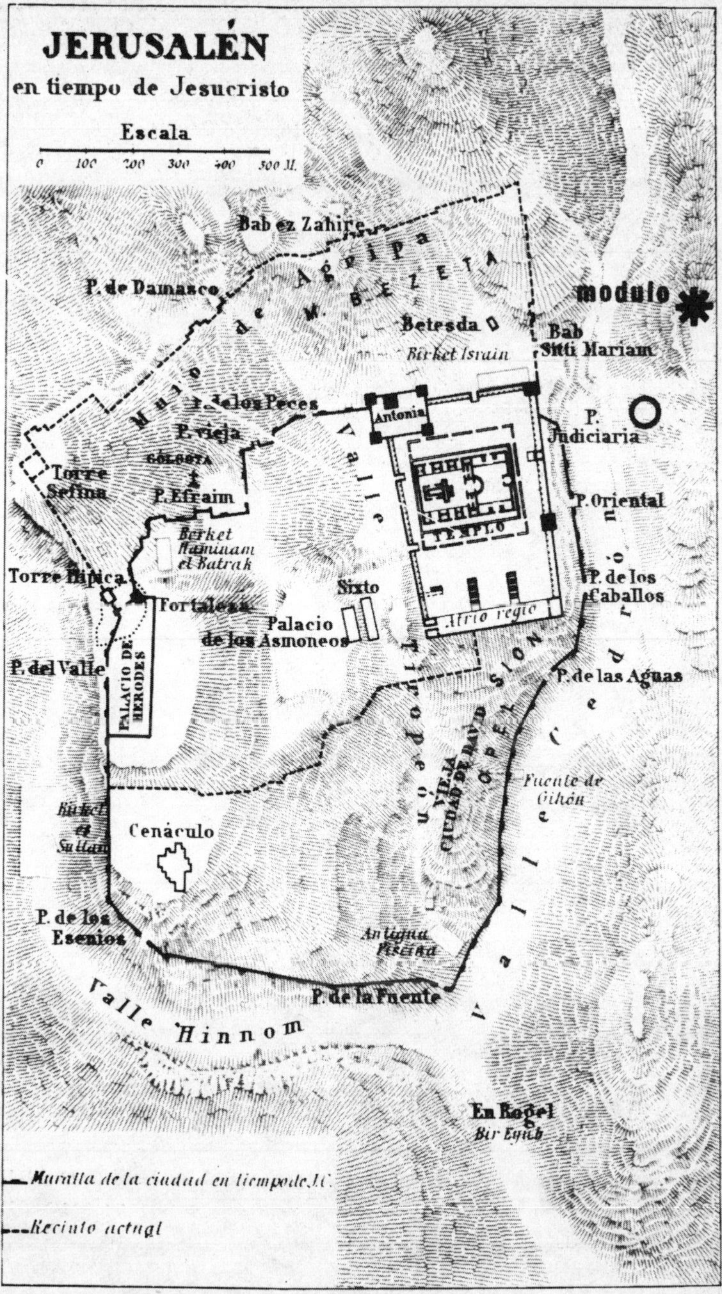

Señalado con una estrella, el ''punto de contacto'' donde se posó el módulo, en la cumbre del Monte de los Olivos. El círculo que aparece algo más al sur marca el punto de la falda del Olivete donde fue instalado el ''campamento'' de Jesús y sus discípulos, en Getsemaní.

Índice

Washington 9
México D.F. 10
Tabasco 12
Yucatán 16
España 20
Washington 24

El diario 55
30 de marzo, jueves 81
31 de marzo, viernes 114
1 de abril, sábado 122
2 de abril, domingo 135
3 de abril, lunes 155
4 de abril, martes 173
5 de abril, miércoles 207
6 de abril, jueves 250
7 de abril, viernes 288
8 de abril, sábado 490
9 de abril, domingo 497

3 17
21 33
3234